여우의 계절

•일러두기

이 소설은 역사적 인물과 사건에 미스터리적 상상력을 더하여 다시 창조한 이야기입니다.

차무진 장편소설

여우의 계절

귀주대첩, 속이는 자들의 얼굴

요다

"그 사원에 왕이 살고 있다."

차 례

프롤로그

1019년 2월 6일.

대원수 강감찬이 삼군을 거느리고 개선하여 포로와 노획물을 바치니 왕은 영파역까지 나와 영접하였다. 왕이 끌고 온 사람들은 비단을 누각에 묶고 풍악을 울리며 고려군 대원수와 북계에서 온 병사들을 맞이하였다. 수십 개의 군기가 귀신처럼 장대에 꽂혀 세워져 있었고 장수들이 도열해 있었다.

왕이 달려가자 의장儀仗들이 깜짝 놀라 따라갔다.

저쪽, 맨 앞에 선 늙은 대원수가 칼과 지팡이를 부관에게 넘기고 자신의 투구를 받아 품에 안았다. 투구를 벗는 것은 장수가 위를 대할 때의 법도였다.

대원수는 달려오는 왕을 보면서 일찌감치 엎드려 절하지도, 황송하다는 듯 머리를 숙이지도 않았다. 그저 왕이 올 때까지 우두커니 서 있었다.

왕은 손에 비단으로 만든 꽃 여덟 가지를 들고 있었는데, 그것은 젊은 왕이 직접 준비한 것이었다. 겨울이어서 매화만 생화였고, 나머지 치자, 모란, 복숭아, 산다화, 국화, 연꽃, 자미화*는 비단으로 만들었다.

대원수 앞에 선 왕은 인사보다 먼저 자신이 들고 있는 꽃부터 꽂겠다며 두리번거렸다. 뒤늦게 양산陽繖❖과 개蓋와 깃발들이 따라와 왕 주변에 섰다. 왕은 몸소 강감찬의 머리와 목덜미와 어깨 틈에 꽃을 하나하나 꽂아주었다. 비단에 수놓아 만든 가장 화려한 모란꽃은 겨울바람에 거칠 대로 거칠어진 갑상 귀면에 꽂았다.

왕은 아들 같았고 대원수는 아비, 아니 조부 같았다. 그들은 그만큼 나이 차이가 났다.

주변은 아직 밝았지만 겨울 해가 내려앉기 직전이어서 사람들이 들고 있는 수십 개의 관등에 불이 들어왔다.

왕의 손에 남은 것은 꽃잎이 여섯인 치자꽃이었는데, 꽂을 만한 곳이 없었다. 왕이 갑주 입은 대원수의 몸 어디에 꽂을지를 고민하며 두리번거리자 주위가 웃었다. 왕도 웃었고, 강감찬도 이마 주름을 폈다.

목단이라고도 부르는 치자꽃은 부처가 좋아하기로 소문이 난 꽃이었다. '숲으로 들어가면 오직 담복의 꽃향기만 맡을 수 있고 다른 향은 맡을 수 없다'고 한 『유마경』°의 말을 기억하고 있는 왕은 친히 그 꽃을 여덟 개 중 하나에 넣었다. 이 늙은 대원수는 부처보다 더 믿을 수 있는, 아니 믿어야만 하는 존재였으니까. 그 가짜 꽃들을 만들 때 왕은 치자 기름을 듬뿍 발라 말리도록 했다. 결국 왕은 대원수가

● 백일홍
❖ 임금의 우산
○ 불교의 초기 경전 중 하나

9

품에 안고 있는 투구 틈에 치자꽃을 꽂아주었다.

이윽고 왕이 첫말을 냈다.

"잔을 드리지요."

백토와 자토로 상감한 잔이 나타났고 왕은 잔을 강감찬에게 가져
갔다. 강감찬이 두 손으로 공손히 받으려 하자 왕은 아니, 아니, 고개
를 저으며 잔을 뒤로 뺐다.

왕은 잔을 강감찬의 입에다 직접 가져다 댔다. 떠먹이고 싶은 것이
었다.

"드시오."

대원수 강감찬은 황송해하는 표정으로 그럴 수 없다며 사의를 표
했으나 왕은 술을 떠먹여 주겠다고 계속 우겼다. 군신 간 이런 법도
는 없었지만, 오늘은 파격적인 날이었기에 결국, 강감찬은 몇 오라기
없는 수염이 붙은 입술을 뾰쪽하게 내밀어 왕이 주는 잔에 입을 댔
다. 왕은 오랫동안 잔을 들고 천천히 기울였다. 늙은 강감찬은 술을
전부 받아 마셨다.

왕은 강감찬의 왼손을 잡았다. 오른손에는 강감찬에게 먹였던 술
잔을 그대로 들고 있었다.

"노고가 많았어요. 정말 노고가 많았어요, 할아버지."

그 말에 강감찬이 또 놀라 눈을 번쩍 떴다.

대원수는 죽겠다며 이마를 땅에 박으려 했다. 동서고금을 막론하
고 왕이 신하에게 그런 말을 사용할 순 없는 노릇이었다. 왕이 미리
알고 잽싸게 그를 부축했다.

"뭐 어떻습니까. 뭐가 중합니까, 위계 따위가. 이렇게 살았는데 당

신한테 할아버지가 아니라, 부처님이라고, 아니 천신님이라고도 부를 수 있어요."

"폐하, 거두십시오. 신이 죽습니다. 군신의 위치를 바로잡으십시오."

"할아버지, 할아버지, 할아버지."

"폐하."

"네, 할아버지."

"신, 감히 청할 게 있나이다."

"감히라니! 내가 감히 당신 말씀을 받자와드리우다. 원하는 게 무엇입니까?"

"이번에 고려가 이길 수 있었던 첫 번째 이유는 조종祖宗의 공덕과 선대 현인의 도움을 얻은 폐하의 이기고자 하는 의지였습니다. 두 번째는."

"으흠, 두 번째는?"

"곤궁하게 살았으면서도 적을 한 명이라도 돌려보내지 않겠다고 싸운 구주 토민과, 북계 백성들의 호국 의지였나이다."

"암요. 그렇다마다요. 그들에게 보상해야 합니다. 아니, 아니, 내가 첫 번째가 아니라 그들이 첫 번째이지요. 이제 그들은 여력이 나고, 봄이 오면 김매고 농사지으면서 안도하고 태평성대를 누릴 것입니다. 나는 당장 전사자의 유골을 수습해서 제사를 지낼 겁니다."

"그리고 세 번째는."

"뭡니까? 세 번째는?"

"우리를 승리로 인도한 호국 영령의 음덕이 있습니다. 청컨대, 국사國社*를 지어 나라를 지키기 위해 힘써온 그 영령을 배향하고, 사찰에 칙령을 내려 닷새를 기한으로 분향하고 염불을 외게 해주시옵소서. 신, 간곡히 청합니다."

"아고, 아고, 못 할 게 뭐가 있겠습니까, 할아버지."

● 왕이 백성을 위해 지은 제사단

타초곡

무술일에 거란의 부마 소손령(소배압의 오기)이 군사를 거
느리고 침략하면서 자신의 군사가 10만이라고 소리쳤다.
왕이 평장사 강감찬을 상원수로 삼고 대장군 강민첨을 부
원수로 삼아 군사 20만 8,300명을 거느리고 영주에 주둔
하게 하였다.

『고려사절요』권3, "현종 9년 12월".

1

뚫린 바라지창*으로 사랑채 내부를 들여다보던 거란인은 곧 사라졌다.

대청마루를 두드리는 발소리가 나더니 얼마 후 그 거란인은 꽃살문을 열어젖혔다.

사랑채 안에 겨울 달빛이 비쳐들었다.

어둑발 서린 거란인 뒤로 퍼런 하늘이 보였다.

구름은 봄 강의 파래같이 꾸물꾸물 움직였다. 보이지 않는 바람도 밤의 기력을 이리저리 움직이고 있었다. 그 아래 검은 산과 낮은 산과 그것들을 지탱하는 주황빛 구릉이 훤히 보였다.

사위가 낮처럼 밝았다.

겨울 북계*의 밤은 여우의 눈보다 밝다는 말이 있다. 그런 말은 오늘을 두고 하는 말이겠지만, 지금은 달랐다. 오늘, 마을 밤하늘은 낮보다 더 밝았다.

불김에 그렇다. 여우난골 마을이 불타고 있었다.

천마산 아래에 고여 있듯 에움길에 둘러싸인 민가 80호가 온통 불에 휩싸이고 있었다. 굽이굽이 도는 담장들 속은 뭐가 맹렬하게 타고 있는지 후림불들이 툭툭, 습기 먹은 초가 너머로 연신 튀어 나갔고, 그

● 환기나 통풍, 일조를 위해 만든 통이 넓은 창
✤ 지금의 평안도 지방. 고려는 국토의 행정구역을 5도 양계로 나누었는데, 5도는 서해도, 교주도, 양광도, 경상도, 전라도이며, 양계는 국경 지역으로, 북계(서북면. 지금의 평안도)와 동계(동북면. 지금의 함경도)이다.

것들은 다른 집 담장 아래에서 새끼를 친 듯 이내 큰불로 솟아올랐다. 공기가 쪼그라드는 소리와 불이 사그라들었다가 증폭하는, 그야말로 활활대는 소리가 곳곳에서 들렸다. 내내 컹컹 짖던 개의 소리도 어느새 사라지고 없었다. 겁 없이 짖다가 누군가에게 잡혔을 테다.

쿵쿵.

곤발*을 한 정수리가 잡초처럼 자라 있는 거란인은 사랑채 안으로 몸을 들였다. 거란인의 코에서 김이 뿜어 나왔다. 한 손에는 날이 울긋불긋한 곡도曲刀를 들었고 다른 한 손에는 훔친 옥 목걸이 수십 개를 염주처럼 둘둘 감고 있었다.

거란인은 애꾸였다.

약탈자는 한 개의 눈으로 널찍한 사랑채 내부를 두루 훑었다. 방에는 두툼한 누비이불이 깔려 있다. 저쪽, 병풍 앞에 이불을 반쯤 덮고 앉아서는 오들오들 떨고 있는 두 명의 고려인 여자가 눈에 들어왔다.

쿰, 저번에는 없었는데?

거란인은 콧김을 쿰, 하고 쉬며 생각했다.

스무 살쯤으로 보이는 여자와 그보다 서너 살 어려 보이는 여자다.

쿰, 용케 숨어 있던 이 집 하인들인가?

아님, 달아났다가 되돌아온 하녀들?

그럴 리가.

약탈자 거란인은 쿰쿰, 콧김을 내쉬며 연신 고개를 갸웃했다.

마당에 근사한 사자상이 세워져 있는 이 고려인 귀족의 고택은 이

---

* 거란인의 머리 스타일. 정수리를 밀고 이마나 귀밑, 또는 뒤통수의 머리만 남겼다.

틀 전 타초곡기[*]가 들이닥쳤을 때 마을에서 가장 먼저 털렸다. 그때 거란인들은, 이 집 하인들을 모조리 죽였고 소 네 마리와 말 두 필을 끌고 갔다. 그때도 저택의 주인과 가솔들은 보이지 않았다. 뻔하다. 마을 위 산성으로 달아났으리라. 이틀 후인 오늘, 혹시나 해서 와보니 웬 여자 둘이 방에 들어앉아 있다. 이거 횡재했다고 해야 하나.

쿰, 쿰.

애꾸는 하나밖에 없는 눈으로 두 여자를 번갈아 보며 콧김을 연신 뿜어냈다.

두 여자는 설경의 살쾡이같이 바짝 붙어서는 불편하고 불안한 눈으로 거란인을 바라보고 있었다. 둘은 여차하면 두툼하고 바닥에 넓게 펼쳐져 있는 저 이불을 머리까지 덮어쓸 자세였다. 그렇게 숨으면 세상 모든 것에서 안전하다고 믿는 모양이다.

애꾸는 하나의 눈알을 굴리며 마당에서부터 퍼지는 훤한 불김으로 둘을 살폈다.

귀족은 아니다.

자색 베를 여러 겹 겹친 옷을 두르고 있었다. 고려 평민이거나 하인이다. 이 집의 주인과 가솔들은 패물들을 챙겨 일찌감치 산으로 올라갔을 것이다. 고려인들이 얼마나 달아나길 잘하는데. 애꾸는 저것들을 데리고 갔을 때 상급자에게 고려인 귀족 여자로 속일 수 있을지를 가늠했다.

고려인 귀족 여인은 비싼 값에 팔렸다.

---

[*] 거란 부대의 식량을 약탈하는 자들의 부대. 타초곡가정들은 자기 주인이 먹을 식량을 구하려 아침저녁으로 진을 떠나는데 반드시 열 명 이상 대(隊)를 꾸려서 이동한다.

애꾸는 여자를 파는 데 일가견이 있었다. 벌판에서도 떠도는 남자와 아이를 죽이고 여자를 팔아치운 적이 있었다. 그런데 저 둘은 귀하게 보이지 않는다. 떠돌이 고려인이 빈집인 줄 알고 들어온 게 틀림없다. 옷을 벗겨서 데리고 가면? 그래도 부대의 높은 자들은 알 것이다. 귀족이 아니라면 그냥 나 혼자 처리하지.

완전히 들어온 애꾸는 열어젖힌 꽃살창을 닫았다.

방은 물속에 들어온 듯 퍼레졌고, 밖은 대낮처럼 훤했다. 여자 둘은 떨던 어깨를 더 움츠렸다. 큰 여자의 코에서 허연 김이 뿜어 나왔다. 작은 여자는 눈에 물이 고여 있다.

방 안 공기는 차갑다. 얼핏 비린내도 고여 있다.

그나저나 이불은 뭐야. 왜 깔아놓은 거지?

저것들이 여기서 지낼 요량으로 이불을 깔아놓았나?

애꾸는 방 안을 둘러보며 고개를 갸웃했다. 고려인들은 온돌을 짓고 살았다. 땅에 돌을 깔고 그 돌을 덮혀 방바닥을 따뜻하게 하는 것이다. 저 이불을 깔아놓는 것은 실내 온도를 효율적으로 유지하려는 고려인의 습성이기도 하다.

애꾸는 원래 냄새를 잘 맡기로 소문이 난 자였지만 깔아놓은 이불이 유독 두툼하다는 것에만 시선을 빼앗겨 방에 고인 비린내는 이내 잊어버렸다. 거란인 약탈자는 폭신한 이불 위에서 저 여자 둘을 겁탈해야겠다고 생각했다.

그때 밖에서 거란인들이 외치는 소리가 들렸다.

그는 창호지 너머 불길이 희뜩이는 밤 공간을 응시했다. 저 소린 축시가 가까워지고 있다는 신호였다.

애꾸 거란인은 잠시 생각하더니 마음을 바꿔 먹고 방을 나갔다.

밖에서 애꾸는 품에서 청동 비녀를 꺼내 문고리에 끼웠다. 비녀는 담장 너머 더러운 초가집에서 훔쳐낸 것이었다. 애꾸는 곡도 손잡이로 비녀를 퉁퉁 쳐서 동그랗게 구부렸다. 안에 있는 두 여자가 나오지 못하도록 조치한 거란인은 여자들이 갇힌 어두운 방을 잠시 물끄러미 바라보았다.

할 일부터 해야지.

암. 여자들을 죽이는 건 일을 다 끝내고.

우등불에 마당이 훤하게 밝았다. 마당에는 계자난간이 있는 작은 맞배지붕 건물이 활활 타고 있었다. 이 집의 사당인 듯했다. 이 집에 들어왔을 때 애꾸는 대청마루 끄트머리 아래에서 포개진 세 구의 시신을 발견했다. 한 구는 갓난아이였다. 전부 왼쪽 여밈이 오른쪽 자락을 덮는 형태의 두루마기를 입고 있었다. 소매 폭이 좁은 것을 보니 귀족이 아니다. 그렇다면 하인들이다. 그제 난리 때는 보이지 않았던 시신이다. 아마도 그때는 무사히 달아났지만 거란인들이 철수한 줄로 알고 돌아왔다가 살해된 쥐새끼들일 테다.

애꾸는 시신들을 살폈다.

거란인은 시신들의 목에 작고 동그란 구멍이 나 있는 것을 보았다. 피도 나오지 않을 만큼 작다. 누군가가 송곳이나 젓가락 같은 걸로 폭 찌른 상처다.

더 알 수 없는 것은 갓난아이 시신이었다. 아이 시신은 머리가 몸에서 분리되어 있었다.

뭐지? 누가 이런 식으로 죽여놓은 거야?

거란대의 짓은 아닌 듯했다. 칼로 그은 상처가 없기 때문이다. 아무렴 죽은 것들이 어떻게 죽었는지 이제 와 알 게 뭐람. 시신들의 옷은 깨끗했다. 겹베를 만져보니 질감도 좋았다. 벗겨 갈까 고민했지만 단념했다. 고려인들이 입는 옷은 거란의 옷과 달라서 얇고 좁다. 겹쳐 입을 수 없기에 전투병들에게 갖다 바쳐도 좋아하지 않는다. 그 대신 발싸개들을 모조리 벗겼다. 발싸개는 많으면 많을수록 좋았다.

고려의 겨울은 들판의 겨울보다 열등했지만, 동지 즈음의 바람만은 벌판의 그것보다 더 매웠다. 물론 고려인들도 그렇다. 그놈들, 사나울 땐 눈표범보다 더 검질기다.

삐걱, 삐걱.

애꾸는 굴러다니는 아이 목을 들고 마루로 올라가 청동 비녀로 잠가둔, 여자들이 갇힌 문에 보기 좋게 걸었다. 이러면 혹, 자신이 이 집을 뒤지는 동안 다른 거란인들이 오더라도 저 방에는 들어가지 않을 것이다. 거란 풍습에 피 묻은 양 대가리를 궁려*의 문 줄에 걸어두는 것은 안에 금할 게 있다는 것을 뜻했다. 제령 중이라는 것, 열면 재수 없다는 뜻.

마루에서 애꾸는 청동 비녀로 걸어 잠근 문에 대고 거란말로 길게 뭐라 뭐라 소리 질렀다. 안에 있는 두 여자에게 금방 올 테니 꼼짝하지 말고 있으라는 소리였다. 나오지 말라는 뜻으로 문을 발로 두어 번 찼다. 안에서는 아무런 대꾸가 없었다.

애꾸 거란인은 느긋하게 고택을 뒤졌다.

* 거란인들이 유목 생활하는 천막

안채 의걸이장 안에서 구리 거울, 무소뿔 장식, 고니 깃털 장식 채찍, 한 자 길이로 짠 꽃무늬 자리, 옥반지 하나를 찾아냈고, 벽을 부수고선 숨겨놓은 자색 비단 네 필도 끄집어냈다.

별것이 없었다.

계속 의아한 것은 금붙이다.

그는 팔에 칭칭 감은 옥 목걸이를 쓸며 생각했다. 이 집은 마을에서 가장 넓은 집이 아니던가. 담장 건너 허름한 돌너와집*에서도 이런 옥 목걸이가 서너 줄이 나왔는데 이런 큰 집에서 패물이 하나도 없다니.

고려인 귀족 저택에는 반드시 금붙이가 있어야 했다. 고려인들은 금을 좋아한다. 아무리 허름한 집에도 꼭 금으로 만든 비녀 한두 개는 있었다. 이 집은? 정말로 주인이 달아나면서 모조리 챙겨 간 것일까.

거란인은 북계에 사는 고려인이 달아나는 습성도 잘 알았다. 거란이 들어오면 고려인들은 뭔가를 살뜰하게 챙겨 달아나지를 못한다. 그럴 성정도 없고 시간도 없으며 수단도 없다. 뭔가를 챙겨 가려 하면 반드시 죽는다. 홑몸으로는 살 수 있다. 홑몸이 아니라면 고려성에 들어가지 않는 한 반드시 죽는다.

고려 북계는 거친 땅이고, 죽을 땅이다. 그래서 곳곳에 크고 작은 성들이 있다. 난이 나면 북계에 사는 고려인은 오직 성안에 들어가야만 살 수 있다.

그런데 이것저것을 다 챙겨서 짊어지고 가?

애꾸는 집을 더 뒤졌고 마루 천장 위 고미받이❖ 위에서 말아놓은

* 기와 대신 돌로 지붕을 이은 집
❖ 대들보와 서까래를 받치기 위해 천장에 놓은 나무

21

부처 족자 한 점과 몇 권의 더러운 책을 발견했다. 그는 족자 그림을 접어 품에 넣고 책을 북북 찢어 마루에 던져버렸다. 얼마 후 거란인은 옥반지 하나만 챙기고 찾아낸 것들을 전부 마당 불길에 버렸다.

그러다가 거란인 애꾸는,

마당의 왼쪽 끝, 막돌로 층 쌓기한 기단 위 홀로 떨어진 건물을 바라보았다. 벽에 박힌 빈지널문을 뜯었다. 어둠과 축축한 냄새가 고여 있었다. 항아리와 독들이 많았다.

음식 창고다.

거란인은 여남은 독에서 쌀겨, 보리, 말린 조개, 말린 참취나물, 말린 무릇 뿌리, 소금 등을 찾아냈다.

애꾸는 벽에 걸어놓은 생선 한 두름을 보고 빠진 이를 드러냈다. 북계의 고려인들은 곡식을 저장하고 있지 않은 대신 뿌리나 말린 생선을 많이 비축해두었다. 그것은 강동의 여섯 성에 모인 고려군의 주식도 말린 생선이라는 뜻이다. 말린 생선은 거란 부대에서도 꽤 비싸게 거래되는 식료품이었다. 특히 애꾸의 주인인 짧은 수염을 한 사내는 말린 생선을 몹시 사랑했다. 애꾸는 그만 찾기로 했다. 가둬놓은 두 여자를 서둘러 범하고 집결지로 돌아가야 했다.

2

불길이 싯싯거리는 마당에는 애꾸의 검은 말이 눈알을 굴리며 주춤거리고 있었다. 애꾸는 음식 창고에서 찾아낸 보리와 조 등을 말 등에 걸어놓은 곡식 주머니에 부었다. 짐들이 기울지 않도록 말의 가죽 끈을 단단히 비끄러맸다. 말 옆에는 노새 한 마리도 숨듯 서 있었다.

애꾸는 비비대는 말을 치우고 노새 등에 걸린 가죽 주머니 입구를 열었다. 안에는 약탈한 패물들이 그득했다. 그는 팔에 둘둘 감고 있는 옥 목걸이를 주머니 안에 던져 넣었다가 무슨 생각인지 다시 꺼내 제 목에 걸었다. 원래 타초곡은 약탈한 모든 것을 주인에게 바쳐야 했지만 애꾸는 옥 목걸이를 제가 취하기로 했다.

타초곡은 거란 정병*이 데리고 다니는 노략하는 하인을 말한다. 거란은 싸우는 자를 위해 먹을 것을 구하는 자가 따로 붙는다. 들판의 세계에서 말 먹는 풀이 자라지 않는 겨울이 되면 열다섯 살에서 쉰 살 이하 남자는 전부 정병으로 전투에 참여해야 한다. 정병은 말 세 필과 철갑 아홉 벌을 지참하고 타초곡가정과 수영포가정 한 명씩을 데리고 출전했다.

타초곡가정은 주인을 위해 먹을 것을 담당하는 자를 말하고, 수영 포가정은 군영에서 주인의 심부름과 잡일을 맡는 자이다.

거란주❖는 정병에게 군량과 마초를 지급하지 않기에 정병은 적진에서 스스로 먹을 것을 구해야 하며, 고로 노략질은 필수다. 그 일을 타초곡이 맡는다. 타초곡은 정병과 함께 이동한다. 전투가 없을 시엔 흩어져서 먹을 것을 구하다가도 고려 성을 맞닥뜨리기라도 하면 부대로 돌아와 숲을 제거하고, 파놓은 참호를 메우기도 했다. 또 전투 시에는 수가 많은 것으로 보이기 위해 먼지를 일으키거나 주변을 현

* 일반 전투 병사
❖ 거란의 황제

혹하기도 한다. 애꾸가 속한 550의 거란 별군은 이틀 전 여우난골 마을에 들어와 완벽하게 털었다.

사흘째가 되는 내일, 거란 별군들은 천마산 남쪽, 천야 쪽으로 근거지를 옮길 참이었다. 이만한 규모의 마을을 또 언제 만날지 알 수 없었기에 약탈자들은 여우난골 마을을 한 번 더 훑기로 했고, 그래서 오늘 노을이 질 때 다시 들어왔다.

늘 그랬지만 타초곡은 마을을 두 번 턴다. 첫 번째는 가축 정도다. 두 번째는 첫 번째와 다른 것을 찾을 수 있다. 처음보다 시야가 밝아지고, 지나갔다 싶어 고개를 내미는 성질 급한 쥐들도 발견되기 때문이다. 그 어디쯤에서 존재하는 것이 바로 곡식과 패물과 여자이다. 물에 씻은 가죽처럼 깨끗하게 터는 것이 타초곡의 미덕이다. 여우난골촌은 깨끗하게 씻을 만했다.

땅거미가 일자 약탈자들은 본격적으로 불을 질렀다.

이틀 전에 지른 불은 어제 내린 비로 전부 꺼져 있었다. 애꾸는 담장을 따라 횃불을 그으며 이동하다가 저번에 눈여겨보았던 이 고려인 귀족 고택을 다시 찾아왔다.

얼른 해치우고 집합지로 가자.

애꾸는 노새에 건 패물 주머니의 입구를 단단히 봉하며 하나밖에 없는 눈을 요리조리 굴렸다.

탁, 탁, 탁.

마당에 질러놓은 불이 태극 문양이 그려진 판문이 달린 사당으로 옮겨붙고 있었다. 떠날 때는 소각하는 것이 또 타초곡의 방식이다. 불이 커지자 말과 노새가 불안해했다. 애꾸는 말과 노새를 반대편 툇간 기둥으로 끌고 가 묶었다. 애꾸는 거기서 입고 있던 상의와 허리에 찬 각대를 풀었다. 소중한 낙타 가죽 장화도 벗어서 가지런히 놓았다.

나체의 약탈자는 몸을 돌려 기와와 흙을 섞어 쌓은 고택의 담장 너머를 보았다.

멀리 불길이 굽이치며 치솟았다.

담장들 사이로 횃불들이 수런수런 움직이고 있었다. 마을을 돌아다니던 타초곡들이 집결지로 모이고 있었다. 이 고택 앞에서 500보 정도 떨어진 측백나무가 있는 동구가 집결지였다.

애꾸는 곡도 하나만 들고 녹다 만 눅눅하고 차가운 흙바닥을 저벅저벅 밟고 걸어가 마루로 올라섰다. 시푸른 곡도를 쥔 그는 하나뿐인 눈으로 자신의 쪼그라든 성기를 내려다보았다.

쿰, 오늘 널 호강시켜주마.

볼록한 배, 땅딸하고 굵은 다리, 둥그런 등. 실로 지옥에서 막 나온 아귀 같은 몰골이었다.

한동안, 아니 어쩌면 다시는 여자 맛을 볼 수 없을지도 모른다. 방 안에 갇힌 저 두 년은 푸른 소가 나에게 주신 선물이 틀림없다. 푸른 소는 애꾸의 고향인 탄산의 키타이*인들이 믿는 신이었다. 애꾸는 문고리에 걸어둔 고려인 아이 머리를 냅다 저쪽으로 던졌다. 구부러진 청동 비녀를 펼 생각 없이 문을 발로 찼다.

와그작.

문이 부서졌다.

• 거란을 부르는 발음상의 단어

두 여자는 문을 잠글 때 모습 그대로 이불을 덮고 벽에 기대앉아 있었다.

방 안은 마당에 질러놓은 불이 너무도 훤해 불을 밝힐 필요가 없었다. 방에 넓게 펼쳐놓은 이불 끝단을 밟고 당당하게 섰다.

애꾸는 거란말로 중얼거렸다.

큼큼, 너희는 나를 기쁘게 해야 한다. 그리고 너희는 죽임을 당할 것이다. 큼, 너희는 고려 귀족 여자가 아니니까. 하지만 너희가 귀족 흉내를 잘 내면 너희를 고려 귀족 여자로 여겨주겠다.

두 고려인 여자가 말을 알아들었는지 알아듣지 못했는지는 상관하지 않았다.

기어 와라. 쿰.

둘은 망설이는 듯하더니 결국 큰 여자가 앞섶을 풀고 기어 와 다리 앞에 꿇어앉았다. 그 여자는 애꾸가 하는 말을 똑똑히 알아들은 모양이었다. 여자는 거란인의 불퉁한 배에 제 볼을 비비면서 거란인의 양 허벅지를 두 손으로 짚었다. 애꾸 거란인은 두껍고 작달막한 손으로 여자의 머리채를 움켜잡았다.

오호라. 넌 고려 귀족 여자 흉내를 내는구나. 쿰.

그렇다고 주인에게 데리고 가, 네가 신분 높은 고려 여자라고 속여 바칠 생각은 없다. 아무리 봐도 그래 보이지 않으니까. 계속해. 계속해.

큰 여자가 무릎을 꿇고 앉아 애꾸가 바라는 행동을 요령껏 했다.

너도 이리 와. 쿰.

애꾸는 저쪽에 있는, 그보다 작은 여자에게 검지를 까닥거렸다. 작은 여자도 기어 오더니 움직이고 있는 큰 여자의 얼굴 가까이에 자기 얼굴을 갖다 댔다.

거란인은 눈을 감았다.

약탈자는 곤발을 한 민대가리를 주억거렸다. 그가 목에 걸고 있는 옥 목걸이가 주렁주렁 흔들렸다. 키 작고, 배 나온 거란인 애꾸는 한껏 정복감을 만끽했다.

소문대로 들판의 여자보다는 세련되구나.

고려인 여자는.

크으흠,

사정기가 오른 애꾸는 큰 여자부터 저 깔아놓은 이불 위로 눕힐까 하고 생각하는데—

옆구리가 시원했다.

어디선가 염내가 피어올랐다.

어라?

쿰, 쿰.

비린내? 피비린내?

피비린내라면 누구보다 잘 기억하는 애꾸는 의아한 생각이 들어 아래를 보았다.

아래에서—

큰 여자가 젖은 입술이 번들거린 채 자신을 올려다보고 있었고, 작은 여자가 은빛이 흐르는 자아추를 쥔 주먹으로 애꾸의 옆구리를 열심히 쑤셔대고 있었다.

자아추는 고니를 사냥할 때 지니는 송곳이다.

송에서는 키타이의 것이라고 알려졌지만 원래 자아추는 단구리인*의 물건이다. 벌판의 발해인은 매를 부려 고니를 잡아 오게 하고, 매에게서 빼앗은 고니 대가리를 자아추로 찔러 숨통을 끊었다. 그것을 훗날 거란이 배워 갔다.

어, 어.

뾰족한 침이 거란인의 왼쪽 하복부에 박히고 뽑히기를 반복하고 있다. 동작이 크지도 않고 규칙적이었다.

애꾸가 한쪽 눈을 동그랗게 떴다.

너 뭐 하는 짓이냐? 어, 어, 어.

거란 말을 고려인이 알아들을까.

큰 여자는 웃으며 보고 있고, 작은 여자는 여울 어부가 얼음을 깨듯 송곳 쥔 주먹을 빠르게 움직인다. 찌르고, 쏙 뽑고, 찌르고, 쏙 뽑고, 빠르게 찌르고 빠르게 쏙 뽑고ㅡ

어어어어?

거란인이 실그러졌다.

큰 여자가 어느새 거란인 등에 업히더니 애꾸 목을 잡아당겼다. 거란인은 하늘을 보고 넘어졌다. 그에게 깔린 큰 여자는 자신의 두 다리로 애꾸의 하반신을 감았다. 한 손은 애꾸의 목을 조르고 다른 한 손으로 그의 눈알을 쑤셨다. 그동안에도 작은 여자는 정신없이 옆구리를 찔러댔다. 재미있는 장난을 치는 얼굴이다. 손목이 움직일 때마다 거란인의 콩팥과 맹장과 소장에 구멍이 숭숭 생겨났다. 솟아 나온

* 발해인

28

송곳 끝으로 뚝뚝 무거운 피도 떨어진다. 찔린 자리에는 피가 구슬처럼 고일 뿐, 뿜어 나오지 않는다. 애꾸는 더는 배에 힘을 주지 못했고 항문에서 방귀를 뿜으며 축 늘어졌다. 자아추는 계속 애꾸의 몸에 들어갔다 빠져나오고 있었다.

애꾸는 배가 뚫리면서 생각했다.

이것들이, 한두 번 해본 솜씨가 아니구나.

애꾸는 자신의 복부에 빠끔하게 생겨나는 상처들이 마당에 죽어 있는 고려인들의 목에 난 구멍과 같은 모양이라는 것을 깨달았다.

등 아래에서 목을 조르던 여자가 애꾸의 얼굴을 젖혔다. 작은 여자가 올라오더니 드러난 애꾸의 귀밑을 같은 방식으로 찍어대기 시작했다. 나체의 거란인은 이제 신경이 끊겨 팔도 움직일 수 없었다. 곡도를 거머쥐고 있었지만, 휘두를 생각을 하지 못했다. 너무도 황당하고 어이가 없어서 그저 눈을 굴리며 누워만 있었다.

작은 여자가 송곳을 버리고 애꾸의 가슴 위로 올라앉았다. 작은 여자는 애꾸의 손을 펴 곡도를 빼앗아 애꾸의 목에 댔다. 애꾸는 턱을 바짝 당겨서 목울대를 턱살에 숨기면서 칼날에 저항했다. 애꾸는 알아들을 수 없는 거란말로 뭔가를 다급하게 중얼거렸다. 큰 여자가 애꾸의 턱을 잡아 올렸다. 애꾸 가슴에 걸터앉은 작은 여자가 곡도로 애꾸 목을 지그시 눌렀다.

피가 뿜어 나오는 방향이 공교롭게도 올라탄 작은 여자의 얼굴 쪽이었다. 작은 여자는 뿜어 나는 피를 정통으로 맞으면서 활짝 입을 벌렸다.

우는 것 같았지만 웃고 있었다. 치아 사이로 붉은 피가 스며들어 그 구멍이 몹시 기괴하게 보였다. 애꾸는 하나뿐인 눈을 부릅뜨고 있었지만 이제 그들의 모습을 볼 수 없었다.

"거시기 기시기."

"거시시 기시기, 씹시기."

작은 고려인 여자는 알아들을 수 없는, 흥분한 여음을 냈다. 이 살인이 즐거운 모양이었다.

몸을 일으킨 큰 여자가 작은 여자에게서 곡도를 빼앗아 던졌다. 그러자 작은 여자는 기어가더니 곡도를 쥐어 들고 다시 와 아직 붙어 있는 애꾸의 목을 마저 잘랐다. 작은 여자는 피 묻은 손으로 제 얼굴을 헝클이듯 비비더니, 제 이마와 볼과 코를 벌겋게 만들고는 큰 여자를 보았다.

"온니, 내 얼굴 벌겋지비?"

언니는 대꾸하지 않았다.

언니는 애꾸의 목 언저리에 걸려 있는 옥 목걸이를 집어 들었다.

둘은 축축한 옷을 벗고 나체가 되었다.

방에 비린내가 가득했다. 언니가 펼쳐놓은 이불을 끌어 애꾸의 시체를 덮었다.

두툼한 이불이 끌려오자—

이불에 감춰져 있던 시신들이 훤히 드러났다.

방바닥에는 이 고택의 귀족 노부부와 아들 부부 시신이 가지런히 누워 있었다. 목에는 저마다 구멍이 한두 개씩 뚫려 있었다. 입고 있는 백저포에는 피 한 방울 묻지 않았다.

"온니 말대로 야만인이 참말로 방에 들어왔네. 온니는 앞날을 참

잘 맞혀. 야만인은 패물도 지니고 있다고 했는데 정말로 그러네. 귀
신같은 우리 온니. 예쁘고 힘센 우리 온니."

동생이 뇌까렸다.

3

언니가 병풍을 젖히고 숨겨놓은 빗접*을 꺼냈다. 옻칠한 사각형
빗접 안에는 누워 있는 저 부잣집 식솔들이 음식 창고 지하에 숨을
때 껴안고 있던 귀금속들이 들어 있었다. 또 자매가 여기까지 내려오
면서 훔친 패물들도 가득했다.

큰 여자는 피 묻은 애꾸의 옥 목걸이를 빗접에 넣고 야무지게 경첩
을 채웠다.

언니가 말했다. "식겁했다."

"응. 씻고 싶은데 말이지."

"천마산 계곡에 가서 씻자."

"얼음을 깨고?"

"응."

"그 전에 오랑캐를 더 죽이자, 온니."

"안 돼. 떠나야 해."

"지금 나가면 잡힐 것 같은데."

• 빗, 머릿기름 등을 넣어두는 사각형 상자

그 말에 언니라고 불리는 큰 여자는 꽃살문을 열어서 불타는 집들을 바라보았다.

아슴푸레한 횃불들이 더 많이 움직이고 있었다. 약탈자들이 집합해야 할 측백나무가 있는 공터는 이 고택에서 멀지 않은 곳에 있었다.

"이번에도 맞혀봐, 온니. 지금 나가야 하는 건지, 아니면 여기에 계속 숨어 있어야 하는 건지. 신력神力으로 내다보면 되잖아."

"계속 맞힐 순 없어."

천장에 걸어놓은 횃대가 뚝 떨어졌다.

기와에서 이글이글 소리가 들렸다. 불이 사랑채로 옮겨붙으며 내는 소리였다.

둘은 마루로 나갔다.

마루 천장에서도 경첩 같은 것들이 툭툭 떨어져 내렸다.

"옷 입어라. 구저분한 거 말고 깨끗한 남자 옷으로 껴입어라."

살인마 동생은 고개를 끄덕이고 사랑채로 들어가서 죽여놓은 아들 옷을 벗겨 나왔다. 살인마 언니는 마루 아래 죽여놓은 남자 하인의 옷을 벗겼다.

쪼그리고 앉아서 옷을 벗길 때 언니의 등과 가랑이 사이에서 더운 김이 풀풀 흘렀다. 언니는 수구려 바지를 껴입다가 부륵, 방귀를 뀌었다. 동생이 피 묻은 볼로 까르르 웃었다. 언니도 피 묻은 입술을 실룩 올렸다. 불길 속에서 자매는 오랫동안 천진난만하게 웃어댔다. 그때 언니가 무엇을 감지한 듯 갑자기 눈을 부릅떴다.

"서둘러야 해!"

"왜? 또 느꼈어?"

"아까 그놈보다 더 센 놈이 와!"

언니는 다급한 눈으로 빗접을 안고 애꾸가 말을 묶어둔 곳으로 갔다. 실어놓은 것들은 전부 볼품없었다. 언니는 노새 등을 살피다가 패물이 든 가죽 주머니를 찾아냈다. 언니는 빗접 안의 내용물을 전부 그 가죽 주머니에 쏟아부었다. 언니는 가죽 주머니의 입구를 쥐기 편하게 돌돌 묶어 말았다. 가죽 주머니는 묵직했다.

덜컹덜컹.

마당 저쪽,

감지 고택 중문에 걸어둔 빗장둔테가 흔들렸다.

밖에서 거란인들이 들어오려는 것 같았다.

"뒷문으로 나가자."

"잠깐."

동생은 언니를 불러 세우고, 거란인의 칼을 쥔 채 말과 노새가 묶인 쪽으로 갔다. 언니는 동생이 무슨 짓을 하려는지 깨닫고 동생 어깨를 잡았다.

"이씨, 여기 있으면 죽는다니까."

덜컹덜컹.

"뭐, 금방 할 테니께."

"죽이지 마라. 노새나 말은."

언니가 눈을 부라리자 동생은 단념했다.

죽이는 병에 걸린 동생은 주인 없는 짐승만 보면 죽이려 들었다. 오늘 사람을 그렇게 죽이고도 이 에미나인 성에 차지 않는 모양이다. 하지만 이 동생은 언니 말은 또 철석같이 듣는다.

덜컹덜컹.

"어서 가자. 에미나이야!"

언니는 동생 손에서 곡도를 빼앗아 던지고 동생을 이끌고 안채 쪽으로 사라졌다.

4

애꾸가 나타나지 않자 타초곡들을 통솔하는 거란대 정병 대장은 말을 제자리 돌리며 주변을 훑었다. 측백나무 아래에 서른 명가량이 모였지만, 자신의 애꾸는 보이지 않았다.

그는 장갑 낀 손으로 짧은 수염이 빼곡한 자신의 턱을 긁었다. 불타는 마을에 아직 남아 있는 타초곡들은 없어 보인다.

달아날 놈은 아닌데.

턱과 볼에 짧고 다보록한 수염이 난 그는 이번 고려 원정에 데리고 온 애꾸가 무척 마음에 들었다.

9년 전, 데리고 왔던 녀석들이나 3년 전 데리고 왔던 녀석들도 노련한 놈들이었지만 그 애꾸만큼 수완이 좋지 못했다.

그 땅딸한 애꾸는 마을을 털 때마다 늘 선봉에 섰고, 가장 잘 찾아냈다. 다른 놈들은 곡식 따위를 찾기 급급했지만, 그 애꾸는 영리하게도 패물부터 챙겼다.

'잠자는 눈'이라는 이름의 애꾸는 원래 고평에서 말 서른 마리를 키우는 자였다. 한때 자색 옷을 입고 100명의 군사를 부렸으나 동료를 죽이고 물건을 훔친 것이 발각되어 다시는 진에 발을 딛지 못하는 불명예를 안았다. 그는 구리 한 근을 내고 자유를 얻어 이번 도통*의 동정東征✤ 때 말 쉰 마리를 키우는 자인 짧은 수염의 타초곡가정°이 되기를 요청했다.

"나도 부유해지고 짧은 수염 님도 부유하게 만들어드리겠습니다. 큼."

그 애꾸는 자신을 짧은 수염이라고 불렀다.

고려에는 집마다 패물이 많다는 말이 널리 퍼져 있었고, 짧은 수염조차도 9년 전 압록을 건너왔을 때 몸소 느꼈다. 그래서 짧은 수염은 애꾸를 이번 침공 때 자신의 타초곡가정으로 삼았다.

측백나무 아래는 횃불들로 환했다.

기름불이 너울대고, 입자 굵은 언 눈을 밟는 소리가 시끄러웠다. 어떤 놈은 자루를 메고 있었고 또 어떤 놈은 뭔가를 가득 올린 작은 수레를 세워놓고 있었다. 타초곡들은 자신들을 인솔하는 짧은 수염이 어서 돌아가자고 명령하기를 기다렸다. 짧은 수염은 허리에 찬 도끼 손잡이에 비끄러맨 사슴 가죽끈을 만지작거리며 말을 이리저리 돌리기만 했다. 그럴 때마다 말 궁둥이에 매어놓은 가죽 물통이 꿀렁거렸다.

수를 다시 파악해봐.

명령하자 기병들이 타초곡들을 한쪽으로 정렬시켰다.

● 거란군의 최고사령관

✤ 고려 정복

○ 타초곡은 전체를 일컫는 말이고 개별 명칭은 '타초곡가정'이라 부른다.

그늘진 산 너머로 회색 하늘이 검어지고 있었다.

타초곡기가 고려 마을에 들어갈 땐 본대에서 정병 군사 쉰 명 정도가 따라와주어야 한다. 그들이 동행하는 이유는 타초곡들을 지키려는 것이 아니라 달아나지 못하도록 하기 위함이다. 그들은 타초곡기가 마을을 터는 동안 마을 근처에서 기다리기만 한다.

애꾸는 이미 두 번이나 만족스러운 것을 바쳤다. 스무 날 전, 압록을 건넜을 때 애꾸는 홍화진에서 선물하듯 은니사로 세공된 봉황무늬 머리꽂이를 주었다. 홍화진에서 도통*의 본대가 고려 놈들에게 허술하게 당했을 때도 놈은 주변 마을을 털어 패물을 챙겼다.

놈은 열흘 전에는 불상을 건넸다. 광배 뒤에 '지세의불知世義佛'이라는 글씨가 새겨져 있는 중지 크기의 불상이었다. 짧은 수염이 속한 대隊에는 송에서 도망쳐온 승려도 있었다. 승려는 애꾸에게서 받은 그 불상이 북제의 승려 지웅이 만들었다는 1,000구의 불상 중 서른두 번째 것이라고 품평했다. 이 정도면 거란주에게 가야 할 귀한 보물이었다.

젠장맞을. 그 애꾸를 부려서 그런 걸 몇 개 더 확보할 참이었는데.

약탈한 자루들을 어깨에 인 타초곡가정들이 수런거리기 시작했다. 인원 파악이 끝났음에도 출발하지 않는 것에 불만인 모양이었다. 그들은 더러운 손으로 이마를 쓸거나 앞니가 빠진 이를 드러내며 불안하게 두리번거렸다. 추우니 어서 진으로 돌아가자는 것. 여기 있다가 고려군 정찰병을 만나면 위험하다는 것. 말 위에서 짧은 수염은

• 1018년 구주대첩이 있던 해 침공한 10만 거란대의 도통은 소배압이었다.

그들을 노려보았다.

버러지 같은 놈들.

저것들이 인간인가, 짐승인가.

흉하디흉한 놈들 같으니라고.

등이 굽은 놈, 팔이 한쪽 없는 놈, 손가락이 여섯 개인 놈, 뒷머리 가죽이 흉하게 벗어진 놈 등 전부 온전한 놈들은 아니다. 그들은 말을 할 줄 알아도 제 주인에게 함부로 말하지 못한다. 이들은 말 대신 늘 몸으로 의사를 표현한다. 벌판에서 말을 기르며 살 때는 정상이었다가도 이렇게 대^隊 안으로 들어오면 저절로 저런 형상이 되는 모양이었다.

사실 타초곡들은 이런 자들이어야만 했다. 약탈이란 그것만의 속성이 있다.

하나하나 살피던 짧은 수염의 눈에 애꾸의 말과 노새를 데리고 있는 한 놈이 들어왔다. 또각또각 그쪽으로 가 높은 말 위에서 물었다.

이 말과 노새를 끌던 애꾸는 어디 있느냐.

그는 까진 제 머리를 쓸다가 땅을 보며 애꾸가 가장 큰 고택에서 죽어 있더란 소리를 했다. 마을에서 가장 큰 고택이라면 이 측백나무 뒤로 보이는 저 담장 집을 말했다.

턱짓했다.

기병 서넛이 불타고 있는 고택으로 달그락거리며 달려갔다.

그래서 이것들을 네가 취했나?

그놈은 쥐고 있던 애꾸의 말과 노새의 고삐를 슬그머니 놓았다. 짧은 수염은 차고 있던 도끼로 놈의 정수리를 찍었다. 이놈의 주인에게는 돈을 치르면 된다.

바로 출발하지 않을 것을 눈치챈 타초곡들은 하나둘씩 젖은 땅에 주저앉았다.

얼마 후 짧은 수염은 기병들이 싣고 온 애꾸의 시신을 보면서 이제 그만한 불상을 얻긴 글렀다고 생각했다.

시신은 머리가 없었다.

아무것도 걸치지 않았다.

거란 별군 대장, 짧은 수염은 애꾸가 왜 죽었는지 짐작이 갔다. 민가를 겁탈할 때 종종 이렇게 나체가 되는 놈들이 있다. 거란대의 복장은 장수든 정군이든 타초곡이든 비슷하다. 가슴에 두른 철갑 외엔 전부 가죽으로 몸을 둘렀다. 베나 마로 엮은 피복이라면 오염이 되었을 때 빨면 되지만 가죽은 그러하지 못하다.

가죽이란 원래 피가 튀어 스며들면 좋지 않다. 그중 낙타 가죽에 밴 곰의 피는 최악 중 최악이다. 냄새가 사라지지 않는다. 거란은 몸을 씻지 않지만, 걸친 가죽에 더러운 것을 묻히는 것을 극도로 싫어한다. 유목민의 풍습이다. 그래서 유능한 놈들은 약탈 시 훌훌 벗고 돌아다닌다. 몸이 얼어붙을 만큼 추운 날에도 개의치 않는다. 그래서 괴물이라 하는 것이다.

하지만 그 애꾸는 다르다.

해 지기 전, 갈대로 엮은 바자울이 늘어선 골목에서 놈을 만났을 때부터 놈은 가죽 보호대를 두르지 않았다. 애꾸는 오늘 고려인 옷을 입고 있었다. 워낙 잘 훔치는 놈이라 고려인의 천이 편했을 터였다. 필시 여자를 보았기 때문이리라.

기병들이 애꾸 시신을 수레에 실으려 하자 짧은 수염이 말했다.

버려라.

짧은 수염은 애꾸가 자신에게 노새에 걸어놓았던 가죽 주머니를 열어 안에 든 내용물을 보여준 것을 기억했다. 좁은 골목에서 맞닥뜨린 주인에게 약탈한 것을 보여주며 애꾸는 하나밖에 없는 눈으로 빙긋이 웃었다. 애꾸는 울퉁불퉁한 것들이 가득 든 주머니를 툭툭, 쳐 보였다. 이만큼 모았다는 의미였다. 그런데 저기, 김을 뿌리고 있는 애꾸의 검은 말에도, 노새 등에도 그 가죽 주머니는 보이지 않았다.

기병들에게 명령했다.

너희들은 애꾸의 패물 주머니를 찾아라. 담비 가죽으로 만들었다.

퍼졌던 기병들은 얼마 후 빈손으로 돌아왔다. 짧은 수염은 잡아둔 늙은 고려인과 젊은 고려인을 불렀다. 도끼를 빼 들고 물었다.

대라. 계속 모른 척하고 있었던 것뿐이다. 마을 사람 반이 근처에 숨어 있는 것을 안다. 어디냐. 대라.

패물 주머니가 사라졌다는 것은 마을 안에 애꾸를 죽인 고려인이 존재했다는 의미다. 늙은 고려인이 거란말을 못 알아듣는 척했다. 베고 젊은 놈만 남겼다.

대라. 어디냐.

북방의 고려인들은 여진말과 거란말을 능숙하게 알아듣는다. 반대로 거란인도 발해인도 여진인도 고려말을 할 줄 안다. 짧은 수염은 젊은 고려인에게 네가 거란말을 알아듣는 것을 알고 있으니 어서 대답하라고 말했다.

어디냐, 마을 사람들이 숨은 곳이.

젊은 고려인은 벌벌 떨면서 천마산 무위사를 가리켰다.

무위사?

고려인은 고개를 끄덕였다.

거기에 사람들이 숨어 있다고?

짧은 수염은 믿을 수 없었다.

거기서 더 올라가면 방어성이 있는데 뭣 하러 한심한 절에 숨어? 게다가 절은 비 오기 전인 그제 별군이 한 번 털었다.

여우난골 마을 뒤로 병풍처럼 천마산이 넓고 길게 솟아 있고, 그 초입에 무위사가 있다. 무위사 경내에서 가파른 기슭을 따라 산길로 5리쯤 올라가면 고려의 방어성인 안의진성이다. 안의진은 치소*가 있는 산성이었으며 고려 정규군이 주둔하고 있었다.

짧은 수염은 이상하다고 생각했다.

여우난골 마을 사람들이 안의진성으로 가지 않고 무위사에 숨어 있었다고?

여러 번 물었지만 사내는 더는 대답하지 않았다. 짧은 수염은 이놈이 대답하지 않는 것은 정말 모르기 때문이라고 생각했다.

고려인 사내를 베었다.

도끼날을 부하가 탄 말 털에 슥슥 닦으며 생각했다.

성에 숨어들지 않고 그 아래 절에 숨어들었다?

그렇다면—

안의진이 비었다는 뜻?

* 관청

한 달 전까지만 해도 고려군들이 가득 들어차 있었는데?

속임수일 수도 있다.

차차 알아보면 되겠지. 그나저나 무위사라.

거란 별군을 이끄는 짧은 수염은 기병 열 기에게 타초곡들을 이끌고 대로 돌아가라고 명령했다.

나머지 스무 기는 남겼다.

짧은 수염은 그들을 데리고 무위사 쪽으로 달렸다.

고얀 것들. 내 것을 털어?

무위사

요 통화 11년(993)에 왕치(고려 성종)가 박양유를 파견하여 표문을 올리고 죄를 청하였다. 조서를 내려서 여진에게서 빼앗았던 압록 동쪽 수백 리의 땅을 고려에 내주었다.

『요사』 권115, 「이국외기」, "고려".

1

둘은 숨을 헐떡거리며 무위사에 다다랐다.

무위사는 마을에서 3리 정도 떨어진 야트막한 언덕에 있었다.

천마산 기슭, 쑥 내민 귀퉁이의 널찍한 터에 다섯 동의 사찰 건물이 박혀 있고, 그 절 뒤로 본격적으로 각이 높은 산길이 시작된다. 그 길을 오르면 산 중턱에 안의진성이다.

둘은 경내에서 멈췄다.

동생이 허리를 굽히고 헐떡였다.

동생이 목에 걸고 있는 은색 자아추가 좌우로 유난히 대롱거리는 것을 보면서 언니는 기다렸다.

"온니, 이제 우리 괜찮은 거야? 헉, 헉."

언니는 뒤를 바라보았다.

무위사는 불타지 않았지만, 거란대가 다녀간 흔적은 역력했다.

언니는 범종을 바라보고 있었다.

종루는 남쪽의 먼 입구에 있었다. 그런데 이상하게도 매달려 있어야 할 종은 종루에서 스무 걸음 떨어진 지점, 무위사의 너른 진흙 바닥에 덩그러니 놓여 있었다.

'무거운 종을 왜 저쪽에 내려놓았을까?'

저 범종, 서경 이북의 종 중 가장 크다고 죽화는 어디선가 들어서 알고 있다.

거란대 짓 같지는 않았다.

그들이 저 무겁고 육중한 것을 낑낑대며 옮겨두었을 리 없다. 놓여 있는 모습도 이상하다. 범종은 질척거리는 흙바닥에 널찍한 나무판 세 개를 놓아두고, 그 위에 놓여 있었다.

사찰에서 가장 고귀한 것이어서 그랬을까, 비록 끊어져 있어도 더러운 진흙에 닿지 않도록 하려던 것일까, 지금은 저렇게 두겠지만 난이 끝나면 다시 종루에 달겠다는 의지가 보이는 것 같기도 한데.

상단 용뉴에 시신이 걸려 있었다.

무위사의 중이었다.

두 손이 뒤로 묶인 시신은 마치 부조한 조각상처럼 방형의 굴곡에 딱 달라붙어 있었다.

이틀 전 거란대가 마을에 들어왔을 때 죽어 걸린 모양인지 줄이 감긴 목이 그늘에서 묵힌 파처럼 흐무러져 있고 대머리는 돌덩이처럼 기울어져 있었다. 시신을 본 동생이 또 흥분해서 숨을 푹푹 내쉬었다.

"사람을 죽여 매달았다, 온니."

"배 아픈 건 좀 잦았지? 그러면 올라가자."

"올라가려고? 이 절에 있자."

언니는 동생 등을 밀었다. "가자!"

"왜? 여기 있으면 위험해?"

언니는 무위사를 지나고 안의진을 지나 천마산 계곡으로 들어갈 생각이었다. 언니가 움직일 때마다 가죽 주머니가 철렁철렁 묵직한 소리를 냈다. 동생이 따라오며 말했다.

"죽화 온니, 여기 있어도 되는지 느껴보라고. 자꾸 올라가자고 하지 말고. 나 힘들다고. 신력神力을 부려서 알아보라고."

언니 이름은 설죽화였고, 동생 이름은 설매화였다.

죽화는 매화가 죽은 생명을 보고 흥분하는 것이 못마땅했다.

"너, 여기 있으려는 이유가 죽은 사람들 해코지하려고 그러는 거지?"

헤.

매화가 웃었다.

저 천진난만한 웃음 속에 어찌 저런 병이 있을꼬.

죽화의 동생 매화는 죽이는 병에 걸렸다.

매화는 사람을 아무렇지 않게 죽인다. 물론 살기 위해서 죽이는 것이라면 죽화도 죽일 수 있다. 100명이라도. 죽화도 동생과 다니면서 사람을 죽였다. 그것은 밥을 먹기 위해 나락을 베거나, 어부가 물고기를 죽이는 것과 다름없다고 생각했다. 먹고살기 위해, 가족을 지키기 위해 하는 일이라면 어찌 흉이라고 할 수 있을까. 요즘 같은 시기에.

하나 매화는 달랐다.

매화는 피를 보면 흥분했고, 나쁜 기운을 뿌리는 사람이 있으면 영락없이 죽이려 들었다.

죽화는 미약하게 앞날을 내다볼 줄 알았다.

죽화는 신력에 의한 예지豫知가 있었다. 하늘이 두 자매에게 능력을 하나씩 주었다면 너무도 색깔이 다른 재능이었다.

"이 절에 있으면 오랑캐에게 금방 들켜. 엄청나게 센 놈이 올 거라고. 서둘러, 산으로 올라가야 해!"

"벌써 내다본 거야?"

설죽화는 한 손에는 무거운 주머니를 들고, 또 다른 한 손으로는 동생 매화의 덜미를 잡고 금당* 쪽으로 달렸다.

"내다보고 말하는 거야? 아니면 그냥 말하는 거야?"

"봤어. 내다봤다고! 그러니 달려!"

매화는 싫다고 우겼다.

사찰 주변은 고요했다.

누구도 올 기미는 느껴지지 않았다.

할 수 없이 죽화는 매화를 끌고 석등과 석탑을 지나 돌계단을 올라 무위사의 가장 큰 전각인 금당 안으로 들어갔다.

금당 안은 푸른 어둠만 가득 들어차 있었다.

부처는 누가 발로 찬 모양인지 크고 높은 사각형 불단에 등을 대고 천장을 보며 누워 있었다.

숨을 곳을 찾던 죽화는 대좌 아래에 거대한 불단을 노려보았다.

'저 안에 들어갈 수 있을까?'

나무로 만든 불단은 금당 내부 공간 대부분을 차지할 만큼 크고 넓었다. 가로 다섯 걸음, 세로 다섯 걸음 되는 길이. 단마다 다양한 상징들이 조각되어 있었다. 맨 아래에는 형형색색의 코끼리가 부조되어 있었는데, 가장 왼쪽 모서리에 작은 미닫이문이 박혀 있었다. 예불에 필요한 물품을 넣어두는 공간이다. 나무문을 열려고 했지만 좀처럼 열리지 않았다.

기긱,

● 금당(金堂)은 본존불이 있는 본당이다. 신라 시대에서 고려 초기까지는 금당이라고 불렸고, 이후 시대에는 법당(法堂)이라고 불렸다. 고대 사찰의 가람 배치는 다양하나 주로 탑-금당-강당 건물이 하나의 축을 이루어 배치됐다. 고구려는 1탑 3금당, 백제는 1탑 1금당의 배치가 많았다.

기이익.

안에 무언가가 걸려 있었다.

열리지 않으려는 문을 기어이 열고 틈을 냈다. 안을 들여다보던 죽
화는 얼른 코를 막았다. 퀴퀴한 진흙 냄새가 몰려나왔다. 역한 쇠비
름 냄새와 비슷했다. 코를 막고 들여다보니 검은 공간에 썩은 두개골
수십 개가 쌓여 있었다.

죽임을 당한 중들과 마을 사람들의 머리였다.

사람 머리는 저리도 빨리 썩는다.

썩으면 냄새가 고약한 진흙 냄새가 난다.

저렇게 모아둔 것은 거란인이 한 짓이 아니다. 두개골을 보관하려
고 한 것이다. 나중에 묻어주려는 것일지도 몰랐다.

손을 넣어 저으니 안에서 곡괭이가 잡혀 나왔다. 누군가가 나무문
을 열지 못하도록 안에서 곡괭이를 괴어놓은 모양이었다.

"씨."

미닫이문을 닫고 죽화는 표정을 일그러뜨렸다. 바보 같은 짓을 했
다고 생각했다.

"왜? 온니?"

"뭐가 왜야. 넌 냄새 안 나니?"

"그냥 들어가자. 넓어 보이는데."

"여기 숨으면 오랑캐들이 못 찾을 것 같니?"

"나는 딱 좋은데, 온니."

"나가자."

나가려던 죽화는 생각을 바꾸고 몸을 돌렸다. 어깨에 인 무거운 패

물 주머니를 바닥에 내려놓았다.

불단 미닫이문을 다시 열었다. 내내 부여잡고 있던, 땀 때문에 눅눅하고 쪼글쪼글 주름이 깊은, 가죽의 주둥아리를 두 손으로 잡고, 휘휘 돌려 불단 안 썩은 두개골 더미가 있는 어둠 저 안으로 힘껏 던져 넣었다. 패물이 든 주머니는 피 대가리들이 쌓인 어둠 너머로 묵직한 소리를 내며 사라졌다. 곡괭이도 어둠 속으로 밀어 넣었다. 코끼리가 부조된 미닫이를 일부러 활짝 열어두었다. 누구라도 이 피 대가리들을 볼 수 있도록. 절대로 이 안에 패물이 든 주머니가 숨겨져 있으리라곤 생각지 않을 것이다.

"이제 나가자."

"어딜?"

"산으로 가야 해."

"패물은 저 안에 두고?"

"나중에 와서 찾으면 돼."

"그냥 여기서 하루 지내자, 온니."

"여긴 곧 야만인들이 올 거라고! 내가 내다봤다니까! 산 위로 가야 해."

둘은 금당을 나왔다.

절 마당에서 멀리 보니,

저 아래, 불타는 여우난골 마을에서 작은 불들이 일렬로 움직이고 있었다.

"앗. 진짜로 야만인들이 이쪽으로 오고 있네. 온니는 정말 잘 맞혀! 헤헤."

"시끄러워!"

무위사 금당 건물 뒤로 잎갈나무 숲이 빼곡했다. 갈라진 숲 사이로 후미진 오르막이 보였다.

무위사는 신라 때 지어진 사찰이었다. 신라 사찰에는 흔히 뒤에 같은 축으로 강당 건물이 있어야 했지만 무위사는 그렇지 않았다. 금당으로 사용하는 전각 뒤로는 숲 오르막이었고 강당은 오른쪽 삐뚜름한 기슭 위 너른 터에 있었다. 이 사찰을 벗어나려면 저 오르막길로 가야 한다고 생각했지만 죽화는 망설였다.

'여기 있는 게 나을지도 몰라.'

오르막길을 따라가면 안의진성이 나온다. 이 달빛 밤에 거친 숨소리를 푹푹 내며 하나뿐인 저 길을 오르다가 야만인의 정탐군을 만나면 영락없이 당한다. 밤의 소리는 100리 밖에서도 들리는 법. 죽화는 저 멀리 움직이는 불들을 노려보았다. 싯싯거리는 소리가 여기까지 들리는 것 같았다.

"온니? 올라가야 해? 아니면 여기 있어야 해?"

매화는 발을 동동 굴렀다. 이럴 땐 살인귀가 썬 매화도 다섯 살 난 아이 같다.

어찌해야 할지 모르겠다.

이럴 때 미래가 보여야 하는데. 빌어먹을.

보래구름*이 깔린 서쪽 하늘은 차가운 냉기를 뿜으며 거뭇해져가고 있었다. 그 아래 산들은 이미 악에 물들듯 검게 변한 상태였다.

• 보랏빛 구름. 평안도 방언.

그때.

어둠 저쪽에서 서걱거리는 소리가 들렸다.

숙여!

죽화는 매화 덜미를 잡고 금당에서 내려오는 돌계단 앞에 우뚝 박힌 굵고 커다란 석등 뒤로 숨었다. 쪼그리고 앉아 매화 머리를 덮듯이 눌렀다. 매화는 은빛 자아추를 부여잡고 있었다. 매화가 그걸 들고 사람을 죽이려고 튀어 나가려 들면 큰일이었기에 죽화는 온몸에 힘을 주었다.

투덕거리는 발소리가 가까워지고 있었다.

이윽고 몇 개의 그림자가 내리받이 길을 타고 와 금당 영역으로 들어온다.

세 사람이다.

봇짐을 멘 사내와 여자, 그리고 사내 손을 잡고 끌리듯 달리고 있는 남자 정강이만 한 키의 아이. 아이는 두 살이나 세 살쯤 되어 보인다. 젖을 갓 뗀 나이. 그들은 몸을 낮추고 경내 마당을 가로질러 죽화와 매화가 쪼그리고 있는 석등 쪽으로 오고 있었다.

저쪽에서 그들은 멈췄다.

사내가 손을 들어 기다리게 하고 가만히 기미를 살폈다. 석등 뒤에 숨은 자매를 느낀 것 같았다. 이쪽, 죽화도 마른침을 꿀꺽 삼켰다. 사내가 아이 손을 여자에게 맡기고 혼자 석등 쪽으로 걸어왔다.

사내는 석등의 간석● 너머에서 우뚝 섰다.

● 기둥

품에 깔린 매화가 부르르 떨었다. 죽화는 여차하면 매화를 놓아줄 참이었다. 매화가 튀어 올라 사내 목에 자아추를 박아 넣을 것이다.

사내가 몸을 부스럭거렸다.

죽화가 매화를 놓아주려 할 때,

"빠. 아빠."

저쪽에서 아이가 배부른 여자 손을 뿌리치고 사내에게 쪼르르 달려가 사내 손을 잡았다.

죽화는 얼른 매화를 움켜잡았다.

사내가 물었다.

"고려인이지비?"

죽화는 그제야 일어나서 석등을 비켜섰다. 매화 손목을 꼭 잡고선. 매화도 함께 일어섰다.

"마님, 괜찮습니다. 고려인입니다."

사내가 말하자 저쪽에서 여자가 다가왔다.

사내 뒤에 서 있는 여자는 배가 몹시 불러 있었다.

세 사람은 가족이 아니다.

부녀로 보이는 사내와 아이는 신분이 낮고, 배부른 여자는 신분이 높다. 배부른 여자는 그들이 모시는 귀족이다.

"여 있으면 죽는다. 따라오라."

사내는 자매에게 속삭이고 마당의 저쪽, 범종이 있는 곳으로 빠르게 갔다.

배부른 여자는 바로 따라가지 않고 석등을 짚으며 고개를 숙이고 서 있었다. 배를 부여잡은 채 복잡한 숨을 고르던 그녀는 이윽고 얼굴을 들었다. 몸이 한결 나아진 모양이었다. 그녀는 자매에게 불뚝한 배를 보이며 환하게 웃었다. "사내인가 봐. 야단스레 차대네."

여자는 매끄러운 개경 말을 썼다.

죽화 눈에 그녀의 목에 대롱거리는 검지만 한 부처가 보였다.

호지불護持佛•이다. 게다가 금.

금으로 만든 호지불을 걸고 있다니. 귀한 신분인가 보다.

"뭐 해? 같이 가야지. 응? 어서."

배부른 여자는 매화 손을 잡고 이끌었다. 가자. 응? 어서. 매화가 죽화 눈치를 보자 여자는 이번에 죽화 손을 잡고 당겼다.

"여기 있으면 죽는다니까."

여자는 그러다가 다시 숨을 거칠게 내뿜었다. 배에서 자극이 왔기에 뱉는 숨이었다.

죽화는 보았다. 저 여자가 곧 죽는다는 것을.

하필 이때 이런 게 보여. 씨.

이상했다.

여자는 죽는데 또 배 속의 아기는 죽지 않는다.

'저 여자랑 같이 있으면 죽는 건가? 아니면 저 여자만 죽는 건가?'

선명하지 않았다.

그냥 내가 죽이고, 금부처 목걸이를 빼앗을까. 산 위로 달아나면 될 것 같은데. 죽화는 고민했다.

마님! 마님!

• 몸에 지니고 다니는 작은 불상

저쪽에서 사내가 여자를 불러댔다.

여자는 걱정스러운 눈으로 자매를 바라보았다.

"그럼, 여기 있지 말고 저기, 장 묻어두는 흙담 보이지. 그 아래 고랑이 깊으니 거기 숨어. 응? 오랑캐들이 올라오고 있는 것 같으니까. 단단히 고개를 숙이고 있어야 한다. 알겠지?"

여자는 자신의 불뚝한 배를 두 손으로 부여안고선 사내가 기다리는 쪽으로 뛰어갔다.

사내는, 그녀를 앞으로 보내고, 얼마쯤 자매가 서 있는 석등을 바라보았다. 결국 그는 기다리는 것을 그만두고 아이를 번쩍 들어 어깨에 들쳐 메더니 움직였다. 그들 셋은 마당 끝, 흙바닥에 덩그러니 세워놓은 범종 앞에 멈췄다.

사내가 범종 하단을 주먹으로 탕탕, 때렸다.

"가자!"

그제야 죽화는 동생 덜미를 잡고 달렸다. 범종이 저 자리에 있는 이유를 알았기 때문이다.

둘은 범종으로 달려갔다.

사내가 낮게 말했다.

"열어주시오. 열어주시오. 오달 영감, 나요. 상도."

범종은 우뚝 선 채 반응이 없었다.

탕탕.

한참 만에 범종 하단, 흙바닥에 깔아놓은 널빤지 일부가 밀리더니 바닥 안에서 노인이 얼굴을 드러냈다. 어깨가 두꺼운 건장한 노인이었다. 노인의 왼쪽 눈은 동자가 희미했다. 노인은 한눈을 사용하는 자였다.

"자리가 없다."

보니 거대한 무위사 범종 아래 깊은 구멍이 있었다.

땅을 파고 그 위에 종을 덮어놓았다니. 놀랍도록 기발한 피난처였다. 얼핏 보면 범종을 옮기려다 성공하지 못하고 버려놓은 것같이 보인다. 또 내려놓은 범종을 질척거리는 진흙 바닥에 더럽히지 않으려고 여러 개의 널빤지를 범종 아래에 깔아둔 것처럼 보인다. 그렇게 둔 범종 아래에는 깊고 넓은 구덩이가 있었다. 널빤지는 속임수였고 그중 하나는 구덩이로 들어가는 입구였다.

"병마사를 모시는 판관님 마님이오. 자리를 내오."

"없다니까."

"오달 영감. 내, 피해 안 주려고 산에 숨어 있었는데 도저히 안 되어서 이리로 왔소. 우리 마님 배 좀 보오. 이것도 보오. 세 살배기가 걷지도 못하고 대롱거리기만 하고 있소. 산에서 하루 지내니 우리 셋, 전부 다 얼었소."

귀마개 대용으로 머리에 천을 칭칭 감은 세 살배기는 눈을 비벼댔다. 몸이 흐느적거리는 것이 아픈 모양이다.

"골우재에 있는 토신묘*에 가보라. 여긴 좁아."

"거긴 무너졌어."

"그럼 천마산 북신 사당으로 가."

둘은 땅이라도 듣지 못할 정도로 낮게 속삭였다.

* 토지신을 모시는 사당

사내가 눈을 부라렸다.

"이 종을 내릴 때 나도 도왔소. 안 그래?"

"그걸 누가 모르나, 자리가 없다니께."

"이 구덩이도 내가 제일 많이 팠소!"

노인은 널빤지를 닫으려 했다.

사내는 저쪽 바닥에 굴러다니는 목어 치는 나무 방망이를 움켜쥐고 다시 돌아왔다.

"이걸로 종을 치부리갔어. 저 밑에 있는 오랑캐들 전부 다 들으라고 땡깡, 땡깡, 치부리갔다고!"

퍼런 어둠이 경내에 들어차 있었다.

어둠에 얼굴은 보이지 않았지만, 입에서 요란하게 퍼지는 허연 숨으로도 사내의 노기를 충분히 짐작할 수 있었다.

노인이 입술을 깨물었다.

사내가 방망이를 귀 옆까지 들어 올렸다.

아래에서 누군가가 무슨 말을 했고 노인은 아래를 보며 듣더니 결국 바닥에 깐 판자를 더 넓게 밀었다. 사람 하나가 범종 아래, 흙바닥으로 내려갈 만한 구멍이 드러났다. 놀랍게도 구덩이 안에는 서너 계단까지 다져져 있었다.

"마님, 어서." 사내가 여인에게 들어가라고 재촉했다.

"상도. 봇짐까지 둘 공간은 없어."

노인의 말에 사내는 고개를 끄덕였다.

사내는 허리를 수그리고 저쪽 검은 숲에 봇짐을 던지고 돌아왔다. 임신한 여자가 먼저 내려가고, 사내는 잘 걷지 못하는 딸을 넣었다.

그다음 사내도 들어갔다. 널빤지를 닫으려던 노인은 한쪽만 선명한 눈으로 자매를 올려다보았다. 결국 노인이 자리를 내주었고 죽화와 매화가 들어갔다.

널빤지가 닫혔다.

범종은 진흙 바닥에 어둠을 사려 먹으며 홀로 서 있었다.

2

짧은 수염과 스무 기가 경내로 들어왔다.

거란 정병들은 일제히 말에서 내렸다. 그들은 장창이 아닌 뿔이 있는 도끼와 활만 들고 있었다.

말 위에서 짧은 수염이 턱짓하자 정병들은 흩어졌다.

어두운 밤 아래에서 말들이 더운 김을 뿜으며 종종걸음 쳤다. 정병 서넛이 남아 주인 없는 말들을 전부 구석으로 끌고 갔다.

짧은 수염은 말에 오른 채 가만히 서 있었다.

목등에 갑찰^{甲札}을 씌운 말이 두어 번 자리를 맴돌았고 짧은 수염은 같이 돌다가 끈을 당겨 또각또각 금당 뒤로 갔다. 마른 대숲 사이로 비탈길이 나 있다. 부하 서너 명이 그 오르막길을 오르려 했다.

여! 거긴 올라가지 마. 짧은 수염이 명령했다.

그 길을 따라 오르면 고려군 성이 있는 곳이다.

비어 있을 것으로 예측했지만 신중한 짧은 수염은 조심했다. 매복 조가 있을지 모를 일이었다.

짧은 수염은 아직 안의진성을 자신들의 근거지로 쓸 생각은 없었다. 당분간 천마산 주변의 골을 따라 이리저리 이동하며 이 근방의 동태를 챙겨볼 참이었다.

이 절에 온 이유는 분명하다.

애꾸의, 아니 자신의 패물 주머니를 가져간 놈을 찾아내는 것.

기슭을 오르려던 정병들은 다른 곳으로 사라졌다. 짧은 수염의 말도 금당 앞마당으로 나왔다. 정병 다섯이 금당에서 막 나오고 있었다. 금당에서는 아무것도 찾지 못한 모양이었다.

불상은 금이더냐?

아니었습니다. 돌로 깎은 부처입니다.

더 뒤져라. 쥐새끼들은 분명 여기 모여 있다.

그는 금당 앞 삼층 석탑을 지나 석등으로 갔다.

짧은 수염의 엉덩이가 흔들릴 때마다 말의 발굽이 절 마당에 미끈하게 깔린 돌길에서 도각치각 소리를 냈다. 부리는 부관이 달려와 석등 화창*에 기름을 칠하고 불을 피웠다.

짧은 수염은 말 위에서 팔을 뻗어 그 불에 손을 쬈다.

너도 여기 있지 말고 찾아. 부관이 사라졌다.

짧은 수염은 멀리 검은 산을 바라보았다.

희끄무레한 하늘은 마지막으로 달빛을 머금고 있다가 이내 월식처럼 검어졌다. 구름이 많아지며 달이 드러났다 사라지기를 반복하고 있었다. 눅눅한 밤이 되려 했다. 보이지 않는 곳에서 풍경風聲이 겨

* 석등에 초나 기름을 두는 공간

59

울바람에 쉿소리를 냈다.

천마산은 강남산맥의 여러 자락을 포함하는 큰 산이었다. 서쪽으로 뻗은 가장 긴 맥의 줄기는 언젠가는 개활지로 이어지는데 그것이 구주 벌판이었다.

돌아올 때가 되었는데.

짧은 수염은 자신을 버리고 개경으로 내려간 본대를 떠올렸다.

황제(요 성종)의 사위 동평군왕 소배압이 도통사가 되어 이끄는 10만 천군이 압록을 도강한 것은 한 달 전인 정월 3일이었다. 부통사 소굴렬과 도감 야율팔가가 도통을 보필했다.

이번은 여느 년의 공격과는 달랐다. 황제의 정예 피실군과 그들을 보좌하는 외국인 병력은 이번만은 어물쩍 겁을 줄 생각이 없었다. 그간의 공격들이 여섯 성*을 돌려받기 위한 겁박을 목적으로 주로 북계 지방에서 이루어졌다면, 이번은 곧장 개경으로 밀고 들어가 고려 왕을 끌고 올 참이었다. 그들은 정말로 그렇게 했고, 도통의 10만 본대는 지금 고려의 수도인 개경에서 100리쯤 떨어진 신은현❖에 머물러 있었다.

소배압의 목적은 여섯 성을 뱉어내겠다는 서약을 받는 것이었다. 만약 고려 왕이 거부하면 나포해서 거란주에게 바친다.

정월도 거의 지나가고 있었다.

* 993년 서희가 소손녕에게 담판으로 빼앗은 고구려의 옛 영토에 설치한 6주(흥화, 용주, 통주, 철주, 구주, 곽주)를 말한다. 거란은 흔히 강동 6성이라고 표현했다.
❖ 소배압이 이끄는 10만의 거란대는 1018년 12월 1일 거란의 수도 동경요양부를 출발해 10일 보주에서 압록강을 건넜고, 23일경에 대동강을 도하해서 1019년 1월 초에 고려의 수도인 개경의 북방 100리 지점인 신은현에 도착했다.

고려 땅 깊숙이 들어간 지 벌써 두 달이 지났다. 돌아올 때가 되었다. 곧 봄이 온다. 다음 달이면 평지에는 풀이 자란다. 거란인은 2월부터 목축할 준비를 해야 한다. 말을 먹여야 하기 때문이다.

길어야 한 달, 짧으면 열흘이다.

이 전쟁은 그사이에 어떻게든 끝나게 되어 있었다. 천군의 도통이 그 안에 고려 왕을 잡지 못하면 빈손으로 돌아와야 한다.

짧은 수염은 짜증이 일었다.

잔병인지, 예비병인지 알 길이 없군. 언제까지 이 짓을 하면서 기다려야 하나.

짧은 수염의 500기 별진의 임무는 대기였다.

이 지역에서 크고 작은 고려 군세를 정리해놓고 기다렸다가 내려간 본대가 임무를 끝내고 돌아오면 그들을 맞아 길을 안내해서 압록을 건너는 것이다. 그리고 그동안 북계 이곳저곳에 포진하고 있는 염탐자들이 캐낸 고려군 정보를 취합해서 아래로 내려간 본대에 전달하는 것도 그가 해야 할 일이었다.

여기서 뭐 하는 건지. 쩝.

짧은 수염은 한때 도통의 최강 선봉군 여섯 대 중 한 대를 이끌던 자였다. 이번에 내려온 도통의 부대는 황제가 준 호가군보다 선봉군의 군력이 더 강했다. 선봉군 본류의 한 대를 맡았던 그가 지금은 별군으로 지정되어 싸움다운 싸움도 못 한 채 북쪽에 머물러 있었다. 도통은 그것이야말로 자신을 보필하는 가장 중요한 임무라고 했지만, 그것은 위로하려는 말일 터.

끼구우—

밤 까마귀가 한 번 울었다.

버려진 금당은 어스름했고 거대한 짐승 같았다. 경내에 휘모는 바람이 소가 우는 듯 구슬픈 울음을 길게 뱉어냈고, 작은 종이 경판을 치듯 요란한 소리를 냈다.

무언가를 감지한 짧은 수염은 장갑 낀 손으로 석등 불을 비벼 껐다. 그러자 구석구석에 퍼져 있던 군사들이 기미를 알아차리고 들고 있던 횃불을 하나둘 껐다.

그들은 각자 자리에 쪼그리고 앉았다. 손에는 전부 도낏자루를 부여잡고 있다.

무위사 경내가 순식간에 고요해졌다.

바람 소리가 휭하게 들렸다.

쟁쟁쟁쟁.

풍경 소리가 꼬불꼬불 휘돈다.

짧은 수염은 저 멀리 바닥에 우뚝 놓인 범종이 있는 쪽으로 말을 걷게 했다. 진흙에서 말은 저걱저걱 소리를 냈다. 부관이 횃불을 들고 따라왔다.

범종 앞에서 짧은 수염은 날카로운 눈을 한 번 찡그렸다.

종루에서 한참 떨어진 진흙 바닥에 덩그렇게 놓인 범종이라. 이틀 전, 그러니까 비가 내리기 전, 이 절에 처음 왔을 때도 저 종이 저렇게 끊어졌던가?

누가 끊어놓았을까?

꼴에 흙에는 닿지 않게 하려고 널빤지를 덧대어놓았군.

고려인들은 부처를 독실하게 믿는다.

거란인도 진실하게 믿지만, 그것은 평민 이상 상류층에 국한한다. 고려는 아니다. 상놈이고 귀족이고 극진하다. 고려 왕은 스스로 미륵이라 칭하고, 맨발의 거지 아이도 부처를 들먹이며 밥을 빈다. 그런 그들이 삼도三途●의 고통을 벗어나게 해준다는 이 소중한 종을 이렇게 끊어서 내팽개쳤다고?

말에서 내렸다.

푹신하고 눅진한 바닥에 가죽신이 닿자 수분이 지긋이 배어 나왔다.

낙타 가죽 장갑 손으로 범종 표면을 쓸었다.

범종에 매달린 한 구의 시신은 북쪽으로 가슴을 드러내고 너덜거리고 있었다. 이 시신들은 자신들이 죽인 게 아니다. 거란대는 이렇게 사람을 죽여 매달지 않는다. 짧은 수염은 시신을 매단 의미를 모르지 않았다.

으흠, 북신에게 바친 것이군.

북계의 고려인과 서여진, 남발해인들은 북신을 부처보다 높이 숭상한다.

북신에게는 반드시 머리를 제물로 바쳐야 한다. 짐승의 머리를 잘라 올리거나, 또는 전체를 죽이되 머리를 북쪽으로 향하게 하는 것이 북신에게 제를 지내는 방식이다.

고약한 놈들.

사람을 죽여 바치다니. 고려 놈들도 꽤 잔인해.

그는 범종에 귀를 대보았다. 그런 다음 부관에게 손을 내밀었다. 건

● 지옥도, 축생도, 아귀도

네반은 도끼로 댕댕 표면을 쳤다. 아랫부분도 같은 식으로 소리를 냈다. 짧은 수염은 석등 쪽에서 이쪽을 바라보는 부하들에게 소리쳤다.

다들 말에 올라라. 돌아간다.

부하들은 횃대에 불을 나눠 붙이고 말이 있는 곳에서 자기 말에 올랐다.

철컥, 철컥.

말들이 제자리에서 움직이는 소리가 경판을 때리는 종소리에 섞여 들렸다.

짧은 수염도 말을 돌려 저벅저벅 석등 쪽으로 걸어갔다.

저쪽에서 부하들이 짧은 수염이 다가오는 것을 바라보았다. 부관이 석등에 불을 붙인 후 제 말에 올랐다.

거기까지 간 짧은 수염은 손을 한 번 까닥했고, 말에 올라앉은 부관이 그 앞으로 다가가 머리를 낮췄다. 짧은 수염은 부관의 귀에 대고 속삭였다. 이내 부관은 고개를 끄덕인 후 기병들을 전부 데리고 경내 밖으로 나갔다. 철기 소리, 젖은 흙 밟는 발굽 소리, 돌바닥을 밟는 발굽 소리가 바람 소리와 풍경 소리에 섞여 사라졌다. 이윽고 경내에는 쟁쟁, 풍경 소리만 춤추고 있었고 소가 우는 듯한 바람 소리만 들렸다.

그 소리 아래.

자신의 말고삐를 잡은 짧은 수염이 석등 옆에 서 있었다.

부하들을 내려보낸 짧은 수염은 한참 만에 범종이 있는 곳으로 걸어갔다. 범종 표면에 다시 귀를 대보았다.

저쪽에서 풀들이 와스락대더니 말을 버린 부하들이 올라와 화살을 겨누며 범종 쪽으로 소리 없이 다가왔다. 그들은 범종을 에워쌌다. 짧은 수염은 여전히 범종에 귀를 대고 가늠하고 있었다. 저쪽, 다른 곳에서 부관이 수하 열 명과 모습을 드러냈다. 그들은 긴 쇠기둥 하나를 함께 들고 있었다. 무위사 당간*이었다. 껴안은 부위엔 각자 가죽끈을 둘둘 감아 미끄러지지 않게 수를 써놓았다.

짧은 수염이 범종에서 떨어져 서서는 장갑 낀 검지를 까닥였다.

부관과 열 명이 젖은 흙바닥에 범종을 받치고 있는 널빤지에다가 쇠기둥을 삐뚜름하게 세워 박았다.

빠각, 소리와 함께 기둥이 땅속으로 쑥 들어갔다.

옳지, 그렇지.

범종 바닥 안에 공간이 있는 게 틀림없다.

거란 병사 열 명이 일제히 기둥을 눌렀다. 범종이 움직이지 않자 겨누던 활을 내리고 일고여덟 명이 더 붙었다. 지렛대가 작동하자 육중하고 거대한 범종이 조금씩 흔들거리기 시작했다. 거란병들은 반동을 일으키며 일사불란하게 움직여댔고 종은 그럴 줄 몰랐다는 듯 점점 기울어지더니 결국 흙 소리를 내며 저쪽으로 넘어갔다.

쿵.

구덩이 안에 웅크리고 있는 열댓 명의 사람이 하늘이 열린 듯 올려다보고 있었다.

배가 부른 귀족 여자 옆에서 사내는 세 살배기 아이의 목을 움켜쥔 상태였다. 고열에 칭얼거리던 아이는 이미 말개진 얼굴로 아비의 손

---

* 절 입구에 깃발을 걸어두는 긴 막대 기둥. 주로 쇠기둥을 쓴다. 당간을 지탱하는 철 구조물이나 석돌을 당간지주라고 한다.

에 늘어져 있었다. 숨은 사람들을 위해 제 새끼를 죽인 그는 들키고 말았다는 사실에, 그래서 그 짓이 허사가 되었다는 것에 망연자실하여 그저 멍하게 눈만 껌뻑였다.

거란대는 구덩이를 둘러싸고 섰다.

부관이 횃불을 비췄다.

짧은 수염이 뒷짐 진 채 구덩이를 삐쭉, 내려다보았다. 짧은 수염은 부관의 횃불을 빼앗아 들고 하나하나 살폈다. 웅크린 고려인들은 끔벅끔벅 위를 보기만 했다.

애꾸의 주머니가 보이지 않자 횃불을 부관에게 건네고 짧은 수염은 사라졌다.

구덩이를 둘러싼 거란 기병들이 활대를 사선으로 내밀었다. 활대의 수평으로 뻗은, 경직되고 기름지지 않은 시위가 저마다 기지개를 켜듯 길어져갔다. 저쪽 석등까지 걸어간 짧은 수염이 석등 불에 손을 쬐다가 한참 만에 이쪽을 보았다.

고개를 끄덕이자 구덩이 앞에서 부관이 화살들에 명령했다.

쏴라.

죽화는 매화를 감싸 덮으며 눈을 감았다.

화살이 비처럼 쏟아졌다.

화살들은 구덩이에서 뒤엉키는 고려인들의 등과 목에 가시처럼 박혔다. 박히는 소리가 우박이 떨어지는 소리와 비슷했다.

자식을 죽인 사내가 등에 서너 개의 화살을 꽂은 채 뿌루퉁한 얼굴로 구덩이를 기어 나오려다가 거란 병사의 도끼에 찍혔다.

부관이 외쳤다.

그만.

화살이 멈췄다.

거란대들은 활대를 버리고 도끼를 부여잡고 일제히 구덩이로 뛰어들었다. 그리고 아직 죽지 않은 자들의 머리를 박살 내기 시작했다. 그들은 확인 사살하며 '스발우와'라는 알 수 없는 단어를 외치면서 흰 치아를 드러냈다.

구덩이 안에서 딱딱 때리는 소리와 물이 철벅거리는 소리가 들려왔다.

일부는 몸에 박힌 화살을 뽑기 위해 죽은 이의 살들을 짓이기기도 했다. 또 몇몇은 흥분해서 내장을 줄줄 빼내 꽃장식처럼 목에 걸기도 했다. 빠지지 않는 장식붙이가 있는 신체들은 잘려서 구덩이 밖으로 내던져졌고 구덩이 밖에서 몇몇이 그것들을 살과 분리했다. 거란병 하나가 사찰의 우물에서 받아온 양동이를 두자 몇몇은 피 묻은 화살들과 장식붙이들을 씻어냈다.

저만치 떨어져 석등 불에 손을 비비고 있는 짧은 수염은 불등걸을 응시하며 생각했다.

아깝다. 애꾸 놈이 가지고 있던 옥 목걸이가 딸년 목에 딱 어울렸는데.

피가 뚝뚝 떨어지는 도끼를 쥔 젖은 기병들이 석등 쪽으로 걸어왔다. 그들의 눈은 어둑서니처럼 시뿌옜고 등에서는 김이 펄펄 피어나고 있었다. 먹이를 배부르게 먹고 충족한 사자의 눈이었다.

짧은 수염은 귀찮은 듯 말 위에 올랐다.

돌아가자.

도각, 치각.

짧은 수염을 태운 말이 아래로 내려갔고 피투성이 기병들이 말을 따라 걸어 내려갔다.

금당은 검은 짐승처럼 우뚝 서 있을 뿐이었다.

북신 사당

(강감찬은) 흥화진에 이르러 기병 1만 2,000명을 뽑아 산골 속에 매복시키고 또 큰 밧줄로 소가죽을 꿰어 성 동쪽의 큰 냇물을 막아두고 적을 기다렸다가 적이 이르자 막은 물을 터놓고 복병을 내어서 적을 크대 패퇴시켰다. 소손녕(소배 압의 오기)은 군사를 이끌고 바로 개경으로 진군했다.

『고려사절요』권3, "현종 9년 12월".

1

푸하.

구덩이에서 죽화가 황급히 고개를 들었다.

먼저 눈에 들어온 것은 하늘을 보고 누워 있는 여자였다.

높은 신분이라던 여인. 세 살배기 아이와 자신에게 충실한 사내와 함께 산에서 하루를 보내다가 추위를 견딜 수 없어 내려왔던 예쁘장한 여인. 위험하다며 매화 손을 잡아끌다가 죽화 손을 잡아당기던 여인. 터질 듯한 배를 두 손으로 받치고 법당 경내를 뛰어가던 그녀는 불뚝한 배꼽을 드러낸 채 밤하늘을 보며 죽어 있었다.

죽화는 어깨를 짓누르는 남자를 간신히 밀어내고 몸을 세웠다.

공기는 차고 맑았다.

그녀는 온통 젖었고, 얼어붙은 상태였다. 잠잠하다가도 틈을 벌리고 몰려오는 바람이 살을 찢어발길 듯 때렸다. 매화는 저쪽에서 어느 노파의 치마 아래 포개져 있었다. 헤엄치듯 그쪽으로 갔다. 목에 꽂힌 화살을 뽑고 끌어안았다. 매화는 움직이지 않았다. 피인지 땀인지 모를 액체가 자꾸 눈꺼풀을 쓸어서 죽화는 눈을 슴벅였다. 매화 얼굴이 핏물에 한 번 잠겼다가 다시 떠올랐다.

울지 않았다.

잘 죽었다고 한탄했다.

함께 개경에 가지 못한 것도 한탄스럽지 않았다. 자꾸 사람을 죽이도록 태어난 이 아이는 오래 살지 못할 팔자였다. 함께 개경에 갔다면 어쩌면 다른 일에 얽혀 더 비참하게 죽임을 당했을지도 모를 일이었다. 죽화는 매화가 걸고 있는 은빛 자아추를 벗겨 자신의 목에 걸었다.

질퍽질퍽한 구덩이에서 일어났다.

그때였다.

핏물 속에서 누군가가 신음했다. 눈 한쪽이 흐릿한 고려인 노인이었다. 그의 뒷덜미는 반쯤 날아간 상태였고 터진 골이 핏물에 둥둥 떠 있었다.

"⋯⋯주, 죽여줘. 제발."

죽화와 매화에게 은신처를 열어준 오달 영감이었다.

그의 외눈동자가 점점 허무해지고 있었다. 두면 죽을 것이지만 그 막간의 고통이 고달플 것이다. 죽화는 옆에 있던 화살로 노인의 목을 쏘서 비틀었다. 노인은 곧 핏물에 가라앉았다.

칼바람이 쇠 비린내를 보내자 코가 시큼해졌다. 죽화는 매화 시신을 끌고 나와 종을 받치고 있던 널빤지 위에 누웠다.

검은 경내를 바라보았다.

매화를 어디에 묻어야 할지 고민했다. 또 어떻게 묻어야 할지도 걱정되었다.

겨울 땅은 딱딱한데. 삽도 호미도 없는데.

그때 떠올랐다. 금당의 바닥을 가득 차지하고 있는 불단 안, 인간의 머리가 솔방울처럼 쌓인 그 어둡던 공간이.

'거기에 곡괭이가 있었지.'

죽화는 오한에 서린 몸을 감싸며 금당으로 걸어갔다.

달이 구름 속에서 드러난 탓에 금당 안은 처음과 다르게 선명하게 보였다.

푸르스름하던 공기가 노르스름해져 있었다. 어디선가 향을 피운 듯 연기도 나는 것 같았다. 죽화는 이곳에 연기가 있을 리 없다고 생각했다. 처음 들어왔을 때 천장을 보고 불단에 누워 있던 부처가 이번에는 앉아 있었다.

'금당을 뒤지던 거란대 짓이다.'

그들은 사찰의 불상이 금이면 늘 들고 가려 했으니까.

앉아 있는 철불의 소라형으로 꼬아 박힌 오돌토돌한 머리칼들이 어둠 속에서 윤곽이 도드라졌다.

불상을 자세히 본 죽화가 놀라 숨을 막았다.

보이는 불상은 황금빛 피풍의避風衣●를 두르고 있었다.

'북신이구나.'

부처라면 저런 천 따위를 어깨에 두르지 않는다. 절에서도 좌탈입망✤한 승려를 안치한 등신불○은 저런 피풍의를 걸치고 있긴 하다. 하지만 저 부처는 오래된 승려를 말려놓은 등신불이 아니다. 북신상이다. 그러고 보니 이 전각은 부처를 모시는 금당이 아니라 북신을 모시는 사당임을 깨달았다.

북신北神은 북쪽 하늘의 움직이지 않는 극성인 북신北辰(북극성)을 관장하는 신이었다.

● 망토
✤ 승려가 수도하다가 앉은 채 열반한 모습
○ 승려의 시신이나 미라를 금박을 입히거나 썩지 않게 만들어 안치한 불상

부처이기도 하고 신장이기도 한 그 존재는 얼굴이 정확히 반으로 나뉘어 있는데, 왼쪽은 아미타불의 형상을, 오른쪽은 부동명왕*의 모습을 하고 있다. 주먹을 움켜쥔 오른손에는 구멍이 뻐끔했다. 긴 칼이 꽂혀 있어야 할 자리였다. 칼은 아무래도 사라진 모양이다. 왼손에 들고 있는 삭索*은 온전했다. 어깨를 덮은 피풍의에는 먼지가 켜켜이 앉아 있었다.

고려의 사찰에는 부처를 모시는 금당 외에 북신과 산신을 모시는 전각이 따로 있었다. 무위사는 가장 큰 전각에 부처를 두지 않고 북신을 두었다. 위험한 지역에 있는 절이니 그럴 만했다.

미닫이 나무문을 밀어내고 불단 안에 팔을 뻗어 더듬었다.

피 냄새를 하도 맡아서인지 두개골 더미에서 나는 썩은 내는 달큰했다. 어깻죽지까지 밀어 넣고 자기가 던져 넣은 패물 주머니가 있는 곳을 가늠했다.

주머니는 잡히지 않고 곡괭이가 잡혔다. 그것을 부여잡은 채 그대로 밀어 넣어 감각대로 긁었다. 두개골 더미 너머로, 쇠끝이 패물이 든 가죽 주머니를 건드리는 것 같았지만, 끌어올 방도가 없었다. 할 수 없이 죽화는 불단의 미닫이문 안으로 상체를 밀어 넣었다. 미끈한 두개골들을 젖혀가며 앞으로 기어나갔다. 사각형 불단 안은 깊고 넓었다. 발목이 미닫이 입구에 걸리고도 한참을 더 들어갔을 즈음에서야 간신히 가죽 주머니를 잡을 수 있었다. 안에서 방향을 틀지

• 밀교에서 받드는 존격인 명왕 중 하나. '움직임이 없는 존재'라는 뜻으로 비로자나불의 화신으로 알려져 있다. 오른손에 검을 쥐고 왼손에는 삭(索)을 쥐었으며, 부릅뜬 눈과 뾰족한 어금니 형상을 한 분노신(忿怒身)이다.

❖ 동아줄

못해 그대로 뒷걸음치듯 기어서 밖으로 나왔다. 담비 가죽 주머니와 곡괭이를 쥔 채.

등에서 김이 풀풀 났고, 피에 젖은 옷 때문에 오한이 더욱 서렸지만, 오히려 가뿐한 마음이 들었다. 매화를 어서 묻어주고 산등성을 타고 아래로 가자. 다시는 고려군도 거란대도 만나지 말자. 오늘 밤은 자지 말고 내내 걷고 해가 뜨면 안전한 곳에서 씻자. 그리고 누울 곳을 찾아보자.

일어서서 몸을 돌렸다.

금당 입구에―

서늘한 구름을 뒤로하고 누군가가 어둡게 서 있었다.

비뚤한 자세였고 두 팔은 나비처럼 금당의 접이문에 걸듯 짚고 있다. 허리에 걸린 칼이 천천히 대롱거린다.

"니가 애꾸를 죽였나?"

짧은 수염을 한 사내는 죽화가 안고 있는 묵직한 패물 주머니를 바라보며 물었다.

죽화는 대답하지 않았다.

달이 숨었다.

바람이 구름을 움직이게 하더니 바로 달이 드러났다. 칠흑 같던 앞마당이 순식간에 낮처럼 밝아졌다. 정월의 보름은 이중적이다. 저 달을 보고 '여우의 계절에 여우의 눈'이라고 죽화를 키워준 할미가 말했다.

달빛이 석등 그림자를 짙게 그으며 사내의 넓은 등을 환하게 비추었다.

사내를 마주 보고 선 죽화는 그저 눈만 끔뻑이며 어둠에 얼룩져 검게만 보이는 사내의 얼굴과 가슴을 바라보았다. 달빛이 너무 환해서 등지고 서 있는 저 남자의 윤곽을 아무리 봐도 알아볼 수 없었다. 그저 오뚝한 코와 턱에 짧은 수염이 빼곡하다는 것 외.

죽화는 그의 강한 기운에 짓눌려 저 마당 앞 석등처럼 꼼짝도 할 수 없었다.

문틀에 서 있는 그는 턱을 삐뚜름하게 기울이며 사당 안에서 패물 주머니를 들고 서 있는 죽화 얼굴을 꼼꼼히 살폈다. 짧은 수염을 한 사내는 금당의 접이문에 기댄 팔을 내리고, 똑바로 섰다.

거기 있지 말고 밖으로 나오라고 손짓했다. 죽화는 짧은 수염을 따라 사당 앞 경내로 나왔다.

석등 옆에서 짧은 수염은 죽화의 나이를 살폈다. 16세에서 18세가 되어 보이는 얼굴. 앳된 기를 갓 벗었다. 짧은 수염이 손을 내밀었다. 죽화는 망설이다가 들고 있던 묵직한 주머니를 내밀었다. 짧은 수염은 받지 않고 손을 계속 내밀고 있었다. 죽화는 그제야 반대 손에 쥐고 있던 곡괭이를 내밀었다. 챙강, 짧은 수염은 곡괭이를 받아서 저쪽에 던졌다. 시선을 죽화에게서 떼지 않은 채.

죽화는 이것도 가져가란 듯 패물 주머니를 내밀었다.

짧은 수염은 받지 않았다.

"단구리인가?"

단구리는 발해인을 부르는 말이다. 죽화가 대답하지 않자 그가 발해말로 다시 물었다.

"그 자아추는 단구리들이 사용하는 것인데."

"내 동생 거다."

죽화가 발해말로 말했다.

짧은 수염은 고개를 끄덕이면서 죽화 목에 걸린 은빛 자아추를 오랫동안 노려보았다. 달빛에 자아추가 선명하게 대롱거렸다.

"자아추는 거란의 것이라고 알려졌지만 틀린 말이다. 그건 전부 단구리에게 배운 거야. 자아추는 단구리들이 가장 잘 만들지. 애꾸를 니가 죽였나?"

끄덕.

"혼자서?"

"……."

"그는 늙었지만, 다리가 만절滿節(만주)의 소나무보다 굵어. 너보다 힘이 장사라고."

"동생이랑."

"둘이서 그놈을 죽였다고?" 그가 의아한 듯 고개를 갸웃했다. 그럴리가 없다는 표정으로.

"내 동생은 죽이는 병에 걸렸다."

"죽이는 병?"

"사람을 죽이는 병, 사람을 죽이고 싶어지는 병."

"처음 들어보는 병인데?"

"있다. 너도 마을에서 만났다면 내 동생 손에 죽었다."

짧은 수염 거란 대장은 으흠, 소리를 내며 붉어진 자신의 볼을 가죽 장갑 낀 손으로 한번 긁었다.

"그걸 찾으려고 안에 들어갔던 거냐?"

죽화는 가죽 주머니를 숨기듯 안고 이를 갈았다.

"내가 모은 것도 전부 여기 쏟아부었다. 그러니 반은 내 거다."

짧은 수염이 숨을 뱉었다. 입꼬리가 말리면서 앞니 두 개가 슬쩍 보이는 웃음이었다.

"네가 그걸 사용할 수 있을 거라고 생각하나?"

눈을 끔벅였다.

마지막 끔벅임을 유지한 채 죽화는 눈을 뜨지 않았다.

검은 세상이 드러났다. 검은 하늘에 달은 어느새 없었다. 눈을 감고 숨을 들이켰다. 마지막 시선으로 보이던 별들이 하나둘 꺼지고, 뿌옇고 캄캄한 어둠 속에서 본 이 사내의 목이 선명하게 보였다.

그 목에는 둥글고 차가운 자아추가 깊숙이 박히고, 피부와 자아추의 미끈한 몸 신이 닿은 접면^{接面}에서 천천히 피가 배어 나오고 있다.

그 장면은 죽화가 본 미래였다.

지금 자아추를 뽑아 쥐고 날아올라 그의 목 한가운데를 찌르면, 눈감아 본 그 장면이 실현될 것이다.

시도하려는 순간,

"은 두 근 정도와는 능히 바꿀 만하겠지."

자아추에 박힌 이자의 형상이 순식간에 일그러지며 사라졌다.

눈을 떴다.

"북계 땅에선 쓸 곳이 없지. 서경[●]까지 가야 팔 수 있을 터. 서경에서 은 열 근이면 기와집 한 채를 산다더군. 은 두 근이면 남아[❖]에서도

● 평양
❖ 남면관이 있는 거란의 두 수도 중 하나. 북면과 남면이 있다.

좋은 기와집을 산다."

이렇다.

미래는 이렇게 또 바뀌는 법이다.

집중하면 미래가 보이지만, 대상이 의지를 바꾸면 미래는 순식간에 달라진다. 죽화는 이렇기에 자신이 보는 미래를 믿을 수 없었다. 인간은 늘 결심을 달리하고, 그것으로 벌어지는 현상은 바뀌는 법이다. 고로 미래는 개척된다. 예지는 불필요한 능력이다.

"알아!"

그는 알겠다는 표정을 지었다.

"그렇군. 이 난리 통에 집을 사려고 했군. 그런 희망은 가져서 나쁠 것 없지. 살아 있다는 보장만 있다면 말이야."

청경. 청경.

그는 몸을 돌려 찰갑 소리를 내며 구덩이 쪽으로 걸어갔다. 저만큼 간 그는 구덩이 근처에 눕혀놓은 매화를 물끄러미 보더니, 이쪽을 한 번 보았다.

죽화가 패물 주머니를 어깨에 이고 달렸다.

"매화를 해코지하면 가만두지 않아!"

짧은 수염은 구덩이 안으로 쑥 사라졌다.

철렁철렁 패물 소리를 내며 구덩이로 달려갔을 때 짧은 수염은 구덩이 안에서 하늘을 보고 누운 여자의 목을 맨손으로 만지고 있었다. 개경말을 쓰면서 자매에게 손을 내밀어주던 배가 부른 그 여인이었다. 화살 세 개가 박힌 가슴에는 여전히 엄지만 한 순금 아미타불이 걸려 있었고 호박처럼 부푼 배가 흐르는 핏물에 번들거리고 있었다.

깊은 구덩이에는 사람들이 젖은 채 엉켜 사나운 모습을 하고 있었다. 피와 알 수 없는 고형화 물질들이 포개지고 엉킨 시체 사이를 메꾸고, 거기에 겨울바람이 섞여 들어와 이것들을 하나의 거대한 괴생명체처럼 보이게 했다. 그때,

쿨럭.

여인이 입을 벌리고 큰 숨을 한번 토했다.

여인의 배, 솟아오른 표면이 묘하게 꿈틀거리고 있었다.

죽화는 철컹, 짊어진 패물 주머니를 발아래로 떨어뜨렸다. 당혹감이 번지며 눈을 비벼대기 시작했다.

배 속 아기가 움직인다.

그렇다면 여인도 아직 숨이 붙어 있단 뜻이다.

얼굴은 흰 나팔꽃처럼 새하얬다. 목이 꺾인 여자는 그렁그렁한 눈으로 구덩이 밖에서 물끄러미 내려다보는 죽화를 보고 있었다.

챙—

짧은 수염이 차고 있던 환도를 꺼내 여자 배를 생으로 갈랐다. 죽화는 머리를 돌리고 눈을 감았다. 짧은 수염은 낙타 가죽 장갑을 벗어 입에 물고 맨손으로 이리저리 빠르게 움직였다. 고려 귀족 여인은 눈만 움직일 수 있었는데, 자신의 아래를 힐끔거리는 눈은 공포에 젖어 있었다. 몸 아래에서 짧은 수염이 하는 행동을 알았지만 마비된 몸을 움직일 도리가 없어 그저 고개를 돌려버린 죽화에게 시선을 꽂기만 했다. 물이 가득 고인 눈으로.

짧은 수염이 작은 것을 꺼냈다.

피와 알 수 없는 끈적한 것으로 뒤덮인 태아가 번질거렸다. 여자가

턱을 당기고 아기를 보았다. 여자 눈이 가늘어지더니 곧 힘이 빠진 듯 하늘을 바라보았다. 아름답던 눈동자가 점점 탁해지고 있었다. 이어 여인은 어깨가 들썩이며 경련했다. 그는 두 손으로 여인의 얼굴을 잡고 빠르게 한 번 비틀었다. 구덩이 위에서 죽화는, 그가 고통을 없애주려고 그렇게 한 것이라고 생각했다. 짧은 수염이 절그럭거리며 여인의 목에 걸고 있는 목걸이를 벗겼다.

탯줄이 흐느적거리는 아기 다리를 한 손에 잡고 짧은 수염은 구덩이 밖으로 나왔다. 죽화는 털썩 주저앉아 옆에 놓아둔 패물 주머니와 가지런히 누운 매화를 감싸듯 하고 웅크리고 있었다.

"니 동생이냐?"

죽화는 대답 대신 그의 손에 두 발이 잡혀 대롱거리는 물체를 보았다. 그것은 울지 않았다. 탱글탱글하고 미끄덩한 몸에서 김이 피어났다.

짧은 수염은 일어나라고 턱을 움직였다.

"일어나래도."

그의 눈에 피곤함이 깃들어 있었다.

말대로 했다. 그가 한 손으로 제 어깨를 더듬더니 피풍의를 벗었다. 그는 그것을 휘룩, 던졌다. 얼떨결에 받았다. 그것은 건물 안 북신이 걸치던 것과 같은 천이었다. 옛 토번 지역의 들소 가죽으로 만든 천은 두껍고 거칠었고 뽀송뽀송했다. 짧은 수염은 태어나자마자 세상을 거꾸로 보고 있는, 울지 않는 물체도 던졌다. 죽화가 피풍의를 펴고 갓난쟁이를 받았다.

갓난쟁이 목에는 어미가 걸고 있던 아미타불이 걸려 있었다. 만져

보니 검지만 한 금덩이는 쥘 수 없을 만큼 차가웠다. 갑자기 그것이 울기 시작했다. 죽화는 움찔 놀랐다. 몸에 피가 도는 모양이었다. 아니면 죽화의 품이어서일까. 그것이 우는 소리가 젖은 바닥을 타고 흘러가 누운 종에서 공명했다.

그가 발해말로 말했다.

"너도, 그 아기도 죽이지 않겠다."

"......"

"그리고 그 패물."

그는 환도를 앞으로 내밀었다. 죽화 발아래 놓인 패물 주머니를 칼 끝에 걸라는 의미였지만 죽화는 움직이지 않았다.

"이건 내 거라고!"

오히려 이를 갈았다.

아기 우는 소리와 죽화의 이글거림에 그는 피곤해하는 표정을 지었다. 그의 칼은 조금 비틀려 공중에 떠 있듯 움직이지 않았다. 그대로 쑥 밀려오면 죽화의 목이 끊어지게 되어 있었다. 마침 달이 구름에서 나와서 도무지 두께가 보이지 않는 날을 비추었다. 칼날은 그의 표정만큼이나 사나워서 눈동자를 움직이기만 해도 끝에서 피가 배어 나올 것 같았다.

칼이 점점 다가왔다.

결국 죽화는 목에 스윽, 붉은 선이 그어지고 나서야 천천히 허리를 낮추었다.

"알았어. 알겠다고!"

칼끝이 따라왔다. 죽화는 천천히 발 앞에 놓인 패물 주머니를 집어 들고선, 칼끝에 걸려다가 그의 발아래로 획, 던져버렸다. 사내는 죽화의 오기에도 무표정했다.

"이것은 당분간 내가 맡는다."

당분간?

"걱정하지 마. 이 패물은 네 거라고. 내 말만 따르면."

피풍의 속에서 아기가 꿈틀거렸다.

죽화는 어찌할지 모르는 손으로 아기를 꾹 품어 안으며 다음 말을 기다렸다.

"그것을 안고 산 위의 성으로 가라."

무위사 금당 뒤로 난 자드락길을 따라 천마산의 중턱에 오르면 안의진성이 있다.

"가서 뭘 하라고?"

그는 그 성에 고려군이 남아 있다면 그 아기를 보여주고 몸을 의탁하라고 했다. 그는 절대로 그 아기를 버리면 안 된다고 강조했다.

"지금은 전시이니 거점에 있는 고려 성들은 그 지역민들이 아니면 들어가지 못한다. 네가 아무리 단구리 출신 고려인이라고 해도 저들은 성에 들여보내지 않는다. 하나 그 아기가 있으면 달라진다."

"……왜 달라지는데?"

"갓난쟁이가 걸고 있는 것 때문에 그렇다."

죽화는 간나 목에 걸린 귀족 여자의 호지불을 바라보았다. 짧은 수염이 시신의 목에서 벗겨내 갓난이에게 걸어둔 것이다.

"순금으로 만든 아미타불로 염불 수지^{受持}하는 부류는 오직 고위층뿐이다."

전장에서 목숨을 구걸하는 부처는 아미타불이어야 하고, 오직 시공간을 관장하는 아미타불만이 죽은 이를 극락으로 보낼 수 있다고 짧은 수염은 말했다. 그래서 개경의 군사들은 전부 아미타불을 지닌다는 것.

"북계 주진군은 북신을 믿지만, 개경 중앙군은 아미타불을 믿지."

죽화는 배가 갈려 죽은 여인은 순금으로 만든 아미타불을 지녔으니 필시 개경에서 파견 온 고위 관료나 장군의 여자일 거라고 생각했다.

그는 또.

"고려 성에 가서 그 핏덩이를 보여라. 고려인들의 호지불에는 저마다의 특색이 있다. 가문의 상징이기도 하고 같은 사찰을 챙기는 공동체이기도 하다. 그 순금 아미타 호지불은 모르긴 몰라도 고위 가문의 것일 터. 보여주면 반드시 누군가가 반응할 거다. 만듦새로 보면 필시 고려군의 높은 자의 것이다. 제 가문의 아기를 살려 온 너를 후하게 대접할 것이다. 그를 따라 더 넓은 성으로 가라."

더 넓은 성이란 안의진에서 70리쯤 떨어진 구주성을 말했다.

"만약 저 위, 성에 고려군이 없다면 능선을 타고 혼자 더 넓은 성으로 가라."

죽화가 가야 할 최종 지점은 동쪽에 있는 더 넓은 성, 구주성이었다. 짧은 수염의 사내는 죽화가 구주성으로 들어가길 바라고 있었다.

"그리고 절대로."

그는 아기 목에 건 목걸이를 절대로 벗기지 말라고 했다.

그것이 탐나서 벗기면 첩자로 여겨져 고려인의 손에 죽거나 아니면. 짧은 수염은 갑자기 차가운 눈이 되어 여자 배를 가른 칼끝을 죽화의 턱 언저리에서 천천히 돌렸다. "······내 손에 죽는다."

"넓은 성에 가서는?"

"······."

"넓은 성에 가서 뭘 해야 하는 거냐고! 내가!"

"그걸 벗고······."

죽화의 코언저리에서 흔들거리던 칼날은 조금 아래로 내려가 죽화가 걸고 있는 은빛 자아추를 가리켰다.

"······이걸 지녀라."

그가 무언가를 던졌다.

녹황색 자아추였다. 짧은 수염 사내의 것이었다. 손안에 딱 들어오는 크기. 오래되고 안정된 촉감이 느껴졌다. 매화의 은빛 자아추보다 훨씬 크다.

죽화는 받은 것을 쥐고만 있었다. 목에는 매화가 걸고 있던 우리의 자아추가 이미 있다.

"그걸 목에 걸고 있으면 넓은 성에서 너를 알아보고 다가가는 자가 있을 것이다."

감이 왔다. 이 녹황색 자아추가 징표라는 것을.

저것을 보고 첩자가 접근한다는 뜻이다.

그 단단하다는 구주성에 거란이 심어둔 첩자가 있는 모양이다.

"패물 주머니는 언제 돌려받을 수 있는 건데?"

"곧 나를 만나게 될 거다. 구주성에서 그가 시키는 대로 잘 수행하면, 패물 주머니는 그때 상으로 주겠다."

여름 안개처럼 자욱한 앞을 훤히 보듯이 그는 확신했다.

"가라. 이 시신은 내가 묻어주지."

"어디에 묻히는지 내가 알아야 해."

그는 대답 대신 환도를 칼집에 넣었다.

근처에 버려진 도끼를 집어 들고 저벅저벅 걸어가더니 석등 앞에 섰다. 멀리서 그가 이쪽을 보았다. 그는 불이 고인 석등 허리를 두어 번 찍었다. 가느다란 석등의 간석이 반으로 갈라져 바닥에 툭, 떨어졌다. 멀리서 그는, 들고 있던 도끼로 무위사 승려들의 부도가 박힌 돌각담 아래를 가리켰다.

"다음에 오면 저 부도들 사이에 동강 난 석등이 세워져 있을 것이다. 그 아래 묻혀 있을 것이다. 파내지 말고 그대로 두는 게 좋겠지. 사찰에 묻히는 것은 삼대가 덕을 쌓는 일이라니까."

나쁘지 않은 생각이었다.

극락에 가서 다시는 세상에 태어나지 말기를 바랐다.

"알겠어. 그렇게 해줘."

"명심해. 구주성에 가면 너에게 접근하는 자가 있을 거다. 너는 그 밀접자密接者가 하라는 대로—"

멀리서 그는,

거기까지 말하고 가만히 서 있었다. 그는 이쪽을 멍하게 보고 있기만 했다.

획, 죽화가 뒤돌았다.

짧은 수염의 공허한 눈을 보고 화들짝 뒤돌아본 죽화는 들고 있던 갓난이를 떨어뜨릴 뻔했다.

죽화 뒤에는,

매화가 우뚝 서 있었다. 피 구덩이에 잠겼다 나온 예의 그 붉은 얼굴을 하고선.

2

일어난 매화는 기괴했다.

턱은 삐뚤어졌고 뒷머리에서 줄줄 흘러내린 피가 목을 타고 등으로 스며들고 있었다. 도끼에 어깨가 반이 사라져도 용케 서 있었다.

석등 옆에서 매화는 죽화를 갸웃거리며 보았다. 알아본 듯하다가 처음 본 사람처럼 또 갸웃거리기를 반복했다. 아니 죽화를 보는 것이 아니라 허공을 보는 것 같기도 하다.

매화는 시잔屍殘 같았다.

절그덕거리는 찰갑 소리에, 매화는 멀리 노려보았다. 짧은 수염이 들고 있는 도끼를 보자 눈이 빛났다. 매화는 웃으며 그쪽으로 걸어갔다. 저쪽의 짧은 수염은 매화가 오길 기다리고 있었다.

매화는 이죽거리며 걸어가더니 그가 들고 있는 도끼를 빼앗으려 했다. 그가 조심스레 매화를 밀었다. 매화는 힘없이 밀리다가 다시 그리로 갔다. 키가 큰 그가 거리를 유지하기 위해 또 밀었다. 밀리면서 키가 작은 매화는 연신 웃어댔다. 매화는 그가 쥔 도끼를 달라는 듯 흐느적거리며 다가왔다.

그는 이쪽으로 달려오는 죽화에게 멈추라고 손을 내밀다가 화들짝 움츠렸다. 미처 예상치 못한 듯했다. 매화가 절벽을 튀어 오르는 고라니처럼 넓은 자기 가슴에 착 달라붙을 줄은. 튀어 올라 몸에 붙는 것이 매화의 특기였는데.

짧은 수염은 달라붙은 매화와 함께 뒤로 넘어졌다.

달려온 죽화가 매화를 뜯어내려 했다.

매화가 핏물 선이 뚜렷한 치아를 드러내며 그의 목을 물어뜯기 시작했다. 짧은 수염은 무언가를 웅얼댔다. 북신주였다. 발해인도 거란인도 고려인도 여진인도 죽기 싫어서 저렇게 염불을 외운다. 하나 짧은 수염은 맹용한 자임은 틀림없었다. 죽이는 병에 걸린 매화가 피 냄새에 취해 눈을 희번덕거리며 그의 목에 치아를 박고 머리를 함부로 짓까부는 동안, 그는 이마를 찌푸린 채 턱을 세우고 버르적거리고 있었다. 그는 양손으로 매화 머리를 공처럼 쥐고선 체계적으로 더듬었다. 눈 자리를 더듬어 확인한 후 양 엄지로 매화 두 눈을 깊숙하게 쑤셨다. 매화가 괴성을 지르며 얼굴을 비틀었다. 목이 자유로워진 짧은 수염은 손날로 매화의 목덜미를 가격했다.

짧은 수염은 기절한 매화를 천천히 눕혔다.

바로 정신을 차린 매화가 튀어 오르려 하자, 그는 매화 목을 눌러 고정했다. 숨통을 조이자 매화는 배시시 웃다가 축 늘어졌다.

짧은 수염은 자기 목을 더듬었다. 손가락 두 개가 들어갈 만큼 동그랗게 찢겨 있었다. 그는 검은 피가 물컹물컹 나오는 자리를 손바닥으로 누르며 일어났다. 그 모든 걸 지켜보던 죽화는 퍼뜩 정신을 차렸다. 얼른 늘어진 매화를 덮듯이 감싸 안았다.

"떨어져!"

동시에 매화가 눈을 떴다.

벌떡 상체를 일으켜 죽화 목을 물어뜯으려고 턱을 세웠을 때 짧은 수염은 죽화를 밀치고 끼어들었고 장갑 낀 손으로 매화 목을 눌러 머리를 다시 바닥에 붙였다. 침 흘리며 발악하던 매화 얼굴이 점점 보랏빛으로 변해갔고 그가 누르는 팔뚝을 몇 번 흔들자 결국 매화는 혀를 내밀고 늘어졌다.

죽화는 그러지 말라고 그의 등을 잡고 당기자, 그는 일어났다.

— 챙.

매화 가슴을 밟고선 등에 건 칼을 끌어와 잡았다. 칼집을 버리고 두 손으로 환도 손잡이를 부여잡았다.

"그러지 마."

"떨어져라."

죽화가 기어가 저쪽 바닥에 버려둔, 피풍의에 감싼 갓난쟁이를 부여안고 돌아왔다. 시뿌연 눈으로 짧은 수염에게 그것을 들이댔다.

"그럼! 나도 이 갓난이를 죽여버린다!"

짧은 수염은 죽화를 노려보았다.

죽화는 애꾸에게 하듯 기어가 그의 다리를 감쌌다.

"가겠다, 성에! 가겠다고! 그러니 죽이지 마!"

그가 준 녹황색 자아추를 내보였다.

"내 동생을 살려줘야, 나도 네 말을 들을 의지가 생긴다. 이 간나를 안고, 이 목걸이를 걸고 하라는 대로 전부 할 테니 제발 죽이지 마. 고려 성에 가서 어떻게 해줄까? 지도를 훔쳐다 줄까? 아니, 나는 신력이 있어. 미래나 과거를 전부 볼 수 있다고. 다 할 수 있어. 말만 해. 매화를 풀어버릴까? 매화는 내 말을 철석같이 들어. 오직 나만 다룰 수 있다고! 너희에게 좋은 거잖아!"

"닥쳐. 넌 거기에서 그런 행패를 부릴 수 없다!"

"그러면 얌전히 있을게. 그럴 생각, 나도 없었어. 이 간나를 안고 가면 되잖아. 그치? 이 간나를 주인에게 찾아주고 큰 성으로 갈게. 나한테 다가오는 그 사람 말대로 할게. 전부 할게!"

짧은 수염은 잠시 생각하더니 월도 방향을 바꾸어 뒷매기*로 매화를 여러 번 가격해 상태를 확인했다.

"가서 끈을 찾아와."

거란대가 버리고 간 당간에 둘둘 감아 말린 가죽끈들을 가지고 오면 되겠다 싶었다.

구덩이 쪽으로 기듯이 갔다.

구덩이까지 채 가지도 못하고 엉덩이를 쳐들고 토했다. 죽화는 짐승처럼 젖은 땅에 머리를 박아댔다. 목에서 누런 게 한참이나 뿜어나왔다. 콸콸 뿜어 나오는 그 물에 기도가 막혀 죽화는 그만 의식을 잃고 말았다.

* 칼 손잡이의 끝부분

남경말을
쓰는 노인

성종 13년(994)에 서희가 군사를 거느리고 여진을 쫓아냈
고, 장흥진, 귀화진과 곽주, 구주에 성을 쌓았다. 이듬해 다
시 군사를 거느리고 안의진, 흥화진에 성을 쌓았고, 또 그
이듬해 선주, 맹주에 성을 쌓았다.

『고려사』권94, 「열전」, "서희 편".

1

왼쪽 어깨에서 오른쪽 옆구리까지 피풍의를 사선으로 동여맨 죽화는 오른쪽 어깨로 넘긴 줄을 잡고 힘겹게 오르막을 오르고 있었다. 줄에 매달려 끌려오는 널빤지 위에는 사람이 꽁꽁 묶여 있었다.

죽화는 한 걸음 한 걸음 끙끙거리며 앞을 노려보았다. 목에 건 은빛 자아추가 방향으로 대롱거린다.

길은 갈수록 가팔랐다.

널빤지의 모서리가 흙과 돌과 언 눈들을 긁어대며 지그덕거리는 소리를 냈다. 묶어놓은 몸은 꼼짝도 하지 않았지만 팔과 발은 제멋대로 흔들렸다. 중턱에서부터 산길은 온통 미끄럽고 젖은 낙엽들이어서 널빤지는 이제 수월하게 끌려가고 있었다. 이마에서는 땀이 피어오르다 차가운 공기에 금세 녹아버린다. 어금니를 짓이기며 가슴께를 한번 보았다. 두 개의 자아추 밑으로 갓난쟁이는 피 냄새가 밴 피풍의에 싸여 있다.

─그 생명을 죽지 않게 하라.

니기미.

죽화는 줄을 놓고 허리를 펴고 섰다.

등이 아팠고 배가 고팠다.

목숨처럼 다루었던 패물들을 빼앗겼다는 낭패감에 좀처럼 몸에 힘이 들어가지 않았다.

욕을 뱉었다.

구덩이 속 사람들을 구제비젓 담그듯 도려내라고 명령하던 자가, 이 조그만 생명을 안타깝게 여기는 것은 또 뭔가. 마귀처럼 잔인하게 사람들을 죽일 때는 언제고. 측은해하는 눈을 하고선 장화와 바지에 피를 묻혀가면서 구덩이에 푹 들어가 갓난아기를 구하는 이유는 또 뭔가. 거란인은 제 놈들 가죽에 피 묻히는 것을 극도로 싫어하는데도 말이지. 결국 화가 올라 사선으로 비끄러맨 피풍의를 벗고 둘둘 말아 낙엽이 수북하게 쌓인 삐뚜름한 비탈로 갔다.

썩고 젖은 낙엽을 파자 곧 언 땅이 나왔다. 썩은 작대기를 찾아 들고 땅을 팠다. 구덩이가 만들어지자 둘둘 만 그것을 놓고 낙엽으로 덮었다. 낙엽이 다 덮이지 않아 불뚝하게 튀어나왔지만 일어섰다.

'죽어버려라, 간나.'

돌아갈 생각이었다.

그깟 오랑캐 놈, 어르듯 몸을 만지다가 홱 찔러 죽이자.

패물 주머니를 빼앗아 올 참이었다.

시발, 어떻게 모은 패물들인데.

돌려받아야겠다. 반드시.

미끄덩거리는 것을 구덩이에 버리고 온 죽화는 널빤지를 물끄러미 바라보았다. 그것은 널빤지 위에 잠든 듯 누워 있었다. 화살대가 가슴과 목덜미에 여럿 박혀 있었다. 바람이 잔설을 뿌리며 매섭게 지나갔지만 그 몸은 꿈쩍도 하지 않았다. 죽화는 욱신거리는 어깨와 팔을 스스로 주무르며 이를 갈았다.

'놈한테 너무 얻어맞은 거야. 씨.'

무위사에서 눈을 뜨니,

짧은 수염은 매화를 널빤지에 눕혀놓고 가죽끈으로 묶어놓은 상태였다. 죽화가 몸속의 것들을 게워내고 기절해 있는 동안 짧은 수염은 매화를 저렇게 구속한 것 같았다. 널빤지는 종을 받치고 있던 것이었다. 끈은 거란 정병들이 종을 넘어뜨릴 때 지렛대로 썼던 당간에 감긴 것들이었다.

널빤지에 누운 얼굴은 푸르스름했다.

"씨. 애를 얼마나 때렸으면 이렇게 만들었냐고!"

머리 위에서 밤 까마귀 한 마리가 빙글빙글 선회하며 깍, 깍 울어댔다.

그때.

저쪽에서 아기가 울어댔다.

아기를 버리고 돌아온 죽화는 미련 없이 가죽끈을 잡고 널빤지를 질질 돌려 방향을 바꾸었다. 내리막을 걸었다. 패물을 도로 찾으러 갈 작정이었다.

귓속에서 그의 말이 쾅쾅 울렸다.

—올라가라! 밀접자를 만나!

그가 매화를 죽이지 않겠다고 결심하자 죽화는 신이 나서 덩실거렸다.

"염려하지 마. 무슨 일이든 그 사람이 시키는 대로 할게."

"접근하는 자의 뜻을 묻지 말고 하라는 대로만 해. 또 이 괴물을 제멋대로 돌아다니게 해서도 안 된다. 잘 다루어라."

"응. 내 동생은 내 말을 잘 들어!"

"성안에 가면 나머진 그가 알아서 지시할 것이다. 내가 준 자아추를 몸에서 절대로 떼지 마라."

죽화는 보란 듯 걸고 있던 할미가 매화에게 준 은빛 자아추를 매화 목에 걸어주고, 짧은 수염이 자신에게 준 녹황색 자아추를 목에 걸었다.

갑자기 코에서 주르륵, 피가 흘러내렸다.

너무 혼란한 일을 겪어서인지 정신이 혼미해졌다. 머리카락도 땀과 피로 젖었다. 손등으로 뒤통수에 흠뻑 젖은 피를 닦고 버려진 끈으로 이마를 둘둘 감았다. 거란이 버리고 간 곰 발바닥으로 만든 털모자를 눌러썼다. 널빤지에 너덜거리는 거란의 끈을 이리저리 꼬아 이어 비끄러매고 움직일 수 있도록 손잡이를 만들었다.

가다가 돌아보았다. 갓난이의 울음소리가 그쳤다.

선회하던 까마귀는 어느새 사라지고 없었다. 어둠 속, 시커먼 나무 잔해 속에서, 젖은 낙엽과 서리가 엉켜 굳은 땅에서 낙엽 덩어리가 배죽하게 솟아 있었다.

'독수리 놈이?'

결국 줄을 놓고 도로 가서 낙엽을 헤쳤다.

있었다. 그것은 죽화를 찾으려고 이리저리 꿈틀댔다. 젖은 피풍의를 벗기고 맨살의 그것을 가슴에 품었다. 죽화의 뜨거운 몸 열기를 얻자, 갓난쟁이는 다시 울었다. 매서운 칼바람에 단단하게 얼어도 이것은 죽지 않았다. 일찌감치 그랬을 것이지만 이것은 끝없는 생명력을 보이고 있었다.

꼭 껴안았다.

널빤지를 끌고 오르막을 오르는 죽화 몸에서는 열이 풀풀 피어오르고 있었다.

'기왕 이렇게 된 거, 성으로 가서 이 간나를 주인에게 돌려주자. 누군지 모를 밀접자도 만나자. 그가 시키는 대로 하고 패물을 돌려받자. 무슨 대책이 있는지는 모르지만, 짧은 수염이 고려 성에 가면 누군가를 만날 수 있다고 했으니 믿어보자. 무언가, 바라는 일을 시키겠지만 나 같은 사람한테 어려운 일을 맡기겠어? 기껏해야 훔친 종이 쪼가리를 짧은 수염에게 갖다주라고나 하겠지.

그래도 고려에 피해를 주는 일이겠지?

흥. 아무 관심 없어.

나한테 고려나 거란 그런 게 무슨 의미가 있담. 그래도 오랑캐들을 위하는 건 찝찝한데.'

헐떡이며 자드락길을 올랐다.

헉, 헉, 헉.

숫눈 쌓인 버덩 위로 사각추 모양의 성돌을 맞물려 쌓은 벽이 늘어서 있었다. 동쪽과 서쪽의 높은 땅 위로 적대敵臺●가 보였다.

그리고 이내 안의진성의 문루가 보였다.

안의진성은 천마산 주봉에서 소정골과 여우난골천 등의 골짜기를 낮게 에워싼 산성이었다.

문루에는 불이 없었다. 지키는 사람이 없다는 것은 성안에 사람이 없다는 뜻이었다. 아치형 문 안으로 들어갔다. 성의 영역으로 들어섰지만, 한동안 왔던 산길처럼 경사진 길이 이어졌고 얼마쯤 오르니 제

● 성벽 밖으로 돌출된 루. 적을 감시하는 곳

일 먼저 산신각이 보였다. 바람에 덜렁거리는 문 안으로 시커먼 어둠, 설핏 굴곡이 보였다. 낙엽 더미 속에 무릎 높이의 돌로 만든 북신상이 웅크리고 있었다. 대가리만 형태를 내고 몸은 조각이 되지 않는 돌덩이다. 왼손에 조그만 칼을 들고 있었다.

청천강 이남의 고려인들은 북신을 믿지 않는다. 그들은 부처만을 믿는다. 하나 북쪽 지방에 사는 토민들은 다르다. 전부 북신을 믿는다.

북계 땅의 고려인, 발해인, 여진인, 거란인, 말갈인에게 북신은 그 어느 신보다 위대하다. 혹독한 땅에서도 생명과 먹을 것을 주는 자비로운 존재이다. 개경에서 온 고려 병마사들은 이곳의 북신 신앙을 없애려 했지만 절대로 사라지지 않았다.

할미가 해준 말이 떠올랐다.

"부처는 먹을 것을 주지 않고 깨달으라는 말만 하지만 북신은 먹을 것을 준다. 사슴을 빌면 사슴이 나타나고, 불이 꺼지길 빌면 초가의 불을 꺼준다. 오랑캐 말굽 소리가 들리지 말기를 빌면 그렇게도 해주신다. 북신은 그렇게 자신이 주는 것을 받아먹으라고 하는 신이다."

오른쪽 얼굴의 부동명왕의 눈은 구슬의 반이 박힌 듯 튀어나와 있어야 했다.

사람들은 이 명왕의 튀어나온 눈을 만졌다. 그 구슬 같은 눈을 만지며 자식이 징집되지 않기를 빌었고 매년 오랑캐가 짓밟는 그 넓은 빈 땅에 보리 심기를 빌었으며 숨어 키운 보리가 짓밟히지 않기를 빌었으며 더는 삶 속에 오랑캐가 들어오지 않기를 빌었다. 그들은 그 눈을 쓸며 부처도 왕도 병마사도 들어줄 수 없는 소원, 자신의 삶이 온전하기를 빌었다. 그래서 북계의 어딜 가도 북신상의 개구리같이 튀어나온 왼쪽 눈은 늘 새카맸다.

죽화는 홉뜨고 있는 북신의 오른쪽 눈을 물끄러미 바라보았다. 도드라진 반구의 위쪽은 눈이 쌓여 있었다. 많은 생각이 떠올랐지만, 머릿속에 퍼지는 독한 상념은 이 세상을 혼자 헤쳐 나가야 한다는 것이었다. 자신은 혼자이며, 존재하는 것에 기대어 살 수밖에 없다는 것이었다. 그리고 동생을 의지하고 지켜야 한다는 것도.

죽화는 북신의 오른쪽 눈에 가만히 손을 댔다.

"내가 바라옵고 바라옵는 것은."

길을 아는 사람을 만나게 해달라고 빌려다가 그만두었다. 죽화는 굳은 눈이 덮인 북신의 닳은 머리를 발로 찼다.

'무슨! 내가 가는 곳이 길이야.'

단단한 돌덩이는 꿈쩍도 하지 않았다.

산신각을 돌아 구불길을 오르자 평지가 나왔고 관원들이 쓰는 건물 여럿이 드러났다. 전부 어둠에 식은 채 희미해져 있었다. 군기 창고와 식량 창고로 쓰이는 건물들도 문이 열린 채 바람에 삐걱거렸다.

'역시 아무도 없구나.'

헐떡이며 몸을 가눈 후, 벌떡 일어나 품 안의 그것을 살폈다. 아기는 연하게 움직였다. 널빤지에 묶인 매화를 살폈다. 매화 또한 아기처럼 연하게 숨만 쉴 뿐 의식이 없다. 성이 비었으니 거란 대장이 시키는 대로 산등성을 타고 동쪽의 넓은 성으로 가야만 했다.

그때였다.

멀리, 흙이 무너지지 않도록 돌 비탈로 쌓은 오르막 위 한터에서 불빛이 보였다.

불은 늙은 분비나무들 사이에 숨어 있었다.

성 밖에서는 저런 높이 자란 나무 군락을 볼 수 없다. 추운 지방에서 자라는 분비나무는 속이 단단해 보이는 족족 꾼들이 베어 가기 때문이다. 하나 이곳은 군인들이 장악한 요새 안이어서 그런 나무가 많았다.

죽화는 널빤지를 놓아두고 가파른 땅을 걸어 그쪽으로 올라갔다.

'누가 있다!'

맞배지붕으로 된 건물 한 동이 외따로 있었는데 그 마당에 누군가가 황덕불을 피워놓고 있었다.

웅크린 조그만 사내였다.

2

그는 두벌대로 된 어두운 건물의 기단돌 위에 작은 가죽을 깔고 혼자 앉아 있었다.

그가 불을 피워놓은 너른 땅을 에워싸고 있는 굵고 길쭉한 분비나무와 박달나무와 느릅나무들은 마치 그를 지키는 거대한 신장들 같았다. 그 거인들은 어둠을 지키며 삐쭉빼쭉 마른 몸을 세우고 있었다.

그는 고독한 현자처럼 앉아 있었다.

담비 털로 만든 모관*을 쓰고 시커먼 곰 가죽을 접사리✧마냥 어깨

---

* 털모자
✧ 볏짚이나 풀로 엮어 만든 몸에 덮는 덮개. 비가 올 때 농부들이 사용했다.

에 덮어쓰고 있었는데 옹크린 등이 유독 굽어 있어 처음에는 인간이 아닌가 싶었다.

그가 고개를 돌려 이쪽을 보았다.

아기 몸에 맞닿은 심장이 쿵쾅거렸다.

그는 어둠 속에서 희미하게 서 있는 죽화를 보기만 할 뿐 꼼짝도 하지 않았다. 수상했다. 넓고 텅 빈 이 성에 혼자 불을 피워놓고 앉아 있는 것도 수상했지만, 난데없이 나타난 죽화를 보고도 놀라는 기색이 없으니 더더욱 수상했다. 불길했다. 그는 몸을 부르르 떨며 한번 좁게 옹크렸다.

저건!

호랑이다.

호랑이가 인간 모습으로 변한 것이다.

'호랑이와 말을 섞으면 혼을 빼앗긴다!'

할미는 그렇게 말했다.

북계는 백산 줄기들이 주렁주렁 늘어져 있어 유독 호랑이가 많다. 여진이나 단구리들이 말을 달리던 넓은 벌판에서 먹이를 잡아먹은 호랑이들은 수시로 장백산 줄기 곳곳에 들어가 쉰다. 호랑이가 그렇게 고려 땅에 들어오면 다른 것이 먹고 싶어지는 마음이 심하게 드는데, 그때 인간의 모습으로 마을이나 시장에 나타난다고 오래전 할미는 말한 적이 있었다. 호랑이가 말을 걸면 혼이 나간다는 말을 떠올린 죽화는 못 본 척 몸을 돌렸다. 그러다가 또 푹신한 무엇과 얼굴이 부딪치고 말았다. 뒤로 물러나려다 무언가에 몸이 닿아 화들짝 돌아보았다. 올려다보니 이쪽에도 사람이 있었다.

짧고 흰 수염을 단 남자. 아니 노인이었다.

덩치가 컸다. 몹시도. 8척쯤.

그 노인은 곰 털 어깨 위에 땔감으로 쓸 나무들을 양쪽에 이고선 죽화를 내려보고 있었다.

얼굴은 넙데데하고 눈은 바둑알처럼 작았고 불이 일 듯 동그랬다. 곰의 췌장처럼 축 늘어진 콧방울 사이로 오뚝 솟은 콧날이 매서웠다. 촘촘하게 난 하얀 탑삭나룻 아래로 상체에 두른 표범 가죽이 어찌나 넓은지 얼굴이 조막만 해 보였다.

백호白虎.

젠장맞을.

호랑이가 한 마리 더 있다니.

이 호랑이 놈은 백복건을 쓰고, 소매가 좁은 표범 가죽옷을 입고 바지는 통이 넓었다. 북계에서는 좀처럼 보기 힘든 표범 가죽신까지 신었다.

"누구냐?"

꿀꺽. 침을 삼켰다.

저 앉아 있는 작은 놈보다 이놈이 사람 흉내를 더 그럴싸하게 내고 있다.

"여기까지 어떻게 왔어? 혼자 왔어?"

시선을 마주치지 않으려고 고개를 숙였다.

그는 두어 번 고개를 갸웃하며 죽화의 대답을 기다렸다.

"여여, 뭐 하는가. 불이 꺼지려 하네."

저쪽, 불 앞의 존재가 이쪽에 대고 말했다.

"네, 각하."

땔감을 인 건장한 존재는 죽화를 지나 그쪽으로 가더니 장작들을 도르락, 떨어뜨리고 부지깽이를 잡고 앉았다. 그는 작은 존재를 위해 불을 키웠다.

"뭐 하고 섰어? 와서 불을 쬐렴."

그제야 죽화는 불 앞에 앉은 두 존재가 호랑이가 아닌 진짜 사람임을 깨닫고 안도했다.

덩치가 큰 이는 북방인이다.

북방인은 민족을 가리키는 말이 아니다. 압록 아래에 살면 여진인이나 고려인이고 위에 살면 단구리이다. 서쪽에 살면 거란이나 말갈이고 그 아래는 지나다. 북방인은 하나의 끈으로 맺어져 있다. 척박한 땅과 날씨 때문이다. 북방인 중 오직 고려와 단구리만이 국경과 민족을 고집한다. 고려는 단구리를 같은 민족이라 여기지만 단구리는 다르다. 그들은 스스로 고려인이 아닌 고구려인이라고 믿는다.

저 덩치 큰, 표범 가죽 노인이 어느 민족인지는 알 수 없지만 서툰 고려말을 쓰는 것에서 북방인임은 분명해 보였다.

"오라니까. 거기 있지 말고. 와서 땟불을 보면서 몸을 녹여."

슬금슬금 불 앞으로 갔다.

곰 가죽을 덮고 있는 작은 사람이 고개를 돌려 다가오는 죽화를 보았다.

으아악—

그를 본 죽화가 몸을 움츠렸다.

그 작은 사람은,

곰 가죽을 덮고 웅크린 아이처럼 보이는 그는 놀랍게도 오뚝한 코 주변에 눈이 네 개였다.

귀신 얼굴이었다.

으아아아.

"놀라지 마라. 가면을 쓰신 거다."

불 건너에서 표범 가죽 노인이 말했다.

그랬다.

보니 턱이 없는 푸른색 원숭이탈이었다.

지북한 잔털이 가면 가장자리에 침처럼 빼곡하게 박혀 있다. 원래의 눈구멍에는 여러 겹으로 주름을 만들어 새치름한 인상을 주었고, 그 눈구멍 아래, 광대 자리에 구멍 없는 눈이 한 쌍 더 나 있었다.

'눈이 네 개면 방상시* 가면인데?'

아닌 게 아니라 얄실한 원숭이 얼굴에 방상시를 흉내 내어 눈을 네 개나 뚫었다. 원숭이면 원숭이고 방상시면 방상시이지 그것을 섞는 법은 없다. 그야말로 제멋대로 깎은 탈이었다.

북계에서 탈은 야외에서 한바탕 놀고는 태워버리기에 엉성하게 만드는 게 보통인데 저 탈은 매우 정교했다.

징그럽고 혐오스러워 도무지 쳐다볼 엄두가 나지 않았다. 무엇보다 불길한 건 탈 속에서 끔벅거리는 눈이었다. 불김에 색이 달라 보이는 것이겠지만 구멍 속으로 서리서리 보이는 두 눈은 보라색이었다. 두 눈동자는 마치 지옥에서 온 명왕 같았다.

---

* 악귀를 쫓는 탈

원숭이탈이 말했다.

"서 있는 걸 봤지만, 섣불리 오라 하지 못했다."

목소리를 들어보니 그 역시 노인이었다.

그는 어깨를 덮은 곰 가죽 안으로 두꺼운 저포를 입고 있었다. 옹송그린 등도, 탈 아래로 오그린 턱에 흘러내리는 몇 오라기 없는 수염도, 주름이 자글자글한 손등도 전부 그가 늙었음을 말해주고 있었다.

"널 부르면, 그래서 네가 와서 내 얼굴을 보면 놀랄까 봐 관두었다. 저 사람을 보면 그래도 안심하겠지 싶어서 기다렸단다. 계집아이가 남자 옷을 입었구나. 훔친 거니?"

나직하고 조용하고 끝이 살포시 올라가는 아늑한 말투.

남경말이다.

죽화가 남경말을 아는 것은 할미가 죽었을 때 할미의 몸을 묻어준 근처 오두막에 살던 남자가 남경말을 썼기 때문이다. 그의 고향은 삼각산 자락 아래 한수● 어귀였다고 말했다. 네 개의 눈깔을 뚫은 원숭이탈도 그때 그 오두막 남자와 비슷한 어투를 쓰고 있었다.

"그게 중요한가요?"

"중요하지 않다. 계집도 사내도 전부 싸워야 하는 시기니까. 이렇게 엄동설한에는 바지가 훨씬 따뜻하지."

원숭이탈은 노쇠하고 황량해 보였다. 반면에 불 건너편의 표범 가죽은 흰 수염만 없으면 젊은이라고 해도 좋을 만큼 건장했다.

표범 가죽 노인이 다가왔다.

● 한강

"각하, 제가 뼈 상태를 봐야겠습니다."

원숭이탈은 그럴 생각 없다는 듯 손사래 쳤다.

"아서게. 불이나 더 키우게."

죽화는 원숭이탈이 입고 있는 넓고 두툼한 갖바지를 흘깃 바라보았다. 멀쩡해 보였지만 속에 숨은 다리는 불편한 모양이다. 표범 가죽 노인은 표정을 실그러뜨리더니 마지못해 제자리로 가 앉았다.

"그리고 넌 이리루 와서 앉아라."

원숭이탈이 한 궁둥이만큼 비켜나며 깔고 앉은 가죽 끄트머리를 내주었다. 몇 걸음 다가갔지만 앉지 않았다. 가까이 있다가 품에 넣어둔 아기가 꼬물거리거나 울어버리면 난처하다.

"가까이 오래두."

"자꾸 같은 말, 하시게 하지 말고 앉으라. 앉아서 불을 보면서 몸을 쬐렴. 손을 내밀고 말이다. 추운데 몸은 얼지 않았니?"

표범 가죽옷을 입은 노인이 장작을 던지며 말했다.

죽화는 마지못해 원숭이탈이 깔고 있는 가죽 끄트머리에 엉덩이를 댔다.

"여보게, 각치." 원숭이탈이 입을 뗐다.

"네, 각하."

"말에게 물을 먹였나?"

"아직입니다만."

"먹이게."

저쪽, 불가에서 떨어진 어둠에 말이 있었다.

말은 서 있지 않았고 개처럼 앉아 있었다. 커다랗고 둥근 배에는 배댓끈과 가슴걸이가 그대로 둘리어 있다. 불김에 얼핏 황색으로 보였지만 실제로는 흰 말이었다. 말은 차갑고 젖은 땅에서 좀처럼 일어날 생각을 하지 않고 그저 귀만 바쁘게 움직여댔다.

흰 수염의 덩치 큰 노인은 버려진 양동이를 주워 새는 곳이 없는지 살폈다.

"이 양동이는 쓸 만하군요. 우리가 쓸 물도 좀 끓일까요?"

"좋은 생각이군. 저기 제금당 부뚜막에 가면 솥이 있을 걸세. 우물은 저쪽 벽오동 아래 있네."

원숭이탈은 이 버려진 고려 성의 구조를 잘 알고 있는 듯했다. 표범 가죽옷을 입은 흰 수염이 양동이를 들고 저쪽의 어스레한 맞배지붕 건물로 들어갔다.

탁탁.

장작 튀는 소리가 반복되었다.

나무들 뒤, 어둠 너머로 요란한 바람 소리가 났지만 불가는 희한하게도 고요하다. 하늘은 희읍스름했다. 이 성은 산의 옴폭 파인 곳을 둘러친 내부여서 산 아래는 보이지 않는다. 죽화는 퍼지는 불을 보며 불타는 마을을 생각했다.

아직도 귀에 들리는 듯하다.

아수라장의 마을, 무언가를 찾는 눈, 살아남으려는 눈, 그리고 그 틈을 찾는 자신의 눈을. 마을의 불은 이 황덕불과 달리 소리가 있었고 열기가 있었고 광기가 있었다. 참으로 다행이었다. 안락한 이곳에 와 있는 것이. 이 황덕불은 악취도 연기도 없고 영혼을 사르며 피어오르지도 않는다. 이 불은 전혀 다른 세상에서 만든 것 같았다. 왜 이렇게 아득하기만 한지.

이곳, 안의진성의 전체가 그러했다. 푸른 밤하늘의 별이 빙빙 도는 중심에 불가가 들어앉은 것 같았다. 세상과 떨어진, 이중적인 세상이 있다면 바로 이곳이다.

툭툭.

지팡이가 이마를 때리자 죽화가 번쩍 정신을 차렸다.

"얘야, 저치 이름은 각치라고 한다. 좋은 사람이란다. 저치가 뭐 하는 사람이냐믄, 여봐, 자네, 뭘 하며 먹고산다고 했지?"

표범 가죽옷을 입은 각치는 양동이에 담아 온 물을 말에게 먹이고 있었다. 불 근처에는 이미 솥이 걸려 있었다. 양동이는 조금씩 새고 있어 말 앞 바닥이 곧 홍건해졌다.

"가죽을 벗겨낸다, 말씀드렸습니다."

"맞아. 양수척*이라고 했지. 그래, 가죽 말고는 또 뭐 한다고 했지?"

"이런저런 걸 깎고 살죠."

"얘야, 저치는 이런저런 걸 깎으며 산단다. 여봐, 그러면 법당의 귀면 장식도 깎고 그러나?"

"그런 것도 합니다. 돌이든 나무든 전부 다 합니다."

"참 대단하군, 당신. 응?"

"시시풍덩합니다."

두 사람은 서로를 잘 모르는 것 같았다.

---

* 고려 시대 천인으로, 사냥을 주된 생업으로 하고 떠돌이 생활을 한다. 우마의 도축을 담당하고 또 인구가 많은 지역에 기생을 공급하기도 했다. 조선의 백정은 양수척의 후예들이다.

원숭이탈이 중얼거렸다.

"대단해. 사냥도 하고, 고기도 팔고, 가죽도 팔고, 귀면 장식도 깎고 말이야."

풍채만 보면, 각치가 높은 사람 같고, 원숭이탈이 하인 같다.

죽화가 탈을 유심히 살피자 저쪽에서, "얼굴이 드러나면 안 되는 분이다." 각치가 장작으로 양동이의 벌어진 틈을 때리며 말했다. "높은 분이 군단 밖으로 나갈 땐 가면을 쓰기도 한다. 저분이 어떤 분이냐면—"

"쓸데없는 말은 하지 말게나, 각치. 이 아이는 나와 충분히 대화할 수 있다네."

"송구합니다."

원숭이탈은 죽화에게 몸을 돌리더니 부드러운 남경말로 묻지도 않은 말을 하기 시작했다.

"우린 통주 근처에서 만났단다. 저놈이 강가에서 뱀을 보고 놀라 꼬꾸라졌는데, 그 바람에 나도 뒹굴었단다."

그가 가리키는 커다란 적부루*는 이제 완전히 옆으로 누워 있었다. 말은 어둠이 시작되는 지점에서 스며드는 듯했다. 간혹 가쁘게 숨을 몰아쉬었는데 푹푹 하고 뱉어대는 그 소리는 죽음을 세는 소리가 분명했다.

"발이 부러졌다. 발목이 나가면 말이라고 할 수 없지. 다행히 각치가 예까지 잘 끌고 와주었지. 말을 다루는 솜씨가 예사롭지 않아. 으

• 부루말의 한 종류. 흰 털과 붉은 털이 섞인 부루말을 말한다.

흠, 아무렴. 양수척이 어련하겠어? 허구한 날 죽일 것을 메고 들이고 산이고 돌아다니는 잔데. 이봐, 불이 작아지네."

각치는 살피던 양동이를 놓고, 불가로 가 쪼그리고 앉았다. 굵은 허벅지로 장작을 부러뜨린 다음 던져 넣고 불김을 넓게 흩트렸다.

"각치는 난처해진 나를 도와주기도 했지. 한 이틀, 함께 다녔는데 좋은 사람이다. 너에게도 친구가 되어줄 거다."

그의 목소리는 어딘가 모를 울림도 있었다. 마치 요고*에 대고 말하는 것 같은 소리가 났다.

"각하, 다리를 한번 보여주시라니까요. 붓기가 어느 정도 빠졌는지 살펴야 합니다. 애야, 넌 떨어져 있지 말고 불가로 다가가 앉아라. 몸을 녹이라고."

"내 다리는 됐어. 곧 군사들이 말을 가지고 올 거야. 그때 나와 함께 구주로 가세."

참 내. 각치는 민망한 듯 볼을 긁었다.

"이제 니 차례구나. 너는 어떻게 예까지 왔니? 짐도 없이 혼자 올라 왔니?"

그 말에 죽화가 벌떡 일어났다.

저 아래 널빤지를 두고 너무 오래 있었다.

이렇게 앉아서 불을 쬘 시간이 없었다.

안의진이 텅 비었으니 어서 산등성을 타고 구주성으로 가야만 했다.

그때,

* 고려 시대 장구의 몸통

품에서 갓난쟁이가 물 끓는 소리를 냈다.

고개를 떨구고 손을 품 안에 넣으려 하자, 원숭이탈의 지팡이가 죽화 가슴팍에 턱, 다가왔다.

"여."

움직이지 말라는 뜻.

그는 죽화 손이 품속에 들어가지 못하게 지팡이를 겨누고 있었다.

"옷 안에 뭘 넣어두고 있지?"

탈의 목소리는 부드러웠지만, 칼을 품은 듯 빠르고 깊었다. 탈 속에 숨은 두 눈도 사뭇 날카로워졌다. 죽화는 알았다. 이 원숭이탈은 필시 군인이라는 것을. 경계하는 몸태가 그리 말해주고 있었다. 그가 수평으로 뻗친 지팡이를 세우면서 땅을 짚고 일어나려고 할 때 죽화는 재빨리 품에서 갓난쟁이를 꺼냈다.

"……간나가 이상해요. 몸에서 물소리가 나요."

무위사에서 사내가 준 터슬터슬한 피풍의에 쌓인 갓난쟁이는 좀처럼 숨을 쉬지 못하고 있었다.

"각치!"

눈 네 개의 탈이 꽥, 소리 질렀다.

불 건너에서 넘어온 각치는 죽화가 들고 있는 피풍의를 빼앗아 들고선 갓난쟁이 입에 고인 피를 제 입으로 빨아 뱉었다. 각치는 제 입에 걸린 거스러미를 뱉어내며 커다란 손바닥으로 갓난쟁이의 등을 계속 쳐댔다. 갓난쟁이가 움직이지 않자 몸을 감은 피풍의를 풀어 던지고 갓난쟁이를 꺼냈다. 그는 갓난쟁이가 목에 걸고 있는 순금 호지불을 벗겨내려고 했다.

"벗기지 마요. 그건!"

각치가 죽화를 노려보았다. "거치적거린다고!"

"그래도 벗기지 마요."

원숭이탈이 손을 내밀었다.

"벗기게. 벗겨서 이리 주게."

"안 돼! 그건 그것의 부적이라고요!"

"부적 따윈 아무짝에도 쓸모없다. 각치라면 해결할 거야. 내 말도 그랬거든. 각치, 이리 주게."

각치는 목걸이를 벗겨내 원숭이탈에게 건네주고는 갓난쟁이 입에 자신의 수염을 갖다 대고 연신 피를 빨았다.

몇 번을 반복하자 갓난쟁이가 요란하게 울었다.

"숨이 트였군."

각치가 피를 뱉었다. 바닥에는 묵 같은 게 가득 떨어져 있다.

입 안에 피를 저렇게나 많이 머금고 있었나?

"몸이 온통 얼었어. 갓 태어난 것을 어떻게 들고 왔기에!"

각치가 아이 등을 다급하게 비비며 죽화에게 눈을 부라렸다. 죽화는 겁에 질려 몇 걸음 뒤로 물러났다.

각치는 그것을 불가로 데리고 갔지만 몸이 쉬 녹지 않는지, 울음소리가 점점 잦아들었다. 너무 뜨겁거나 너무 차가운 공기.

"당장 물을 끓여야 합니다."

걸리긴 했지만 빈 솥이었다. 게다가 말 앞의 양동이는 벌어진 틈으로 물이 전부 새어버렸다.

"그럴 시간이 어딨나. 저걸 가르게."

원숭이탈을 쓴 노인이 지팡이 끝으로 배를 오르락거리고 있는 말을 가리켰다. 각치는 숨을 몰아쉬는 커다란 말을 물끄러미 바라보았다. 결국 고개를 끄덕이고 갓난쟁이를 죽화에게 넘겨주고 말이 누운 곳으로 갔다.

그는 말 안장에 끼워놓은 여러 개의 가죽 줄을 헤집더니 줄에 매달린 짧은 양날검을 가리켰다.

"소인이 이 칼을 좀 잡아도 되오리까?"

"당연하지. 어서!"

배댓끈을 전부 풀어 헤치자 말의 부푼 배가 드러났다. 각치는 말 안장에 걸린 칼을 꺼내 챙―하고 날을 뽑았다.

"불가로 가! 갓난쟁이를 불에서 떨어지게 하지 말어! 떨어뜨리지도 말고!"

죽화에게 소리치면서 각치는 한 획에 말의 배를 갈랐다.

푸두두, 기름기 있는 부드러운 것들이 서로를 비벼대는 걸쭉한 소리가 나며 미끄덩한 내장이 쏟아져 나왔다. 칼은 참사검*이어서 날이 서 있지 않았지만 각치는 단번에 두꺼운 가죽까지 갈라냈다. 내장을 쏟아낸 말은 네 다리를 허우적거렸다.

각치가 소리쳤다. "데리고 와. 어서!"

각치는 받은 갓난쟁이를 말의 배 안, 내장 사이에 집어넣었다. 말이 또 허우적댔다. 갓난쟁이는 머리만 남기고 말의 몸 안에 들어가 있었다. 각치의 통나무 같은 두 팔뚝도 내장 사이에 박혀 있었다.

● 악귀를 물리치는 의식용 칼

죽화는 멍하게 서 있었고, 원숭이탈은 지팡이를 턱에 괸 채 말의 눈이 희미해져가는 모습을 바라보고 있었다.

3

키는 한 뼘 차이가 났지만 죽화와 매화는 쌍둥이었다.

둘은 부모가 누군지 몰랐다. 온통 흙과 자갈만 펼쳐진 버려진 백산의 너른 들판에서 둘은 인간을 좀처럼 만나지 못한 채 살아왔다.

매화는 자라면서 눈 밑이 거뭇해지며 죽화와 얼굴이 달라졌다. 매화는 성장이 느렸고 말이 어눌했다. 매화는 남들과 다른 점이 있었는데 그것은 상습적인 살생이었다. 아무리 말려도 생명을 자꾸 죽였다.

둘을 길러준 할미는 매화가 죽은 어미의 피를 마셔 저렇다고 중얼거렸다. 태어날 때 매화는 입에 고인 피로 숨을 채 쉬지 못했다고 한다. 할미는 둘의 어미가 고려 귀족의 딸이라고 말해주었다. 둘의 어미는 어쩌다 만난 사냥꾼 무리를 따라서 사라졌고, 그들과 더불어 짐승을 사냥했다. 둘의 어미가 사냥꾼들을 따라다닌 이유는 음탕하여 수컷을 바랐던 이유가 아니다. 둘의 어미는 몸에 죽이는 병이 있었기 때문이다. 사냥꾼을 따라다니면 짐승을 쉬 죽일 수 있었다. 둘의 어미는 생명 죽이는 것에 희열을 느끼는 몹쓸 마음의 병이 있었다.

어느 날, 둘의 어미는 사냥꾼들 무리에서 달아나 백산 중턱에 혼자 사는 할미의 오두막에서 쓰러졌다. 할미는 장백산 신선을 모시는 신아기였다. 둘의 어미는 오두막에서 쌍둥이를 낳았다. 둘의 어미는 둘의 아비가 누군지 몰랐다. 해가 바뀌고 둘의 어미는 오두막을 떠났다. 둘을 버려두고서. 얼마 후 검기울던 들판의 개랑* 아래에서 둘의 어미는 죽은 채 발견되었다. 물을 먹다 죽었는지 사냥꾼들에게 공격당했는지 머리를 물에 박은 채였다.

톡톡.

불을 보고 있는 죽화 이마에 또 지팡이가 올라왔다.

"뭐 하고 섰누."

원숭이탈은 지팡이 끝으로 어둠에 싸인 건물을 가리켰다. 탈은 물을 떠 오라고 했다. 명령대로 말 앞에 놓인 양동이를 들고 우물로 가서 물을 떠 왔다. 솥에 물이 끓었다. 원숭이탈은 죽화에게 제금당에 가서 돌절구를 구해 오라고 했다. 돌절구는 제금당에서 찾을 수 없었고, 한참 떨어진 노지에 버려져 있었다.

돌절구를 굴려서 불가에 두었다.

각치가 말의 몸에서 갓난쟁이를 꺼냈다.

그는 커다란 손으로 말의 피를 덮어쓴 갓난쟁이의 등을 쓸었다. 싸고 온 피풍의가 거칠어서 등에 온통 생채기가 나 있었다.

"이래선 원, 감염되겠습니다."

"이러면 어떨까?"

원숭이탈이 쏟아진 내장의 어느 부분을 지팡이로 가리켰다.

"좋습니다. 저도 그렇게 생각하던 차였습니다."

"우린 꽤 생각이 일치하는군. 암, 만날 때부터 그랬어."

●좁고 얕은 개울

"그런가요?"

원숭이탈이 지팡이를 휘저으며 어서 하라는 시늉을 했고, 각치는 쏟아진 내장에서 말의 간을 뜯었다. 간은 가오리처럼 넙데데했다. 각치는 그 간을 갓난쟁이 등에 올려 독을 빼냈다. 솥의 물이 바글바글 소리를 냈다.

원숭이탈이 명령했다.

"이제 물을 맞추게. 너는 잠시 갓난쟁이를 받으렴."

각치는 등에 간을 올린 갓난쟁이를 죽화에게 건네주었다.

"잘 안고 있어라. 미끄럽다."

각치는 피 묻은 팔뚝을 부지런히 움직여 끓는 솥의 물을 떠서 돌절 구를 씻어내고 거기에 더운물을 채웠다. 거기에 양동이에 남은 차가운 물을 섞었다. 돌절구의 물이 미지근해지자 그는 갓난쟁이를 돌절 구에 담갔다. 불가, 김 솟는 붉은 물 속에서 갓난쟁이가 울어댔다. 마치 지금 새로 태어나 몸을 씻는 것 같았다. 각치는 털이 북술북술한 손등을 이리저리 움직이며 갓난쟁이를 씻겼다. 각치는 간혹 물이 떨어지는 팔로 이마를 닦았다. 원숭이탈은 죽화에게 옷에서 실을 뜯어 낼 수 있느냐고 물었다.

죽화는 바들바들 떠는 손으로 소매에서 실 하나를 뽑아내었다.

각치가 갓난쟁이를 수면에 들었다.

죽화는 갓난쟁이 배에 덜렁거리는 탯줄에 실을 조이도록 묶었다. 실을 쥐고 움직이는 죽화의 손과 갓난쟁이 옆구리를 연잎처럼 덮은 커다란 각치의 손이 이글거리는 불길에 선명한 그림자를 자아냈다.

"발해인이냐?"

각치가 물을 쪼르륵거리며 물었다.

죽화 목에서 대롱거리는 자아추를 본 모양이었다.

"할머니가."

내내 앉아서 명령만 하던 원숭이탈이 이윽고 자리에서 일어났다. 그는 걸어가 불 앞에서 뒷짐을 쥐고 허리를 숙여 돌절구에 담긴 갓난쟁이를 가만히 내려다보았다. 빠끔하게 뚫린 가면 구멍으로 그의 눈알이 요리조리 돌아갔다.

"실한 놈이구나."

"따뜻하게 해주니 경련도 누꿈해집니다."

"이놈 아비를 내가 안다."

그 말에 각치의 눈썹 하나가 올라갔다.

"이 호지불이 수호하는 가문을 알지. 보니 아비를 닮았구나."

원숭이탈의 뒷짐 진 손에는 갓난쟁이가 걸고 있던 호지불 목걸이가 감겨 있었다.

쪼륵,

탁, 탁.

쪼르륵.

장작 튀는 소리와 바람이 잠잠해졌고 한가한 물소리만 났다.

불꽃이 너울대는 공간에서 두 노인은 마치 어미와 아비가 된 양 갓난쟁이를 바라보았다. 그들은 이제 짐승 같은 털옷을 몸에 두르지 않았고, 한기에 저항하는 불도 의식하지 않았다. 삶이 얼마 남지 않은 그들은, 자신과 가장 먼, 그러나 어쩌면 가장 닮아 있을지도 모를 막 태어난 생명을 지켜보고 있었다. 그 모습을 보면서 죽화는 의외로 복잡해지지 않을 모양이라고 생각했다.

짧은 수염의 말대로 간나는 고려의 높은 관리의 자식인 모양이었다. 기품 있게 말하는 저 원숭이탈은 간나가 목에 건 호지불을 보고 아비가 누군지 신묘하게 알아냈다. 어쨌든 다행이었다. 저 조그만 원숭이탈이 아비를 찾아줄 수 있는 모양이니.

절구 앞에서 원숭이탈이 이쪽을 바라보았다.

죽화는 미끈거리는 간의 촉감이 남은 손가락을 비비며 무기력하게 서 있었다. 추위도 가셨고, 피곤함도 사라진 상태였다.

원숭이탈의 저 바끔한 눈을 보고 있자니 자꾸 몸 안의 피가 거꾸로 도는 기분이 들며 기운이 쑥쑥 빠졌다. 몸이 가라앉다가 떠오르듯 했고 그럴 때마다 의식이 몽롱해졌다. 죽화는 몸속에 자신의 일부가 밖으로 달아나버린 듯한 기분이 들면서 풀썩 주저앉고 싶어졌다. 얼음장 같은 차가운 날씨에도 이마에서 땀이 송골송골 맺혀갔다.

저쪽에서 각치가 걸어왔다.

"괜찮으냐? 여봐!"

그는 굵고 젖은 두 손으로 죽화 볼을 움켜잡고선 흔들었다. 토막 같은 엄지를 죽화 입에 쑤셔 넣고 벌리게 한 다음 안을 한 차례 살폈다. 그리고 다시 얼굴을 흔들었다.

"이봐! 정신 차려."

죽화가 눈에 힘을 주었다.

"여어. 불을 봐. 불을 보면 정신이 든다."

지켜보던 원숭이탈은 시선을 갓난쟁이로 돌렸다.

죽화는 몽롱해진 시선으로 불을 바라보았다. 어지러움이 가시지 않았다. 불을 보니 더 몽롱해진다. 몸이 뜰 것 같은 기분이 점점 커진다. 긴장이 풀리면서 기력이 떨어지려고 할 때.

어우어어어어—

죽화 귀에 멀리서 짐승 우는 듯한 소리가 들렸다.

'매화다!'

죽화가 핏발 선 눈을 부라렸다.

아래로 달렸다.

뒤에서 각치가 부르는 소리가 들렸지만 아랑곳하지 않았다. 각치는 매화의 울음을 듣지 못한 것 같았다.

매화는 잡풀이 무성한 터에 내려놓은 널빤지에서 몸부림치는 중이었다.

매화의 어깨를 잡고 다독였다.

"매화야. 진정해. 금방 풀어줄게."

매화는 보글거리는 피거품을 흘리며 고개를 떨궜다.

누구냐. 뒤에서 각치가 나타났다.

"······닮았군. 동생이냐?"

"······."

"왜 묶어둔 거냐?"

말하지 않았다.

"비켜봐."

각치가 쪼그리고 앉아 매화를 살폈다.

쇄골 아래 화살 맞은 구멍들에서 피가 배어 나와 온몸이 질퍽한 붉은색이 되어 있었다. 그는 죽화가 쓰고 있는 곰 발바닥으로 만든 털

모자에 눈을 가져가더니 훑으며 물었다.

"너는 괜찮은 거냐?"

"……방금 울었어요."

그가 매화 머리를 들었다. 조심스레 돌려 뒤통수를 살피더니 머리를 내려놓으며 말했다.

"죽었다."

"……죽지 않았어. 방금까지도 날 불렀다고."

"이 널빤지를 예가지 혼자 끌고 왔니?"

"죽지 않았어!"

"죽었다."

머리에 피가 솟구쳐 올랐다.

"비켜! 손대지 마!"

죽화는 그를 밀어내고 시신의 머리를 받쳐 들었다. 머리는 묵직했고 제멋대로 흔들렸다.

살아 있었는데. 날 불렀는데.

부르는 소리를 들었는데. 늑대 소리를 내며 울부짖었는데.

혼자 둬서 죽어버린 걸까. 이럴 거면 무위사 경내에서 죽지 그랬어. 그곳에 묻히면 극락이라도 가는데. 아니야. 방금까지 몸을 떨었잖아. 좀 움직여봐.

아락바락 시신을 부여잡고 흔들었다.

움직여보라고!

각치는 자신의 표범 가죽 겉옷을 벗어 시신의 얼굴을 덮어주었다.

"불가로 가자."

"혼자 안 가."

각치는 죽화를 빤히 바라보더니 결국 고개를 끄덕였다.

둘은 시신을 끌고 불가로 올라왔다. 돌절구에 담긴 갓난쟁이의 등에 물을 흘리고 있던 원숭이탈이 고개를 들었다. 그는 죽화와 각치가 시신을 불가에 눕히는 것을 바라보았다.

"맨손으로 올라온 게 아니었습니다."

"죽었나?"

"죽었습니다."

"말했잖아! 죽지 않았다고!"

"각치, 다시 확인해보게."

"틀림없습니다."

"죽지 않았다잖아."

각치는 시신의 입을 벌리고 안을 들여다보았다. 손도 살폈다. 흰 수염을 쓸며 곰곰이 생각하던 그는 손을 내려놓고 죽화에게 가까이 오라고 손짓했다. 죽화가 가자 각치는 죽화의 퉁퉁 부은 눈과 손등과 목 뒤를 살폈다. 죽화가 쓰고 있는 모자를 벗기려 하자 죽화는 얼른 한 걸음 떨어졌다.

"왜 이래요?"

"너, 거란을 만난 거냐?"

어느새 다가온 원숭이탈이 시신을 널빤지에 묶어둔 끈을 보며 말했다.

"으흠, 이건 거란대가 쓰는 완대*군."

"말해라. 주변에 거란이라던가, 잔병 무리가 있는지를 묻는 거다."

죽화는 머뭇거릴 뿐 아무 말도 하지 않았다.

"자, 아이야. 너한테 있었던 일을 말해주련."

죽화는 무위사에서 왔다고 말했다. 원숭이탈은 이미 알고 있다는 듯 고개를 끄덕였다.

여우난골에 거란의 약탈자들이 몰려왔고, 다급하게 마을 뒷산인 천마산 무위사로 숨으러 갔고, 거기서 미리 숨어 있던 마을 사람들과 함께 있었으며, 마을 사람들은 뒤쫓아온 오랑캐들에게 전부 몰살당했다고 이야기했다. 산 아래 거란대가 있을지도 모르니 여기서 이렇게 불을 피우고 있으면 안 된다고 뒤늦게 말했다.

"……그 간나는."

구덩이에서 죽은 귀족 여인이 낳은 것이라고 말했다.

여인 목에 걸린 호지불을 벗겨서 간나의 목에 걸어줬을 뿐, 호지불을 탐낸 것은 아니라고도 말했다. 다급하게 손을 내보이며 빼앗지도 않았다고 말했다. 품에서 꺼낼 때부터 간나 목에 걸려 있는 것을 보시지 않았느냐고. 자신은 도둑이 아니라고 말했다. 죽화는 몸을 부르르 떨며 제 목에 걸린 할미의 자아추을 내보이며 자기에게는 목걸이가 있다고, 그래서 호지불 목걸이를 탐낼 이유가 없다고 말하던 참에,

"그래. 안다. 알아. 알고말고." 원숭이탈이 고개를 끄덕였다.

각치가 끼어들었다.

* 허리끈

"여, 우선 이리 와서 불가에 앉아라. 각하, 진정부터 시켜야 하겠습니다. 넌, 어서!"

각치가 물이 뚝뚝 떨어지는 손으로 죽화 팔을 잡고 불 앞으로 갔다.

"나도 좀 앉아야겠네. 다리가 불편하군. 각치, 아기를 받게."

원숭이탈은 아기를 건네주고 불가를 돌아 원래의 자리에 앉았다.

불 옆에서 노란빛을 띠며 누워 있는 시신을 물끄러미 바라보았다. 시신은 미동도 없었다. 근처에 튀어나온 불등걸이 젖은 땅에서 습기를 머금고 점점 연해지고 있었다. 숨이 벅차면서 눈물이 나오려 했다.

"어떤가? 정말 죽었는가?"

"그렇습니다. 머리가 심하게 상했습니다."

"……죽지 않았어. 움직였다고."

"혼자 어떻게 살아남았니? 거기서?"

죽화를 보는 가면에 박힌 네 개의 눈구멍에서도 활활 도깨비불이 피어오르는 것처럼 밝다. 죽화는 대답하지 않고 푸슬푸슬한 입술을 혀로 적셨다. 거란 기병 대장과 있었던 일은 절대로 말할 수 없었다.

"피가 강을 이루던 살육 현장에서 이렇게 머리 반이 떨어져 나간 네 동생을 끌고 어떻게 달아났지? 대견하게도 갓난쟁이까지 보듬고 말이야. 응?"

모든 게 흉한데 오직 말투만 자애로운 노인이었다.

말끝마다 구, 구 하는 에미나이보다 연약한 남경말로 저리 뾰쪽하게 물어보다니. 원숭이탈 속의 눈은 여전히 대답을 기다리며 빼꼼히 바라보고 있었다.

쪼륵.

쪼르륵.

"불단 아래."

"불단 아래?"

"거기 있었어요."

"거기 숨었다고?"

"해골들이 많았어요. 냄새도 심했고 먼지도 많았어요. 습기도."

쪼르륵.

"갓난쟁이는 용케 울지 않았고?"

대답하지 않았다.

사실 갓난쟁이는 불단에 숨었을 때 없었다.

갓난이를 어미의 몸에서 짧은 수염이 받아냈다는 말을 차마 할 수
없었다. 그러면 거란과 거래한 일이 들키고 만다.

"이 성에 올라올 생각은 어떻게 했니?"

"여우난골 사람들이 하는 말을 들었어요. 저들끼리 안전해지려면
천마산 중턱의 고려 성으로 가야 한다고 수군거렸어요."

원숭이탈은 알겠다는 듯 고개를 끄덕였다.

"……그랬구나."

그는 거짓말을 하고 있음을 아는 것 같았지만 더는 묻지 않았다.
얼음처럼 팽팽하던 공기가 일순, 쨍, 하고 깨지는 느낌이 들었다. 죽
화는 진이 빠져 고개를 푹 숙이고 말았다.

"천마산 아래 사는 사람들은 난리가 나면 이 성으로 모이지. 그들
이 하는 말을 우연히 들었던 모양이군."

"착한 아이군요. 태어난 생명을 외면하지 않고 품에 안고 예까지

온 걸 보면요. 그렇지 않습니까, 각하?"

"그래, 착한 아이구나. 죽은 산모에게서 이렇게 갓난쟁이를 받아내고 말이야. 아무튼, 저 산 아래 거란대가 모여 있다는 사실을 알려주니 참 고맙구나."

그때 저쪽, 세 사람이 불을 피운 자리보다 훨씬 아래 지점에서 딸가닥딸가닥, 철기 부딪치는 소리 섞인 말발굽 소리가 들려왔다.

곧 내리받이 돌너덜길 먼 아래 공터가 훤해졌다.

커다란 말 그림자가 하나씩 등장하더니 횃불을 든 군사들이 말을 타고 성안으로 들어오고 있었다.

그들은 동문을 통해 들어온 스무 기의 고려 기병이었다.

애로隘路

안의진에는 낭장 4인, 별장 7인, 교위 14인, 대정 28인, 행군 711인이 있다. 정용은 9대인데 이 안에는 말 2대가 있다. 좌군은 6개이다. 보창은 7대, 신기는 30인, 보반은 17인, 백정은 54대이다.

『고려사』권83, 「지」, "북계".

1

요란한 철갑 소리를 내며 말들이 기슭 두 단쯤 아래의 넓은 터에서 멈췄다.

그들은 말에서 내렸고, 수런거리며 서성였다. 무리에서 말 한 마리가 이쪽으로 딸각딸각 올라왔다. 손바닥만 한 철판들을 고리로 엮어 만든 찰갑을 입은, 키가 큰 남자가 안장 높은 가라말을 끌고 나타났다.

그는 젊었는데, 짧고 뾰족하고 고슴도치같이 촘촘하게 난 수염이 법령에 빼곡했다. 투구는 여느 고려군들의 습성대로 등으로 넘기고 털모자를 쓰고 있었다. 천으로 둘둘 감아 감춘 목 언저리에서 김이 풀풀 피어올랐다. 등에는 성인의 키보다 더 긴 화려한 칼을 비껴 메고 있었다. 오른쪽 뒤 허리 아래에도 띠돈에 걸린 환도가 걸려 있었다. 환도는 걸을 때마다 흔들렸다.

그는 말과 함께 불 앞까지 와서 원숭이탈에게 공손하게 고개를 숙였다. "능선을 따라오느라 늦었습니다."

"저 말, 막 죽었다."

원숭이탈이 인사도 받지 않고 말을 가리켰다. 젊은 장교는 내장을 쏟아낸 채로 누워 있는 말을 보았다.

"그리고 니들, 수레를 가지고 왔니?"

젊은 장교는 가지고 오지 않았다고 말했다. 원숭이탈은 장교에게 죽은 말을 여러 통으로 갈라서 구주로 가지고 가라고 했다. "목책 공사가 한창일 테니 고기로 쓰라고 주어라. 이 성 어딘가에 수레가 있을 게다. 찾아 실어라."

"수레를 찾아서 구주로 싣고 가겠습니다."

장교가 충실하게 복창했다. "그리고 각하, 여기."

장교는 자신이 등에 메고 있던 칼을 끌렀다.

화려한 칼이었다. 짧은 수염의 젊은 장교가 원숭이탈에게 칼을 바쳤다. 아마도 그 칼은 원숭이탈의 것인 모양이었다. 불가에서 보니 황룡이 부조된 칼집 슴베에는 금분을 뿌려 굳혔다. 손잡이에는 광사두우光射斗牛라는 글자가 음각으로 새겨져 있었다.

팔면 금 열 근은 넘겠다고 생각했다.

원숭이탈은 칼을 물끄러미 보더니 받지 않고 몸을 돌렸다.

"말에 실어라."

"어이, 포백* 가진 게 있을까나?" 저쪽에서 각치가 물었다.

늙은 사냥꾼은 삐죽 턱을 내밀고 못마땅한 듯 노려보는 젊은 장교에게 말했다.

"내 포는 각하 종아리를 묶는 데 써버렸고 자네 포를 좀 빌리세나. 이 갓난쟁이를 좀 닦아야 쓰겠어."

"주어라. 포가 필요하겠다."

원숭이탈이 말하자 콧날이 오뚝한 기마 장교는 품에서 두툼하게 말린 천을 꺼내 각치에게 건넸다. 천은 전장에서 부상자를 치료하는 유일한 물품으로 계급이 높은 자들은 항상 지니고 있어야만 했다. 각

• 베나 비단 같은 천

치는 물이 뚝뚝 떨어지는 손으로 그것을 받아 입에 물고 반을 찢어 갓난쟁이를 감쌌다.

"구주로 가자마자 병마사 속관*을 불러라. 저 갓난쟁이는 병마판관 김종현의 자식이다. 관에서 맡으라고 해."

"그리하겠나이다."

원숭이탈이 죽화를 가리키며 또 명령했다.

"저 아이한테도 포를 줘라. 온몸이 상처다. 덮을 것도 주고."

짧은 수염의 장교는 죽화를 바라보았다. 그는 다가가 자신이 덮고 있는 개가죽을 이어 붙인 어깨 덮개를 벗어 죽화 어깨에 얹어주었다.

그는 목에 감은 천을 풀었는데, 그의 목에는 붉은 흉이 져 있었다. 목뿐만이 아니었다. 불가에서 보니 얼굴이고 손등이고 온통 상처투성이다. 전장에서 난 흔적.

"풀지 말게. 여기 포가 남았으니."

각치는 찢은 포를 죽화에게 건넸다. 죽화는 포를 받았다.

원숭이탈이 젊은 장교를 소개했다.

"각치. 이 젊은 애는 정주성에 주둔했던 좌군 소속이고 대정*이야. 자네를 만나기 전에 함께 이동하다가 내가 이리되어서 내 말을 구해 오라고 먼저 보냈지."

대정이면 고려군 스무 기 정도의 기병을 다스리는 직급이다.

그는 원숭이탈을 보위하며 이동하다가 원숭이탈의 말이 상하자

● 부관

❖ 현대군 편제로 보면 소위 정도의 계급이 된다. 녹봉 16석 10말

131

먼저 떠나 인근의 다른 성에서 새 말을 가지고 온 모양이었다.

"네. 여러 번 말씀하셨습니다요. 충실한 부관이라고요."

"그랬나? 그래, 저놈이야. 멋진 놈이지. 너도 건장한 사내 냄새에 혹할 나이지?"

원숭이탈은 지팡이로 죽화 이마를 톡톡 치며 큼직한 앞니 두 개를 내보였다. "이러지 마요!" 죽화는 이마 근처로 머무는 지팡이를 기분 나쁜 듯 치웠다.

대정이 끌고 온 말은 콧김을 뿜으며 연신 대가리를 푸르륵, 흔들었다. 턱과 볼마다 짧은 수염이 박힌 대정은 원숭이탈이 타고 갈 말의 고삐를 놓지 않고 있었다. 임무가 말을 구해 오는 것인지라, 그 결과를 수락받지 않으면 임무가 끝나지 않는 모양이었다.

"실하구나. 어디서 가지고 왔니."

"귀화진에서 가지고 왔습니다."

"귀화진은 어떠하고 있더냐."

"전졸* 5,000이 있었습니다."

"거긴 말이 남더냐?"

원숭이탈이 말을 어디서 구해 왔는지 크게 궁금해하는 기색이 없었기에 대정은 더는 말하지 않았다.

이들이 있는 이곳 안의진성에서 가까운 방어성은 귀화진성과 구주성이었다. 귀화진성과 구주성은 산을 이용해서 구축된 산성이었지만 입구만은 벌판을 접했다. 특히 구주성 앞 벌판은 매우 드넓었

● 일반 군사

다. 구주벌은 동쪽 산지가 시작되는 마지막 교통의 요충지였다.

"귀화진에 병력이 아직 남아 있더라?"

"네."

"전부 구주로 모이라 일렀는데?"

대정은 입을 닫았다.

원숭이탈은 지팡이로 바닥을 긁으며 중얼거렸다.

"거기도 내 말을 따르지 않는구나. 그러면 장흥진은?"

반령벌이라고 부르는 구주성 옆 벌판을 지나 더 아래로 내려가면 농오리산 자락을 접하는 기슭에 장흥진성이 있었다. 장흥진은 청천강과 가까워 국경이라고 할 순 없다. 장흥진을 지나면 영변을 거쳐 개천, 순천을 이어 서경으로 가는 길이 이어진다. 고려의 중심으로 들어가는 것이다.

"귀화진에서 장흥진의 상황을 들었을 게 아니더냐."

"장흥진도 제자리를 지키고 있습니다."

"이치를 모르는 놈들."

마치 굳은 탈의 주름이 일그러지는 듯한 신음을 냈다. 고려군들이 원숭이탈의 말을 듣지 않는 모양이었다.

원숭이탈은 북계의 고려 방어성들을 책임지는 도령•들에게 병력을 전부 구주성으로 이동하라고 명령했지만 그들은 움직이지 않고 있었다.

• 각 방어성의 최고 지휘관을 도령이라고 불렀다. 1019년 당시 구주성과 영주성의 도령은 중랑장(정5품의 무관직. 녹봉 40석. 현대군으로 치면 대령급) 계급이었고 맹주성은 크기가 작아 중랑장보다 아래 계급인 낭장이 도령으로 있었다.

"그건 그렇고, 날랜 기병 하나를 귀화진으로 다시 보내렴. 그곳 지휘관에게 말해서 50기 정도를 천마산 여우난골촌으로 가라고 해라. 저 아이 말에 따르면 그 근방에 적의 잔병들이 진을 친 모양이다. 마을이 야만인 잔병들의 근거지가 되면 큰일이겠다."

명령이 떨어지자 젊은 대정은 고삐 잡은 말을 그대로 끌고 부하들이 모인 아래로 가더니 한참 만에 그 말을 끌고 다시 올라왔다.

이번엔 횃불을 든 갑옷 차림의 고려군 네 명이 더 따라왔다. 두 명은 죽은 말을 젖히고 원숭이탈의 칼과 안장과 한 번도 쓴 적이 없어 보이는 방패 따위를 챙겼다. 나머지 두 명은 도끼로 말을 해체하기 시작했다.

대정이 말했다.

"구주성에 부원수가 도착해 있습니다. 각하께서도 서두르셔야 합니다."

원숭이탈은 으이차, 지팡이를 짚고 일어났다.

"각치, 가세."

쪼그리고 앉은 각치가 말했다.

"저는 이만 돌아가겠습니다. 각하를 모실 군사들이 왔고, 제가 있을 이유가 없을 듯하여……."

원숭이탈은 각치 말을 듣지 못했는지, 아니면 듣고도 무시하는 것인지 그저 뒤뚱한 걸음으로 저만치 걸어갔다. 대정이 눈알을 굴리며 콧김을 내는 말의 고삐를 당겨 되돌리고 뒤따랐다.

저쪽에서 이윽고 원숭이탈의 등이 말했다. 각치, 그 갓난쟁이를 잘 품고 오게. 각치는 어쩔 수 없다는 듯 씻긴 물을 불에 쏟았다. 연기를 피우며 지랑물같이 탁한 물이 저쪽으로 흘러 퍼졌다.

각치가 죽화에게 다가와 팔을 벌렸다. "이리 다오."

죽화가 품고 있는 갓난쟁이를 달라는 의미였다. 이걸 주면 죽은 매화와 버려지듯 남게 되고 구주성으로 가는 문은 닫힌다.

"저기요."

원숭이탈이 돌아보지 않고 말했다.

"너는 동계 쪽으로 가거라. 여진인 부락에는 발해인도 많이 산다. 그리고 네 동생은 여기에 묻으면 안 된다. 전쟁이 끝나면 방어군들이 돌아올 자리니까."

가면 끝이다.

반드시 저 노인을 따라가야 한다.

죽화는 눈을 부릅떴다.

"개쌍! 죽지 않았다고! 매화는!"

외치는 말에 대정이 고개를 돌렸다.

"막돼먹어도 유분수지. 순 승냥이 홀레판에서 뻔하게 노는 사기 짓거리 아닌가. 내 간나를 니들이 왜 데려가? 이 간나를 데려가겠다면 나도 간다. 간나 아비에게 대접을 후하게 받아야겠으니까!"

갓난쟁이가 울었다.

죽화는 갓난쟁이를 물건처럼 거꾸로 들고 섰다.

원숭이탈이 돌아보았다.

죽화는 간나를 쥐지 않은 손으로 어깨에 걸친 대정의 개가죽을 내팽개쳤다. 그리고 잘 보라는 듯 갓난쟁이를 시선까지 들어 올렸다.

"안 그래? 노인? 이치를 잘 안다는 당신이 이러면 안 되지. 죽을 각오로 품고 온 게 누군데! 어디 얼렁슬렁 빼앗아 가? 밤새 덩쉬이*만 나불나불하기에 피곤해도 참고 들어줬더니 뭐 실한 건 아무것도 없네. 아니 머릿속에 오좀캐◈ 냄새만 진동하네. 못 줘! 이건 내 거야! 빌어먹을!"

이윽고 원숭이탈이 대정에게 명령했다.

"저기 널빤지에 묶인 몸뚱어리도 수레에 실어라."

2

기병들은 구주로 가는 중이었다.

안의진에서 구주로 이어지는 애로°는 험했다.

대정과 스무 기의 고려 기병들은 원숭이탈을 구원하러 올 때 애로를 타지 않고 능선을 타서 늦었다고 했다. 애로는 빠른 길이었지만 위험하기도 했다. 좁고 하나뿐인 길이어서 매복하는 적을 만나면 도리 없이 대적해야 했다.

말들은 일렬로 나아갔다.

말의 사체와 매화를 실은 작은 수레도 시끄러운 소리를 냈다.

맑은 겨울이었고 공기가 칼날처럼 매서웠다.

흐르는 구름이 많았다. 솟아오른 능선과 구름은 달을 수시로 가렸

* 아가리의 함경도 방언
◈ 오줌통
° 좁은 협곡길

고, 물이 마른 건조한 계곡을 지날 때면 어둠에 싸인 직벽들 아래로 수상한 짐승 소리가 수시로 들려왔다. 가슴이 조여질 만큼 현기증이 날 때쯤이면 산발 능선은 그것을 알고 있었다는 듯 코숭이를 보이며 평지를 드러내주었다. 그들은 상인들처럼 일렬로 움직였고 한쪽 벽에 바짝 붙어 애로를 통과했다.

원숭이탈을 쓴 노인은 무리의 맨 앞에서 흔들거렸다.

바로 뒤에 수레를 끄는 말이 따랐고 각치는 그 말 위에 올라타고 있었다. 수레 위에는 누운 매화와 벌겋게 토막 낸 말과 안장, 배띠, 등자 등 잡다한 마구들 옆에서 죽화는 덜렁거리고 있었다.

죽화는 흔들리면서 앞을 보았다.

각치의 등은 넓고 커서 더 앞에 가고 있는 원숭이탈이 보이지 않을 지경이었다. 뒤돌아보니 대정이 죽화를 빤히 바라보며 따라오고 있다. 대정은 자신의 무기 외, 비싸 보였던 원숭이탈의 장검을 등에 메고 있었다.

무표정한 대정 뒤로 기마대가 끝없이 줄지어 있었다.

간헐적으로 쌀 같은 서리가 섞인 바람이 몰려왔고 각치와 죽화는 몸을 움츠렸다. 맨 앞의 원숭이탈을 위시해서 따라오는 고려군들은 절대로 고개를 숙이지 않았다. 습기 조각들이 매화의 부은 볼을 때리며 지나갔다.

맨 앞이 물었다.

"품 안의 갓난쟁이는 어떤가?"

"그래도 숨은 규칙적입니다, 각하."

"자네의 훈훈한 기운을 받으면 금세 괜찮아질 걸세. 성에 도착할 때까지 잘 품고 있게."

"그리하겠습니다."

"죽으면 안 되네. 어린 생명 아닌가."

"잘 품겠습니다."

"그것이 상하면 말하는 남생이 새끼를 죽이는 꼴이 되네."

각치가 갸웃했다. "말하는 남생이 말씀입니까?"

노인의 등이 흔들거리기만 했다.

"그래, 말하는 남생이. 자네 모르는가? 말하는 남생이 이야기를?"

"알지 못합니다."

"여, 그 너머 큰아이야. 너도 모르느냐? 말하는 남생이를?"

대꾸하지 않았다.

어떤 것을 물어도 대꾸하지 않을 참이었다. 죽화는 저 늙은이가 물
으면 전부 답하는 존재가 되지 않겠다고 다짐했다.

"아마 알 게다. 고려 땅에 사는 아이들은 전부 아는 이야기지."

"무슨 뜻입니까. 이 갓난쟁이가 남생이 새끼라는 말씀이?"

바람이 잦았고, 공기가 투명해졌다.

맨 앞의 작은 등은 느른하고 맥없이 흔들렸다.

"형제가 있었다. 형은 마을에 살았고 동생은 산에 살았지. 형은 노
모 재산을 다 받았고 동생은 재산이 없었어. 어느 날 동생은 산에서
말하는 남생이를 주웠더란다. 동생은 남생이에게 우리 집에 갈래?
하구 물었지. 남생이가 그러겠다고 했어. 동생은 시장에서 사람들에
게 남생이를 선보이구 구경값으로 황금을 많이 벌었지."

말이 돌 밟는 소리만 가득한 가운데, 일렬로 가는 이들은 전부 원

숭이탈이 느릿느릿 하는 말을 듣고 있었다.

"어느 날, 형이 동생 몰래 남생이를 훔쳐서 시장에 갔더랜다. 말하
는 남생이를 선보이구 구경값을 받으려고 했지. 그런데 남생이가 도
무지 말을 하지 않는 거야."

"그건 또 왜 그렇습니까?"

"……내가 어찌 아나, 남생이 마음인데."

"……."

"형은 말을 듣지 않는 남생이를 죽이려 했지만 그것을 알게 된 동
생이 찾아와서 구경값으로 번 황금을 형에게 주고 남생이를 받아 갔
단다."

원숭이탈은 이야기를 거꾸로 알고 있었다.

이 이야기는 할미가 해준 적이 있었다.

남생이를 죽인 것은 형이었고, 동생 앞에서는 능수능란하게 하면
서 자기 앞에서는 한마디도 하지 않은 것이 괘씸해서 죽인 것이다.
그런데 저 노인은 동생이 남생이를 받아 갔다고 한다.

너무 늙어서 헷갈린 것일지도.

노인네들은 제멋대로인 기억을 진짜로 착각해서 마구 지어내서
말하는 습성이 있으니까.

각치 등 너머로 맨 앞을 가는 원숭이탈의 등이 언뜻언뜻 보였다.
말이 쩔뚝거리는 만큼 노인의 낮은 등도 절뚝거렸다.

애로에 대정을 비롯한 기병들이 줄지어 나아갔다. 겨울밤은 아득
하니 선명했다.

"동생은 집으로 와서 남생이를 곱게 놓아주더니 물었다. 어찌 형한

테 갔느냐고. 그러자 남생이는 형이 자신을 훔쳐 갔다고 말했더란다.
동생은 그 말이 끝나기도 전에 단박에 대가리를 잘라버렸지.”

“남생이에게는 아무런 죄가 없는뎁쇼.”

“아마도 말을 해서가 아닐까?”

“그럴 수 있겠군요.”

“그지?”

“남생이가 인간의 말을 하지 않았다면 오해하지 않았을 텐데, 말을
하니 되레 믿지 못했나 보군요. 짐승이 인간의 말을 하는 건 매우 이
상한 일이지 않습니까. 진실을 말해도 그 말하는 짐승 자체가 이상하
니까 거짓으로 여긴 것입니다. 요물의 말로 들린 게지요.”

“으흠.”

“하나의 안개만 덧씌워도 본질을 보지 못하는 게 인간이지 않습니
까요.”

“아무튼 죽은 남생이 대가리를 뒤뜰에 묻었어. 그런데 그 자리에서
나무가 자라더니 금은보화가 가득 열리는 게 아니더냐.”

“남생이는 그야말로 복덩이군요.”

“그것도 모를 일이지. 아무튼 동생은 또 하루 만에 부자가 되었어.
그러자 그 소식을 들은 형이 찾아와설랑은, 자기가 훔친 일 때문에
남생이가 죽었고, 그 자리에 나무가 열린 것이니 나무의 소유자가 자
신이라고 주장하더란다. 그러곤 글쎄, 나무를 뽑더니 자기 집 마당에
심었지. 그러자 어떤 일이 일어난 줄 아니?”

“글쎄요.”

“큰아기 너는?”

홍. 죽화는 대꾸하지 않았다.

"나무에서 온갖 돌멩이들이 열렸단다."

"어? 같은 나무인데 왜 다른 것일까요?"

이야기는 거기서 끝이었다.

앞장서 가는 노인의 등이 흔들리며 다른 말을 했다.

"구름이 낮구나. 죄다 봉우리에 걸렸어. 아침에 눈이 올 모양이야."

역시 노인네의 이야기는 영문도 없고, 재미도 없고, 내용도 없다. 오래 살아서 머리가 제멋대로 혼잡해지니까 그럴 거라고 죽화는 생각했다.

각치도 더는 남생이에 관해 묻지 않았다.

"이 시기는 하루건너 눈입니다, 각하."

"눈이라. 내 고향에는 말이야, 갓뫼산*이라는 산이 있는데, 금강산을 쏙 빼닮아 서금강이라고 불렸지. 어렸을 때부터 그 산 정상인 연주봉에 종종 오르곤 했는데, 거긴 눈이 잘 안 와서, 어쩌다 한수✦ 너머로 눈 오는 벌판을 볼라치면, 참 신기하더라고. 어찌 저리 흰 물질이 있는가 싶어서. 그래서 한번은 절벽에서 뛰어내릴 뻔도 했지. 흰눈 덮인 논이 이불같이 보여서 말이야. 그런데 북계에 와보니 온통 눈이야. 지겨운 물질이 되어버려서 매일 홍이 깨져. 내일 또 눈이 온다. 음. 북쪽에서 또 어마어마한 바람과 추위가 몰려오겠군."

죽화가 참지 못하고 버럭 소리를 내질렀다.

"흰소리는! 아침에는 눈이 아니라 비가 올 건데?"

● 지금의 관악산
✦ 한강

각치 어깨가 삐쭉 올라갔다. 커다란 각치 등에 가려져 보이지 않는 원숭이탈이 물었다.

"어찌 아니? 그걸?"

"……."

"물으시잖니. 어찌 아느냐고."

"그냥 알아."

"존대해라. 각하게."

"구주성에 가면 존대해주지."

"두게, 각치. 못 믿는 것도 당연하지. 절 두고 가려고 했으니. 얘야, 백산이 고향이랬지? 그곳에 살아서 북쪽 날씨를 가늠할 줄 아는 모양이구나. 그 지방 사람들은 날씨를 귀신같이 안다고 하더니."

죽화가 이죽거렸다.

"백산에 살아서 그런 게 아니야, 늙은이."

"그럼?"

죽화는 매화가 죽이는 병에 걸렸다는 것을 말하지 못했기에 자신이 신병에 걸렸다는 것 또한 말할 수 없었다.

"……그냥 안다고."

철이 들었을 즈음 죽화는 자기 몸에도 저런 기운이 있나 싶었다. 하나 다행히도, 매화처럼 죽이는 병이 아니라, 무언가를 아는 소리를 해대는 병이 있었다.

매화가 어미의 살인 욕구를 이어받았다면, 죽화는 어미의 신력神力을 받았다.

죽화의 신력은 앞날을 보는 예지이거나, 일어난 상황을 가늠하는 예지였다.

백두 산신을 모시는 할미의 집에 쌍둥이를 낳으려고 찾아간 것도, 할미가 둘을 기른 것도 어쩌면 어미가 신력이 있는 할미의 기운을 감지해서였을지도 몰랐다.

미래를 감지하는 신력은 할미와 자매를 먹이는 일에 주로 사용되었다. 산 아래 사람들은 작물에 비가 필요하면 할미의 오두막에 찾아왔다. 할미는 먼저 얼린 물고기나 곡식을 받았고, 죽화는 집중했다. 예상한 날을 알려주면 그들은 떠나면서 할미에게 몇 냥씩 더 던져주었다.

다만 그게 적재적소에 느껴지지 않는다.

필요할 땐 보이지 않고 필요하지 않은 것은 불쑥불쑥 내다보인다. 매화가 늘 '올바로 내다봤느냐' '이번에는 맞혔겠지' 하고 묻는 이유도 그것 때문이다.

"사흘 전에도 알았니?"

"당연하지. 여우난골의 불이 비로 금방 꺼질 줄 알았어. 그래서 마을에 들어간 거야. 오랑캐들은 불이 며칠은 탈 줄 알고 이내 사라졌으니까. 물론 그놈들이 나중에 다시 와서 불을 질렀지만."

"으흠. 눈이 아니라 비가 온다? 성안으로 들어가면 비 채비를 해야겠군."

설핏 보이는 앞으로 원숭이탈을 쓰고 있던 노인은 털모자를 벗고 머리를 긁고 있었다. 상투 튼 그의 숱 없는 머리 사이로 허연 피부가 보였다. 달이 없었지만 낮게 깔린 구름이 묘하게 빛을 뿌리고 있어서 노인이 대머리라는 것을 알 수 있었다.

"아무리 생각해도 이상하군. 이, 지긋지긋하게 산만 솟은 북계에 겨울비가 내리는 것은 아주 드문 일인데. 애야, 정말로 눈이 아니라 비가 온다는 거냐?"

"내가 부른 건 아니니까."

"바람도 아느냐?"

"당연히 알지. 비를 아는 거니까."

"아침에 올 비구름은 어느 바람을 타고 오지?"

"남풍."

맨 앞의 원숭이탈은 말도 안 된다는 듯 혀를 내둘렀다.

"그럴 리가. 북계의 겨울에 남풍이 분 적은 한 번도 없다."

"하지만 아침에는 남풍이야."

각치는 원숭이탈과 죽화의 대화를 가만히 듣고만 있었다.

"느끼는 거니?"

"그냥 알아."

"신력이 있는 모양이군. 사흘 전에도 북풍이었지? 아마?"

죽화는 입을 닫았다.

원숭이탈이 묻는 말에 답하지 않겠다고 생각했는데 어느새 저 교활한 늙은이와 두런두런 이야기를 나누고 있는 자신을 깨닫고 부아가 올랐다. 원숭이탈도 마지막 답은 들을 생각이 없는 모양인지 느릿해지려는 말의 뱃구레를 홰홰 차대며 나아가고 있었다.

원숭이탈이 저렇게 놀라는 건 당연하다.

겨울의 이 지방은 늘 벌판에서 압록을 건너 아래로 바람이 밀려온다. 북풍. 비바람이든 눈바람이든 예외가 없었다. 절대로 남쪽에서 바람이 불어온 적은 없다. 겨울 남풍은 이 지방 사람들에게 희한한 일일 수밖에 없다. 지금 불어제치는 칼바람도 위쪽에서 떠밀려 오는 바람이 아니던가.

달그락달그락.

수레바퀴가 돌아가는 소리와 말이 땅을 밟는 소리, 바람이 밀려오는 소리, 철커덕거리는 말 위의 장식들 소리가 밤 절벽의 좁은 길에 가득했다.

"또 뭐를 아니?" 이번엔 각치가 물었다.

"뭐를?"

"비 말고 또 뭘 아느냐고? 눈이나 여름 질풍*이나 가뭄은? 철주 해안 쪽의 홍수는? 아니면 황충해는?"

"당신도 그만 물어. 대답하기 싫으니까."

갑자기 각치가 큰 소리로 웃어댔다.

"앞날을 내다보는 아이라. 농부들은 비를 기다리지만 너는 물으러 오는 농부들을 기다렸겠구나. 너한테 찾아갔던 이들이 목숨을 유지한 채 돌아갔을지 모르겠군. 너, 사람을 죽이지?"

죽화는 꿀꺽 침을 삼켰다. "무슨 소리야?"

"이 시신도 당연하고."

저 북방인이 어떻게 알고 있는 거지?

"무슨 소린가?" 맨 앞에서 물었다.

"이 아이는 살인마입니다."

* 태풍

145

그 말에 얼마간 아무도 입을 떼지 않았다.

"걱정하지 마십시오. 둘이 함께 있어야 잔혹해지는 것 같으니."

각치가 쾌활하게 말했다.

"대체 무슨 소린지 모르겠군, 각치."

"시신의 치아를 보고 알았습니다."

"치아?"

"저 시신의 치아는 나이에 맞지 않게 심하게 닳아 있습니다. 치아는 극도의 흥분 상태를 구분하는 아주 중요한 잣대인데, 사냥꾼들도 짐승을 노리거나 잡을 때 어금니를 갈지요. 짐승을 잡을 때도 그러한데 하물며 사람이 사람을 죽일 때는 더하지요. 각하도 모르시진 않을 텐데요, 전투에서 죽은 방수군들의 치아가 전부 닳거나 빠져 있지 않습니까요?"

"흔하지. 그건 공포가 들어와서 그런 거네."

"그렇습니다. 사람을 죽일 때 본능적으로 이를 갑니다. 그 행위가 여러 번이면 치아가 말도 못 하게 상합니다. 정상적인 인간이라면 적을 여럿 죽이고 나면 밤에 무엇을 먹을 때 놀라 소스라칩니다. 자신의 치아가 닳아 있어서. 저 아이의 치아는 나이에 비해 상당히 상해 있었습니다. 이 둘, 사람을 죽이고 금품을 빼앗던 아이들입니다."

"닥쳐."

"네 치아도 살펴보았지. 너는 조금도 닳지 않았더군. 그 대신 네 손톱과 귀 안에는 굳은 피가 잔뜩 끼어 있더군. 넌 이 시신과 달리 사람을 죽이는 공포를 느끼지 않아. 이 시신보다 더 강하지. 역시 죽이는 건 주로 네가 했겠군."

"전부 틀렸어."

"틀리지 않았다. 게다가 너는 우리에게 갓난쟁이의 목에 걸린 호지 불에 대해 강하게 부정하면서 빼앗지 않았다고 말하지 않았더냐. 강조하는 모양새가 수상했지."

"……."

무언은 수긍이다.

죽화는 끄응, 입술을 씹었다.

각치는 정말이지 여러모로 모르는 게 없었다.

"각치. 자네 대단하군!"

"내 동생이 죽이는 병에 걸린 건…… 귀신이 들려서 그래!"

각치 등이 흔들거리며 말했다.

"귀신 들린 게 아니다. 그건 전광癲狂이라는 증상이다. 통제 불능의 음적인 행동을 하고, 자신만의 특정한 관심사를 보면 흥분하지. 만명에 한 명쯤 될까. 흔하지 않은 부류다. 전광 중 살욕을 느끼는 걸 광질이라고 하는데, 그것은 그 어떤 약으로도 고치지 못한다. 대부분결말은 죽이는 것으로 끝나지."

"맞아. 내 동생은 그랬어. 하지만 난 달라. 난 죽이는 병에 걸린 게 아니라고. 나는 아무나 죽이지 않았고 가난한 사람도 죽이지 않았어."

"사람을 죽이는 것에 구분이 있지는 않다."

"전쟁은? 전쟁도 사람을 죽이는데?"

"전쟁은 의식이고 살인은 본능이야."

"명분 따위로 생명이 없어져도 되나? 나는 전쟁이 좋아. 풀뿌리도 못 먹는 삶을 살자니 이편이 나아. 나쁜 놈들을 죽여서 패물을 빼앗았기로서니. 흥!"

"각하. 전광이란 남녀노소 상관없이 몸에 들어올 수는 있지만, 저렇게 어린 나이의 아이는 위험합니다. 성인이나 노인의 경우에는 은밀하게 살욕을 해결하려 들지만 아이는 주체하지 못합니다. 성안에 들어서 병가民家에 혼란을 만드시지 마시고 이쯤에서 제 길을 가라 하십시오."

"닥쳐! 삶은 물에 데어 죽을 승냥이! 내 동생은 위험하지 않다고, 나랑 있으면."

"각하."

대정이 부르자 원숭이탈이 좁은 어깨를 열었다. 왜?

"시신을 성안으로 들이는 법은 없는 줄 압니다. 싸우다 죽은 군병도 위패만 넣을 뿐 성 밖에서 태웁니다. 이 시신을 들이시면 수문을 지키는 자들이 당황합니다."

죽화는 움찔 생목이 올라왔다.

이건 또 뭐야.

각치는 죽화가 성안으로 들어가는 것을 막아대고, 대정은 매화를 성안으로 들여놓지 말자고 건의하고 있었다.

전투에서 죽은 시신은 사람이 모인 성으로 들이지 않는 게 고려군의 철칙이었다. 마을도 그랬다. 한 번 나간 시신은 다시 마을로 돌아올 수 없었다. 그것은 의식과 귀신에 관한 믿음으로 그 어떤 이유로도 막을 수 없었다.

흔들리는 죽화가 대정을 한참이나 노려보았다.

"활이 날아올 거야. 당신!"

대정은 말이 자갈 밟는 소리에 죽화 말을 못 들은 것 같았다.

"당신한테 뾰족한 침 같은 게 보인다고! 두고 봐!"

그때,

대정의 팔꿈치 옆으로 스산한 바람이 지나갔다.

대정의 말은 목에 화살이 박혔을 땐 눈치채지 못하다가 얼마쯤 뒤에 놀라며 반대쪽으로 빙글빙글 방향을 바꾸었다. 대정의 몸이 한쪽으로 기울었다.

그러더니,

돌연히 바람 소리가 나며 대정이 탄 말의 목에 툭툭, 뭔가가 박혔다. 마치 없다가 생겨난 것처럼 화살들이 꽂혀 있었다. 대정은 끈을 잡아당기다가 말과 함께 곤두박질쳤다. 대정 뒤에 있던 기마병 둘은 가슴에 화살이 꽂혔고 꼬꾸라졌다. 그들이 탄 말들은 몸이 가벼워지는 것을 느끼고 반대쪽으로 달리기 시작했다. 일렬로 뒤따라오던 줄이 엉켰다. 기마들이 요동치며 흩어졌다.

"원탐난자*다!"

기마병 하나가 절벽을 가리켰다.

어두운 절벽 위로 보이는 푸른 겨울 하늘을 배경으로 동그란 검은 머리가 여럿 보였다. 그들은 거란의 첨병尖兵이었다.

대정은 돌바닥을 달리다가 뒤에 있는 부하의 말에 타올랐다. 대정은 타고 있는 부하를 내던지고 그 말에 올라 수레를 지나 맨 앞으로 달렸다. 다른 기마대도 수레를 지나 앞으로 달려갔다. 그들은 원숭이

● 거란군의 정찰 부대. 주력 선봉군보다 먼저 이동하며, 지역을 탐사·조사하는 기동력 강한 부대이다. 용맹한 자들만 선발했다.

탈의 말을 포위했다.

대정에게 말을 빼앗긴 기마병도 떠도는 말을 잽싸게 집어 타고 그쪽으로 달렸다. 그들은 가죽 방패로 원숭이탈을 덮었다.

수레 하나가 간신히 서 있을 폭이 좁은 길에 대여섯 마리의 말이 엉켜 살진 몸처럼 움직였다. 방패 속에서 누군가가 절벽을 향해 짧은 화살을 서너 발 날렸고 저 위의 적들은 곧 사라졌다.

"시! 동북쪽 백화* 군락!"

누군가가 외쳤고 그쪽을 보는 그들의 눈은 전부 기묘한 빛이 서렸다. 원숭이탈을 보호하기 위해 덮어쓴 방패 덩어리에서 말 하나가 튀어나왔다. 대정이었다. 말은 가파른 자작나무 기슭을 올랐다.

연이어 세 마리가 더 튀어나와 대정을 따랐다. 바람이 수레 주변을 휘젓다가 사라졌다. 말들은 줄줄 잔돌과 자갈을 흘려보내며 용케 위로 올라갔다. 그것은 말의 능력이라기보다 말 위에 탄 자의 능력이었다. 맨 앞에서 말을 다루는 젊은 대정은 기어이 가파른 절벽을 올라가 이슥한 자작나무 군락 속으로 사라졌다. 나머지 두 마리도 사라졌다. 남은 기마병들은 원숭이탈 주변에 방패를 덮고 멈춰 있었다. 맨 끝에 각치가 모는 수레가 버려진 듯 서 있었다.

이윽고 높은 곳에서 아래로 시체 네 구가 던져졌다. 시체들은 차례차례 둔탁한 소리를 내며 계곡 아래 어둠 속에 처박혔고, 떨어진 산 위에서 세 마리 말이 모습을 드러냈다. 말들은 비스듬히 경사진 기슭을 갈지자로 왔다 갔다 하면서 내려왔다.

* 자작나무

150

"네 명뿐이고, 산은 깨끗합니다."

피가 뚝뚝 떨어지는 칼을 감추며 대정이 보고했다.

네 명이 나타났고 네 명 전부 죽었다는 뜻이다.

원숭이탈 머리 위로 방패들이 걷혔다.

"저놈들은 어디서 먹고 자는지 몰라. 쩝."

원숭이탈이 입맛을 쩝쩝 다셨다.

각치는 순식간에 일어난 이들의 움직임에 혼이 빠져 멍하게 눈만 껌뻑였다.

"전부 내려갔을 텐데 아직도 탐자가 남아 있군요."

건장한 사냥꾼 각치도 군사들의 강력한 행동에 감탄한 모양이었다.

원탐난자들은 거란의 주력 본대인 호가군이나 선봉군 중 가장 날랜 자들로 뽑는다. 그들은 거란 본대를 중심으로 전후방 20리 지점에서 먼저 이동하고 또 뒤에서 따라오면서 척후, 지형 정보 확인, 기습 방지를 맡는다. 개경으로 내려간 10만의 거란 본대가 머무르는 병영 주변의 10리에서 최대 100리까지 원탐난자군들이 흩어져 있었다.

"개의치 마. 내 통주에서 움직일 때도 저랬다. 놈들은 알을 싸대는 복어마냥 곳곳에 저런 깔따구들을 남겨둔다니까."

대정이 입을 열었다.

"각하, 수상합니다. 탐자가 있다는 것은 주변에 큰 오랑캐 무리가 있다는 뜻입니다. 아니라면 그들 수장이 있다는 뜻입니다."

사실 본대가 전부 내려가고 텅 빈 이 북계에 원탐난자군들을 남겨두었다는 것은 의아한 일이었다. 거란 본대를 위해 탐지하는 일이 그들의 본임일 터, 본대는 이미 내려가고 없는데 여전히 북계에 원탐난자군이 출몰하는 현상을 대정과 기병들이 의아히 여길 만했다. 그것은 북계에 저들이 보고해야 할 중요한 부대가 머물러 있거나, 누군가를 보호할 필요가 있기 때문이라는 의미다.

'흥, 북계에는 아직 거란대가 많이 남아 있다고.'

죽화는 무위사에서 본 짧은 수염과 그의 타초곡 부대를 떠올렸다. 흔한 백성들은 전부 아는 사실을 고려군들은 왜 모르는지 답답했다. 약탈당하고 있는 마을을 보면 당연히 오랑캐들이 이곳저곳에 산발해 있다는 것을 알지 않는가.

노련한 원숭이탈은 대정의 말을 가볍게 받았다.

"됐다. 잔병들을 남겨두는 게 당연하지. 북계가 어디 안전할 줄 알았더냐. 어서 가자."

기마대는 대열을 찾았고, 주인 없는 말들을 챙겼다. 화살 맞은 대정의 말은 다행히 죽지 않았고, 금세 일어났다. 상처가 깊었지만 끌고 갈 만했다. 군사들은 죽은 두 기병 시신을 수레에 태웠다.

죽화는 시신들 옆에 웅크리고 있었다.

"그나저나 어디까지 했었지?"

"이 아이와 동생을 버릴지 말지를 말하던 중이었습니다." 각치가 말했다.

"음, 그랬지."

"……우리를 버릴 거야?" 죽화가 시르죽게 물었다.

한참 만에 맨 앞에서 느긋한 소리가 들려왔다.

"미래를 예측하는 참신한 능력을 지녔는데, 버리면 쓰겠는가. 게다가 방금 우리를 구하지 않았나."

대정이 말했다.

"각하, 저 시신을 들이시면, 성안에 축귀 의식을 해야 합니다."

죽화가 수레에 실린 기병 둘의 시신을 가리키며 따졌다.

"그럼 화살 맞고 죽은 이 사람들은? 이 사람들도 성안으로 들어가지 못해?"

"당연하다. 시신은 전부 북문 밖 아미타사로 간다."

아미타사는 구주 지역에서 전투하다 죽은 사람들을 염하고 태우는 사찰이었다.

"북신 사당에 위패를 넣어주마."

대정은 구주에서 죽은 이들의 위패는 북신 사당에 둔다고 했다. 죽화는 대정에게 사정했다.

"며칠만 함께 있게 해줘. 나흘만, 아니 사흘만. 죽지 않았어. 곧 움직일 거라고. 만약 그때까지 반응이 없으면 묻을 자리를 찾겠어."

"그럴 수 없다."

"죽지 않았어. 몇 번이고 살아났다고."

"시신은 들어가지 못한다."

그만, 그만.

맨 앞에서 원숭이탈이었다. 설전이 멈췄다.

"『시경詩經』의 「소아小雅」 상체常棣●에 이르기를, 죽는 두려움에 형제가 깊이 생각해준다고 했다. 그 뜻이 책 속에 있지 않고 여기 있지 않느냐. 가상타, 아가야. 걱정하지 마라. 너는 내가 데리고 온 아이다.

●『시경』「소아」 편에 산매자 꽃이 다닥다닥 붙어 있는 것을 비유하며 형제의 뜻을 노래한 글

죽이고자 했으면 안의진에서 그랬겠지. 게다가 너는 갓난쟁이의 아비에게 살려 온 대가도 받아야 하지 않느냐. 다만."

원숭이탈은 매화를 아미타사에 두라고 했다. 그리고 죽화는 성안으로 함께 들어가야 한다고 했다.

"거기서 반응이 있으면 성안으로 들여도 좋다. 내가 허락하마. 하지만 지금 그 상태로는 들어가지 못한다. 다른 전졸들의 눈도 있으니."

"각하."

"네놈이 원래 이렇게 말이 많았더냐. 이 아이를 부른 건 나다."

대정은 굳은 얼굴로 입을 닫았다.

죽화는 입술을 잘근 씹었다.

"이젠 그 이야긴 그만."

수레를 끄는 각치의 커다란 어깨가 또 한 번 열렸는데 그때 그 앞에 가는 원숭이탈의 등이 보였다. 어깨를 흔들며 앞을 보고 있었는데 작은 등은 마냥 신이 난 듯 보였다.

어쩔 수 없었다.

"오호. 네 말대로 바람이 슬슬 바뀌는 것 같구나. 머지않아 비 님이 오시겠군. 북계에서 흔치 않은 남풍이군. 놀랍군, 놀라워. 바람은 맞혔으니 이제 비가 오는지도 내 지켜보마. 남생이가 비를 맞으면 참 좋아하겠구만. 허허허."

수레와 고려군들은 말없이 한 시진을 더 나아갔다.

거무스레한 하늘 아래로 키 작은 검은종덩굴과 자주종덩굴이 군락을 이룬 높은 고개에 왔을 때 군사들이 갑자기 부산해졌다. 수레 뒤에서 따라오던 대정이 따각따각 말을 몰아 수레를 지나갔다.

각치가 속도를 늦췄다.

나머지 기병들도 일제히 말 옆구리를 차고 내달렸다. 죽화는 또 탐자들이 나타난 것인가 싶어 두리번거렸지만, 아니었다. 그들은 언덕 너머로 사라졌다. 남은 원숭이탈과 수레가 천천히 언덕을 넘었다. 전방 멀리 산자락으로 굽실굽실 이무기처럼 흘러가는 허연 성벽이 보이는가 싶더니 곧 성의 문루가 보였다.

"저기가 구주다."

언덕 아래로 대정과 기마군들이 구주성의 북문으로 먼저 들어가고 있었다. 아마도 노인이 도착했다는 것을 구주성에 보고하러 가는 것 같았다.

구주성은 사면이 산으로 둘러싸인 분지에 있었다.

성곽을 따라 일정한 간격으로 횃불들이 박혀 있었다. 눈이 녹지 않은 굴곡 심한 능선을 따라 돌벽이 구불구불 흐르는 것 같았다. 무지개문길을 낸 정문 3간, 측면 3간의 화강암 축대 위에 근엄하고 우람한 합각지붕을 한 문은 북소문이었다. 성벽 너머로 검은 하늘에 100여 개의 연기가 솟아오르고 있었다.

원숭이탈의 말이 궁둥이를 묵직하게 흔들며 저만큼 나아갔다.

새벽이었고, 아직 캄캄했다.

구주성

구주는 본래 고려의 만년군이다. 성종 13년(994)에 평장사 서희가 군사를 거느리고 여진을 쫓아내고 구주에 성을 쌓았다. 현종 9년(1018)에 방어사가 되었다. 고종 3년(1216)에 거란군이 와서 약탈하니 고을 사람들이 맞서 싸워서 죽이고 사로잡은 자가 많았다. 고종 18년(1231) 몽고병이 침략하자 병마사 박서가 방어하면서 항복하지 않은 공적이 있으므로 정원대도호보로 승격되었다. 뒤에 도호부로 하였다가 다시 정주목으로 고쳤다.

『고려사』권 58, 「지」, "북계", 구주.

1

입이 떡 벌어졌다.

성안은 피워놓은 불들이 너무 많아 흡사 대낮 같았다. 태어나서 딱 두 번 가본 정주의 매골 시장보다 사람들이 더 많았다.

구주성은 외성과 내성으로 성벽이 나뉘어 영역이 구분되어 있었다. 내성은 24년 전* 서희가 구축한 영역이었다. 내성을 두른 성벽은 총장 13리로 동, 서, 북쪽은 절벽과 용산의 경사면에 지어졌고 남쪽만 평지와 연결되어 있었다. 북소문, 북문, 동문, 남문, 서문이 내성을 두르고 있다.

내성에는 전졸들도 있었지만 전졸이 아닌 자들이 더 많았다. 그들은 북계 주민들이었다. 전쟁을 피해 구주 인근에서 집을 버리고 들어왔거나 안의진에서 이동한 사람들이었다. 성이 위태로우면 이들도 갖옷을 입고 싸울 자들로, 식솔들과 함께 머무르고 있었다.

북소문 앞에서 원숭이탈은 수문장에게 수레의 시신들을 화장하지 말고 아미타사에 안치하라고 말했다. 전졸들이 수레를 어디론가 끌고 갔다. 죽화가 따라가려 하자 원숭이탈이 말렸다.

"내일쯤 보러 가거라. 절은 성 서북쪽 산 중턱에 있다. 북신 사당으로 가는 길을 함께 쓰고 있으니 찾기 어렵지 않다."

북소문에서 내성으로 들어온 죽화는 내성에서 박작대는 사람들을

● 994년. 성종 13년에 구축되었다.

보았다.

적막한 산을 헤치고 온 탓인지 이렇게 많은 사람의 숨결들에 기가 질렸다. 저마다 볼끼*나 털 쓰개를 얼굴에 둥둥 칭칭 동여맨 그들은 대낮처럼 돌아다니고 있었다. 아이들도 보였고 아낙도 있었다. 고려인들도 있었지만 여진인, 거란인, 발해인도 보였다.

그들은 피어오르는 연기 사이에서 서성거렸다. 몇몇은 젖은 땅을 발로 차며 불 피울 준비로 부산했다. 거란인은 머리 모양을, 여진인과 발해인은 가죽신과 좁은 소매를 보면 단번에 알 수 있다. 그들은 노상에서 쪼그리고 앉아 뭔가를 먹고 있었는데, 고려인은 상에 제 그릇을 두었고, 거란인과 여진인은 전부 그릇을 손에 쥔 채였다.

각치와 죽화가 탄 말 앞으로 50여 마리의 말들이 줄지어 지나갔다. 전부 군마였고 여러 명의 군사가 말들을 이동시키고 있었다. 원숭이탈과 각치, 죽화는 한참 동안 그들이 지나가길 기다렸다. 사람들 역시 갈라지듯 비켰고, 그렇게 말들은 똥을 지려대며 저쪽으로 끌려갔다.

짚으로 온몸을 덮었거나 갖옷이나 풀솜❖ 옷을 두른 군사들은 원숭이탈 노인을 본척만척했다. 어떤 자들은 원숭이탈의 말을 툭툭 치며 걷기도 했다. 원숭이탈이 높은 신분인 줄 모르는 모양이었다.

각치가 혀를 끌끌 찼다.

"병력보다 민간인이 더 많군요."

"큰일이지. 지키는 자들 수는 적은데, 보호해달라고 오는 사람만

---

* 볼과 턱을 덮는 방한 천
❖ 진면(眞綿). 누에 번데기를 늘려 건조시켜 만든 방한 솜옷

가득 차니."

"내리시겠습니까?"

각치가 말 위에서 물었다.

원숭이탈은 스스로 내리겠다고 손짓하더니 용케 말에서 내렸다. 절뚝거리는 다리가 이제 고통스럽지 않은 모양이었다.

각치도 말에서 내렸고 죽화도 내렸다.

그들은 홍예로 된 키 낮은 지하문을 지났다.

외성 영역이 드러났다. 외성은 북소문과 서문을 잇는 원래의 구주 성벽 밖에 평평한 영역을 확보하고 4리 정도 길이의 성벽을 새로 둘러 친 터였다. 그곳에는 개경에서 올라온 중앙군들은 주둔하고 있었다.

"내성은 주진군이, 외성은 방수군이 머무르고 있지."

국경인 북계 방어를 담당하는 상비군을 주진군이라고 했다. 현지 주민들로 편성되었으며 북계의 41개의 크고 작은 방어성을 중심으로 진을 이룬다. 이들 주진군은 상비군으로서 국경을 방어하고 국경에서 수시로 일어나는 크고 작은 거란의 소요에 대응했다.

"각 성에서 어서 병력을 보내야 할 텐데요."

"도령들이 겁을 먹고 있어서지. 제 성이 무너지면 문책이 먼저니까."

"각하께서 병마사를 다루시면 되지 않사옵니까."

"병마사는 실종된 상태네."

각 고려 방어성들의 책임자들인 도령을 관장하는 지휘관은 병마사였다. 왕이 북계에 올려 보내는 병마사는 북계의 군사 책임자다. 군사뿐 아니라 민사도 총괄했다. 지금 서북면 병마사 김횡도는 거란대가 압록을 건너기 일주일 전 실종되었고, 그를 보필하던 부병마사는 홍화진 전투에서 상처를 입어 안주성에 머무르고 있었다.

"외성의 병력은 꽤 전문성이 보입니다. 수가 저만하면 적지도 않은 듯하고요."

"개전되면 주진군*이 합세할 테지만, 그래도 대규모 회전에 훈련된 방수군이 있어야 하지."

지금처럼 10만의 대규모 적이 들어왔을 때는 상비군인 주진군만으로는 한계가 있다. 이런 큰 전쟁이 일어나면 전국에서 출정군을 파견하는데 이를 방수군이라고 했다. 방수군은 개경을 지키는 2군 6위의 중앙군과 그 아래 경상도, 전라도, 양광도 등 지방을 지키던 주현군까지 포함한다.

지금 구주성 외성에서 진을 치고 돌아다니고 있는 병력은 개경을 지키던 6위의 전투부대인 좌우위, 신호위, 흥위위를 포함한 전국에서 온 군사들이었다.

그들은 짚으로 몸을 두르거나 갖옷 위에 길쭉한 짐승털 옷을 도롱이처럼 늘어뜨리고 털모자를 썼다. 하나같이 딱딱한 조사모❖를 등에 매달고 있었다. 거란이나 여진과 달리 고려 관군들은 전투가 없을 때 군모를 저렇게 등에 매달고 다녀 구분하기 쉬웠다.

이번 일로 개경의 왕은 자신의 친위군인 2군 중 3,000명과 도성을 지키는 전투부대인 6위의 4,000여 명을 전부 구주로 이동시켰다. 그

● 경계 지역인 북계와 동계, 양계에 방비를 담당하는 군대. 전시에는 각 성을 중심으로 주변에 살고 있는 백성들이 주진군이 된다.
❖ 하급 군사들이 쓰는 모자

러나 그게 전부였다. 구주와 인근에 주둔한 방수군의 총 인력은 2만이 채 되지 않았다. 안의진성을 지키던 주진군 28대, 700명이 전부 이동해 왔고, 구주성을 지키는 주진군 60대 1,600명과 개경에서 온 중앙군 1만 7,000명이 주둔하고 있었다.

"개경으로 내려간 거란대의 규모가 10만이라 하시지 않았습니까."

"그렇지. 그 10만 중 실제로 말을 타고 칼을 잡는 정병*은 4만 정도라지. 하나 그건 웃으라고 하는 소리야. 야만인들은 원래 밥 구하고 옷 입히는 것들이 정병보다 더 사납지. 5만이든 10만이든 오는 것들, 전부가 사납다고 보면 돼. 만약 저들이 철군 시 이쪽으로 오면 우리는 저 2만으로 상대해야 하네."

"백성들도 주진군으로 꽤 경험이 높으니."

"오합지졸은 아니지. 하나……."

원숭이탈은 강동 6주와 북계의 크고 작은 방어성에 주둔해 있는 주진군들을 전부 구주로 모이라 명령했지만, 그들은 따르지 않고 있었다.

"소변 좀 보자. 각치 자넨?"

"기다리겠습니다."

원숭이탈은 고개를 끄덕이고 죽화를 힐끔 보더니 조그만 몸을 돌리고 쩔뚝이며 걸어갔다.

그는, 사람들이 분주히 지나다니는 길옆, 가마니를 지붕보다 높게 쌓아둔 담장까지 가더니 등을 보이고 섰다.

* 거란의 전투 병력

163

풍화토를 간 석벽에 높게 기대어 쌓아둔 가마니는 외성 토단을 따라 이어져 있었다. 쌓아둔 것이 어찌나 많은지 돌벽이 마치 가마니로 만든 것 같았다. 가마니의 맨 위에서 상층부까지는 언 눈이 소복했는데, 마치 성추에서 흰색 비탈이 비스듬히 이어진 것도 같았다. 아이들이 미끄럼을 타며 놀 만했지만, 보이는 아이들은 연 따위를 안고 있었다. 이 야밤에도.

"그나저나 비가 온다지 않았냐. 그럴 기미가 보이지 않는군."

매화를 버리자고 말한 저 이국적인 얼굴의 노인네가 친근하게 굴자 죽화는 역겨웠다. 아닌 척하면서 자꾸 말을 걸어 무언가를 확인하려는 것도 괘씸했다. 대꾸할 마음이 들지 않아 딴 곳을 보는 척했다. 각치는 애초 대답을 기대하지 않았다는 듯 하품을 길게 했다.

헛.

하품하던 각치가 무언가를 보고 눈을 번뜩였다.

저쪽, 키 큰 남자가 원숭이탈에게 다가가는 게 보였다.

여느 고려군 병사나 장교 들과는 구분되는 화려한 입각모*를 등 뒤로 넘겨 매달고, 곰과 담비 털을 이리저리 꿰맨 두꺼운 방한 가죽으로 몸을 가렸다. 검은 가죽 신 위로 언뜻 보이는 적포착의*가 잿빛 땅 위에서 유독 선명했다. 칼은 차지 않았다. 그는 원숭이탈 옆에 서더니 들고 있던 막대기를 겨드랑이에 끼우고 앞섶을 후리고는 나란히 소변을 보기 시작했다.

그를 본 각치가 긴장하듯 숨을 몰아쉬었다. 저 사람을 아는 듯했다.

* 모체에 좌우로 달린 뿔이 위로 올라간 군모
❖ 붉은 포로 만든 긴 옷

"소문대로군. 명령만 하는 썩은 관료가 아니라 흙을 덮어쓰고 실질적으로 싸우는 자."

나란히 선 둘은 뭔가를 이야기하더니 얼굴을 쳐들고 푸르스름해진 하늘을 바라보았다.

둘은 바지를 추스르고 이쪽으로 몸을 돌렸다.

"거기, 둘. 이리 오게."

원숭이탈이 각치와 죽화를 불렀다.

각치와 죽화는 원숭이탈이 타던 말과 자기 말을 끌고 그쪽으로 갔다.

2

대략 50대 중반으로 보인다.

원숭이탈 옆에 서 있는 사내는 단번에 고려군의 높은 관리임을 알 수 있었다.

키는 각치와 비슷했다. 두꺼운 털옷을 덮어 입었지만 불뚝해 보이지 않는 것을 보면 마른 체형인 것 같았다. 손잡이에 비단과 가죽을 엇감은 딱딱한 상아 막대기를 들고 있었다.

대장군의 지휘봉이다.

칭칭 감은 호백 목도리* 위로 두툼하고 시커먼 털 싸개로 감은 볼은 땟국물로 더러웠고 부스럼과 먼지로 모공의 점들이 뚜렷했지만,

---

* 여우 겨드랑이에 있는 흰털을 모아 만든 목도리

165

오직 수염만은 지저분하지 않았다.

죽화는 할머니에게 사내의 신분은 치아와 수염으로 알 수 있다고 배웠다. 아무리 듬성듬성 나도 수염의 질이 좋으면 고귀한 사람이고, 아무리 제자리에서 잘 잡혀 있어도 수염의 질이 나쁘면 아랫것이다. 고려인은 수염이 다른 민족보다 유독 아름다워 민족 구분이 가능하며 고려인끼리의 신분 구분도 가능하다고 했다. 아닌 게 아니라 이 사람은 비록 피부가 건조한 바람에 쪼그라들었고 흙먼지로 지저분했지만 하나하나 새겨보면 책 읽는 선비의 귀티가 흘렀다.

이 성에서 유독 다른 존재로 보였고, 온 어둠에서 그만 특별한 존재인 것처럼 눈에 튀었다.

원숭이탈이 그에게 각치를 소개했다.

"이자는 피현*에서 날 구한 자야. 양수척인데 야만인의 난으로 일행을 잃어버린 모양이이. 이틀을 함께 있었는데 꽤 정이 들었어. 머리도 좋고, 손도 날렵해."

"각하 다리의 독을 뺐다지?"

지휘봉을 든 자는 개경말을 썼다.

원숭이탈이 쓰는 남경말과 지휘봉의 개경말은 비슷하면서도 다르다. 개경말이 강약이 분명하고 남경, 즉 한수漢水말은 같은 고저이지만 어딘가 나약하게 들린다.

"부원수야. 밤까지 서경 옆에서 적을 죽이고 나를 만나러 왔지."

각치가 두 손을 땅에 짚고 고려식으로 공손하게 절을 했다.

● 흥화진성 아래 지대

166

"처음 뵙습니다. 지휘사 각하."

"이리 가까이 오게."

각치가 품에 든 아기를 죽화에게 건네고 걸어갔다.

"고개를 들어봄세."

수그린 각치가 고개를 들었다.

시선은 여전히 땅에 두었다.

고위 관료는 갑자기 굴에서 나오는 토끼라도 잡을 듯 구부정한 자세를 만들더니 쥐고 있는 지휘봉을 휘둘렀다.

퍽—

볼을 강하게 맞은 각치는 저쪽, 수레 자국이 뚜렷한 젖은 땅으로 날아갔다. 각치 대신 아기를 안고 고삐를 쥐고 있던 죽화는 소스라치게 놀라 한 걸음 물러났다. 놀란 말이 똥을 싸며 모래 같은 눈바닥을 자락자락 밟아댔다.

"오게."

각치가 입술에 피를 뚝뚝 흘리며 느지거니 몸을 일으키고선 기어왔다.

빠각—

그가 다시 막대기로 쳤다.

이번에는 뼈를 맞았는지 기묘한 소리가 났다. 각치는 나가떨어지지 않고 무릎을 꿇은 채 반대편으로 상체를 기울었다.

"우리 각하를 챙겨줘서 고맙군. 고개를 다시 들어봄세."

위에서 지휘봉이 말했다.

각치가 볼그레한 얼굴을 보였다.

짧게 난 흰 수염에 피가 흥건했다. 입술이 터져 있었다.

부원수가 각치에게 포를 던졌다. 각치가 그것으로 코를 막았다.

"늙었구만."

"감사합니다. 지휘사 각하."

"나를 아나?"

부원수의 물음에 각치가 땅을 보고 이글거리듯 외쳤다.

"애수진*의 진장鎭將, 서경의 수호자, 현 고려대군 지휘사! 각하의 존함은 단군의 숨결이 하나하나 녹아 있는 삼한의 모든 돌과 풀 들이 압니다요."

애수진의 진장?

서경의 수호자? 각하?

이 사람, 유명한 사람인가?

이상했다.

원숭이탈에게는 편안한 친구처럼 대하던 저 강성한 각치가 이 지휘봉을 쥔 자 앞에서 개미처럼 긴장하며 웅크리고 있었다.

"이것저것을 할 줄 안다니 소속에 넣어줄까 하는데."

"네발 달린 짐승이나 따라다닐 줄 알지, 저 같은 놈은 부원수께 아무런 쓸데가 없습니다. 밥만 축낼 겁니다. 못 합니다. 지휘사 각하."

부원수라는 자가 원숭이탈을 보았다.

"본인이 싫다는군요. 제가 보기에도 너무 늙었습니다."

원숭이탈이 웃었다.

● 지금의 함경도 고원군

"이만저만이 아닐세. 이치가 없었으면 난 여길 오지 못했을 거야. 방수군에 넣지 말게. 내 옆에 둘 테니까. 이봐, 각치. 그만 일어나게. 바닥이 차가우니까. 응?"

각치가 무릎을 털고 일어났다.

"두든 쫓아내든 마음대로 하시고."

애수진의 진정한 장수, 서경의 수호자라는 부원수는 죽화를 바라보았다.

"그 아이도 오다 만났네." 원숭이탈이 말했다.

"오다 만났다구요? 수상한 북방인을 성안에 들일 수 없습니다."

"여진인이 아니고 우리 쪽 아이일세. 혼자 제 혈육 시신을 끌고 안의진까지 왔지 뭔가."

씨. 죽지 않았다니까.

부원수는 죽화가 목에 걸고 있는 은색의 뾰족한 물건을 보며 한쪽 눈썹을 씰룩거렸다.

"자아추?"

"할미가 발해인이라더군."

"자아추는 거란도 걸고 다닙니다."

"천마 쪽에 숨어 있는 야만인 잔당의 위치를 알려주었지. 이 아이도 쓸데가 있어 데리고 왔네."

"어디에 쓰시려고요?"

"신력을 부리네. 허허."

그 말에 부원수는 어이가 없다는 표정을 지었다.

"내 옆에 두겠네."

부원수는 "그러하시다면야"라고 말하며 혀를 찼다.

그때 죽화 품 안에서 갓난쟁이가 울었다. 부원수의 한쪽 눈이 일그러지며 원숭이탈을 노려보았다.

"이 소린 또 뭡니까? 순시 나가서서 갖은 걸 다 긁어 오셨습니다그려."

원숭이탈이 팔뚝에 감은 호지불을 내보였다.

"병마판관 김종현의 자식이네."

그 말에 부원수는 눈을 흉하게 찌푸렸다.

"그자의 여자가 안의진에서 떠돌다가 야만인들에게 당한 모양이야. 그놈, 병마사에게 말을 단련시킨다며 여름 가을에 구주와 안의진을 왔다 갔다 하더니, 살림을 차린 모양이지."

부원수는 더는 그 이름을 입에 담기도 싫다는 듯 듣기만 했다.

각치가 죽화 품 안을 살피다가 아기를 받아 들었다.

"갓난쟁이 상태가 좀 불안합니다, 각하."

"맡을 사람을 부르겠소이다." 부원수가 말했다.

"이미 오고 있을 걸세."

"늘 앞서는군요. 그럼 가십시다. 보고받으셔야 할 게 있습니다."

"아, 아. 그 전에 뭘 좀 먹어야겠어. 어젯밤부터 먹지 못했어. 통주에서 들이켠 비계 국물이 전부야. 저치들도 좀 먹이고 말이야."

"보고부터 받으시오."

강한 기운이 원숭이탈을 이기고 있었다.

"에여, 밤새 추위에 떨었다니까."

"솥을 걸어두라고 했으니 국물을 우리려면 시간이 걸립니다. 가십시다."

부원수는 고집을 부리면 더는 청하지 않겠다는 듯 방향을 틀더니 먼저 저쪽으로 척척 걸었다.

"거, 나무초리같이 뾰족하네. 씨."

"입조심해라." 각치가 주의를 주었다.

원숭이탈이 민망한 듯 등을 구부정하게 낮추며 각치와 죽화를 올려다보았다.

"전장에서는 누구나 날카로운 법이지. 어려운 시기잖은가. 이해하게, 각치. 이해해. 큰아이야 너도. 저 사람, 원래는 저렇지 않았네. 자, 내 말을 이리 주게."

원숭이탈은 각치에게 제 말고삐를 건네받아 쥐고는 부원수를 따라갔다. 여, 같이 가세. 나, 다리가 불편하다고.

각치는 그 모습을 말없이 바라보고 있었다.

"유명해? 애수의 진장인가 하는 저치 말이야."

각치는 부푼 입술을 더듬었다.

"유명하다마다. 저 사람은 고려대군의 실질적인 사령이자 고려군 부원수인 강민첨 장군이시다. 8년 전 거란주가 40만을 끌고 왔을 때 버려진 서경을 홀로 구하다시피 한 분이지."

"그런 건 모르겠고, 원숭이탈이 계급이 더 높은 거 아닌가?"

각치는 죽화를 보았다. 외모로 치면 저들보다 더 귀족적이고 멋들어진 얼굴을 지닌 각치는 어이없다는 표정을 지었다.

"원숭이탈, 원숭이탈 그런 식으로 말하지 마라. 이 성에 돌아다니는 별장들이 알면 넌 죽는다. 저 두 사람이 누군지는 고려인뿐 아니라 동계 여진, 북계 발해, 거란인도 다 아는 사실이다. 너 빼고."

"흥."

"탈을 쓰신 분은 고려군 상원수, 서북면행영도통사 강감찬 장군이시다. 강민첨 장군은 저분의 분명한 아랫님이지."

"상원수?"

"군영에서는 대원수라고 부른다. 대원수 각하 위로는 오직 폐하만 계신다."

"흥, 보니까 부원수란 사람에게 꼼짝 못 하더만. 이 성안에 돌아다니는 졸병들도 높은 줄 모르는 것 같고. 저 봐, 어깨를 막 부딪치고 다니잖아, 군병들이."

쩝.

각치는 입맛을 다셨다.

아닌 게 아니라 보이는 대로였다. 부원수 강민첨은 당당하게 걸었고, 대원수는 그 뒤에서 말고삐를 잡고 하인처럼 따라가고 있었다. 지나다니는 군사들은 자신들의 수장 앞에서도 전혀 주눅 들지 않았고 수장도 대우를 바라지 않는다.

"부원수가 대원수에게 고압적으로 대하는 건 실질적인 작전 권한을 부원수가 지녀 그럴 테지. 하지만 모든 의사 결정은 대원수의 재가가 있어야 한다. 게다가 퉁명스러운 건 당연하다. 여긴 전쟁터니까, 네네 하고 굽실거리며 위계를 꼼꼼하게 가리는 건 궁실을 지키는 군사들이나 하는 짓이지. 내가 아는 어떤 잡놈은 전투가 한창인데 저보다 어린 병사가 함부로 말을 놓았다며 따지다가 날아오는 적의 도끼에 어깻죽지가 끊겼어. 외팔이가 되었지. 늑대를 부리며 이슬을 술처럼 마시는 야전군은 말을 곱게 하고 대꾸를 가려서 하고 그런 것들이 중요하지 않다."

"흥. 사냥꾼이라면서 부대 일은 어찌 그리 잘 알아?"

각치는 모르면 그게 오히려 북방인이 아니라고 되받아쳤다. 양수척들은 북계 각 주진의 정탐꾼이라고 말했다. 자신도 과거 흥화진에서 이것저것을 찾아내 전달하면서 여러 달 밥을 먹기도 했으며 길을 안내하기도 했다고 말했다. 북계 사람들은 전부 군인이기도 하기에 그걸 모르는 것이 되레 이상한 거라고 말했다. 또 각치는 그렇다고 고려군이 위계가 전혀 없는 건 아니며 고려군들은 어처구니없는 것들에 엄격한 점이 있다고 말했다.

"엉뚱한 것에 집착하는 게 있지. 뭐, 밥 먹을 때 순서라든가, 칼을 칼집에 먼저 넣고 나중에 넣는 것들이라든가. 부대는 늘 불필요한 형식들이 존재하지만, 따질 만한 게 못 되는 것에 이치를 따져."

각치는 그런 건 어느 부대에나 있으며 군사들은 수시로 계급을 증명해야 한다고 했다. 지금은 자유로운 새벽 시간이며 저 두 방수 장군이 최고인 줄 군사들이 모르는 건 당연하다고 말했다.

"왜 감사하다고 말했어? 맞았을 때."

각치가 터진 입술을 만지며 빙긋이 웃었다.

"이렇게 성안에 들어왔잖니."

"그게 맞는 거랑 무슨 관겐데?"

"나를 때린 건 극렬히 환영한다는 뜻이다."

"환영?"

각치는 망명한 여진인들, 발해인들, 거란인들이 성이나 마을 안으로 들어와 고려군에 편입될 때 하는 여느 행사 같은 거라고 설명했다.

"부원수는 내가 압록 너머에서 들어온 사람인 걸 알고 있다. 외지인들은 통과의례를 치러야 한다. 때리지 않으면 재수가 없지."

"두 번이나?"

"한 번이면 정이 없지. 고려인들은 뭐든 세 번 반복한다지만, 이런 제의祭儀는 세 번까진 위험하다고. 봐라, 내 턱이 돌아갔다."

"나는 왜 안 때리지?"

각치는 죽화를 물끄러미 바라보았다.

그건 각치도 잘 모르는 것 같았다.

"춥다. 안으로 들어가자."

멀리 흙으로 만든 움들 옆에 깃발이 나부끼는 높은 천막이 보였다. 저만치 가던 상원수와 부원수는 그 안으로 쑥 들어가버렸다. 각치와 죽화도 그 천막으로 걸어갔다. 말을 천막 앞 기둥에 묶고 들어가려는데 누군가가 각치 어깨를 툭 쳤다. 돌아보니 밤에 대원수를 데리러 왔던 짧은 수염을 한 젊은 대정이 서 있었다. 그 옆에는 몸이 큰 아낙이 서 있었다.

대정은 특유의 무표정한 얼굴을 비스듬히 한 번 기울였다. 갓난쟁이를 아낙에게 넘기라는 뜻. 각치가 경계하며 물었다.

"젖을 줄 수 있으이?"

대정은 무표정했지만, 뒤에 선 여인이 고개를 끄덕였다.

"하나 더 묻겠네. 이 갓난쟁이의 부가 김종현이라는 사람이라던데, 뭐 하는 사람인지 말해줄 수 있는가? 각하께서 아는 이름이라면 성 안에서 꽤 높은 이 같은데."

대정이 말했다. "그건 알아서 뭐 하게?"

"알아야 치하를 받지. 나중에."

"누가? 당신이?"

"이 아이가."

대정은 죽화를 가리켰다.

"북계 병마사를 보필하시는 행정관이다."

죽화는 바로 이해했다.

병마사를 돕는 직함을 가졌으니 간나는 높은 자의 핏줄임이 드러났고, 거란의 짧은 수염 말대로 꽤 많은 보상을 받을 수 있겠다 싶었다. 잘하면 무위사에서 빼앗겼던 패물 주머니를 찾으러 가지 않아도 될 만큼 큰 것을 얻을지도 몰랐다. 그러나 만나보지 않고 줄 생각이 없었다.

각치는 고개를 끄덕이며 이름을 외우는가 싶더니 죽화를 돌아보았다. "어떠냐? 아비가 찾으니 내줄 수밖에."

"직접 오라 그래!"

"공무에 바쁘시다." 아낙이 말했다.

"그럼 내가 갈게. 가서 직접 건네주겠어."

"무엄하게시리. 아기씨 몸에 손을 대고 그분 앞에 나서겠다는 거니? 그분은 고려 정예 기병을 총괄하는 지휘사님이시다."

"그러면 더 빨리 오겠네. 오라 그래. 잃어버린 간나를 보는데 그 정도는 해야 하지 않나?"

아낙은 움찔했고 대정은 특유의 짧은 수염이 박힌 입술 끝을 치켜올렸다. 아낙은 죽화와는 말이 통하지 않는다는 표정을 지으며 각치를 보았다.

"그분께 두 사람에 관해 말씀 올리겠네. 그러니 아기씨를 주시오."

"갓난쟁이를 살려 온 것은 내가 아니라 이 아이요."

아낙이 도리 없이 죽화를 노려보았다.

"곧 부르실 거다. 한동안 외근 중이시니 언제 돌아오실지는 모른다. 오시면 내 그리 말씀 올리마. 응?"

"내일까지!"

"돌아오시면 가능하다."

대정이 나섰다.

"니가 주고 말고는 의미가 없다. 김종현 장군의 댁으로 보내라는 대원수 각하의 명이 있으셨다. 이보게, 얼른 받아 가시게."

"맡기는 게 좋겠다. 우리보다 저쪽이 잘 먹이겠다."

죽화는 아낙과 대정을 노려보다가 결국 고개를 끄덕였다. 각치가 품고 있던 갓난쟁이를 아낙에게 건네주었다. 갓난쟁이는 진이 빠졌는지 축 늘어져 있었다. 갓난쟁이를 살펴본 아낙은 얼굴이 새하얘졌다.

"어마무시기! 얼음장처럼 식었잖아. 갓 태어난 애를 어째 이렇게. 죽일 셈이었소?"

갓난쟁이를 제 품에 넣으며 아낙이 메밀눈을 부릅떴다.

죽화가 아낙의 팔을 잡았다. "어디로 가야 볼 수 있어?"

"무얼?"

"그 간나를 보려면 어디로 가야 하냐고."

"아, 부른다니까! 거참, 흘떼기*보다 더하네."

죽화 손에 힘이 들어가자 아낙은 대정을 보며 어이없다는 표정을 짓더니 "북소문 왼쪽, 서장대 아래로 와서 방가댁을 찾아라"라고 말했다.

아낙은 자신이 그분의 살림을 맡는 사람이라고 소개했다. 병마판관의 거처를 소제하고 옷가지 등을 빨고 먹을 음식을 담당하는 모양이었다. 대정이 그만 떠나라고 턱짓했고 그녀는 갓난쟁이를 데리고 어디론가 사라졌다.

각치가 죽화 어깨에 손을 올리며 말했다.

"병마판관이라는 자가 이치를 알면 조만간 너를 부를 거다. 그래도 그렇게 되묻는 건 잘했다."

"치워."

각치 손을 던지듯 치우고 죽화는 대정을 노려보았다.

"아미타사는 어디로 가면 돼?"

"북소문에서 계곡을 따라 올라가면 된다. 북문으로 나가도 되고. 길은 하나다. 커다란 꽃개오동이 보이는 너른 터까지 가면 계곡의 왼쪽에 북신 사당이, 오른쪽엔 아미타사가 있다."

시신을 둔 위치를 물었다.

대정은 대답 대신 천막을 젖혔다. 들어가라는 뜻이었다. 죽화는 들어가면서 대정을 노려보았다.

"절대로 태우지 마. 안 죽었어."

* 짐승의 힘줄 사이의 근육. 질기다는 표현

대정은 목에 둘둘 감긴 핏물 번진 천을 한번 쓸기만 할 뿐 대꾸하지 않았다.

천막 안은 둥글었고 넓었다.

가운데 불을 담은 커다란 솥이 있었고 대원수와 부원수가 서서 바닥에 있는 무언가를 물끄러미 내려다보고 있었다. 대원수는 어깨에 덮고 있던 곰 가죽을 탁자에 벗어놓았지만, 그 흉측한 원숭이탈만은 여전히 얼굴에 딱 붙이고 있었다. 부원수는 천을 말아 코에 대고 있었다. 그들에게서 몇 걸음 떨어진 곳에 천으로 코를 막고 팔을 걸어 붙인, 키가 다른 군병 두 명이 서 있다.

대원수가 돌아보았다.

"가까이 오게나."

그는 손을 까닥거리며 입구에 서 있는 죽화와 각치에게 가까이 오라고 했다. 그의 얼굴에 걸친 가면이 삐뚜름했다. 그것은 그만큼 노인이 충격을 받았다는 것을 의미했다. 그들 앞, 바닥에는 가마니 하나가 놓여 있었다.

시큼한 비린내가 거기서 났다.

부원수가 천으로 코를 막은 채 지휘봉을 흔들자 키 작은 군병 하나가 쪼그리고 앉더니 가마니를 조금 들춰 보였다.

시신이었다.

3

"살인이군요."

각치가 다가가며 말했다.

"우린 당신에게 이 시신이 살해되었다고도 말한 적이 없는데?"

부원수의 삐딱한 언사에 각치는 서 있는 두 군병을 가리켰다.

"검관들 아닙니까?"

군병들의 가슴에는 작은 천이 나부끼듯 달려 있었다. 거기에는 '檢^검' 자가 쓰여 있었다. 둘 중 하나는 키가 작고, 하나는 키가 컸다.

검관은 특별감찰관인 도순검사 휘하 군병들을 말한다. 개경의 왕은 전방 지역인 북계와 동계에는 도순검사를 파견했다. 도순검사의 일은 군사 감찰, 순찰, 정보 수집, 포도[●] 등이다. 양계 지역은 국경이 면서도 고려인과 타민족 간의 갈등이 첨예하게 일어났고, 특히 주둔하는 부대에서 사고가 많았다. 지금처럼 전시에는 모두가 민감해서 가마니 한 장 때문에 칼부림이 일어나는 게 예사였다. 파견된 도순검 사는 현지 병마사의 지위를 받는다. 병마사가 지역 최고 결정자이기에 그렇다.

민가든 부대든 사망 사고가 발생하면 도순검사가 조사를 위해 검관들을 모은다. 하나, 병마사나 지위 높은 현장 지휘관이 사건을 대수롭지 않게 처리하고 싶어 했고, 그래서 이들은 현장을 치우고 시신을 가족에게 인계하는 일 따위를 했다.

● 치안 유지

"검관들이 있으니 부대 내 살인 사건이 난 거겠지요."

강감찬과 강민첨, 두 최고위 방수 장군은 서로 바라보았다.

놀랍다는 표정이었다.

대원수가 말했다.

"사인을 밝히게."

"검관들 앞에서 어찌 제가 감히."

"하게. 자네 논리를 듣고 싶으이."

결국 각치는 수염 난 턱을 손바닥으로 비비더니 쪼그리고 앉았다.

시신은 얼굴이 검고 탱탱했는데 그것은 부패하기 직전의 상태였다. 반질거리는 피부는 피워놓은 무쇠솥 안의 장작 불빛을 받고 군데군데 자흑색을 띠었다. 40대로 보인다. 수염을 보면 고려인 같지 않다.

각치는 시신의 볼을 검지로 긁더니 엄지로 비비며 묻어 나온 피부 기름을 가늠했다. 또 절하듯 어깨를 낮춰 시신의 코에 제 코를 대고 냄새를 맡고 입을 벌려 굳어 있는 혀를 살폈다.

"더 열어봐도 되겠습니까, 가마니를?"

부원수가 지휘봉을 흔들자 서 있던 검관 하나가 가마니를 젖혀주려 했다. 각치가 그를 제지하고 직접 가마니를 걷었다.

나체였다.

온몸이 얼굴처럼 시커멨다.

그는 시신의 눈꺼풀을 열었다. 귀 뒤도 살폈다. 목을 검지로 천천히 쓸며 감촉을 느꼈다.

각치의 검지는 가슴을 그으며 내려오더니 배에 머물렀다. 배는 터지기 일보 직전이었는데 위로 양 옆구리가 부풀어 있었다. 그는 배꼽

언저리를 유심히 살핀 다음 손목과 손등을 살폈다.

각치가 검관들을 바라보았다. "뒤집어주시게."

검관들이 부원수를 바라보았고 부원수가 그리하라고 고개를 끄덕였다. 둘은 다가와 시신을 뒤집었다. 각치는 시신의 발을 살폈다. 발목은 눈처럼 하얬으나 복사뼈 위로 뚜렷한 선이 보인다. 무언가로 조인 선이다. 발바닥은 깨끗했다. 각치는 검관들에게 시신의 발목을 한쪽씩 잡게 하고 다리를 벌리게 했다.

다리가 벌어지자 각치는 시신의 굳은 궁둥이 살을 펴고 숨어 있는 항문을 살폈다. 항문에는 녹색의 이물질과 피가 뒤엉겨 굳어 있다. 그는 손가락을 항문 깊숙이 넣었다가 빼어냈다.

지켜보는 부원수 표정이 일그러졌다.

죽화는 그러지 말기를 바랐지만 각치는 예상한 대로 검지를 흰 수염 아래에 대고 냄새를 맡았다. 각치가 가마니를 덮어주고 일어나며 두 방수 장군에게 말했다.

"그런데 이 시신에게 죽임을 당한 시신은 어디 있습니까? 이 시신, 필시 누군가를 죽였을 텐데요."

그 말에 부원수가 미세하게 입술을 씹었다.

각치가 고개를 갸웃하며 말했다.

"이 시신은 살인자이지 살해된 자가 아닙니다."

부원수가 나섰다. "어째서 그리 판단하는가?"

"쓰리나리를 흡음했으니까요."

"쓰리나리? 함백초가 아니고?"

놀란 부원수가 그렇게 묻다가 얼른 입을 닫았다. 저도 모르게 나온 말이었다. 각치가 묘한 표정을 지었다. 대원수, 부원수 두 방수 장군은 시신의 사인을 이미 짐작하고 있는 듯했다.

각치는 확신했다.

아마도 검관들이 조사한 바를 일찌감치 보고했을 터이다. 그렇다면 저들은 지금 각치의 눈썰미를 시험하는 중이리라.

"필시 쓰리나리입니다. 함백초가 아닙니다."

"함백초와 쓰리나리의 차이를 아나?"

"둘 다 환각 풀이지요. 쓰리나리는 함백초와 생김새도, 향도, 맛도 똑같지만 효과는 다릅니다. 예성강의 상인들이 흔히 피우는 함백초는 연기를 내어 들이켜면 환각이 일지만 여파는 소소합니다. 오히려 권장할 만하지요. 내장의 병이 낫고, 상처를 아물게 하고, 머리를 맑게 합니다. 반면에 쓰리나리는."

각치는 그쯤에서 숨을 한 번 내쉬었고 말했다.

"강력합니다."

아무도 말하지 않았다.

"그 연기를 들이켜면 동우산의 대석개묘[•]도 들어 던질 거라고 착각합니다. 용상의 왕도 하찮지요. 하나 하늘을 날 것 같은 신묘한 기분은 곧 땅으로 꺼질 듯 착잡해집니다. 그게 쓰리나리의 무서운 증상입니다. 그 풀에 관해 생각해보건대, 인간의 행동은 어쩌면 정신으로 움직이는 것이 아니옵고, 몸 안에 흐르는 유기적 물질들과 피와 물의 성분만으로 규정되는 것이지 않나 싶습니다. 정신의 힘과는 무관하

• 고인돌

182

게 우리는 생리적 구조에 의해 살아간다는 말입니다. 그렇다면 공맹
孔孟의 뜻도 의미가 없지요. 연기나 음식 따위로 몸이 달라지면 정신
이 달라지니까요."

부원수가 퉁바리를 쏘았다.

"말이 길군. 느낌 따윈 치우고 아는 것만 정확하게 말하라."

"쓰리나리는 강력한 환각제입니다."

각치는 쓰리나리를 피우면 일어나는 증상을 설명했다. 쓰리나리
는 이른 시간에 증폭된 감흥이 일지만, 또한 이내 식는다는 특징이
있었다. 그렇게 되면 우울감이 극치에 들며 고통이 수반된다. 그래서
피우는 자는 양을 조절하지 못하고 다량으로 피우려는 욕심이 든다
고 설명했다.

"그렇게 되면 종국에는 살욕殺慾을 느낍니다."

"살의?"

"살욕입니다. 살의와 살욕은 다릅니다."

살욕이라는 말에 죽화는 입술을 한 번 깨물었다. 늘 살욕을 지닌
매화가 떠올랐기 때문이었다. 불안해져서 목에 건 할미의 자아추를
만지작거렸다.

대원수가 턱을 매만지며 물었다.

"그건 마구 죽이고 싶은 욕구를 말하는 건가?"

"그렇죠. 갈망입니다. 무언가를 죽이지 않으면 자신이 살 수 없다
고 생각하지요. 그래서 통제하지 못하고 짐승이나 사람을 살해하려
듭죠."

"으흠."

"쓰리나리를 대량으로 흡음하면 누군가를 죽이지 않으면 안 됩니다. 가장 깊은 곳의 악성을 드러내게 하니까요. 어쩌면 인간 심연은 무언가를 죽이는 것에서 비로소 갈망이 끝나는 건지도 모르겠습니다만. 두 분께서는 덕성과 학문이 높으시니, 제 뜻이 아닐 수도 있습니다."

"흥, 어미 배 속의 일도 알겠구만."

부원수가 또 퉁바리를 쏘았다.

대원수가 물었다.

"그러니까 정리하면 이 시신은 살욕을 일게 하는 풀인 쓰리나리를 뻐끔뻐끔 피워대다가 죽었다? 또 그 전에 누군가를 죽였다?"

"그랬을 겁니다."

"쓰리나리를 피운 자는 흔적이 있는가?"

"대표적인 표리表裏●는 콧속에는 시큼한 비목◆향이 나고 피부는 진한 갈색 진이 배어 나옵니다. 혀도 퉁퉁 붓지요. 저 시신 상태가 딱 그러합니다. 함백초는 그런 게 없습니다. 저 시신, 정확하게는 검은쓴맛그물버섯과 함께 사용했습니다."

"버섯이라니?" 부원수 눈이 또 커졌다.

그건 또 예상 밖이라는 표정.

"그건 검관들도 몰랐나 보군요. 이 사람은 그물버섯도 함께 썹었습니다. 혀가 부어 있고 항문에 낀 곱이 증거입니다. 그 물을 마시면 기리氣痢라고 하는, 게거품 같은 대변이 나오지요. 검은쓴맛그물버섯 역

● 병변의 존재하는 부위의 상태
◆ 녹나뭇과의 나무. 비목나무. 한방에서는 첨당과라고 한다.

184

시 강한 환각 작용이 있는데, 쓰리나리와 함께 하면 극치를 경험합니다. 하나 심장이 버텨내지 못합죠."

"자네, 의원인가?"

"사냥꾼은 누구나 망진*할 줄 압니다."

"하긴, 산에서 무슨 일이 있을지 모를 터이니."

"으흠, 쓰리나리에 그물버섯이라."

부원수가 고개를 절레절레 흔들었다.

각치는 고개를 끄떡끄떡 움직였다.

"그 두 조합 때문에 시신의 심장이 멎었을 겁니다. 먼저 상당한 양을 흡음했기에 상대를 죽였고, 금세 가시는 흥분을 유지하고자 버섯 물까지 마시고 사망했을 겁니다. 모르긴 몰라도 상대의 몸은 형체를 알아볼 수 없을 정도로 난도질당했을 테고."

"왜 상대가 있다고 여기는가? 혼자 쓰리나리를 흡음할 수 있다고는 생각하지 않고?"

"어찌 다 벗기고 마지막에 발싸개만 남겨두었는지는 모르겠습니다만⋯⋯."

각치는 그러면서 시신의 퉁퉁 부은 발을 가리켰다.

"발싸개를 어제오늘 벗기셨군요. 발목에 끈 자국이 뚜렷합니다. 발싸개 끈이 발목이 퉁퉁 부어오를 때까지 조이고 있었으니, 분명 저 시신은 사망할 시점에도 발싸개를 신고 있었을 겁니다. 그렇다면 시신은 외부가 아니라 밀폐된 방에서 쓰리나리를 피운 게 되지요. 게다

---

* 신체의 상태를 보고 파악하는 일

가 배까지 드러내놓고 있었으니."

"배를 드러내?"

"배와 가슴에 미세한 점이 보입니다. 두피와 손등에도 남아 있더군요. 그건 튄 핏방울입니다. 이 사람이 살인 행각을 벌였을 때는 섶을 풀어헤친 상태가 분명한데, 설마 이 엄동설한에 밖에서 그런 꼴로 있진 않았겠지요."

부원수가 열끼 어린 눈으로 검관들을 노려보았다.

질책받은 두 검관 중 한 명만이 고개를 푹 숙였다.

"저들을 야단치지 마십시오. 깨끗한 물로 시신을 꽤 신중히 닦아놓았지만, 외부에서 튀어 묻은 피는 아무리 닦아도 미자微子●가 신체에 남습니다. 특히 칼을 휘두른 자는 손등과 팔꿈치, 배 부분에서 어김없이 점점이 피가 발견됩니다. 시신을 술에 담가 씻지 않은 한 말이죠. 설마 이 시기에 귀한 술로 시신을 닦은 건 아닐 테고 말이지요."

부원수가 말했다.

"시신이 내부에서 죽었고, 몸에 피가 묻었다손 해서, 시신이 타인을 살해했다고 예단할 논리는 없다. 자기 피일 수도 있고, 짐승의 고기를 다루던 중일 수도 있다. 전쟁터에서 막 돌아왔을 수도 있고. 나도 그제 건천산✦에서 피를 뒤집어쓰고 왔어. 듣자 하니 내용이 급박하고 오만해서 거북하군."

각치는 지지 않았다.

"구체적으로 아뢸까요? 어째서 제가 이 시신이 혼자가 아니었다고

● 미세한 입자
✦ 내구산 일대의 산

186

규정하냐면, 쓰리나리를 내부에서 피운다면 반드시 누군가가 연기를 담당해야 하기 때문입니다."

각치가 주변을 둘러보았다.

모두 조용했다.

"쓰리나리 풀을 불에 올리면 금세 재가 되기에 연기를 지속해서 내주어야 하는데, 피우는 자 혼자서는 다루지 못합니다. 취하면 정신이 혼미해져 제 손이 불에 익어도 느끼지 못하니까요. 그랬다간 본인은 물론, 집마저 태우고 말 겁니다. 저걸 재배해서 피운다는 여진인들도 한겨울을 제외하면 밖에서 피웁니다. 주로 동굴 안에서 미량만 피우고 얼마간 널브러져 있다가 한기를 느끼고 깨어나곤 하지요. 저 시신을 보면 필시 온돌이 있는 공간에서 피웠을 겁니다. 그리고—"

"옆에서 누군가가 거들었고?"

원숭이탈의 말에 각치가 고개를 끄덕였다. "그자는 죽었을 테고요."

원숭이탈이 물었다.

"쓰리나리는 죽이는 풀이라 하지 않았나. 대저 어느 누가 피우는 자 옆에서 그것을 피울 수 있게 도와줄까? 자네라면 그렇게 하겠는가?"

"피우는 도구를 사용합죠. 여진인들은."

"음."

"여진인들은 겨울에 밀폐된 곳에서 피울 땐 밀봉된 향로에 석 자 길이의 긴 대나무 대를 사용합니다."

각치는 그러면서 대원수의 얼굴을 가리켰다.

"각하가 쓰시는 것과 비슷한 가면도 필요합니다. 긴 대나무 통을 가면의 입에 끼우고 가면을 쓰고 흡입하는 방식이지요. 예성강의 광대들이나 남쪽의 왜구들이 피우는 함백초는 그저 향로에 뿌리듯 둘러 넣으면 되지만, 쓰리나리는 절대로 그렇게 해선 안 됩니다. 반드시 도구가 있어야 합니다. 주변인들이 연기를 맡지 않고 오직 피우는 자만 연기를 흡음하도록요."

"들이마신 연기는 어떻게 빼나?"

"가면에 연결된 대롱이 두 개입니다. 숨을 내뱉는 대롱은 조금 더 긴데, 주로 문밖으로 내놓습니다. 그런데 이 방법은 번거로워 잘 쓰지 않습니다. 보통은 외딴 동굴이나 산에 각자 거리를 두고 널브러져 정량해서 흡음하는 게 여진인의 방식이고 쓰리나리를 피우는 방식입니다. 이 시신은 겨울에 밀폐된 공간에서 위험하게 피웠군요."

지휘봉을 수평으로 껴안고 서 있던 부원수는 이윽고 패배했다는 표정을 지으며 소리쳤다.

"닦을 것을 줘라."

서 있던 두 검관 중, 키 작은 자가 말린 작란화● 이파리 몇 장을 건넸다. 각치는 낚아채듯 받아 손을 닦고 그것을 장작이 타고 있는 무쇠솥에 던졌다.

"당신, 쓰리나리를 잘 아는군."

닦을 것을 준 검관이 물러나지 않고 각치 앞에서 조용히 웃었다.

각치가 의아해하며 그를 보자 대원수가 소개했다.

"도순검사 유인하일세."

● 요강꽃. 작란화는 북한어이다.

키 작은 검관은 입을 가린 천을 걷었다. 낮은 코에 반달눈을 한 50대로 보이는 사내다. 그가 특별감찰관으로 개경에서 북계에 파견 온 관리였다.

각치가 서둘러 그자에게 고개를 숙였다.

도순검사가 대원수를 보며 웃었다.

"말씀대로 굉장한 자군요, 대원수 각하."

"그렇지? 대단하지? 무불통달無不通達●이야."

도순검사 유인하는 일개 검관으로 모습을 꾸미고 각치의 추리를 들으러 온 모양이었다. 그는 옆에 있던 키 큰 검관을 천막 밖으로 나가게 했다. 천막 안에는 대원수, 부원수, 도순검사, 그리고 각치와 죽화가 남아 있었다.

원숭이탈이 각치 팔을 툭 쳤다.

"이해하게. 잠시 그댈 시험하였으이. 이치들이 자네 능력을 믿지 않는 것 같아서 말이야. 그나저나 정말로 모르는 게 없구만. 그 풀이 쓰리나리인 걸 알았다니. 대단허이."

각치는 고개를 숙이고 있었다.

유독 표정을 잃지 않은 이는 부원수였다.

"당신은 피워보았는가? 쓰리나리를?"

"피워보았습니다."

"피워보았다고?"

"그렇습니다."

●아는 것이 많고 박식함

189

"어디서 구했나?"

"동여진에게 가죽을 주고 받아 옵니다."

옆에서 도순검사 유인하가 거들었다.

"저도 그리 들었습니다. 발해인들이나 거란인들이 흔히 동여진에게 공급받는다고들 합니다. 군영에서 그것을 지니지 못하지만 좀처럼 근절할 수 없더군요."

"그러면 죽여보았단 말인가? 사람을?" 부원수가 물었다.

"죽여본 적은 있으나, 쓰리나리 때문에 그러한 것은 아닙니다."

"음."

"오래전 일이고, 제가 사람을 죽였다손 해도 고려 땅 안에서 저지른 일이 아닙니다. 지휘사 각하께 그 일로 추궁받을 생각은 없습니다."

"나도 자네 과거를 추궁할 생각은 없네."

결국 부원수 강민첨도 대원수를 보며 고개를 끄덕였다.

"탁월하군요."

"내 뭐랬나. 꽤 좋다고 그러지 않았나. 어때? 이치에게 맡겨보지?"

강민첨이 고개를 끄덕였다. "좋습니다. 맡겨보지요."

강감찬은 유인하를 돌아보았다. "자넨 어떤가?"

"두 분 뜻이 그러하시면 저도 당연히."

"좋네. 좋아. 그럼 그리 정하세."

두 사람의 동의를 얻어낸 대원수는 각치를 바라보았다.

"이보게, 각치."

"네, 대원수 각하."

"일 하나를 맡아줘야겠어."

"소인이요?"

"맡게. 맡아야 해. 명령이야!"

대원수가 옆구리 옆에 놓인 탁자를 탕, 치며 기쁜 듯 소리쳤다. 각 치는 그의 신뢰에 반응했다.

"하오면 받잡겠습니다."

천막 안의 온기가 냉기를 잡아먹어서 그렇거니와, 너울대는 솥 안의 불꽃이 그에게 어떤 기운을 주는 것 같았다. 어느새 날이 밝았는지 이미 천막 안은 피어오르는 먼지가 보일 정도로 훤했다.

으차.

대원수가 의자에 앉았다. 여전히 왜소한 몸이었으나 이제 원숭이의 등은 굽어 있지 않았다.

"자네 추리는 맞는 것도 있고 틀린 것도 있네. 자네 말대로 이 시신은 쓰리나리 연기에 취해서 일을 저질렀네. 짐작했겠지만 우리는 쓰리나리가 어떤 풀인지 이미 알고 있네. 북신 사당에서 제를 올릴 때 사용하는 풀이니. 이 사건은 죽은 놈이 한 명이 아니라고 하네. 총 여섯 명을 죽였네."

"으흠, 한겨울 방에 많이도 들어앉아 있었군요."

"그래. 너덜너덜해진 쪽이 여섯이지. 이자가 흡입량 조절에 실패해서 다수를 살해했어. 자네 말대로 현장에는 흡입기로 보이는 대롱도 있었네. 그러니까, 여덟 놈이 한 공간에 틀어박혀 이 몹쓸 풀을 피워 댄 거야. 그리고 이놈 차례가 되었을 때 미쳐서 사고를 친 것이고 말이야."

"자, 잠깐만요. 여덟이라뇨? 총 일곱이 아니고요?"

각치가 묻자 옆에서 유인하가 말했다.

"여덟일세. 하나가 달아났거든."

돌아온 여섯 기병

무술일, 동여진의 추장 아려대 등이 와서 토종말과 담비 가죽을 바치므로, 의복과 기물을 내려주었다. 계묘일, 송나라 강남 사람 왕숙자 등 24명이 와서 특산물을 바쳤다.

『고려사절요』 권3, "현종 9년 4월".

1

멀리 보이는 진남루* 처마 아래에도 물이 줄줄 떨어지고 있었다.

죽화가 예언한 대로였다.

국지성 겨울비는 북계에서도 간혹 있는 일이었지만 각치와 원숭이탈이 놀란 것은 비를 담고 있는 회백색 구름의 흐름이었다. 볼을 때리는 맵찬 바람도, 성 곳곳에 피워놓은 화로에서 피어오르는 불보라도, 젖은 깃발들도 전부 남쪽에서 북쪽으로 흐르고 있었다. 이 시기의 남풍은 귀했다. 남에서 북으로 바람이 밀리는 날은 10년에 서너 번 있을까 말까다.

외성 벌판에서 소란스럽던 고려군들은 전부 어디론가 사라지고 없었다. 땅에 박히는 비보라가 여름 소나기처럼 두꺼워지고, 사방은 다시 어둑한 기운이 깔리고 있었다. 구주성 내부는 흡사 밤 같았다.

내성 안 유일한 단층 누각인 경연당은 성의 아사衙舍*였다. 직사각형 대마루에는 수십 개의 가마니를 넓게 깔아놓았다. 기둥과 기둥을 연결하는 보에도 길게 가마니를 늘어놓아 마치 벽처럼 만들었다. 이는 냉바람이 안으로 들어오지 못하도록 하기 위함이었다.

호랑이 가죽을 깐 교의°에 앉은 원숭이탈을 중심으로 긴 회의용 탁자가 놓여 있었다. 왼편에 각치와 죽화가, 맞은편에 부원수와 도순

* 구주성 남문
* 관아의 공사를 처리하는 관청
○ 등받이가 있는 의자

검사가 앉았다. 대원수 옆에 더운 화로가 여러 개 놓여 있었고 좀 떨어진 곳에는 장작에 벌겋게 익고 있는 커다란 노구솥 하나가 놓여 있었다.

솥에는 물이 펄펄 끓었다.

대원수는 탁자에 놓인 언 무와 소금에 절인 오이를 물끄러미 바라보았다. 질그릇에서 김을 피워대는 것은 조밥이었다. 노구솥 옆에서 아낙이 꽝꽝 언 은어를 칼로 긁어내 살을 솥 물에 넣었다. 빠른 손에 생선 살이 대팻밥처럼 가늘게 말려 솥 안에 들어갔다.

"비가 오는군. 네 말이 맞았다. 넌 참 귀하구나. 또 맞혔어."

대원수가 숟가락으로 죽화를 가리키며 말했다.

죽화는 가려놓은 가마니 틈으로 보이는 하늘 쪽을 보았다. 장대 같은 비가 쏟아지고 있었다. 동이 틀 때쯤 산을 새하얗게 물들였던 하늘이 이내 쥐색으로 변했고, 서쪽으로 첨예하게 솟은 산들은 뿌예지며 싸늘한 비를 머금고 있더니 안개는 사라지고 저렇게 비가 왔다.

도순검사가 "무슨 일이라도 있었는지요?"라고 물었고 원숭이탈은 오는 길에 죽화가 날씨를 예언한 일과 원탐난자군을 예측한 일을 줄줄 읊어댔다. 사람 좋아 보이는 도순검사가 놀랍다는 표정을 지었다.

"신력이 있는 아이야."

"귀한 아이군요. 참말로."

이들의 대화 놀음이 못마땅한 듯 부원수가 도순검사의 옆구리를 툭 찔렀다. 그만 웃고, 보고를 하시게. 부원수의 굳은 얼굴에서 뿌리는 한기에 도순검사가 웃음을 거뒀다.

"장군, 서두를 게 뭐 있소이까. 각하께서 수저를 막 드셨으니."

"그래, 좀 먹자고. 먹고 하자고. 응?"

부원수가 벌떡 일어났다.

그는 아낙에게서 언 생선과 칼을 빼앗더니 솥 물에 대고 빠르게 손을 움직였다. 대팻밥처럼 가늘게 말려 나오는 생선 살이 솥 안에 들어갔다. 신경질적인 손놀림이었다. 내부는 순식간에 경직되었다. 펄펄 끓는 물소리가 모두를 불안하게 했다.

대원수는 그를 말없이 지켜보고 있었다.

얼마 후 부원수 강민첨은 무와 생선 살이 가득한, 연기가 풀풀 나는 흰 국물을 그릇에 담고 그것을 부대 최고사령관 앞에 내놓았다. 그릇이 바닥에 놓일 때 몇 방울이 거칠게 튀었다. 부원수는 장승처럼 서서 대원수가 어서 먹기를 기다렸다. 먹는 것을 보고 있겠다는 의지였다. 어서 먹으라는, 빨리 먹고 할 이야기를 하자는 의지다. 각치와 죽화는 이 해괴한 사태에 당황했다.

대원수는 아이처럼 앞에 놓인 음식 그릇을 바라보더니 커다란 은제 숟가락을 들고 천천히 퍼먹기 시작했다. 무기력하고 강압에 순종하는 태도였다.

강민첨은 돌아가지 않고 서서 국을 탈 아래 쪼글쪼글한 턱 안으로 밀어 넣는 원숭이탈을 내려다보고 있었다.

대원수가 낮게 웅얼거리기 시작했다.

"삼한에는 삼한의 법이 있고, 삼한의 병가에도 그만한 법이 있지. 하나 당신, 앞으로 내 앞에서 그 법을 따르지 말게나."

강민첨은 불쾌한 표정을 지었다.

"소장은 군율을 목숨처럼 지키오."

"나한테는 그러지 마시라, 이 말일세. 위계를 위배하는 모양새이니."

"위배는 각하께서 하시고 계시오. 지금 이것저것 살필 때가 아니외다. 오시기로 한 날도 하루 어겼고, 군영은 갈팡질팡 불안하오. 또 부대에 이런 수상한 살인이 있었음에도 우어어어어!"

말하던 부원수가 갑자기 알 수 없는 비명을 지르며 자신의 왼쪽 발등을 부여잡았다.

각치도 죽화도 눈을 커다랗게 떴다.

도순검사가 벌떡 일어났다.

"맙소사!"

대원수가 서 있는 부원수 발등에 뜨거운 국을 붓고 있었다.

경연당은 청판이 늘어진 나무 바닥이기에 부원수는 가죽신이 아닌 버선발이었다. 부원수는 고통스러운 비명을 질러댔다. 각치와 도순검사가 울부짖는 그를 부축해 앉혔다. 도순검사는 연기가 피어오르는 익은 버선을 제대로 쥐지도 못하다가 간신히 버선을 벗겼다.

대원수는 빈 그릇을 아낙에게 건넸다.

"생선 살이 덜 여물었네. 줄 때 밥을 말아서 충분히 저어주게. 나는 이가 없어서 씹는 게 부실하거든."

아낙은 그릇을 받은 채 멍하게 서 있었다.

강민첨의 발은 벌겋게 피부가 벗겨지고 있었다.

으아아아아.

그제야 정신을 차린 아낙이 국자를 내려놓고 달려 나가 자배기에 차가운 물을 담아 왔고, 부원수가 발을 담갔다. 대원수가 숟가락 쥔 주먹으로 탁자를 탕탕 쳤다.

"배고프이. 어서!"

연기가 풀풀 나는 무와 생선 살이 가득한 국물이 나왔다.

대원수는 아이처럼 앞에 놓인 음식 그릇을 바라보더니 "소금도!"라고 물었다.

소금 그릇은 부원수 앞에 있었다.

"좀 밀어주시게. 응?"

대원수가 고통을 느끼고 있는 부원수에게 말했고 도순검사가 소금통을 향해 손을 뻗자 대원수는 고개를 저었다. 대원수는 부원수를 보며 말했다. "당신이 밀어주시게." 물에 담근 다리를 부여잡고 있던 부원수는 간신히 소금을 밀어주었다.

으깬 밥알이 탈 아래 쪼글쪼글한 턱 안으로 밀려 들어갔다.

"으흐흠, 어갱*이 참 고소하네. 동계에서 바친 거라고? 그래서 그런지 색도 뽀야네. 쩝쩝."

부원수는 나비눈을 한 채 부아가 오른 표정이었지만 더는 말하지 않았다. 각치와 죽화는 이 상황을 어떻게 이해해야 할지 감이 오지 않았다.

2

김이 오르는 뽀얀 국물이 담긴 밥그릇이 각치와 죽화 앞에도 놓였

• 생선죽

다. 따뜻하고 비릿한 죽이 몸에 들어갈 때마다 말라비틀어진 온몸의 힘줄 하나하나에 비를 적시는 듯 기운이 차올랐다.

각치는 국을 먹지 않았다. 그 대신 밥을 오래오래 씹었다.

"입에 맞지 않는가?" 대원수가 쩝쩝대면서 물었다.

"입맛이 없습니다."

"왜? 시신을 보아서?"

각치는 대꾸하지 않았다.

"의외구먼."

"무슨 말씀이시온지."

"흐려져가는 말의 눈에도 꼼짝하지 않고 배를 가르고, 누린내가 진동하는 말의 내장을 함부로 파헤치고, 코린내가 진동하는 간나 등에서 엉키고 굳은 피딱지를 긁어내고, 갖은 일들을 줄줄 말하며, 세상 모든 것을 깨달은 것 같던 사내가 불어터진 시신 한 구를 보았다고 입맛이 사라졌을 리가!"

대원수가 커다란 숟가락을 허공에 빙빙 돌리며 말했다.

"그럼 술을 줄까?"

그러자 죽화가 불쑥 나섰다. "줘. 내가 먹게."

"네가? 술도 먹니?"

"달라고. 술을!"

죽화는 상기되어 있었다.

죽화가 상체를 마구 흔들었고 목에 걸린 할미의 자아추도 연달아 흔들렸다.

어제부터 먹지 않아 배를 곯았지만, 무엇보다 목이 말랐다. 난데없

200

이 술 생각이 간절했다. 맑은 물이 아닌, 향이 서린 액체를 취하고 싶었다. 그것으로 영혼을 씻고 싶었다. 묘한 기분이었지만 그것이 몹시 당겼다.

"어서 줘. 목이 마르니까!"

"주시면 저도 마시겠습니다." 각치가 말했다.

"어서! 어서! 어서!"

죽화는 들고 있던 숟가락 끝으로 자기 손바닥을 마구 찔러대기 시작했다. 손바닥에 붉은 점이 생겨나고 있었다. 그게 숟가락이 아니라 자아추였다면 이미 수십 개의 피 구멍이 생겼을 터였다.

술, 술, 술.

죽화는 손바닥에 철로 된 길쭉한 것을 사정없이 찌르며 외쳤다. 놔뒀다간 아무리 숟가락이라도 살이 뚫릴 것 같았던지 아낙이 죽화의 손에서 숟가락을 빼앗았다.

"흥분했군. 예측하는 아이여서 그런가. 하긴 신과 접하는 무당이나 승려는 때와 장소를 불문하고 어뜩비뜩 행동하는 법이지."

죽화가 숟가락 없는 빈 주먹으로 계속 손바닥을 내리치고 있자 부원수가 더는 듣고 있지 못하겠다는 듯 아낙에게 명령했다. "뭐 하나? 빨리 가져오너라!"

아낙이 몸을 돌리자 "잠깐." 뒤에서 소리가 들렸다.

원숭이탈이 부원수를 쳐다보고 있었다. "자네가 가게."

"소장한테 하신 말씀이오이까?"

"어서 가게."

부원수는 거부할 명분이 없었다.

굴욕적인 눈으로 끄응, 신음을 내더니 결국 발을 물에서 빼내고 일어나 아낙을 밀치고 절뚝거리며 나갔다. 곧 부원수는 커다란 질항아리를 안고 왔다. 질항아리에는 백주*가 철렁거리고 있었다.

대원수 앞에는 녹자배❖가 놓였고 나머지는 각자 등나무로 깎아 만든 잔이 놓였다. 원숭이탈은 어죽 그릇 바닥을 열심히 긁는 중이었다. 부원수가 국자로 술을 떠 내밀었다. 대원수는 음식을 씹으며 고개를 저었다. 먹지 않겠다는 뜻. 이건 고려군 법도에 없는 것이었다. 음식은 높은 이에게 손수 바치는 법도가 있었지만, 술은 아니었다. 아낙이나 졸병이 가지고 와도 되는 것이었고 각자의 잔에 각자가 마실 수 있는 법이다. 그러나 원숭이탈은 법도를 무시하고 부원수에게 항아리 심부름을 시켰다. 첫 번째 법도는 따르지 말라며 경고하며 그를 깔아뭉갰고, 이번에는 없는 법도를 지시하며 그를 깔아뭉개고 있었다.

죽화가 잔으로 술을 퍼서 제 입을 대고 정신없이 꿀꺽였다.

"이리 와서 발을 더 담그시오. 어서."

도순검사가 물속에서 피부를 뜯어내자 강민첨이 울부짖었다.

"겨울이니 피부가 금방 가라앉을 걸세."

대원수가 말했다.

강민첨이 어금니를 갈았다.

"뜨거운 걸 붓다니. 이건, 유자儒者가, 아니 못 배운 거지 아이도 할 짓이 아니외다."

● 막걸리
❖ 푸른 자기로 만든 술잔

"삼한인만 그릇을 반듯하게 바닥에 두고 떠먹듯 하지, 여진이나 거란은 그러지 않아. 그릇이든 음식이든 전부 제 손에 들고 먹어. 흉노와 돌궐도 마찬가지야. 그 야만인들은 살기 위해 먹는 게 아니라 먹기 위해 사는 거지. 그래서 야만인들은 형식이 없다, 이 말이야. 싸우는 것도 그래. 우리는 성에 딱 붙어서 시간을 헤아리지만, 저들은 넓은 공간을 제멋대로 쓰지. 놈들은 산개해. 들판에서 어느새 나타나 빙빙 돌고, 싸우려 들면 바람처럼 사라지고 없지. 그럴 땐 영락없는 땅굴 두더지 같아. 우리는 살기 위해 싸우지만, 저들은 싸우기 위해 살거든."

그는 탈을 들어 올리고 죽을 한 입 넣고는 입술을 오물거렸다.

"지치는 쪽은 형식을 따지는 쪽이거든. 바로 우리지. 유학하는 것들 말이야. 처먹는 것도 반듯하게 해야 하고, 돼먹지 않은 군율도 딱딱 지키고, 반듯하게 싸워야 하고. 그래야 한다고? 당치 않아. 왕을 지키기 위해 싸우는 선비랑 자식을 지키기 위해 싸우는 백정 중 누가 이길 것 같아? 유자가 할 짓이라니? 그게 대체 뭔가? 규칙을 따지지 말게. 저들 봐라, 이렇게 말도 안 되게 깊숙하게 들어와버리잖아? 고립될 줄 알면서. 그것은 빠져나갈 수 있다고 믿기 때문이야. 그런 믿음이 어디서 생기는 것일까? 형식이 없기 때문이야. 형식이 없기에 살 거라고 믿을 수 있는 거야. 좀 더 주게."

그릇을 밀자 아낙이 공손히 어죽을 담아 주었다.

"형식이 중요할 때도 있지. 형식이 내용을 낳는 법이니까. 이 밍밍한 음식의 소금처럼 말이지. 하나 그것은 평온한 시절의 이야기야. 아니 안일한 세월의 이야기지. 나는 이 전쟁에서 모든 형식을 무시할 거야. 세상에 없는 것을 믿고, 세상에 없는 것을 생각하고, 세상에 없는 것을 이용해야만 저 무형식의 침략자들을 이길 수 있어. 저들보다 더 파격이어야만 이 무서운 싸움에서 이길 수 있다고. 그게 공자의 말이든, 귀신의 말이든!"

아무도 입을 열지 않았다.

"도저히 들어줄 수가 없군요."

한참 만에 부원수가 눈을 형형하게 뜨며 입술을 잘근거렸다.

"으흠?"

"귀신을 믿자는 말이오이까?"

"형식이 중요하지 않다고 말하는 거네."

"아니오. 그렇게 여겨지지 않는군요. 각하께선 겉으로는 형식을 타파하신다면서 안으로는 괴력난신을 추종한다는 뜻 같소이다. 그게 할 소리랍니까?"

"당신이 모르는 게 있는데."

"소장은 면종후언*하지 않소이다. 그러니 앞에서 이렇게 말하는 것이외다. 한 말씀 더 드리자면 각하는 매우 교활하고 이중적이십니다."

"나에게 불만이 많았던 모양이군."

"지금은 말을 아끼겠습니다."

"조심하게. 나는 말이야, 적의 피는 부하들 칼에 묻히게 하지만, 아군의 피는 내 칼에 묻히는 사람이야. 부디 나를 배신하지 마시게. 반드시 처단하네."

● 面從後言. 앞에서는 복종하고 뒤에서 욕하는 것

"협박하시는 게요?"

공기가 심상치 않았다.

대원수가 경직된 표정으로 듣고 있는 좌중을 둘러보았다.

"뭐 하나? 들게들, 응? 우리 때문에 당신들이 밥을 먹지 못하는군."

3

"이제 이야기를 들어보지."

유인하가 끄덕였다. "그러면 잡수시면서 들으십시오."

대원수가 각치에게 손가락을 겨누며 말했다.

"지금부터 도순검사가 하는 말을 잘 듣게. 이 사건의 이상함을 이야기해줄 걸세. 이 이야기는 나도 자네처럼 처음 듣는 것이야."

"그리하겠습니다, 각하."

"궁금한 게 있으면 끼어들어도 돼. 도순검사는 말이 조리 있기로 유명하지만 그래도 중간중간에 물을 건 물어. 저 오만불손한 부원수도 아는 대로 첨언할 걸세. 나보다 하루 일찍 이곳에 와서 현장을 둘러봤다니까. 얘야, 너는 인제 그만 마시렴. 취하겠다. 자, 시작하지."

도순검사의 설명이 시작되었다.

"시신은 무산계 배융교위 소문개라는 자로, 동여진인입니다."

각치가 검시한, 가마니를 덮고 죽은 소문개는 고려에 귀의한 여진 추장이었다.

고려 왕은 변방이나 국경인 양계 지역*에 사는 노병, 향리, 탐라 왕족, 여진 추장, 공장, 악공 등의 계층에게도 무반의 계급을 지급했다. 그것은 지위를 높여주는 대신, 그 지방을 지키라는 의미였다. 배융교위는 호장으로 직계를 따지면 종9품이었다.

"소문개는 흥해에서 마목을 운영했는데, 제 부족지의 족장을 죽였던 모양입니다. 요덕진에서 고려군에 의탁을 신청했다가 거부당하자 지난 정월, 제 무리 50명과 토마❖ 40필을 가지고 통주성을 찾아와 싸우기를 청했습니다. 그가 데리고 온 말들이 매우 쓸 만해서 구주 도령 김포가 받아들였고 그의 부하에게 서문 경계를 맡겼다고 합니다."

서여진이나 동여진°인들은 본래 말을 키우고 살았다. 여진은 키운 말을 고려에 넘기고 생은과 면견, 생필품 등으로 바꿨다. 고려는 부대에 필요한 말을 대부분 여진에게 공급받았다.

"같은 공간에서 소문개에게 도끼로 찍혀 죽은 여섯은—"

유인하는 거기까지 말하고 원숭이탈을 힐끔 한번 보았다.

"계속하게. 죽은 여섯은?"

"……대마신군에서 탈출한 교위■들입니다. 그리고 산원◆이 하나 있었습니다."

• 북계(평안도)와 동계(함경도)

❖ 여진은 고려에 말을 팔았는데 단달마(과하마, 호마)의 중형 말도 있지만 산악 지역에 뛰어난 기동력을 보이는 3척 정도의 작은 말도 있었다. 그런 말을 토마라고 한다. 고려 거란전쟁 때 고려군 경기병은 주로 토마를 탔다.

○ 서여진은 북계에 사진 여진을, 동여진은 동계에 사는 여진을 가리킨다.

■ 정9품 무관. 현대군에서 대위와 맞먹는 직급

◆ 정8품 무관. 200명 단위부대 지휘관의 보좌관으로 추측

그 말에 대원수가 움직이던 숟가락을 멈췄다. 갑자기 노인의 기미가 수상했다. 충격받은 것 같았다. 대원수와 눈이 마주친 부원수 강민첨이 고개를 끄덕였다.

"들으신 대롭니다. 각하께서 서북에 순시 가셨을 때 구주로 돌아왔소이다."

원숭이탈에 뚫린 네 개의 눈구멍 중 두 개의 구멍 속에서 노인의 눈빛이 번쩍였다.

"뒈진 여섯이 그 부대원들이라고?"

"네, 각하."

"왜 그걸 이제야 말하나?"

"뭘 잡수시겠다며 듣기를 늦추신 건 각하이시오. 내 발등에 국을 쏟아붓고."

"니기럴."

대원수가 난감한 듯 욕을 내뱉었다.

죽화도 술 국자를 놓았고 각치도 술잔을 내려놓았다. 웃음기를 잃지 않던 도순검사도 이번만은 참담한 표정을 지으며 고개를 숙였다. 심각한 모양이었다. 최고사령관은 제어가 되지 않는 듯 은제 숟가락을 쥔 손을 멈추지 않고 바르르, 떨고 있었다.

"그놈들이 돌아왔다고? 그놈들이?"

순식간에 내부는 겨울비가 추적추적 내리는 바깥 공기보다 더 차가워졌다.

"……그래, 그 빌어먹을 5,000기가 지금 어디 있다더냐?"

부원수도, 도순검사도 대답하지 못했다.

쾅—

내리치는 주름진 주먹에 항아리 안의 술이 크게 출렁였다.

"어디에 있느냐고! 지금!"

"모릅니다. 심문 전에 그 여섯이 죽어버렸나이다."

"그럼, 그 여섯 놈은 왜 돌아왔다더냐?"

"면구합니다. 그것도 심문 전에 죽었기에."

챙강—

대원수가 숟가락을 둘에게 내던졌다.

"질 나쁜 야인* 새끼가 부대 내 어중이들과 흉흉한 짓을 하다 저리
된 줄 알았더니, 뭐라. 그놈들이 김종현의 수하들이라고! 니들은 뭐
했기에 그놈들을 죽게 내버려둬!"

김종현이라는 이름을 들은 죽화는 정신이 번쩍 뜨였다.

김종현의 부하들이라고?

갓난이의 아비가 병마판관 김종현이라고 하지 않았나? 분명 아낙
이 알려준 갓난이의 주인 이름이었다.

각치가 물었다.

"중요한 소임을 맡은 분인가요? 김종현이라는 분은?"

부원수는 김종현은 실종된 북계 병마사 김횡도의 부관으로 북계
고려군의 기병들을 총괄하고 있는 자라고 했다. 판관은 병마사나 통
군사 등의 최고위 지휘관을 보좌해서 행정 업무를 총괄하는 속관이
다. 품계는 5품에서 9품까지 다양했다.

● 여진족

개경의 왕은 국경 지역인 동계와 북계에 군사 책임자로 병마사를 파견했는데, 병마사는 병마부사 한 명과 세 명의 병마판관을 둘 수 있었다.

병마판관 김종현은 군마 전문가로 병마사의 지휘를 받아 북계 고려군이 타는 말을 관리하고, 전시에는 기병들을 다스렸다고 한다.

지난 신유일*에 야만인 10만은 개경 북쪽 100리 지점인 신은현에 도착했다. 동경에서 출발한 지 한 달, 압록을 건넌 지 스무 날 만이었다. 그들은 고려군과 상대하지 않고 곧장 개경으로 직공했다. 고려군을 모으고 북계에서 기다리고 있던 대원수는 저들이 바람처럼 내려가버리자 고려 왕을 지원하기 위해 고려군 최강 정예 기마대 5,000을 개경으로 내려보냈다고 한다.

원래 그들은 거란과 최후의 일전에서 사용하려고 아껴둔 비장의 기마대였지만 왕이 무너지면 고려가 무너지는 작금의 상황에서 왕이 먼저였다. 최단 시간에 도착해서 개경으로 들어갈 수 있는 부대는 그들밖에 없었다.

그 부대가 바로 대마신군이다.

그들은 칼을 제외하고 편곤과 도리깨를 예비기로 삼은 중장기병들임에도 가장 빠르고 가장 강한 부대였다. 군사 하나가 맥궁, 편곤, 도끼, 칼, 창, 다섯 개의 무기를 다루며, 말도 전부 무장한 단달마였다. 이들은 머리에 감청색 띠를 두르고 흑모에 사슴 피를 발랐다. 그들의 지휘관인 병마판관 김종현은 평소 흑모에 오래된 사슴뿔을 올

● 辛酉. 1018년 1월 3일

리고 다녔는데, 수하들은 대장을 따른다는 뜻에서 피를 바르는 것이 었다. 대마신군이라는 이름도 무장한 그들의 외형이 지옥에서 온 마 신들 같다고 해서 여진인들이 붙인 이름이었다.

영주에서 출정한 대마신군의 임무는 개경이 버티도록 돕는 것이 었다. 그런데 문제가 생겼다.

개경을 구원하러 내려간 그들이 중간에서 감쪽같이 사라져버린 것.

출발한 그다음 날 아침, 곽주에서 말에 물을 먹이고 칼에 바를 기 름을 얻어 갔다는 소식이 마지막이었다. 계획대로라면 닷새 안에 개 경에 도착해야 했다. 그러나 출정한 지 열흘이 지나도 도착했다는 기 별이 오지 않았다. 그들이 개경으로 들어갔는지, 서경에서 군사를 정 비하고 있는지, 아니면 중간에서 야만인의 탐지군에게 발각되어 일 전을 치렀는지도 알 길이 없었다고 한다.

원숭이탈은 몹시 당황했다. 그들이 없다면 칼 없이 전쟁하는 것과 같다. 왕이 그들을 받지 못했다면 실로 죽은 놈한테 딸을 시집보낸 격이었다.

그 귀한 칼을 잃어버렸다니.

대원수는 비밀리에 청천강 이남의 성으로 수색조를 보냈다. 각 성 은 그들을 맞이하지 않았다는 사실을 알아냈다. 되레 서경에서 연락 대가 왔다. 서경에서는 김종현 부대를 기다리고 있었지만 오지 않았 다며 상황을 물어왔다. 대마신군은 서경에서 말과 장비를 보강할 계 획이었고, 서경군이 거란 본대가 남긴 잔병들을 동쪽으로 밀어내는 데 일부 조력할 예정이어서 서경 유수는 그들을 맞이할 준비를 하고 기다리고 있었는데 그들은 오지 않았다고 보고했다.

어디로 사라진 것일까.

대마신군이 고려군 핵심 전력임은 북계의 온 성들이 알고 있었다. 그들 5,000이 거란대의 호가군 3만과 맞먹는다는 소문이 자자했다.

북계에서 기른 고려의 최정예 기마대가 사라졌다는 것은 개경의 왕도, 북계에 주둔한 고려 전군도 위험해진다는 뜻이었다. 그들 없이는 임금 코앞에서 진을 치고 있는 10만의 야만인들을 철군시킬 방도가 없고, 야만인들을 압록 아래에 가둬놓고 몰살시킬 도리는 더더욱 없다.

대마신군이 사라졌다는 소문은 다행히 퍼지지 않았다.

원숭이탈과 고려군 지휘부의 교묘한 입막음으로 고려군은 아직 이 사실을 알지 못하고 있다. 강민첨은 하루 전에 안주에서 이곳 구주로 이동해 부대를 쉬게 하고 있었다. 서경의 조원도 들어와 있었다.

고려군의 지휘관들은 원숭이탈에 의해 전부 이쪽으로 이동하라는 명령을 받았다. 하나, 많은 도령은 그 말을 따르지 않고 있었다. 몇몇 작은 방어성의 별초* 장교들은 구주로 왔다. 대원수 명령을 수행한 자들이나 버티는 자들 모두 믿음은 하나같았다. 김종현과 기마대가 개경으로 무사히 들어가 왕을 호위하는 중이라는 것.

사라진 정예 기병 5,000기.

이름을 잘못 붙인 탓일까. 이름대로 귀신처럼 소식이 끊긴 정예부대는 지금 어디에 있는 것일까. 그러던 차에 대마신군에 소속된 지휘관 여섯이 부대를 이탈해 구주성에 들어왔다고 한다.

내려간 지 스무여 날 만에.

● 특수 임무를 띤 부대

지난 사흘 전에.

그리고 그날 밤에 몰살당했다.

원숭이탈은 순시를 돌던 중이었다. 홍화진과 통주를 순시하고 구주성으로 가던 중 다리를 다쳐 각치에게 치료받고, 안의진성에서 밤을 보내던 중 죽화와 매화를 만났다. 그리고 셋은 오늘 새벽 구주성으로 들어왔다. 강민첨보다 하루 늦은 새벽이었다.

늙고 쩔뚝이는 대원수 강감찬은 아침도 먹지 못한 채 여진족 시신 한 구를 검시했고 성안에 불미스러운 소문이 퍼지지 않도록 그 사건을 각치에게 맡기려 했다. 그리고 더운 죽을 입에 떠넣으며 그 돼먹지 못한 부원수를 보기 좋게 응징한 후 시시껄렁한 풀 사건의 경위를 듣던 차에, 경악스러운 말을 듣고 말았다. 시신과 함께 있었다던 인물들이 그토록 기별을 바라던 김종현 부대의 장교들이었다니.

"이제 알겠습니다, 각하께서 진노하신 이유를. 그들이 오자마자 죽은 일은 건져낸 황금을 도로 물에 빠뜨린 격이었겠군요."

"그래. 대마신군의 위치를 알아낼 기회였는데."

죽은 여섯 명은 김종현 부대가 그간 어디에 있었는지, 무슨 일이 있었는지, 또 지금 어디에서 무엇을 하는지 증언해야 할 중요한 존재들이었다.

원숭이탈은 부원수와 도순검사를 노려보는 중이었다.

"여봐, 대체 일 처리를 어찌 하는 거야? 기껏 행적을 아는 놈들이 제 발로 들어왔는데, 야인˚ 풀쟁이와 고약한 짓을 하다가 죽게 만들고."

˚여진족

사실 도순검사나 부원수는 그 일에 직접적인 책임은 없다. 하나 추궁받을 책임이 있었다.

"그들은 사흘 전 아침에 구주성 서문 초병에게 자신들이 대마신군 소속 기마대라고 신분을 밝혔고, 곧 순검병에게 인계되어 서문을 지키는 소문개 앞으로 끌려갔지."

"그리고 그날 저녁에 소문개와 쓰리나리를 피웠군요."

도순검사는 고개를 끄덕였다.

"그렇다네. 서문을 지키던 당직 대정이 증언하기를 그날 그들 여섯은 몹시 초췌한 얼굴이었지만 싸웠거나 고생한 흔적은 보이지 않았네. 소속을 확인해보니 초급 장교들이었고 김종현 부대의 주력을 담당하던 날랜 자들이었어. 그들은 피로를 호소했고 곧 순검병에게 인계되었고 수문장 소문개를 만났네. 소문개는 심문하지 않고 초막 한 동을 주어 그들을 쉬도록 했고."

원숭이탈이 발끈했다.

"아니 성안에는 금오위의 박무술도 있었고, 별장들도 여럿 있었는데 일개 수문장 따위가 그들의 신병을 멋대로 관리하나? 제 놈이 뭐라고? 구주 도령 김포는 어디 있었나? 그날 숙직 아니었나?"

유인하와 강민첨은 입술을 질근거리며 뜸을 들였을 뿐 대답하지 못했다.

원숭이탈이 중얼거렸다. "보나 마나 또 술을 처먹은 게로군!"

"동문으로 나가서 여자를 끼고 놀았던 모양입니다."

유인하가 고개를 끄덕였고 강민첨 역시 못마땅해하는 표정을 지었다.

"김포를 어쨌나?"

"가두었습니다."

부원수가 말했고 대원수는 수긍했다.

도순검사는 구주성을 총괄하는 구주 도령, 김포가 평소에도 술을 먹고 여러 가지 문제를 일으켰다고 말했다.

"아무래도 부원수 각하에 대한 불만이 심해서 역할을 방기하고 있는 듯합니다."

그 말에 부원수가 입을 씰룩거렸다.

"그놈은 속 좁은 놈이지. 작년 가을에 동문을 허물려 할 때 목을 베어야 했어."

"계속 말씀해주시지요, 도순검사 나리."

각치가 얼른 분위기를 바꾸려 했다. 부원수와 대원수 간의 주고받을 퉁바리를 일찌감치 막으려는 의도였다.

"그 밤 자정에, 그들은 성 밖 용산* 자락에 있는 북신 사당에서 소문개를 다시 만났던 것으로 보이네."

"왜 만난 것일까요?"

"모르네. 심문 전에 죽었으니."

"소문개가 부른 것인가? 아니면 그들이 소문개를 부른 것인가?"

"송구하나 그것도 알 수 없습니다. 사라진 그 한 명이 양쪽을 모았을지도 모르는 일입니다."

"잠깐만요." 각치가 끼어들었다.

* 구주성 성곽을 둘러싼 해발 229미터의 산

"말하게."

"현장에 사라진 한 명이 있었다고 하셨는데, 지휘사들께선 그의 존재를 대체 어떻게 파악하신 건지요."

아, 그건.

도순검사 유인하는 어렵지 않다는 듯 웃으며 대답했다.

"북신 사당 당주가 증언했네."

"으흠, 회합의 공간을 빌려준 자인가요?"

"그렇네."

"사당에 당주가 있군요."

"한마디로 무당이지."

"야밤에 소문개가 왔다고 했네. 회의를 할 터이니 한 시진時辰*만 있겠다고. 차를 내달라고 했는데 여덟 잔을 요구했다더군."

"그리고 얼마 후 시신 총 일곱 구가 널브러져 있는 걸 발견했군요."

"맞네. 새벽에 발견했다고 하네."

"무당은 그 한 명을 보지 못했군요."

"벽에 서린 그림자는 보았다더군. 여덟이었다고는 증언하는데 그게 일곱인지 여덟인지 꼼꼼하게 세었는지는 모르네."

"살육이 일어나는 동안 무당은 뭘 했답니까?"

"기도 중이었다고 하네."

"현장을 살펴봐야겠습니다."

그러자 부원수가 끼어들었다.

●약 두 시간

"그럴 필요 없네. 전부 소제해버렸으니."

"현장을 깡그리 치웠다는 말씀이오이까?"

"하루에도 수십 명씩 들락거리는 곳이야. 그곳은 고려군이 출정 전에 무운을 비는 기도처일세. 크고 작은 부대가 하루에 수십 차례 성을 나가고 들어와. 그들은 그 전에 북신 사당으로 가서 자신의 생명을 빈다고. 자네가 지휘사라면 살점이 덕지덕지 붙어 있는 벽과 피가 요란하게 굳은 바닥을 보여주고 싶겠나?"

"그렇기도 하겠군요."

각치는 이해한다는 듯 고개를 끄덕였다.

"도순검사 나리, 다른 걸 여쭙겠습니다."

유인하가 턱을 들고 질문을 기다렸다.

"그가 성안에 있다고 보십니까."

"누가?"

"여섯을 죽인 자가."

부원수도, 도순검사도 입을 닫았다.

"표정을 보니 분명 성에 있다고 보시는군요."

부원수가 고개를 돌려 대원수를 바라보았다.

"기왕 저 질문이 나왔으니 말할 차례가 온 것 같소이다. 그 전에, 아까 하려던 말을 먼저 올리겠습니다. 대원수 각하, 저는 제 며칠 상간에 본령군*과 조원 장군 휘하 서경군과 잔여군을 데리고 아래로 내려가겠소이다."

● 중앙군

216

대원수는 웅크린 채 들었다.

"여기서 대기만 하며 시간을 보내고 싶진 않소. 항명이라 여기시면 징계를 주시오."

"부, 부원수 각하."

도순검사가 난처한 표정을 지으며 그를 잡았다.

강민첨은 도순검사의 팔을 뿌리쳤다. 오늘 받은 수모가 만만치 않은 모양이었다.

원숭이탈이 물었다. "어디로 가시려는가?"

부원수는 눈싸움조차도 하지 않겠다는 듯 고개를 절레절레 저었다.

"최대한 성상 계신 곳 가까이 내려갈 것이외다. 거기서 성상을 위협하고 있는 야만인들을 칠 방책을 논하겠소. 될 수 있으면 아래에서 적을 상대해야 하지 않겠습니까. 적이 임금을 위협하는데 우린 예서 뭐 하는 짓인지 모르겠소. 기껏 한다는 게 찔끔찔끔 병력을 아래로 보내 적의 꼬리나 자르고 있으니. 군을 북계에 두는 건 저들이 철군할 때를 노리는 것이라는 말씀은 마시오. 그건 잘못된 생각이오. 저들이 어느 길로 올지 알 수 없고, 그 전에 개경이 상하면 무슨 소용이오? 대들을 전부 데리고 내려갈 작정입니다. 아래에서 싸울 것이오. 말했지만 마음에 들지 않으시면 탄핵하시오."

강민첨은 구주에 모인 중앙군 중 자신이 이끌던 부대를 빼내 가겠다는 뜻이었다.

그의 부대는 중앙군도 있었지만 원래 서경군을 기반으로 하고 있었다.

강감찬과 함께 개경에서 데리고 올라온 2군 6위의 병력 반과 서경에서 합류한 병력이 빠지면 구주의 고려군 3분의 1이 사라지는 것이 었다.

원숭이탈은 담담하게 말했다.

"알겠고, 본론으로 들어가시게. 당신이 현장에서 찾아낸 것이 뭔가?"

부원수는 대원수가 별로 관심을 두지 않자 표정이 일그러졌다.

"이 일을 보고받고 즉시 북신 사당을 수색했소이다. 그리고 이것을 발견했소이다."

부원수는 일어나더니 걸어가 대원수 앞에 멈추었다. 그리고 탁자에 주먹을 두더니 곧 거두었다. 국자를 받쳐둔 접시 옆에 맑은 빛깔의 작은 쇠붙이가 놓여 있었다.

"병마판관 김종현이 차고 있던 호지불이오. 북신상 뒷공간에 떨어져 있었습니다. 그날 김종현도 있었던 게 분명합니다."

그것을 본 원숭이탈은 등을 움츠렸다.

쇠붙이를 본 죽화도 입술을 비틀었다.

그것은 짧은 수염이 간나의 목에 걸어준 것과 똑같은 순금 호지불이었다.

원숭이탈의 비밀

체구가 작은 데다가 얼굴이 못생겼으며, 의복은 더럽고 낡아서 보통 사람보다 낫지 않았다. 그러나 엄숙한 얼굴로 조정에 서서 큰일에 임하여 정책을 결정지을 때는 위엄 있는 모습으로 나라의 기둥이자 주춧돌이 되었다.

『고려사』 권94, 「열전」, "강감찬 편".

1

숙소는 중앙군들이 야영하는 서문에 가까운 외성에 있었다.

군사들 숙영지에서 스무 보쯤 떨어진 곳에 열 동의 움집이 다닥다닥 붙어 있었는데 그곳은 지휘소를 돕는 아낙들과 잡부 노인들이 기거하고 있었다. 죽화가 안내받은 곳은 밭 전田 자 형태의 마루가 없는 함경도식 겹집이었다.

겹집은 사람의 거주 공간, 마당, 부엌, 소와 말의 공간이 전부 한 지붕, 한 울타리 아래에 있는 구조다. 한기를 막기 위해 흙바닥에 가마니를 수십 장 겹쳐서 깔아놓았고, 깔다 만 박석도 보였다. 그것이 있다는 것은 비가 오면 안의 흙까지 젖는다는 의미였다. 내부는 디딜방아와 아궁이, 외양간과 함께 독립적인 마루 세 개가 횡렬로 놓였다.

이 마루는 방이기도 했다.

죽화는 커다란 아궁이 옆에 외따로 떨어진 마루를 혼자 사용할 수 있었다. 한 사람이 누우면 꽉 차는 좁은 마루였다. 한 면은 틔우고 세 면은 갈대 칸막이를 둘러놓았다. 반대편 마루에는 병든 노인이 누워 있었다. 가장 넓은 마루에는 중앙군의 밥과 식량을 관리하는 아낙 대여섯이 둘러앉아 커다란 화로에 장작을 넣어 불길을 돋우고 있었다.

탁탁거리며 불길이 살아 오르자 아낙들은 말뼈를 굽기 시작했다. 그들은 반으로 가른 뼈에서 보글거리는 골수를 파먹었다. 말뼈가 바짝바짝 타는 소리를 들으며 죽화는 생각에 잠겼다.

'그러고도 성에 아비가 있는 것처럼 거짓 처신해?'

원숭이탈은 성에 가면 갓난이의 아비를 만날 수 있는 것처럼 거짓말을 해댔다.

'성에 들어오자마자 간나를 잽싸게 빼앗아 가더니!'

대정이 아낙을 데리고 온 것도 원숭이탈의 지시가 분명했다.

갑자기 구토가 일었다.

말뼈를 올려놓은 화로를 보니 그랬다.

윽, 윽. 가슴과 허리를 제멋대로 출렁이며 죽화는 턱을 내밀었다. 속의 것들이 튀어나오려 했지만 뱉지 않았다. 간신히 먹은 것을 토해내고 싶지 않았다. 기어가 아궁이에 걸린 솥에 머리를 박고 바닥에 고인 식은 물을 벌컥벌컥 들이켰다.

간신히 정신이 돌아왔다.

밤길에 원숭이탈은 마치 내다보듯 장담했다.

구주성에 돌아가면 간나의 아비가 죽화에게 풍성한 대가를 줄 것이라고. 하나 그 아비는 성에 없었다. 아니 고려 땅에, 아니 이 세상에 없을지도 몰랐다.

갓난이의 주인이 개경에서 올라온 부귀한 귀족 장교라고 예상했었다. 기대가 안개처럼 흩어지니 부아가 치밀었다.

원래 계획이 있었다.

은을 요구할 생각이었다.

간나의 주인에게 보상을 야무지게 받으려고 했다. 개경에는 은이 통했다. 그 보상이 패물 주머니보다 값지면 거란의 첩자를 만나거나 하는 짓 따윈 내팽개처버리고, 짧은 수염이 보관하고 있는 패물 주머니 따윈 깨끗하게 잊어버리고, 매화를 데리고 남쪽으로 떠날 생각이었다.

그런데 틀린 것 같다.

간나의 주인은 고려군 핵심 기마부대를 이끄는 수장이었고, 왕을 구원하러 가던 중 사라져버렸다. 그의 실종이 고려군 전체를 망연자실하게 할 만큼 큰일이 되고 말았다. 간나의 주인이 사라져 고려군 수장들이 발을 동동 구르고 있는데, 누구한테 용차게 보상을 얻는단 말인가.

"능글맞은 늙은 짐승!"

"그 허구렁이 알이나 지키는 허수아비 목책!"

늙은 짐승은 원숭이탈을, 목책은 대정을 두고 하는 말이었다. 원숭이탈은 죽화를 속인 자이며, 대정은 죽화에게서 간나를 빼앗아 간 자였다.

'그렇게 나오면 나도 생각이 있다!'

돌려받을 생각이었다.

씩씩대며 벽에 걸려 있는 아무 접사리를 덮어쓰고 허리를 직각으로 숙이고 기어 나가야 하는 움집 거죽을 젖히자, 밖에 두툼한 접사리를 덮어쓴 거대한 각치가 서 있었다. 그는 죽화를 찾아왔다가 불쑥 나오는 죽화에 흠칫 놀란 눈을 하고 있었다.

"여, 큰아이. 나와 북신 사당에 가보지 않으련. 내 생각에 말이야, 사라진 자가 그 여섯 기병들을 모은 자일 듯하다만……."

"비켜! 노인네!"

죽화는 나아갔다.

뒤에서 그가 외쳤다.

"경황이 없어 그리 말씀하신 거 아니겠느냐. 다시 말씀드려보면 분명 보상하실 게다. 이렇게 비가 오는데 어딜 가려는 거냐? 나랑 북신 사당에 가보자니까."

그는 죽화가 갓난쟁이의 보상을 받지 못함에 화가 나 있다는 것을 단번에 눈치챈 모양이었다.

"풀떼기에 취해 돼진 놈들 피를 찾든지 북신에게 밥 빌어먹게 해달 라고 빌든지, 당신 혼자 해!"

"우린 한 몸이야. 이러면 안 된다고."

"능글거리지 마. 역겨워."

"각하께서 너를 선택한 건 네가 미래를 보는 예지가 있기에 그렇 다. 네 신력이 없으면 나도 도리가 없어."

"홍, 내 신력은 당신들과 엮이지 말라고 하네!"

구주성은 비보라가 휘몰아치고 있었다.

멀리 내성과 외성을 막은 성벽에 난 지하문이 보였다. 죽화는 비를 맞으며 지하문 쪽으로 걸어갔다. 지하문은 외성에서 내성으로 들어 가는 유일한 통로로, 성벽에 반원형 석돌 홍예를 세워 만들었다.

멀리 북쪽으로 날리는 깃발 아래, 서장대에서 군사 네 명이 내려다 보고 있었다.

각치가 그들에게 순패巡牌•를 번쩍 들어 보였다. 수상한 사람이 아 니니 안심하라는 뜻이었다. 순패를 보자 높은 곳의 그들은 곧 모습을 돌렸다.

죽화는 진흙을 발로 차며 지하문으로 들어갔다.

• 통행패

224

이 지하문을 지나 밖으로 나가면 내성의 영역이었다.

지하문을 나오면 왼쪽으로 구주성 북소문이 보인다. 북소문은 각치와 죽화가 원숭이탈과 함께 아침에 들어온 문이다.

정면의 너른 터 너머로 구획이 보이는데, 그곳은 초가와 움집이 빼곡하게 모여 있었다. 성 밖의 토민들이 들어와 기거하는 피난처다. 초가들이 비를 맞으며 자갈처럼 모여 있었고 언 진흙들이 진눈깨비를 덮어쓰고 뭉쳐져 있다. 저 어디에 방가댁이라는 아낙이 살고 있을 터였다.

대여섯 걸음쯤 되는 길이의 지하문 내부를 저벅저벅 걸었다.

지하문 통로에는 쇠 절구 하나가 놓여 있었다. 안에는 불을 가득 머금은 화목들이 쉿쉿거리며 타고 있었다.

구주성 사람들은 성 곳곳에 무쇠솥이나 절구, 화로를 두고 불을 피웠다. 그 불은 해가 지면 자연스레 길을 밝혔다. 오늘, 강한 비와 바람이 불어 성내에 배치해둔 불들은 전부 사그라들었지만, 저 통로에 놓아둔 화로만은 맹렬하게 불길이 오르고 있었다. 마치 풀무에서 삐져나오는 대장간의 불처럼.

통로를 거의 다 지났을 때 뒤에서, "이봐" 소리가 나더니 따라온 각치가 어깨를 잡고 죽화를 돌려세웠다.

"이 씨. 자꾸 잡을래?"

"갓난쟁이를 돌려받아서 어쩔 참이냐. 좋은 생각이 아니야."

"당신, 일찌감치 알고 있었지? 그 노인네가 나를 속였다는 걸."

"보상이 갈 것이다."

"간나의 아비가 뒈졌는데 보상은 무슨!"

"뒈졌다고 한 사람은 없다. 병마판관은 실종 상태이다."

"그거나, 그거나! 중요한 건 그 아비가 여기 없다는 거야! 간나를 되돌려받아서 대원수와 거래할 거야."

"아서라. 고려군 총괄자는 너 같은 아이와는 거래하지 않는다. 그가 거래하는 일이란 오직 왕명을 받든 국가 대사뿐이다."

"어이가 없네. 노인네가 멀쩡한 사람 뒤통수친 것을 따지자는 건데 뭔 헛소리야? 국가 대사? 잘났다. 그리고 당신, 사냥꾼 주제에 뭘 그리 아는 게 많아? 당신이 더 재수 없어! 수염이 아깝다! 그 허연 수염도 밀어버려! 구릿한 네 눈빛과 하나도 안 어울려."

"산 생명으로 협박하면 그게 바로 거래다."

"그렇다면 죽어버릴 거야. 쓸모없도록."

"아기는 물건이 아니다."

"아기는 물건이 아니다."

죽화는 입을 삐쭉거리며 그의 말을 따라 했다. 그리고 "이거 놔! 늙은이!"라고 외치며 목에 걸고 있던 자아추를 넣고 힘껏 휘둘렀다.

한 날의 바람이 날았고,

죽화 어깨를 쥐고 마주 선 각치 얼굴이 저쪽으로 돌아갔다. 자아추 끝이 그에게 타격을 입힌 모양이었다.

고개를 젖힌 탓에 반만 보이는 그의 넓은 볼에는 청백색의 세밀한 반흔이 그어졌고 곧 그 선은 붉은색이 되었다. 저쪽을 보고 있던 각치가 한참 만에 고개를 돌려 죽화를 노려보았다. 왼쪽 볼에 그어진 붉은색 사선으로 점점이 붉은 방울이 배어 나오고 있었다. 부릅뜬 백막 위로 적맥赤脈들이 올올이 퍼지고 있었다. 각치는 여전히 죽화 어

226

깨를 잡은 상태, 충격을 입었는지 커다랗고 돌멩이 같은 손이 부르르 떨었다.

뜨끔, 겁이 났다.

덩치가 곰만 한 그가 커다란 손으로 목을 움켜잡고 꺾는다거나 머리를 잡아 터뜨리기라도 하면 영락없이 당할 것만 같았다.

그런데 이상했다.

각치의 크고 깊은 눈꺼풀이 바르르, 뒤집히고 있었다. 그는 취한 것처럼 흰자를 마구 드러냈다. 그의 공막은 번잡했고, 동자가 그의 뇌 너머로 사라졌다가 나타나길 반복하고 있었다.

"뭐야? 왜 이래? 수 쓰지 마!"

각치는 비트적대며 몇 걸음 떨어지더니 커다란 몸이 기우뚱하려 했다. 그러다가 석벽을 짚고 간신히 중심을 잡았다.

한참 만에 그는 커다란 손으로 이마를 가리며 아픈 사람처럼 모르는 소리를 중얼댔다.

"……우, 우린, 죽을지도 모른다."

"무슨 소리야?"

"……너와 나."

오뚝한 코 사이에 박힌 범의 눈에서 물이 촉촉하게 젖어 있었다. 젠장맞을. 무서운 간계에 엮었어. 젠장맞을. 그는 혼자 비감하게 자책했다. 두렵고 심각한 눈이었다. 그는 다른 사람이 된 듯했다. 맙소사, 그게 이제야 생각나다니. 그걸 왜 이제 알게 된 걸까.

그는 잊고 있었던 걸 방금 깨우친 것처럼 굴었다.

각치가 고리눈을 뜨고 화를 냈다.

"당장 내 말 들어! 너는 지금 그 갓난쟁이를 되찾을 여력이 없다. 아니 찾아서도 안 된다. 목숨을 부지할 생각을 해라. 너와 나는, 여섯 기병이 죽은 그날 사라진 자를 찾지 못하면 함께 죽는다."

탁탁 불을 튀기던 잿빛 바람이 둘 사이를 가르며 지나갔다.

"정신 차려야 한다고, 우린!"

"놓고 이야기해, 아파!"

"신력이 있다기에 반쯤은 그런가 보다 했지만, 넌 정말로 아무것도 모르는구나. 나는 너에게 갚아야 할 빚이 있다."

"아프다고! 놔."

"……안의진에서 너는 나를 한 번 구했다."

2

내성과 외성을 잇는 홍예문 안에서 둘은 한동안 말없이 서 있었다. 빗소리가 쇠 절구에서 화목 타는 소리와 섞여 천장의 곡률을 타고 퍼졌다. 홍예의 개판에 그을려 있는 곰팡이들이 푸슬푸슬한 향을 피워 댔다.

"알기 쉽게 말해. 내가 당신을 구했다니?"

"……그 늙은이한테서. 네가 그랬다."

그 늙은이?

원숭이탈?

늘 존경하는 말투를 구사하던 각치가 갑자기 원숭이탈을 폄훼하듯 지칭하자 죽화는 불안해졌다.

"안의진에서, 네가 오기 전, 그는 나를 죽이려고 했다. 그것도 여러 번. 나는, 나는……네가 와서 산 거야."

각치는 기우뚱하다가 버티지 못하고 쪼그리고 앉아버렸다.

그는 그 자세로 홍에 너머 먹빛의 구름과 떨어지는 비를 멍하게 보았다. 평소 많은 일을 했을 것 같은 명민함을 풍기던 그가 지금은 잠에서 막 깨어난 아이 같았다. 마치 지옥에서 무언가를 보고 나온 것 같은 눈.

"……말이 있었지…… 각하 옆에. 기억나나?"

있었다.

다리가 부러진 커다란 말.

각치가 배를 갈라 죽여버린 말.

"그 말은 고려 왕이 대원수에게 준 말이다. 고려에서 씨가 가장 좋은 내구마일 거다. 네가 오기 전 대원수는 나에게 그 말을 죽이라고 채근하던 중이었다. 계속 요구했지. 죽이라고. 자기가 보는 앞에서."

"그 말은 다리가 부러져서 어쩌지 못하고 누워 있었잖아."

"죽을 말이 아니었다. 강가에서 그를 처음 만났을 때 그 말의 다리는 부러지지 않았다. 찰박찰박한 깊이에서 단지 강가의 미끄러운 돌을 밟고 넘어진 것뿐이었다. 대원수도 덩달아 넘어졌지. 그는 일어나더니 제 몸을 살폈다. 그리고 부하에게 뭐라고 지시하자 부하들은 곧 어디론가 떠나더군. 혼자 남자 그는, 커다란 돌덩이를 주워 들고 쩔뚝거리며 다가가더니 돌덩이로 말의 다리를 부러뜨리더군. 멀리서 내가 훔쳐보고 있는 줄 모르고."

각치는 자꾸 침을 흘리며 말을 버벅거렸는데, 가식이 아닌 것 같았다. 죽은 할미가 보았다면 아름다운 수염을 가진 자로서는 결코 어울릴 만한 모습이 아니라고 말했을 것이다. 표범 가죽 상의를 올려 흐르는 침을 닦은 각치는 계속 말했다.

"그 전날 나는, 산에서 이틀을 지냈고 씻기 위해 내려오던 길이었다. 통주에서 구주로 가는, 평시에 고려군의 보급로로 이용되던 샛강을 따라 걸었지. 그 강가에 그가 있었어. 그는 내 기척을 느끼지 못했고, 내가 줄곧 지켜보고 있었단 것도 몰랐다. 말의 다리를 부러뜨린 그는 묘하게 웃음을 지으며 칼을 뽑더군. 그때 내 발아래 돌이 기슭을 굴렀고 그가 뒤돌아 나를 보았지. 나는 기지를 발휘해 아무것도 못 본 듯 모습을 드러냈지. 그는 다가오는 나에게 말이 꼬꾸라졌다며 천연덕스레 웃더군. 내심 말을 죽일 기회를 놓쳐 당황하는 기색이 있었는데 곧 내 덩치를 보고 동경하는 눈빛으로 나를 훑기 시작했어. 내가 자신에게 없는 걸 가지고 있다는 듯한, 질투 같은 눈빛이었다. 그는 자신이 누구인지 말하면서 나더러 말을 죽여달라고 했지. 고통을 주고 싶지 않다며. 상태를 보니 그리 심각한 게 아니었다. 돌덩이로 내리 찍힌 다리도 스무 날 정도 부목을 대면 고칠 수 있을 정도였고 내장과 피부도 상하지 않았다. 말은 무엇보다 내장이 상하면 끝이거든. 절대로 빠르게 달릴 수 없지. 나쁜 상태가 아니었어. 암. 너는 모를 것이다만, 사냥꾼의 철칙은 절대 애먼 목숨을 죽이지 않는다는 거다. 그러면 산신이 노하고, 더는 사냥감이 보이지 않아. 나는 차마 죽일 수 없었다. 그를 설득해서 가까스로 그 말을 끌고 그와 함께 안의진까지 왔다."

"당신들, 갓 만난 사람처럼 보이긴 했어."

"안의진에서도 여러 번 명령했어. 자기가 보는 앞에서 말을 죽이라고. 말이 불쌍하다고. 애원하더군. 나는 그 노인이 말을 불쌍하게 생각하지 않는 걸 알았어. 그는 무거운 안장끈조차도 풀어주지 않았거든. 비로소 깨달았지. 그가 죽이는 병에 걸린 사람임을."

"뭐, 뭐?"

"무서운 건 지금부터야."

대원수가 자신에게 암시를 걸었다고 말했다. 각치는 대원수가 사람을 자신의 것으로 조종하는 데 천부적인 능력이 있다고 말했다.

"나도 모르게 말을 죽일 뻔했다고. 마치 쓰리나리를 피운 것 같은 몽롱한 기분이 들었거든. 자꾸 아님을 알면서 그래야만 한다고 여기게 되었는데 마치 내 몸이 내 것이 아닌 것 같았지. 그러다가 문득 피워둔 불을 보니 정신이 들더군. 그래, 원래의 나로 돌아온 건 불 때문이었어. 그때 깨달았지. 내가 암시에 걸렸다는 것을. 또 불을 보면 되돌아온다는 것을. 불이란 각성 효과가 있는 모양이더라고. 그러자 대원수가 자기 눈을 보라고 재촉하더군. 걸어놓은 암시가 풀리는 것을 막으려고 그런 거야."

각치는 이후에도 그의 눈을 본 후 암시에 걸렸다가, 다시 불을 보고 의식을 되찾기를 반복했다고 말했다.

마지막으로 정신을 차렸을 때 우물틀에 올라가 서 있었다고 했다.

"반 발만 헛디뎌도 떨어졌을 거야. 그는 그 말이 아니라면 말 대신 나를 죽이려 했던 거지. 맑은 겨울 산속에서, 아무도 없는 고요한 곳에서 그는 생명을 꺼뜨리고 싶다는 충동이 인 거야. 아무도 없는 곳에서 음란한 짓을 하고 싶은 욕망, 신이 된 희열을 느끼려는 욕망, 그런 게 간절했던 거지. 부처가 도우신 탓인지, 마침 대원수 앞에 피워 놓은 불이 꺼졌고 그는 나를 부르더군. 장작을 구해야 했으니까. 조금이라도 자신이 불편하면 시중이 필요한 자였어. 그즈음 네가 나타났고, 대원수는 이후에는 암시를 걸지 않았어. 물 뜨러 가면서 나는 살았다는 안도감에 젖어 어두운 곳에서 펑펑 울었다."

믿어야 할지 믿지 말아야 할지.

안의진의 밤에, 각치는 내내 원숭이탈이 내건 암시에 현혹되다 깨기를 반복했다? 그것은 죽은 할미가 해준, 백산에 떠도는 호랑이에게 홀리면 밤새 돌아다닌다는 말과 닮아 있었다.

고려군 대원수는 정말 호랑인가.

각치는 죽화가 나타나자 그 전까지 했던 놀이를 싹 감추었다고 말했다.

"내색했다가는 도리 없이 죽었을 것이야. 네가 나타났을 때 그는 뭔가 김이 빠진 듯한 표정을 지었는데 그건 말이나 나를 더 일찍 죽이지 못한 것을 후회하는 표정이었다."

으아아.

"더 무서운 걸 말해줄까. 네 품에서 갓난쟁이가 나오자 그가 다시 흥분했다는 거다. 말을 죽일 기회가 다시 생긴 것이니까."

"말을?"

"결국 갓난쟁이를 살리려고 말을 죽이지 않았느냐. 내가 무딘 날로 말을 가르고 갓난이의 체온을 보호했을 때 그가 다가와 이렇게 말했어. '아쉽네, 날이 잘 드는 내 장도를 썼으면 더 좋았을 텐데. 폐하께서 하사하신, 잘 벼린 당태도唐太刀*거든'이라고."

"······맙소사."

"너는 그가 쓰고 있는 탈에 감사해야 한다. 탈이 없었다면 그 황량하고 파열된 눈을 보았을 테고, 그것을 보았다면 그 노인의 모습이 죽을 때까지 네 머리에서 떠나지 않을 테니까. 앞으로도 절대로 그의 눈을 똑바로 바라보지 말아야 한다. 알겠느냐."

눈을 쳐다보지 마라?

빠끔하게 뚫린 원숭이탈의 네 개의 눈을?

죽화가 물었다.

"이상하잖아. 그렇게 두려웠다면 안의진에서 달아났어야지. 왜 달아나지 않았어? 당신은 그를 따라 여기까지 흔쾌히 들어왔어. 내가 보기에 충실히 그 노인네를 받들고 있었다고, 당신은."

그는 뺨을 붉히며 좌절하듯 고개를 숙이고만 있었다.

돌이켜보니 당시 그에게 함부로 다가가지 못하던 일이 이상하긴 했다. 하나 이제는 알 것 같다. 그것은 죽화의 본능 때문이었다.

불 앞에 홀로 앉은 원숭이탈의 모습이 떠올랐다.

그 작은 모습은 고뇌에 차 보였고 섬뜩하리만치 차가웠다. 겨울 공기에 찬 기운과 달랐다. 온 세상이 칼바람에 휘감겼지만, 그 노인 주변은 냉기가 모조리 아래로 가라앉고 있었다.

그것은 냉기보다 차가운 살기 때문이었다.

한겨울의 냉기 따위는 범접할 수 없는 살기가 주변을 잡아먹고 있

●칼날이 휜 당나라 시대의 검

었다. 그 곁으로 가면, 몸속의 피가 얼어붙을 것 같았다. 하지만 정말일까.

협곡길을 걸어오면서 보였던 작고 웅크린 등을 떠올리자면 지극히 순한 노인네였다. 남경말을 쓰는 문벌 가문의 한량 끼도 보였고. 다소 뚱했으나 인자한 부분이 있겠다고 생각한 것도 사실이었다.

죽화는 여러 생각이 겹치고 갈마들었다.

각치가 선포하듯 말했다.

"진짜 죽이는 병에 걸린 자는 대원수다. 살육과 죽음이라는 뿌리 깊은 근원을 표출하지 않으면 몸이 터지는 자다."

각치는 대원수가 온전한 정신을 유치하며 냉정한 이성으로 사유하는 자라고 말했다. 그러면서 죽이는 욕구를 제어하지 못하는 정신병자라고 했다.

"그는 현존하는 생명체 중 가장 사악한 자이다."

각치는 고려군 대원수는 삼한에서, 아니 벌판까지 포함해서 살펴도 그처럼 사악한 사람은 없다고 단언했다.

죽화는 어안이 벙벙했다.

"갑자기 그따위 말을 내게 왜 하는 거야? 당신은 방금까지도 나를 말리며 대원수를 편들었잖아!"

"……나, 깨어난 것 같다. 방금."

"바, 방금?"

"……각하가 걸어놓은 암시에서 깨어났다고. 저것, 저것을 보고……."

각치가 어딘가를 가리켰다.

죽화는 홍예로 이어진 석벽 통로 구석에 놓인 불김 가득한 쇠 절구를 보았다.

"저 불빛이 방금 나를 되돌렸다. 맙소사. 구주성에 왔을 때도, 아침에 경연당에서 밥을 먹을 때도, 나는 또 암시에 걸려 있었던 거다."

3

"너!"

각치가 벌떡 일어났다.

그는 다가와 죽화의 두 팔목을 잡고 확인하듯 죽화 손을 뒤집었다.

"아앗. 왜 이래?"

"너, 술을 마실 줄 아느냐?"

죽화는 손바닥에 남아 있는, 숟가락 끝으로 찔러 움푹 팬 곰보 자국 같은 수십 개의 흔적을 물끄러미 보았다.

각치가 입술을 질경이며 물었다.

"말해! 술을 먹지도 못하면서 아침에 술을 왜 찾았지?"

"그, 그게."

죽화도 소스라치게 놀랐다.

죽화는 살면서 술을 마신 적이 한 번도 없었다.

매화는 메마른 땅에 물을 붓듯 술을 들이켰다. 하나 죽화는 술을 입에도 대지 못한다. 살육에 이르는 병 외, 그것이 매화와 죽화가 또 차이를 보이는 점이다. 그런데 맙소사, 오전에 경연당에서 죽화는 닭

달하듯 술을 요구했으니.

"……너도 걸렸던 거야. 암시에."

"내가?"

"너에게도 걸었던 거야. 맙소사. 그것 때문이었군. 야단을 부리는 부원수란 자의 기강을 잡기 위해서였어!"

죽화가 술을 재촉하자 부원수는 아낙에게 술동이를 가지고 오라고 지시했다. 그러자 대원수가 아낙을 제지하고 부원수에게 직접 심부름을 시켰다. 그 일이 있고 부원수는 대낮의 부엉이처럼 잠잠해졌다.

"언제 깨어난 거냐?"

"언제 깨어났냐니?"

"경연당에서 나와서 처음 불을 본 게 언제냐고."

불을 본 것이라면, 말뼈를 굽던 아낙들의 화로를 본 게 전부다. 그러자 또 속이 매스꺼워졌다. 불을 본 직후 구토한 이유가 암시에서 풀려나서였을까.

각치는 다행이라는 듯 입술을 핥았다.

"너도 오전 내내 암시에 걸려 있었던 거야. 그게 숟가락이 아니라 칼이었다면 어쩔 뻔했나?"

죽화의 손바닥에 난 찍힌 자국들을 가리키며 그가 말했다.

"안의진에서 내가 계속 불을 보라고 주문했던 걸 아니? 나는 내 정신이 있을 때마다 너를 주시했었다. 안의진에서 그자는 너에게도 몇 번 암시를 걸려고 시도했으니까."

"나한테도?"

"호지불을 본 순간, 갓난이가 사라진 병마관관의 자식임을 알고 그

236

는 그 모든 장난을 멈췄어. 고민해야 할 일이 생겼기 때문이지. 그래서 나도 끝난 줄로만 알았는데. 방심했다. 그는 그 와중에도 본능을 포기하지 않았던 거야. 너에게, 또 나에게 암시를 걸며 다스리려던 걸 절대로 그만두지 않고 있었어."

"……."

"으, 오전에 경연당에서도 확인했어야 했다. 네가 암시에 들지 않도록 살펴야 했는데 그땐 나도 여섯 기병 사건의 오묘함에 빠져 깜빡하고 말았구나. 앞으로 조심해라. 대원수는 말만으로도 사람을 죽일 수 있다. 밤길에서 대원수가 읊어준 이야기를 기억해라."

이야기?

남생이 이야기?

"그 이야기가 왜?"

"그게 겨울밤 봉놋방에서 화로를 뒤적이며 꼬맹이들에게 해줄 이야기라고 생각하느냐? 형이 훔친 남생이를 되찾은 동생은 바로 남생이를 죽여버렸지. 남생이가 누구일 것 같으냐. 이야기 속, 마을에 사는 형과 산에 사는 동생은 또 누구일 것 같으냐."

"알아듣게 말해. 짜증 나."

"거란대가 형이라면? 고려군이 동생이면? 남생이는 그 축을 저울질할 김종현의 대마신군을 빗댄 것이 된다."

"……?"

"저 아래, 개경 근처까지 내려가 있는 10만의 거란대는 거란 본국에서도 최강만을 모은 황제의 부대다. 거란의 최고 중신인 소배압이 직접 이끌고 있다고. 소배압이 누군지 알아?"

"당신은 알아?"

"알지."

"오랑캐의 대장을 어찌 아는데? 일개 사냥꾼이."

"8년 전 거란주가 직접 40만을 끌고 내려왔을 때 이 땅을 초토화한 살마군死魔軍의 우두머리를 잊은 고려인들은 없다고 할 정도다."

거란대를 이끄는 동평군왕 소배압은 한은韓隱이란 자를 썼다.

거란주●가 즉위했을 때 소배압은 친위군인 피실군의 책임자가 되었다. 그는 거란을 개창한 태조 야율아보기 이래 거란의 기본 외교 방침인 남정북토南征北討✤를 가장 충실하게 실현한 장군이었고, 하북을 초토로 만든 자였으며, 전연의 맹°이 결속된 이후 북부 재상으로 등극해 송을 떡처럼 주무른 자였다.

각치는 고개를 절레절레 흔들었다.

"저들은 지금 고려군과 접전을 피하고 단번에 고려 왕을 잡겠다고 개경으로 진격했지. 이제 슬슬 돌아가야 해. 아무리 강해도 너무 깊숙이 들어온 상태라고. 계속 아래에 머무를 수 없어."

"그런데?"

"그런 고려군이 신기에 가까운 기마대를 운용한다면 천하의 거란도 불리해. 돌아갈 길이 막막해지거든. 지금 두 진영의 저울추는 대

● 요 성종

✤ 남인 송은 정벌하고, 북방 민족은 토벌하는 강력한 군력을 보인다는 뜻

○ 1004년 거란이 남하해 송의 전연(허난성 푸양시)까지 점령하자 송의 진종과 거란 성종이 맺은 강화조약. 936년 후진을 세운 석경당은 거란에게 만리장성 남쪽 연운 16주를 내주었는데, 이후 들어선 송나라는 건국 초부터 연운 16주 지역을 되찾으려고 부단히 노력했다. 강력한 세력이 된 요(거란)는 송의 이러한 북벌을 응징하고자 침공했다. 전연의 맹으로 송은 거란에 사대하는 굴욕을 당했다.

마신군의 존재다. 어느 한쪽이든 그들이 있으면 이기고, 없으면 진다. 대원수가 말한 남생이가 동생의 집에서 형에게 갔다는 것은 대마신군이 거란대에 포섭되었다고 생각한다는 뜻이야. 김종현 부대가 고려군을 배신했다는 뜻이라고."

"배, 배신?"

"그러면 갓난이 주인이 지금 오랑캐와 함께 있다는 거야?"

"대원수가 그렇게 생각하는 것 같다. 적어도 대마신군은 고려 군부의 영향에서 벗어난 건 틀림없다. 그들이 어디로 사라진 건지는 알 수 없지만."

"당신은 어디로 사라졌다고 생각하는데?"

"아무래도 이 전쟁이 무모하다고 느끼고 잠적한 게 아닌가 싶다."

놀라운 말이었다.

각치는 사라진 대마신군이 고려 군부와 원숭이탈의 지휘에 저항하는 것으로 보고 있었다.

"대원수는 지금 대마신군 지휘관 자식을 인질로 삼고 있는 거다. 동생이 형에게 남생이를 돌려받아서 바로 대가리를 잘라버렸다는 이야기의 속뜻은 대마신군을 적에게 줄 바에 죽이겠다는 의미다. 대원수는 벼르는 중이다. 니가 바득바득 챙기려는 그 갓난이가 이제 어떤 존재인지 알겠느냐고! 니가 살려 온 갓난이는 대마신군을 지휘하는 병마판관 김종현의 자식이다. 대원수는 뜻밖에 보석을 주운 거야. 그 아기를 인질로 삼고 김종현에게 협박할지도 모르지. 그러니까 네가 그 갓난쟁이를 돌려받겠다고 설치면 안 돼."

"대마신군 지휘관이 정말로 성안에 있다고 생각해?"

"갓난이가 걸고 있는 호지불이 왜 북신 사당에서 나왔겠느냐. 대원수는 김종현을 찾으라고 우리를 구주성에 불러들인 것이다. 우리가 찾지 못하면……"

"못하면?"

각치는 더는 입을 열지 않았다.

"나는 왜? 내가 왜 끼어야 해?"

"네 힘이 제일 필요해. 각하가 너를 왜 데려왔는지 모르겠나? 너의 신력과 나의 추리력으로 찾으라는 거야. 거란대가 철군하기 전에 병마판관을 찾지 못하면 남생이처럼 우리 머리도 잘릴 거다. 대원수는 우리 대가리를 심어서 돈나무로 만들 생각이니까."

각치는 힘이 빠진 듯 다시 쪼그리고 앉았다.

지하 통로의 움푹 팬 땅에 앉아 있는 각치는 마치 몸이 반쯤 묻힌 것 같았고 금방이라도 땅을 헤집고 올라오려는 어둑서니 같았다.

빌어먹을, 어쩌자고 이런 델 들어와서.

"받아라."

각치가 내밀었다.

"뭔데, 그게?"

각치가 내민 것은 말 한 마리가 그려진 순패였다.

"구주성 어디든 돌아다닐 수 있는 통행패다."

죽화는 순패를 바라보았다.

받을지 말지를 망설이면서.

그딴것 없이도 돌아다닐 수 있는데.

소금 전각

벼슬과 금전을 아끼느라 첩자를 활용해 적의 내부 사정을
파악하는 일을 게을리해 패한다면 이는 지극히 어리석은
짓이다. 이런 자는 군대를 지휘할 수도 없고, 군주를 제대
로 보좌할 수도 없고, 승리를 주도적으로 견인할 수도 없
다. (…) 귀신에게 기도하거나 제사를 올려 정보를 구하는
것은 터무니없는 짓이다.

『손자병법』, 「무경1서」, "용간".

1

덧신을 신고 마루에서 일어나 벽에 걸린 여러 들개 가죽 덮개 중 하나를 집어 들었다. 주인이 있는지는 알 수 없었으나 개의치 않았다. 죽화는 움집 밖으로 나갔다.

매화를 두었다는 아미타사로 갈 생각이었다.

거적을 젖히고 키 낮은 입구를 지나 밖으로 나오자 놀랍게도 문 앞에 대정이 있었다. 그는 먼 산을 바라보는 중이었다.

'뭐야. 날 감시하고 있었나? 또 원숭이탈이 지키라고 했구만.'

그가 돌아섰다.

죽화는 지지 않고 노려보았다.

대정은 죽화가 걸고 있는 녹황색 자아추를 바라보았다. 그는 입을 열지 않았다. 죽화는 얼른 손으로 감싸 쥐고 그것을 감추었다. 그는 시선을 떨어뜨리고 다시 멀리 적대敵臺에 휘날리는 깃발들을 응시했다.

'뭔데. 씨.'

죽화는 일부러 대정의 몸을 치며 앞으로 나아갔다.

뒤에서 대정이 바라보고 있음을 느꼈지만 돌아보지 않았다. 대정이 들으라는 듯 소리쳤다.

"감시하려면 들키지 않게 해! 밀접자라면 그것도 들키지 않게 하고!"

아미타사와 북신 사당은 구주성 북소문과 북문 사이의 성벽에서 서북면으로 계곡을 따라 오르면 용산의 서북향 지점 등성에 나란히 있다고 했다. 북문을 지키는 군졸들이 높은 곳에서 이쪽을 살피고 있었다. 순패가 없어 북문으로 나가면 안 될 것 같았다. 그렇게 되면 자신의 동선이 드러날 게 뻔했다. 죽화는 각치가 주는 순패를 받지 않았다.

한참 만에 죽화는 아이들이 연을 가지고 드나드는 작은 개구멍을 발견했다. 성 밖으로 나와서 보니 구주성의 서북방은 용산의 기울기 낮은 오르막에 기대듯 얹혀서 자리 잡고 있었다.

북문과 동문을 이은 성벽 길은 산등성을 따라 굽이굽이 이어져서 멀리서 보면 마치 산을 지나는 구렁이처럼 보였다.

계곡은 말라 있었다.

남쪽으로 난 문을 제외한 삼면이 용산과 접한 구주성으로 통하는 이 계곡수는 여름과 가을에는 구주성의 식수원이 되었다. 물줄기는 남문으로 빠져나갔다.

중턱부터 제법 반반한 길이 나왔다.

지금은 사용하지 않은 토루들이 군데군데 보였다. 그 옛날 고려인들은 산의 상층부까지 성의 영역으로 확보했던 모양이다. 그 토루를 따라 좁지만 안정되게 닦인 토면이 선명했다. 구주 토민이나 군사들은 이 길을 따라 사당을 드나드는 게 틀림없다.

'북신 사당과 아미타사는 나란히 있다고 했어.'

계곡을 따라 길을 오르니 계곡을 중심으로 양옆에 넓은 터가 보였다. 계곡 오른쪽 중턱에는 엄청나게 커다란 꽃개오동이 있다. 그 아래 연초록빛 단청이 발린 허름한 나무 건물이 보인다. 한눈에 봐도 아미타사였다.

그렇다면 계곡 왼쪽에 보이는, 지붕이 잘 지어진 두 동짜리 검은 건물은 북신 사당이다.

북계 사람들은 북신 사당에 절대로 단청을 입히지 않았다. 게다가 저 두 동짜리 검은 건물은 크고 깨끗했으며 가꿈이 여실히 드러나 보였다. 그곳으로 이어지는 길도 넓었고 터도 평평했다. 사람들은 두 건물 중 아미타사를 먼저 지은 것 같았다. 오르는 좁은 길은 아미타사로 이어져 있었으며 북신 사당으로 가려면 계곡을 가로지르는 돌다리를 건너야 했다. 돌다리는 정비된 것으로 보인다.

아미타사 앞에서 언 코를 비비며 나무에 반쯤 가려져 있는 절을 바라보았다. 가까이에서 보니 더 좁고 형편없는 건물이었다. 비틀어진 손처럼 하늘로 치오른 꽃개오동의 가지들이 그 사찰을 숨기듯 덮고 있었다. 헝클어진 금당 지붕에는 억새들이 눈에 묻혀 있었고 축대는 반쯤 기울어져 있었다. 적막했다. 인기척도 없다. 구주 사람들이 아미타사를 등한시하고 북신 사당을 경배하고 있다는 게 한눈에 느껴진다. 부처는 산 사람들을 구원하지 않았다. 저기는,

시신을 태우는 곳.

가족들이 시신을 찾아가는 곳.

시신의 내세를 비는 곳.

아미타사는 그런 곳이었다.

반면 북신 사당은 산 자들을 축원하는 곳이었다. 산 자들이 통증이 없기를 바라고, 살아 있기를 바라고, 배불리 먹기를 바라는 곳이었다. 또 전장에서 살아남기를 바라는 곳이기도 했다.

금당 안에는 아무도 없었다. 어딘가에 전사한 시신들을 옮겨놓은 곳이 있을 터였다. 금당 뒤로 돌아가자 가로 세로의 길이가 성인 다

섯 걸음 정도인 작은 장방형 건물이 하나 보였다.

전각이었다.

죽화의 정수리를 넘지 않는 높이다.

주춧돌을 앉혀 제법 단정하게 지은 작은 건물로 기와를 얹었고, 그 위에 서리를 맞지 않도록 초가를 덮었다. 입구는 낮고 나무로 만든 판문이 박혀 있었다. 여느 산길목에 지어놓은 산신당 같기도 하고 무 나 담근 겨울 채소를 저장하는 창고처럼 보이기도 했다.

판문에는 걸쇠가 걸려 있다.

문설주 아래, 바닥에 희고 작은 알갱이들이 눈에 들어왔다.

'소금?'

문틈으로 보니 어렴풋이 내부가 보였다. 가마니를 깔아놓았고 소 금이 꽉 차 있었다. 소금 전각이었다. 구주성에서 필요한 소금을 저 장해두는 곳이라기엔 너무 작았다. 절에서 사용할 소금을 저장하기 엔 크다. 아무래도 북신 사당과 이 절, 두 곳에서 사용할 예비용 소금 인 듯했다.

두리번거렸다.

'시신들은 어디 있는 거지?'

소금 전각 뒤 지난해의 풀들이 우거져 있는 덤불이 수상했다. 오솔 길을 숨긴 듯 쌓아놓은 가마니 더미를 보았기 때문이었다. 풀을 젖히 고 가마니 더미를 돌아 들어가니 절벽 면을 따라 벼룻길이 이어졌다. 폭은 넓었지만, 지대가 높아서 벼랑 아래로 보이는 골이 자욱했다.

길 끝에 널따란 터가 귀신처럼 나타났다. 벼랑 바람을 맞으며 끝까 지 가니 바위벽에 젖은 가마니로 막아둔 입구가 보였다.

굴이었다.

가마니 너머에서 풍기는 시큼하고 습기 어린 곰팡내를 맡는 순간 이곳이 시신들을 모아두는 곳임을 단번에 알았다. 바닥까지 늘어진 긴 가마니 끝을 둥글고 굵은 돌 서너 개로 눌러놓았다. 짐승들이 굴 안으로 들어가지 못하도록 조치한 것이다.

가마니를 젖히고 들어갔다.

냉기가 감돌았다.

바깥 한기와는 다른, 살을 째는 딱딱한 냉기가 아닌 묵직하고 느긋한 냉기였다. 고여 있는 듯했고 조금은 부드러운 감촉이었다.

열린 입구를 통해 들어온 빛이 안을 보여주었다. 성인 스무 걸음 정도 깊이의 넓고 평평한 바닥에는 가마니로 덮어놓은 시신들이 누워 있었다.

총 열 구.

죽화는 하나하나 가마니를 젖혀 얼굴을 확인했다.

군졸들이었다. 자는 듯했다. 볼과 광대 살이 다소 넓게 퍼져 있을 뿐 생전 모습과 다를 바 없었다. 손과 발도 붓거나 썩지 않았다.

냉기 사이로 몇 줄기의 미지근한 공기가 천천히 돌고 있음을 느낄 수 있었다. 그런 알 수 없는 기운이 시신을 상하지 않게 만들고 있었다. 저 시신들을 동굴 밖에 두었다면 바위처럼 꽝꽝 얼었을 터였다. 버려진 시신을 많이 봐서 안다. 여름에는 부패해서 엉망이 되지만 겨울에는 언 피부가 터지며 엉망이 된다. 이 굴은 한겨울에도 한여름에도 시신을 온전한 상태로 보관할 수 있는 최적의 장소였다.

가마니를 젖힐 때마다 하나하나의 얼굴에 고된 고통이 서려 있었다. 그런 시신이 매화가 아니어서 다행이라고도 생각했다. 시신마다 가슴팍에 직사각형 나무판이 놓여 있었다. 남자 손바닥만 한 크기의 나무판에는 숯으로 긁은 듯 생년월일과 이름이 쓰여 있다. 한자가 명료한 두 구는 관료의 시신들이었다. 신분이 낮은 토민이나 병졸 들은 이두식 이름이 쓰여 있다. 어젯밤 오는 길에 오랑캐 화살을 맞고 죽은 두 기병도 있었다.

가장 안쪽 벽 아래 두 구의 시신이 있었다.

매화 옆에 가마니를 덮은 시신 한 구가 더 있었지만 죽화는 그 가마니를 젖힐 생각이 없었다. 매화를 찾았다는 것에 안도했다. 매화 가슴에는 나무패가 없다. 매화의 몸에 속한 건 그저 그 아이의 유일한 재산인 할미가 준 은빛 자아추뿐이었다. 시신을 증명할 종이도 나무도 없다는 것에 죽화는 입술을 지그시 깨물었다.

야박한 고려군들!

둘의 성이 설薛씨라는 것은 말하지 않았지만 이름만은 분명히 말했었다. 그 무표정한 대정과 고려군은 이 가엾은 아이를 구석에 방치하듯 두고 가버렸다. 의아한 건 매화 옆에 작은 사기 접시를 두고 향을 피워놓았다는 것이었다. 그것이 매화를 추모하려고 피워둔 것은 아님을 죽화는 알았다. 그 자리는 동굴의 가장 깊숙한 구석이었기에 거기에 둔 것이었다. 아무리 썩지 않는다 해도 시신에게는 추깃물*이 흐르기 마련, 냄새를 지우기 위해 향을 피워두는 것이다.

콕 쏘고 알싸한 향을 지닌 연기가 슬슬 피어올라 허공에서 보드랍

●송장이 썩어서 나오는 물

게 퍼져 사라지고 있었다. 매화는 그 향을 온몸으로 받으며 누워 있었다. 그것이 죽은 매화가 누리는 유일한 혜택이었다.

슬펐다.

목과 가슴에 화살 구멍들이 선명했다. 얼굴은 파리했지만, 자는 듯 눈을 감고 있다.

이제 정말로 일어나지 않는 건가. 그 산에서는 괴성을 지르며 포효했었는데. 죽화는 매화를 바라보면서 한참을 앉아 있었다.

그만 포기해야 한다.

저러면 정말 죽은 거다.

두자.

대정은 찾는 이가 없으면 시신은 알아서 화장한다고 했다.

매화는 다른 시신들과 함께 이 절에서 태워지는 것이 옳았다.

무위사로 가지 않았다면 좋았을 텐데. 범종 안으로 들어가지 말았어야 했는데. 그러면 안전한 곳으로 가 패물로 구한 보금자리에서 함께 살 수 있었는데.

나만 믿었던 아인데.

눈물이 났다.

자신이 무슨 짓을 해도 웃으며 봐주던 아이였다. 팽, 코를 풀고 눈을 비볐다. 어쩔 수 없다. 이곳이 이 아이의 마지막 자리였다. 맡길 장소로 이곳이 가장 어울렸다.

돌아섰다.

얼마 뒤 죽화는 입술을 잘근 씹으며 다시 동굴 안을 바라보았다. 굴 구석에 들것이 보였다. 양 끝에 밧줄이 감긴 손잡이가 네 개가 달린 나무 널빤지였다. 고려군이 시신을 옮길 때 쓰던 것이었다. 매화를 그것에 눕혔다.

이렇게 태울 순 없어.

매화야.

밀접자를 만나서 일을 잘 치른 후, 짧은 수염한테 갈 거야. 그래서 매화야, 그 패물을 팔아서 너를 성불시켜주마. 좋은 곳에 묻어주고 승려들을 사서 경을 외게 해주마. 세상에서 가장 훌륭한 승려가 해마다 찾아와서 경을 외게 하겠어. 두고 봐.

죽화는 널빤지 들것의 앞쪽 손잡이만 잡고 끌었다. 매화 시신을 담은 널빤지는 비스듬하게 기울어졌지만 용케 끌려왔다.

동굴 밖으로 나왔다.

바위에 등을 대고 도는 길을 따라 시신을 끌었다.

소금 전각 앞에서 죽화는 잠시 멈추고 숨을 돌렸다. 잠시 고민했다.

시신을 봄까지 상하지 않는 적당한 곳에 숨겨야 했다.

한 달 정도만 숨길 수 있다면 그사이 패물을 돌려받고 묻을 자리를 알아볼 수 있을 거야. 짐승들이 파내지 않는 곳이 있어야 할 텐데. 결국 죽화는 돌을 주워 들고 전각 문에 걸린 걸쇠를 깼다. 판문을 당겨 열자 자르르, 소금이 밀려 쏟아졌다. 작은 전각 안에는 소금이 모래처럼 쌓여 있었다. 손바닥에 올려놓고 비비니 결정은 몹시 거칠었다. 흘러내리지 않도록 입구는 턱 높은 머름*이 괴어 있었다.

좁은 그곳으로 머리를 들이밀었다. 몸을 넣고 들어가 얼음같이 차

---

* 바람을 막거나 모양을 내기 위해 문지방 아래에 대는 널조각.

가운 소금 더미를 긁었다. 쌓인 소금의 깊은 아래에 나무뿌리나 겨울 채소 따위를 묻어둔 것처럼 울긋불긋하고 단단한 면이 느껴졌지만, 소금이 많아서 더 깊이는 파볼 엄두가 나지 않았다. 겨우내 먹을 잡다한 것들을 심어두었으리라.

안에서 죽화는 사람 하나가 누울 정도의 길이로 홈을 냈다.

나와서 매화를 안에 밀어 넣고 소금으로 덮었다.

얼굴만 남기고 누운 매화는 마치 하얀 이불을 덮고 있는 것 같았다. 이러면 상하지 않을 것이다. 짐승이 파내지도 않을 것이었다. 동굴 시신들처럼 곧 화장되지 않을 것이다.

죽화는 매화가 걸고 있는 할미의 자아추를 바라보았다. 자신이 걸고 있는 녹황색 자아추를 만지작거리며 매화의 자아추를 그대로 둘지, 벗겨서 자신이 가지고 있을지를 고민했다.

결국 벗기려고 목걸이를 잡았다.

그때.

쿨럭—

매화가 피를 뱉었다.

소금을 움킨 채 죽화는 한동안 움직이지 않았다.

방금 뭐였지?

의식이 정신없이 돌았다.

죽화는 정신을 차리고 자신의 이마와 입술을 닦았다. 손등에 피가 묻어 나왔다. 매화가 뱉은 선명하고 싱싱한 피다.

한참을 노려보기만 했다.

매화는 눈을 감고 누워 있었다. 입술에는 선홍빛 피가 반짝인다.

뒤돌았다. 열린 전각의 판문 너머 지저분하고 마른 가지들 사이로 먼 하늘의 잿빛 구름이 보였다. 보이는 사물들은 실존하고 있었다. 그렇다면 이 피도 진짜다. 느꼈던 요동도 진짜다. 소금 전각 안에는 빛이 들어오고 있었고 사방은 적당히 환했기에 잘못 본 건 아니다. 분명히 움직였다. 매화가 목을 꿀렁거리더니 검붉은 피를 뿌렸다. 소금 알갱이에 묵 같은 붉은 덩어리가 점점이 흩어져 있다. 피를 뿌렸다기보다 뱉어낸 것이다. 더 정확히는, 기침했다.

매화야.

거친 숨을 고르고 조용히 이름을 불렀다.

모래 같고 눈 같은 소금에 몸이 잠긴 매화는 그 한 번의 기침 후 더는 움직이지 않았다.

매화야.

발그레한 볼은 싱그럽게 통통했고 코와 입술 언저리에는 방금 튀어나온 피가 반짝인다. 입에서 턱을 타고 목 뒤로 흐르고 있는 피.

매화야. 살아 있니? 설매화!

움직임이 없다.

'그럼 그렇지. 뭐지? 죽은 사람이 피를 토해내는 일도 있나?'

매화야, 눈떠봐.

가슴께까지 덮은 소금을 파내고 볼을 톡톡 쳤다.

그러자 매화가 눈을 떴다.

그리고 거짓말처럼 죽화를 바라보았다.

으아아아아.

좁은 소금 전각 안에 웅크리고 있던 죽화는 엉덩방아를 찧었다.

매화가 눈동자를 내리깔았다.

매화는 막 자다 깨어나 주변을 인식하는 아이처럼 눈동자를 몇 번 돌렸다. 그리고 어딘가로 시선을 고정했다. 정확히는 죽화 어깨 너머를 보고 있었다.

돌아보았다.

열린 전각 판문 너머 잿빛 구름이 가득 낀 하늘 앞에 누군가가 서 있었다.

검은 어둠을 사려 입고 사내가 서 있었다.

2

승려는 매화 손목을 만지며 군데군데 피어 있는 거뭇한 멍울을 살피고 있었다. 죽화는 한 걸음쯤 떨어진 자리에서 그의 등을 보고 앉아 있었다.

금당 안은 아미타불 삼존불만이 덩그러니 놓인 두 단짜리 불단이 전부였고 불단의 뒷공간은 없었다. 몹시 좁았다. 좌우로 관세음보살*과 대세지보살❖을 협시하고 앉은 주존불 아미타는 내세를 관장하는 부처였다. 목조상들의 머리와 어깨에는 잿빛 더께가 켜켜이 내려앉아 있었다. 구석에 무쇠로 된 작은 발우°가 천에 둘둘 말려 놓여 있고 그

---

* 아미타불을 협시할 땐 왼쪽에 자리하고, 아미타불의 자비를 돕는 보살이 된다.
❖ 아미타불의 지혜를 돕는 보살
° 승려의 밥그릇

옆에는 청동화로와 말아놓은 이불이 보인다. 승려는 별도의 요사채*를 두지 않고 이 금당에서 먹고 자는 것 같았다.

승려는 아미타굴에서 보았던 납작한 접시에 알 수 없는 가루를 뿌려 연기를 냈다. 그리고 그것을 매화가 맡을 수 있게 가까이 두었다. 죽화는 무슨 연기인지 묻지 않았다. 매화 주변으로 복잡한 향이 어우러졌다. 매화 손목에 붙은, 풍뎅이만 한 뜸이 전부 녹아 들어가자 그는 돌아앉았다.

승려는 왼쪽 눈은 백태가 끼어 동자가 희미했다.

허연 막 속에서 눈알이 이리저리 도는 듯 움직였다. 그는 애꾸였다. 온전한 오른쪽 눈은 죽화를 인자하게 보고 있다.

"죽은 줄 알았는데 살아 있더라?"

"저게 죽은 것처럼 보이세요?"

"으흠. 맥은 느끼지 못하겠다만 생기를 잃었다고도 말하지 못하겠구나. 북계의 맹렬한 추위는 좀처럼 몸을 썩게 만들지는 않거든."

"분명히 살아 있어요. 내가 봤다구요."

"글쎄다. 단정하진 못하겠다. 나는 병을 치료하는 사람이 아니어서."

"이런 일이 반복되고 있어요. 매화에게."

그는 죽화를 바라보았다. "매화가 이 아이 이름이니?"

"네."

"너는? 네 이름은 뭐냐?"

"설죽화."

---

* 승려가 기거하는 방

"둘이 많이 닮았구나."

"자매이니까요."

"죽화와 매화라, 좋은 이름이군. 어쩌면 둘은 함께 있을 운명인 모양이구나."

"우린 한 몸이었어요."

"척 봐도 그래 보이는군."

승려는 죽화가 걸고 있는 녹황색 자아추를 물끄러미 쳐다보았다. 죽화는 얼른 그것을 쥐어서 감췄다. 승려는 하나뿐인 눈으로 거란의 자아추가 대롱거리던 죽화의 가슴 언저리에 오랫동안 시선을 묻혔다.

"이제 내 이름을 알려주마."

승려는 자신을 담문이라고 소개했다. 서른 살 중반의 나이로 보였다. 코가 컸고 턱이 길었다. 온전한, 오른쪽의 꺼풀진 짙은 눈은 몹시 선해 보였다. 그 눈은 웃을 때 반달 모양의 눈가 주름이 여러 갈래로 늘어져 이마까지 치올랐다.

담문은 아미타굴을 어떻게 찾았느냐고 물었다. 시신들이 누워 있는 널따란 굴을 아미타굴이라고 하는 모양이었다.

"그곳은 초빈*하는 곳이다."

죽화는 대정에게서 전장의 시신은 전부 아미타사에 데려다 놓는다는 말을 들었다고 했다. 동생의 몸을 성안에 들여보낼 수 없어서 아미타사에 안치했다고 말했다. 죽화는 이 아이를 보러 북문으로 나와 산을 올랐고, 이끌리듯 넝쿨 넘어 절벽 바위를 돌아서 내려갔다고

---

* 송장을 임시로 두는 것

말했다. 죽화가 설명하는 동안 담문은 이따금 매화의 팔에 놓은 뜸을 바꾸는 한편 코를 큼큼거리며 화로를 뒤적였다. 그가 숯 표면의 재를 걷자 열기 머금은 재가 튀며 이글거렸다.

"구주성에는 어떻게 들어왔느냐? 민감한 시기여서 외부인은 함부로 들어올 수 없었을 텐데."

무위사에서 있었던 이야기는 하지 않았다. 짧은 수염으로부터 받은 임무도 말하지 않았다. 패물 주머니도.

안의진에서 대원수를 만났고 각치와 함께 구주성에 들어온 상황은 있었던 대로 설명했다.

"말했다시피 그들은 이 아이가 죽었다고 생각해서 성안으로 들여보내지 않았어요. 나는 성안에 이렇게 들어와 있는데 말이죠."

"옳다. 시신은 성안으로 들어가지 못하지. 전쟁이 일상인 그들에게 구주성은 오직 산 자의 공간이다. 죽은 자의 공간은 바로 여기다. 이 쓰러져가는 금당 하나로 족하지. 으흠, 그나저나 네 동생이 굴에 누워 있었다면 영패가 있었을 텐데."

가슴에 올려두는 나무패를 말하는 것 같았다.

"……없었어요. 그것도."

"영패도 없이 거기에 누워 있었다고?"

담문이 고개를 갸웃했다.

"그 사람들, 내 동생 이름을 알고 있었으면서도 아무런 것도 하지 않고 그냥 눕혀만 놓았어요. 순전 불필요한 물건 취급을 했어요."

"시신을 그곳에 두는 이유를 아느냐?"

"화장하기 위해서 아닌가요?"

음,

담문은 그렇게만 반응하고 다시 물었다.

"너는 시신을 왜 소금 전각에 둘 생각을 했느냐."

"태우고 싶지 않았어요."

"태워?"

담문이 눈을 크게 떴다.

"소금 창고로 끌고 갔기에 망정이지, 거기에 그대로 두었더라면 속절없이 태워졌을 거예요."

담문은 고개를 저었다.

"네가 본 시신들은 화장하려고 둔 게 아니다. 영패가 영글도록 기다리는 중이지."

무슨 뜻이지.

담문은 거기까지 말하고 화로를 응시했다.

"시신을 눕혀놓고, 이름과 생년월일을 적은 나무패를 몸 위에 놓아두고 일주일을 기다린다. 그러면 영패가 만들어지지. 그게 있어야 북신제를 치를 수 있거든. 보아하니 너는 북계에 살지 않았나 보구나."

"백산*에서 살았어요."

"그쪽도 넓은 의미에서 북계지. 그러면 알겠군. 북신을. 압록 동쪽 지역 토민들은 전부 북신을 믿지."

"백산에는 여진족들이 많아서 북신보다 백산 신령을 믿어요."

"그래? 너는 북신을 모르니?"

● 백두산

"스님의 금당에는 아미타불이 모셔져 있군요."

"그래, 흔히 북신과 아미타불은 구분하지. 부처는 죽은 자의 신이야. 죽은 자를 내세로 잘 인도하는 분이 아미타불이지. 반면에 북신은 산 자의 신이다. 산 자들이 잘 살기를, 제발 죽지 않기를 바라며 모시는 신이다. 그래서 북계 사람들은 법당이 아닌 북신 사당에 가지."

"부처님은 천도할 때나 찾죠."

"그렇지. 북신은 또 산 자에게 죽은 자를 보여주기도 한단다. 여긴 전쟁이 흔한 지역이라 아들, 아비, 동생, 남편 들이 아침에 웃으며 나갔다가 저녁에 죽어서 돌아오는 곳이야. 산 자들은 소식 없이 죽은 자와 정식으로 이별하고 싶을 때 북신례를 올린단다."

담문은 북신 사당에서 일어나는 북신례가 죽은 자를 만나는 의식이라고 설명했다.

"북신례를 치르려면 영패가 필요해. 영패는 아미타사가 맡지. 아미타사에 시신을 두고 나무를 올려두면 영패가 만들어지는 거야. 그것은 백魄을 추출하는 과정이다. 시신의 향기는 백에서 나오지."

담문은 혼은 넋이고 백은 육체라고 했다.

시신은 죽어서도 자신만의 향기를 남기는데 영패는 그것을 가두는 물건이라고 했다. 북신은 그 영패에 고인 백을 느끼고 죽은 이의 혼령을 부른다는 것이다. 담문은 영패가 북신을 부르는 도구라고 했다.

"한마디로 증명서라고나 할까. 사실 불가에서 보면 쓸데없는 짓이야. 그건 부처님의 가르침이 아니거든."

"왜 북신제를 치르는 도구를 아미타사에서 만들어요?"

"체백體魄의 기를 담아야 하는데 아미타굴은 바로 그러한 조건이 되는 귀한 장소이지."

살이 썩지 않는 장소. 살아 있는 상태를 오랜 시간 유지할 수 있는 곳. 아미타굴에서는 시신이 오랫동안 썩지 않기에 순도 높은 영패를 만들 수 있다고 말했다.

그는 구주 벌판은 고래로부터 오랑캐들이 내려가는 한 축의 길목이었기에 전투가 잦았다고 말했다.

이 지역에 살던 고구려인들은 용산 자락에 북신 사당과 아미타사를 나란히 세웠고 시신을 아미타사에 안치하면 100보쯤 떨어진 계곡 건너 북신 사당에서 혼을 만날 수 있도록 구조를 설계했다고 한다.

구주의 고려인들은 전투하다 죽은 군사의 몸은 부처에게, 몸이 사라진 후의 영혼은 북신에게 맡기고 있었다. 아미타사는 일종의 죽은 체백을 관리해주는 격인데, 그것은 북신 사당과 아미타사의 역할 분담이었다. 담문은 이것들은 전부 산 자들을 위해 만들어진 풍습이라고 강조했다.

"부처는 내세를, 북신은 현세를 담당한단다. 죽은 이는 부처가 위로하고 산 자들은 북신이 위로하는 거다. 북신이 산 자들을 위해 그리운 망자를 만나게 해주는 건 어찌 보면 당연하지. 불려 나온 망자는 북신 그 자체가 되어 모습을 드러낸단다."

북신 사당으로 통하는 길은 넓게 잘 닦여 있고 아미타사로 가는 길은 헝클어진 것도 이해가 되었다. 담문은 북계는 개경에 있는 왕의 땅도 아니고, 죽은 자들의 땅도 아니라고 했다.

"강동 6주는 산 자들의 땅이니까."

"듣고 보니 스님에겐 하나도 좋을 게 없군요."

"좋을 게 없다니?"

"북신 졸개 역할이잖아요, 부처님은."

그는 북신의 반은 아미타불이기에 두 건물은 서로 질투하지 않는다고 했다.

"이 절은 원래부터 그렇게 하도록 만들어진 절이다. 또 절대로 손해 보는 일도 없다. 아미타사는 북신 사당에 이것저것 도움을 얻지. 시주도 북신 쪽에서 하거든. 자, 이제 네가 말해주렴."

"무슨 말요?"

"아무 이야기나. 동생에 관해서도 좋고. 네 이야기를 해도 좋고."

죽화는 침을 삼켰다.

3

"매화는 사람을 죽이는 병에 걸린 아이예요."

매화는 사람을 아무렇지 않게 죽인다. 둘을 키워주던 할미는 늘 매화의 행동을 우려했다.

"거친 에미나이, 평범하지 않아. 일반 사람과 달라. 어쩌면 지옥에서 온 괴물일지 몰라. 니 동생은 말이다……."

매화는 즐긴다.

필요하지 않아서 죽인다. 죽이는 병에 걸려서. 그래도 죽화는 동생을 사랑했다. 매화의 심성이 곱다는 것을 오직 죽화만 알고 있다.

"다냐타 옴 아리다라 사바하.* 계속하렴."

죽화는 멍하게 불을 보다가 과거를 떠올렸다.

압록이 흐르는 보주를 경계로 벌판 오랑캐들과 맞대고 사는 북계 사람들은 작년 여름부터 동지에 거란대가 내려온다는 것을 알고 있었다.

12월이 되자 자매는 자신들이 살던 철관 고원 습지의 까대기에 불을 질렀다. 매화가 그즈음에 길러주던 할미를 죽였기에 죽화는 수년 뒤 그 집을 버리기로 했다. 설죽화는 거란대가 국경을 넘어 들어오는 혼란이 기회라고 생각했다.

묘수가 있었다.

거란대가 턴 마을을 다시 터는 것.

빈집에 들어가서 거란대보다 먼저 패물을 모으는 것이 자매가 며칠 동안 해온 방식이었다. 거란대는 마을을 턴 후 반드시 마을을 소각하기에 주인이 달아난 집 안에서는 절대로 패물들을 찾을 수 없다. 고려인들이 패물을 숨기는 곳은 주로 담장 아래였다. 파보면 항아리나 빗접 또는 보자기가 나왔다.

죽화와 매화 자매는 철관에서 밤새 걸어 천마 지역으로 왔다. 도중에 세 개의 마을을 만났고 전부 쏠쏠하게 재미를 보았다. 텅 빈 여우난골 마을에 들어온 자매는 마을의 가장 큰 고택으로 들어갔다.

죽화는 신력을 부렸고 벽 아래 그 집 주인이 숨겨둔 패물 빗접을 찾아냈다. 집 안을 두리번거리고 있을 때 그 집에서 일하는 것으로

●아미타 진언

261

보이는 하인 부부와 갓 돌이 지난 듯 보이는 갓난아이를 만났다. 다행히 빗접은 들키지 않았다.

거란대가 마을을 털면 하루나 이틀 안에 다시 털고 곧바로 이동하는 것을 아는 하인 부부는 거란대가 내일쯤 빠진다고 여겼다. 하인 부부는 주인 부부와 아들 부부를 구해야 한다고 했다. 주인은 집 안의 비밀스러운 장소에 숨은 모양이었다. 신력을 부려 그들을 찾으려 했지만, 도무지 느껴지지 않았다.

하인 부부와 아이와 함께 두레박이 있는 버려진 집에서 하루를 보냈다. 밤새 비가 왔고 그들은 버려진 집 안에서 웅크리고 있었다. 화덕이 있었지만 불을 피우지 않았다.

"그 갓난이가 하인 여자의 치마폭에서 두 걸음만큼 떨어진 채 앉아 있는 것을 보고 저는 하인 부부의 자식이 아님을 알았어요. 그 둘은 그 아기를 안아주지 않았어요."

"그런데 매화가 그 갓난이에게 반응을 보였구나."

"그랬어요. 어떻게 아셨어요?"

"극과 극은 만난다. 살인자는 아기를 좋아하는 법이지."

또래보다 정신력이 낮은 매화는 말이 어눌하고 행동에 일관성이 없었다. 열다섯 살 매화는 기어이 아이를 껴안았다. 매화는 아이가 가엾은 모양이었다. 죽화는 저런 매화의 모습을 처음 보는 것은 아니었다. 부모 잃은 아기를 안아주는 매화를 보다가 너무 피곤해서 절로 눈이 감기고 말았다.

그날 새벽, 깨보니 하인 부부는 갓난이의 목을 자르고 있었다. 둘은 독들이 놓인 석돌에 자른 머리를 올려놓았다.

"그들이 그렇게 한 이유는 북신 때문일 게다. 북방인들은 아이 머리를 북신에게 바치면 오랑캐가 들어오지 않는다고 믿지."

"네. 그런 이유였어요."

그것은 북계 사람들이라면 전부 아는 말이다. 북계에는 사람의 피를 북신에게 바치는 풍습이 있다. 그들은 북신에게 피를 바쳐야 오랑캐로부터 자신들을 보호해준다고 믿었다. 주로 당하는 쪽은 고아들이었다.

하인 부부는 자매에게 너희는 괜찮다며, 죽일 생각이 없다고 말했다. 아이를 죽인 것은 주인이 돌아오기를 기원하는 것이라고 말했다.

"둘은 부랑자 가족을 꼬드겨 갓난이를 사 왔고 그 밤에 죽인 것이었어요. 그들은 아이 피를 그 집 사당 안에 뿌렸어요. 일은 그때 터졌어요. 매화가 일어났거든요."

목 없는 몸을 본 매화는 자아추를 비껴 쥐고 달려들었다. 매화는 근래 보지 못했던 광기를 부렸다. 고통스러운 곳을 피 나지 않게 찌르며 부부에게 고통을 주었다. 하인 부부는 매화에게 죽었다.

"화가 난 모양이구나."

"늘 제가 매화를 억누르고 다루었는데, 그때만은 제 말을 듣지도 않았어요."

"언니가 동생을 제어하지 못한 적도 있었군."

죽화가 고개를 끄덕였다.

담문도 고개를 끄덕였다.

매화는 곧 아이에게 흥미를 잃었다. 그 집에 숨은 주인 부부를 찾아낸 것은 죽화의 신력이 아니라 매화의 후각이었다. 매화는 냄새를 잘 맡았고 주인 부부와 아들 부부를 음식 창고에서 찾아냈다.

"그것들은 달아나지 않고 줄곧 그 집에 숨어 있었던 거예요. 아이는 괜히 죽었던 거구요. 그것들이 제일 나쁜 것들이죠."

그들은 자매를 보자 거란이 아님에 안심했는지 금세 고압적으로 변했다. 자매에게 위치를 들킨 그들은 생각을 바꾸어 그 집을 떠나려 했다. 그들은 안방에서 자신의 패물을 챙기던 중에 전부 죽었다. 그들을 죽인 건 매화가 아니라 죽화였다. 그들은 당장 죽어 마땅했다.

"나무대비관세음."

담문은 염주를 흘리며 낮게 경을 외웠다.

"다 잊어라. 어차피 이승의 삶은 거죽이다. 죽은 이는 죽은 이의 공간에 머무르며 지낸다. 그 거지 아이는 부처님이 잘 천도해주실 게다. 이 사찰은 죽은 이의 혼을 달래주는 곳이니 내가 그 아이를 위해서 경을 외마. 죽이는 병에 걸린 매화에게도 사람을 사모하는 감정이 있었을 것이다만, 이것도 그것도 전부 업이 되어 다음 생으로 가지고 간다."

"아, 진짜. 스님! 매화는 죽지 않았다니까요."

"그래, 죽지 않았다. 너와 나는 알지."

"깨어날 수 있을까요?"

담문이 한참 만에 말했다.

"으흠, 방법이 있긴 한데."

지도소

요 통화 11년(993)에 왕치가 박양유를 파견하여 표문을 올리고 죄를 청하였다. 조서를 내려서 여진에게서 빼앗았던 압록 동쪽 수백 리의 땅을 고려에 내주었다.

『요사』, 권115, 「이국외기」, "고려".

1

눈보라가 폭풍우처럼 몰아치는 야심한 밤, 군졸들은 지도소에 모여 있었다.

지도소는 장교들이 군졸들에게 전투하는 방식과 이동 동선을 알려주고, 무기를 나눠주는 곳이다. 또 자신에게 맞는 무기를 교환하고 수리하기도 했다. 그 건물은 대장간 건물과 통로를 이어서 하나의 건물로 만들었기에 캉캉 모루에 쇠 치는 소리가 시끄러웠다.

"지겹고 지랄 같은 추위는 이제 익숙해지지 않았나."

"뭔 말씀입니까. 사람 죽이는 건 익숙해도 이 추위는 매번 새롭습니다요. 전 사실 북계에 오고 싶지도 않았다구요. 상주에서 내 말을 끌고 내가 먹을 쌀을 지고 오는 게 쉬운 줄 아십니까요. 농사 끝내고 한창 재미 보는 시간이 겨울인데, 이런 지랄맞은 곳이라니. 뭐 그래도 전쟁이 끝나면 말 한 필은 생기니까 참습죠."

대원수 옆에 쪼그리고 앉은 사내가 숫돌에 물을 끼얹으며 투덜댔다.

"그래, 웃으면서 하는 거야. 전쟁은."

"사실 다른 지휘사들이 그런 소릴 하면 우리는 뒤에서 비웃습죠. 하나 어른께는 감히 그러지도 못합니다. 물론 부원수 각하도 그렇고요. 말단까지 전부 어른을 존경합니다. 아십시오."

"무엄하군. 일개 병졸이 지휘관을 놀리다니. 에헴."

"아이고 참 내. 뭘 또 모르시는 척하십니까요. 그렇지 않습니까요. 장군이랍시고 자기는 안전한 방패 속에 쏙 숨어서는, 갖은 심란한 표정만 짓는 자가 얼마나 많습니까요. 기껏 한다는 건 북이나 치고, 두꺼운 갑주를 둘둘 감고 높은 곳에서 싸워라, 물러서지 말라, 반드시 무찔러라! 이런 소리만 내지르고, 그런 자가 얼마나 많습니까. 그게 무슨 지휘입니까. 어른께선 그러지 않아서 좋습니다요."

"어라? 나도 방패 안에 숨어 있을 건데."

"으흠. 정말입니까요?"

"이 나이에 내가 칼이라도 바로 휘두르겠나? 에라이, 이 지팡이도 버겁네. 기대하지 마. 나는 북이나 치면서 숨어 있을 거야."

"하긴 나이 드신 각하께서 무슨 칼을 휘두르시겠습니까. 송곳 하나 들 힘이라도 있으면 참 다행입니다요. 만수무강하십쇼. 아프지도 마시구요. 우리 같은 것들이 뭘 압니까. 어른께선 저희에게 이리저리 길을 알려주시니 저희는 그냥 믿는 것이죠."

"자, 여기 있네. 아주 작고 귀여운 도끼구만."

원숭이탈은 사내의 이름이 쓰인 도끼를 내밀었다.

갓 태어난 아이의 팔 길이만 한 도낏자루에는 그의 이름이 이두식 한자로 쓰여 있었다. 그 글씨를 바라보던 돌강치는 도끼를 다시 내밀었다.

"실수를 하시누만요, 어른."

"뭘?"

돌강치는 썻고 있던 숫돌을 다른 군졸에게 건네고 자신의 도끼를 원숭이탈에게 도로 건넸다.

"이게 뭡니까. 이게? 이게 제 이름입니까?"

그제야 원숭이탈은 자신의 실수를 깨달은 모양인지 도끼를 받았다.

"맞아. 자넨 글 따윈 모르지. 한자로 쓰면 안 되겠구만."

"세모 세 개를 그려주십시오. 강아지 한 마리하고."

탈은 붓에 먹을 다시 바른 다음, 얇실한 도낏자루에 적힌 이두를 검게 지우고 세모 세 개를 그렸다. 돌강치는 대원수 곁에 바짝 붙어 앉아서 강아지 그림이 그려지는 것을 흡족하게 보고 있었다.

고려군 최고사령관인 원숭이탈은 밤잠이 없는 자신의 체질이 만족스러웠다. 야밤에 털옷을 덮어쓰고 군영을 어슬렁거리면 언제나 수선스러운 곳이 있었고 막을 걷고 들어가면 활기를 느낄 수 있었다.

오늘도 그랬다. 그는 야심한 밤에 군졸들이 열기를 피우는 곳으로 왔다. 쇠 씻은 물이 줄줄 흐르는 바닥에 깔린 여러 돗자리 중 하나에 신발을 벗고 올라앉았다.

"고친 무기들을 전부 이리로 가지고 오너라. 이름을 써주마. 내 특별히 좋은 먹을 챙겨 왔지. 이 먹은 폐하께 올릴 장계를 만들 때 쓰는 거라고. 니들, 운이 좋아 야."

남해 해송을 갈아서 민어 부레 아교를 섞어 만든 노인의 먹은 꽤 진하고 향이 좋은 것이었다. 그 먹은 참나무나 물푸레로 만든 무기 손잡이에 스며들면 절대로 지워지지 않았다. 질 좋은 먹으로 무기에 이름을 써주는 것이 그가 군졸들에게 해줄 수 있는 일종의 시중이기도 했다. 군졸들 역시 그를 편하게 대했다.

"그런데 보급 창고에 하늘을 나는 풀이 산처럼 쌓여 있다던데 그건 왜 지급하지 않습니까?"

대원수가 붓을 멈추고 고개를 들었다.

"누가 그런 이야길 해?"

"아니, 군졸들이 그거 나눠준다고 다들 흥분하고 있습죠. 그 연기를 맡으면 천하장사가 된다고. 오랑캐들 100명을 한 명이 감당하는 풀이라고 하지 않습니까."

"끄응."

"나눠주시나요?"

"안 돼."

"어라? 왜요? 사기 진작에 도움이 되지 않습니까요. 게다가 다들 조금씩은 가지고 있는데."

원숭이탈이 고개를 들었다.

"뭐라?"

"아니, 뭐 북신제 할 때나 군나軍儺●에서 쓸 용으로 전부 조금씩은 지니고 있습죠."

"전부 압수할 거야. 그리고 태워버릴 거야."

대원수는 세붓을 놓고 어깨를 축 늘어뜨렸다.

"하달하지 않았나 보군."

"금지하셨다구요?"

"정월에 금했다."

"현장에선 그런 소릴 듣지 못했습니다요."

"너희들이 군령을 받지 못한 건 중간 관리자 놈들이 전하지 않아서겠지."

"음."

● 군에서 귀신을 쫓으려 행하는 의식 중 하나

"전혀 내 말을 듣지 않고 있어. 낭장들 선에서부터."

"큰일입니다요. 그러면 안 됩니다요. 우린 낭장들이나 중간 관리들을 믿는 게 아니에요."

원숭이탈은 강아지 그림이 괴발개발 그려진 돌강치 도끼를 옆으로 던지고, 세붓을 잡고 다음 도끼에 이름을 쓴다.

"아무튼 곧 전부 수거할 거다. 그 풀은 위험한 거야. 작년 군나에서도 쓰지 못하게 막았지만 김포가 제멋대로 허용했지. 너희들은 모르겠지만 그건 사기를 높이지도 않고, 힘을 백배 올리지도 못해. 피우면 안 되는 풀이다."

"거기, 삼청이 도끼에는 이미 세모 세 개가 그려져 있습니다요."

"그럼 동그라미 두 개를 더 그려주지."

원숭이탈은 삼청이 도낏자루에 작은 동그라미 두 개를 쳐주었다.

도끼를 건네면서 원숭이탈은 돌강치에게 자신의 눈을 바라보라고 주문했다. 네 개의 눈이 박힌 방장시 탈에서 대장간 풍구처럼 붉은 불길이 싯싯 뿜어 나왔다.

"보급 창고의 쓰리나리는 너희 것이 아니다. 네 주변에 흙바닥을 딛고 뛰는 군졸들에게 그리 전해라. 그건 큰일 날 풀이라고. 의지할 생각 하지 말라고. 알겠느냐."

잠시 멍해진 돌강치는 몇 번 눈을 껌뻑인 후 금세 엉뚱한 말을 내뱉었다.

"이 도끼로 집에 불을 지필 나무도 베고 말죽도 쑤고 그랬습니다요."

돌강치는 방금까지 나누었던 쓰리나리 이야긴 전혀 한 적이 없다는 투로 말했다.

"도끼는 원래 그렇게 쓰여야 하는 건데 말이야. 곧 그렇게 쓸 수 있을 걸세. 다음은, 으흠, 이 도끼는 어떤 놈 건가? 주인이 누구야? 어디 갔어?"

"두두리 겁니다요. 오줌 싸러 갔습니다. 동그라미 하나 세모 하나 그렇게 써주시고 주시면 제가 갖다주겠습니다."

암시에 걸린 돌강치는 마냥 신이 난 상태였다. 원숭이탈은 붓을 놀리면서 혼자 중얼거렸다.

"정말이지, 못 해먹겠다. 내 말을 이해해주는 건 제일 아래 흙바닥을 딛고 뛰는 너희들뿐이구나."

캉캉.

쇠를 두드리는 소리가 요란했고 화로의 불도 요란하게 싯싯댔다.

깊은 겨울밤이었지만 지도소는 활기찼고 지도소와 통로로 이어진 대장간은 더 활기찼다. 거기에는 수 명의 장정들이 불을 찔러가며 땀을 내고 있었다. 아낙들도 삼삼오오 쪼그리고 앉아 날을 바꾸고 부러진 창과 칼을 수리했다. 다른 구석에는 노획한 무기를 고려식으로 바꾸는 작업이 한창이었다. 구주성 내의 특징은 밤과 낮이 구분이 없을 만큼 사람들이 살아 있다는 것이다. 다만 비가 오거나 눈이 오면 그들은 쥐처럼 어디론가 사라졌다.

죽화는 원숭이탈 옆에 서 있었다.

"너는 뭘 바라느냐, 큰아이야."

원숭이탈은 주사朱沙•를 묻힌 세붓을 요령껏 놀리며 창자루의 좁은

─────────

• 붉은 안료

면에 이두식 이름을 쓰는 중이었다. 이 창은 계급이 있는 자의 것이
었다.

"당신이 은을 줘."

"그건 갓난이 아비한테 받아야지."

"아비가 없잖아. 당신이 성안에 있는 것처럼 나를 속였다고."

"그럼 니가 갓난이 아비를 찾으면 되겠구나. 너의 신력으로 그때
그 시간의 일을 내다보아라. 달아난 그놈이 지금 어디에 있는지 알려
주면 된다."

"씨."

"찾으면 좋지 뭘 그러느냐. 그놈한테서 제 아들을 찾아준 보상을
받을 게 아니냐."

원숭이탈은 쓰리나리를 피운 자리에 있다가 사라진 자가 병마판
관 김종현이라고 예단하고 있었다.

"각치를 잘 도우렴. 두 사람에게 고려의 운명이 달려 있을지도 모
른다."

죽화는 원숭이탈이 자신을 속인 것을 따지려고 왔다가 되레 말문
이 막히고 말았다. 각치는 절대로 말하지 말라고 했지만 결국 이렇게
노인을 만나 따지고 말았다.

"모르는 모양인데, 나는 신력이 제멋대로야. 필요할 때 느끼지 못
한다고. 또 대상이 마음이나 결심을 함부로 바꾸면 본 미래는 전부
틀리게 된다고."

"그건 모르겠고. 이미 날씨를 맞히지 않았느냐. 화살이 오는 것도
느꼈고."

"내 마음대로 되는 게 아니라고. 그게."

"잘할 수 있을 거다. 너는 부탁하는 것에는 신력을 잘 발휘하더구나."

"병마판관이 어디에 숨어 있는지만 알아보면 날 내버려둘 거야?"

"너의 신력을 몇 번 정도는 더 쓸까, 싶은데."

"그것보다 당신이 솔깃할 만한 정보가 있어. 내가 여기에 온 목적이 있는데 궁금하지 않아? 은을 주면 알려주지. 당신이 알면 아마도 깜짝 놀랄걸."

죽화는 거란대의 밀접자가 구주성에 들어와 있다는 정보를 팔려고 했지만, 원숭이탈은 관심이 없다는 듯 행동했다.

"하루에서 수십 명이 쓸데없는 걸 들고 와서 나를 만나자고 한다. 너도 아서라. 나는 늙어서 자잘한 것들은 머리에 넣기에 힘에 부친다. 좋은 정보라면 그 녀석에게 말해라."

그 녀석이란, 이 노인이 내내 따라다니라고 명령했던 짧은 수염의 대정을 말한다.

"쓸데없는 게 아니야. 중요한 거라니까."

"너는 그저 내가 부탁한 것에만 예지를 보여주면 된다."

"그 몇 가지가 뭔데? 또 뭘 보여줘야 하는 건데?"

"길을 보여주렴."

"길?"

원숭이탈은 고개를 들었다.

"조만간 묻는 말에 몇 가지를 답해야 할 게다."

그는 죽화의 신력으로 미래를 내다볼 참이었다.

이기나 지나를 물을 건가?

"무슨 대장군이 그래? 20만 고려 대군을 책임진다는 자가 병법을 믿어야지 어떻게 내 신력을 믿냐고. 말했잖아. 내 신력은 믿을 게 못 된다고. 말이 떨어지면 바로 보이는 게 아니라고!"

원숭이탈은 메질꾼이 모루에 달군 쇠를 올려놓고 캉캉 때리는 모습을 그윽하게 지켜보았다. 가면에 뚫린 네 개의 눈구멍이 활활거리는 빛을 받아 더욱 크고 빠끔하게 보였다.

"격물格物·치지致知·성의誠意·정심正心·수신修身·제가齊家·치국治國·평천하平天下의 8조목은 전부 신비다. 존재하는 게 아니라 허상이지."

"그런 말은 해봐야 내가 알아듣지 못하고!"

"중요한 건 의지다, 이 말이다. 나더러 병법을 믿으라고 했니? 허, 물론 책에는 내용이 많지. 하지만 말이다, 글귀에 서린 것은 허상이다. 아무리 좋은 글도 행하지 않으면 소용이 없단다. 나는 이번에 압도적으로 이기려 한다. 그러기 위해선 현실의 준비는 물론이고, 무형의 기운까지 이용하려는 거다. 바로 네 신력이지. 이기려면 무슨 짓이든 할 거라고. 알겠니? 무슨 짓이든. 게다가 난 글은 읽을 만큼 읽었고. 읽어도 너무 많이 읽었어. 병법 책은 쳐다보기도 싫다."

주변은 분주하게 움직이고 있었다.

원숭이탈은 칼과 방패와 도끼 등을 한 아름 안고 가는 장정들의 모습을 가만히 바라보았다.

"늘 생각한다. 저것들이 저들 목숨을 지켜줄 수 있을까 하고. 방어구들이 저들을 살릴까? 물론 그럴 수도 있지. 하나 말이다, 저들을 살리려면 내가 잘해야 한다. 멀찍이서 칼을 휘두르며 용감하게 싸워라, 소리를 지르는 게 내 일이 아니란 말이다. 지옥귀가 나에게 이기는 방법을 알려줄 수 있다면 끝까지 따라가 들을 거다. 고름 묻은 속바지라도 팔아서 지옥귀를 만날 것이야. 병법 따윈 전쟁에서 아무 소용없다. 암, 그깟 글귀 따위가 무엇을. 음, 이 수질노*는 아교를 먹지 않았군. 김만수의 무기인 듯한데. 만수 놈이 게으름을 피운 게 분명해."

그리고 세붓에 검게 변한 손으로 몇 올 없는 수염이 난 작은 턱을 긁었다. 죽화가 이마를 찌푸리며 말했다.

"상상력이 많으면 안 돼."

"옳다. 상상력이 많으면 겁이 많아지지. 그땐 되레 역으로 발상하는 게 좋아. 상상력을 이용해서 정보를 얻는 거지."

"싸울 준비가 안 되어 있지?"

"더 할 수 있는 것이 있다면 더 하려는 것이다. 알겠니? 더 상상하는 거지. 무슨 일이 일어날지를. 모든 규칙은 파괴될 것이다. 공자든, 귀신이든, 천신이든, 지하 신장이든 전부 불러내 물어볼 참이다. 네가 가진 신력이 나를 도울 수 있다면 나는 너에게 의지할 수도 있다."

"역시 싸울 준비가 안 되어 있는 거야."

"마지막을 생각하면 사실 그렇기도 하지."

"하긴 할미도 세상사가 의지로만 되는 게 아니라고 말했어."

"이기려고 그러는 것이다. 이기려면 나는 그래야 해. 더 확실한 방법이 있으면 그걸 선택해야 해. 세상에 존재하는 모든 것을 이용할 거야."

뻐끔하게 뚫린 네 개의 구멍에서 광이 퍼졌다. 죽화가 마지막으로

---

* 쇠뇌

276

물었다.

"정말 내 신력이 도움이 된다고 생각해?"

"너를 데리고 온 게 행운일지도……."

2

이 빌어먹을 죽이는 병은 내림이다.

할미는 성장하는 둘에게 너희 어미가 죄 없는 짐승을 자꾸 죽여서 벌을 받았다고 말했다. 사냥꾼들과 어울려서 백두 산신이 키우는 산짐승을 불필요하게 함부로 죽이고 난놈들과 먹으려고 했다고.

할미는 달마다 보름이 되면 마을에 내려가 굿을 해주고 왔는데, 그때마다 죽화에게 당부했다. 매화에게서 눈을 떼지 말라고. 그런 할미는 매화에게 죽임을 당했다. 자신이 선물해준 자아추로. 어떻게 죽였는지 왜 죽였는지 죽화는 모른다. 아침에 일어나니 매화가 피를 덮어쓰고 있는 걸 보았을 뿐이고 할미 목은 문밖에 스무 걸음 정도 떨어진 돌밭에서 개들이 뜯어먹고 있는 것을 보았을 뿐이니까.

매화는 세상에서 죽화뿐이었다.

죽화도 세상에서 매화뿐이었다.

할미가 죽고도 둘은 몇 년을 그 오두막에서 살았다. 오두막은 민둥산이 넓게 뻗어 내린 산등성 한가운데 홀로 우뚝 박혀 있었다.

백두산의 허리는 흙빛 나는 돌뿐이어서 꼭 북방의 들판처럼 길고 넓었다. 봄이면 기울어진 초원 같았다. 여름이면 기울어진 바다 같았다. 매화는 종종 먼 땅으로 나가서 먹을 것을 잡아 왔다.

벌판에는 작은 호수도 있었다. 해 질 녘 호수의 잔잔하고 맑은 표면에는 산맥의 흙산들이 지는 해의 붉은 기운에 아른거렸다. 둘은 해가 질 때까지 웅덩이라고 해도 좋을 그 호숫가에 어깨를 비비고 앉아 지는 해를 바라보았다. 죽화는 그 전경을 좋아했지만 돌아보면 옆에 앉은 매화는 아름다운 해를 즐기지 않고 늘 무언가를 죽이고 있었다. 개미, 개구리, 되룡,* 심지어 어느새 다가온 참새까지. 오직 죽화가 좋아 옆에 있었던 것뿐.

쾅쾅, 요란스러운 대장장이의 망치질 소리를 뒤로하고 옛 생각에 잠겨 있던 죽화는 번쩍 깨어났다.

캉, 캉.

불을 바라보았다.

각치는 원숭이탈과 대화할 때는 수시로 불을 보라고 했다. 암시에 걸려 있었던 건 아니었겠지? 어쩌면 암시에 걸려 저도 모를 행동을 했을 수도.

죽화는 단단히 마음을 다잡았다.

"……나도 부탁이 하나 있어."

원숭이탈은 들고 있던 붓을 벼루 가장자리에 내려놓았다.

그는 품에서 바스락거리는 작은 종이를 꺼냈다.

"뭐냐."

아미타사의 승려 담문은 쓰리나리를 알고 있었다.

* 도롱뇽

담문은 풀 이름을 직접적으로 말하지 않았지만 미량의 쓰리나리가 혼수에 빠진 사람의 정신을 깨울 수 있다고 말했다.

"당주가 북신제를 올릴 때 사용하는 풀이 있다. 그 풀은 산 자가 죽은 자를 볼 수 있게 한다. 북신의 힘은 북방을 관장하는 현무의 힘. 현무는 오랜 끈을 상징하지. 산 자와 망자를 연결하는 풀이다. 그 풀을 태워 연기를 맡아야 영혼을 만날 수 있지. 그 풀은 여러 가지 효능이 있는데, 우선 흡음하면 환락을 느끼게 된다. 신체를 망치게 하지. 하지만 미량을 사용하면 인간의 정신을 깨우게도 한다. 의식을 잃은 병사에게 흡입하게 해서 깨어난 일이 여러 번 있으니까."

하지만 그건 쉬 구할 수 있는 게 아니라고 했다. 담문은 당분간 매화를 아미타사에 눕혀두고, 자신의 방식으로 치료를 해보겠다고 말했다. 부처님이 도우시면 깨어날 수 있겠지, 라는 자조적인 말과 함께. 꼭 자신이 매화를 맡아야겠다는 표정을 지으면서.

"보급 창고에 모아둔 쓰리나리를 조금만 나눠줘."

"어디에 쓰게?"

원숭이탈이 세붓을 놀리며 물었다.

매화가 살아 있다는 말은 하지 않는 게 좋겠다.

"묻지 말고 그냥 나눠줘."

"그건 너에게 쓸모가 없다. 쓰지도 못하고. 네가 불러낼 북신이 있는 것도 아니지 않느냐."

죽화는 대답 대신 원숭이탈을 노려보기만 했다.

절대로 암시에 걸리지 않겠다고 다짐하면서.

하늘을 나는 풀

정월 경술 거란(契丹)의 야율세량(耶律世良)과 소굴열(蕭屈烈)이 곽주(郭州)를 침략하자, 우리 군대가 맞서 싸우다 죽은 자가 수만 명이었으며 거란군은 군수품을 탈취하여 돌아갔다.

『고려사』 권4, 「세가」, "현종 7년".

1

"……저기."

둘 뒤에 키 작은 사내가 서 있었다.

짐승의 가죽으로 만든 전건戰巾을 쓰고 검은 가죽을 덮어쓰고 있다. 방한복을 입은 영락없는 거란 군사의 복장이다. 인중에 길게 수염이 두 갈래로 뻗어 있었고 턱수염은 없었다. 키가 몹시 작았다.

"가진 거 좀 있소?"

그는 돌아본 각치를 보며 히죽 웃었다.

"있소? 있으면 좀 팝시다."

그는 앞니가 없었다.

"뭘?"

키 작은 사내는 몸을 건들거렸다. 꼭 술에 취한 듯 중심을 잡지 못했는데, 술 냄새를 풍기지 않았다.

"헤헤. 당신도 가지고 있을 거 아뇨. 있으면 좀 나눠주시오. 우리가 남도 아니고. 은을 주겠소."

"무슨 소린지."

"하늘을 나는 풀 말이오."

"하늘을 나는 풀?"

"여진인들은 이제 물량을 풀지 않는다고."

각치가 단번에 물었다.

"쓰리나리가 군영에 거래되고 있나?"

"어허, 알면서 그래? 귀순한 거란인들은 전부 몇 푼씩 지니려고 하지. 그러지 말고 있으면 좀 나눕시다. 나도 일찌감치 다섯 푼 정도 구해다 놓았는데, 동이 났소."

"그건 금지된 것으로 아는데."

"금지되었지."

"음."

"여진인들, 겁을 먹고 풀지 않아. 얼마 전에 몰래 그걸 하다가 죽은 놈들이 나타났거든."

눈에 초점이 없고, 웃을 때 벌어진 입술로 앞니가 보이지 않았다.

"그 풀은 금지하는 이유가 있다고."

"후후, 막아도 어디 인력으로 뚝딱 되는 일인가. 이게 할 때는 몰랐는데, 하고 나면 온몸이 근지러워서, 안 하면 이상해져."

각치가 그를 보며 눈을 찌푸렸다.

"그쪽은 거란인이 분명하군. 언제 투항했소?"

키 작은 이가 그제야 얼굴을 폈다.

"이제 아는군! 나, 천군 소속 키탄*이었소. 서경에서 잔병으로 떠돌다가 귀순했지. 정주에 있다가 작년 섣달에 구주로 왔고. 자, 잠깐만, 그, 그런데, 혹시."

키 작은 사내는 갑자기 각치를 빤히 쳐다보았다. 그는 처음과 달리 불안해하는 눈으로 각치와 죽화를 번갈아 보기 시작했다.

"당신, 고려군 상층에 있는 사람이오?"

* 거란

"아니지만, 그분들의 명을 받들고 있지."

"그러면 키탄이 아니라고?"

"우리를 동포라고 생각했구먼. 가시오. 우린 거란이 아니오. 자꾸 이러면 고발할 수밖에 없소."

그는 몸을 가누지 못하듯 비틀거리다가 각치를 보고 눈을 가늘게 오므렸다.

"압록 너머에서…… 오지 않았소? 아무래도 그런 것 같은데."

"아니라니까." 각치는 당당하게 말했다. "가시오. 쓰리나리 이야긴 못 들은 걸로 하겠소."

"아니, 키, 키타이 지대에…… 계시지 않았냐고. 상경에서 본 것 같기도……."

각치는 자꾸 같은 질문을 하는 그를 빤히 쳐다보더니 퉁명스레 입을 열었다.

"지금 흡음한 상태요?"

"자, 자아추는…… 키탄의 물건이오."

그는 검지로 죽화 가슴을 가리켰다. 죽화는 목에 건 할미의 자아추를 감추듯 쥐었다.

각치는 고개를 가로저었다. "자아추는 발해인도 사용하오."

"……자아추는…… 키탄이 쓰는…… 물건인데."

그가 말을 더듬으면서 기어들어가는 목소리를 냈다.

"고려 무당들도 무구巫具로 쓰지. 북방의 사냥꾼들이 고니 멱을 딸 때도 쓰고. 대체 뭐가 문제요?"

전건을 쓴 키 작은 남자는 조심스레 코를 한 번 쿵쿵거린 후 이마

285

를 긁었다. 그는 각치가 어디서 본 사람 같고, 그 옆에 죽화가 커다랗고 도드라진 자아추를 지니고 있어 이들이 고려인이 아니라고 믿는 모양이었다.

"실례했소. 가겠소. 거란인이라면 가지고 있을 줄 알았소. 거란대와 싸우자면 그게 필요해서."

"외인 군영에서는 만연하게 거래되는 모양이군."

그러자 키 작은 사내는 고개를 가로저었다.

"여진인들이 악독하게 장사하는 거야. 우리 같은 거란인들은 다르게 그게 필요했는데, 이제는 중독이 되어 그게 없으면 살 수가 없어."

"다르게라니? 거란인은 그것을 구하려는 이유가 대체 뭐요?"

"곧 동포였던 천군이랑 맞부딪칠지도 모르는데 어디 맨정신으로 싸우겠소? 안 그래?"

"그렇겠군. 그것 때문에 피우지 않으면 안 될 지경이 왔다?"

"여진 놈들이 작당한 거지. 그놈들, 그걸 팔아서 짭짤했지만 이제 팔 수 없어. 감시가 삼엄하거든."

"그러면 고려군들은?"

귀순한 거란인은 고개를 가로저었다.

"지니지 않는다고?"

거란인은 고개를 끄덕였다.

"듣자 하니 작년 여름까지는 여진인들에게서 구할 수 있었다는데 이제는 그러지 않는다더군."

"쓰리나리를 찾는 건 거란인들뿐이란 말이오?"

"발해인과 소수의 왜인도 있지."

"고려 병사들은 쓰리나리를 지니지 않는다?"

"고려인들은 찾지 않아. 예전엔 제 상관들 몰래 전부 지니고 있었다던데, 지금은 전부 느긋하더군."

"으흠, 몸에 좋지 않다는 걸 아니까 그런가 보군."

"흥, 그게 말이 되나, 칼 쥐고 나가면 바로 죽는 이 마당에, 몸을 사린다? 당신은 정말 이곳 사람이 아닌 모양이군. 여기서 그게 없으면 전쟁할 수 없어!"

각치는 눈을 가늘게 떴다.

키 작고 앞니 빠진 귀순자는 금단에 휘둘리는 몸을 간신히 지탱하며 주절댔다.

"사실, 말이야 바른말이지, 지금 외인 부대들은 전부 제정신이 아니었으면 한다고. 맞지. 어찌 이 허접한 병력으로 천군을 이길 수 있겠냐고."

"구주의 방어군 수가 적다는 소리군."

"영주에서 이곳으로 들어온 정규군이 전부지."

"해안 쪽 방어성들이 병력을 보내주지 않은 모양이군."

"거기도 군사들은 없어. 서경에나 좀 있을까."

"고려군이 전부 어딜 갔다는 거요? 내가 듣기로 북계에 올라온 병력이 토민 포함 20만이 넘는다고 하던데."

거란인은 갑자기 말을 멈추고 눈을 동그랗게 떴다.

"기억났다. 다, 당신은!"

거란인은 그렇게 말하며 각치를 빤히 쳐다보다가 최면에 걸린 듯 천천히 고개를 끄덕이더니 고개를 가로저었다.

"아, 아니오……. 내가 착각한 모양이오. 어디서…… 본 사람 같아서."

각치가 고개를 갸웃했다.

앞니 없는 사내의 눈에 여전히 미혹이 가득하다. 자신이 사람을 잘못 볼 리가 없다는 의아함과 잘못 보았을 수도 있다는 두려움이 공존했다.

"어디서 봤다는 거요? 나를?"

"……."

"어디서 봤냐니까."

"아, 아닌가 보오."

그는 죽화가 목에 걸고 있는 자아추를 응시하더니, "잘못 본 것 같소. 그럴 리가…… 마, 만무하지. 시, 실례했소이다"라고 내던지고 몸을 돌려 저쪽 군영 막사 쪽으로 내달렸다.

여보시오, 여봐. 각치가 불렀지만, 키 작고 뚱뚱한 체구를 한 사내는 듣지 않았다. 그러다가 그는 멀리서 한 번 멈추고 돌아보았다. 죽화와 각치가 자신을 쳐다보고 있는 것을 알자 그는 "그리고 풀 이야긴 말아주시오!"라고 손을 흔들고는 몸을 돌렸다. 젖은 가죽신을 내차면서 멀어지는 뒷모습은 공포에 젖어 있는 듯했다.

순간, 죽화가 눈을 가늘게 오므렸다. 서, 설마.

죽화는 저 키 작은 사내가 짧은 수염이 말한 밀접자가 아닐까, 생각했다. 키 작은 사내는 자신이 거란인이라고도 당당하게 말했다. 죽화와 각치가 거란에서 보낸 사람인 줄 알고 함부로 접근했다가 경계하는 각치의 태도에 얼른 물러난 듯하다.

저 사람인가?

자신이 접근해야 할 사람이 죽화만임을 뒤늦게 알았던 것일까?

각치가 저만치 가는 사내를 보며 중얼거렸다.

"외부 민족들은 전부 쓰리나리를 지니고 있군. 그런데 고려군은 아니라고? 그럴 리가. 고려군들도 마찬가지일 거야."

"어째서? 고려군들은 금지했다잖아."

"아니야."

각치는 그럴 리 없다는 표정을 지었다.

2

땅거미가 내릴 무렵 둘은 북신 사당으로 갔다. 각치는 사냥꾼 출신답게 성큼성큼 오르막을 올랐다.

"무슨 수로 김종현을 찾겠다는 거야?"

"현장에서 발견된 호지불을 보지 못했나. 그가 구주성 안에 있을 가능성을 배제하지 못하지."

"그래서 성을 뒤지자고?"

"그럴 수도 있겠지."

"뭐야. 그런 식의 말은?"

"걱정하지 마라. 청소하듯 뒤질 필요는 없을 거다. 살인 사건이 일어났던 현장을 확인하면 다음 단서를 유추할 수 있다. 격물格物이 따로 있겠니. 사물을 유심히 살피면 이치가 보인다. 이치는 다른 이치를 낳는 법이니까. 물론 인연도 그렇고."

각치는 북신 사당을 조사할 참이었다.

"전부 치웠다는 말은 흔적이 남아 있다는 뜻이다. 사건이 일어난 다음 날 현장이 깨끗해졌다는 것은 그만큼 다급했다는 뜻이고 또 처리가 허술했다는 뜻이지. 앞으로 어떤 사안을 바라볼 때 겉으로 드러난 것을 진실이라고 여기지 말기 바란다. 현상에는 늘 이면이 존재하니까."

"나를 왜 끌고 가는 건데?"

"간단하다. 내가 주리主理적 유추를 하면 네가 주기主氣적 유추를 하는 것이다."

"주리적? 주기적?"

"내가 형상을 분석하면 네가 형이상을 분석하는 것이지."

"쉽게 말해."

"그냥 흔적에 묻은 기운을 느끼면 된다."

"예측하라는 거지?"

"그래."

"내 마음대로 느끼는 거?"

"마음대로 느껴."

"원숭이탈은 당신한테 맡겼어."

"무엇을 말이냐."

"김종현의 행방을 찾는 거."

"안다."

"나는 다른 일을 하라고 했어."

"오랑캐들이 어느 방향으로 올지를 가늠하라 말했겠지."

"그랬어."

"좋은 방식이다. 대원수가 궁금해할 질문이지. 그러나 잊은 모양인데 대마신군의 위치를 알지 못하면 너와 나는 죽는다. 원숭이탈의 지시와 별개로 너의 다른 임무는 나를 돕는 것이다."

각치는 더 대꾸하지 않고 산을 올랐다. 멀찌막하게 떨어져서 죽화도 걸었다. 둘은 입에 김을 뿌리며 걷기만 했다. 아침과 오후의 기온차는 대단히 심했다. 해 질 녘의 산은 냉기로 호흡하기가 쉽지 않았다. 습하고 젖은 바위틈 사이로 눈처럼 허연 자작나무들이 심술궂게 솟아나 있었다. 결빙된 기슭들에는 가을에 내린 낙엽 위로 녹지 않은 눈이 두껍게 쌓여 있어 마치 검은 시체들이 떼로 누워 있는 것 같았다. 아미타사를 올랐을 때도 느꼈지만 많은 이들이 오고 간 탓인지 계곡을 따라 닦인 길만은 기름졌고 뚜렷했다.

곧 마른 계곡 아래 팔작지붕 건물이 보였다.

"저 검은 건물이 북신 사당이군. 그렇다면 건너는 아미타사겠군."

계곡을 중심으로 오른쪽이다. 계곡 왼쪽 터에 자리한 아미타사는 기울어진 오동나무에 반쯤 가려져 있었다.

북신 사당은 아미타사와 달리 반듯한 터였다.

각치는 곧장 검은 나무로 만들어진 커다란 팔작지붕 건물로 걸어갔다. 문을 열자 그을음이 사라지듯 어둠은 곧 흩어졌고 내부가 드러났다. 차갑고 서늘한 기운과 함께 향냄새가 밀려 나왔다. 향내만 있는 게 아니었다. 오래된 시간과 어둠과 침묵의 냉기가 질퍽하게 가라앉아 있었다. 죽화는 그것이 죽음의 냄새임을 직감했다. 일전에 죽화가 금당으로 착각했던 무위사의 북신당 내부와 닮아 있었다.

공간 대부분을 채우고 있는 것은 가로세로 길이가 서너 걸음쯤 되는 커다란 장방형의 불단이었다. 육바라밀을 의미하는 글자와 날짐승, 코끼리, 사자, 거북이 등을 새긴 문양이 가득한 대좌 위에 검은색 철상鐵像이 홀로 앉아 있었다. 한 손에는 칼을 쥐고 있다. 어깨에 황금색 피풍의를 둘러놓았는데 먼지와 더께 따위가 오랜 시간 내려앉아 눅어 있었다.

"북신상이군."

형상은 이마에 박힌 백호*가 빛에 도드라졌다.

북방인들이 믿는 북신의 특징대로 얼굴의 반이 아미타불과 부동명왕으로 정교하게 나뉘었다. 내리깐 눈과 둥글게 튀어나온 눈이, 고르고 날렵한 코와 뭉툭하고 고집스러운 코가 대칭되어 있다. 오직 입술만은 좌우가 같았는데, 얇지도 두껍지도 않았다.

결가부좌를 하고 수인은 아미타구품인❖ 중 상품상생을 취하고 있었다. 얼굴은 반반이 다른 모습으로 구분했으나, 몸은 통째로 아미타의 형상으로 조각되어 있다. 정형적인 북신의 모습.

"정교하군. 무량수불, 또는 미타불이라고도 하는 아미타불은 시간과 공간을 관장하지."

죽화는 북신을 올려다보았다.

시간과 공간의 신. 고려인들, 특히 북계에 사는 고려인들이 자신의

* 불상의 이마에 박힌 점. 부처의 32상 중 미간에 난 흰 터럭을 말한다.
❖ 아미타불이 지니는 손 모양은 아홉 가지다. 그중 상품상생은 무릎 위 단전 아래에 손바닥이 위로 가게 하고, 왼손과 오른손을 맞대고, 두 손의 집게손가락을 구부려서 엄지 끝을 서로 닿게 하는 모양이다.

안위를 위해 만든 신은 검고 거친 쇠붙이 몸을 한 채 무심하게 자신을 내려다보고 있었다.

아미타불은 서방 극락의 주인이며 중생의 수명과 죽음을 다룬다. 언제 전쟁이 일어날지 모르는 이 불길한 땅에 사는 북방인들은 자신의 생명과 시간을 아미타에게, 자신의 힘과 의지를 부동명왕에게 의지했다. 그 두 신을 합친, 죽은 자가 아닌 산 자의 신이 바로 북신이었다.

각치는 내부를 돌며 사당의 구조를 살피는 중이었다.

한참 만에 그는 불단 뒤 어스름한 공간에 섰다.

사당 한가운데 배치된 사각형 불단의 뒤는 장정 대여섯이 모여 앉을 공간으로 알맞아 보였다. 벽에 뚫린 광창으로 저물녘 여문 빛이 흘러들어 오고 있었다. 각치는 쪼그리고 앉아 손으로 나무 바닥을 쓸었다. 마루의 미세한 틈에 굳어 있는 혈액을 찾아낸 모양이었다.

"여기가 살육 현장이군. 누가 문을 열고 사당에 들어온대도 북신상과 단에 가려져 당장은 모습을 볼 수 없겠고, 저 창으로 호흡기를 빼낼 수 있고, 쓰리나리를 피우기에 적당한 공간이 되는군."

각치는 그러면서 죽화를 바라보았다.

"이제 네 차례다, 큰아이."

"뭘 해야 하는데?"

각치는 알고 있지 않으냐며 흰 수염이 조밀한 넓은 턱을 흔들었다.

죽화는 못마땅한 듯한 표정을 지었다.

"내가 정신을 잃을 수도 있어."

"가자."

눈을 감고 집중했다.

얼마쯤 흘렀을까, 연기처럼 덩어리진 흐릿한 사물 여섯 개가 바닥에 원을 그리듯 자리 잡고 앉아 있다. 덩어리들은 점점 푸르스름해지더니 굴곡을 따라 어떤 기운이 흐르듯 움직였고 곧 가죽 피풍의를 몸에 두른 건장한 사내들로 바뀌었다. 그날의 현장이 그려지고 있었다. 사내들 가운데 자리에는 커다란 무쇠 화로가 놓여 있다. 사내들 옆에 뒤늦게 뭉뚱그린 연기 덩어리가 더금더금 생겨났다.

덩치 큰 사내였다.

둥글게 앉아 있던 여섯 사내들은 시선을 움직여 그를 바라보았다. 마지막으로 나타난 자는 머리에 여진족들이 쓰는 담비 꼬리를 늘어뜨린 털모자를 쓰고 있다. 소문개이다. 담비 모자를 쓴 소문개는 뒤적거리더니 상자에서 탈 하나를 꺼냈다.

나무로 만든 눈끔적이탈이었다.

코에는 반자● 길이의 짧고 통통한 무쇠 관이 박혀 있었다. 마치 그 관이 가면의 코인 듯 보이기도 했다. 둥근 관 끝에는 쇠로 된 흑동색 잔이 붙어 있다. 그릇 같기도 한 쇠잔은 크기가 아기 손바닥만 했다. 탈의 입에는 쇠가 아닌 대나무가 연결되어 있었는데, 돼지 내장 크기 둘레의 대나무는 마디마디 잘라내 마치 밧줄처럼 보였다. 대나무와 대나무를 밀랍으로 이어 붙였고, 이어 붙인 지점을 동물의 힘줄같이 보이는 것으로 동여맸다. 그렇게 짧은 대나무가 마디마디 봉해지고 연결되어서 밧줄처럼 자유롭게 흐느적거리도록 만들어놓았다. 과히 대나무 관 밧줄이라고 부를 만했다.

● 약 15센티. 한 자가 약 30센티이다.

여진인은 탈에 둘둘 감은 대나무 관 밧줄을 풀어서 벽면에 난 창으로 빼냈다.

"……탈의 입에서 시작된 그 대나무 밧줄은 담쟁이넝쿨처럼 벽면을 줄줄 이어 올라 벽에 난 창으로 연결되어 나가고 있어."

여기까지 설명하던 죽화가 입을 다물었다.

멀리서 각치 목소리가 들렸다.

ㅡ왜 그러냐? 더는 안 보이니?

"……둘러앉은 기병 중 하나가 탈을 쓰고 있어. 그리고…….”

ㅡ쓰리나리를 피우려고 하는 거야. 그리고?

소문개가 화로를 뒤적거려 잉걸불을 집어 들었다. 그는 이글거리는 숯을 탈의 코와 연결된 쇠그릇에 올려놓았다. 그리고 품고 있는 놋쇠함을 열자 그 속에는 갈색 물질이 보였다. 약작두로 잘게 썬 풀이었다.

"여진족이…… 말린 풀…… 당신이 말한 쓰리나리…… 그것과 비슷한 걸 한 줌 쥐어서…… 탈의 코와 이어진 잔에 올려놓았어. 퍼런 불이 일고 있어……. 그리고 잔 위에 뚜껑을 닫아."

ㅡ소문개가 쓰리나리를 피우는 걸 돕는 상황이군! 큰아이! 주변을 자세히 봐. 여섯 기병 말고 또 한 사내가 숨어 있을 거야.

죽화 눈동자가 도글도글 움직였다.

"……안 보여.”

놋쇠함을 든 소문개가 말린 풀을 한 줌 쥐어 기병이 쓴 탈의 코에 박힌, 대나무 끝 그릇에 뿌리듯 올렸다. 퍼런 불이 일자 소문개는 잔 뚜껑을 덮었다.

탈을 쓴 기병은 입에 붙은 긴 대나무 밧줄을 두 손으로 쥔 채 앉아 있었다.

숯이 태운 풀의 연기가 탈의 코에 박힌 관을 통해 피우는 자의 코로 들어가고 있다. 기병은 가슴을 연신 부풀리고 좁히며 흡입한다. 코에 붙은 쇠는 연기를 들이마시는 관이었고, 입에 붙은 긴 대나무 밧줄은 내뱉는 관이다. 탈은 각치가 말했던, 연기를 흡입하는 호흡기였다. 기병은 오리처럼 가슴을 부풀리다가 가라앉히길 반복했다. 곧 그는 긴 숨을 내뱉었는데 그 숨은 탈의 대나무 관 밧줄을 통해 창밖으로 버려졌다.

죽화는 지켜보았다.

탈 쓴 사내의 어깨가 점점 높아져 갔다.

둘러앉은 나머지는 탈을 쓴 자가 하는 모습을 가만히 지켜보고 있었다. 여진족 소문개는 달그락거리며 무언가를 열심히 준비하고 있다. 말린 버섯이었다. 그는 화로에 그것을 올렸다.

―좋아. 그 여섯 명은 무슨 옷을 입었지?

"……가죽옷."

―대마신군의 여섯 기병인가?

죽화는 고개를 끄덕였다.

―병마판관을 찾아야 해. 둘러보라고!

이마를 구기며 주변을 둘러보았다.

마치 흐릿하고 미끈거리는 기름 속에 있는 듯했다. 공기가 끈적이듯 왜곡되어 사물이 구분되지 않는다. 앉은 사람들을 주시하면 그럭저럭 형태가 분명해지는데, 시선을 올려 공간 전체를 조망하려니 시야각이 둥글어지고 왜곡되어 좀처럼 초점을 잡을 수 없었다. 자꾸 속이 메스꺼워지며 구토가 밀려왔다.

"토, 토할 것 같아."

─집중해! 한 사람이 더 있어야 해. 그를 찾아.

죽화는 황금색 피풍의를 두르고 칼을 세워 쥔 북신상을 천천히 한 바퀴 돌았다.

"없어."

─안 보이는 거야, 없는 거야?

모르겠다고 실토했다.

그때,

고얀 쇠 비린내가 풍겼다.

기름 먹은 안개 같은 저 먼 공간에서 긴 은색 물질이 보였다.

칼이다.

몹시 길고 시퍼런 칼을 쥔 손이 어릿하게 보인다.

각치 말대로 근처에 다른 사내가 있었다. 그는 죽화가 보는 시선에서 등을 돌린 채 서 있었다. 그는 머리에 감고 있던 감청색 비단 띠를 풀어 칼 쥔 손에 감았다. 칼이 손에서 벗어나지 않도록 하기 위함인 것 같았다. 칼은 무시무시하게 날이 서 있었고 창이라 해도 어색하지 않을 만큼 길었다.

그는 화로 앞에 섰다.

무리는 여전히 북신상 뒤에 모여 있었다. 그들은 또 탈을 교대하는 중이었다. 이번에 탈을 쓰고 쓰리나리를 흡음하는 자는 담비 모자를 쓴 여진족 소문개였다. 나머지 기병들은 흐느적거리며 고개를 숙인 채 흐느적거렸다. 전부 풀에 취한 상태였다.

"기병들을 전부 흡입하고 마지막으로 소문개가 쓰리나리를 흡입하려고 해."

ㅡ칼 든 자는? 그자는 지금 뭐 해?

칼을 쥐고 선 사내는 흡음하는 소문개와 고개를 떨구고 있는 여섯 기병들을 노려보고 있다가 작정한 듯 칼로 여섯 기병들을 내리치기 시작했다.

"앗!"

피가, 벽에 튀고 탈과 연결된 대나무에도 점점이 튀었다. 긴 칼은 사정없이 위에서 아래로, 마치 타작하듯 오르락내리락했다. 누구 것인지도 모를 피와 살점들이 이리저리 튀어 나갔다. 죽화는 길고 시푸른 칼을 마구 휘돌리는 사내를 보려 했지만 사내의 등만 보였다. 기병들은 속수무책이었다. 일어나서 반항하지도 않았다. 앉은 채로, 칼 든 채 서 있는 자를 두려운 듯 보기만 했고, 횡횡 사선으로 춤추는 칼을 팔뚝으로 막으려다 살이 끊겨 나갔다. 액체가 지근거리는 소리, 칼이 부르는 바람 소리, 뼈가 칼에 맞고 부러지는 소리, 피가 쩍쩍 들러붙는 바닥 소리, 사내들이 참듯이 삭히는 거친 신음이 죽화의 귀를 괴롭혔다.

결국 기병들은 전부 널브러져 있다. 오직 소문개만 아무것도 모른 채 제 얼굴을 덮은 탈을 부여잡고 정신없이 연기를 들이켜고 있다. 소문개의 모습이 불단 위 등을 보인 채 앉아 있는 커다란 북신의 자세와 비슷하다.

죽화는 발밑을 보았다.

피가 뱀처럼 밀려와 앉은 소문개의 방석과 그의 가죽 바지와 버선을 적셨지만 이미 풀에 취할 대로 취한 그는 알아채지 못하고 있었다.

여섯 기병을 도륙한 사내는 소문개만은 해치지 않았다. 커다란 여섯 덩어리였던 기병들은 이제 수십 개의 덩어리가 되어 사방에 흩어져 있었다.

"……그만 나가게 해줘. 무서워."

—그자 얼굴을 봐야 해. 대화를 할 수 있으면 더 좋고!

칼 든 자가 뒤돌았다.

"나, 나를 보고 있어!"

—자세히 봐! 나중에 얼굴을 설명할 수 있게!

그의 칼은 처음부터 붉은색인 양 피로 번들거렸고 골을 타고 흐르는 피가 뚝뚝 떨어지고 있었다. 황룡이 조각된 손잡이에는 글씨가 음각으로 새겨져 있었지만 새빨간 피 때문에 파악할 수 없다.

시선을 위로 올렸다.

얼굴을 보려고 눈을 깜빡였을 때, 그의 칼이 수직으로 치솟았다. 붉은 날이 번쩍 빛을 받았다. 날에 속수무책으로 빨려 들어가는 기분이 들었지만 실은 칼날이 다가오는 중이었다. 칼은 죽화의 어깨에서 사선으로 비끼며 사라진다. 묵직한 충격이 곧 사라지더니 어깻죽지가 간질거렸고 그다음 시원해졌고 세밀한 통증이 올라왔다.

죽화는 쓰러졌다.

3

검은색 도리[●]가 보인다.

죽화는 자신이 북신 사당에 누워 있음을 알았다. 목에 건 할미의 자아추를 더듬어 만졌다. 자아추를 쥐면 마음이 편안해진다. 사당 내부는 사늘했다. 구석마다 기름불이 놓여 있다. 수 개, 아니 수십 개의 노란색 불머리가 냉기에 저항하듯 이리저리 흔들린다. 물 어린 눈으로 두리번거렸다. 곁에 커다란 화로가 놓여 있고, 열기가 새어 나가는 것을 막기 위해서 누운 자리 주변으로 삼각대를 세우고 두꺼운 개가죽을 이은 겉덮개를 늘어뜨려놓았다.

"정신이 드느냐? 머리가 좀 맑아졌느냐?"

각치는 보이지 않았다.

앉아서 살피고 있는 이는 원숭이탈이었다. 그는 점박이 무늬의 개가죽들을 얼기설기 이어 만든 외투를 두르고 있었는데, 구부정한 등은 마치 이계에 사는 고지식한 독각귀 같았다. 넘어 보니 그의 어깨 뒤로 불단 위 황금빛 피풍의를 걸치고 앉은 철로 만든 북신상이 있다. 오른손에 세워 쥔 시퍼런 칼이 유독 번뜩였다.

일어나 앉았다.

죽화는 물에서 갓 구해진 사람처럼 이불을 덮어쓴 채 열기를 피우는 화로를 물끄러미 바라보았다. 속은 여전히 메스꺼웠다. 문득 어깨를 만졌다. 푸슬푸슬한 옷이 잡힐 뿐 아프지 않았다. 상처는 없다. 옷

● 천장 서까래를 받치는 나무 기둥

이 피로 물들지도 않았다.

시푸른 칼날이 목까지 닿았는데.

서늘한 감촉이 분명 느껴졌는데.

신력을 빌려 과거를 본 것인가. 그리고 깨어나니 언제 왔는지 대원수가 사당 안에 있다. 함께 있던 각치가 달려 나가 그를 부른 모양이었다.

사당 안에는 원숭이탈 외 한 사람이 더 있었다. 제단에 놓인 향로를 돌보는 열 살에서 열두 살쯤으로 보이는 사내아이. 깨끗한 얼굴이었고 한설에 어울리지 않는 얇은 면사로 만든 흰옷에 황금색 비단 겉옷을 두르고 있었다. 아이는 향로에 말린 풀을 한 줌 넣었다. 사방에 은은한 풀 향이 났고, 연기가 피어났다. 불단 아래로 연기가 가라앉자 꼭 구름 속에 있는 것 같았다.

원숭이탈이 물었다.

"그래, 칼 든 남자가 여섯을 죽이는 걸 보았단 말이지?"

"……그랬어."

"소문개가 그 여섯을 죽인 게 아니었군."

"내 눈에는 그렇게 보였어. 그런데 각치는?"

"묻는 말에만 대답하렴. 또 무엇을 보았지?"

"그게 전부야. 각치는 대체 어디 갔냐고!"

"그러니까 살육한 자는 죽은 소문개가 아니다?"

"……아니었어. 자꾸 같은 말 하게 하지 마. 저 애는 왜 날 보는 척하면서 실없이 웃는 거야?"

"저분은 북신 사당의 동자님이시다."

원숭이탈은 멀찍한 곳에 다소곳이 앉아 바닥만 바라보는 아이를 가리켰다.

"동자님. 소란을 피워 송구합니다. 잠시만 이곳에 쉬게 하겠습니다."

"물론입니다. 장군님."

사당의 아이는 고개를 숙였다.

원숭이탈은 그쪽으로 몸을 돌려 고맙다는 표시로 두 손을 모으고 이마를 바닥에 닿도록 숙인 다음 다시 죽화 쪽으로 몸을 돌렸다.

"얼굴을 보았니?"

고개를 저었다.

"흑모를 쓰고 있었나? 김종현의 흑모에는 사슴뿔 장식이 있다."

"쓰지 않았어. 상투만 보였어."

"머리에 두른 띠는? 대마신군은 전부 감청색 띠를 감고 있다."

"기억 안 나."

원숭이탈은 신음했다. 아쉽다는 숨이었다.

"살육자 얼굴을 보려고 할 때 칼이 내려왔고, 혼절했단 말이구나."

"……그랬어."

죽화는 화로에서 피어오르는 불 조각을 응시했다.

그때 사당 문이 열리며 각치가 들어왔다. 그는 다급하게 원숭이탈 뒤에 자리를 잡고 앉았다. "늦었습니다. 송구합니다."

"자네 추리가 틀렸네, 각치. 살인마는 그 여진 추장이 아니더군."

"그렇습니다. 여섯을 죽인 자는 김종현이었습니다."

"확신하나?"

"저 아이는 기병들을 살육한 자가 감청색 띠를 벗어 칼에 감았다고 말했습니다."

죽화는 기억나지 않았지만 들었던 각치의 기억이니 당시에 그렇게 본 모양이었다.

"……역시 띠를 보았군."

"그걸 말하지 않았군요."

"기억이 안 난다고 했네."

"사실이야. 기억이 안 나."

"병마판관 김종현이 분명합니다. 전반적인 묘사가 그를 가리키는 듯합니다. 기병들은 반항하지 않았고 전부 처형당하듯 당했습니다."

"음. 왜 그랬을까? 김종현이."

각치는 대답하지 않고 골똘히 뭔가를 생각하기만 했다. 원숭이탈이 손바닥을 쳐서 소리를 냈다.

"아무튼, 좋아. 당시 병마판관도 구주성에 잠입했다는 거군. 한데 그 자가 이곳에 들어와설랑은, 나와 부원수를 만나지 않고 부하들만 죽이고 사라졌다는 건 아무리 생각해도 이해할 수 없구만. 왜 그랬을까?"

"들어왔을 땐 소문개의 덕을 얻었을 터입니다. 부하들만 죽일 이유가 있었을 테고요."

그때 사당 문이 열리며 도순검사 유인하가 들어왔다.

그는 동그란 어깨를 숙이며 검은 마루를 무릎걸음으로 디뎌 다가왔다.

"마침 잘 왔네. 이 아이가 여섯 기병이 죽던 때를 다행히 보았다는 군. 여섯을 죽인 범인은 소문개가 아닌 듯하이."

대원수는 각치를 돌아보았다.

"어디까지 했지?"

"김종현이 왜 각하를 만나지 않고 돌아갔는지에 관해 이야기 중이었습니다."

"그랬지. 놈이 오면 맨 먼저 나를 찾았을 터인데, 몰래 왔다 몰래 사라져? 좋아, 그건 놈이 불복종한 이유와 연관된 듯하니 그렇다손 치고. 녀석에게 제 부하 놈들을 손수 죽이려고 올 만큼 다급했던 일이 무엇이었을까?"

"각하."

"응."

"대마신군이 성상을 호위하라는 명을 받고 개경으로 내려갈 때 어디서 출발했습니까?"

"통주성* 일세. 당시 김종현은 대원수 각하와 함께 고려군 총방어사가 있는 영주에서 지휘사 회의에 참가하고 있었고 그의 대마신군은 통주에 주둔하고 있었다네. 통주성의 마목 시설이 넓어서 대기하기 좋은 여건이었거든. 영을 받은 병마판관이 곧장 영주에서 통주로 가서 기동 작전을 수행하기로 했네."

"그럼 통주에서 출발한 게군요. 통주성에서 구주성으로 길이 이어져 있지요?"

"통주성에서 구주성으로 길이 이어져 있지요?"

"그렇지. 해안길과 내륙길을 잇는 길은 통주에서 시작하지. 해안길에 위치한 축성들과 내륙길의 구주성이 그 길로 보급과 군사를 주고

• 평북 고군영리에 있는 고려 성. 동림성이라고 한다. 평안북도 남서부 바닷가에 있다.

받는다네."

도순검사가 말렸다.

"각하, 정밀한 기밀은 함구하시는 게……."

원숭이탈은 대수롭지 않다는 듯 어깨를 으쓱했다.

"괜찮아. 사냥꾼들이 우리보다 길을 더 잘 알아. 자네와 내가 만난 곳도 그 길 어디쯤 아니었는가?"

"그렇습니다, 각하."

"대마신군이 통주에서 개경으로 내려가는 척하고 구주 쪽으로 방향을 바꿀 수도 있겠군요."

"가능하지."

"출발 전 대마신군의 사기는 어떠했나이까?"

"대마신군은 늘 역발산기개세를 뿌린다네. 그들은 스스로 무적이라 생각하는 존재들이니까."

"사기충천했다는 말씀이온지요?"

"암."

유인하는 원숭이탈을 말없이 노려보고 있었다. 각치가 유인하 쪽으로 몸을 돌렸다.

"도순검사 나리께옵선 의견이 있으시나이까."

"나는 그렇게 보지 않았네." 유인하가 말했다.

암흑의 춤

신유일에 소손녕(소배압의 오기)이 신은현(황해도 신계)에
이르니 개경과 거리가 겨우 100리였다. 왕은 성 밖의 민호
를 전부 안으로 들어오게 하고, 들판의 작물과 가옥을 철거
하여 청야 전술●로 적을 대비하였다.

『고려사절요』 권3, "현종 10년 1월".

도순검사 유인하의 눈매는 평소와 달랐다.

공손한 태도는 유지하였으나 이번 건은 말을 꼭 해야겠다는 듯 주춤하지 않고 특유의 반달눈을 연신 조이고 있었다.

"출발하기 전날, 대마신군 부장들이 통주성 사당에서 북신제를 올렸지요. 그때 각하와 저도 함께 있었습니다. 기억하시지요?"

"그런데?"

"아시면서 왜 그러십니까."

"뭘?"

"각하. 그들은 출정하기를 저어했지요. 대마신군이 지령에 항명 수준으로 반발했던 일은 그때가 처음이었습니다. 그 사실을 저 사냥꾼에게 왜 말하지 않습니까? 그들에게 역발산기개세는 없었습니다."

각치가 끼어들었다.

"왜 항명했을까요? 개경이 위급하니 각하께서 성상을 구원하라고 명하신 건 당연했을 텐데요."

"……겁을 먹고 있었으니까."

"대마신군이요?"

"그들은 쓰리나리를 지급하지 않으면 떠나지 않겠다고 말했네."

"맙소사."

● 적이 먹을 것을 구하지 못하도록 전부 불태우는 것

"제정신으론 출정할 수 없다는 거였지."

"나는 기억이 없네."

"각하. 왜 틀린 말씀을 하십니까."

"난 틀린 말을 한 적 없네."

"그러면 틀린 기억일 테니 필시 노망이 나셨군요."

도순검사 유인하는 원숭이탈에게 시선을 꽂으며 자신의 감정을 내뱉었다.

"정녕 모르시나요? 아니면 모른 척하시나요. 지금 이곳 구주에 모인 군의 사기도 바닥입니다. 왜 대마신군만 허술히 보냈습니까? 그들도 알고 있는 게지요. 자신들이 아무리 강해도 기병 5,000으로 10만의 거란대를 어쩌지 못한다는 걸."

끄응. 원숭이탈이 신음을 냈다.

각치는 믿을 수 없다는 듯 고개를 저었다.

"……믿을 수 없군요. 고려군 최강 기마대가 그런 생각을 하다니요?"

"공포가 이만저만이 아닐세."

"그래서 쓰리나리가 지급되었나요?"

유인하는 고개를 저었다. "각하께서 반대했지."

원숭이탈이 끼어들었다.

"그걸 피우고 전장에 나가면 적은 물론이고 아군끼리도 알아보지 못해!"

침묵이 흘렀고, 도순검사가 읊조리듯 한탄했다.

"고려군 최강이 그런 생각을 했다면 다른 부대는 어떻겠나? 해안의 축성들은 거란이 철군할 때 침공했던 길*을 타고 돌아가길 바라고, 이곳 구주 군민도 이곳으로 오지 말고 해안길을 선택했으면 하고 있네."

"전쟁을 경험하지 않기를 바라는 거군요."

각치가 묻자 도순검사 유인하는 침울한 표정으로 고개를 끄덕였다. 그는 대원수 쪽으로 몸을 고쳐 앉더니 격분하듯 질문을 토해냈다.

"각하. 부원수가 저러는 것도 제가 보기엔 일리가 있습니다. 부원수는 대군이 아래로 내려가서 오랑캐들을 흩어놓아야 폐하와 개경이 산다고 생각합니다. 대체 무슨 생각이십니까? 어쩌자고 구주에만 머무르고 계신 겁니까? 싸울 의지가 없으십니까? 아니면 이길 자신이 없으신 겁니까?"

각치는 듣고만 있었다.

이 문제는 고려군 내부의 갈등이었으므로 각치는 자신이 끼어들 사안이 아님을 잘 알고 있었다. 다만 구주에서 옴짝달싹하지 않고 있는 원숭이탈의 모습이 고려군의 불만을 키우고 있음이 분명해 보였다. 도순검사는 고려군의 핵심인 대마신군 5,000기로 10만의 거란대를 상대하게 한 건 계란으로 바위를 한 번 치고 버리는 격이라고 분토했다.

"적이 돌아올 때를 노려야 하네. 그래서 작전을 구상하는 중일세."

각치가 조심스레 물었다.

"……외람되오나, 각하께선 야만인들이 두 길 중 어느 길로 철군

●내륙길

311

하시리라 예측하시는지요?"

대원수는 대답하지 않았다.

노인은 특유의 좀처럼 알 수 없는 표리부동한 태도를 보이는 중이었다. 깊이 어린 목소리 속에 거짓이 녹아 있는 이면裏面.

"또 있네."

유인하는 할 말이 많은 듯했다.

그의 말투는 강민첨처럼 강기 넘치지는 않았지만, 신망과 설득하는 힘이 고여 있었다. 마치 고려군 대원수를 작정하고 참소하는 것처럼 보였다.

"구주 도령 김포와 부원수 사이에도 대립이 있었지. 적이 만약 구주로 온다면 그들과 어떻게 싸워야 하는지를 논하던 자리에서 둘은 크게 다투었네."

원숭이탈이 신음했다. "인하, 그런 말까지 할 셈인가."

"어차피 알 사실입니다." 그는 각치를 보며 계속했다. "부원수는 적들이 철군할 때 내륙길이 아닌 해안길을 선택할 거라며 구주성 병력을 전부 통주성으로 이동시켜 기다리자고 했지. 하나 구주 도령 김포는 고려군 방어사를 다른 성으로 옮기는 걸 반대했네."

"구주가 허술해지는 게 불만이었군요."

"그렇지. 두려웠던 게지. 이곳 군사들을 전부 그리로 이동하면 만에 하나 야만인들이 구주 쪽으로 왔을 때 자신들이 위험하다는 거야. 만약 그런 일이 벌어진다면 자신은 성안에 들어앉아 적을 위로 흘려보내겠다고 했네."

"음, 싸우지 않겠다는 거군요."

"그래. 그냥 지나가게 두겠다는 거지. 자기가 다스리는 방어성과 영역에 손해를 보지 않겠다는 의지가 뚜렷했지. 김포는 이 싸움에서 거란대와 붙으면 무조건 패한다고 생각해. 이 무모한 전쟁에 자기 군민들을 죽일 수 없다고도 했다네."

각치가 대원수에게 물었다.

"각하께서는 누구 편에 손을 들어주셨나이까."

대답은 도순검사가 했다.

"어느 의견에도 힘을 실어주지 않으셨네."

도순검사는 대원수를 돌아보며 원망스러워하는 표정을 지어 보였다.

"각하. 그때도 제 눈에는 매우 우유부단하게 보였습니다. 둘 중 하나에게 선택권을 주고 전군의 이동 방침을 알리셔야 했습니다. 김포는 구주 군민에게 신망이 두텁습니다. 그자가 다소 음란하며 술과 계집을 좋아한다손 치더라고 성내의 치세는 잘 챙겼으니까요. 군민과 토병들은 제 주인인 김포의 의견을 따라야 한다고 생각하고 있습니다. 내심을 밝히지 않는 각하의 태도 때문에 김종현의 대마신군이고, 부원수의 중앙군이고, 김포의 구주 군민이고 전부 불안해하고 있습니다. 각 성에서 도령들이 지원군을 이쪽으로 보내지 않는 것도 같은 맥락입니다. 저들은 심지어……."

"인하."

대원수가 도순검사의 말을 막았다.

도순검사가 그를 쳐다보았다.

"네. 각하."

"미쳤나?"

탈에 박힌 네 개의 눈에서 시푸른 불빛이 뿜어 나오듯 했다. 도순 검사 유인하가 어금니를 지그시 깨물었다. 탈은 그를 한참이나 노려 보았다. 한참 만에 도순검사의 입술이 번들거리더니 아랫니에서 침 이 가득 고였다. 도순검사는 쓰읍, 주먹으로 침을 닦더니 곧 두 손을 무릎에 올리고 고개를 축 숙였다.

"송구합니다. 각하." 그가 공손해졌다.

"자네까지 그런 식인 줄 몰랐네."

갑자기 유인하는 이죽이죽 웃기 시작했다. 어깨가 흔들거렸고 목 과 턱을 긁어대며 두리번거렸다. 꼭 실성한 자 같았다.

대원수는 그런 그를 가만히 볼 뿐이다.

각치와 죽화는 대원수가 방금 유인하에게 암시를 걸었다는 것을 간파했다.

2

토벽이 즐비한 좁은 골목으로 들어가자 볏짚을 이어 만든 초가의 이엉들이 맞닿은 집들이 끝없이 늘어서 있었다. 집과 집 사이로 난 길은 사람 둘이 겨우 지날 수 있을 만큼 좁았다. 집들마다 싸리나무 로 만든 울타리를 쳐서 각자의 구역을 분명하게 차지하고 있었다. 그 래봐야 어린아이가 줄넘기할 만한 넓이를 가진 마당들이었지만.

어느 집 앞에 섰다.

갓난이를 받아 간 아낙의 집 울타리에는 지푸라기 인형 머리가 걸려 있었다. 아이 머리를 대신해서 가짜를 걸어둔 것은 북계 지방의 가옥에서 흔히 볼 수 있는 악신을 물리치는 방식이었다. 북신이 보우하사, 나쁜 것들이 집 안으로 들어오지 말라는 제의祭儀였다.

'흥, 이깟 것!'

용기를 내어 울타리를 밀었다.

이곳에 온 것은 갓난이를 되돌려받으려고 한 것은 아니었다. 갓난이가 위험하다고 생각지 않았다. 되돌려받을 생각은 없었다.

이곳에 온 이유는 따로 있었다.

그제 잠들기 전, 아낙의 모습을 떠올렸는데 아낙은 손에 금니를 칠한 나무패를 쥐고 있었다. 가주구家呪具*였다. 거기에는 윤왕좌❖를 한 관세음이 새겨져 있었다. 보통 신력을 부릴 때 죽화는 상황을 힘들게 그리곤 했다. 몹시 집중해야만 예지 속 인물들의 외모와 옷차림, 손 모양들이 보였는데, 이 아낙의 모습은 달랐다. 꿈속에서 이렇게 모습이 분명하게 드러나는 것은 드문 일이었다. 신기한 일이었다. 아니면 신력이 나날이 강화되고 있을지도 몰랐다.

아무튼 이상했다.

아낙이 지닌 가주구의 부처는 갓난이가 지닌 호지불과 달랐다. 아미타가 아닌 관세음이라니. 아낙은 자신이 갓난이의 식모라고 했다. 갓난이의 아비, 병마판관의 집안 하인이라면 아낙이 지닌 부적도 갓난이의 것처럼 아미타불이어야 했다. 하나 아낙은 관세음이었다. 확

● 가족이나 부족이 공통으로 지니는 부적
❖ 오른쪽 무릎을 세우고 그 무릎에 팔을 올려놓고 앉은 자세

신했다. 그 여자가 병마판관 집안의 종이 아니라는 것을. 자신의 신력을 늘 의심하곤 했지만 그처럼 분명한 형상을 의심할 순 없었다.

그날 밤 아미타사에서 내려와 패를 보이고 북문을 통과해 내성 안으로 들어왔다. 갓난이가 몹시 보고 싶기도 했다. 내성의 움집들이 모인 영역으로 들어가 골목처럼 좁은 길을 걸으면서 창호문 너머로 보이는 그림자들을 볼 때마다 불끈불끈 살인 욕구가 솟았지만 꾹 참았다. 의식 속에서 사람을 죽이고 싶다는 욕망이 인 것은 오랜만이었다.

각치는 이걸 전광顚狂이라는 증상이라고 설명했다. 전광 중 광질이라고 한 말도 어렴풋이 기억났다. 통제 불능의 음적인 행동을 하는, 자신만의 특정한 관심사를 보면 흥분하는. 그런 것 같기도 하다. 갓난아기를 보면 보듬고 싶고, 그 아기를 앗아 간 자를 죽이고 싶은 욕구는 다른 것을 죽이고 싶은 것과는 다르다. 저 의식 너머로 엿들은 것 같은 말들. 그 증상이 자신의 몸을 지배한다는 것을 알고는 이해가 가면서 슬프기도 했다. 자매에게는 어느 한쪽만의 능력이 편중된 것 같지 않았다. 한 몸에서 나왔으니 그럴 만도 했다.

어느새 아낙의 집 앞에 들어와 있었다.

마루 위에 올라섰다.

방 안에는 불빛이 없었다. 해가 떨어졌으니 전부 잠들었을 수도 있지만 그러기에는 초저녁이었다. 가만히 귀 기울여 인기척을 느끼려고 노력했지만, 안에 사람이 있는 것인지 없는 것인지 도무지 느껴지지 않았다. 순간 안에 살기를 경계했다. 아닌 게 아니라 저 안에서 얇고 고요하게 바람이 지나가는 소리가 들렸다. 누군가가 조용히 숨을 내뱉는 소리였다. 안에서 사람들이 밖에 선 자신을 인지하고 날카로운 것을 들고 벽에 붙어 있다면? 저 문 너머, 안에 사람이 있다! 마루에 선 채 조용히 목에 건 할미의 은빛 자아추를 벗겨 손에 쥐었다.

그리고, 문손잡이를 잡았을 때,

안에서 아기 우는 소리가 들렸다.

한참 동안 울음소리를 듣다가 저도 모르게 어금니를 꽉 깨물었다. 치아가 닳지 않은, 누구를 죽이는 데 아무런 거리낌이 없어진 그녀였지만 이번만은 단념하고 몸을 돌렸다. 우는 소리를 들은 것으로 모든 것이 눈 녹듯이 사라졌다. 그 울음소리는 섭리 안에 있었다. 소리는 성립된 약속 같았고 안락을 원하는 것 같았다. 몸의 깊은 곳에서 함부로 움직여서 그 생명을 고통 밖으로 빼내지 말아야 한다고 말했다. 그러자 어떤 의욕도 일지 않았다. 여차하면 아낙과 그녀에게 딸린 식솔들을 죽일 생각이었으나 그런 마음도 일지 않았다.

울타리 너머, 이 집과 앞집 사이로 난 좁은 골목의 끝에 피워놓은 큰 가마솥 같은 화로의 불빛이 은은하게 밀려와 자신의 볼을 어루만졌다. 몸을 돌려 마루에서 내려왔다.

그때 섬돌에 무언가가 반짝였다.

관세음을 새긴 금을 입힌 가주구였다.

그것을 난생처음 보는 것처럼 주워 들었다. 몹시 값나가 보였다. 자신은 그런 것을 측정하거나 보는 눈이 없었지만 맡기면 좋은 일이 일어난다는 것을 안다.

"이힛. 온니가 좋아하겠다."

매화가 웃었다.

매화는 그것을 무위사 주지가 둘러준 머리 천에 숨겼다.

3

김포가 갇힌 굴옥은 입구가 어른 키 두 배쯤 되는 자연 석굴이었다.

각치는 짚으로 만든 긴 덮개를 어깨에 두른 군사 세 명에게 순패를 내보였다. 그들은 본척만척했고 제지 없이 들여보내주었다.

동굴 벽은 온통 적갈색이었다.

입구에서 곧 좌측으로 꺾였는데, 스무 척 길이쯤 들어가자 맨 끝의 널따란 공간이 보였다. 그곳에는 키가 사람 허리만 한 탱자나무 넝쿨 울타리가 빙 둘러쳐 있었고 창을 든 군사 둘이 지키고 있었다. 울타리에 커다란 종이가 걸려 있었는데 위극圍棘•이라고 쓰여 있었다.

울타리 안에는 오래전 누군가가 수행한 자리인 듯 판판하게 정으로 다진 널따란 사각형 자연석이 있었고, 여우털 모자를 쓴 김포가 갈색의 넓은 곰 가죽을 깔고 정좌하고 있었다. 앞에는 연상硯床❖을 두었다.

김포는 전시여서 관직을 박탈당하지 않았다.

그는 북계 병권을 쥔 병마사를 조력하는 구주성의 총책임자였고, 병마사가 실종된 지금, 북계 주진군을 관장하는 실력자 중 하나였다.

지금은 나라가 특별한 위기에 처한 때라 중앙에서 파견한 대원수와 방수장군들의 명을 받들고 있지만, 위기가 끝나고 그들이 개경으로 돌아가면 김포는 다시 지역 최고가 되어 구주성과 인근 민가를 다

• 죄인을 가시로 만든 울타리로 가두는 형벌. 위리안치(圍籬安置), 가극안치(加棘安置)와 동일하다.

❖ 필묵을 보관하는 가구. 책상 대용으로 책을 받쳐 읽기도 한다.

스러야 할 몸이었다.

도순검사 유인하는 여섯 기병이 들어왔을 때 자리를 지키지 않은 김포에게 사욕죄邪慾罪를 적용했지만 잡범들처럼 대하지 않았다. 유인하는 사건이 있던 날부터 다음 날 오후까지 김포가 구주성에서 5리쯤 떨어진 청기점青旗店●에 있었다고 말했다.

근신 기간은 달포였다. 군옥에서 나흘 만에 김포는 구주성 북쪽 이석굴로 이감되었고 복직이 되려면 아직 스무 날이 남았다.

"방어사 나리를 만나러 왔소이다."

각치가 울타리 앞에 선 군사에게 순패와 대원수가 써준 종이를 건넸다. 종이는 대원수가 써준 사령장이었다. 거기에는 이 문서를 들고 있는 자에게 무조건 협조하라는 내용이 쓰여 있었다.

군사가 울타리를 젖히고 들어가 그것을 김포에게 전했고, 김포는 종이를 읽은 후 순패를 뒤집으며 살폈다. 곧 그것들을 제 것인 양 바닥에 놓아두고 책을 계속 읽었다. 군사가 떨떠름한 표정으로 들어가 보라고 턱을 움직였고 각치와 죽화는 안으로 들어갔다.

김포는 잣을 씹으며 책을 읽고 있었다. 고구려 재상 연개소문이 지었다던『김해병서』였다. 그가 깔고 앉은 곰 가죽은 푹신해 보였다. 옆에는 깎다가 만 나무탈이 놓여 있다.

둘은 예를 보이고 반듯하게 섰다.

김포는 인사를 받지 않고 책에만 눈을 두고 있었다.

죽화는 그를 살폈다.

● 고려 시대 술집

319

30대로 보인다. 수염이 성글었다. 코 아래는 전혀 없고 턱에 몇 올이 가늘게 늘어졌다. 대원수와 부원수가 묘사한 것처럼 망나니나, 장비 같은 술꾼의 모습은 아니었다. 학 같은 모습이었다. 이마가 길었고 목이 가냘팠으며 어깨가 좁았다. 눈 주변은 파리했고 검었다. 가는 입술은 묘하게 퇴폐적인 느낌을 풍겼다. 검은색 줄이 그어진 꼬리가 늘어진 털모자 속 파리하고 조막만 한 얼굴을 한 김포는 글 읽기에 빠져 있었다.

둘은 한참이나 서 있었다.

고요한 상태에서 그가 읽던 책 몇 장이 넘어갔고 이윽고 낮은 말소리가 흘렀다.

"나가 있으라."

군졸들의 발소리가 사라지자, 김포가 책을 덮었다. 이제 대화를 하려나 싶었는데, 김포는 또 손을 놀려 딴짓했다. 책과 잣이 담긴 바가지를 치우고 연상 위로 웬 커다란 바가지를 올려놓았다. 만들다 만 탈이었다. 그는 옆에 둔 칼로 나무탈을 깎기 시작했다.

각치가 물었다.

"가죽 깔개 위에 올라앉아도 되겠나이까. 울타리를 닫아야 합니다만."

그를 둘러친 울타리는 요식적이어서 매우 옹색했지만, 그래도 감옥의 틀이었다. 위리를 선고받은 죄인을 둘러치는 울타리는 잠시라도 열리면 큰일 나는 법이었으니 마냥 열어둘 순 없었다. 김포는 탈의 커다란 콧방울을 돌려 깎는 데 심혈을 기울이는 중이었고 각치는 오줌 마려운 개처럼 초조해했다.

"앉아. 올라와서."

한참 만에 김포는, 깎아낸 부분의 거스러미를 후후 불며 입을 열었다.

각치가 깔개에 올랐다.

큰절했고, 죽화는 하지 않았다.

각치는 죽화에게 힐긋 눈 흘김을 보냈다. 굴옥에 들어오기 전, 죽화는 각치에게 주의를 단단히 받았다. 죽화가 해야 할 일은 김종현이 김포에게 접근한 일이 있는지를 신력으로 감지하는 것이었다.

"김포의 과거가 보이면 기억해라. 보이지 않는다면 더 집중해야 한다. 그날 김종현이 김포를 찾아왔는지를 느끼는 것이 네가 해야 할 일이야." 각치는 그렇게 말했다.

김포가 얼굴을 들었다. "대원수가 보냈다고?"

"그렇습니다. 방어사 나리."

"뭘 해줘야 하지?"

"제 순패부터 돌려주시길 바랍니다."

김포는 조각돌을 쥔 손으로 옆에 놓아둔 순패와 문서를 집어 던졌다. 각치는 그것을 받아 고이 품에 넣었다.

"여섯 기병 때문에 옥고를 치르시는 줄로 압니다."

"잠깐. 그런데 자네, 고려인인가?"

"북계에서 지냈습니다."

"북계에서 지낸다? 거기서 지내면 전부 고려인이 되는 건가?"

"여진인의 피도 흐릅니다만 먼 윗대입니다."

으흠.

"서쪽 오랑캐의 피가 있구만. 내 눈은 못 속여."

각치 얼굴을 찬찬히 뜯어보던 김포는 꼰 다리를 더욱 잡아당겼다. 그는 시선을 깎던 탈로 옮겼는데, 각치에게서 떨어지는 마지막 눈빛에 매우 못마땅해하는 빛을 머금고 있었다.

"좋아, 얼마든지 묻게. 궁금한 것을."

"여섯 기병이 들어오던 날 청기점에 계셨다고 들었사온데, 방어사 나리의 그날 행적을 듣고 싶습니다."

김포는 사각사각 정교하게 탈의 눈썹 아래를 정밀하게 밀어냈다. 종종 조각하는 칼을 쥔 가느다란 손으로 제 코 주변을 긁어대기도 했다. 나무가 둥글게 감기며 떨어졌다. 김포는 질문에 대답하지 않고 손만 놀렸다.

뭐야. 이 인간은.

제멋대로 입을 닫고, 제멋대로 말을 끊고. 배슥거리는 행동을 보고 있자니 부원수가 개망나니라고 부르는 이유가 슬슬 짐작이 갔다.

"별거 없네. 전날부터 성에 없었으니까."

"증명할 사람이 있사온지."

"있지. 여자 두 명이 나와 한 이불에서 있었으니까. 그 이틀 동안 말이지. 용도산 아래 유명한 집이 있는데 거기 가서 묵향과 청난을 찾아 물어봐. 그리고 나는 그 여섯 놈들이 성에 들어온 것과 아무런 관련이 없다고."

"여섯이 몰살당했습니다. 죽인 자는 한 명으로 특정됩니다. 혹시 그 여섯이 아닌 다른 이가 성안으로 들어온 일에 관해 아시는 바가 있으신지."

"없다니까."

"나리, 이 물건을 아십니까?"

김포가 고개를 들었다.

각치는 손바닥만 한 크기의 빳빳한 금속 패를 내밀고 있었다. 아낙에게서 훔쳐 온 가주구였다.

"집안 부적이군."

"어느 집 부적인지 아시는지요?"

김포는 가주구를 오랫동안 바라보고 있었다.

헛.

그때 김포 등 뒤로 얼룩 털 토끼 모자를 쓴 아이 하나가 쑥 얼굴을 내밀었다.

죽화는 놀라 어깨를 움츠렸다.

다섯 살쯤 되어 보이는 사내아이.

놀랍게도 그 아이가 쓴 토끼털은 모자가 아니었다. 죽은 토끼의 사체였다. 화살에 맞았는지 몸통이 상했고, 얽은 자리에 피가 굳어 있었다. 아이는 그런 토끼를 여느 병사들의 모자처럼 머리에 쓰고 있는 줄 알았는데—

맙소사,

자세히 보니 토끼 사체가 머리에 붙어 있는 게 아닌가. 이마와 토끼 사체는 한 몸이었다.

뭐지?

그 아이는 김포의 어깨에 턱을 대고 각치가 내민 부적을 빼꼼히 넘어 보더니 곧 시시하다는 듯 죽화를 보았다. 그리고 죽화를 보는 것이 더 재미있다는 듯 씩 하고 웃었다. 그런 다음 김포의 등에서 폴짝 뛰어 판상으로 내려가더니 이내 사라졌다.

죽화는 잘못 보았나 싶어 눈을 비비고 머리를 흔들었다.

토끼 사체를 머리에 인 아이는 곧 저쪽 가시울타리 밖에서 다시 모습을 드러냈다. 아이는 춥지도 않은지 발가벗고 있었다. 요리조리 냉기 어린 동굴 바닥을 맨발로 뛰어다니더니 놀랍게도 이글거리는 화로가 있는 쪽의 동굴 벽을 타고 기어올라 천장에 거꾸로 섰다. 발바닥에 아교를 발라놓은 듯했다. 거꾸로 매달아놓은 빗자루처럼 천장에서 배스듬하게 몸을 세운 아이는 거꾸로인 얼굴로 죽화를 보았다. 피가 뚝뚝 떨어졌다. 토끼 사체에서 떨어지는 피였다. 죽화는 소스라치며 입을 막았다.

그리고,

죽화는 그런 김포의 등 너머로 넘실거리는 여러 명의 아이를 보게 되었다. 이쪽에도, 저쪽에도, 아이들은 점점 늘어났다. 전부 다른 모습, 다른 얼굴, 다른 나이였다. 많으면 다섯 살, 적으면 갓난이들이다. 하나같이 죽은 짐승의 사체를 털옷처럼 몸의 어느 부위에 감쌌다. 토끼나 고라니, 심지어 승냥이 꼬리를 허리에 둘러맨 아이도 있었다. 탯줄을 달고 있는 갓난이도 있었고 동저고리를 입은 남자아이도 있었다. 복슬복슬한 꼬리가 달린 아이도 있었다. 손톱은 족제비의 그것이나 참매의 발톱을 하기도 했다. 모양은 달랐지만 전부 검은 때가 가득 끼었다. 한 아이는 김포의 왼쪽 어깨에 앉아 김포가 만드는 탈을 신기하다는 듯 보았다. 김포는 전혀 그 아이들을 인지하지 못하는 표정이었다. 김포뿐 아니라 각치도 그랬다.

'씨, 또 환각이다.'

저도 모르게 신력이 발동하고 있었다.

여자아이 하나가 스적스적 돗자리를 비비며 기어와 김포 앞에 정좌하고 앉았다. 김포를 등지고 앉은 아이는 죽화를 빤히 보았다.

죽화는 놀라 일어설 뻔했다.

아이 얼굴은 온통 고름으로 짓눌려 있었다. 아이는 죽화를 희롱하듯 자기 피부를 뜯어내면서 웃었다. 피부를 다 뜯자 벌게진 속피를 손톱으로 긁어댔다. 그리고 또 정맥과 신경이 싸인 근육을 벗겨냈다. 아이가 죽화를 보며 입을 움직였다.

— 얼굴 피부를 하나씩 벗겨낼 때마다 머리에 든 사람도 하나씩 벗겨내는 거야. 알아?

— 얼굴이 달라지면 사람도 달라지는 거라고. 알아?

아이들이 점점 늘어났다.

아이들은 정신없이 깔깔대고 뛰어다녔다.

아이들이 김포 주변을 맴도는 것을 보고 죽화는 이들이 김포의 죽은 자식들임을 본능적으로 깨달았다. 태어나지 않았거나 여자의 배 속에서 죽은, 그래서 생명체가 되려다 만 존재들이란 것을.

그것들은 허공에 떠도는 죽은 짐승들의 영혼이나 사체를 제 몸에 덕지덕지 붙이고 저렇게 반편이 되어 떠돌고 있다는 것을.

'부원수 말이 맞았구나.'

김포는 난봉꾼이었다.

기어가던 갓난쟁이가 작은 입을 벌리고 검은 물을 토해냈고 다시 아무렇지도 않은 듯 기었다. 이자는 뭇 여자를 임신시킨 후 아이가 들어서면 지랑물을 먹여 아기를 지우게 하는 모양이었다. 그렇게 생명을 잃어버린 백(魄)들이 형상화해 어른거리고 있었다. 죽화는 몸서리쳤다. 아이들이 가여워 화가 치밀어 올랐다. 죽화에게만 보이는 것이어서 옆에 있는 김포가 모른다는 것에도 화가 났다.

김포는 각치가 내민 부적을 한참 보다가 고개를 들었다.

"모르는 것이네."

"대마신군 김종현 장군을 보신 일이 있으십니까?"

"그이는 제 부대를 이끌고 개경으로 갔는데?"

"구주에서 보신 일은 없습니까?"

"없지. 이곳에 있을 턱이 있나."

누가 봐도 속이는 말투다.

"여섯 기병이 죽은 날, 병마판관 나리를 만나신 일이 없다는 말씀이오이까."

그는 날을 쥔 비틀어진 손가락으로 탈의 입술을 정교하게 밀어냈다. 힘을 준 탓에 엄지와 검지가 하얗게 변했다가 다시 붉어졌다.

"없네."

"죽은 기병들이 대마신군 소속이란 것은 알고 계셨나이까."

"도순검사가……." 김포는 혀를 내밀고 집중했다. 날을 교묘하게 돌려 나무 살을 도려내고 손으로 그 자리를 문질렀다. "……말해주더군."

"대마신군은 종적을 감추었다는데 그들이 이곳 구주성에 왜 왔다고 생각하시는지요?"

"글쎄. 제 식솔들을 보려고?"

"여섯 기병들의 식솔들은 동북쪽에 있다고 들었습니다."

"그런가? 그러면 왜 왔지? 이상한 일이로군."

김포는 내내 탈만 주시하며 건성으로 대답했다.

"알겠습니다."

결국 각치는 고개를 끄덕였다. 김포가 내면의 말을 뱉지 않을 거란 건 죽화도 느꼈다. 각치가 어떻게 돌려 묻든 마찬가지일 것이다.

각치는 한동안 요리조리 움직이는 김포의 손을 바라보고 있었다.

"탈을 왜 깎으시는지요?"

김포가 고개를 들었다.

"그런 것도 알아 오라고 시키든? 대원수가?"

"소인이 궁금해서 여쭙습니다."

"이 탈, 어디에 쓰이는지 아는가?"

이 탈. 어디에 쓰이는지 아는가.

김포 어깨에 앉은 아이가 말을 따라 했다.

"모릅니다." 모릅니다.

굴옥 천장에 붙은 아이가 이번에 따라 했다.

"모른다고? 이맘때 고려인은 전부 탈을 만드는 이유를 아는데."

탈을 만드는 이유를 아는데.

네발로 기어 다니던 갓난이가 묘하게 그 말을 따라 하고 있다.

죽화가 줄곧 노려보고 있는 것은 탈을 쥐고 앉은 김포 앞에, 그러니까 김포와 자신 사이에 떡하니 정좌한 얼굴 피부가 흘러내리는 여자아이였다. 제 아비에게 등을 돌린 채 그 아이는, 죽화를 보며 이죽거렸다.

"군나 때 쓰는 탈이네."

군나는 군에서 치르는 구나의식*으로 나례(儺禮)의 한 종류다. 나례란 연말이나 연초에 악귀를 쫓고 재앙을 막는 의식을 말했다.

궁중에서 치러지는 나례는 대나라고 했고, 군에서 치러지는 나례는 군나라고 불렀다. 개경에서는 매년 쥐의 달인 동짓달*에 전국의 무당들을 모아서 대나를 거행했는데 팔관회와 함께 고려의 큰 행사 중 하나였다.

"나례는 송구영신을 축원하는 일반적인 의식이지."

마을에서도 상인들의 집단에서도 이때 자신들의 나례를 치른다. 북계의 각 성에서도 그랬다. 북계의 방어성들은 주로 정월에 군나를 벌였는데, 인근 백성들이 전부 성에 들어와 함께 즐겼다. 방식은 병사들이 탈을 쓰고 밤새 춤판을 벌이는 것이다. 이 춤을 오방귀무라고 했다.

오방귀무는 군의 주둔지에 들어간 호랑이가 날뛰는 형태로 시작해서 비취색 장막 속에서 호랑이 탈을 쓴 이가 잡혀 나와 주살되는 형태로 마무리한다. 호랑이는 귀신을 상징했고, 적과 싸울 때 생기는 두려움을 상징했다.

"자네, 내가 이 탈 때문에 갇혔다는 걸 알고 있나?"

김포는 엄지로 탈의 광대 부분을 엄지로 비비며 빙긋이 웃었다.

"내가 반령벌°에서 군나를 벌이자고 주장했거든. 대원수한테."

● 귀신을 쫓는 의식으로 중세 궁중이나 집단에서 하는 벽사의례(辟邪儀禮) 중 하나다.
❖ 11월
○ 구주 벌판

"벌판에서요?"

"그러자 그들이 반대했지. 거란이 우리 성상 폐하 코앞에 웅크리고 있는데, 한가하게 군나를 벌일 수 없다는 게 강민첨의 생각이었어. 게다가 강민첨은 성학을 받드는 자여서, 이런 풍습을 경멸하거든."

도순검사는 김포가 강민첨이 데리고 온 개경의 중랑장들과 고위 장교들에게 불만이 많았다고 했다.

김포는 여러 민원을 듣고 있었다. 중앙군이 구주에 들어와 구주 토민의 거처를 차지한 것에서부터, 토민들을 하인 부리듯 함부로 대하는 것까지. 그는 구주 토민들의 입장에 서서 부원수와 여러 가지 대립각을 세웠던 것으로 보였다.

작년 가을. 구주성 동문을 수리할 때 개경에서 온 군사들이 흙을 지던 구주 토민 하나에게 함부로 대하는 일이 발생했고, 그 일로 토민들은 보수하던 성을 허물며 중앙군들에게 무장투쟁을 벌였다. 그때 구주성 도령 김포는 구주 토민들 편에서 개경의 군사들을 가두었는데, 그것이 개경에까지 알려졌다. 중앙군을 실질적으로 총괄하는 부원수 강민첨은 김포를 지휘 통제에 따르지 않고 영역만 지키는 자로만 인식했다. 그리고 여섯 기병이 구주성으로 들어왔을 때 자리를 비웠다는 이유로 강민첨을 따르는 도순검사의 징계를 받았다.

"강민첨은 아무것도 모르는, 멍청한 자야. 호기를 부려 아래로 내려가겠다고는 하지 않던? 클클, 기껏해야 청천강 인근 연주나 위주에서 적 주변을 깔딱대겠지. 안 봐도 뻔해."

"그분은 서경을 기반으로 싸우자는 뜻일 겁니다."

"씨. 군나를 벌여야만 했어. 그렇지 않아도 사기가 떨어지고 있는데."

김포는 예년대로라면 군나가 닷새 후인 자미일에 있어야 하지만 부원수의 반대로 아직 결정되지 못하고 있다고 말했다. 대원수도 하루 정도 날을 잡고 군나를 행할 의지가 있었으나 부원수가 극렬히 반대해서 결정을 그에게 위임해버렸다고 했다.

"나도 알지. 이 엄중한 시기에 군사들에게 탈을 만들라고 하고, 탈을 씌워 종일 춤을 추게 하는 게 얼마나 한가한 소리인지를. 하지만 말이야, 지금은 그것만큼 중요한 게 없다고. 이 부대는 지금 엉망진창이야. 아무것도 모른다고. 개경에서 올라온 그 키 작고 우유부단한 노인네도 그렇고, 제 혈기만 믿고 설치는 서경의 진장인가 뭔가 하는 그치도 그렇고 전부 싹 무지렁이들이야. 그들은 이곳 구주의 형편을 알지 못해. 전혀 모른다고. 지형도! 날씨도! 북계 토민들의 성정도!"

"그 말씀을 제가 어찌 들어야 할지 모르겠습니다."

김포는 깎던 바가지 탈을 연상 아래로 내렸다.

"이렇게 말하면 뭐가 불만이냐고 하겠지만, 그들은 이 전쟁에서 이길 의지가 없어, 아니 능력이 없지."

그는 깎던 탈을 자신의 단전 아래에 내려놓고 연단에 팔꿈치를 대고 상체를 가까이 기울였다.

"어이, 흰 수염 노인, 내가 정보 하나 줄까?"

"어떤 정보든 지니고 있으면 도움이 되지요."

"대마신군이 지금 어디에 있는지 아나?"

각치가 눈을 가늘게 조였다.

"내, 알려줄까?"

"아시는지요?"

"알지."

"어디에 있습니까? 개경으로 내려가 폐하를 도우라는 임무를 받고 사라진 상태라고 들었습니다만."

그가 히죽 웃었다. "틀렸어. 놈들은 의외로 가까운 곳에 있네."

"……가까운 곳이라 하면."

"귀화진."

귀화진?

죽화가 놀라 눈을 동그랗게 떴다.

귀화진은 구주에서 세 시진쯤 달리면 나오는 산성이다.

안의진성과 귀화진성은 구주성의 보조성 역할을 했다. 그것은 구주성의 규모가 가장 컸기에 그렇다.

"정말 귀화진에 있다는 말입니까?"

고려의 방어성들은 평시에는 독립적으로 운영되었지만 전시에는 큰 성을 중심으로 작은 성들이 전초기지나 보급기지 역할을 했다. 구주 쪽도 그랬다. 전투 시 구주의 병력이 수세에 몰리면 귀화진에서 보충을 지원할 수 있었고, 상황이 불리하면 구주의 군사나 백성 들이 귀화진으로 이동해야 했다. 또 귀화진에서 같은 상황이 벌어지면 안의진이 그 역할을 다시 맡았다.

"귀화진이라면 정말로 먼 곳이 아니군요."

"그렇지. 그들은 개경으로 가지 않았어. 중간에 새지도 않았고, 거란대에 복속되지도, 두려워서 저들끼리 흩어지지도 않았지. 그들은 통주에서 구주로 이어진 길을 타고 곧장 귀화진으로 들어갔네. 지금도 그곳에 주둔해 있어."

"자발적으로 갔습니까?"

"그러지 않았을까."

각치는 품에서 순패를 꺼내 곰 가죽 바닥에 놓았다. 자신은 물을
자격이 있으니 똑바로 대답하라는 무언의 압력이었다.

"대원수께서 숨긴 건 아니고요?"

"이 사람아, 그 반댈세. 김종현이가 그 늙은이의 뒤통수를 쳤다네."

각치가 심각한 표정을 지었다.

"반발 같은 겁니까? 대원수에 대한?"

"정확히는 무모함에 항의하는 거지."

"개경에 머무르는 거란대와 붙은 것에 관한?"

"그렇지."

"놀라운 말씀이군요."

"놀랍지. 엉망인 연기를 하는 그 늙은이가 놀랍지."

각치가 눈을 번쩍 떴다.

"엉망인 연기? 그 말씀은 대원수 각하도 그들이 귀화진에 있다는
걸 알고 계시단 뜻이온지요?"

"알아. 모른 척하고 찾고 있는 거네."

"맙소사. 왜?"

"지금 반말했나?"

"송구합니다. 너무 해괴한 말씀이라……."

"해괴?"

"……송구합니다."

"알지만 찾지 않고 있는 거야, 그 노인네는. 김종현이 자신에게 반

발해서 부대를 숨긴 것을 알아. 하지만 모른 척하고 있네. 노인네의 목적은 따로 있네. 이 전쟁에서 귀신의 창을 들었다는 대마신군을 투입하고도 졌다는 오명을 듣고 싶지 않은 것."

"일찌감치 진다고 여긴다는 뜻입니까?"

"지지. 이길 수 없네."

"그럴 생각을 하실 분이 아닙니다."

"마침 잘된 거지. 홍화진에서 이기는가 싶었는데 야만인들이 자신을 속이고 홀라당 개경 쪽으로 내려가버렸어. 대원수는 크게 당황했지. 게다가 수도 서지 않았을 거야. 이러면 대군을 이끌고 내려가야 하나, 아니면 각 성에 부대를 배치해서 돌아올 때를 맞이해야 하나, 갈팡질팡. 알겠나? 그러던 차에, 대마신군이 명령을 어기고 잽싸게 달아나버렸지. 노인네는 그걸 전가해서 차라리 싸움에 진 걸 선택하고 싶은 거지. 저놈들이 내 명령을 어기고 사라져버렸다, 그래서 이길 방도가 없었다, 그거라고. 전쟁이 끝나면 김종현은 참수될 걸세."

"증거라도 있습니까?"

"무슨 증거?"

"김종현 부대가 귀화진에 숨어 있다는 증거. 또 대원수 각하께서 그걸 이미 알고 있다는 증거."

김포가 피식, 하고 웃었다.

"대원수는 북계의 여섯 성을 순시하고 곽주, 선주,* 홍화진, 안의진을 돌아 구주로 들어왔지."

* 통주

"그러합니다."

"그때 귀화진성에는 들르지 않았다고 어찌 믿나?"

각치와 죽화는 동시에 놀란 표정을 지었다. 귀화진성은 통주와 구주성의 직선거리에 위치하고 있으며, 안의진성과 구주성과 삼각형을 이루는 자리에 있었다.

"확인하러 떠났던 거네. 어느 성이 대마신군을 숨기고 있는지를."

귀화진은 각치가 원숭이탈을 만난 지점과 멀지 않았다.

"그를 호위하던 병력이 선주와 홍화진을 전부 뒤졌다는 말을 들었네. 곽주는 대원수가 직접 뒤졌지. 대마신군이 은거해 있는지를 확인했겠지. 어떤가? 귀화진성을 뒤지지 않았다면 내 이눔을 자름세."

김포는 자신의 중요 부위를 손으로 가리켰다.

죽화는 입술을 잘근 씹었다. 원숭이탈의 수하들이 말을 귀화진에서 가지고 왔다는 사실을 떠올렸다. 대원수와 각치가 안의진에서 불을 피우며 죽화와 갓난이를 발견했을 때 그들은 돌아왔다.

각치 역시 신음을 냈다.

고려군은 지금 완전히 와해하는 중이었다.

4

"방어사 나리께서는 부원수 각하와 갈등한다고 들었습니다. 나리께옵선 언젠가 오랑캐가 철군할 때 과연 이 구주벌을 지난다고 믿으십니까? 길은 두 개가 있습니다만."

김포는 탁자 아래 둔 탈바가지를 북 치듯 두 손으로 툭툭 쳤다.

"이것 봐, 야만인들이 여길 지난다는 것은 구주의 어린아이들도 알아. 가늠하지 못하는 척하고 있지만 대원수도 알아."

"대원수 각하께서 아신다고 보시는군요."

"알지. 알고 있어. 몇십 년 구주 흙을 퍼먹고 산 우리는 직감해. 적이 방어성이 많은 서쪽 해안길을 선택하지 않고 단숨에 올라올 수 있는 동쪽 내륙길을 탈 거란 걸."

"그렇게 생각하시는 이유가."

"지쳐 있기 때문이지. 저들은 벌써 두 달째 고려 땅에 머물러 있고, 너무 깊숙이 들어와 있어. 신은현에서 풍찬노숙한 지가 스무날 넘었네. 성상 폐하는 주변을 깡그리 불태우고 백성들을 성안에 들여서 쥐처럼 웅크리고 있지. 놈들은 지금 폐하의 청야전술에 시달리고 있어. 아마 주변의 쥐도 전부 잡아먹었을 것이다. 거란은 돌아갈 때 필시 이 구주성으로 오게 되어 있네. 가장 빠른 길로, 줄줄이 있는 고려 방어성을 만나지 않는 길로."

"그럴 수도 있겠군요."

"그럴 수 있긴, 반드시 그래."

"그리 보시는군요." 각치가 고개를 끄덕였다.

"저들에게 구주성이 있는 이 내륙길은 가장 안전한 길이야. 지형이 험하고 거친 건 저들로서는 전혀 문제가 되지 않는다고. 놈들은 절대로 약하지 않아. 지쳐 있다는 것과 약하다는 것은 다르지. 저들에겐 말의 체력이 중요해. 말이란 먹이고 쉬게 할 수만 있다면 다시 회복하니까 언제나 내려올 때의 그 기세등등한 귀신이 될 수 있어. 말이 힘을 내면 올라탄 야만인도 힘을 내는 법이지."

"구주가 전장이 되겠군요."

"그래. 곧 개경 접수를 포기하고 올라올 텐데, 반드시 내륙길을 타고 올라와서 외따로 박혀 있는 구주성을 함락할 거야. 두 달간 풍찬노숙에 지친 말을 쉬게 해야 하거든. 가장 큰 성이기도 하고, 시설도 제일 좋아. 누구든 거란의 도통이라면 구주성을 공략할 거야."

"그 의견을 부원수 각하께서는 받아들이지 않고요."

"그자는 야만인들이 해안길로 철군한다고 믿네. 그래서 영주로 가서 서경군과 합세해 기세를 만들고 서경 아래에서 단판으로 끝장낼 생각을 하지. 초장에 적들을 저렇게 내려보낸 것에 몹시 자존심 상해하지."

"대원수께선 두 분 의견 중 부원수의 말에 동조하시고요."

"그만하지. 그 늙은이 이야기는."

"좋습니다. 그 늙은이 이야긴 그만두지요."

"오호, 방금 늙은이라고 말했나? 우린 어쩌면 좋은 친구가 될 수 있겠구만?"

"저들이 이쪽으로 오면 나리는 이길 복안을 지니고 있습니까? 벌판에서 벌이는 회전이라면 저쪽이 단연코 우세합니다."

"있지. 구주성 위로 나 있는 팔영령*으로 올라가는 길이 꽤 좁거든. 거란 놈들이 제 나라로 돌아가는 길의 폭이 무척 좁다고. 애로, 말 그대로 계곡길이야. 그게 무슨 뜻인지 아나? 말을 탄 놈들이 한 줄이나

* 반령

두 줄로 줄줄줄, 지나야 한다고. 벌판에서 빙빙 먼지를 풍기며 귀신처럼 멀어졌다가 나타나는 그 망나니 놈들이 거기선 아이들 대문 놀이 하듯 줄지어 가야 한단 말이야. 어때? 매복하기 쉽겠어, 어렵겠어?"

"쉽습니다. 고려 쪽이 유리합니다."

"둘 다 유리한 곳이 구주야. 구주에서 전투를 벌여야 우리도 승산이 있어."

"저들의 난폭함을 감당할 수 있습니까?"

김포는 고개를 절레절레 흔들었다.

"지금 그게 문제가 아니야. 변수는 따로 있네."

"변수?"

"아주 중요한 변수지."

"무엇입니까? 그게?"

김포는 제 국부 부분에 놓아둔 탈을 들어 보였다.

"탈?"

"군나."

"군나 말씀입니까? 방어사 나리?"

악귀를 쫓기 위해 탈을 쓰고 전군이 종일 춤을 추는 행위가 이 전투에서 이기는 변수라고? 옆에 있던 죽화도 이해할 수 없어 김포의 다음 말을 기다렸다.

"내가 부원수와 싸운 걸 알고 있지? 나는 군나를 해야 한다고 주장했고 부원수는 군나를 할 수 없다고 우겼네. 자네 눈엔 내가 미친 것처럼 보이나? 이 엄중한 시기에 춤추며 놀자고 할 만큼?"

"그 물음에는 뭐라 드릴 말씀이 없습니다. 소인은 듣고만 있겠습니다."

"이건 군나의 문제가 아니라 성안에서 싸워야 하는지, 성 밖에서 싸워야 하는지에 관한 대립이야. 이해하겠나?"

"글쎄요."

"견벽고수와 벌판전."

"음. 알겠습니다. 어느 게 나리의 뜻입니까?"

"성 밖에서 싸우는 거지."

각치가 놀라 소리쳤다. "버, 벌판에서 싸운다구요?"

"뭘 그리 놀라나?"

"구주성 안에서 견벽고수하는 게 아니고요? 벌판이라니."

견벽고수는 성을 중심으로 성안에서 문을 닫고 농성하다가 성 밖의 적이 빈틈을 보이면 나가서 허를 찌르고 돌아오는 방식이다. 북쪽의 오랑캐가 내려오면 고려는 수많은 방어성을 바탕으로 견벽고수 방식을 취해왔다.

30년 전 서희는 그것만이 저들을 이길 방법이라고 생각했기에 닥치는 대로 북계의 성들을 축조하고 보수했다. 산마다 버려진 고구려 성들도 전부 되살렸다. 견벽고수는 지금 개경에서 왕도 사용하는 중이다. 주변의 먹을 것을 불태우고 성에 틀어박혀 움직이지 않는 것. 기회를 엿보다가 성 밖으로 나가 적을 찌르고 돌아오는 것.

"견벽고수는 고려군의 기본 전술입니다. 벌판전은……"

"천만에, 여긴 해안 쪽의 방어성들과 달라. 성 동쪽에 널따란 벌판이 있기에 저들은 벌판을 이용해서 충분한 전의를 다진다고. 이 벌판을 저들에게 주면 우리는 갇힌 꼴이 되네. 벌판으로 나가서 검차와 장애물을 박아 두고 우리도 자유롭게 싸워야 하네. 맹화유를 적신 가마니를 벌판 이곳저곳에 깔아놓고 불을 붙이는 방법도 있겠지. 절대로 견벽고수를 고집하면 안 돼. 필패야."

"음."

"자네 같은 사냥꾼들은 모르겠지. 병법을 공부하고, 또 수차례 성을 지켜본 나는 알지. 우리가 성안에 틀어박히고, 저들이 벌판을 장악하면 지는 거네. 저들은 언제든 위로 달아날 수도 있고, 우리를 말려 죽일 수도 있네. 게다가 이곳에 오면 개경에서보다 더 말먹이가 필요하고 목을 축일 물이 간절할 거야. 구주성에 옹기종기 모여 있으면 단번에 함락될 걸세."

"그래도 그렇지요. 벌판전을 하자니. 대체 누가 그걸 옳다고 생각하겠습니까?"

"내가."

"……."

"내가 주장하고 있잖아."

"탈을 쓰고 춤을 추는 군나는 벌판전을 대비해서 시행하는 군사의 진법 훈련을 뜻하는 거겠군요."

"자넨 매우 똑똑하군. 우린 잘하면 좋은 친구가 될 수 있겠어."

"대원수 각하께서 부원수 각하와 나리 중 누구를 선택하느냐에 따라 고려의 운명이 걸렸군요."

"그 노인은 절대로 자기 생각을 발설하지 않지. 나는 그게 북계 주진군과 내 구주 토민을 불안하게 만들고 있다고 생각해. 그 노인을 따라 모인 중앙군들과 고위 지휘사들은 전혀 그런 걱정을 보이지 않더군. 전술적 방책이 없는 노인네가 뭐가 믿음직스러워 저렇게 막무가내로 믿는지 몰라."

"아닙니다. 해안 쪽 방어성들의 도령들은 김포 방어사 나리처럼 대원수의 영을 따르지 않고 있사온데."

김포의 눈이 가늘어졌다.

"일개 양수척이면서 그런 것까지 아는가?"

"들었나이다."

"누구에게서? 누가 너한테 고려군의 핵심 기밀을 말하던가?"

"안의진에서 대원수 각하께서 걱정하시는 말을 들었나이다."

"노인네가 네 앞에서 그런 소릴 하더라고?"

"대원수 각하께서는 저를 신임하고 계십니다. 꽤."

김포의 양 볼 근육이 불쑥댔다.

"그래서 문제야! 고려군 상원수가 누군지도 모르는 일개 사냥꾼에게 그런 중요한 사안을 한탄하며 노출하다니. 나는 모르겠어. 정말이지, 이해가 가지 않아. 나는 부원수보다 대원수가 더 짜증이 나."

"구주벌이 양쪽이 터놓고 싸울 만하나 반드시 거란에 유리합니다. 나리께선 군나로 평지의 진을 연습하자고 하시지만 말을 달리며 회전하는 일은 장수와 군졸이 진법을 익힌다고 되는 것이 아닙니다. 그것은 태어날 때부터 말과 사는 자들만이 부리는 본능에 가깝습니다. 고려는 대마신군을 포함해서 가용할 만한 기병이 전부 합쳐도 1만 2,000기뿐일 것입니다. 또 거란이 이쪽 길로 철수한다면 고려는 일찌감치 그 아래 지역인 청천강 인근 위주와 연주에 미리 병력을 배치해야만 합니다. 층층이 적의 세력을 감쇄해야 하겠지요. 그러면 구주는 더더욱 병력이 모자랄 테고요. 나리 말씀대로 그리 쉽게 되지 않습니다."

김포의 눈이 가늘어졌다.

"자네 누군가? 말하는 것을 보니 사냥꾼이 아닌데?"

"전부 나리께서 하신 말씀입니다. 제가 빈 곳을 채워서 요약한 것뿐입죠. 저는 병법 따윈 모르는 일개 사냥꾼입니다."

"너 첩자지?"

각치가 빙긋이 웃었다.

"제가 첩자라면 대원수 각하께서 제일 먼저 알아보셨을 겁니다."

죽화는 각치를 바라보았다.

죽화도 각치가 오랑캐로부터 온 첩자라고 생각해본 적이 있었다.

짧은 수염이 말한 대로 구주성에서 만나야 할 밀접자가 각치일 수도 있었다. 그렇다면 각치는 녹황색 자아추를 보고도 왜 반응이 없었을까?

각치가 첩자라면 속이 열두 겹인 원숭이탈로부터 들켰을 것이다. 각치는 원숭이탈의 암시에 여러 번 걸린 적이 있었다. 원숭이탈은 암시를 사용해서 각치의 정체를 묻지 않을 리 없다. 죽화는 잠들기 전 각치에 대해 예지를 보려고 노력했으나 좀처럼 보이지 않았다. 그것을 보려면 누군가의 분명한 질문이 있어야 할지도 몰랐다.

한참을 노려보던 김포는 목소리를 차분하게 깔았다.

"하긴, 모르는 소릴 하는 걸 보면 대단한 놈일 순 없겠군. 이봐, 벌판전은 말이야, 말을 타고 회전하는 것만이 전부가 아닐세."

"그렇다면?"

"배치지."

"배치?"

"벌판을 누가, 어떻게 선점하느냐."

"장애물 말이오까?"

"장애물도 그렇지만 누가 바람을 등지고 서 있느냐에 달렸어. 구주 벌판전의 필승이란!"

어느새 아이들의 혼령은 사라지고 없었다.

김포는 잠기듯 어딘가를 보며 말했다.

"다른 곳이라면 거란이 유리해. 하나 구주 벌판은 달라. 나라면 구주성 동문 앞에 대를 짜고 기다릴 거야. 저들이 벌판으로 들어오는 길목에 검차*를 세워놓고 말이지. 저들은 올라가려다 우릴 보고 멈추겠지. 싸우지 않겠다며 무시하고 올라갈 수 없어. 그러면 꼬리를 보여주는 격이 되니까. 불리하지. 반드시 맞서서 대적하는 열을 짤 수밖에 없지. 상상해봐. 그러면 저들은 우리가 만든 대열에 의해 자리를 잡는 거라고. 성의 생김새가 아니라 우리의 생김새로. 자, 이제 내가 설명하는 대로 머릿속에 그림을 떠올려보라고. 서로가 한동안 대치할 거야. 간을 보는 거지. 그러다가 저들은 달릴 거야. 놈들은 정신없이 달리지. 빙빙 돌고 왔다리 갔다리 하며 먼지를 일으키며 혼을 빼려 들겠지. 우리는 절대로 움직이지 않아. 그리고 사정거리에 놈들이 들어오면 쏘는 거야. 검차와 장애물이 우리의 구원이지. 장애물은 조금씩 앞으로 나아가. 저들이 아무리 빠르다 해도 벌판에서 쉬 속도

---

* 수십 개의 창을 박은 장애물. 기마들을 두렵게 해서 기마 속도를 늦추고 질주를 막는다.

를 내지 못할 걸세. 일찌감치 대를 넓게 폈기에 저들이 근처에 오지도 못하고 고슴도치가 되어 널브러져 쌓이는 것을 우리는 보겠지."

김포의 눈이 점점 희미해지며 초점을 잃어가고 있었다. 머리 위로 자신의 계략대로 진이 움직이고, 적이 무너지는 것을 상상하는 모양이었다.

김포는 진실로 구주에서 자신들의 토병들을 데리고 이길 수 있다고 생각하는 것 같았다.

"아. 상상만 해도 흥분되누만. 그 좋은 필승법을 두고 성안으로 들어가서 돌을 던지고 기름을 부으며 방어전을 한다? 절대로 이기는 법이 아니지. 아직 야만인들이 오지 않을 때, 벌판을 선점해서 곳곳에 장애물을 배치해두고 진을 잡아야 하네. 하나 대원수는 내 말을 무시했어. 벌판으로 나가기가 두려운 거야. 게다가 부원수는 저 아래로 내려가서 적의 자리로 들어가서 맞붙자고 멍청한 소리나 떠들어대고. 강민첨은 글 읽는 자치고는 용맹한 사람이지만 자신의 틀을 벗어나려 들지 않아. 아, 되도록 많이 죽이고 싶군. 극치는 남녀 교합에서만 느끼는 건 아니지."

"으흠. 여기까지만 듣겠습니다. 저는 돌아가서 더하지도 빼지도 않고 들은 바를 전하겠습니다. 벌판전에 관한 말도 들은 대로 전하겠습니다."

"대원수가 내 말은 전혀 듣지 않으니 당신 말솜씨를 믿어보지. 화려하게 전하게."

"그러하겠습니다."

"좋네. 우린 다시 좋은 친구가 될 수 있겠군."

그때였다.

"무리야!"

각치와 김포가 죽화를 뚱하게 바라보았다. 각치의 눈에 쓸데없는 짓을 하려거든 관두라는 노기가 서렸다.

"무리라고."

"뭐냐. 넌?"

"벌판에 나가면 져." 죽화가 말했다.

김포는 죽화 목에 걸린 할미의 자아추를 훑으며 물었다.

"넌 거란의 아이냐?"

죽화는 김포를 노려보았다.

"겨울 구주의 바람은 북에서 남으로 불어. 무조건 그렇게 불어. 고려군이 동문 앞 구주 벌판에 서 있으면 바람을 맞으면서 서 있고 저들은 바람을 등지고 서 있는 게 되잖아."

"그래서?"

김포의 표정이 삐딱하게 변했다.

"우리는 대열의 화살이고 저들은 말에서 쏘는 화살인데, 우리가 쏘는 화살은 날아가다 떨어질 것이고, 저들의 화살은 북풍을 타고 열 배는 멀리 나아갈 거라고. 당신 바보 아냐?"

각치가 김포를 차마 쳐다보지 못하고 머리를 숙였다.

"소, 송구합니다. 나리."

김포는 황당하다는 표정을 지었다.

각치는 얼굴을 돌려 김포의 시선을 자신의 뒤통수로 막고 죽화를 노려보았다. 뭐야? 신력으로 본 거야? 각치가 눈으로 물었다.

죽화가 고개를 기울여 김포를 노려보며 대놓고 소리쳤다.

"신력은 무슨! 북계에 사는 사람이면 누구나 바람이 어디서 어디로 부는지 아는데 동문 옆에 진을 친다고? 뭐? 병법과 성을 오래 지킨 자의 본능? 우리가 북쪽에 진을 치고 적이 남쪽에 자리 잡는다면 모를까. 흥, 그러면 적은 단번에 성을 공격해서 접수해버리겠지. 순 엉터리 아냐! 겨울 북풍이 바뀌지 않는 이상 고려는 위험해!"

김포는 죽화의 말에 대꾸가 없었다. 김포는 헐떡이는 중이었다. 그의 손은 가랑이 사이에 덮은 탈 안에 들어가 있었다.

어깨가 빠르게 요동치고 그는 멍하게 입을 벌린 채 천장 쪽을 보고 있었다. 수음하는 김포에게서 시선을 떼고 죽화는 왼쪽을 보았다.

사라졌던 아이들이 슬금슬금 모습을 드러내는 중이었다.

5

"어떻게 생각해?" 각치가 물었다.

"뭘?"

"김포의 책에 끼워져 있던 가주구 부적을 봤니?"

"아니. 그 굴에 애들 귀신이 우글우글해서 아주 혼났어."

"부적은 그 아낙의 것과 같은 것이었다. 갓난이를 데려간 아낙은 병마판관의 식솔이 아니라 김포를 돕는 여자였어."

"그러면 어떻게 되는 건데?"

"갓난이가 김포와 관련이 있다는 뜻이지."

죽화는 흔적도 없는 병마판관보다 구주성에 존재하는 김포가 갓난이의 주인이길 바랐다. 그래야 보상을 받을 수 있으니까. 김포의 자식들이 우글우글한 걸 보면 전혀 엉뚱한 소리는 아니다. 신력을 집중해서 갓난이 아비의 정체를 들여다보고 싶었지만 불가능했다. 부탁을 받으면 능히 되는 예지가 스스로 하려면 이렇게 되지 않는다.

각치도. 김포도.

애수진의 진장

강민첨은 진주의 진강 사람으로 목종 때 과거에 급제하였다. ……또 대장군이 되어 강감찬을 보좌하여 거란의 소손녕(소배압의 오기)을 흥화진에서 격퇴하였다. 소손녕이 군사를 거느리고 곧바로 개경으로 향하자 강민첨이 추격하여 자주의 내구산에 이르러 다시 그들을 크게 무찔렀다.

『고려사』 권94, 「열전」, "강민첨 편".

1

그의 막사에는 책이 많았다.

탁자에 차곡차곡 책을 쌓아두었고 그가 읽는 책은 자신의 집무용 탁자에 따로 놓아두었다. 김포도 읽고 있었던,『김해병서』는 같은 권이 세 권이나 있었다.『제갈량집』,『사마법』 등도 눈에 들어왔다. 그 외에도 가죽으로 표피를 입힌 여러 진법서가 있었지만, 책등 글씨가 낡아서 제목을 읽을 수 없었다.

부원수의 등 뒤에는 호랑이 그림이 수 놓인 넓은 천이 늘어져 있었고 그 앞에 다섯 개의 다른 색을 먹인 근수*와 다섯 개의 언월도가 간격에 맞춰 세워져 있었다. 다른 탁자에는 물소 뿔로 만든 5척짜리 활채가 말려 있었다.

각치는 강민첨의 옷차림을 살폈다.

통이 좁은 사슴 가죽 바지를 입고 긴 짐승 털로 만든 팔목이 짧은 전복을 입고 있다. 바닥에 냉기를 막기 위해 더러운 곰 가죽을 깔아두었다. 가죽신 몇 켤레가 나란히 놓여 있었고 얼굴을 씻을 항아리도 보인다. 도두^{기과}❖에는 먹다 남은 누룽지가 끼어 있다.

"주무시기도 하는군요, 여기서."

"매일일세."

"놀랍습니다. 고려군 최고 관리가 야전에서 지내시다니. 성안에는

● 대나무 창
❖ 군에서 쓰는 쇠그릇. 낮에는 밥을 지어 먹고, 야경할 때도 두드린다.

온돌방이 많지 않습니까?"

강민첨은 머리를 절레절레 저었다. 자신에게는 어림없는 소리라는 뜻.

다른 장군들은 조를 받고 구주성에 지어진 전각을 할당받아 열기를 데우는 온돌에서 잠을 잤지만, 강민첨은 그러지 않았다. 그는 절대로 아래에게 자기처럼 행하라고 강요하지도 않았다. 그는 오직 자신을 돌보았고 일신우일신의 기조로 이 전쟁을 대하고 있었다.

강민첨은 원래 동북계에서 변방 경계를 서다가 8년 전 거란주가 대군을 이끌고 직접 넘어왔을 때 서경으로 이동했다. 당시 고위 장군들이 전부 달아났지만 홀로 서경을 지키다시피 해서 '애수진의 진장' 이라는 별명을 얻었다.

"김종현의 병력이 귀화진에 머무르고 있다는 말이 있습니다."

부원수 강민첨이 눈을 부릅떴다. "누가 그런 소릴 하던가?"

"구주 도령 김포입니다."

강민첨은 헛바람을 뱉었다.

김포의 말은 믿을 게 못 된다는 표정.

"귀화진은 좁아. 그리고 노출된 곳이지. 그들이 거기에 있다면 매복 중인 연락병이 왔을 것이네. 대원수께서도 순시했을 것이고."

"있다면요, 대원수께서는 그것을 아시면서 일부러 모른 척하신다면요?"

"알고 싶은 게 뭔가?"

"부원수께서도 대원수와 한편인지 알고 싶은 겁니다."

강민첨은 생각하지 않고 탁자에 놓인 칼을 잡았다.

이놈.

장갑 낀 손이 부르르 떨고 있는지 무소뿔로 만든 칼집이 달그락 소리를 냈다.

"한편이라니, 나는 대고려국의 대장군이다. 평장사 상원수 각하는 내가 충봉忠奉해야 할 상관이거늘, 나와 그분에 대고 한패라니? 우리가 그러면 적이라도 된다는 뜻이냐? 의견이 다르다고 편을 가르라더냐? 어느 안전이라고 그따위 죽을 소리를 하나? 여기가 시정잡배의 투전판인가?"

각치는 빙긋이 웃었다.

"고정하십시오. 그것으로 충분한 대답이 되었습니다."

기만했다고 생각한 부원수는 칼날을 더 내밀었다.

각치가 일어나 곰 가죽 바닥에 무릎을 꿇고 엎드렸다.

"죽을죄를 지었나이다."

부원수가 칼을 거두었다.

"귀화진에 사람을 보내 확인해보지. 당신 귀에 그런 정보가 들어왔다면 아주 흰소리는 아닐 수 있을 터."

"확인하시면 저에게도 통보해주십시오."

부원수는 앉더니 탁자에 놓인 붓을 빨기 시작했다.

"여섯 놈을 죽인 김종현이 어디에 있는지는 알아냈나? 진척도 없이 쓸데없이 돌아다니는 건 아닌가?"

"쩝, 전혀 감이 오지 않습니다."

강민첨이 고개를 들고 황당하다는 표정을 지었다. 이자가, 또.

목탈이 보였다.

탈은 각치의 키보다 한참 높은 5단짜리 사방탁자의 맨 위에 세워져 있었는데 매우 오래된 것이었다. 허연 창호지를 여러 겹 발라 흰빛이 화사했는데 마치 분을 바른 것 같았다. 갈색으로 바랜 대나무 빗자루가 양쪽 귀에 장식되어 있었다.

"판관判官 탈*이군요."

"고위 장수들은 전부 탈이 있지. 나도 성 밖에 나가면 얼굴을 가릴 때도 있으니까. 하나 저건 외출용이 아니야. 저건 군나에 쓰려고 봄에 만들어둔 거지."

씻은 붓을 가지런히 천 위에 놓아두고 부원수는 장갑을 끼며 말했다.

군나에 참가하는 군병들은 전부 탈을 써야만 했는데, 가장 높은 이가 방상시 탈을 쓰게 되어 있었다. 그리고 아래로 장교들이 지군持軍, 판관判官, 오방귀사, 토지신, 신병 등의 탈을 각자가 만들어 썼다. 탈은 귀신을 겁먹게 하는 축역 도구였다.

"대원수가 쓰고 있는 눈 네 개의 방상시 탈은 군에서 가장 높은 이가 쓰는 탈이지. 고려군은 말단까지 전부 군나용 탈을 가지고 있네."

"군나를 못 하게 막으셨다더군요."

부원수가 붓을 만지며 피식, 비웃었다.

"구주 방어사 김포는 군나가 진법의 연장이라고 말했습니다."

"전부 거짓말이야. 핑계지."

으흠, 각치가 신음했다.

"그자는 입만 열면 거짓말이네."

● 재판 관리를 형상화한 탈

"각하와 의견이 충돌해서 갇힌 거라고 믿고 있습니다."

"흥. 어림없는 소리."

"아닌가요?"

"그가 왜 군나를 고집하는지 알기나 하나?"

"설마, 쓰리나리를 피우기 위해서입니까?"

강민첨은 빙긋이 웃더니 물방울이 떨어지는 손을 그릇에 털었다.

"잘 아는군. 북신제에선 그 풀을 허용하네."

"평시 병영에서 금지되어 있습니까?"

"당연하지 않나. 그 여섯 놈도 금지되었으니 몰래 피우러 들어온 거 아닌가."

"사기에 보탬이 될 텐데요. 잘 조절하면 전쟁의 두려움을 없애줄 수 있습니다."

"웃기지 말게. 나도 당신만큼 그 풀에 관해 알아. 그 풀은 절대로 정량을 흡음할 수 없어. 그것을 맡고 전쟁터에 나갔다간 적군보다 아군을 더 많이 죽일 걸세."

각치가 고개를 끄덕였다.

부원수가 탈을 바라보며 말했다.

"북계의 병영에서는 저 탈이 진짜로 쓰일 때가 있네. 그게 언제일까? 바로 출정하기 전이지. 쓰고 싸우냐고? 천만에. 북신제를 올릴 때 필요하지. 그때가 진짜 쓰임이야. 북신을 만나려면 관을 이은 탈이 필요하니까. 군졸들은 일 년에 한 번 있는 군나 때 쓰지만, 초급 장교들이나 고위직들은 저 탈을 쓰고 사당에 가서 영령을 불러 부대의 안위를 비는 것이네. 물론 일반 토민들은 전쟁터에서 죽은 가족을 만나기 위해 쓰고."

고려군이 출병 전 무운을 빌기 위해 북신을 부를 때 탈을 쓴다는 말이었다.

"이상하군요. 각하께선 보름 전에도 청천강 이남 내구산에서 적을 죽이고 오셨습니다. 섣달⁕에도 개경으로 내려가는 적의 뒤를 자르기 위해 여러 번 출정하셨고. 그런데 저 탈은 온전하군요. 북신제를 한 번도 올리지 않으셨나이까?"

강민첨은 고개를 끄덕였다.

"그랬지."

"왜 그러셨는지요."

"북신을 믿지 않으니까. 나는 괴력난신을 믿지 않네."

"그러면 부처는 믿으십니까?"

"천만에. 부처는 살생하는 장수를 돕지 않네. 나는 나 자신과, 지극한 성인의 말씀과 병법서를 믿지."

"지휘사 각하 수하 홍위위와 주요 대들이 떠날 준비를 하더군요."

강민첨은 진지한 표정으로 기름불을 응시했다.

"닷새 뒤 우리 성상 폐하의 턱 앞에 모인 오랑캐들을 처단하러 아래로 내려갈 것이네."

"대원수 각하께서는 병력을 빼는 걸 원치 않으신 듯하더이다."

"그건 그분의 생각이고."

"설마 대원수를 골탕 먹이시려는 겁니까?"

⁕12월

354

"무슨 소린가?"

"사라진 병마판관 김종현과 지휘사 각하의 대隊운용이 참으로 비슷해서 말씀입니다."

강민첨이 씻던 붓을 놓았다.

"계속 지껄여보라."

각치가 두 손바닥을 펴고 그의 적의를 잠재웠다.

"아아, 농을 떤 겁니다. 각하께선 병마판관과는 다르십니다. 두 분 다 대원수께 반발하는 것은 닮아 있지만, 속은 매우 다를 것입니다. 암요. 병마판관은 숨은 것이고, 지휘사 각하께서는 싸우시려는 거니까요. 저는 지휘사 각하야말로 진정 고려의 용장이라 생각합니다. 암요."

강민첨이 한참 만에 말했다.

"감히 상층의 인품을 읊어대나?"

"지휘사 각하가 영광을 다시 누립시는 것뿐입니다."

강민첨은 그를 오랫동안 바라보았다. 각치는 느긋했다. 의기에서 지면 안 된다고 생각했다.

갑자기 강민첨이 향로를 끌고 와 향을 피웠다. 그리고 숯을 뒤적이며 물을 끓였다. 고려인이 향을 피우고 차를 끓이는 것은 상대를 대접한다는 뜻이다. 아마도 자신을 치켜세우는 각치의 말이 듣기는 싫지 않았던 모양이었다. 부원수는 알 수 없는 녹빛 가루를 질그릇에 태우고 얼마간 기다린 후 물만 따로 걸러냈다.

"들게. 따뜻해질 걸세."

"각하께서 먼저 드시지요."

강민첨은 노려보다가 자신의 그릇을 들이켰다. 각치는 차가 담긴 그릇을 두 손으로 감싸 천천히 들이켰다.

새콤하고 텁텁한 향이 코에 맴돌았다.

"어디로 가실 겁니까?"

잔을 내려놓으며 물었다.

부원수는 향을 음미하며 고개를 저었다.

"이전 방어사였던 영주성에 머물지도 모르겠고. 서경으로 갈 수도 있겠고."

"저 같으면 서경으로 가겠습니다."

그 말에 강민첨은 잔에서 입술을 떼고 바라보았다.

각치는 그가 내심 바라는 것을 들었다고 직감했다. 서경은 저 사람을 영웅으로 만든 땅이었다.

"또 아는 척인가?"

"소인, 어미 배 속까지 아는 놈이지 않습니까."

강민첨이 그릇을 놓았다.

"좋아, 들어보지. 하필 왜 그곳인가? 내가 왜 그곳에 부대를 두어야 한다고 생각하는가?"

"신은현에 머무르고 있는 거란은 해안길을 탈 가능성이 큽니다."

강민첨은 고개를 갸웃했다.

그 말의 구체적인 이유를 말하라는 표정이다.

"그들은 오랜 기간 굶고 있습니다. 우리 폐하와 개경 백성이 청야로 똘똘 뭉쳐 버티기가 벌써 오래되었고, 주변엔 먹을 게 없습니다."

"그래서?"

각치는 구주 도령 김포에게 들은 내용을 자신의 생각인 것처럼 말했다.

"그 대신 그곳은 방어성들이 많다. 청천강 전선을 쉬 무너뜨리기도 쉽지 않고."

"방어성들이 지금 용기백배합니까?"

강민첨은 입을 닫았다.

"거란대도 탐자군을 운용합니다. 고려군의 사정을 그들도 수시로 보고받고 있을 겁니다. 고려군의 전의를 보건대, 야만인들은 반드시 지친 말을 달리기 편한……."

"퇴각하는 적을 서쪽길에서 기다리고 있다가 맞으라?"

"바라시는 바가 아닙니까? 대원수가 아닌 각하께서 이 난을 평정하시는 게 더 어울리지 않습니까. 게다가 서경은 지휘사 각하의 영광이 서린 곳, 그곳 병력과 백성들도 각하를 따라 목숨을 기꺼이 내어줄 것입니다."

각치가 눈을 크게 떴다.

앞에 앉은 강민첨이 웃고 있었다. 그러다가 그의 입이 순식간에 솟아오를 듯 찢어지는 것 같더니 이마에서 뿔이 죽순처럼 돋기 시작했다.

어지럽고 몽롱했다. 맞은편에 앉은 강민첨이 점점 쪼그라들더니 얼굴이 원숭이탈로 바뀌었다. 탈은 다시 피부에 녹듯 사라지고 강민첨의 얼굴이 되었다가 다시 고려군 최고사령관 상원수의 얼굴로 바뀌었다. 그러고는 녹듯 흘러내려 얼굴은 옥처럼 밋밋하고, 반들반들해졌다.

강민첨인지 강감찬인지 아니면 반들거리는 옥으로 만든 얼굴일지 모를 존재의 가슴이 점점 부풀기 시작했다. 털옷을 뚫고 성기가 튀어

나왔다. 인간의 것이 아닌 네발로 달리는 짐승의 성기였다. 울대에서
도 다른 성기가 튀어나왔다. 갈빛의 말라비틀어진 그 길쭉한 것에도
지저분한 힘줄이 불끈 솟아 있었다. 그 흉측한 것들은 뱀처럼 스멀거
리며 각치의 볼 주변을 휘감았다.

아아.

각치가 의자를 쓰러뜨리며 일어섰다.

두 개의 성기가 흐물거리는 존재의 얼굴은 찰흙처럼 빚어지고 늘
어나다 강민첨으로 돌아왔다.

그런데 그게 끝이 아니었다.

촘촘하게 빗은 듯한 강민첨의 수염 너머로 그의 흰 치아가 대나무
처럼 솟아나기 시작했다.

각치는 자신이 착란을 일으키고 있음을 직감했다.

치아들이 몸에서 뽑혀 나와 허공에 둥둥 떠다녔다. 그러던 것들이
허공에서 멈추더니, 허연 표면에서 개미 다리 같은 가시가 촘촘하게
돋고는 각치에게 쏟아질 듯 몰려왔다.

"왜 그리 땀을 흘리나? 속이 불편하나?"

"아닙니다."

비명을 지르려던 각치의 시선이 희멀게지더니 갑자기 또렷해졌다.

잔을 든 강민첨이 눈을 동그랗게 뜨고 바라보고 있었다.

먹은 건 강민첨이 방금 끓여준 차뿐이다.

쓰리나리다.

차가 환각을 일으키게 했다.

그렇다면 이자는 이미 쓰리나리에 중독된 상태라는 뜻이었다. 미

량으로도 꿈쩍도 하지 않을 정도로 내성이 있다는 뜻이다.

'고려군 최고위도 이걸 지니고 있다니.'

각치는 넘어진 의자를 세운 후 공손히 고개를 숙였다.

"밤이 늦었군요. 소인은 그만 물러가겠나이다."

가림막을 접고 나갈 때 뒤에서 부원수가 말했다.

잠깐.

부원수는 돌아오라고 했다.

각치가 탁자 앞으로 가자 부원수는 탁자에 놓인 자신의 판관 탈을 내밀었다. 가지고 돌아가라는 뜻이었다.

"이걸 왜 주십니까?"

"다 추해서 가면을 쓰는 게 아닌가. 나례 때가 아니라도 사람은 하루하루 가면을 쓰지. 가면은 얼굴을 가리지만 마음을 가리진 못해. 우린 서로 가리고 싶은 속이 있다는 걸 잘 알지. 그걸 가지고 돌아가. 가서 곰곰이 탈을 바라보이. 무엇이 감추어지고 무엇이 진실인지 파악될 걸세. 구주성에서 당신에게 내려진 소명이 무엇인지는 이 탈이 알려줄지도 모르지. 당신이 이 성에 왔을 때 나는 당신을 두 번 가격했네. 좋은 수락의 의미였다네. 당신과 나, 어쩌면 닮았을지도 모르지. 서로의 속을 잘 가림막 쳐보세. 최선을 다해 가려. 나도 그럴 테니까. 절대로 서로에게 들키지 말자고. 하나 나는 정정당당하고 싶네. 비겁해지고 싶지 않아. 늘 그렇게 행해왔네. 그래서 당신에게 이 탈을 주는 것이야. 돌아가서 무엇이 가려지고 무엇이 가려지지 않은 것인지 생각하게. 부처는 진리가 8만 개가 있다고 말했지만 우리에겐 하나네. 속는가 속이는가. 인간이 인간을 속이는 수가 성인이 말한

이理와 리理 그 이상의 것으로도 될지도 모르니 너무 머리를 믿지 마. 진심으로 하는 말이네. 마지막으로 충고 하나 더. 김포 그자를 믿지 말게. 그자는 허풍쟁이야. 적은 절대로 이쪽으로 오지 않아. 구주는 평온할 거야."

각치는 탈을 들고 입구로 가 장막을 잡고 얼마간 서 있다가 간신히 뒤돌았다. 구토감을 참으며 말했다.

"암요. 제가 방금 그 말씀을 올리지 않았나이까. 저는 지휘사 각하가 왜 고려군의 핵심인지 이제 명백하게 알게 되었나이다."

각치는 그가 매우 정직해서 거짓말하기를 두려워하는 자임을 알았고 또 그가 끝까지 뭔가를 속이고 있다는 것도 깨달았다.

각치가 고개를 숙여 인사한 후 밖으로 나갔고 곧 바람을 막기 위해 쳐놓은 이중 가림막이 반듯해졌다.

2

북신 사당을 지키는 아이가 문을 열자 판관탈을 쓴 자가 불쑥 안으로 들어왔다.

아이가 아래를 내려다보았다. 그는 나체에 가죽신만 신은 상태였다. 신에 묻은 거친 눈이 반질반질한 바닥에 녹아서 물기를 자아냈다. 커다란 배 아래 사타구니 주변으로 이국적인 거먕빛 털이 수북했다. 그 사이로 다 자란 오이 같은 성기가 무겁게 흔들렸다. 판관탈은 배틀거리며 짚을 곳을 더듬었다. 한눈에 보아도 착란 증세가 심해 보인다. 그는 저 산 아래의 성에서 산길을 타고 여기까지 올라왔다고 중얼거렸다. 거친 숨이었고 뚫린 탈의 입 구멍에서 사내 냄새가 풀풀 풍겼다.

사당의 아이는 밖을 바라보았다.

겨울 해는 일찍 졌고 산에는 나무 타는 냄새도 사라져 새큼하고 싸늘한 공기만 가득 가라앉은 상태였다. 저 멀리 하늘은 석양이 검게 삭는 중이었다. 이 사람 외 사당의 너른 마당에 인기척은 없다.

아이가 굵은 문을 밀어 닫자 사당 안은 불빛으로 고요해졌다.

판관탈이 선 채 한참을 헐떡였다.

덩치가 거대한 판관탈은 북신을 노려보다가 중심을 잡기 위해 흐느적거렸고 탄식하듯 허공을 바라보았다.

"까마귀 다섯이었어. 이리로 들어왔다고! 그걸 잡으러 왔어!"

아이는 사당 안으로 아무것도 들어온 게 없다고 말했다. 판관탈은 그 말을 믿지 않고 북신상이 있는 제단의 향로 쪽으로 절뚝절뚝 걸어갔다. 그는 천장의 공포 아래 기둥들을 이리저리 살피며 까마귀들을 찾겠다고 고함 질렀다. 그는 북신상이 앉아 있는 제단 주변을 텅텅 발소리를 내며 마구 걸어 다녔다. 기름 잔의 기름이 튀었고 탱화 두어 개가 찢어졌다. 그는 팔을 마구 휘저으며 악다구니했다.

"이 사악한 것들. 전부 죽여버리겠어!"

아이 눈에 보이지 않는 것이 그의 눈에는 보이는 모양이었다. 아이는 난감하다는 표정으로 구석에 서 있기만 했다.

부원수 막사에서 나온 각치 앞에 나타난 까마귀는 전부 다섯 마리였다. 그것들은 여자의 모습으로 한참을 유혹하더니 그의 옷을 벗긴

다음 까마귀로 변해 겨울 하늘로 날아올랐다.

"이년들, 잡히기만 해봐라!"

쓰리나리는 과히 무서운 작용을 했다.

막사 안에서 본 두 개의 성기는 정신 파장이 하나로 섞이며 일어난 환각이었다. 마치 상자 속에서 얌전하던 형형색색의 모래가 흔들리며 고루 섞이는 것처럼, 풀의 환각은 그렇게 시작하는 것이었다. 다시 의식은 또렷해지고 맑은 정신이 된다.

진짜는 그 후에 있었다.

막사에서 나온 각치의 의식은 곧 요동쳤다. 섞여서 색이 통일된 시커먼 모래는 이제 파도를 치며 상자 속에서 마구 흔들리기 시작한다.

그 시작이 까마귀였다. 처음에는 그놈들이 눈에 띄지 않았다. 그러다 검은 점들이 하나둘 보였는데, 각루˙의 처마 아래, 적대 위에 꽂힌 깃대에, 봉수대 아래 눈바닥에, 보급 창고 건물의 두꺼운 덧벽 밑에, 그리고 그 건물의 지붕 마루 꼭대기에 앉아 있었다. 놈들을 보며 각치는 주시당하는 공포를 느꼈다. 사람을 위협할 정도의 크기였다. 날개를 펴면 어린아이 키만큼 큰 놈들이었다. 부리는 곰의 발톱만큼 두툼했다.

그중 거대한 장군 깃발이 꽂힌 깃대 위에 앉은 놈은 흰 까마귀였다.

그 흰 까마귀가 각치는 어쩐지 익숙했다.

왜 그런 생각이 드는지 모르지만 상원수의 명에 의해 인간이 알 수 없는 것을 보게 된 아이, 그 아이가 저 흰 까마귀가 환생한 것으로 느

˙ 성벽 모서리에 설치된 치

꺼졌다.

그렇다면 감시하듯 노려보는 다른 네 마리도 그가 아는 까마귀일 터였다.

각치가 한 발을 움직이자 적대 위에 있던 까마귀가 날개를 펴고 연한 달을 향해 날았다. 해가 넘어가기 직전의 겨울 하늘은 푸른빛이 남아 있었고 내내 그 자리에 있는 듯한 달 또한 섣부르지 않고 연한 빛만 보이고 있었다.

한 발씩 움직일 때마다 까마귀들은 줄지어 해 지는 겨울 하늘 위로 솟아올랐다. 봉수대에 있던 놈만 바닥을 통통 튀다가 결국 솟았다.

각치는 차마 움직이지 못하고 섰다.

정수리 위로 빙빙 돌아대는 저것들이 모*처럼 떨어지며 자신을 공격할 것만 같았다.

역시 놈들은 맴돌다가 위치를 낮췄다.

각치는 들고 있던 가면을 썼다. 그래야만 자신을 보호할 것 같았다. 내가 아님을 말해야만 하늘이 자신을 숨겨줄 것만 같았다. 탈은 그런 것이니까. 탈을 쓰면 그것으로 주목받지만, 속에 숨은 자는 자신을 속일 수 없다.

주변에는 아무도 없었다. 성벽 위, 성치에 있던 감시병들도 보이지 않았다.

까마귀들이 낮게 날아와 휙휙 지나갔다. 얼굴에 쓴 가면을 부여잡은 채 각치는 지나오고 지나가는 까마귀들의 날개에 몸을 얻어맞고

• 창

있었다.

저리 가! 오지 말라고!

까마귀는 각치 주변에서 방패연처럼 빙빙 돌더니 위로 솟았다.

몹쓸 놈들 같으니라고.

각치가 주먹을 내보였다. 그것들은 허공에서 하나하나 날개를 쓸
며 눈바닥에 내려왔다. 그리고 대가리를 갸웃갸웃하며 다 아는 듯 각
치를 바라보았다.

잡히는 대로 돌을 던졌다.

저리 가! 저주받은 것들! 저리 가!

돌을 던지고 발을 굴러도 떠날 생각을 하지 않던 그것들은 곧 얼굴
없는 여자들로 분했다. 고려 여인의 비단옷을 입고 있었다. 붉은색,
감색, 봉숭아색, 꽈리색, 갈맷빛 비단의 표면이 달빛에 흐른다. 그녀
들은 각치를 희롱했다.

나체가 되자 여자들은 각치의 옷을 어딘가로 던진 후 다시 까마귀
로 분했다.

여자들은 따라오라고 했다. 각치가 움직이지 않으려 하자 날개를
펴고 날아올라 위협했다. 나체의 각치는 그것들이 내뿜는 커다란 날
갯짓에 휘둘리며 휘청휘청 걸어갔다.

정신을 차리고 보니 구주 북신 사당 앞이었다.

다섯 마리는 사당의 단청 없는 도리 아래 열린 문 안으로 하나하나
들어가버렸다. 문 안에는 기름불이 가득한 북신상이 그윽하게 앉아
있었다.

사당을 지키는 아이가 열어준 문으로 들어가 북신상을 한 바퀴 돈

판관탈은 향로 앞에 섰다. 까마귀들은 북신상 몸 위에 제각기 자리를 잡고 앉아 이쪽을 내려다보고 있었다. 왼쪽 어깨에, 오른쪽 어깨에. 왼손에 수직으로 세워둔 칼끝에, 머리 위에. 그리고 정좌한 왼쪽 무릎의 둥근 면에. 까마귀들은 마치 북신이 키운 사자使者들 같다. 몸에 저것들을 앉힌 북신은 몹시 사악해 보였다.

각치는 전부 죽여야겠다고 생각했다.

전각의 문이 꼭 닫혀 있었다. 내부는 밀실이다. 달아날 곳이 없다면 승산이 있다.

유인은 너희가 했지만 힘은 내가 강하다.

제단의 물그릇과 기름불이 핀 접시와 떡시루를 와장창 밀었다. 커다란 엉덩이 한쪽 근육을 조이며 제단에 발을 올렸다. 제단 위로 올라섰다. 북신상이 튀어나온 한쪽 눈을 부라리며 각치를 노려보고 있었다.

북신이 들고 있던 칼을 잡고 뽑았다. 칼은 북신이 어깨에 걸치고 있는 피풍의처럼 진짜 칼이었다. 북두칠성이 그려진 사인검. 원시천존이 북극성에 머무른다는 의미로 북신이 지니는 칼이었다. 북신상의 피풍의도 걷어 자신의 어깨에 걸쳤다. 그런 후 북신의 무릎에 한 다리를 올리고 허공을 향해 제멋대로 칼을 휘둘러 댔다.

죽어라.

이 까마귀 새끼들 죽어라.

까마귀들은 날개를 펄럭이며 북신의 몸에서 떨어졌다. 그것들은 허공에서 여자의 얼굴로 변하더니 마구 웃어댔다. 이리저리 깃털이 날렸고 헛돌리는 칼에 북신 천장에 매달아놓은 알 수 없는 흰 종이들과 닫집의 장엄 장식들이 우수수 떨어져 나갔다.

각치는 까마귀들을 하나도 베지 못했다. 기운이 빠진 그는 북신단 위에서 칼을 쥔 채 몸을 흔들다가 바닥으로 떨어졌다. 쿵. 소리가 들렸고 놀란 아이는 다가가지 못하고 지켜보기만 했다.

누운 각치는 정신을 잃지 않으려고 노력했다.

거적눈으로 천장을 보고 있노라니 정신없이 날개를 휘젓던 까마귀들은 온데간데없었다. 까마귀를 죽인 게 아니라 자신을 죽인 것이었다.

아이가 다가와 그의 머리를 들었다.

"괜찮으세요?"

아이가 탈을 벗겼다.

희고 아름다운 탑삭나룻을 단 각치 얼굴은 온통 젖어 있었다. 두꺼운 몸통과 팔과 허벅지가 기름불에 덩어리져 어른거렸다.

무엇에 홀려 이렇게 광기를 부리고 있는 걸까.

각치는 누군가가 자신의 의식을 휘저어서 여기까지 와버린 거라고 확신했다. 탈을 써서 그러했던 것인지, 부원수가 주는 차를 마셔서 그러했던 것인지, 아니면 부원수도 암시를 걸 줄 아는 것이었는지 알 수 없었다. 그것도 아니라면 대원수가 부원수의 모습으로 분해 암시를 걸었는지도.

감히 나에게 쓰리나리를 주다니.

눈이 바르르 감기려 했다.

각치는 누구보다 정신력이 강하다고 자부했다. 집중하고 의식을 잃지 않으려고 했다. 오른손에 꽉 쥔 칼을 바라보았다. 구주 신장이 들고 있던 사인검의 칼날에 글씨가 상감되어 있었다.

범어진언이었다.

귀신을 쫓는 데 쓰이는 사인검의 양날에는 열다섯 자와 아홉 자의 글귀가 쓰여 있는 것이 일반적이다. 전부 벽사의 의미로 악귀를 물리치는 강력한 힘을 더한다.

각치가 본 것은 아홉 글자가 쓰인 칼날 면이었다.

運玄坐 推山惡 玄斬貞

운현좌 퇴산악 현참정

현좌(원시천존)를 움직여서

산천의 악한 것을 물리치고

현묘한 도리로 베어라.

정신을 잃지 않으려고 그것을 읽고 또 읽었다.

고려의 구주성에는 몹시 혼란한 기운이 가득했다. 불길한 여우의 계절에 이곳에 찾아온 것을 한탄했다.

정신없이 글씨를 읽던 각치에게 어떤 생각이 스쳐 지나갔다.

'맙소사. 그게 그 일의 진상이었어!'

누군가의 횡포로 고약한 환각을 보며 여기까지 온 그에게 하늘이 갑자기 빛을 내려주는 듯했다.

그것은 그가 풀어야 할 살인 사건의 실마리였다.

나체의 건장하고 늙은 각치는 여섯 기병을 누가 죽였는지 알아낼 중요한 단서를 얻었다는 생각에 기뻐 희미하게 웃었다.

그리고 기절했다.

3

산에서 내려와 북소문 앞에 다다른 각치는 바로 들어가지 못하고 서 있어야 했다.

북소문에는 거대한 목재를 실은 소가 끄는 수레 열 대가 들어가고 있었다. 성안 방어대 공사에 필요한 목재였다.

각치는 수문장들이 수레를 확인하고 보낼 때까지 문 바같에서 대기해야만 했다. 한참 만에 수문장이 이쪽을 향해 손짓했다.

각치는 다가가지 못하고 우두커니 서 있었다.

성루에서 병사 둘이 아래로 무언가를 던졌다. 성안, 평지에 제멋대로 던져놓은 각치의 가죽옷이었다. 그러나 각치는 옷을 주우러 가지 않았다. 그는 깊은 생각에 빠져 있었다. 멀리서 수문장이 오라고 손짓했다.

"뭐 해! 순패를 꺼내. 우리 들어가야 해."

어느새 옆에 죽화가 다가와 있었다.

"언제 왔냐?"

"그것보다 저쪽에서 부르잖아."

죽화가 가리키자 각치는 수문장과 군졸들이 있는 곳을 바라보았다. 수문장은 환각에 취해 옷과 함께 버려놓은 순패를 흔들고 있었다. 각치 얼굴을 알고 있는 그는 손에 든 순패를 보이며 어서 성안으로 들어가라며 신경질적으로 고함치는 중이었다. 결국 수문장이 턱 짓하자 옆에 있던 순검 둘이 창을 들고 달려왔다. 각치는 그들이 오는 것을 보다가 서둘러 죽화에게 말했다.

"애야."

죽화가 돌아보았다. "왜?"

"부탁이 하나 있다."

"뭔데?"

"여섯 기병을 누가 죽였는지 이제야 알 것 같다."

"으흠."

"그래서 말인데, 네가 신력을 통해 좀 들여다봤으면 하는 게 있다."

4

죽화는 군막을 팽팽하게 당기고 있는 줄 옆에 서서 천에 비친 그림자를 보고 있었다.

천막 안에는 세 명이 있었다.

등이 굽은 그림자는 영락없는 대원수다. 그 앞에 서 있는 작은 그림자 두 개는 예닐곱 정도 되어 보이는 아이들이다.

이 밤에 늙은 대원수는 두 명의 아이를 군막에 들여놓고 있었다. 구주성 민가에 사는 아이들일 것이다. 저 안에 그들 외 다른 사람은 없다.

안에서 장작을 태우는 불길이 너무도 강해 군막에 그들의 몸이 뚜렷하게 드러났다. 등이 굽은 노인의 그림자가 가느다란 팔을 내뻗어 한 아이의 이마를 만졌다. 그의 손목을 덮은 옷은 턱 봐도 잘 때 입는 장옷이었다.

대원수는 군막 안에 장작을 펄펄 때워놓고, 평소 꽁꽁 제 몸을 감싸던 곰 가죽을 벗고, 쓰고 있던 탈도 벗은 채, 대머리 끝, 뒷덜미에 간신히 동여맨 상투를 삐죽거리며 나른하게 의자에 앉아 있었다. 아이 둘은 네모난 것을 들고 있었다. 밖에서 그림자로만 보였기에 그 네모난 것이 무엇인지 파악할 수 없었다. 방패처럼 넓고 커다랬다. 소중하게 두 손으로 쥐고 품에 안은 것을 보면 아이들이 좋아하는 것일 테고, 아마도 노인네가 대가를 먼저 치른 것이리라.

노인은 두 아이에게 어떤 말을 속삭였다.

천막 밖에서 죽화는 유심히 귀를 기울였으나 알아들을 수 없었다.

노인의 그림자는 다른 아이에게 가까이 다가오라고 했다. 명령을 받은 아이가 네모난 것을 안고 다가가자, 노인은 그 아이가 들고 있는 네모난 그것을 받아서 살펴보더니 고쳐주었다. 그것을 다시 아이에게 건네주자, 아이는 공손히 받았다.

노인은 두 아이에게 허공의 무언가를 가리키면서, 어떤 말을 오랫동안 늘어놓았다. 천막 표면에 서리는 노인의 옆모습은 장황했다. 아이들의 그림자는 불가에 모로 서 있었고 노인의 얼굴만 쳐다보고 있었다. 시선을 돌리거나 장난을 치거나, 엉뚱한 짓을 하지 않았다. 아이들에게 저런 집중력이 있을 리 만무하다.

군막 밖에서 죽화는 목에 걸고 있는 녹황색 자아추를 만지작거렸다. 저 빌어먹을 노인이 지금, 암시를 거는 중이라고 죽화는 생각했다.

죽화는 자신의 자아추를 비껴들고 안으로 처들어가고 싶은 마음이 굴뚝 같았다.

'밤마다 아이를 희롱하는군. 늙은 욕망이 저 안에 고약하게 고여 있어!'

등이 굽은 노인의 그림자는 바닥에 놓아둔 쇠 부지깽이를 집어 들었다. 피워놓은 불이 아닌 옆에 놓아둔 화로를 뒤적거리더니, 쇠 부지깽이로 무언가를 꺼내는 듯했다. 그리고 그것을 아이들에게 자랑스레 보여주었다.

두 아이의 그림자는 신기한 듯 다가가 그것을 유심히 보았고 조심스레 냄새를 맡는 것 같기도 했다. 노인은 아이에게 더는 가까이 오지 말라는 듯 손짓을 하는 것 같았고 아이들은 그 말에 겁을 먹은 듯한 걸음 물러섰다. 노인은 그것을 화로에 도로 놓고 그것에 관해 한참을 설명했다.

깊은 암시를 걸고 있으리라.

저 아이들이 밤새 노인의 천막에 머물지, 몇 식경이 지나면 제 부모에게 돌려보내질지는 죽화도 알 수 없었다. 신력은 이런 가당치 않은 일을 적나라하게 말해주지는 않으니까. 하지만 모든 진실이 저 비치는 그림자에 고스란히 고여 있었다.

등이 굽은 늙고 고약한 저 인격체는 두 아이에게 다가오라고 손짓했다. 아이 둘이 주섬주섬 두어 걸음 가서 그에게 안겼다. 노인은 두 아이를 양쪽 팔에 하나씩 안은 채 두 아이의 등을 토닥이는 시늉을 했다. 노인은 탁자에 놓아둔 수상하고 작은 것을 아이들 입에 하나씩 넣어주었다. 그것을 받아먹은 아이들은 황홀한지 턱을 쳐들었다.

세 그림자가 하나로 뭉쳐졌다.

녹황색 자아추를 부여잡은 죽화는 메스꺼움을 참으며 간신히 몸을 돌렸다.

죽화가 이곳에 온 이유는 따로 있었다.

죽화는 눈을 감고 집중했다.

천막 내부를 예지했다. 의식 속에 원숭이탈이 집무하는 내부가 보였다. 거대한 사명기, 세 개의 탁자, 옷걸이에 걸어둔 깨끗한 갑옷. 그러다 드디어 보였다. 긴 의장용 칼이 눈에 들어왔다.

각치는 성문 앞에서 수레를 기다릴 때 죽화에게 대원수의 막사에 보관된 원수 칼을 살펴보도록 부탁했다. 그의 주문은 그 칼의 특징을 알아내달라는 것이었다.

"형태와 색깔, 무늬, 그리고 음각된 글씨까지 그 어떤 것도 좋으니 특별한 게 있으면 기억해둬."

죽화는 집중해서 의식을 천막 안으로 통과시켰다.

죽화의 예지가 서린 의식은 연기처럼 꼬불꼬불 흘러가더니 대원수의 막사에 수평으로 걸어놓은 장도에 다가갔다. 표면을 휘감으며 칼의 형태를 살폈다.

"맙소사."

죽화는 깜짝 놀라 조이고 있던 의식의 힘을 놓치고 말았다.

죽화가 예전에 본 칼이었다.

여섯 기병을 죽이던 사내가 들고 있던 황룡이 새겨진 보검. 온통 피가 줄줄 흘러내려 마치 날의 색이 은색이 아니라 붉은색 같았던,

무시무시한 살기를 머금던 칼.

죽화는 더 집중했다.

그 칼의 손잡이에 음각된 글씨가 보였다.

광사두우.

현무의 끈

조서를 내려 동평군왕(東平郡王) 소배압(蕭排押)을 도통(都統)으로, 전전도점검(殿前都點檢) 소굴렬(蕭屈烈)을 부도통으로, 동경유수(東京留守) 야율팔가(耶律八哥)를 도감(都監)으로 삼아 고려를 정벌하게 하였다. 이어서 고려의 성을 지키는 관리[守吏]들에게 유지를 내리기를, 무리를 이끌고 스스로 귀부하는 자들에게는 후하게 상을 내릴 것이나 성벽을 견고히 지키면서 서로 방어하는 자들은 후회해도 소용이 없을 것이라고 하였다.

『요사』권16, 「본기 16」, "성종 7년".

1

천으로 둘둘 만 둥그런 것을 가슴에 껴안은 아낙은 두리번거리며 흙바닥을 차면서 바삐 걸었고, 짐승 가죽으로 귀와 입을 칭칭 동여맨 사내가 커다란 북을 메고 따르고 있었다.

사내는 아낙의 지아비였다.

불티가 튀는 거대한 화로 옆에서 둘은 북소문의 수문장에게 뭔가를 건넸고 수문장은 뇌물을 품 안에 넣고 고개를 끄덕였다. 장애물이 치워졌고 아낙 부부는 주위를 불안스레 살피며 북소문을 지나 밖으로 나갔다.

각치는 성벽에서 얼마쯤 기다렸다가 북소문으로 달렸다. 뻣뻣하게 그를 경계하는 수문장에게 순패를 내보이고 서둘러 산길로 들어갔다.

죽화는 각치가 아낙을 뒤쫓고 있음을 알았다. 지금, 각치는 죽화를 불러내지 않고 혼자 움직이고 있었다. 신력이 필요치 않은 것은 직접 정보를 찾는 것 같았다. 죽화는 저 잘생긴 사냥꾼 노인이 실로 의심스러웠다. 원숭이탈이 무서운 암시를 걸며 사람을 조종한다며 조심하라고 경고하던 그가 누구보다 원숭이탈의 지시에 충실히 움직이는 모습이었다.

죽화는 밀접자를 하루빨리 만나야만 했다.

황녹색 자아추를 목에 걸고 있으면 다가온다던 거란의 첩자는 아직 느껴지지 않았다. 기다리자. 일이 벌어지겠지. 성내 고려군의 어수선한 분위기로 보아 그도 곧 나타날 것만 같았다. 그동안은 각치를 도와 대마신군의 지휘관을 찾는 일에 신력을 다해야 했다. 그러면서 각치의 정체도 알아보기로 했다.

각치가 성 밖으로 나가자, 죽화는 지하문 아래의 어둠 안에서 잠시 기다렸다. 간헐적으로 북소문을 통해 십수 마리의 말들이 들어오고 나갔다.

하늘에서 별똥별이 휙휙 날아갔다.

늘 그랬지만 전쟁이 머지않은 북계의 이 외딴 성안은, 낮보다 밤이 더 분주했다. 성가퀴 위에서 경계를 서는 사내 둘은 앉았다가 일어서길 반복했고, 저쪽, 거북이 등딱지처럼 옹기종기 모인 움집들 속으로 불이 꺼지고 켜지고 있었다. 푸르고 차가운 밤이 뒤덮은 구주성에는 많이 이들이 저마다의 욕망을 드러내고 있었다. 죽화는 멀리 검은 산을 바라보았다. 중턱쯤, 작은 불빛 두 개가 보인다. 하나는 북신 사당의 빛일 테고, 또 하나는 아미타사의 빛이다.

성벽 아래에 딱 붙어선 죽화는 반대편으로 돌아보았다. 아니나 다를까, 느낌이 맞았다. 저쪽에서 오고 있는 사내는 또 그자였다.

죽화는 자신의 임무를 분주하게 치르는 또 하나의 사내를 노려보았다. 대정과 함께 걸어오고 있는 군사들은 횃불을 들고 있었는데, 교대하러 경계 지역으로 가는 것 같았다. 군사들은 성문 쪽으로 방향을 꺾었고, 대정은 매서운 눈을 하고는 죽화가 숨은 지하문 쪽으로 걸어오고 있었다.

죽화는 얼른 성벽의 그림자 너머로 몸을 숨겼다. 지하문을 나온 죽화는 콩 가지를 싣고 나가는 소가 끄는 수레 옆에 바짝 붙어서 북소문을 나갔다.

가풀막을 올랐다.

아낙 부부는 예상대로 북신 사당 방향으로 가고 있었고 한 고개쯤 떨어져 각치가 뒤따르고 있었다. 죽화는 각치를 뒤쫓았다.

수시로 사위를 둘러보며 밤 산을 오르던 아낙 부부는 계곡을 가로지르는 돌계단 앞에서 북신사당으로 방향을 틀었다.

각치 역시 사당 건물을 받치고 있는 반듯한 석축 아래에 몸을 낮추고 섰다.

추운 날임에도 사당의 문은 훤히 열려 있었다. 밝힌 기름 잔의 불빛들을 받으며 불단 위에 정좌한 긴 천을 어깨에 두른 거대한 북신상이 누렇게 앉아 있었다.

각치는 물러났다. 떨어진 어둠 속에서 사당 안에서 벌어지는 일들을 관찰하려는 것이었다. 북신상 아래에는 흰 홑겹만 걸친 사내가 커다란 화로를 앞에 두고 앉아 있었다.

사내는 머리를 풀었고 왼쪽 어깨를 드러내고 있었다. 또한 그는 알 수 없는 탈을 쓰고 있었는데, 양 볼에는 붉은 연지가 찍혀 있었다.

탈의 코 부분은 돌출되어 납작한 그릇이 올려져 있었다. 쓰리나리를 피울 수 있는 북신제용 탈이 틀림없었다.

정좌한 사내 앞에 놓인 거대한 화로는 보이지 않는 열기를 밀어 올려 주변 공기를 울긋불긋 일그러뜨렸고, 내부에 피워놓은 수십 개의 기름 잔의 꽃불을 수하처럼 제어하고 있었다.

아낙 부부는 후미진 곳에서 나란히 무릎 꿇고 앉아 손을 비비며 등을 요란하게 움직였다. 척 봐도 비는 중이다. 아낙의 지아비가 가지고 온 북은 쓸모없이 놓여 있었다.

기둥에 등을 기댄 각치는 고개를 늘여 열어놓은 문 안에서 벌어지는 기묘한 행사를 신중하게 관찰하고 있었다.

둥둥둥둥.

아낙의 지아비가 북을 쳤다.

북소리가 바닥에 가라앉자, 각치의 기미에 수상한 것이 들어왔다.

불단,

너른 사당 내부를 거의 차지하고 있는 그 사각의 넓은 단 위, 앉아 있는 거대한 북신상의 무릎 아래.

놀랍게도 갓난쟁이가 바둥거리고 있었다.

아낙이 품고 온 갓난이는 북신에게 바쳐진 듯 단 위에 놓여 있었다. 단 위에는 갓난이 외에도 녹황색 향로 하나와 녹황색 물그릇, 그리고 수십 개의 기름 접시가 놓여 있었다.

북신사당 당주는 보이지 않았고, 당주를 보필한다는 아이가 분주히 움직이고 있었다. 사당의 아이는 불단 향로에 무언가를 뿌렸다. 불이 살아 오르며 싯싯대다가 연기로 뒤바뀌었다. 불단 아래, 바닥에 화로를 놓아두고 앉은 탈 쓴 이는 조금도 움직이지 않았다.

북소리가 빨라졌고, 손바닥을 비비며 앞뒤로 건들거리는 아낙의 허리가 급해졌다.

사당의 아이가 비단옷의 소매를 걷고 갓난이의 겨드랑이에 손을 넣어 갓난이를 들어 올렸다.

맨살의 갓난이가 차가운 맨바닥에 놓였다.

사당의 아이는 갓난이 배 위에 사각형의 영패를 올렸다. 갓난이의 작고 굽은 두 발이 바동거렸고, 영패는 곧 아기 배에서 떨어졌다. 저쪽에서 아낙이 기어와 갓난이를 들어 올린 다음 바닥에 천을 깔려고 하자 사당의 아이는 그녀를 제지했다. 사당의 아이가 바닥에 알 수 없는 가죽을 깔았다. 아낙은 그 가죽 위에 갓난이를 눕히고 물러났다.

폭신한 곳에 누인 갓난이는 이제 몸부림치지 않았고 누군가의 영패는 갓난이의 배 위에 반듯하게 올려질 수 있었다. 커다란 머리가 저쪽으로 향한 채 갓난이는 제 주먹을 빨고 있었다.

사당의 아이가 걸어가 탈을 쓴 사내 옆에 무릎 꿇고 앉더니 탈의 코에 길쭉하게 붙어 있는 납작한 잔에 풀가루를 한 줌 놓았다. 그런 다음 집게로 화로를 뒤적거려서 불김 서린 숯 하나를 찾아내 코 잔에 올려놓았다. 사내는 가슴을 부풀리며 탈 안으로 들어오는 연기를 들이마셨다.

둥둥둥둥,

낮은 북소리가 공기를 흔들고 불단 위 향로에서 피어오르는 연기는 이리저리 춤을 추듯 퍼지다가 사라졌다. 바닥에 누운 아기는 제멋대로 다리를 오므리다가 제 발을 입에 가져갔다.

그때였다.

탈을 쓴 이가 바르르 떨었다.

떨어진 곳에서 광경을 지켜보던 죽화는 심란한 표정을 지으며 자신의 입을 틀어막았다.

북신상의 향로에서 피어오른 연기가 심상찮았다.

허공에서 갈지자로 뱀처럼 움직이더니 목적한 듯 아래로 이동했다. 연기는 바닥에 누워 있는 갓난이의 조그만 배 위에 놓아둔 영패에서 원을 그리며 머물렀다. 곧 갓난이의 머리 위로 허연 형체가 보였다.

낮게 북을 치고 있는 아낙의 지아비도, 웅크린 채 손바닥을 비비며 연신 허리를 꺼떡거리는 아낙도, 비단 소매를 걷고 웅얼거리기 시작한 사당의 아이도, 그리고 바깥 섬돌 옆에 숨어 서서 지켜보는 각치도 그 흰 형체를 보지 못하는 것 같았다.

탈을 쓴 사내가 수상해지고 있었다.

그는 몸이 말라가듯 상체를 앞으로 기울이고 있었는데, 쓰리나리에 취해 몽롱해지는 중이었다.

죽화는 갓난이의 머리에서 머무르며 점점 피어오르는 희고 단단한 형체가 영패의 주인임을 깨달았다.

맙소사. 온전해진 연기의 형체를 본 죽화는 혼절할 뻔했다.

무위사의 범종 구덩이에서 죽은 고려 귀족 여인이었다.

여인의 목에는 녹황색 호지불이 걸려 있었다. 죽화가 걸고 있는 자아추와 비슷한, 여러 색이 섞여 번지는 고급스러운 빛이 흘렀다.

생겨난 그녀는 자신이 낳은 아기를 물끄러미 내려다보았다.

보호자에게 안기지 못하고 혼자 누인 갓난이는 상체를 이쪽저쪽으로 움직였다.

배 위에 올려놓은 영패는 이미 가죽 바닥에 떨어져 있었다. 탈 쓴 사내의 상체는 바닥에 닿을 만큼 앞으로 기울어져 있었다. 사내는 수시로 어깨를 부르르 떨었는데, 북신이 되어 나타난 여인을 여실히 감지하는 중이었다. 여인은 수그리듯 하고 앉아 있는 탈 쓴 이를 바라보며 무언가를 성실하게 대답하고 있었다. 의식과 혼령의 대화는 한참을 이어졌다.

떨어진 곳의 죽화는 그들이 무슨 말을 주고받는지는 들을 수 없었다. 죽화보다 가까운 위치에서 관찰 중인 각치는 탈 쓴 사내만 주시하고 있었다. 각치는 북신의 혼령은 보지 못하는 게 틀림없었다. 탈 쓴 이의 의식과 대화를 마친 여인은 갓난이를 내려다보았다.

북신의 상징은 현무이다.

북방을 관장하는 현무는 오랜 끈을 상징한다. 영패의 주인공이 북신이 되어 나타날 때는 피와 정과 기가 연결된 가족의 몸을 빌려야만 했다. 북신은 바위에 붙은 해초처럼 같은 핏줄의 몸에 붙어 활현하기 때문이었다. 여인을 불러내기 위해 갓난이가 필요한 이유는 그 때문이었다.

여인은 갓난이를 어루만질 뜻이 없는지 그저 무표정하게 내려다보기만 했다.

죽화는 슬펐다.

갓난이를 보고도 감격하지 않는 여인의 표정에 죽화는 절망했다.

북신이 되어 나타난 혼령은 지극히 산 자를 위한 기능체로 존재함을 깨달았다. 저 여인은 산 자에 의해, 산 자를 위해 불려 나온 것이었다.

죽은 이는 공터의 허수아비처럼 아무런 감흥이 없다. 그들은 영패의 힘에 딸려 나와, 핏줄의 몸에 해초처럼 붙어 형상을 드러내 산 자의 욕구를 해결해준다. 임무를 다한 북신은 산 자의 감흥이 채워지면 끊어진 연처럼 떠날 뿐이었다. 그것이 북신의 운명이었다. 죽은 이를 보고자 하는 이는 산 자일 뿐이다. 산 자는 쓰리나리의 힘으로 망자의 형체를 감지한다. 그것이 바로 구주 북신 사당에서 일어나는 북신제의 전모였다.

죽화는 그녀를 생각했다.

석탑 아래에서 매화 옆에서 쪼그리고 앉아 부른 배를 쓸며 살갑게 웃던 눈이, 함께 살자고 매화의 손목을 잡던 친절이, 피 구덩이에서 거란의 짧은 수염이 배를 가를 때 불안해하던 이마가, 갓난이가 세상에 드러나자 안도하던 눈빛이, 짧은 수염의 손길에 한스럽게 쉬던 숨이 아직도 생생하건만. 없었다. 이제.

꽃봉오리 같은 아름다움은 없고 오직 차가운 북신만 존재했다.

그녀는 옅어지고 있었다. 사라질 준비를 하는 것 같았다. 몸이 바닥까지 수그린 사내의 의식이 그녀를 보내줄 참이었다. 결국 여인은 조금의 미련도 남기지 않고 슬그머니 사라졌다.

잔인했다.

북신을 불러내는 것은 산 자의 만행이다. 죽화는 눈물을 줄줄 흘렸다.

사당의 아이가 향로의 덮개를 닫고 돌아앉아 사내의 상체를 일으켰다.

사내가 탈을 벗었다.

그의 얼굴을 본 먼 곳의 각치가 그제야 놀라는 반응을 했다.

땀과 눈물이 범벅이 된 채 헐떡거리며 그는 고개를 떨군 그대로 흐르는 침을 닦았다.

그는 굴옥에 갇혀 있던 구주 도령, 방어사 김포였다.

2

구주 방어사 김포는 칼을 들고 섬돌에 섰다.

칼은 북신상이 쥐고 있던 것이었다. 차가운 날씨에도 그의 열린 어깨와 가슴에 풀풀 연기가 났다.

탈을 벗고 헐떡이던 그가 눈을 들었을 때 처음 본 자는 문 앞에 나타난 각치였다.

각치는 향이 가시지 않은 내부를 둘러보다가 그에게 누구의 영혼을 불러낸 것인지를 물었다. 그리고 굴옥에서 몰래 나와 만나야 할 만큼 중요한 일인지를 물었다.

"네 이노오옴!"

김포의 눈이 시뻘게졌다.

김포는 불단으로 튀어 올라 북신의 칼을 잡고 몸을 띄웠다. 놀란 각치가 문에서 멀찍이 떨어졌고 김포가 문짝 하나를 부수며 바깥으로 달려 나왔다. 각치는 섬돌 아래로 떨어져서 얼음처럼 서 있을 수밖에 없었다. 머리를 늘어뜨린 반나체의 김포는 제정신이 아니었다.

"죽일 테다. 널 죽이고 말 테다!"

김포는 각치를 혐오하듯 바라보았다.

탈을 쓰고 있을 때부터 줄곧 울고 있었던 모양인지 두 눈이 퉁퉁 부어 있었다.

광란을 부릴 칼이 부르르 떨었다.

"나, 나으리. 저에게 왜 이러십니까?"

"이놈. 너를 베면 온 세상이 평안하겠다! 네놈이 내 여자를 죽였다!

네놈이!"

"쓰리나리를 너무 많이 흡음하셨습니다. 고, 고정하십시오."

김포는 머리 위로 두 손을 올리고 날았다. 겨울 달에 칼날이 번쩍였다. 갈지자로 날이 그어졌다. 맨발의 앙상한 김포의 두 다리가 섬돌에 착지했을 때 각치는 이미 반대편으로 이동해 있었다. 각치는 덩치에 어울리지 않게 기민했다. 김포가 몸을 돌려 날을 뻗으며 돌진했고, 날이 무척 길었기에 각치는 물러나다가 그만 넘어졌다.

김포가 맨발로 각치 목을 밟았다.

그의 입에서 김이 푹푹 뿜어나왔다.

"방어사 나으리, 훔쳐본 것이 못마땅하셨다면 송구합니다만 저는."

"네놈이 죽인……저 여자가, 저 여자가 어떤 사람인 줄 아느냐."

김포는 울고 있었다.

각치는 김포가 왜 우는지 전혀 알지 못했다.

"대체 제가 누굴 죽였단 말씀입니까요!"

멀리서 지켜보던 죽화가 나가려고 하자 뒤에서 누군가의 손이 어깨를 잡았다.

돌아보니 대정이었다.

대정은 나서지 말라는 표정을 지었고 저쪽을 노려보았다.

각치는 용케 김포의 발목을 비틀어 넘어뜨리고 달아났다. 김포가 칼을 휘저으며 달려갔고 저만치에서 맨손의 각치는 뒤돌아서 기다렸다. 수직으로 들어온 날이 붓을 긋듯 위로 올라가더니 크게 휘갈겼다.

어느새 측면에 자리를 잡고 김포의 어깨를 열듯이 젖힌 각치는 김포의 목을 꺾고 그의 칼을 잡았다. 날을 보니 녹이 슬어 있었다.

챙그렁, 칼이 석돌에 떨어졌다.

각치는 김포의 울대를 엄지로 누르면서 늘어진 김포 몸을 안으며 부드럽게 몸을 낮췄다. 늘어진 김포는 아낙의 지아비에게 업혀 안으로 들어갔다.

아낙의 품에서 갓난이가 울었다.

3

"구주 방어사 김포와 병마판관 김종현이 사촌 관계라고 말씀하지 않으셨습니까?"

각치가 따지자 도순검사는 민망한 표정을 지었다.

"알아버렸구만."

"김포는 병판의 처를 사모했습니다. 맞습니까?"

"그것도 알아버렸구만."

경연당에는 향내가 퍼졌다.

조그만 아이 하나가 향로에서 피어오르는 연기를 조절했고 동으로 만든 뚜껑을 내려놓고 조용히 구석으로 물러났다.

"김포를 가둔 건, 김종현의 처를 달아나게 한 죄를 물은 거였군요."

도순검사는 고개를 끄덕였다.

"병마판관 김종현에게는 처가 둘이었네. 첫째 부인은 개경에서 아기를 낳다가 죽었고 그는 병마사를 따라 북계에 와서 새 인연을 만났

네. 정주성의 아청*에 의탁하던 김씨 가문의 여인이 그의 둘째 부인
이 되었지."

구주성의 고려군은 대마신군이 잠적하자 그의 식솔들을 인질로
두고 있었다고 했다.

산달에 이른 그의 아내를 보호하고 있으면 협상이 쉬우리라 생각
했다는 것. 대원수의 명령에 항거하고 부대를 데리고 사라진 그에게
처와 배 속의 아이는 외면하지 못할 협상 인질이었다. 종현은 자식을
보지 못하고 종적을 감추었다.

"좋습니다. 그렇게 잡아둔 인질을 구주 방어사가 달아나게 했군요.
상부의 명령을 무시하고 사촌 형수를 풀어주었고, 그녀는 그러다가
거란대에 죽었군요. 그녀를 이용하면 대마신군의 위치도 알 수 있었
을 텐데 아쉬운 일이었겠고요. 대마신군의 실종은 병영 내에 알릴 수
없는 사항이니 김포를 가둘 때도 여섯 기병이 들어왔을 때 자리를 비
운 것을 명분으로 삼았군요."

"정확하네."

"그런데 놀랍게도 그 아이가 운명처럼 대원수의 손에 다시 들어왔
고. 그렇습니까?"

"그렇네."

"그것뿐입니까?"

도순검사 유인하는 고개를 갸웃하며 불편한 표정을 지었다.

"뭘 또 듣고 싶은 건가?"

●관청

388

"그게 전부인지 여쭙니다. 제가 모르는 게 또 있으면 지금 말하십시오."

도순검사가 눈을 부릅떴다.

각치는 고려의 고위층을 순차적으로 진노하게 하는 교묘한 말버릇이 있었다. 사람 좋은 유인하까지 저런 내색을 보인다는 건 각치의 말투가 진실로 건방지다는 뜻이었다.

저 눈으로 짐작건대 오늘 당장 대원수가 각치를 파면한다면 누구보다 저 사람이 제일 먼저 각치를 죽여버릴 것 같았다.

"갓난이가 김포 나리의 자식은 아니겠지요?"

유인하의 코에서 긴 한숨이 흘러나왔다.

"심하지 않은가, 그런 말은. 김포가 아무리 망나니라 해도."

"그렇다면 병마판관의 부인과 방어사 김포 나리는 진실로 존경하는 형수와 도련님 사이였다는 거군요?"

끙.

도순검사는 당황하는 표정을 지었다.

"발설하지 말게."

"무엇을요?"

"김포가 병마판관의 여자를 사랑했다는 것을. 그랬네. 김포가 일방적으로 좋아했지."

"부인께선 일부종사하신 모양이군요."

"당연하지. 부인은 정숙하고 현명한 사람이었네."

"좋습니다. 갓난이는 병마판관 김종현의 자식이라고 치고."

"치고가 아니라 분명함세."

각치가 손뼉을 한 번 쳤다.

"명백해졌습니다. 그 여섯은 쓰리나리를 구하러 몰래 들어온 게 틀림없군요. 자리에 안 계신 대원수 각하께는 결례가 될 수도 있겠으나."

각치는 원숭이탈이 고려군의 신뢰를 잃었다고 말했다.

"전부 그분이 자초한 일입니다."

원숭이탈은 거란대가 개경에서 왕을 위협하는 지금, 북계에 흩어진 고려군을 어떻게 운용할지를 결정하지 못했다. 또한 거란대가 퇴각할 때 어느 길을 택할지를 내다보지 못하고 있었다. 때문에, 고려군의 운용도 방수 장군들에게 제시하지 못했다. 무엇보다 수적으로 불리한 것을 망각하고 대뜸 고려군의 핵심 기병대를 내려보냈다가 그들의 항명을 받았다.

"공포를 이길 강력한 재료가 필요했을 터입니다."

도순검사가 고개를 삐딱하게 꺾었다.

"……예상 밖이네. 그런 말은."

"그들은 충심 가득한 기병 장교들이었습니다. 개경으로 가지 않겠다는 지휘관 명령에 불복하지 못했겠지만 내부에서는 혼란이 있었을 겁니다."

"음."

"두려움이 삽시간에 퍼지면 가장 민감한 건 대를 맡는 지휘사들입니다. 이번에 죽은 여섯도 교위급 지휘사들이었죠. 산원이 하나 있다고 했고. 그들은 말단 기병들의 기운을 증폭시킬 필요가 있었을 겁니다. 대원수의 명령에 항명하고 개경으로 가지 않겠다는 수장 김종현에게 그들은 항명했을지도 모릅니다. 여섯 장교는 고려군 최고 지휘관인 대원수 각하 명에 따라야 한다고 생각했을 겁니다. 명령에 살고 명령에 죽는 충심의 대마신군단이니까요. 강직하고 강력하다는 자부심이 있지요. 사람에 충성하지 않고 대의에 충성하고자 하니, 10만의 거란대와 부딪혀 산화하는 것이 옳다고 생각했을 겁니다. 하나 문제는 이미 퍼진 기병대 내의 불안감이었습니다. 분명 쓰리나리의 효용을 알고 있었을 그들이 쓰리나리를 구하려 했다면 너무 과장하는 말일까요? 하늘을 나는 풀, 쓰리나리는 흡음하면 두려움을 잊고 하늘의 주인이 되는 듯 기운이 충전되는 물질이라는 걸 북신제를 지내본 장교들이라면 알고 있습니다."

도순검사가 물었다.

"그렇다면 왜 하필 구주로 들어온 건가? 쓰리나리는 통주성의 북신 사당에서도, 아니면 동계에서도 구할 수 있네."

각치는 고개를 가로저었다.

"소문개가 귀순했을 때 가지고 온 말들이 전부 대마신군에 지급되었다고 했었지요? 소문개는 쓰리나리를 전문적으로 재배했던 자이고, 또 많은 양을 가지고 있었을 겁니다. 5,000의 대마신군에게 지급하려면 그만한 양을 찾아야 했을 겁니다."

"소문개에게 군단이 흡음할 양을 얻으려고 했다?"

각치가 고개를 끄덕였다.

"지금 구주의 외인 부대들은 쓰리나리를 구하고 있는 모양입니다. 공급이 끊겼지요. 아마도 소문개가 물량을 조절했을 겁니다."

도순검사가 정리했다.

"대마신군 장교들은 자신들의 수장을 배척하고 대원수 각하의 명령을 이행하려고 했으나 이미 떨어진 사기를 고취하기 위해 여기까지 와서 쓰리나리를 구하려고 했다? 그래서 김종현이 자기 명령을 불복종한 그들을 죽이러 따라왔다?"

"아니요. 틀렸습니다."

도순검사가 놀라 물었다.

"틀렸다니?"

"그들은 죽인 건 김종현이 아닙니다. 병마판관 김종현은 구주 성안으로 들어온 적이 없습니다."

"그러면 대체 누가 그들을 죽였단 말인가?"

"그 여섯을 죽인 범인은……."

4

대정은 갑옷을 벗었다.

허리띠를 풀고 무릎 보호대도 풀었다. 대정은 북신 사당의 아이가 마련해준 더운물로 몸을 닦고 검은색 옷을 갈아입었다. 대정은 목에 감고 있던 천을 풀고 상처를 씻은 다음 새 천을 둘러맸다. 대정은 아이로부터 둘둘 만 비단 족자를 넘겨받고 옆 건물인 북신당으로 갔다.

대정은 북신단 앞에서 북신상에게 세 번 절했다.

북신상 앞에는 커다랗고 네모난 검은색의 떡이 바쳐져 있었다.

대정은 북신상 족자를 펴서 북신단 옆에 세워놓은 걸대에 걸었다.

족자의 그림은 감로탱이었다.

감로탱은 육도® 중에서 아귀의 세계를 묘사한 그림이다. 망자들은 일단 아귀의 세계에서 심판을 받아야만 갈 곳이 정해진다. 북신을 믿는 사람들은 망자를 북신으로 불러내면 아귀의 세계를 건너뛰고 바로 극락으로 갈 수 있다고 믿었다. 그래서 북신제를 치를 때는 반드시 감로탱의 아귀도를 걸어두었다.

대정은 정갈한 몸짓으로 향로에 향을 사르고 새 물을 올렸다.

용알❖이었다.

대정이 부채와 방울을 들고 경을 욀 동안 아이는 내내 깨끗한 천을 받쳐 들고 대정 옆에 서 있었다. 대정은 반 시진 동안 다라니경을 외웠다. 다라니경은 세 번 반복했다. 그다음 팔부중 진언을 외웠다. 그런 다음 대정은 북신에게 세 번 절한 후 몸을 돌렸다.

아이가 천을 내밀었다.

검은 비단옷 속에 근육이 팬 그의 가슴과 배와 나체의 다리는 온통 땀으로 흠뻑 젖어 있었다.

대정이 몸을 닦았다.

물이 끓기를 기다리는 동안 아이는 대정의 갑옷에 오물을 제거하고 기름을 발랐다. 평상복으로 갈아입고 정좌한 대정이 후후 불며 차를 마셨고 아이는 그 옆에서 그의 굳고 언 가죽신을 긁어 부드럽게 길을 냈다.

대정이 찻그릇을 내려놓자 아이는 옆에 놓아둔 개킨 갑주를 끌어와 대정 앞에 놓았다.

● 지옥도, 아귀도, 축생도, 아수라도, 인간도, 천상도
❖ 새벽에 뜬 정화수

"어제 아래 성에서 칼을 맡기고 갔습니다, 당주님."

북신 사당 당주를 보필하는 아이가 공손히 말했다.

대정은 앉은 채 불단의 왼쪽을 보았다.

아이 키만큼 길고 화려한 칼이 놓여 있었다. 그 칼의 손잡이에는 '광사두우'라고 음각된 글씨가 새겨져 있었다.

"사흘 안에 부탁하신다, 하셨습니다."

"……알았다."

"당주님."

대정이 아이를 바라보았다. "응?"

"저 칼, 대원수님이 아니고 부원수님이 맡기셨습니다."

짧은 수염이 난 북신 사당의 당주인 그 사내는 칼을 가만히 바라보기만 했다.

결국 대정은 고개를 끄덕였고 아이는 대원수의 칼과 대정의 개킨 갑주를 품에 안고 나갔다.

5

"……구주 북신 사당의 당주입니다."

그 말이 떨어지자 도순검사의 표정이 굳어졌다.

그간 부처님의 그것 같은 일자형 눈에서 만연하게 퍼졌던 웃음기가 한순간 싹 사라졌다. 놀랍게도 그의 얼굴은 진흙으로 구워 만든 토용土俑 같았다.

각치는 도순검사가 자신의 추리에 놀라는 것이 아니라 숨겨야 할 무언가를 들킨 것에 당황했음을 감지했다.

유인하는 반문했다.

"그게 무슨 소린가? 갑자기 그분을 왜?"

"아마도 각하의 지시였을 겁니다. 그렇죠?"

도순검사 유인하는 대꾸하지 않았다.

"그 아이가 예지로 본 그 현장에서 여섯 기병을 살육한 자가 들고 있던 칼은 대원수 각하의 칼이었습니다. 음각으로 '광사두우'라는 글씨가 있지요. 북극성과 견우성의 빛을 받는다는 뜻으로 폐하께서 각하를 서북면행영도통사로 임명하실 때 하사하신 당태도 아닙니까?"

도순검사의 얇은 입술은 불안한 듯 말라 있었다.

"안의진성에서 새 말을 가지고 각하를 모시러 왔던 그 젊은 대정이 구주 북신 사당의 당주였습니다. 아마도 전날, 임무를 다하고 안의진에서 칼을 돌려주었던 것이었겠죠. 아무리 생각해도 범인은 북신 사당에 소문개와 여섯을 들여보낸 자 외엔 없습니다. 저는 하필이면 왜 각하의 칼로 살인을 저질렀는가가 풀리지 않았었는데, 일전에 각하 말씀을 떠올리고 깨달았습니다. 내부의 배신은 당신께옵서 직접 칼에 피를 묻히신다고 하셨으니까요. 자, 제 추리는 여기까집니다. 증거를 대라면 보여드리지 못합니다. 정황뿐입니다. 그러니 틀렸다면 틀렸다고 말씀하셔도 됩니다. 제가 내세운 근거란 그저 그 아이의 예지뿐이며—"

"잠깐."

도순검사는 향을 끄고 술을 가져오게 했다. 각치는 술을 받았으나 먹지 않았다.

"먹어보게. 여타 중랑장들도 틈만 나면 이 술맛을 보려고 하나 좀
처럼 대원수께서 내주지 않은 술일세."

도순검사가 예의 웃는 눈매로 표정을 바꾸었다. 정말 탈을 바꾼 것
같은 얼굴이었다.

"먼저 대답해보십시오. 대원수 각하께서 그 여섯을 죽이라고 명하
셨습니까?"

"아닐세. 각하는 그런 명령을 내리신 적이 없네."

수심 가득한 각치 얼굴에 무쇠솥의 장작불이 요란하게 빛을 뿌려
댔다.

"아니라고요? 북신 당주에게 여섯을 죽이라는 명령을 내리신 적이
없다고요?"

"그런 일 없네. 그분이 왜 대마신군의 위치를 진술할 그들을 싸그
리 죽이라 하겠는가."

"제가 틀렸단 말이군요."

각치가 수염을 긁었다.

"안타깝지만, 그렇네. 그리고 내, 오늘 당신에게 아쉬운 영을 전하
려 하네."

그런 후 도순검사는 손을 내밀었다. 각치는 고개를 살짝 기울였고
의외라는 표정을 지었지만 결국 알아듣고 순패를 반납했다. 순패를
받은 도순검사 유인하는 그제야 안심하듯 조사를 마무리하는 이유
를 설명했다.

"우리는 대마신군 없이 싸우기로 했네."

"그런가요?"

"그래. 그러니 이제 대마신군의 수장을 찾을 필요가 없다, 그 말이야. 그리 전하라 하셨네."

"전하라고 한 분이 부원수입니까, 대원수입니까?"

도순검사는 대답 대신 옆에 있던 부관에게 고개를 까닥했다. 부관은 바닥에서 곡식이 든 자루 두 개와 입구를 막은 주둥이가 긴 항아리를 탁자 위에 올렸다.

"콩 두 되, 말린 비둘기 다섯 장과 청주 한 병을 준비했네. 물론 타고 갈 말도. 그간 수고했네."

각치는 그것을 물끄러미 바라보았다.

특별히 생옥과 말린 인삼도 더 얹어주지. 내 발목도 고쳐주고 있으니.

뒤에서 나는 소리였다.

돌아보니 지팡이를 짚고 등이 굽은 노인이 들어오고 있었다. 아이가 달려가 노인을 부축했고 대원수는 아이의 어깨를 짚으며 걸어왔다.

"인하, 그리하시게."

옥과 인삼은 외국의 사신이 머무를 때만 사용하는 귀한 물품이었다. 도순검사는 그러겠다고 고개를 끄덕였다. 도순검사는 부관에게 턱짓했고 부관은 자리를 떠났다.

각치가 대원수를 노려보았다.

"일이 이렇게 되다니, 꽤 시시풍덩하군요."

"그래, 시시풍덩해졌군. 결론이 나오지 않을 일을 시켜서 미안하이. 뭐 세상 일이란 게 그런 거지. 경전처럼 분명한 결론이 나오는 게 어디 있나. 안 그래?"

각치가 고개를 끄덕였다.

서운한 기색이었지만 나쁜 표정은 아니었다. 각치는 잊지 않고 주변의 불을 찾았다. 경연당에 놓아둔 커다란 화로에는 불이 없었다. 대신 탁자에 기름 잔이 놓여 있었다.

도도록한 불을 응시했다가 대원수를 바라보았다.

"각하."

"응?"

"전쟁이 곧 벌어지나요?"

"저들은 철군할 걸세. 출병은 9월을 넘지 않고 회군은 12월을 넘지 않는 게 거란의 습성이니까. 지금이 1월 중순이 넘어가고 있으니 이미 늦었지. 우리 성상께서 지금까지 잘 버텨주신 게고."

"하나만 여쭙고자 합니다."

"그러시게."

"각하께서는 거란대가 어느 길로 퇴각할 거라고 보시는지요? 지금쯤이면 예측이 섰을 테지요."

"음."

대원수는 몇 올 없는 수염이 붙은 낡은 턱을 주억거렸다.

"어떻습니까? 평지이지만 방어성들이 많은 해안길인가요, 험하지만 거리가 짧고 방어성은 구주성 하나뿐인 내륙길인가요?"

"실은, 아직 결정하지 못했네."

"고민 중이란 말씀이시군요."

"그렇네."

"너무 늦은 것 아닌지요?"

"맞아. 알아. 자네 말고도 방수 장군들이 그런 말을 많이 하네. 그것 때문에 우리는 지금 아사리판이 되었어."

"그럼 적의 의지는 버리고, 각하께옵선 적이 어느 쪽으로 왔으면 하고 바라십니까?"

"이쪽이네."

"구주 벌판이 있는 협곡길이 말씀이군요."

"그렇네."

"의외군요."

"그런가."

"적들이 이쪽으로 오면 벌판에서 대놓고 싸우시겠습니까, 성안에서 견벽고수를 견지하시겠습니까?"

대원수는 대답하지 않았다.

각치는 그의 고민이 거기에 있다고 판단했다. 거란이 구주로 퇴각해서 만나게 되면 어떻게 싸워야 하는지에 관한.

"견벽고수를 포기하지 않으시는군요."

"지형과 성을 이용한 견벽고수법은 고려의 생존 방식일세. 우리가 그렇게 싸워야 할 이유가 있는 거야."

"적이 어느 길로 올지, 또 여기로 온다면 어떻게 싸우게 될지 그 아이를 통해 보아야겠다고 왜 생각하지 않으셨습니까?"

검버섯의 자욱한 늙은이의 옆 이마에 실핏줄이 올랐다. 매우 무거운 피로감이 거기 서려 있었다.

"겁이 나는지요?"

"……."

"그렇군요. 알 것 같습니다."

"그렇네. 솔직히 두렵네."

"보셔야 할 것입니다. 천문, 지리, 인화를 보시려면 각하의 마음부터 들여다봐야 할 것입니다. 그 아이의 예지를 들여다보는 것은 미래를 엿보는 게 아니라 각하의 마음이 얼마나 강한지를 측정하는 것일지도 모릅니다."

대원수는 고개를 끄덕였다.

"그걸 볼 만큼 강해져야 한다는 뜻이겠지."

"그러합니다."

"……만약, 결과를 알고 나서 비참해지면?"

축 처진 좁고 작은 눈꺼풀 속 흘깃 보이는 눈동자에는 두려움이 서려 있었다.

"미래이지 않습니까."

"……미래."

"네. 미래는 아직 오지 않은 것입니다."

"……자네 말대로 미래는 아직 오지 않았지."

"각하의 결심이 바뀌면 미래도 바뀝니다."

"음."

"또 각하 결심이 바뀌지 않으면 미래는 바뀌지 않습니다."

"충고 고맙네. 덤으로 말가죽 한 피를 얹어주지."

견벽고수

거란이 고려를 공격하자 고려가 마침내 여섯 개의 성을 쌓았으니, 경계에 있는 흥주, 철주, 통주, 용주, 구주, 곽주이다. 거란은 고려가 자신들을 배반한다고 여겨서 사신을 보내 6성을 요구하였으나, 왕순이 허락하지 않았다. 마침내 거란이 군사를 일으켜 갑자기 고려의 도성에까지 가서 궁실을 불사르고 백성을 겁탈하니, 왕순이 승라주(昇羅州. 나주)로 옮겨서 피하였다. 거란의 군대가 물러나자 이에 사신을 보내 화친을 요청하였다. 거란이 굳게 6성을 양보하라고 하였으나, 이때로부터 고려가 병사를 내어 6성을 지켰다.

『송사』 권487, 「열전246」.

1

겹문이 열리고 아낙들이 우르르 들어와 저쪽에 떨어진 큰 마루에 올라갔다. 아침 일찍 나간 그들은 남문 옆 우물을 수리하고 오던 참이었다. 그들은 들어와서도 수런댔고, 웃으며 서로에게 삿대질해댔다. 고생한 하루에 관해 시끄럽게 떠들면서 자신들의 몸을 누일 공간을 소제했다. 일부는 물을 동이에 나눠 담고 겨드랑이와 목을 닦았다. 아침에 끌려 나갔던 일소가 다시 끌려 들어왔다. 인간과 한 공간에 사는 소는 이제 두 마리가 되었다. 곧 나무 태우는 냄새와 기름 끓는 소리, 국 끓이는 냄새가 풍겼다. 아궁이에 불이 활활 타올랐고 아낙들은 콩죽을 나눠 먹었다. 그러는 동안 죽화는 자신의 마루에 혼자 웅크리고 앉아 있었다. 아낙들은 죽화에게 말을 걸지 않았다.

아낙 하나가 이쪽을 쳐다보았고, 삶을 콩이 든 보시기●를 죽화 옆에 놓았다. 그러나 그 아낙은 죽화가 그것을 먹는 것도 챙겨보지 않은 채 돌아가버렸다.

아낙들이 둘러앉아 노래를 불렀다.

어젯밤 꿈 좋더니 임에게서 편지 왔네.

그 편지를 받아다가 가슴에 얹었더니

무거워 무거워서 답답해 살 수 없겠네.

● 그릇

에에아아아, 에에에, 어허미, 타아하 어히야 불이로다.

죽화는 일어나 북새스러운 그곳을 나갔다.

내성과 외성을 잇는 성벽의 유일한 통로인 지하문 안에서 죽화는
잠시 숨을 골랐다.

오후까지만 해도 사람들의 소란스러운 대화들, 말들의 부산한 울
음소리, 발굽 소리, 수비병들의 교대하는 소리, 타오르던 장작 냄새,
국 끓이는 냄새들로 가득했던 그 공간은 해가 지자 적막했다. 사람들
은 물론 보이지 않는다.

이 홍예의 통로를 밝히며 활활 타는 쇠화로처럼 구주인들은 저 초
가 사이의 세밀한 골목들 중 수레가 지날 정도의 폭을 지닌 널따란
길마다 커다란 쇠절구나 동이를 갖다 두었다. 안에는 숯과 장작이 연
하게 타고 있었다. 느지막한 오후에 지핀 그 불은 해가 넘어가면 길
과 집과 사람을 구분하다가 아침이 되면 자연히 꺼졌다.

지하문 홍예 통로를 지나 외성에서 내성 영역으로 나오자 대정이
서 있었다. 기분이 나빴다. 이치는 어디든 나올 때마다 기다렸다는
듯 서 있다.

"날 감시하라고 하디? 원숭이탈이?"

"민가 쪽으로 가는 건가? 아니면 북소문을 나가려는 건가?"

"알아서 뭐 하게?"

"함부로 돌아다니면 안 될 것 같아서. 곧 성내가 계엄한다."

"나는 대원수가 준 순패가 있어!"

죽화는 순패를 내보였다. 대정은 순패를 바라보다가 희미하게 웃

었다.

"설마 사람을 죽이러 가는 건 아니겠지."

죽화는 빙긋이 웃었다.

"왜? 내가 죽이는 병이라도 걸렸을까 봐? 비켜!"

"이걸 떨어뜨렸더군."

대정이 품에서 무언가를 꺼냈다.

녹황색 자아추다.

가슴을 더듬으니 저것을 걸고 있지 않았다.

죽화는 입술을 깨물며 그의 손에 올려진 그것을 노려보았다. 그리고 대정을 올려다보았다.

"그게 왜 당신 손에 있지?"

저것은 거란의 밀접자가 알아서 다가오게 하는 징표다. 그자를 만나야만 패물 주머니를 되돌려받을 수 있고, 매화와 함께 이 우중충하고 기분 나쁜 고려 성에서 벗어날 수 있었다. 물론 각치나 원숭이탈의 시선에서 벗어나야 하는 것은 또 다른 난관이겠지만.

"이걸 왜 떨어뜨린 거지?" 그가 나직이 물었다.

순간 기시감이 스쳤다.

"내놔!"

죽화가 낚아채려 하자 그는 자아추를 쥔 주먹을 높이 들었다.

"그렇게 노려보지 마. 주인을 찾아 취한 물건을 돌려주는 걸 뭐라 할 수 있나?"

그가 장난치듯 입술을 삐죽거렸다. 처음으로 보는 대정의 웃는 모습이었다.

"받아."

자아추를 쥔 굵은 그의 주먹이 올라오더니 녹황색 가는 줄과 반자 길이의 뾰족한 쇠 송곳이 죽화의 손바닥에 떨어졌다.

순간, 죽화는 이치가 밀접자가 아닐까 하는 불길한 느낌이 들었다.

"혹시, 이거…… 당신한테 중요한 물건이야?"

"질문이 이상하군. 너한테 중요한 물건이 아니었나? 늘 목에 걸고 있더군."

똑바로 바라보고 물었다.

"……자아추가 당신한테 의미 있는 물건이냐고."

밀접자라면 의미가 있어야만 했다. 이 자아추는.

대정은 시선을 외면했다.

"각하께서 찾으신다. 북신 사당으로 가거라. 그리고 그거, 잊어버리지 마라."

대정은 몸을 돌려 성큼성큼 넓은 보폭으로 저만치 걸어갔고 곧 초라한 흙집 너머로 사라졌다.

2

성두城頭*에 열 맞춰 세워둔 깃발들이 함부로 파닥거리고 이리저리 자글거렸다.

• 성벽의 돌출된 부분

벌바람은 울곳불곳 솟은 협곡에서 비틀려 오면서부터 날카로운 기운을 실은 탓에 들판을 쓸고 오는 기세가 강했다. 구주성 남소문 문루에 석상처럼 서 있는 죽화는 몸에 힘을 주고 더 높이 솟았다.

죽화는 남소문 망와*에 올라섰다.

눈에 힘을 주었다. 구주성의 영역과 구주성이 기댄 용산이 훤히 보인다.

이 공간은 꿈이었다.

강동의 여섯 주에 있는 고려 방어성 중 가장 동쪽에 자리한 성의 이름에 거북 '구'가 붙은 이유는 성 뒤의 가로세로로 뻗어 내려온 산줄기들이 마치 거북이의 등 껍질 무늬처럼 보여 그렇다고 알려졌지만, 서희가 개수한 내성의 형태가 산을 타고 내려오는 거북이가 바다로 들어가는 형국이라 그렇다는 이도 있었다.

둘레가 12리✤에 이르는 내성 성벽은 7할이 산 위로, 3할이 평지에 접해 있다. 이후에 쌓은 외성 성벽 길이는 4리였다. 성벽에는 아홉 개의 문과 한 개의 수구水口°와 마흔 개가 넘는 성두가 있었다.

가장 큰 정문인 남문과 동문만은 개활지에 접해 있었고, 성벽을 따라 뚫린 크고 작은 문들은 전부 산등성과 면해 있었다.

높은 곳에서 죽화는 동쪽으로 시선을 옮겼다.

구주성 오른쪽은 참으로 광활했다. 벌판을 삼등분하듯 그어진 얇은 겨울 강이 볕을 사리며 바람에 자글거렸고 그 강 너머로 뻗은 개

● 기와의 지붕마루 끝. 암막새
✤ 5킬로미터. 1리는 400미터이다.
○ 성안으로 가로지르는 물의 흐름을 관리하거나 막는 통로

활지에 굽이진 길이 붓으로 그린 듯 이어졌다. 그 길을 숨기듯 감추며 빼곡하게 들어차 있는 먼 동쪽의 산들도 우람했다. 북계에서 참으로 보기 힘든 개활지다.

'보리를 심으면 좋을 땅이긴 하네.'

구주성의 특징은 동문천이 지류를 퍼뜨리며 흐르는 동쪽의 벌판이다. 보리를 심기에도, 상인들의 넓은 시장이 될 수도 있는 이 개활지는 버려진 채 방치되었다. 오랑캐가 내륙길을 선택하면 매번 짓밟히는 곳이기에 그렇다. 어쩌면 적의 땅이기도 했다.

'적이 이쪽으로 온다면 고려군은 어떻게 싸울까?'

고려는 원래 산성을 의지해서 싸운다. 거란은 평지에서 말을 돌린다. 압록 너머 저들의 땅인 먼지 들판에서 싸운다면 무조건 거란이 이긴다. 하나, 산이 높고 길이 좁은 삼한 땅에서 싸운다면 다르다. 북계의 방어체계는 누가 뭐래도 산성을 중심으로 한 방어전과 지구전이었다. 산성에 웅크리고 있다가 적의 기세가 약해질 때를 노려 기습하는 방식이 승률이 높다.

이 전술이 성공하려면 성안에 많은 인원이 머무를 수 있는 환경이 조성되어야 한다. 그런 측면에서 이 구주성은 최적이었다. 높고 낮은 지대가 다양했고, 식수로 사용할 샘이 있고, 성을 가로지르는 천이 있으며, 무엇보다 넓었다. 그래서 강동의 여섯 주 중 가장 척박했지만 가장 단단한 성이었다.

구주성은 형세도 거북이지만 이곳에서 펼치는 전술도 거북이처럼 느리고 지난해야 했다. 성 옆에 너른 땅이 있다고 해서 함부로 밖으로 나와 맞서면 저들을 이길 수 없다.

죽화는 남쪽을 바라보았다.

강이 꼬불꼬불 이어졌다. 그 너머에 멀리 병풍처럼 산이 가로막고 있다. 개경으로 내려가는 길이 저 산들 사이로 좁게 나 있었다. 남서쪽을 보았다. 야트막한 개활지가 있었는데 정주로 가는 길이 이어져 있었다. 북쪽을 보았다. 구주성 옆으로 길게 지나는 강의 상류는 팔영령으로 가는 길이다. 그 길의 끝은 삭주로 이어져 있고 국경을 넘는 길이 나온다. 거란대가 이쪽으로 온다면 본국으로 돌아갈 때 이용할 수 있는 길이다. 다시 처음 보았던 서쪽을 보았다. 용산이 눈앞을 가로막고 떡하니 거북이 한 마리가 내려오고 있다.

눈을 감았다.

맴도는 의식에 구주성과 동쪽 벌판은 하나의 몸뚱이로 보였다. 그 몸뚱이는 분지였고, 우주였고 세계였다. 거기에 고인 기운은 불규칙하고 혼란스러웠지만, 하나의 유기체로 흐르고 있었다.

생명의 기운일까.

넓고 둥근 방어성과 벌판은 전쟁만 없었다면 사람들이 보리를 심고 시장을 세우고 소와 말을 풀어 먹일 터전이 되어야 하는 곳이었다.

와ㅡ와ㅡ

갑자기 소란스러워졌다.

둥둥둥, 북소리도 장엄하다.

죽화는 퍼뜩 정신을 차리고 뒤돌았다. 북소리가 선명해지고 함성과 비명이 산보다 높고 크게 퍼지고 있었다.

전투가 벌어지고 있었다.

죽화는 곧 일어날 장면을 보고 있음을 알았다. 죽화는 지금 신력의 경계에 들어온 상태였다.

구주성 안에 빼곡하게 들어찬 고려군의 모습이 개미처럼 보인다.

'역시 거란대는 동쪽의 협곡길을 타고 철군하는 거였구나!'

평온하고 광활했던 구주성 동쪽 벌판에도 어느새 거란대가 빼곡하게 들어차 있다. 구주성을 두고 온갖 개미들이 조물조물 움직이고 있는 듯하다. 안의 개미들은 고정된 듯했고 밖의 개미들은 줄지어 움직이고 있다. 밖의 개미들은 파도에 떠밀리듯 지네의 몸처럼 열을 지어 성을 에워싸기 시작했다. 전부 말을 탄 거란대였다.

야만인들은 더 단단해져 있었다.

그들은 1,000년을 지내는 신장들 같았다. 그들은 푸른 불꽃을 내뿜으며 빙빙 돌았다. 그간 그들을 헐게 한 것이 있다면 그들이 사랑한 맹렬한 바람뿐이었다.

죽화가 서 있는, 구주성 주문主門인 남문 앞에는 거란의 공성 장비들이 모여 있었다. 성문을 뚫은 것들과 성벽을 넘은 것들이다. 거란의 공병대가 장비들을 성벽 가까이 밀어대고 있었다. 그 뒤로 말을 탄 수천의 기병들이 꾸불꾸불 맴돌았고, 저리로 흐르고 이리로 돌아오면서 온 사방에 먼지를 일으키고 있었다. 거란은 남문을 공격 대상으로 삼은 듯했다.

'견벽고수!'

고려군들은 성안에 모여서 싸우고 있었다.

김포 뜻이 패했고, 부원수 뜻이 이긴 모양이다. 원숭이탈은 부원수의 뜻을 받아들여 견벽고수를 선택한 게 분명했다.

성문의 가장 높은 곳에 독수리처럼 서 있는 죽화는 그들의 첫 충돌을 지켜보았다.

거란대는 어떨 땐 100에서 50명씩 대를 지어 돌멩이 모양이 되어 산개하다가 순식간에 거대한 괴물처럼 합치기를 반복했다. 그럼에도 멈추지 않고 물줄기처럼 흘러갔다. 그것은 흐느적거리는 파래처럼 자유롭다가도 하늘을 나는 기러기처럼 대오가 되기도 했고, 강가에 던지는 돌멩이가 남긴 파장처럼 넓게 퍼지기도 했다.

나팔 소리가 울리자, 그들은 황소처럼 남문 쪽으로 돌격했다. 들판에 빼곡하게 들어찬 거란 기병대들은 구주 성벽 주변으로 밀려들더니 점점 차올랐고 에워쌌다. 그들은 마치 쏟아낸 기름처럼 보였다.

그 모습을 보니, 지친 거란대를 일주일간 더 굶기고 개경 근처에서 단번에 처리하자는 부원수의 생각은 틀린 것이었다. 그들은 남루하지도 지쳐 보이지도 않았다. 오히려 시뻘겠다. 개경에서 한숨도 자지 않고 수십 밤을 달려 이곳 구주로 온 힘줄은 막 태어난 것처럼 생생했고, 활기 어렸으며, 광기에 굶주려 있었다.

'저런 자들이 왜 개경을 접수하지 못했을까.'

고려 왕이 꽤 잘 버틴 모양이었다.

죽화는 저들이 개경을 접수하지 못한 분노를 구주에서 표출하는 것이라고 생각했다.

구주성 동문과 남문을 에워싼 거란은, 성벽 안으로 화살을 날렸다. 화살은 성안의 굳은 땅에 벼처럼 박혔다. 성벽에 붙어서 작업하던 수백 명의 고려인 투척병과 여진족이 등에 화살을 꽂고 쓰러졌다. 계속 화살이 떨어지자 마치 벼가 우수수 자라나는 것 같았다. 반면 성에서 되쏘는 고려군의 화살들은 성 밖으로 길게 뻗어 나가지 못했다. 뚝뚝 떨어지는 작대기들. 안에서는 수많은 장비가 분주하게 움직이고 있지만, 그것들은 버둥거리기만 할 뿐, 성 밖의 적에게 영향을 주지 못했다.

성안의 수가 성 밖의 수보다 많았으나, 움직임은 달랐다. 그것은 아낙과 아이와 노인을 포함한 수였다. 게다가 인근의 통주와 안주, 곽주의 성에서 구주성으로 전문 군사들을 보내지 않아 진짜 무기를 쥔 자는 적었다. 또 서경에 있던 강민첨이 데리고 간 부대의 반만 이끌고 허겁지겁 돌아왔기에 병력은 더욱 치졸했다. 하나, 밖은 달랐다. 벌판을 장악하고 기분대로 대열을 바꾸는 거란은 자유로워 보였다. 말을 탄 정병뿐 아니라, 말을 포함하지 않은 타초곡도 일사불란했다.

죽화가 눈을 감았을 때 느꼈던 대우주의 정묘한 움직임 같은, 혼돈과 질서가 어우러지고 정갈하고 유기적인 느긋한 기운은 바로 저 거란대의 공격 흐름이었다.

성치와 성두에서 야차뢰와 낭아박이 오르락내리락했다. 기름 먹인 풀이 마구 던져졌다. 불화살은 그 풀을 덮어쓴 적들을 향해 날아갔다. 분뇨와 바위와 기름과 끓는 물도 떨어졌다. 그러나 효과는 미비했다. 거란대는 분온차*를 이용해서 유연하게 멀어졌다가 다시 성벽 가까이 붙었다. 사다리차가 성벽에 붙었다. 커다란 목두도 문으로 다가갔다. 그것은 마치 기운을 벌겋게 뿌리며 번들거리는 사내의 성기 같았다.

* 성벽 위에서 떨어지는 투척물을 막기 위해 군사들이 들어가서 이동하는 장갑차. 바퀴가 있다.

쿵.

쿵. 쿵.

거대한 통나무가 남문에 대고 규칙적이고 질서 어린 수평운동을 하기 시작했다.

자세히 보니 그 목두를 밀어대는 수십 명의 거란은 타초곡들이었다. 요령 있고 사악하며 시키는 것은 무엇이든 하는 저, 반야수적 생명체들은 부쩍 신이 난 듯했다. 원래부터 그들은 이런 문 치거나, 사다리 오르기, 사람 긁어내리기, 그리고 불 지르기가 전문인 자들이다. 그 뒤로 노련한 거란 정병들이 이리저리 먼지를 일으키며 문이 열리기를 기다리고 있었다.

남문이 부서졌다. 동시에 동문도 부서졌다.

와—

거란대가 두 구멍으로 밀물처럼 빨려 들어갔다.

죽화는 공포에 젖어 부르르, 몸을 떨었다.

성안에서 짧으면 3일, 길면 일주일을 버티고, 벌판에 진을 친 거란이 지칠 무렵이면 성에서 나와 기적처럼 기습하자는 부원수의 계책은 통하지 않을 것이다. 열흘을 능히 버티고 적이 지쳤을 때 완벽하게 무찔러 한 놈도 압록을 건너지 못하게 하겠다던 원숭이탈의 의지도 개전한 지 한 시진 만에 무너질 것이다.

앞으로 있을, 잔혹한 학살을 죽화는 보고 싶지 않았다. 그러나 보아야만 했다. 간신히 뒤돌아 성안을 살폈다. 함성은 비명으로 바뀌었고, 바닥은 점점 시뻘게졌다. 안으로 들어온 야만인들은 괴성을 질러댔다. 도끼가 수시로 하늘로 쳐들렸다. 적의 말들은 천방지축으로 뛰어다녔다. 성안에서 적은 성 밖과 달리 질서가 없었다.

살육.

그들은 검차와 나무 장애물에 불을 질렀고 건물을 무너뜨렸다. 구주성 안에 있는 아사, 군기 창고, 향교, 만년관, 주운정 등의 건물이 불에 휩싸였다. 야만인들의 월도月刀가 떨어지는 화살을 동강냈다. 야만인들은 다음 화살을 메기는 고려군에게 달려가 목을 끊어버렸다. 야만인들은 어미를 찾는 아이를 짓밟았고 아이를 찾는 여자의 등을 찍었다. 야만인들은 성채 아래 있던 기름 항아리를 깼다. 바닥은 흥건해졌고, 야만인들은 거기에 불을 붙이고 내달렸다. 불붙은 자들이 뒹굴었다. 일부는 어정어정 걸어 다니다가 다른 이에게 불을 붙였다. 불은 삽시간에 건물과 밤나무와 장비에 옮겨 붙었다. 바지가 벗겨진 노인이 비트적거리다가 시신 더미에 넘어졌고, 벌거벗은 아낙이 어디론가 달려가다가 구덩이에 빠져 사라졌다. 야만인 한 명이 갓난아이 둘을 양손에 쥔 채 걸어 다니다가 하나를 불에 던졌다. 다른 손에 대롱거리는 아이의 배는 뻥 뚫렸다. 그는 이미 내장을 씹고 있었다.

거란의 정병들이 살육하는 동안 거란의 타초곡들은 건물로 줄지어 들어갔다. 구주 외성은 강렬하고 매캐한 유황 냄새가 유독 강하게 퍼졌다. 황룡사 심주心柱같이 큰 연기 수십 개가 피어오르고 있었다.

번쩍 눈을 떴다.

시끄러운 와중에 익숙한 신음이 들렸다.

지하문 옆 성벽 아래에 원숭이탈이 서 있었다. 그의 탈은 반이 쪼개진 상태였다. 하나 누구도 그 노인을 신경 쓰지 않았다. 야만인들은 노인이 고려군의 수장인지 모른 채 이리저리 지나다니기만 할 뿐이었다. 죽화의 눈에 노인이 안쓰러워 보였다. 노인은 광사두우가 새겨진 크고 긴 칼이 아닌, 이름 없는 군사가 버린 녹슨 칼을 쥔 채 덜덜 떨고 있었다.

지하문 위 성벽에 바지가 벗겨진 대정이 목에 밧줄이 감긴 채 매달려 있었다. 그는 추워 보였고 서러워 보였다. 안의진에서 돌아오던 그 밤에 산기슭을 요란하게 달리며 원탐난자대를 죽이던 매끄럽던 용기는 거란대가 펼치는 대낮의 야만에 일찌감치 사그라든 모양이었다.

멀리 내성 우물 옆에는 김포가 둘러싸여 있었다. 김포는 두려운 표정으로 긴 칼을 두 손에 잡고 조금씩 뒤로 물러나는 중이었다. 거란대들은 일고여덟이었고 김포는 우물을 등지고 최대한 포위 시야를 좁히려 했다. 야만인 한 명이 그에게 달려갔고 나머지도 달려갔다. 김포는 칼 한번 휘두르지 못하고 그들에게 깔려 모습이 사라졌다. 얼마 후 그들이 흩어지자, 우물 난간에 김포의 잘린 머리가 놓여 있었다. 김포는 정치적으로 이미 진 것이기에 저 죽음은 큰 의미가 없어 보였다.

고려 군사들과 백성들 일부는 서문을 통해 산으로 달아나고 있었다. 부원수 강민첨은 말을 탄 기병들을 데리고 줄줄이 북소문 밖으로 빠져나가고 있었다. 그는 거란대가 북으로 돌아갈 때 사용할 길인 팔영령 쪽으로 가고 있었다. 몇 안 되는 저 병력을 데리고 북쪽으로 가는 이유가 무엇일까? 미리 가서 매복하려는 것인지, 아니면 달아날 길이 그쪽밖에 없던 것일까. 알 길이 없었다.

갑자기 하늘이 먹처럼 검어졌다.

밉살스럽게 맑던 하늘이 땅거미가 지듯 색이 바뀌었다. 살육의 시간이 끝나고 있었다. 까마귀와 독수리들이 빙빙 돌았다. 죽이는 사람의 소리도, 죽는 사람의 소리도 잦아들었다. 이제는 퍽퍽, 철퍽철퍽 같은 소심한 소리만 들렸다. 칼이 잔생명을 확인 차 죽이는 소리였다. 이 전쟁에서 이겨 벌판에 보리를 심으려던 사람들은 구주 성내 이곳저곳에 눈처럼 쌓여 있었다.

죽화는 기시감이 들어 남쪽을 바라보았다.

멀리 정주로 내려가는 까마득한 개활지의 끝 지점에 말을 탄 군사들이 머물러 있다. 김종현의 대마신군이었다. 그들은 구주성을 구원할 생각이 없는 듯 그저 구주성에서 피어오르는 잿빛 연기를 바라볼 뿐이었다.

죽화는 눈물을 줄줄 흘렸다.

구름에서 작대기 같은 비가 내렸다.

성두마다 빼곡하게 꽂아놓은 깃발들이 축축 처지고 있었다. 바람이 점점 밀려왔다. 죽화가 깃발이 흐르는 방향을 보려고 할 때, 이질적인 것들이 눈에 들어왔다.

저 멀리 벌판의 동북쪽 끝, 찰박찰박 말의 발목까지 차는 마른 강 너머 모래톱에, 색다른 깃발들이 보였다. 깃발 아래에는 군사들의 호위를 받으며 화려한 복식을 한 자들이 모여 있었다. 그들, 십수 명의 거란대의 최고 지휘관들은 말 위에서 느긋하게 전투를 지켜보고 있었다.

최고사령관인 도통은 보이지 않았고 거란대의 부도통 소굴렬이 무리의 중심에 서 있었다. 지휘관들은 번들거렸고 느긋했으며 화려

했다. 오랜 행군에 지친 모습이 아닌, 막 차려입고 결혼하는 자들처럼 고귀해 보였다.

3

북신 사당의 마루에 엎드려 구토하는 죽화를 원숭이탈과 각치가 걱정스레 내려다보고 있었다.

그들은 착잡한 표정을 짓고 있었다. 죽화가 본 미래의 일이 너무도 황망했기 때문에 둘은 어떤 말도 하지 않았다. 죽화는 코와 눈과 입에서 걸쭉한 액체를 떨어뜨리며 고통스러워했다.

"그렇게 되더란 말이니?"

원숭이탈이 물었다.

죽화는 눈물 고인 눈으로 걸쭉한 침을 뱉어가며 고개를 끄덕였다.

원숭이탈은 쪼그리고 앉았다. 바닥에 놓아둔 지팡이를 다시 잡으려고 더듬거리다가 비틀거리는 바람에 놓치고 기어이 두 팔을 바닥에 짚었다.

그는 절망하듯 몸을 흐느적거렸다. 각치가 부축했다. 그는 쪼글쪼글한 손으로 얼굴에 쓴 탈을 벗으려 했다. 하나 벗겨지지 않고 그마저도 포기했다. 축 늘어진 것 같은 원숭이탈이 각치를 보고 있었다.

기묘하게 깎아놓은 탈이었지만 이때만은 슬퍼 보였다. 탈은 도움을 요청하는 표정을 짓는 것 같았다. 뚫린 네 개의 눈에서 죽화의 신력을 괜히 엿보았다는 낙담이 가득 피어났다.

각치는 그를 구속하고 있는 탈을 차마 벗겨내지 못했다.

"각하. 아직 일어나지 않은 미래입니다."

"……그러면…… 생각을 달리하면 미래가 바뀔까?"

각치 표정이 굳었다.

"그럴 것입니다. 각하의 결심이 바뀌면 미래도 바뀝니다."

각치는 한없이 슬픈 표정으로 원숭이탈을 바라보기만 했다.

두 사슴의 대가리

신(臣)이 듣기에, 고려는 본래 두려워하며 귀신을 믿고 음양에 얽매여 병이 들어도 약을 먹지 않습니다. 비록 부자(父子)간의 지친이라도 서로 보지 않고, 오직 저주로 압승하는 것을 알 뿐입니다. 전대의 역사에 이르기를, "그 풍속이 음란하여 저녁이 되면 으레 남녀가 무리 지어 노래 부르며 즐기고 귀신(鬼神), 사직(社稷. 토지신), 영성(靈星. 후직, 곡식의 신)에 제사 지내기를 좋아한다."

『고려도경』권17, 「사우」.

1

담문이 누워 있는 매화를 만지고 있었다.

죽화는 달려가 그를 밀어내고 하체를 이불로 덮었다. 더듬으니 바지는 바짝 말라 있었다.

"바지가 젖어 있어서, 이미 갈았네."

그가 죽과 물도 먹였다고 말했다.

아미타사 금당 바닥에는 기름을 띄운 접시가 군데군데 놓여 있었다. 꽃불이 영롱했다. 바람이 불 때마다 보석 같은 불들은 작아지다가 커지다가를 반복했다.

매화는 여전히 죽은 듯 누워 있었다.

옆에는 향이 나는 접시가 놓여 있다. 매화 머리를 감았던 흰 천이 검은 먹물을 입힌 천으로 교체되어 있음을 죽화는 보았다. 천을 갈았다는 것은 뒷머리 상처를 보았다는 뜻이다.

"이걸 전부 스님이 한 거예요?"

담문은 한 눈으로 웃었다.

얼굴이 길쭉한 그 승려는 아미타사에서 매화에게 향 치료를 집중하고 있었다. 접시에 놓인, 알싸하고 톡 쏘는 연기를 피우는 그 풀은 쓰리나리가 아닐까 추측했지만 확신할 수는 없었다. 금지된 그 풀을 이 스님이 구할 리는 없었다.

죽화는 매화를 내려다보면서 왼손으로 자기가 걸고 있는 녹황색 자아추를, 다른 손에는 매화가 걸고 있는 할미의 은빛 자아추를 어루

만졌다. 그렇게 하면 매화의 마음과 통할 것만 같았다.

담문은 화로에 솥을 올리고 물을 끓였다.

보따리에서 손바닥 안에 쏙 들어갈 만한 향합 크기의 질그릇 두 개를 꺼냈다. 또 옆에 둔 상자에서 여러 번 접은 종이를 꺼냈다. 펼치니 갈색 가루가 들어 있다.

"들차다. 봄에 이것저것 보이는 꽃을 꺾어 말렸지. 제법 향은 좋단다."

끓는 물에 그것들을 띄웠다.

쪼르륵.

담문은 그릇을 내밀었다.

"부처님께 바치는 거지. 또 영패를 둔 망자들에게도 바친다. 너도 마셔라."

망자란 말에 돌아보았다. "설마 매화가 죽었다고 생각하는 건 아니죠?"

"그럴 리가. 여기선 흔한 거다. 사람들은 북신 사당에서 북신제를 끝내면 사용했던 영패를 이쪽에 맡기지. 영영 두는 거다. 나는 영패를 꽃단에 두고 죽은 그들을 천도하지."

"그러니까 뒤처리하시는 거네요."

담문은 빙긋이 웃었다.

"그렇잖아요. 좋은 건 북신이 다 하고, 여긴 남은 찌꺼기들을 처리하잖아요."

"아미타 부처님은 산 자와 죽은 자가 연결되어 있다고 말씀하셨다. 영패를 이쪽에서 모시고 천도하는 건 당연하지 않겠니?"

담문은 북계 사람들에게 북신은 매우 중요한 존재라고 말했다.

"북방인에게는 북신이 부처보다 더 큰 신이야. 그러니 전쟁터인 북계 지방은 전부 북신을 믿는 게 옳다."

"부처님은 마음도 좋으시지. 제자가 저런 소릴 하는데. 흥."

"아미타불은 죽은 자의 시공간을 관장하지만, 북신은 산 자의 시공간을, 또 삶과 죽음과 죽음에 저항하려는 의지까지 관장한다. 생명력이지. 그래서 사람들은 삶을 북신에게 비는 거란다."

북신은 두 얼굴의 신이며, 자비와 무자비가 공존하는 신이었다. 또 아미타가 관장하는 절대무변의 시공간에 저항하는 힘을 지녔다.

"계곡 건너엔 가보았겠지?"

끄덕였다. "사당에 아이가 지키고 있었어요."

"북신 당주 성오 님을 보좌하는 아이다."

"당주는 보지 못했어요."

"그분은 이곳저곳을 돌아다니느라 바쁘시다."

"사당의 당주라면 스님처럼 공간을 지켜야 하는 거 아네요?"

"선기禪機가 넓고 냉철한 분이다. 그분은 전쟁터에서 죽은 이를 북신으로 만들어 유족 앞에 보이게 하신다. 성오 님이 산 자를 위해 기도하면 나는 죽은 이를 천도하지. 우린 영역이 나뉘어 있는 거란다."

"북신에게 빈다고 사람이 죽지 않는 건 아니에요."

담문은 고개를 끄덕였다.

"옳다."

"북신 때문에 저 아미타 부처님은 배가 쫄쫄 곯겠네. 좋은 제사는 전부 그쪽에서 지내고, 부처님은 영패나 받아서 보관이나 하시고. 흥."

"하하하. 나에게도 콩이나 조가 들어온다."

외눈의 담문은 빙긋이 웃는 표정을 지으며 두 개의 찻그릇에 미지근한 물을 부어 씻어냈다. 그리고 다시 차를 넣고 더운물을 부었다. 덖지 않고 들에 피는 꽃을 말린 것이라 차는 깊이가 없었고 여러 번 물을 부어 우릴 수 없었다. 담문은 한 번 부은 물에 고인 향을 음미하고 젖은 내용물을 흔쾌히 버렸다.

죽화가 아깝다고 말하자 담문은 고개를 저었다.

그는 향이 사라진 허튼 잎은 과감하게 버리는 게 옳다고 말했다.

"실은 망자도 북신의 모습으로 불러내는 것보다 불러내지 않고 바로 천도하는 게 옳지. 망자는 향이 사라진 허튼 잎이니까."

쪼륵, 쪼르륵.

"그런데 왜 불러내요?"

"산 자들을 위해서. 여러 번 말하고 있지 않느냐."

국자에 담긴 더운물이 잔 아래로 흘러 들어갔다.

"더 마실 거니?"

죽화는 고개를 저으며 그릇을 내려놓았다.

담문은 그릇들을 챙겨 주머니에 도로 넣었다. 그리고 구석에서 커다란 바랑을 가지고 와서 죽화 무릎 앞에 놓았다. 바랑 안에는 호마*와 나무뿌리를 갈아 만든 죽과 콩이 들어 있었다. 말린 겨울 야채도 있었다. 그 외에 알아보지 못하는 한자가 쓰인 종이도 있었다. 누군가의 이름을 새긴 나무패도 보였다.

● 참깨

"자, 내려갈 때 가지고 가거라."

스님.

죽화가 불렀다.

담문이 고개를 들었다.

"왜 이렇게 잘해주시는 거예요? 매화도 살펴주시고."

"찾아오는 사람은 너뿐이니까. 이 절은 아무도 발길을 들이지 않지."

"우리에게 따뜻하게 대해주셔서 고맙습니다. 날을 세우지 않고 누군가와 대화하는 건 스님이 처음이었어요."

승려는 죽화 목에 대롱거리는 자아추를 툭 건드리며 웃었다.

"그러냐? 언제든 찾아와라. 내가 보듬아주마."

죽화가 눈을 동그랗게 떴다.

"왜요?"

"싫으냐?"

"······스님이 뭘 아신다고요."

죽화는 죽은 듯 누워 있는 매화를 바라보았다.

"널 위해 부처님께 비마."

빈다? 나를 위해 빈다.

갑자기 가슴이 아렸다.

이 승려는 무엇 때문에 빌어준다고 말하는 것일까.

죽화는 담문의 의지를 추호도 의심하지 않았다. 그의 말은 전부 진실일 것이다. 다만 이렇게 흉흉한 기분이 드는 것은 그의 말이 너무도 값지고 포근해서였다.

절망스러웠다.

몸이 축 늘어졌다. 삭풍에 썩어버린 나무에도 싹이 날 수 있을까. 담문이라면 그것도 가능하게 할 것 같았다.

화로에 올린 물이 바닥을 보이며 팔팔 끓었다.

그 소리가 신호라도 된 듯 눈물이 났다.

"말이란 이렇게도 마음을 따뜻하게 만드는군요. 기분이 한결 나아졌어요."

"그러냐. 말은 감정을 지배하지. 사람은 아는 감정만큼만 말이 나온다."

어느 늙은 승이 숨을 거둘 때 이치 모를 진리의 말을 내뱉으면 그 말이 바람을 타고 대여섯 개의 산을 넘어 흩어지다가 어느 지나가는 이의 이마를 때리며 그를 깨닫게 할 수 있을까.

죽화는 울림을 받고 몸을 떨었다.

만난 지 사흘밖에 되지 않은 자신을 보듬겠다는 타인의 말을 들으니 행복했다. 구주 토민들이 죽은 가족이 그리워 북신을 찾는 이유를 알 것만 같았다.

"스님."

무릎을 일으키던 담문의 두 다리를 덥석 잡았다. 죽화는 그 앞에 꿇고 앉았다. 그리고 담문의 양 허벅지를 껴안고 이마를 묻었다.

담문은 허리를 숙여서 죽화 어깨를 두드려주었다.

"……저, 이 성에서 나가고 싶어요."

그의 바지에 볼을 비비며 눈물을 흘렸다.

죽화는 담문에게 자신과 매화가 구주성까지 오게 된 이유를 전부 말했다.

온기 서린 마루 위에서 서 있는 남자와 그 남자의 두 다리를 부여잡은 젊은 죽화는, 며칠째 의식을 찾지 못하는 산송장을 바닥에 눕혀두고 오랫동안 대화했다. 불단 위에 정좌한 커다란 아미타불은 아무것도 모른다는 듯 정면만 보고 있었다.

물 끓는 소리가 사라졌고, 그릇들의 기름불이 여러 번 흔들렸다.

"……그러니까 구주성에 첩자가 있다?"

"네."

"너는 살려고 들어온 것일 테지."

"주머니를 돌려받으려고요."

"그런데 첩자는 아직 나타나지 않았고?"

"네."

"그렇다면 네가 걸고 있는 황녹색의 자아추는 회중지물*이구나."

"네. 이걸 걸고 있어야 그가 저를 알아볼 수 있어요."

"첩자면 우리의 적이 아니냐."

"저에겐 적도 뭐도 아니에요."

담문은 고개를 끄덕였다.

"패물도 병마판관도 다 싫어요. 당장 이 성을 빠져나가고 싶어요. 매화도 죽었으면 좋겠어요. 혼자 멀리 떠나고 싶어요."

"어허, 동생이 들으면 섭섭한 말을."

죽화는 어두운 눈빛으로 그를 바라보았다.

●몸에 지니는 물건

"도와주세요, 스님."

"글쎄다."

담문은 볼을 긁으며 공허한 눈빛을 짓기만 했다.

주렁 들어 보이던 죽화 표정이 순식간에 날카롭게 변했다. 도움을 청하자 그는 데시근했다. 볼에 청승살이 가득한 외눈박이 승려는 아무것도 할 수 없다는 표정을 짓고 있다. 굳어 있는 저 부처처럼.

시발.

말뿐이구나. 이 중은.

보듬아? 보듬아? 흥!

감정이 북받쳐 담문에게 다 털어놓긴 했지만 죽화는 후회했다. 담문에게는 도울 만한 능력이 없다. 되레 위험한 정보를 알린 게 아닌가 싶어 불안해졌다. 그러자 죽화는 담문이 자신을 고변*할 수도 있다는 생각이 들었다. 그는 종속되어 안일하게 사는 자일 뿐이었다. 북신 사당에서 흘러나오는 조와 보리를 꼬박꼬박 받아먹고 있으니까.

그는 구주성의 토민들과 병사들이 없으면 살 수 없는 공생자共生者이자 기생자寄生者였다. 오히려 난처해지고 말았다는 생각에 죽화는 화가 치밀어 올랐다.

감정에 휘둘린 자신이 미웠다.

자신을 빌어주겠다는 담문의 말에 그만 긴장이 풀어져버렸다.

바보.

죽화는 쥐고 있던 담문의 바지를 놓았다.

● 반역 행위로 고발함

담문이 죽화 등에서 손을 뗐다.

이러다가 담문을 죽여야 할 일이 생길지도 모른다는 생각이 들었다.

죽화는 목에 건 녹황색 자아추를 쥐었다.

'오늘 밤, 당장 해버릴까.'

2

아미타사에서 나온 죽화는 산 아래로 내려가는 척하다가 방향을 돌려 외따로 떨어진 소금 전각으로 갔다. 좁은 안으로 기어 들어갔다. 판문을 닫고 낮은 천장에 머리를 숙이고 무릎을 오므리고 있으니 안전지대에 들어온 것 같았다.

언제부턴가 이곳은 죽화의 가장 안락한 보금자리가 되었다. 이곳에만 들어오면 전쟁, 살육, 매화, 밀접자, 북신, 패물 주머니 따위의 비루한 것들이 머리에서 깨끗하게 사라졌다. 어둠 속에 웅크리면 세상이 어떻게 흐르는지 느낄 수 없었다. 죽화는 매일 아미타사로 올라와서 담문을 만났는데, 매화 상태를 들여다본 후 꼭 이곳에서 얼마간 있곤 했다.

혼자만의 세상은 고요했고 평온했다.

여기 있는 동안은 누구도 자신을 찾지 않았고 누구의 소리도 들리지 않았다. 한번은 담문이 겨울 야채를 꺼내려고 다가왔다가 문도 열지 않고 돌아간 적이 있었다. 전각 안에 죽화가 있는 걸 모르는 척하는 행동이었다. 죽화는 이곳이 자신에게 신성한 곳이라고 믿었다.

대정에게도 몇 번 들킨 적이 있었다.

죽화가 그곳에서 기어서 나오면 그는 언제나 나무처럼 서서 기다리고 있었다. 무슨 일이냐고, 왜 졸졸 따라다니냐고 쏘아붙이면 그는 원숭이탈이나 각치가 찾는다고 말했다. 아닌 게 아니라 그는 매일 죽화를 감시하고 있었다. 어딜 가든 그의 그림자가 눈에 들어왔다.

이자도 각치만큼이나 수상하다.

원숭이탈에게 충심을 다하는 것도, 어딘가 이중적인 느낌이 드는 것도 비슷하다. 신력을 사용해서 정체를 보려 해도 쉬 볼 수 없는 것도 비슷하다.

소금 전각 안의 어두운 사각 공간에서 죽화는 웅크린 채 목에 건 녹황색 자아추를 꼭 쥐었다.

이대로 이곳에서 밖으로 나가지 말았으면 좋겠다고 생각했다.

죽화는 꿈을 꾸었다.

3

사슴이 고개를 들자, 사슴 혀가 닿았던 수면에서 원이 퍼졌다.

붉은 털 사슴은 목이 두툼했고 엄니가 아래로 뻗어 있었다. 눈은 깊고 검었다. 코는 싱그럽게 젖어 있었고 어깻죽지에도 강한 근육이 쌓여 있었다.

놀랍게도,

물 좋은 바다의 산호처럼 위로 나아가고 또 그 위로 다른 각을 만

들며 새끼 치듯 뻗어가는 놈의 뿔에는 다른 놈의 잘린 대가리가 근사
하게 매달려 있었다.

뿔에 걸린 대가리는 이미 썩어 볼때기며 턱 주변에 벌레가 들끓고
있었다. 끊어진 경추를 감싸는 살점에는 미처 떨어지지 못한 신경활
과 근막들이 버려진 장수의 갖옷처럼 지저분하게 덜렁거리고 있었
다. 눈이 있었던 자리에는 좁쌀만 한 구더기들이 연동하며 엉켜 있다.

직선으로 빼곡한 자작나무 숲은 안개로 자욱했다. 어디선가 까치
가 울었다. 안개 자욱한 물가에서 놈은, 다른 놈의 대가리를 제 뿔에
걸고 마치 그렇게 태어난 것처럼 우아하게 서 있었다.

놈은 아마도,

죽은 놈과 머리싸움을 하다가 뿔이 엉켰던 게 틀림없다. 둘은 자신
들의 유일한 무기인 뿔을 상대에게 겨누고 있는 힘껏 맞달려 끼운 다
음 밀고, 꺾고, 당기며, 힘 싸움을 했던 게 틀림없다.

둘은 엇비낀 뿔이 빠지지 않을 만큼 용썼을 테고, 얼마 지나지 않
아 고개를 숙인 채 콧김을 내뿜으며 쉬는 시간을 나누었을 테다.

둘은 한동안 서 있었을 것이다. 뿔을 맞닿은 채로 둘은 밤과 낮을
함께 보냈을 테고, 맞닿은 채로 물을 마셨으며, 잠을 자고, 천적을 함
께 피했을 것이다. 그러다가 해가 뜨면 둘은 또 밀고, 꺾고, 당기며,
힘겨루기 했을 것이다. 그럴수록 서로의 뿔은 더욱 조여졌을 것이다.

둘은 엉킨 뿔을 요령 있게 빼서 각자의 삶을 보장하자고 맹세하진
않았을 것이다. 그 자세로 영원히 함께 살 수는 없는 법. 둘은 이제 밀
어내는 것이 아니라 버티는 것으로 겨루었을 것이다. 그러다가 결국
한 놈이 먼저 쓰러졌을 테고, 서 있는 놈이 이겼을 테다.

산 놈은 더는 상대의 힘을 받지 않았을 것이다. 제힘만으로 세상을 움직일 수 있음에 희열을 느꼈을 것이다. 하나 죽은 놈의 뿔은 세상이 절멸하기 전에는 절대 빠지지 않을 만큼 견고했을 것이고 산 놈은 도리 없이 밤이고 낮이고 고개 숙인 채 죽은 놈 근처에 머물렀을 것이다. 산 놈은 운이 꽤 좋았을 테다. 그 상태에서 이리나 호랑이 따위의 천적이 나타났다면 꼼짝없이 당했을 것이니.

어느덧 죽은 놈의 살이 썩고 골이 썩자, 산 놈은 죽은 놈 대가리를 죽은 놈의 몸에서 분리할 수 있었을 것이고, 산 놈은 비로소 고개를 쳐들 수 있었을 테다. 죽은 놈의 대가리를 자신의 뿔에 달고 산 놈은 자유롭게 움직일 순 있었겠으나 죽은 놈의 대가리를 제 뿔에서 영원히 벗겨낼 순 없었던 게다. 이제 산 놈은 죽은 놈의 대가리를 자기 몸처럼 데리고 다녀야 할 것이다.

산 놈이 물을 먹을 때면 물가에 죽은 놈의 대가리가 비쳤을 테다. 산 놈이 대가리를 쳐들면 죽은 놈의 대가리는 높은 곳에서 아래를 내려다보았을 테고, 산 놈이 풀을 뜯을 때면 죽은 놈의 대가리는 낮은 곳에서 산 놈을 바라보았을 테다.

산 놈은 죽은 놈을 훈장처럼 여기며 달고 다닐 수밖에 없다. 이 명예는 산 놈이 죽어도 영속되도록 숲에 전해질 테니까.

죽화는 멀리 물가에 서 있는 붉은 사슴을 집중해서 바라보았다.

이유는 알 수 없었지만, 눈에 힘을 주고 똑똑히 살펴봐야 할 것 같았다. 사슴은 물 뜨던 혀를 감추고 고개를 세워 죽화를 한참 동안 바라보았다. 죽화가 위험한 존재가 아님을 깨닫자 놈은 물을 마저 마셨다. 죽화 마음이 느슨해졌을 무렵, 이상 현상이 일어났다.

환각이 보이기 시작한 것이다.

그 썩고 더러운 타 생명체의 대가리를 머리에 인 붉은 사슴의 얼굴이 점점 사람의 얼굴로 변하고 있었다.

맙소사.

죽화는 입을 막았다.

산 놈의 얼굴은 놀랍게도 원숭이탈이었다.

곧 탈은 씻기듯 사라지고 대원수의 얽은 얼굴이 분명하게 드러났다.

'사, 사슴이 대원수다!'

처음 보는 맨 얼굴이었지만 그 노인이 바로 원숭이탈이라는 것을 확신했다.

개구리처럼 뭉툭한 눈, 몇 올 없는 수염. 그리고 벌어진 얇은 입술 사이로 삐져나온 앞니 두 개. 북신의 오른쪽 눈처럼 불툭 튀어나온 대원수의 두 눈은 흰자 없이 검은색 동자만 들어찼다.

버려진 연처럼 썩은 대가리를 뿔에 건 사슴은 이쪽을 보며 빙긋이 웃었다. 대원수가 웃자, 동시에 대원수의 뿔에 걸려 있는 썩은 대가리도 점점 인간의 형상으로 바뀌었다. 놀랍게도 그것은 넙데데한 얼굴에 오뚝 선 콧날을 지닌 각치였다.

그는 죽은 듯 눈을 감고 있었다. 퉁퉁 붓고, 문둥이처럼 튀어나온 광대. 비틀어지고 벌어진 입술. 두툼하고 굵은 목의 잘린 단면에 보이는 뼈.

각치라니.

대원수가 죽은 각치 머리를 뿔에 걸고 있었다. 죽화는 속이 메스꺼워져 흙바닥에 구토했다. 속에서 거뭇한 것이 쏟아져 나왔을 무렵,

죽화의 몸은 순식간에 회백색 공간으로 빨려들었고 의식이 회오리처럼 비틀어졌다.

죽화는 높은 곳에 서 있었다.

깃발들이 정신없이 요동치는 성루.

죽화는 그 깃발들 중 하나처럼 서 있었다.

저 멀리 구주 벌판의 끝이 보였다.

마른 강 너머 모래톱에, 바람에 제멋대로 감기는 색다른 깃발들 아래, 구주성을 살육하는 야만인들을 흡족하게 지켜보는 그들의 지휘부가 모여 있었다.

거란의 부도통 소굴렬 어깨에 앉았던 수리부엉이가 날아올랐다.

소굴렬이 뒤돌아보았고 다른 지휘관들도 일제히 뒤돌았다.

누군가가 나타났다. 배회하던 날짐승이 그자의 어깨에 내려앉았다. 부통령 소굴렬을 위시한 지휘관들은 그에게 일제히 예를 표했다. 거란대의 최고 책임자는 흰 말을 타고 있었다. 지휘관들은 그가 앞으로 나오도록 길을 텄다.

흰 여우털 모자를 쓴 그의 얼굴을 자세히 보려고 죽화는 눈을 크게 떴다.

그의 얼굴이 드러난 순간, 죽화는 소리를 지르며 벌떡 눈을 떴다.

좁은 소금 전각은 어둑했다.

안에서 죽화는 휘젓듯 팔을 놀리며 둘둘 만 개가죽을 벗어 던지고 상의도 벗었다. 꿈에서 본 장면을 떠올리자니 머리가 어지러워 도무지 어찌해야 할지 몰랐다.

멀리 밖에서 개 짖는 소리가 들렸다.

죽화는 간신히 판문을 열고 떨어지듯 소금 전각 밖으로 나왔다.

4

가마니를 깐 마루에 앉아 화로를 뒤적거리는 원숭이탈은 연신 주름지고 얇은 목을 긁어댔다. 사방에 빈대가 득실댔다. 원숭이탈은 화로에서 주먹만 한 숯덩이를 찾아내 바닥에 놓아둔 쇠그릇에 올렸다. 달그락 소리와 함께 놓인, 표면이 희고 속은 벌건 잉걸불이 고인 숯덩이가 성인 남자의 주먹만 했다.

대원수는 그 위에 말린 정향丁香 두어 개를 뿌렸다.

쪼글쪼글하고 검붉은 그것들은 열기에 곧 녹듯이 타들어가면서 싸하고 강렬한 이국적인 향기를 피워냈다.

"내가 호랑이 왕이라고?"

"우리 할미가 그랬어. 호랑이가 사람으로 둔갑한다고. 민가에서는 인간이 되고 호수에서는 사슴이 되고 산꼭대기에서는 호랑이가 되지. 당신이 바로 그 호랑이 왕이라고 생각해."

"그거참 아는 것이 많은 할미구나."

원숭이탈은 어깨를 흔들면서 쓸데없이 화로를 뒤적였다.

"춥다. 가까이 와 앉아라. 나는 북계의 왕이 될 수 없지. 북계에 감도는 이 척박한 기운을 다스리는 것은 겨울의 힘과 인간의 의지뿐이야. 그 어떤 호랑이도 그것들을 다룰 순 없단다."

"당신, 욕망을 힘없는 사람들에게 풀고 있지?"

대원수는 잿불을 쑤시던 쇠꼬챙이를 멈췄다.

"연날리기하던 아이들이 당신 막사로 들어가는 것을 봤어."

그 말에 꼬챙이가 다시 움직였다.

"당신은 이곳의 폭군이고 사악한 욕망자야. 대체 무엇을 위해 욕망하는 거지?"

"내 욕망이라."

"그래. 늙은이, 당신."

"누구나 욕망이 있지 않겠나. 크고 작음의 차이이겠지만."

"곧 죽을, 낡고 더러운 몸뚱이 안에 아직도 욕망이란 게 있다니 웃겨. 역겹고."

죽화는 바닥에 침을 탁 뱉었다.

"몸뚱어리란 욕망이 있기에 존재하는 거란다. 암."

"야만인들이 저 아래에서 누렁물을 튀기며 사악한 짓을 하는데 당신은 여기서 욕망만 해소하는 거야? 싸우라고 말과 칼과 군량을 얻었으면서도?"

원숭이탈이 고개를 가로저었다.

"해소가 아니야. 구상하는 거지."

"구상?"

"그래 구상. 욕망을 실현할 때를 기다리는 거지."

"그 조그만 몸뚱어리에 가득 든 욕망, 아주 구린내가 나."

"욕망이란 그런 거다. 늙은 나도, 젊은 너도 전부 구린내가 나지. 선한 욕망은 없다. 인간은 선하지 않으니까. 그러면 나도 물어보자. 넌 어떤 욕망이 있지?"

죽화는 어금니를 붙인 채 대답하지 않았다. 말려들면 안 된다.

"말해주렴. 네 몸뚱어리에는 어떤 욕망이 들었니? 살아야 한다는 욕망? 살고 싶다는 욕망? 뭐, 다른 것일 수도 있겠지. 세상에는 이룰 수 없는 욕망도 있으니까. 그러고 보니 크고 작음의 차이가 중요하지 않겠구나. 가능과 불가능함도 무척 중요하겠군."

죽화는 불을 한번 본 후 크게 심호흡했다.

"당신, 죽어."

노인은 말없이 불을 보고 있다.

"그렇게 하다간 이 전쟁에서 죽는다고."

"죽음은 바람과 같아. 늘 내 곁에 있지."

"죽지 않는 방법은 숨기고 있는 그 생각을 바꾸는 거야. 거란을 그냥 지나가게 해."

원숭이탈이 고개를 들고 죽화를 바라보았다.

"도술을 부리는 게 보여, 당신. 이 여우의 계절에 당신의 사원에서 도술을 심하게 부리고 있어."

"허, 내가 도술을 부린다? 내가? 가면 안의 초라한 얼굴이라도 보여줄까?"

"홍, 얼굴 따윈! 호랑이가 사람으로 둔갑하는 게 도술이기도 하지만 호랑이를 호랑이로 보이지 않게 꾸미는 것도 도술이랬어."

"아는 것 많은 할미가 그런 말도 했나?"

"사람들은 집채만 한 호랑이가 시장 바닥에 어슬렁거려도 전혀 알아차리지 못할 때가 있지. 그건 호랑이 자신이 아니라 사람들을 변하게 한 거야. 그게 진짜 호랑이가 부리는 도술이라고."

"그래, 그런 게 진짜겠지. 다시 물어볼까? 내가 생각을 어떻게 바꿔 야 하니? 예지를 보아주렴."

"늦어."

"늦는다?"

"늦게 올 거야. 지금 그 꾸미는 짓을 그만두어. 안 그러면 아슬아슬 할지도 몰라. 당신은 머리를 너무 쓰는 중이야."

"알겠다."

원숭이탈은 죽화가 본 예지를 제멋대로 해석하는 듯했다. 답답해 져서 죽화는 부연했다.

"당신이 아무리 치밀해도 가늠하지 못하는 변수가 생겨. 그러니 더 는 계산하지 마."

"오냐."

"나는 거란과 거래했어. 패물 주머니를 돌려받으려고 구주성 안에 서 밀접자와 만나겠다고 했어. 그게 무슨 뜻인지 알지? 밀접자가 구 주성에 버젓이 돌아다니고 있다고. 이건 꿈에서 본 것이거나, 예지를 부려서 알아낸 게 아니야. 사실을 말하는 거야. 당신은 이 구주성에 모인 사람들이 얼마나 싸워야 하는지를 모르는 것 같아. 화선지가 너 무 크다고. 감당하지 못할 화선지에 이리저리 붓칠 한다고 그림이 그 려질 것 같아? 화선지가 너무 크면……."

"거기에는 먹을 찍은 개미도 돌아다닐 테고, 누군가 던진 돌에 종 이가 찢겨 나갈 수도 있지. 화선지가 너무 크면."

"그래, 맞아."

"대신 화선지가 너무 크면 변수도 많지."

"그것들이 당신 그림을 망가뜨릴 수도 있어. 무엇보다 당신이 그렸다고 생각하는 게 그림이 아닐 수도 있어."

"내 결심이 바뀌면 미래가 바뀌지."

"그건 각치가 한 말이야."

"각치는 나와 생각이 같단다."

"북계의 왕이 되려고 하지 마."

"······북계의 왕이라."

노인이 자조하듯 어깨를 한 번 흔들었다.

"아직은 괜찮은 걸까?"

"아니, 이대로 가면 당신 미래는 어긋나."

"대마신군을 말하는 거구나. 대마신군이 늦게 나타난다는 말이냐?"

"그래. 개경의 왕이 그들을 일찍 보내주지 않을 거야."

"늦게 출발한다는 말이니?"

"그들은 출발해. 구주를 구원하러. 하지만 당신의 바람대로 제시간에 오지 않을지도 몰라."

"으흠, 모든 게 맞아떨어져야 하는데."

"그러니까 그림을 그만 그리라는 거야. 김종현 부대는 망치가 되지 않을지도 몰라. 구주성이란 모루는 망치가 내려치기 전에 일찌감치 깨질 수도 있고."

"그렇다면 그들이 오지 않을 때를 대비한 몇 가지 수를 찾아야겠군."

"그만하라고. 이제."

"큰아기, 밀접자를 만났느냐."

"아직."

"누군지는 알아냈고?"

"모르겠어."

"뭘 모른다는 거니. 당장 패물 주머니를 찾아서 동생을 데리고 가려던 곳으로 가면 되지."

"당신이 놓아주지 않잖아."

"물어볼 게 있었지."

"그만 놓아줘. 매화와 떠나고 싶어. 대정에게 나를 그만 감시하라고 해줘."

원숭이탈은 고개를 끄덕였다.

원숭이탈은 화로에서 재들을 뒤적거려 파묻어놓은 커다란 뿌리를 꺼냈다.

도라지 뿌리였다.

노인은 무딘 손칼로 김이 풀풀 나는 그것의 표면을 긁어낸 후 쓰고 있는 탈을 젖힌 다음, 팍팍한 살을 입에 넣었다.

"그래. 넌 누구에게 묶인 몸이 아니지. 자유롭게 어디든 갈 수 있어. 모른 척하마. 밀접자를 만나면 그가 원하는 것을 해주고 패물을 받아 떠나거라. 그게 좋겠다."

죽화는 화롯불을 노려보았다.

각치의 말대로라면 이 대화 어딘가에 노인이 암시를 걸었을 수도 있었기 때문에 조심했다.

죽화는 대원수에게 충분히 경고했고, 곧 구주에서 일어날 전투가 위험하다고 말했다. 대원수의 화선지는 너무 크고 넓어서 그가 그리는 그림의 선들을 사람들이 완벽하게 이해할 수 없을 것이다.

이 전운戰雲이 감도는 북계의 여우의 계절은 척박한 땅을 살아내는 자들의 원망과, 강철같이 모든 것을 훑어대는 겨울바람과, 돌과 강을 짓밟는 말발굽과, 밤마다 몸을 웅크리는 사람들의 공포와, 곧 모습을 드러낼 야만인들의 먼 숨결이 존재했고 저 노인의 사악한 계략이 공존했다.

저 노인은 북계의 왕이 되어 양방의 전운을 자기 것으로 만들려고 한다. 그는 장기 말을 두듯, 자연의 섭리까지 계획하에 두려고 치밀하게 설계하는 중이었다. 하나하나 늘어놓은 조각들과 이곳저곳에서 일어날 요소들을 자신의 질서와 순서에 맞도록 그리는 중이었다. 그러나 모든 것을 장악할 순 없다. 특히 이 여우의 계절에는. 하늘보다는 땅이고 땅보다는 인간이라고 했던가. 그의 계산이 어긋난다면 그것은 하늘도 자연도 지형도 아닌 인간 때문일 것이다.

죽화가 일어났다.

불을 노려본 죽화는 자신이 암시에 걸리지 않았다는 것을 느꼈고, 노인이 미래를 다르게 설계하려 함을 알았다. 또 죽화는 노인에게 더는 자신이 필요하지 않다는 것을 알았다.

자유롭게 갈 수 있다.

죽화는 밀접자와 상관없이 매화를 데리고 이곳을 떠나기로 마음먹었다.

탈의 틈 사이로 보이는 노인의 뻐드렁니는 마지막 도라지 덩어리를 씹고 있었다. 습기 찬 턱에 달린 몇 가닥 수염이 천천히 움직였다.

"몇 가지를 더 새로이 고민해봐야겠구나. 그래야 해. 미래가 바뀌려면. 전부 계산할 수 있을 거야."

지긋지긋해.

저 노인의 갈망이.

신력으로 예지를 부리는 죽화는 곧 이곳이 치열한 전쟁터가 될 것임을 알았다. 어서 이곳을 벗어나 자유로워져야 했다. 따뜻한 남쪽으로 가자. 빛을 찾아서. 패물 주머니를 들고.

북계의 왕이 되려는 등 굽은 노인을 뒤로한 채 죽화는 걸어 나갔다.

문 앞에서 뒤돌았다.

"밀접자가 나타나면 누군지 알려줄게."

"그래 주렴."

원숭이탈은 고개를 끄덕였다.

죽화는 차가운 공기가 밀려드는 문밖으로 나갔다. 하지만 죽화는 이 전쟁이 얼마나 치밀할 것인지는 몰랐다.

밀접자

소손녕(소배압의 오기)이 신은현에 이르렀는데, 개경과의
거리가 100리였다. 왕(현종)이 성 밖의 백성들을 거두어 성
안으로 들어오게 하여 청야전술로 거란군을 대비하였다.
(거란군은) 몰래 정찰 기병 300명을 보내 금교역에 이르렀
는데 우리가 보낸 군사 100명이 밤을 틈타 엄습하여 죽였다.

『고려사』 권4, 「세가」, "현종 10년 신유".

1

무위사 부도숲*은 사찰의 가장 음침한 왼쪽 기슭, 채소를 기르는 너른 자리에 있었다. 부도숲 아래 오목한 터는 50여 마리의 말을 매어놓기 충분한 곳이었다.

몇몇 수영포가정이 연기가 풀풀 나는 찐 넝쿨들을 말들 앞에 이리저리 흩어놓자, 말들은 김을 뿜어대며 고개를 숙였다가 쳐들기를 반복했다. 강당이 있는 서쪽으로 눈을 돌리면 안의진으로 올라가는 각이 큰 대나무길이 숨어 있다.

무위사는 거란의 숙영처가 되어 있었다.

원래 한 번 털고 두 번째는 불을 질러 없애는 법이었지만 거란은 이 사찰을 그렇게 버리지 않았다. 안의진으로 들어가는 서쪽 입구였기에 이곳에 있으면 여러모로 고려군의 정세를 파악하기 쉬웠기 때문이다.

숙영지가 된 무위사와 그 주변은 곳곳에 거란의 불들이 퍼져 있었으나 오직 가장 큰 건물인 금당만은 불이 피워지지 않았고 어둡게 웅크리고 있었다. 금당 앞, 동강 난 석등이 세워진 곳에는 성인 몸통만한 통나무 하나가 타고 있었다.

각치는 판관탈을 만지며 불을 바라보고 있었다.

옆에서 곤발한 사내가 숯을 언 바닥에 탁탁 쳐 부러뜨린 후 불에

---

* 승려들의 부도탑을 세워놓은 장소

던져 넣었다. 그런 다음 그는 깨끗한 눈을 모은 양동이를 옆에 두고 말린 육포를 그 눈으로 비벼 씻었다. 그는 표면의 쓴 곰팡이를 제거한 육포를 광주리에 던져 넣었다. 광주리에는 빠닥빠닥하게 군은 육포들이 켜켜이 있었다.

"더운물 있나?"

각치가 물었다.

근처에 있던 타초곡가정 하나가 절뚝거리며 오려 하자 거란대 대장 짧은 수염은 손으로 다가오지 말라는 시늉을 보이고 직접 더운물을 그릇에 따랐다. 짧은 수염은 손이 데지 않도록 가죽을 그릇에 두어 번 둘러 감고 공손하게 건넸다. 각치는 바로 마시지 않고 제 앞 바닥에 그릇을 내려놓고는 불을 바라보았다.

"웬 탈입니까?"

각치는 판관탈을 보라고 건넸다.

짧은 수염은 받아 들었으나 관심 있게 살피지 않았다.

멀리 누워 있는 거대한 종이 보였다. 짧은 수염이 부하들을 시켜 넘어뜨린 무위사 범종이었다. 고려인들이 교묘하게 판 구덩이가 있었던 자리는 검은 흙을 덮었지만, 여전히 추깃물이 질퍽거렸다. 겨울 바람은 시체 썩는 냄새를 남쪽으로 날려 보냈다.

각치가 그릇의 물을 들이켰다.

짧은 수염이 말했다.

"알아보니 금치란 놈은 8년 전 서경에서 제 부대의 예쁘장한 놈 하나를 겁탈했는데, 그게 발각되어서 처형 날을 받아놨다가 탈출한 놈입니다."

자신에게 다가왔던 투항한 거란인은 오래전 거란주와 함께 내려왔던 피실군 소속 하급 장교였다.

각치는 그 금치란 놈이 고려군에 편입했으면서도 곤발과 외형을 바꾸지 않고 거란인의 형태를 유지하는 게 못마땅했다. 넘어갔으면 그쪽 놈으로 살아야 할 게 아닌가. 놈은 거란인의 자존심을 지키려 하는 게 아닐 것이다. 이번에 대규모로 내려온 천군이 고려를 짓밟는 형국이 오면 잽싸게 이쪽으로 다시 올 준비를 하는 것이다. 늘 고국을 잊지 않고 있었다며 굽실거리겠지. 개 같은 놈, 못마땅해서 죽여야겠다고 생각하던 차였다. 그것보다 자칫 자신의 정체를 고려군 쪽에 알린다면 큰일이었다.

"짐은 다 쌌나?"

"네."

짧은 수염이 판관탈을 내려놓으며 말했다.

"아래에서 통지는?"

"왔습니다. 이쪽 사정을 알고 싶어 합니다. 고려 왕성을 도저히 뚫을 가망이 없다며 다음 일진을 알려달라고 했습니다."

고려 왕은 이제 8년 전의 그 얼뜨기가 아닌 모양이었다. 아래로 내려간 부도통의 본대는 개경을 공략하지 못했다.

"그래서 뭐라고 보냈나?"

"일러주신 대로 전했습니다."

"어떻게?"

"강민첨과 조원의 타격대가 구주에서 벗어나 서경 아래로 이동할 거라고 알렸습니다."

각치는 고개를 끄덕이며 그릇을 들고 더운물을 한 모금 더 마셨다. 물은 그새 차갑게 식어 있었다. 저쪽으로 물을 버리자 짧은 수염이 물었다.

"술을 드리오리까? 몸을 좀 녹이시지요."

각치가 눈을 번뜩였다.

"니들, 주제에 술도 가지고 있느냐?"

짧은 수염이 기겁하며 고개를 숙였다.

"나흘 전에 서쪽 마을을 뒤졌을 때 독 하나를 통째로 가져왔습니다. 거기 있던 술입니다."

"이제 굶어라. 더는 약탈하지 마. 그러다 들키면 모든 게 허사다."

짧은 수염이 고개를 숙였다.

둘은 한동안 불을 바라보기만 했다.

"강민첨이 서경으로 이동하는 것은 안전하려고 하는 짓입니까?"

"강민첨은 그런 자가 아니야. 그자는 거기서 진짜로 싸우려고 해. 8년 전처럼 거기서 다시 영광을 누려보겠다는 심산이지. 하나, 멍청한 생각이야. 천군이 해안길을 지나지 않으면 제가 어쩔 거냐고."

"본대의 철군로가 결정되었습니까?"

각치가 마른 지푸라기를 입에 넣고 씹었다.

"……생각 중이야."

각치는 대원수 강감찬에게 부원수 강민첨이 원하는 대로 하게끔 내버려두라고 설득했다. 되레 강민첨으로 하여금 아래에 있는 거란 대를 구주 쪽으로 몰아오게 지시하는 건 어떠냐고 제안했다. 그것이 거란이 구주가 있는 협곡길을 선택하게 하는 유일한 방법이라고 말했다. 그것은 내려가서 싸우고 싶어 하는 강민첨에게도 좋고, 구주에서 전쟁을 벌이고 싶어 하는 강감찬도 바라는 바였다.

　대원수가 허락하든 하지 않든 부원수는 움직일 것이다. 2만이 조금 넘는 부원수의 부대는 아래에서 절대로 거란을 만날 수 없을 것이다. 천군은 다른 길로 이동할 테니까. 그렇게 되면 구주에 모인 고려군은 또 전력이 갈리게 된다.

　강민첨 부대가 서경으로 내려간다는 것은 대원수로서는 큼지막한 떡을 천장에 올려놓고 썩히는 꼴과 같다. 이들은 전쟁에서도 쓸모가 없을 것이다. 또한 아무런 타격도 받지 않을 것이다. 가장 싸우고자 발을 굴리던 부원수가 가장 안전할 것이다. 거란이 돌아갈 때까지 그들은 서경에서 먼 산만 볼 것이다.

　강민첨을 서경으로 보내는 것이 각치가 구주성에서 해낸 가장 중요하고도 큰 일이었다.

　강민첨이 구주를 떠나려는 모양새이니 조원이나 다른 장수들 또한 슬그머니 싸우려 들지 않고 있었다. 마치 찰기가 사라져 흙이 한 덩어리로 뭉쳐지지 않는 것처럼.

　'그 아이의 신력은 참으로 강력하구나. 죽이는 병에 걸렸다더니.'

　각치는 감탄했다.

　그 아이가 본 예지가 옳았다.

　강민첨도 없고 김종현도 없는 강감찬은 구주에서 탈탈 털리고 있었다. 각치와 대원수는 그 장면을 그 아이를 통해 분명하게 보아버렸다. 각치는 신력을 가진 아이를 통해 미래를 감지하는 대원수의 방식이 재미있기도 했지만 한편으로는 무섭기도 했다. 도무지 저 괴력난신을 이용하려는 생각은 어떻게 나온 것일까? 부족한 걸 메우기 위한 자구책이었을까, 아니면 신봉하는 것일까? 그것도 아니라면. 각치는 세 번째 든 생각이 있었지만 떨쳐버렸다. 몹시도 공포스러워 떠올리기도 싫었기 때문이다.

'그런 자가 있기는 할 테지만.'

그게 고려군 대원수일 순 없었다.

굳이 미래를 엿보지 않아도 고려는 철군하는 천군에게 이길 수 없을 것이다.

짧은 수염이 각치의 그릇에 더운물을 보태며 말했다.

"고려군 최강들이 맞서길 포기하면 천군은 고립될 걱정을 하지 않아도 되겠군요. 쉬 벌판으로 돌아갈 수 있겠습니다."

"흥, 고려 왕을 포속捕束하지 못했으니 반은 실패지."

천군은 내려올 때부터 고려군과 싸울 생각이 추호도 없었다. 속전속결로 처리하고 돌아가려고 했다.

고려 왕을 나포하는 일이 실패한 이상, 돌아가는 길도 안전해야 했다.

각치는 해안길보다 구주가 있는 내륙길을 통해 벌판으로 돌아가야겠다고 생각하는 중이었다. 내려왔을 때 사용한 길이기도 했거니와, 깊숙하게 들어온 천군이 상하지 않고 돌아가야만 이 원정의 실패를 용서받을 수 있을 것이었다.

짧은 수염은 나뭇가지를 부러뜨려 불에 넣었다.

"이것으로 강민첨은 손을 봤고, 조원이나 다른 중랑장들의 대隊들도 투전鬪戰에 적극적이지 않는다 하시면…… 이제는."

대마신군 문제가 남아 있는데.

"너희, 여기 머무르며 혹시 이동하는 고려군을 본 적이 있느냐?"

짧은 수염과 그의 500기 별군은 여우난골 마을과 무위사에서 두 번에 걸쳐 150여 명을 죽인 후 곧바로 정주 쪽으로 이동했다. 거기서 새롭게 약탈하고 닷새를 보낸 후 다시 동쪽으로 이동해서 무위사에 진을 치고 있었다. 짧은 수염은 그렇게 돌아다니면서 각치가 보내준 정보를 본대로 내려보내고 있었다.

"보지 못했습니다. 마당처럼 다니진 않았지만."

"음."

짧은 수염이 물었다.

"고려 대마신군이 진짜로 귀화진에 있을까요?"

"어라? 네가 그걸 물으면 어떡하냐? 탐자를 보내라고 지시했을 텐데?"

"이미 보냈습니다. 곧 파악될 겁니다."

"아마 맞을 거야."

각치는 다시 불을 응시했다.

"대원수는요? 자신의 부대가 이렇게 산만해지는데 사태를 알고 있습니까?"

또 께름칙한 건 대원수의 처신이었다.

자신의 중요 부대가 저렇게 산발하고 있는데 그는 꿈쩍도 하지 않는다.

"그게 문젠데, 대원수는 방수 장군들이나 도령들이 이 싸움을 피하고 있다는 걸 인지하고 있어."

그러면서도 아무런 조처도 하지 않고 있다.

면피하기 위한 행동일까? 다른 꿍꿍이가 있는 것일까?

그 아이의 신력으로 미래가 행복해지기를 바라는 것일까?

위대한 정치인인 각치는 결국 결론을 냈다. 고려군 대원수는 분명 전투에서 졌을 때를 대비한 희생양을 찾고 있었다. 거란이 돌아가면 항명한 그들은 목이 매달릴 것이라고 각치는 생각했다. 대마신군이 숨은 곳을 알지만, 일부러 찾지 않는 것이 가장 큰 증거였다. 노인네는 지금 죽화와 각치를 시켜 그저 시늉만 하는 중이다.

"네 밑에 탐자가 몇 명이 있다고?"

"세 명입니다. 전령 세 명이 계속 아래쪽과 이쪽을 쉬지 않고 왔다 갔다 하고 있습니다. 내일 아래쪽 천군의 통지를 가지고 하나가 들어옵니다."

각치는 물고 있던 지푸라기를 불에 던지고 으이차, 일어났다.

"그러면 결정하셨습니까?"

짧은 수염이 따라 일어나며 물었다.

"그래, 결정했다."

각치가 들고 있던 육포 쪼가리를 불에 던지며 말했다.

"명령하십시오."

"내일 들어오는 전령을 곧장 다시 내려보내라. 개경 쪽 신은현에서 농성하는 천군 본대에게 우리가 수집한 정보를 전하라 하라. 천군 본대는 모레 아침부로 개경 공격을 중지하고 즉각 철군하는 것이 좋을 것이고, 철군할 때는 서쪽 평지길이 아닌 동쪽 내륙길을 타고 구주 쪽으로 오는 게 좋다고 전해라."

"명령대로 전하겠습니다."

"구주까지 오는 데 스무 날은 넘기지 말라고 하라."

"명령대로 전하겠습니다."

"적진에서 이것저것 알아보느라 고생이 많았다. 야율치."

북계에 남아 500기 거란대를 이끌던 짧은 수염은 고개를 숙이는 대신 궁금한 것을 물었다.

"그러면 귀대하시는 겁니까?"

"아니, 미래를 좀 더 확인해야겠다."

"미래라면 어떤?"

"그건 알 거 없고. 만일을 위해 몇 가지만 조치를 하자."

"분부하십시오."

각치는 팔을 뻗었고 짧은 수염이 광주리에 든 육포 하나를 공손히 건넸다.

각치가 육포를 찢어서 씹으며 말했다.

"보급 창고에 쌓아놓은 쓰리나리를 전부 없앨까 싶다."

"두시는 게 도움이 될 텐데요. 그걸 흡음한 고려군이 올바로 서 있을 수 있겠습니까?"

"너는 하나는 알고 둘은 모르는구나. 그걸 없애면 서 있지도 못할 것이다."

"아."

"본대가 올 때까지 너희 부대는 천마산에 머물러라. 약탈은 중지하고 굶어라. 부도통이 이끄는 천군이 오면 너희가 구주벌로 안내해라. 구주성이 함락되면 배불리 먹을 수 있을 게다."

"구주성에서 뵙겠습니다."

"그런데,"

각치가 씹고 남은 육포를 사내 눈앞에 내밀었다.

"이 육포에도 쓰리나리가 발려 있나?"

"아닙니다. 깨끗한 돼지 포입니다."

"킁킁. 냄새가 나는 것 같아. 고려 놈들, 먹을 것에 전부 쓰리나리를
발라대는 바람에, 바람만 불어도 취하는 것 같구만."

각치가 씹고 있던 육포를 불에 던졌다.

2

금당 팔작지붕의 측면 합각벽에 쪼그리고 앉아 석등 쪽을 내려다
보던 죽화는 입술을 지그시 씹었다. 범종을 열고 수십명을 살육한 저
잔인한 짧은 수염이 각치에게 깍듯하게 대하는 모습을 보며 혀를 내
둘렀다.

밀접자가 각치였다니.

구주성에 커다란 잉어가 들어와 있다는 것을 고려군 대원수가 알
면 어찌 될까.

고려군 대원수는 저자에게 대마신군의 여섯 기병이 돌아온 비밀
을 알리고, 또 대마신군의 지휘관인 김종현의 위치를 수색하게 했다.
큰 적에게 큰 물고기를 맡기고 있다. 죽화는 목에 걸고 있던 할미의
자아추를 손으로 움켜잡았다.

이대로 지붕 아래로 뛰어내려서 저 둘을 죽여도 될 만했다. 마침

둘은 중요한 이야기를 하는 모양인지 주변을 흰히 물렸다.

고개를 가로저었다.

'이젠 내 몫이 아니야. 전쟁 따윈, 홍. 신경 쓰지 않을 테다.'

기어서 용마루로 움직였다.

그때 조각난 기와 하나가 콧김을 내는 말들 사이로 떨어졌다. 챙
강, 기와 깨지는 소리가 크게 들렸다. 죽화는 바람을 참으며 죽은 듯
있었다. 바람 소리에 묻힌 모양인지 아래에는 기척이 없다.

기와를 뜯어내기 시작했다.

헐고 이끼가 가득 슨 암키와 몇 개를 드러내고 잡목들도 뜯어냈다.
기와와 적심 사이를 채운 흙들을 파내자 금당 내부로 들어갈 수 있는
구멍이 뚫렸다.

몸을 반쯤 구멍에 넣은 후, 남은 몸을 밀어 넣기 전에 저쪽, 비스듬
한 높이의 평지에 있는 강당 건물 앞에 숙영하는 불들을 살폈다. 그
런 후 구멍 안으로 몸을 넣었다. 내부 천장의 거대한 나무 귀틀에 올
라선 죽화는 공중에서 제비를 돌아 바닥에 안착했다.

금당 안은 어두웠다.

찢어진 창호 살문 밖으로 환한 불빛들이 움직였고 거란들의 말소
리가 들렸다. 죽화는 쪼르르 불단 뒤로 가 어둠 속에서 한동안 움츠
리고 있었다.

얼마 후 불단 앞으로 돌아왔다.

나무 불단 아래 코끼리와 연꽃이 조각된 나무문은 이전과 달리 굳
게 닫혀 있었다. 이 안에는 깊은 어둠이 있고, 죽은 이들의 두개골들
이 있을 터였다. 문은 아무리 옆으로 당겨도 열리지 않았다.

두리번거렸다.

불단 위 좌선한 돌상은 아미타였다.

'북신이었다면 좋았을 텐데. 칼을 써서 끼웠을 텐데.'

모서리를 줄여가면서 만든 천장에는 나무로 만든 커다란 가릉빈가* 두 마리가 날고 있었다. 닫집✤을 꾸미는 장식이었다. 가릉빈가 조형은 천장에서 내려온 가늘고 긴 검은 쇠꼬챙이에 의지해 허공에 떠 있었다. 죽화는 천장으로 뛰어올랐다. 공포에 다리를 감고 손을 뻗어 간신히 가릉빈가 등에 붙은 쇠꼬챙이를 뽑아 들고 착지했다.

불단 아래에 웅크렸다.

문틈에 쇠꼬챙이를 끼우고 용을 썼다.

밖에서는 바람 소리와 풍경 소리가 시끄럽게 울렸다.

한참 만에 어딘가 걸린 듯했던 문을 부수듯 젖혔고 예전처럼 입구가 열렸다. 들어가면 불단 안의 공간. 어둠은 그대로였다. 머리를 밀어 넣었다. 예전에 놓아둔 곡괭이는 잡히지 않았고 인간들의 두개골들도 보이지 않는다.

거란인들이 전부 치웠나?

몸을 끝까지 밀어 넣고 눈을 감고 손을 더듬었다. 어둠을 만지고 때렸지만 잡히는 것이 없었다. 그러다가.

'있다!'

닿았다. 그쪽으로 팔을 뻗어 손으로 더듬었다. 하도 말아쥐어 쪼글

* 극락조. 불경에 나오는 히말라야에 산다는 상상의 새. 인두조신으로 사람의 얼굴에 새의 깃털을 하고 노래를 잘 불러 묘음조, 호음조라고도 불린다.
✤ 사찰의 불상 위에 설치한 작은 집 모형 장식. 한자로 당가(唐家)라고도 한다.

쪼글한 가죽의 주머니의 입. 당기니 묵직하다. 연이어 들리는 철렁거리는 금속음과 패물들의 미끈한 마찰음.

'그대로 있구나.

죽화가 말을 훔쳐 달려 무위사로 온 이유는 패물 주머니를 찾기 위해서였다.

짧은 수염은 구주성으로 들어가서 밀접자를 만나고 그가 시키는 대로 임무를 수행하면 돌려주겠다며 죽화의 패물을 빼앗았지만, 죽화는 그자가 이것을 번거롭게 지니고 있을 것 같지 않았다.

짧은 수염이 패물 주머니를 탐내지 않겠다는 의지를 깊은 두 눈으로 보인 탓에, 죽화는 그것이 이 사찰 어딘가에 있을 것으로 추측했다. 이 시국에 팔아치웠을 리는 더더욱 없었다.

그래서 무위사로 온 것이다.

참으로 재미있는 것은,

구주성에서 만나지 못한 밀접자를 패물 주머니를 훔치기 위해 온 이곳 무위사에서 만나게 되었다는 것이다. 그러자 더더욱 양심의 가책을 느끼지 않았다. 이미 각치의 부탁은 충분히 들어주었다. 각치가 알아봐달라는 것은 집중해서 예지로 보여준 게 많다.

주머니를 돌려받을 만해, 난.

상관 안 해.

나는 상관 안 해. 고려든 거란이든. 누가 이기든.

내 보상은 내가 챙겨. 원래 내 것이었으니까.

불단을 나왔다.

가죽신이 보였다.

패물 주머니를 안은 채 올려다보았다.

맙소사. 각치가 서 있었다.

살문 너머 밖에서 금당 안으로 연하게 비쳐 들어오는 장작 불빛에 등을 내주고 서 있는 그는 몹시 거대했다. 오리처럼 내밀고 있는 가슴 너머로 설핏 보이는 흰 수염이 반짝반짝 빛나고 있었다. 왼쪽 등허리에는 긴 칼이 걸려 있었다. 코등이 둘레를 황금으로 두른 곡선형 칼이었다.

"그게 무엇이지?" 그가 물었다.

밖에서 누군가가 안으로 들어오려는 기척이 들리자 각치가 소리쳤다. "들어오지 마라! 아무도!"

짧은 수염과 거란대들은 곧 물러났다.

각치는 죽화가 안고 있는 주머니를 보며 손을 내밀었다. 건네지 않았다. 그러자 각치는 커다란 눈을 이리저리 굴리며 죽화를 바라보았다.

죽화는 목에 걸고 있는 자아추를 조용히 움켜쥐었다.

아직까지 죽이는 것에 실패해본 적은 없다.

피 냄새라면 좋아한다.

머리 위에서 거인은 지옥에서 올라온 천왕처럼 눈을 부라리는 중이었다. 죽화가 튀어 올랐고 동시에 각치는 죽화의 멱을 잡았다. 은색의 뾰쪽한 침이 흰 수염이 퍼진 통통한 그의 볼에 두 번째 붉은 선을 만들었다. 각치 얼굴이 옆으로 기울어지는 순간 죽화는 다음 행동으로 자신의 멱을 부여잡은 그의 두툼한 손바닥에 자아추를 꽂아 넣었다. 깊숙이 꽂았기에 그의 손을 뚫은 침에 찔려 가슴이 따끔했다.

피 냄새보다 더 꼬순 냄새가 퍼졌다. 짐승의 냄새다.

그러나 각치는 멱살을 놓지 않았다.

각치는 죽화의 상체를 안듯이 끌어들인 후 다른 손으로 자아추를 쥔 죽화 손목을 잡고 힘을 주었다.

달그락, 자아추가 바닥에 떨어졌다.

죽화는 두 발이 바닥에서 들려 있었고, 각치에게 조이듯 안긴 상태가 된 채 꼼짝도 할 수 없었다. 왼손은 패물 주머니를 여전히 들고 있었다.

각치는 손을 죽화 뒷덜미로 가져갔다. 그의 커다란 손에 죽화의 뒤통수가 전부 가려졌다. 누르면 터질 것이다.

각치가 낮은 눈으로 말했다.

"왜 왔느냐. 끝까지 구주성에 있어야지."

시야가 흐릿해졌고 결국 쥐고 있던 패물 주머니마저 놓고 말았다.

묵직하고 투박한 소리를 들은 각치는 주머니 안에 있는 것이 무엇인지 알았다.

"이걸 가져가려고 온 거야?"

"……내, 내 거야."

"어디까지 들었니?"

대답하지 않았다.

"줄곧 너를 보고 있었다. 고양이처럼 지붕에서 움직일 때부터. 무엇을 들었고 무엇을 기억하니? 말하렴."

"……나는 내 동생이랑 떠날 거야. 그러니 상관 안 해."

"떠날 수 없다. 너는 내 곁에 있어야 해."

"나는 너를 위해 미래를 보지 않아!"

"너는 나를 위해 보아야 한다."

죽화는 순간 각치의 설계에 자신이 깊숙이 들어와 있다는 것을 느꼈다.

"내가 여기서 죽으면 자유롭게 죽는 거야. 그러니 어서 나를 죽여!"

각치는 죽화를 찾듯이 보았다. 깊고 굵은 쌍꺼풀이 몇 번 꿈쩍댔고 그 안에 구슬같이 큰 동자가 살뜰하게 움직이고 있었다.

각치가 물었다. "너, 누구냐?"

그 말은 죽화가 되묻고 싶었던 터였다.

그에게서 거대한 냄새가 났다. 곰의 냄새도 아니었고 호랑이의 냄새도 아니었다. 매화가 풍기는 살기도 아니었다. 그에게는 더 크고 우람한 게 있었다. 짐승의 냄새.

― 전쟁은? 전쟁도 사람을 죽이는데?

― 전쟁은 의식이고 살인은 본능이야.

그랬다.

그는 의식으로 거대한 전쟁을 벌이는 짐승의 나라의 설계자였다. 이런 사내에게 살인이나 교술 따위는 저 멀리에서 누군가가 뀐 트림과도 같다.

아무런 영향이 없는.

눈 하나 꿈쩍도 하지 못하는.

"돌아가서 말할 거야. 당신과 당신의 부대와 이 무위사를."

"좋지 않아. 그런 생각은."

"말할 거라고!"

각치가 죽화를 던졌다.

죽화는 빈 황동 물그릇을 넘어뜨리며 처박혔다.

챙—

각치가 칼을 뽑았다. 죽화는 뒤로 물러나 기둥에 등을 댔다.

각치는 칼날로 버려진 주머니를 가리켰다.

"줄 수도 있지만 아직은 안 돼."

그가 한 걸음씩 다가왔다.

면이 넓은 곡도는 거란 정병의 그것보다 훨씬 크고 넓었다.

"움츠리지 마라. 너를 죽이려고 다가가는 게 아니다. 너는 나를 위해 미래를 보아야 해. 그럴 수 있겠지?"

"고려군에게 알릴 거라고. 당신과 당신의 부대와 이 무위사를."

각치는 칼손잡이를 잡은 손으로 입술을 긁다가 결국 두 손으로 손잡이를 잡고 날을 세웠다.

그가 묵직하게 물었다.

"부탁하지. 나와 구주성으로 갈 수 있겠지?"

"당신과 당신의 부대와 이 무위사는 곧 알려질 거야."

죽화는 노렸다.

각치 발에서 세 걸음 떨어진 불단의 모서리 아래 할미의 자아추가 보였다.

"너는 꽤 정확하더군. 나를 도우렴. 그러면 이걸 가지고 가고 싶은 곳으로 갈 수 있어. 응?"

쭈그리고 앉아 있다가 쥐처럼 빠르게 기어가 자아추를 잡고 각치의 젖고 더러워진 표범 가죽신에 대고 내리찍었다.

너무 오래 신은 탓에 희미해진 점점이 무늬 위로 자아추가 깊숙이 박히자 그의 커다란 이마는 금방이라도 바스러질 것같이 일그러졌다.

얼굴 가죽

강민첨은 진주의 진강 사람으로 목종 때 과거에 급제하였다. (…) 또 대장군이 되어 강감찬을 보좌하여 거란의 소손녕(소배압의 오기)을 흥화진에서 격퇴하였다. 소손녕이 군사를 거느리고 곧바로 개경으로 향하자 강민첨이 추격하여 자주의 내구산에 이르러 다시 그들을 크게 무찔렀다.

『고려사』 권94, 「열전」, "강민첨 편".

1

여명이 트기 직전의 새벽은 깜깜했다.

외성의 너른 터에 놓아둔 화로들이 불을 토해낸다.

각치는 군영을 걷고 있었다. 각 대를 구분해서 쳐놓은 막사들마다 사내들의 냄새가 피어올랐다. 소스라칠 만큼 강력한 한기임에도 그들은 군막에 있지 않고 밖으로 나와 웅크리고 있었다. 방한 지푸라기를 덮어쓴 채 삼삼오오 불 앞에 쪼그리고 앉아 있거나, 털 소매에 양손을 끼우고 서서 두런두런 이야기하고 있었는데 저마다 즐거워 보였다. 차갑고 허연 바람이 언 땅을 쓸며 뻗어나가자 그들이 등을 돌리고 어깨를 움츠렸다. 바람이 지나가면 그들은 또 시시덕거렸다. 그들은 긴장하는 기력 따위 없어 보였다. 칼바람에도 아랑곳하지 않고 상의를 탈의한 채 수시로 움집 안으로 들어갔다가 나오는 이도 있었고, 조사모에 눈을 퍼 담아 세수하거나 이 닦는 자들도 보였다. 통나무로 지은 간이 마구간 앞에는 몇몇이 모여 있었는데 펄럭이는 종이에 붓으로 무언가를 그리고 있었다. 여럿이 둘러서서 그 그림을 보며 키득거렸다.

성벽 아래 평평한 땅에는 군사들이 배가 뻥 뚫린 커다란 고라니에 줄줄 기름을 붓고 있었다.

넓적하게 말린 사슴들을 가득 실은 수레 서너 개가 끼익끼익 소리를 내며 다른 곳으로 가고 있었다. 배급 수레였다. 저쪽에선 벌판에서 자란 말들과 여진인이 키운 말들을 모아놓고 품평이 열리고 있었다. 여진의 말과 거란의 말은 키가 넉 자나 차이가 났는데 고려군들은 서로 어느 말이 더 낫다며 와글거리고 있었다.

각치는 이상했다.

불안감과 공포는 느낄 수 없다.

군사들은 싱글거리고 있었고, 흥분한 상태였다. 그들은 서경으로 이동한다는 것을 알고 있었다. 부원수의 명이 떨어진 것은 이틀 전이었다. 부원수는 서경에 방어선을 치고 개경에 고여 있는 적을 일찍 맞이하겠다고 천명했다. 사흘 뒤 이들은 전부 아래로 내려가는 것이다.

'그런데 이런 모습이라니.'

각치는 신력을 쓰는 그 아이를 찾는 중이었다.

무위사에서 발등을 찌르고 달아난 아이는 늘 지니던 자아추를 버린 대신 패물 주머니는 가지고 달아났다. 자아추까지 챙겨서 갔더라면 그가 이렇게 찾지 않았을 것이다. 멀리멀리 달아나 조용한 곳에서 살기를 바랐을 것이다.

각치는 옆구리에 찬 은빛 자아추를 슬렁 만졌다. 본능적으로 감이 왔다. 이것이 없으면 그 아이는 살 수 없다는 것을. 그리고 아직 구주성에 있다는 것도. 그렇다면 대원수에게 자신의 정체가 밝혀지는 날이 오늘일 수도 있었다.

그 아이의 보금자리는 두 곳이었다.

억척같이 일하는 아낙들이 머무르는 외성 움집에 머무를 때도 있고 북신 사당 옆 아미타사에 있을 때도 있었다. 대원수가 대정을 시켜 사당으로 보내지 않으면 주로 아낙들이 머무르는 움집에서 지냈다.

각치는 아낙들의 거처로 방향을 틀었다.

누군가가 걸어오더니 각치 어깨를 껴안고 몸을 바짝 붙였다.

"여."

우람한 자였다.

50대로 보이는 그는 덩치가 매우 큰 각치보다 몸집이 더 컸다. 털모자를 썼고 등에는 조사모를 달고 있었다.

각치가 무시하고 걸었고 그도 일부러 나란히 걸었다. 각치는 오른쪽 발을 쩔뚝거리는 중이었다. 그 사내는 한바람에도 둘둘 드러낸 굵은 팔뚝으로 각치의 굵은 목을 단단히 조이듯 휘감고 냄새나는 이를 들이밀었다.

"당신이 불알 내놓은 아이마냥 순패를 흔들며 돌아다닌다는 그 양수척인가? 어라 절름발이잖아?"

대꾸하지 않았다.

"저기, 개 한 마리를 잡았는데, 껍질 좀 벗겨주지 않겠나? 양수척이라면 가죽 벗기는 건 날도사가 아니던가."

"길이 바빠서."

각치는 붕대를 맨 손으로 자신의 어깨를 감싼 그의 팔을 떨어뜨렸다.

"어허. 그러지 말고 좀 잡아줘. 죽여놓긴 했다고. 정오에 이동하라는 명령이 떨어졌는데, 그 전에 포를 떠야 해. 우리가 기술이 있겠나? 궐을 지키다 온 우리가. 얼기 전에 내장도 좀 빼고 가죽도 펴주시구려. 응? 당신이 입은 근사한 표범 털포처럼 나도 개 털포를 만들어 입으려고 그러지. 크핫하하."

그 말에 각치 눈썹이 올라갔다.

멀리 천막 한 동 앞 불가에서 몇 명이 이쪽을 보고 웃어댔다. 아마도 작당하고 이러는 것 같았다.

시시덕대던 사내가 표정을 바꾸었다.

"왜 기웃거리는 거야? 우리가 밥으로 보여? 수상한 양수척이 며칠째 군영을 실실 돌아다니면 우리가 좋아할 것 같나? 들어보니, 대원수의 특혜를 받았다고 하던데, 여기서 뭘 찾는 거야?"

개가죽을 벗겨달라는 말은 핑계였다. 이 질문이 고려군 사내와 그들의 진짜 시비였다.

"응? 묻고 있잖아, 늙은이. 오호, 늙은 게 이 어깨 근육 좀 봐. 쇠망치처럼 단단한걸! 오호호."

"손을 떼고 떨어지시오."

"못 하겠다면?"

"부탁이오. 입냄새가 고약해서."

"뭐라?"

고려군 사내가 각치 덜미를 움켜잡았다. "다시 말해봐! 뭐라고?"

각치는 걸음을 멈췄다. 그를 마주 보고 섰다.

"해드리죠. 개는 어디에 잡아놓았소?"

"으흠, 개 벗기는 기술을 보고 진짜 사냥꾼인지를 파악하지. 저쪽에."

사내가 다시 이죽거리며 엄지로 저쪽을 가리켰다. 저기. 각치는 사내가 가리키는 쪽으로 갔다.

타닥거리는 모닥불 옆에 커다란 광주리가 놓여 있고 그 안에는 막 죽은 개가 잉어처럼 등을 감은 채 담겨 있었다. 각치는 노려보다가 표범 가죽 상의의 허리춤을 젖혔다. 거기에는 서너 가지 손 기구가 대롱거리고 있었다. 허리에 차고 있는 것들 중 날이 넓은 도를 꺼내 잡았다. 넙적한 물고기처럼 생긴 손칼이었다. 양동이 옆에 두꺼운 허벅지를 접히고 쪼그리고 앉아 숫돌에 칼을 갈았다.

머리 위에서 사내가 말했다.

"털이 상하지 않게 잘 까. 알겠나? 내가 낄 장갑을 만들 거니까."

각치는 개의 목을 따고 피를 바닥에 흘렸다. 그의 등 위에서 고려 군사들 서넛이 낄낄댔다.

"북방인은 겨울이면 여자와 아이도 벗겨서 먹는다던데 사실인가?"

"피부를 얼음처럼 투명하게 깐다던데. 크핫하하."

그러자 주변에 군졸들이 모여들었다.

각치는 밥풀눈을 이글거리며 부단히 움직였다. 단단한 근육이 박힌 팔뚝의 정맥이 세로로 가로로 사선으로 이동할 때마다 검둥개는 붉은 근육을 드러냈다. 이윽고 각치는 흐물거리는 검은 가죽을 광주리에 던져 넣었다.

사내가 입냄새를 풍기며 옆에 쪼그리고 앉았다.

"당신, 삼한인이 아니지?"

"북방인이오."

"시펄, 북방인이란 게 어디 있나, 북방인이? 고려인이면 고려인이고, 오랑캐면 오랑캐지. 압록 위에 살아도 북방인, 압록 아래에 살아도 북방인, 뭐 니들은 니들끼리 북방인이라고 불러주면서 서로 존경하고 막 그러더라. 그쪽에 사는 여진, 고려인, 발해인이 전부 북방인이면 다 같은 민족이냐?"

"북방인은 그냥 북방인이오. 척박한 환경을 극복하면서 비슷하게 살기에 민족과 나라와 상관없이 붙여진 이름이오."

"그래도 거란인은 북방인이 아니야. 개들은 더 위쪽에 살아. 야만인들이지."

"그들은 문자를 지니고 있소. 한漢의 땅도 지배하고 있고."

"그래서?"

"……."

"그래서 거란인이다? 너도?"

"나는 거란인이 아니오."

"나는 거란인이 아니오."

사내가 놀리듯 따라 했다. 뒤에서 깔깔댔다. 놀린 후 사내는 뒤를 싱긋 보았다.

"저기 저쪽에, 거란에서 넘어온 자가 당신 얼굴을 안다던데."

각치가 사내를 보았다.

"저쪽 막사에 겸창을 잘 쓰는 놈이 그렇게 말했어. 당신이 고려인이 아니라고. 금치 몰라? 귀 옆에 곤발하고 앞니가 없는 놈인데. 키가 곡괭이 자루만 하고."

"……."

사내가 각치 팔을 쳤다. "묻잖아. 시펄. 금치 알아, 몰라?"

"모릅니다."

각치는 개의 배를 가르고 내장을 꺼냈다.

내장은 실팍하게 얼어 있었다. 각치는 날이 넓은 칼을 빗세워 개의 위를 저미듯 갈랐다. 위장 안에는 녹빛 걸쭉한 것들이 녹아 있었다. 거기서 시큼하고 알싸한 냄새가 올라왔다. 그것이 쓰리나리 냄새임을 감지한 각치는 비상한 표정을 지었다.

뒤에서 그들은, 덩치 크고 이방인처럼 코가 오뚝한 각치의 외모를 언급하며 저들끼리 시시덕댔다. 자세히 보니 회골인* 같기도 한데. 아니야, 여진인이야. 딱 보니 그래. 아니면 단구리 같기도 하고 말이지? 아니라니까. 거란인이 분명하다고. 금치가 그렇게 말했잖아.

흐물거리는 개를 손질하는 각치 손이 바빠졌다. 내장을 덜어낸 안쪽을 칼날로 긁어내 잡다한 것들을 빼내고 몸통을 토막 냈다. 몇 부위는 반대기로 잘랐다. 칼면으로 골격을 눌러 비틀어 깨고 뼈를 분리했다. 이윽고 각치는 마지막 부위를 광주리에 던져 넣고 일어섰다. 광주리에는 잘 손질된 개가 담겨 있었다. 벗겨낸 개가죽은 바닥에 담요처럼 말려 있었다. 멋진 솜씨였다. 어디선가 털보가 나타나 광주리를 안고 가려고 했다.

"잠깐만."

입냄새 풍기는 사내는 어디 보자, 다가와 광주리에 담아놓은 피 서린 개 간을 집어 들더니 각치의 흰 수염 앞으로 내밀었다.

"왜 이러시오?"

"북방인은 전부 북방인이라메? 그런 말이 어딨어? 출신은 다르겠지. 여기 계신 북방인께서는 어느 나라 출신인지 확인해보려고 그러지이. 먹어봐. 오랑캐들은 이런 거 생으로 쩝쩝 씹어댄다더만."

서 있는 자들이 또 낄낄대며 웃었다.

사내가 뒤돌아 무리에게 이죽거렸다.

"이 북방인께선 개는 안 드신댄다. 하긴 개는 한족이나 고려인들이

---

* 위구르족

471

먹지. 여, 그리고 이거, 누가 마음대로 꼬리를 자르래?"

"꼬리에는 독이 있소. 잘라버리는 게 좋소."

"이것 봐라. 위도 멋대로 갈라버렸네. 나 개고기 내장 중 위를 제일 좋아하는데!"

"이미 잘라버렸으니, 어쩔 수 없구려."

"그럼 벌이다. 먹어."

그는 들고 있던 간을 다시 내밀었다.

"자."

각치가 노려보았다.

"어서, 먹어보라고!"

사내는 그렇게 말하면서 간을 각치 얼굴에 짓이기듯 비볐다. 각치의 허연 수염에 개의 피가 묻었다. 먹으라고. 먹어보라고. 오랑캐처럼, 새끼야. 어디 양수척 주제에 고려 군영을 기웃거리고 말이야. 순패만 들이밀면 어디든 다닐 수 있다고 생각해? 배고프지 않나? 오랑캐는 먹을 게 없어 고려 땅에 들어오잖아. 배고프다면 우리 보리를 노리지 말고 이걸 먹으라고! 새끼야.

구경하던 군사들이 배를 잡고 웃어댔다.

헤헤헤, 쪼그리고 앉은 사내는 뒤돌아 웃는 자들을 본 후 다시 더 웃긴 짓을 하려고 시선을 각치에게 돌렸다.

툭,

간이 젖은 흙바닥에 떨어졌다.

으아아.

사내가 젖은 바닥에 떨어진 개의 간을 보며 소리쳤다. 간은 사내의 손에 쥐어진 채다. 사내의 손목을 자른 물고기처럼 넓은 칼은 붕대를 동여맨 각치의 오른손에서 휘뚜르르, 돌아서 왼손으로 넘어오더니 길게 수평으로 움직였다.

구취 나는 고려군 사내의 목에 분명한 선이 그였고 선은 곧 이글대 듯 벌어졌다. 그 틈으로 검붉은 액체가 배더니 주룩 흘렸다. 사내는 어리둥절한 표정을 짓다가 손 없는 손목과 남아 있는 온전한 다른 손으로 자신의 목을 부여잡았다. 손가락 사이로 피가 뿜어져 나왔다.

"생간을 좋아해. 좋아하는데 지금은 배가 고프지 않아서 말이지."

사내는 켁켁, 거리다가 옆으로 기울어졌다. 각치는 벗겨낸 검은 개 가죽으로 얼굴을 닦고 그것을 광주리에 던졌다.

"좋은 가죽이군. 겨울에 찰 사냥 토슈*로 쓰기에 딱이겠어."

서서 웃고 있던 군졸들이 전부 흩어졌다.

군영은 다시 활기를 띠었다.

그들은 천막을 걷고 주변을 정리하는 원래의 모습으로 되돌아갔다. 각치는 넓적한 물고기 모양의 칼 손잡이를 거꾸로 찍어 양동이 표면에 언 살얼음을 깨고 날을 씻었다.

그때 키 작은 털보가 다가왔다.

각치가 다시 칼 손잡이를 움켜잡았을 때, 그가 탁주가 찰랑대는 표 주박을 내밀었다.

"저쪽에서 주라더이."

저쪽을 보니 장대에 수달 가죽을 걸어놓은 커다란 천막 앞에 사람

● 토시

들이 모여 있었다.

피워놓은 불은 두 개였다.

하나에는 솥이 걸려 있고 다른 불에는 개를 굽고 있었다. 솥 앞에는 갈색 갖옷을 입은 삐쩍 마른 사내가 앉아 있었는데 그가 각치에게 손을 흔들었다. 각치는 표주박을 들고 그쪽으로 걸어갔다.

그가 물었다.

"그 손은 왜? 에혀, 발도 다친 모양이구만."

"원하는 게 뭐요?"

"나는 돌강치라고 하오. 여긴 상륭이, 잰 김도삼, 잰 박칠성."

돌강치는 세모 세 개가 그려진 자신의 손도끼로 꽝꽝 언 은어를 깎고 있었다. 다가와서 표주박을 건네주었던 털보가 돌강치 옆에 앉더니 각치가 해체한 고기 토막에 칼집을 내기 시작했다. 불 근처에는 보리 두어 되가 들어갈 만한 자루가 놓여 있었다. 각치는 눈을 조이며 자루 속 내용물을 노려보았다. 말린 쓰리나리였다. 털보는 쓰리나리 가루를 개고기 표면에 두루 바르고 있었다. 깊숙이 낸 칼집 속에도 골고루 넣었다. 고기에 양념을 입히는 모양이었다. 불 위에 걸린 솥에 물이 부글거렸다. 돌강치가 은어를 깎으며 말했다.

"쭉 마셔. 근처 승니°가 빚은 것이오. 대의 윗대가리들이 먹는 것보다 훨씬 맑지."

각치가 술을 전부 들이켜고 주먹으로 턱을 닦았다.

"우린 홍위위 소속이오."

• 승려

474

"개경에서 왔겠군."

"문제가 하나 생겼는데 말이오. 당신이 좀 해결해줘야겠소이다."

"무슨 문제?"

각치가 흰 이를 드러냈다.

"당신이 방금 내 군사를 죽였거든."

돌강치는 깎다 만 은어로 끌려 나가는 손 하나가 없는 시체를 가리켰다.

"우리 대에서 수질노*를 쓸 줄 아는 놈이 저놈뿐인데."

"거, 안됐군."

돌강치는 무리의 우두머리인 듯했다.

"그건 어디서 났소?"

돌강치는 표면이 허옇게 언 은어로 각치 허리를 가리켰다. 각치의 표범 가죽 상의 아래, 허리에 대롱거리는 도구 중 뾰족한 도구가 흥미를 일게 하는 모양이었다.

"양수척이 자아추를 지닌 게 뭐가 잘못되었소?"

"으흠, 자아추는 원래 거란의 물건이지. 당신이 거란인이라는 소문이 있소."

"가겠소. 죽은 놈을 보충하려면 대원수 각하께 이르시오. 내가 죽였다고 말씀드리고. 시비는 그쪽에서 먼저 걸었다고도 반드시 말씀드려야 하오."

각치가 몸을 돌려 성큼성큼 걸어갔다.

---

* 쇠뇌의 한 가지로, 나무로 만든 활 틀에 활을 끼워 발사하는 무기

뒤에서 돌강치가 소리쳤다.

"힘이 좋은 것 같은데 이번 매복에 들어오지 않겠소?"

"일없소."

"수질노는 기술이 필요하니 당신이 사용하기엔 무리고, 그래, 검차를 밀기엔 딱이겠군. 어때? 별일 없이 성안을 떠도는 거라면 우리 대로 들어와. 우린 내일 북쪽으로 이동할 거니까."

각치가 멈췄다.

돌아보았다.

"북쪽? 홍위위가 북쪽으로 간다고?"

"팔영령으로 가오. 노났지. 협곡을 지나는 적을 기다리는 거니까. 형응령에서 검차 서너 대를 박고 보름쯤 놀다가 복귀할 거요. 저 가루, 뭔 줄 알지? 하늘을 나는 풀이오. 잘 재어놓았다가 구워 먹으면 말대로 하늘을 날 수 있지. 오랑캐가 그리로 들어오면 하늘에서 붕붕 떠다니며 쑤시기만 하면 되지."

팔영령은 구주 벌판을 지나 북으로 올라가는 길목의 고지였다.

"홍위위라면 총지휘사가 누구⋯⋯."

"누구긴, 애수의 진장이시지."

"아니, 부원수의 부대가 북쪽으로 간단 말이오? 남쪽 서경이 아니고?"

"서경? 흥, 거긴 텅텅 비었는데?"

서경이 비었다?

이게 무슨 소린가.

자신의 부대를 이끌고 아래로 내려가겠다던 부원수의 말과 달리 그의 부하들은 지금 구주성 위쪽으로 이동할 준비를 하고 있었다. 팔영령 길은 거란대가 구주 벌판을 지나면 압록으로 가는 길에 있는 좁은 협곡이다.

"사흘 뒤면 이곳에 군사들이 들끓을 거야. 북계의 전 병력이 총집합하거든. 우린 자리를 내주고 매복조로 더 위로 올라가고."

각치가 이맛살을 찌푸렸다.

고려 핵심인 중앙군을 구주 위쪽 지점의 협곡에 배치한다는 것은 적의 잔당을 처리한다는 의미로, 고려군은 구주에서 전쟁하겠다는 것을 뜻했다. 그것은 천군이 구주벌로 온다는 것을 확신하고 있다는 뜻이기도 하다.

맙소사.

각치가 이마를 구겼다.

'대원수가 천군이 이쪽으로 퇴각한다는 것을 알고 있구나.'

고려군은 내륙길을 타고 올라올 10만 천군과 맞서기 위해 구주로 집결하고 있었다.

'속았다!'

퇴각로를 해안 평지길을 선택했어야 했다.

이미 천군 본대는 한창 달리고 있을 터였다.

부대를 산만하게 흩트려 허술한 이곳으로 퇴각할 계획은 무산되었다.

'골치 아픈 상황이 되려는 건가?'

각치는 자신이 정세를 잘못 파악한 점이 없는지 되뇌었다. 절대로 아니었다. 지금까지 이곳은 모든 게 허술했다. 그가 본 미래도 분명했다. 저들은 병력의 반의반만으로 구주성에 틀어박혀서 고스란히 죽음을 받는 미래였다.

'으흠, 그렇더라도 지는 건 아니니까.'

고려 전군이 구주성으로 모인다고 해도 천군이 우세일 것이다. 견벽고수의 답답한 전술을 부릴 테고, 전력의 반은 전술을 이해하지 못하는 토병들일 테다. 각치는 이렇게 된 이상 해안길이나 내륙길이나 크게 다를 바 없다고 자위했다. 다만 저들의 기병대인 대마신군이 계속 은거해주어야만 했다. 각치는 서둘러 대마신군 자식을 사로잡아야겠다고 생각했다. 그리고 미래를 보는 그 아이도. 그 요소들이 더는 대원수에 협력해선 안 되었다.

그때였다.

돌강치가 저쪽을 보았다.

주변에 분주하던 자들도 일제히 시선을 한곳으로 향했다. 각치도 그쪽을 보았다.

멀리 부원수가 서 있었다.

고려군 부원수가 군영에 나타났으니 말단 군졸들은 일제히 차렷 자세가 되었다. 털보는 자루를 막사 뒤로 감췄다. 돌강치 주변에 있던 병졸들도 흩어졌다. 보니, 누군가가 부원수에게 다가가고 있었다. 그는 일전에 지하문 앞에서 쓰리나리를 나눠달라던 자였다.

키가 작고 앞니가 없는 거란인.

부원수가 허리를 숙였고, 그는 제 얼굴을 부원수 귀에 대고 뭔가를 속삭였다. 각치는 침을 꿀꺽 삼켰다. 부원수는 그의 말을 들으며 이쪽, 각치와 돌강치가 있는 쪽을 노려보았다. 돌강치가 더는 볼 필요 없다는 듯, 끓는 불 쪽으로 몸을 되돌리고 앉았다. 그가 꽝꽝 언 은어를 깎으며 이죽댔다.

"당신, 방금 부원수에게 들킨 것 같군. 저기 간신처럼 꼬바르고 있는 놈이 금치야. 저놈, 8년 전 거란주가 쳐들어왔을 때 그 부대에 있던 놈이지. 저놈, 지금 부원수에게 당신이 거란인이라고 말하는 중이야. 당신이 여길 기웃거리던 날부터 당신을 안다고 했지. 진짜로 궁금해서 그러는데, 당신 저놈 알아? 고려군은 거란대 귀순자들을 특별하게 관리하거든. 직위도 준다고. 저쪽 정보를 빼내야 하니까. 당신 정말 거란이야? 불편하면 내 대에 들어와. 숨겨주지. 우리랑 매복하러 나가자고. 부원수는 내 대는 건드리지 않거든. 나와 신망으로 엮여 있어 간섭 안 해."

각치는 금치가 부원수에게 속삭이는 모습을 보고만 있었다.

돌강치가 저쪽을 보며 말했다.

"으흠, 금치가 저렇게 고발한 이상 부원수가 당신을 가만두지 않을걸. 에혀, 저 봐라. 벌써 칼을 뽑아 들었네. 우리 장군님께서 흥분하고 계시네. 저분 칼은 틀림없다고. 어서 저리 떨어지시오. 내 옆에 있지 말라고."

금치란 자가 부원수에게 무언가를 고하며 각치를 가리켰다. 그의 말을 들으면서 부원수는 시퍼런 환도를 세워 들었다.

금치는 자신의 말에 추호도 거짓이 없다는 의미로 공손하게 쓰고 있던 전건을 벗어 가슴에 댔다. 곤발한 금치의 머리가 드러났다.

멀리, 불 가에서 각치가 있는 이쪽을 노려보는 강민첨의 눈자위가 황혼 녘의 낮은 구름처럼 샛노랗게 변하고 있었다. 그는 금치에게서 어떤 말을 듣고선 흥분해 있는 게 틀림없었다.

각치는 자신이 거란대 도통의 직속부대인 우피실군 소속임이 이미 들킨 게 아닌가를 걱정했다. 저쪽에서 고려군 부원수가 노려보는 중이었다.

각치가 침을 한 번 꿀꺽 삼켰을 때, 멀리 있는 강민첨은, 들고 있던 환도로 옆에 있던 금치의 목을 찔렀다.

놀란 것은 각치뿐 아니라 돌강치도 마찬가지였다.

2

"이제 그만 결정 내리시죠."

부원수는 범가죽이 깔린 돗자리에 지친 듯 앉아 있는 대원수를 재촉하고 있었다. 화롯불에 노인의 기름기 없는 광대가 실룩거렸다.

"무엇을?"

"불필요하게 너무 많은 말들이 돌아다니고 있습니다. 이제 고려군들이 쓰리나리에 취해 싸울 의지가 없다는 소문까지 돕니다. 군심이 더 들뜨기 전에 조치를 취해야 합니다. 귀화진을 훔쳐보는 그들이 슬슬 움직일 것 같은 기미도 보입니다. 더는 두고 볼 수 없겠습니다."

대원수의 상체를 두른 세마포*는 낙낙하게 열려 있었다. 물고기의 가시처럼 갈비뼈가 도드라진 노인의 가슴에는 크고 작은 반점들이 한가득 박혀 있다. 침소에는 두 개의 커다란 화로가 열을 보태고 있

* 마로 세밀하게 직조해서 만든 평상복

480

었지만, 공기는 냉랭했다. 노인은 말없이 화로를 바라보았다.

후. 후.

노인은 숨이 잘 쉬어지지 않는 듯 어깨를 비틀었다. 가슴을 부풀리고 한 번에 여러 번 몰아쉬다가 결국 독한 기침을 해댔다.

부원수는 그런 노인을 못마땅한 듯 보았다. 노인은 기침을 삭이면서 손을 더듬어 화로를 끌어왔다. 화로에 가래를 뱉고 거기에 엄지와 검지로 쓰리나리 한 줌을 집어 뿌렸다. 대원수는 잔기침과 가래를 끓이며 연신 연기를 들이마셨다.

후. 후.

부원수가 이마를 긁었다.

"사흘 후 우린 이동합니다."

연기를 마시면서 대원수는 고개를 끄덕였다.

질그릇에 담긴 알 수 없는 액체를 들이켠 노인은 던지듯 내려놓고 주름진 손바닥으로 턱을 닦고 마른세수를 했다. 기다란 귓불을 만지며 고개를 끄덕였다.

"그래, 자네 무운을 빔세."

"우리가 없어도 괜찮겠습니까?"

"때를 알고 있으니 잘해주겠지."

"대마신군이 제때 와주지 않는다면 질 것입니다."

"모루가 잘 받치고 있다면 그들이 언제 오느냐는 중요치 않네."

"각하."

노인이 부원수를 보았다.

"김종현은 충실하게 폐하를 지키러 간 게 아닙니다. 우리는 아직 그들이 어디에 있는지 모릅니다."

"그래. 모르네."

"그들이 여전히 폐하를 호위하며 개경에 머무르고 있는지, 아니면 개경 주변을 돌며 백성을 구하고 있는지, 또 그것도 아니면 이쪽으로 오기 위해 한창 달리고 있는지, 전혀 파악되지 않고 있소이다. 이제 그들을 계산에 넣는 건 무모합니다."

"……."

"정말로 각하의 명에 불복해서 여진 지역으로 달아난 것일지도 모릅니다. 그들이 나타난다고 생각하고 나가지 마십시오."

"……올 거야."

"그렇게 믿습니까?"

"그렇게 믿지."

"아니 제 말은 각하의 계산을 믿느냐는 것이올시다."

"왜? 내가 계산을 잘못한 것 같나?"

"각하의 명확한 상수는 김종현의 어린 자식을 인질로 데리고 있는 것뿐입니다. 그것이 그의 귀에 들어가게 하기 위한 일밖에 하지 않으셨지요."

"자네나 잘하시게."

"각하께서도 잘하십시오."

"그러지."

부원수는 그러고도 꼿꼿하게 서 있었다.

노인이 고개를 들었다.

"또 왜?"

피곤한 기색 때문에 강민첨을 바라보는 눈에는 총기가 없었다.

"지금 처리하면 많은 일이 쉬워집니다."

노인은 불을 바라보기만 할 뿐 아무런 말을 하지 않았다.

이번에는 다른 이야기라는 것쯤은 부원수의 얼굴만 보고도 알았다.

대원수는 화로를 응시했다.

저쪽에는 아이들이 놓고 간 방패연들이 비스듬하게 세워져 있었고 그 옆 나무 의자에는 노인의 짐승 털옷이 걸려 있었다. 그 가죽옷은 어찌나 두꺼운지 또 다른 노인이 의자에 앉아 있는 듯했다. 북계의 추위를 견디려면 저 정도는 둘러야 했다. 이 냉혹한 한기에 찰갑만을 두르고 전투하는 병사는 없다. 움직임이 둔하더라도 다들 저 두께를 걸치고 싸운다. 그래서 되레, 가죽옷을 최대한 두껍게 붙여 방어구를 대신하는 병사들이 많았다.

홀로 의자에 걸린 털옷은 옹상하게 앉아 있는 대원수만큼 초라하게 보였다. 노인은 방한용 털옷도 버거울 만큼 낡고 늙어 보였다.

"……그래선 안 돼."

"이기는 싸움을 해야 합니다. 지금이 기회이오. 죽입시다."

"그러지 않기로 하지 않았나."

"각하께서 그리 결심하신 것이지 저희는 수긍하지 않았습니다. 왜 적이 된 자를 죽이지 않아야 한다는 겁니까?"

"그렇게 싸우지 않아, 나는."

"이미 죽이라고 명했소이다."

대원수가 고개를 들고 부원수를 올려다보았다.

"뭐라?"

"신검 성오에게 칼을 보냈습니다."

"당신이 그랬다고?"

"그렇습니다. 제가 그러라고 명을 줬습니다."

노인의 몇 올 없는 수염이 달린 좁고 험한 턱이 오물거렸다.

"사흘 안에 거란 도통 소배압의 머리를 구주 성문에 걸어놓겠습니다. 그것까지 처리하고 올라가겠습니다."

대원수는 힘없는 손으로 부원수에게 나가라고 명령했다.

소소리바람

봄, 정월 경신일에 거란의 병사들이 도성 가까이 이르자 강
감찬은 병마판관 김종현을 보내어 병사 1만 명을 거느리고
길을 서둘러 개경으로 들어가 (왕을) 호위하게 하였다.

『고려사절요』권3, "기미 10년(1019년) 1월".

1

회반죽을 바른 벽과 기둥 사이에 튀어나온 세로대 옆에 숨은 죽화는 발을 동동 굴렀다.

아미타사 금당 안, 삼존불이 놓인 두 단짜리 불단 아래에 매화가 반듯하게 누워 있었고 담문은 등을 보인 채 앉아 있었다.

죽화가 숨어 있는 지점은 아미타사 금당의 왼쪽 출입구에서 가까웠다. 담문이 등을 돌리고 앉아 있기에 죽화는 그의 표정을 볼 수 없었다.

그는 화로를 뒤적거리다가 마음에 드는 숯을 찾지 못한 모양인지 돌멩이를 딱딱거려 불을 만들기 시작했다. 지푸라기에 불이 붙자 그것을 접시에 올려놓고 알 수 없는 갈색 풀을 푸슬푸슬 뿌렸다.

접시에서 희고 기름 같은 연기가 피어올랐다. 담문은 누워 있는 매화의 얼굴 위로 접시를 가져가 허공에서 빙글빙글 돌렸다. 그런 다음 접시를 매화 머리맡에 놓았다. 연기는 흩어지지 않고 마치 허공에 길이라도 있는 듯 움직여 매화 코로 스며들었다.

저것은.

죽화는 혀를 찼다.

접시 위에서 타고 있는 것은 쓰리나리였다.

매화가 처음 왔을 때부터 그는 저 연기를 피워댔었다. 그간 의식을 깨우는 좋은 향인 줄 알았지만, 아니다. 저 요망한 중은 매일 매화에게 쓰리나리를 맡게 하고 있었다. 그는 연기가 나는 접시를 내려놓고

매화 이마를 만지기도 한다. 다른 손은 이불 속으로 들어가 있는 듯
하다. 손놀림을 보니 나쁜 짓을 하고 있음이 분명했다.

그의 길쭉한 등이 수굿했고 접힌 덜미가 이곳저곳을 바쁘게 살핀다.

'만지고 있어! 매화를?'

죽화는 부르르, 몸을 떨었다.

'여태껏 우리를 위하고 아껴주는 척한 거였어.'

저 중에게 가장 공포스러운 죽음을 주고 싶었다. 달려가서 저 통통
한 덜미에 자아추를 쑤시고 싶었지만, 할미의 자아추를 잃어버려 무
기가 없었다. 참으로 한이다. 그것이 있어야 허공에 돌아다니는 보이
지 않은 피 냄새를 불러들이는데. 그것이야말로 한 번 내리찍으면 모
든 생명을 삭게 하는 물건인데.

가슴을 더듬었다. 목에는 짧은 수염이 준 녹황색 자아추가 대롱거
렸다. 그래, 이것이 있었구나. 죽화는 목에 건 녹황색 자아추를 벗었
다. 그것을 쥔 주먹을 귀까지 쳐들었다. 급소를 단숨에 찌르지 않을
테다. 고통을 맛보게 하마. 가식덩어리. 허구렁이! 마름쇠에 발바닥
을 찔려 뒈져라!

소리 내지 않고 재빨리 달려 나가야 했다.

쿵, 쿵, 쿵, 쿵.

마루를 걸어오는 소리에 천으로 양쪽 콧구멍을 막은 담문이 굴젓
눈을 불뚱대며 돌아보았다.

담문 옆에 거대한 사내가 서 있었다.

판관탈을 썼다.

찰갑을 덧댄 가슴에는 할미의 은빛 자아추를 매달고 있었고 들개

가죽 장갑을 낀 손에는 시푸른 거란의 곡도를 들고 있었다. 그를 올려다보는 담문의 하나밖에 없는 눈이 깊게 팼다.

"뭐, 뭐요? 당신은?"

판관탈은 잠든 듯 누워 있는 매화를 흘깃 바라본 후 도리 없다는 듯 담문을 보았다.

접시에서 피어오른 연기가 서 있는 사내의 배와 어깨를 휘감았다. 사내는 조금도 연기에 휘둘리지 않았다. 그가 쥔 칼의 넓은 면이 불단의 기름불에 사납게 한 번 반짝였다.

판관탈이 물었다.

"이 아인 언제 일어나나?"

"누, 누구냐고! 넌?"

"깨워라."

담문은 앉은 채로 뒤로 물러났다. 쓰리나리 연기를 맡지 않으려고 막아두었던 천 하나가 담문의 코에서 튀어나왔다. 칼을 쥔 판관탈은 담문을 따라갔다. 매화는 혼자 누워 있었다.

판관탈이 묵직한 소리로 명령했다. "깨워라. 저 아이를."

"……지, 지금은 일어날 수 없소."

"취한 건가?"

"여, 여기서는 깨울 수가 없고…….."

판관탈의 곡도가 천천히 천장을 향했다.

내려오면 담문의 한쪽 어깨가 갈릴 판이었다. 담문이 침을 흘리며 울상을 지었다. 천이 없는 한쪽 콧구멍에서 콧물이 줄줄 흘렀다.

"사, 사실, 이 아이는……."

숨어 보던 죽화는 자아추를 쥔 채 침을 꿀꺽 삼켰다.

눈에서 붉은 기운이 감돌았고 죽화는 그제야 달려갔다.

다가오는 죽화를 보자 담문이 우는 얼굴로 소리쳤다.

"얘, 애야! 사, 살려줘! 제발!"

판관탈은 죽화를 보지 못했다. 오직 담문만 내려보며 매화를 깨우라고 재촉하고 있었다. 반면에 담문은 죽화를 가늠할 수 있었다.

죽화가 담문에게 외쳤다.

"어서 나가! 저쪽으로 튀라고! 이자는 거란의 ―"

그때 죽화의 왼쪽에서 바람이 불어왔다.

눈을 한 번 깜빡였을 때, 죽화가 본 것은 담문의 몸에 붙어 있는 매화였다. 매화 입에서 붉은 액체가 묻어 있고 담문의 목도 온통 붉다. 매화가 온 곳에서 늦은 바람이 불어와 죽화의 머리카락을 오른쪽으로 날리게 했다. 깨어난 매화가 자리에서 튀어 올라 담문을 덮쳐 문 것이다. 담문이 당하자 곡도를 든 판관탈이 한 걸음 뒤로 물러났다.

"매, 매화야!"

죽화는 담문에 달라붙은 매화 어깨를 잡아당겼다. 매화는 붉은 입으로 살을 뜯어냈고 담문은 목에 피를 뿌리며 저쪽으로 쓰러졌다.

매화가 일어섰다.

거시기, 기시기, 씹시기.

판관탈이 칼을 세우고 다가갔다.

"……취해서 괴물이 되었구나."

매화는 그 앞에 당당히 섰다.

손바닥에서 검지로 흐르는 피를 검지와 엄지로 비비다가 다섯 손

490

가락을 전부 입에 넣고 쭉 빨았다. 그는 매화의 동작을 허투루 보지 않았다. 차분히 노리며 곡도를 들었다. 사선으로 각을 잡은 곡도는 천수관음의 손만큼이나 틈이 없어 보인다. 매화는 판관탈이 걸고 있는 할미의 자아추를 보며 빙긋이 웃었다.

죽화가 둘 사이를 막아섰다. "내 동생이야. 건드리지 마!"

매화와 판관탈이 서로를 향해 뿌리는 살기에 죽화는 그만 뒤로 튕겨 나가고 말았다.

크고 넓은 곡도가 먼저 움직였다.

수직으로 한 번, 수평으로 한 번 선을 그었다. 매화는 몸을 말고 공중을 휘휘 돌았다. 판관탈이 고개를 들었을 때 매화는 판관탈의 등에 붙어 있었다.

죽화는 가슴이 몹시 두근거렸다.

판관탈이 힘줄 돋은 팔로 붙어 있는 매화를 잡아서 던졌다. 매화는 내동댕이쳐지며 뒹굴었다. 손에는 판관탈이 목에 걸고 있던, 자신의 무기를 쥔 상태였다. 매화가 자아추를 쥔 주먹으로 입을 닦았다. 손에 묻은 피가 많았기에 얼굴이 시뻘겋다. 이 사이로 핏물선을 내보이며 매화는 한번 웃었다.

둘은 판관탈에게 다가갔다.

2

구주성 안,

군기 창고와 보급 창고에 불이 나고 있었다.

내성의 중심 건물에서 피어오르는 불길은 슬금슬금 바람을 타는 시시풍덩한 불이 아니었다. 강한 북풍에 밀려 마치 대장간에서 싯싯거리는 쇳불처럼 용맹했다.

불이 처음 발생한 건물은 아사 옆 보급 창고였다.

고려군 대원수가 북신 사당의 제사용을 제외하고 모조리 압수한 쓰리나리가 보관되어 있다고 알려진 건물이었다.

둥근 흙기와 사이로 불숨이 고였다가 팟팟 터지면서 기와를 튕겨냈다. 불은 삽시간에 솟아올라 보급 창고 옆, 토민들의 움집이 밀집된 구역을 위협했다.

와자작.

내성 영역에 빼곡하게 박혀 있는 초가들 사이로 보이는 높다란 기와 건물이 불과 함께 반이 쓰러졌다. 사람들이 고함을 질러댔다. 사람들은 저러다가 움집에 전부 불이 옮겨붙겠다며 물을 채운 양동이를 자신의 지붕에 뿌렸다.

사람들이 우왕좌왕하는 틈 사이로 각치는 빠르게 움직였다.

그는 서둘러 아낙의 집으로 향했다.

3

매화는 자아추로 짧은 수염의 눈을 마구 찔러대고 있었다. 이미 숨이 끊어진 거란 예비대 대장의 두 눈은 형체를 알아볼 수 없을 만큼 피범벅이 되어 있었다. 범종 안의 애꾸를 죽인 응보였을까.

거시기, 기시기, 씹시기.

죽화는 매화를 뜯어냈다.

500기의 거란 예비대 대장 야율치의 상체가 스르륵, 옆으로 기울어졌고 반으로 쪼개진 판관탈을 덮으며 피 바닥에 머리를 박았다.

죽화는 매화 앞에 앉았다.

짧은 수염의 뜨뜻미지근한 피가 묻은 손으로 죽화는 매화 볼을 잡고 눈을 맞췄다.

"너, 깨어난 거니? 정말 매화 너 맞니?"

매화는 자꾸 저쪽을 보려고 했다.

아, 아기. 아기. 배부른 여자의 아기. 매화는 중얼거렸다.

매화는 고려 귀족 여인이 낳은 아기를 찾고 있는 것 같았다.

"날 봐. 날 좀 보라고."

매화는 죽화의 손에서 벗어나려고 턱을 바동거렸다. 결국 얼굴을 손에서 뺐다. 그리고 법당 입구를 노려보았다.

펑, 밖에서 요란한 소리가 들렸다.

죽화도 매화가 보는 쪽을 돌아보았다.

죽화가 들이닥치며 열어둔 문 너머로 잿빛 하늘이 보였다. 그리고 검은색 연기가 뭉게뭉게 피어오르고 있었다.

구주성에서 나는 연기였다.

연기는 멀리만 있지 않았다.

담문이 피워놓은 접시에서도 쓰리나리가 여전히 연기를 피우고 있었다. 죽화는 조금씩 몸이 둔해지는 것을 느꼈다. 죽화는 목에 건 녹황색 자아추를 꼭 쥔 채 스멀스멀 뱀처럼 다가오는 쓰리나리 연기를 노려보았다. 연기는 마치 안다는 듯 죽화만을 찾아 움직여 왔다.

저걸 맡으면 안 된다는 본능이 깊은 곳에서 올랐지만 혀의 감각이 둔해지는 것을 느끼며 이미 늦었을지도 모른다고 생각했다.

앞에 보이는,

구주성이 있는 먼 곳을 자꾸 바라보기만 하는 매화의 옆모습이 희미해졌다.

쿵, 죽화는 옆으로 쓰러졌다.

살육

천시(天時)는 지리(地利)만 못하고, 지리는 인화(人和)만 못하니 가장 좋을 때를 택하더라도 강한 무기와 곡식을 비축한 높은 성을 공격해 함락하지 못하는 것은 천시가 지리보다 못하기 때문이다. 그럼에도 불구하고, 견고한 성을 버리고 도망치는 것은 지리가 인화보다 못한 증거라고 했다.

『맹자』, 「공손추하」에서.

1

북소문으로 달려갔다.

문 앞 방추형의 너른 터에는 솥들이 엎어져 있었고 여러 구석에서 불이 바닥에 퍼져 있었다. 장애물로 세워놓았던 검차 한 량도 삐딱하게 돌아서 있다.

성문은 활짝 열려 있었다.

성안은 매화가 지나간 흔적이 가득했다.

망루를 올려다보니 병사 두 명이 상체를 늘어뜨린 채 널리듯 죽어 있다. 매화는 거기부터 시작한 것 같았다. 군졸의 손에 북채가 걸려 대롱거렸다. 저 북소리가 나지 않았으니 토병들은 피하지 못했을 것이다. 죽은 말도 보였는데 한 마리였다. 말은 갓 쓴 토병 한 명을 깔고 죽어 있었다. 떨어진 곳에 군졸 세 명이 피범벅이 된 갑주를 입고 모로 누워 있었다. 시신들을 살폈다. 자아추로 목과 이마와 가슴만 찔러놓았다. 지극히 매화가 죽이는 방식이었다.

'얘가 대체!'

죽화가 깨어났을 때 매화는 보이지 않았다.

갓난이를 찾으러 구주 성으로 들어간 게 분명했다. 마지막으로 의식을 지녔을 때 여인이 낳은 갓난이에 집착하고 있었던 매화였다.

멀리 보급 창고에서 무겁게 보이는 연기가 뭉게뭉게 하늘 높이 올라가고 있다. 저쪽에서 스무 명 정도 되는 고려군이 어디론가 달려가고 있었다. 그들은 열을 맞추고 칼집을 버린 칼을 똑같이 오른손에 쥐어 들고 있었다. 횃불 든 이는 맨 뒤에 있었다. 군사들이 움직인다는 것은 비상이 걸렸다는 뜻이었다.

외성과 내성을 연결하는 지하문에서도 한 무리 군사들이 나오고 있었다. 그들은 털모자 대신 철모를 쓰고 찰갑을 입고 있었다. 횃불을 들지 않았고 찰박거리는 발소리만 요란했을 뿐, 스륵대거나 시끄러운 방어구 소리는 일절 내지 않았다. 매복을 주특기로 삼은 홍위위 군졸들이었다. 소리 없이 민첩하게 줄지어 달려가는 저들을 보며 죽화는 기동력을 보유한 전문 부대까지 움직이고 있음을 깨달았다.

홍위위 군사들은 북문에서 반대편인 보급 창고가 있는 건물 쪽으로 줄지어 갔다. 죽화는 초가지붕들이 다닥다닥 붙은 민가가 밀집된 구역으로 달렸다.

매화는 저 미로 같은, 돌과 초가로 지붕을 이은 집들 중 어딘가에 있을 것이었다. 군데군데 길바닥에 군졸들이 누워 있었다. 아직까진 토민이 당한 흔적은 없다. 매화는 무기를 든 자들만 공격하고 있었다.

'절대로 멀쩡한 사람을 죽이면 안 돼, 매화야. 절대로!'

눈발이 날렸다. 하나 이 눈은 불을 끌 만한 게 못 되었다. 북계의 어느 것도 쓸 만한 게 없다.

시신이 점점 많아졌다.

쌀겨 같은 눈은 시신들의 몸에 붙었다가 흩어지고 있었다. 갈림길마다 군졸들이 방향표처럼 쓰러져 있어 매화가 간 길을 알려주는 듯했다.

기가 막혔다.

군병들도 전쟁이 없었다면 순박한 농부들이다.

죽화만이 말릴 수 있었다.

달렸다.

희한하게도 발이 바닥에서 둥둥 뜬 느낌이었다. 심장이 두근거리고 침이 말라왔다. 뜻대로 되지 않는 꿈속 움직임처럼 죽화는 시원스레 나아가지 못했다. 초조해질수록 움직임이 더뎠다.

내성의 밤하늘은 검은 구름이 빼곡했다. 마치 고요의 어떤 세계에 들어와 있는 느낌이었다. 80호쯤 되는 움집들은 저잣거리의 골목처럼 사이사이에 길을 형성하고 있었다.

죽화는 집들 사이의 길을 다급하게 걸었다. 집집이 컴컴했고 조용했다. 가다 보니 길바닥에 피가 고여 있었다. 피는 어느 집 울타리 앞에서 유독 눈에 들어왔다. 피는 바닥과 울타리와 벽에도 묻어 있었다.

울타리에 솜으로 만든 아이 인형이 걸린 집.

누구 집인지 단번에 알 수 있었다. 울타리를 젖히고 마당으로 갔다.

집은 고요했다.

불이 나서 일찌감치 피신한 것일까.

마루 위, 방으로 들어가는 작은 세살문에는 당기도록 볏짚으로 만든 끈이 보였다. 끈에도 피가 묻어 있다. 안으로 들어가도 될까. 개 한 마리가 나타났다가 뒷걸음치듯 멈추더니 몸을 돌려 달아났다.

마당에서 망설이고 있을 때, 집 앞의 이엉 너머 길 멀리서 사내들의 고함이 들렸고, 챙챙거리는 쇠 부딪히는 소리도 들렸다. 얼마쯤 지나더니 사내들이 고통스럽게 울부짖는 소리가 들렸다. 이 집이 아니라 그쪽인 것 같았다.

죽화가 들어온 집 울타리 너머로 삼아창*을 든 고려 군사 세 명이 지나다가 기미를 느끼고 멈췄다. 움집과 움집 사이의 좁은 길에서 그들은 이쪽을 바라보았다. 그 세 명은 추격하는 중인지 달아나는 중인지 알 수 없는 복잡한 표정이었다.

"잡았어요?"

죽화가 그들에게 물었다.

그들은 대답하지 않았다. 그들은 죽화가 있는 곳을 보며 고개를 갸웃거렸다. 그때 좁은 길 저쪽에서 무언가가 바람처럼 달려오는 것 같더니 멍하게 선 두 명의 군사를 덮쳐 자신의 양팔을 끼우고 지나갔다. 그것은 팔로 두 명의 목을 하나씩 감고 바닥에 착지했다. 마루에 선 죽화의 시선에서는 옆집 토벽 모퉁이 때문에 그것이 어떻게 달려왔는지 감지할 수 없었고, 또한 갑자기 나타나 둘을 눕힌 그것의 정체도 알 수 없었다.

이 집의 울타리가 죽화의 키만큼 높아서 바닥으로 사라진 그들이 어쩌고 있는지도 볼 수 없었다. 다만 공격받지 않은 군졸이 멍하게 서서 동료들이 당하는 바닥을 볼 뿐이었다. 그의 얼굴에 돌이킬 수 없는 공포가 서려 있었다.

울타리로 가 너머를 보니 하늘을 보고 누운 병사 둘 사이에 웅크려 앉은 매화의 등이 보였다. 싸라기눈이 붙은 머리는 흠뻑 젖어 있었고 얼굴과 목에도 피를 뒤집어쓴 듯했다. 매화는 들고 있는 할미의 송곳으로 둘의 목을 모내기하듯 콕콕 찔러댔다.

---

* 세 개의 날이 부채 형태로 나 있는 창. 삼지창과 닮았다.

매화의 들숨이 크게 들렸다.

난데없는 충격에 널브러진 두 명은 자신들의 목에 구멍이 난 줄도 모르고 서둘러 일어섰다. 눈이 풀풀 날리는 바닥에는 없다가 생겨나듯 피가 두두둑, 찍혔다. 그들은 두리번거리다가 점처럼 진한 핏방울을 바닥에 뿌리며 똑같이 쓰러졌다.

"매, 매화야!"

매화는 죽화를 바라보고 웃었다. 얼굴이 재와 핏국물로 시커먼데 오직 가지런한 치아만 하얬다. 매화 앞에 창을 세운 채 멀뚱하게 선 군사가 한 걸음 앞으로 움직이자 매화는 그를 노려보았다.

"그만해. 죽이지 말라고!"

그때 마루 너머 집 안에서 갓난쟁이의 울음소리가 들렸다.

그 집 방 안에 갓난아기가 있었다.

매화를 보았다. 매화는 갓난이가 우는 집의 세살문을 응시하고 있었다. 매화는 서 있는 군졸의 목에서 자아추를 뽑아냈다. 군졸이 뒤로 넘어지고 매화는 이쪽으로 몸을 돌렸다. 울타리를 젖히고 이 집의 좁은 마당으로 들어왔다. 막아섰다.

"너, 대체 왜 이래?"

매화 숨에서 비린내가 풍겨 나왔다.

"온니."

"왜 이러냐고! 안 돼. 더 들어갈 수 없어."

—거시기 기시기.

매화는 웃고 있었다.

입꼬리를 넓히자 가지런하고 새하얀 치아가 드러났고 그 때문에 턱이 더욱 단단하고 각이 져 보였다.

— 거시시 기시기, 씹시기.

죽화가 다가가 매화 두 눈에 제 눈을 댔다. 매화의 눈은 맑았고 깨끗했으며 빛나고 있었다. 야만적인 살육의 기운은 조금도 담겨 있지 않은 듯했다. 정말이지 맑고 청명한 눈이었다. 죽고 죽이는 전쟁의 시기에 어쩌면 가장 순수한 눈일지도 모른다. 낯설지 않다. 이곳 북계는 순수한 자들이 이유도 모른 채 마구 죽어 나가는 곳이니까. 순수함은 죽음과 맞닿아 있으니까. 하나 그것은 오산이었다. 매화는 야만인이 된 상태였다.

죽화는 뒷걸음쳤고 매화는 앞으로 나아갔다.

매화는 울음소리에 초점을 맞추며 눈알을 데굴데굴 굴렸다. 과거 여우난골에서 하인 부부에게 죽은 아이를 찾던 눈과 똑같다.

죄 없는 죽음에 분노하는 살인마.

죽화가 마루에 올라서고, 매화가 마루 밑 섬돌에 발을 디뎠을 때, 울타리 너머 좁은 길의 저쪽, 매화가 나타났던 쪽에서 수런수런 찰갑 소리가 들렸다. 매화도 돌아보았다. 모습을 드러낸 것은 칼을 쥔 홍위위의 군사들이었다.

일곱 명이었다.

그들은 울타리 밖에서 이쪽을 향해 창을 겨누고 섰다. 그들은 열기가 가시지 않은 눈으로 이쪽을 노려보았다. 이곳에 오기 전, 어딘가에서 이미 매화와 한바탕 뒹굴었던 모양이었고, 단단하고 두꺼운 옷 때문에 죽지 않은 것 같았다. 두 명은 흥건하게 젖은 도깨비 문양의 방패를 들고 있었다. 그들은 두려운 기색이었으나 물러설 기색 또한 없었다. 매화가 더운 숨을 뿜으며 돌아섰다.

한 명이 알아들을 수 없는 소리를 질렀다. 맨 끝에 있던 군사가 어디론가 사라졌다. 지휘관을 부르러 간 모양이었다. 소리 지른 자가 이쪽에 대고 활을 겨누었다. 그가 쏜 화살은 매화를 지나 죽화 볼을 스치고 부검지가 삐죽삐죽 튀어나온 토벽 축에 박혀 바르르 떨었다. 연달아 화살이 두어 대 더 날아왔고 하나가 매화 어깨에 박혔다. 매화는 즉시 반응했다. 맑은 눈이 바짝 조이며 그쪽으로 걸어갔다. 매화가 투一하고 젖은 입술 밖으로 침을 토하더니 바람처럼 그쪽으로 몸을 날렸다.

순식간에 여섯이 쓰러졌다.

죽이는 사신邪神 같았다. 군사들이 좁은 마당에서 이리저리 엉켰다. 매화는 그들의 등에 달라붙어 귀마개와 목 보호대 사이의 틈에 자아추를 교묘하게 찔러 넣었다. 군사들은 동료가 쓰러지면 다음은 자기 차례라는 듯 당하고 있었다. 매화는 마지막으로 두꺼운 방패를 두 손으로 잡고 사내의 얼굴을 찍었다. 그사이 죽화는 목에 건 녹황색 자아추를 꼭 쥔 채 밀문을 열고 움집으로 들어갔다.

냉골이었다.

방금까지도 소리 내던 갓난이는 보이지 않았다.

부엌에서 어이쿠, 남자 소리가 들리고 연이어 와장창, 독이 깨지는 소리가 들렸다. 부엌으로 통하는 샛문을 젖히자, 한 자 깊이로 꺼진 부엌 바닥에 아낙과 그의 지아비가 흙벽에 등을 대고 앉아서 벌벌 떨고 있었다. 둘은 음식을 버리는 수채로 이어진 통로를 망연자실하게 바라보고 있었는데 방금까지도 방 안에서 울던 아이를 누군가가 훔처 간 게 틀림없었다.

부엌문이 열렸다.

매화가 서 있었다.

부부가 화들짝 놀라 매화를 돌아보았다.

"그만해. 사람들을 죽이면 안 돼!"

방에서 부엌을 내다보던 죽화가 소리쳤다. 매화는 들리지 않는 모양이었다. 피가 뚝뚝 흐르는 자아추를 쥔 매화는 부엌 안으로 들어왔다. 아낙의 지아비가 매화를 향해 무언가를 던졌지만 매화는 눈만 한번 감았을 뿐이었다.

매화는 이를 드러냈다. 분명한 적의였다. 부부가 갓난이를 숨겼다는 것으로 안 듯했다. 죽화는 안방과 부엌을 잇는 문틀에 서서 소리쳤다.

"멈추라고! 갓난이는 다른 사람이 데려가버렸어!"

금방 끝나. 온니.

매화는 죽화를 보며 입 모양으로만 말했다.

결국 매화는 둘을 죽였다. 방에서 죽화는 부엌으로 통하는 샛문을 잠갔다. 마당으로 나가려고 문을 밀었지만 어딘가에 걸려 열리지 않았다. 덜그덕, 덜그덕, 방과 부엌이 통하는 샛문에서 매화 얼굴이 드러났다. 낮은 위치에서 목만 내민 매화는 웃고 있었다.

온니.

죽화는 예전처럼 매화와 함께할 수 없었다. 이제 너와 나는 달라. 어금니를 바스스 깨물었다. 쓸데없이 자꾸 사람을 죽이는 너와 함께할 수 없어!

이제 자신이 제어할 수 없는 저, 죽이는 병에 걸린 동생을 다룰 방법이 떠오르지 않았다.

"들어오지 마. 이 괴물 같은 것!"

아궁이를 밟고 방 안으로 들어오는 매화 가슴을 발로 찼다. 부엌 바닥에 넘어간 매화는 곧 샛문 너머로 얼굴을 드러냈고, 안방으로 들어오려 했다. 방에서 죽화는 마당으로 나가는 밀문을 정신없이 밀었다.

온니, 온니.

움집의 작은 방이었고 밀문도 작았다. 그 작은 문은 쓰러져가는 집을 지키는 마지막 보루인 듯 덜컹거리기만 할 뿐 열리지 않았다. 정신없이 나무살을 차댔다. 매화가 아궁이에 올라서더니 방에 모습을 드러냈다. 동시에 죽화는 밀문을 부수며 마루로 나갔다.

마당에는 대정이 서 있었다.

울타리 뒤로 방패를 세운 군사들이 가득 서 있었다. 대정의 오른손에는 사슬을 둥글게 감겨 있었다.

대정이 사슬을 날렸다.

마루로 나온 죽화는 몸을 피했고 동시에 안방에서 매화가 모습을 드러냈다. 여러 겹의 미늘이 엉킨 사슬은 낚싯줄처럼 뻗어 나가더니 매화 몸에 돌려 감겼다. 사슬의 끝은 매화의 옆구리 어디쯤 척 걸렸다. 사슬은 매화가 몸부림칠 때마다 강하게 몸을 옥죄었다.

대정이 잡아당겼고 매화는 버텼다.

매화가 자아추를 떨어뜨렸다.

매화는 생각을 바꿔 먹고 대정을 향해 돌진했다. 대정을 밀어 넘어뜨린 매화는 발악하며 손톱으로 대정의 목에 난 상처를 쑤셔댔다. 대정은 매화의 손목을 꺾고 매화를 바닥으로 눕혔다. 뒤로 군사 두어 명이 달라붙었다. 결국 그들은 매화를 창과 무릎으로 구속했다. 울타리 밖에 있던 군사들이 마당으로 몰려왔다. 횃불 아래에서 사슬에 칭칭 감긴 매화는 다시 여러 겹의 밧줄로 꽁꽁 묶였다.

대정은 자신의 목을 더듬었다. 아물어가던 상처는 손가락 두 개가 들어갈 만큼 동그랗게 찢겨 있었다.

비켜라.

저쪽에서 횃불이 여러 개 나타났다. 원숭이탈은 지팡이를 짚고 울타리 안으로 들어왔다.

"잡았습니다." 대정이 말했다.

"토민들은?"

"죽은 자는 이 집 부부뿐입니다." 군졸 하나가 부엌에서 외쳤다.

"병판의 아이는?"

대정은 고개를 가로저었다.

"누군가가 훔쳐 갔습니다."

원숭이탈은 눈바닥에 뒹굴듯 엎드려 있는 매화를 바라보았다.

"일으켜 세우시오."

대정이 가죽으로 만든 수화자*로 매화를 밟아 눌렀다. 그리고 꿈틀대는 매화 코에 작은 향합을 내밀었다. 향합 주둥이에서 쓰리나리 연기가 피어오르고 있었다.

"성오 님, 묶인 몸인데 연기까지 먹일 필요는……."

● 군화

"죽이는 병에 걸린 아이라 혼령이 들어가 있지 않을 땐 조심해야
합니다."

매화는 곧 깊이 잠들었다.

2

정신없이 달렸다.

토루를 따라 계곡길은 경사져 있었다. 녹지 않은 눈 때문에 수없이
미끄러졌고, 잔돌이 손바닥에 박히며 피를 냈지만, 죽화는 정신없이
달렸다. 기울게 자란 소나무들이 머리 위로 휙휙 지나갔다. 심장이
터질 것 같았지만 발을 멈출 수 없었다. 따라오는 찰갑 소리가 그치
지 않고 있었다.

'내다봐야 한다.'

배착걸음 중에도 죽화는 집중하려고 애썼다.

이윽고 무언가가 보였다.

간신히 삼키는 미약한 숨이 머릿속으로 전달되지 않자 자동으로
신력이 가동된 모양이었다. 죽화의 혼이 높이 올라가 검은 밤하늘에
떠 있었다. 굽이치는 구주성 뒷산의 산길을 살폈다. 죽화의 혼은 구주
성 북문으로 이어진 그 길에서 일렬로 움직이는 작은 불들을 보았다.

긴 횃불은 움직이고 있었다.

점점 흰히 보였다. 횃불들은 죽화가 오른 자드락길을 따라 움직이
고 있었다. 추격하기 위해 대정이 모은 군사들이었다. 저 횃불의 맨

앞에는 늘 감시하는 대정이 있을 터였다.

'나를 쫓는 거야.'

죽화는 이를 갈았다.

담문이 죽은 걸 알아낸 걸까?

금당의 피 바닥에 짧은 수염을 그대로 두었다. 놈은 거란이었고 그의 시신은 문젯거리 될 게 없었다. 걱정되는 건 아미타사의 주지 담문이었다. 담문은 북신제에 필요한 존재였다. 아미타사에서 영패를 만들고, 산 자에게 이용당한 혼령의 뒤처리를 맡은 자가 그였다. 그런 담문이 사라지면 북신 사당도 기능을 잃게 된다.

'나를 잡아서 처리하려고 지금 올라오고 있는 거라고.'

헉, 헉, 헉, 헉. 우리가 담문을 죽인 걸 아는 걸까? 담문을 숨긴 곳을 알 리 없을 텐데.

밤하늘은 푸르렀고 산언저리는 어스레했다. 불빛 없는 산길을 죽화는 마치 아는 듯 달렸다. 계곡이 넓어지는 중턱에 다다르니 멀리 오동나무가 보였다. 낮에 보는 것과 달리 무척 작아 보인다. 왼쪽 북신 사당, 오른쪽 아미타사 형체도 드러났다. 오른쪽으로 달렸다.

쓰러져가는 사찰 경내에 들어섰다.

가꾸지 않은 평지는 더러운 깃발들과 깨다 만 석돌, 모아놓은 잔가지들과 길게 자란 풀들로 무성했다. 여기까지 오니 뒤따라오던 찰갑 소리가 들리지 않았다. 그것이 죽화를 더 불안하게 했다. 이 소강상태는 저들이 흩어지는 중임을 뜻하는 것이다.

널빤지를 찾았다.

아미타굴에 숨겨놓은 담문의 시신을 다른 곳으로 옮겨야 했다. 손잡이가 달린 널빤지는 금당 뒤 반파된 석탑 옆에 죽화가 버려놓은 상태 그대로 있었다. 이 널빤지는 고려군이 시신을 눕히고 이동할 때 사용한 들것이었는데 예전 아미타굴 안에서 매화가 깔고 누워 있던 것이었다.

밧줄 감긴 손잡이 두 개를 잡고, 반대편 손잡이들은 땅에 닿게 하고 끌면 잘 끌렸다.

죽화는 빈 널빤지를 끌고 굴로 갔다. 널빤지는 지그덕거리며 잘 따라왔다.

서두르자.

대정이 시신을 찾는 날이면 자신은 살아남지 못할 것이다. 매화는 물론이고.

자갈이 밀리는 소리가 시끄러웠다. 절벽을 따라 난 좁은 길에서 죽화는 잠시 멈췄다. 송진 냄새를 맡으며 멀리 들판을 바라보았다.

흘러가는 구름 아래로 멀리 구주성이 보였다.

보급 창고를 태우던 불길은 보이지 않았다. 진압한 모양이었다. 성벽을 따라 불들이 뱀처럼 이어져 있었고, 그 불 옆으로 깃발들도 휘날리고 있었다. 꾸무럭하던 하늘엔 어느새 달이 드러났고 성벽의 끝에 드넓게 펼쳐진 허연 들판이 보였다.

북계에서 가장 너른 땅. 보리를 심어야 하는 땅. 그러나 늘 야만인의 말발굽에 다져진 땅.

그 땅의 색은 지독히도 하얬다.

오늘따라 바람은 참으로 이상했다. 성안에 있을 때는 진눈깨비와 실눈이 꽃가루처럼 흩날렸는데, 지금은 그렇지 않았다. 전혀 다른 세상이다. 봄처럼 산들산들했고 냉기를 품지 않았다. 오르는 동안 죽화 몸에서 피어난 열기 때문에 그런 것일지도 몰랐다.

구주 벌판 너머로 검은 산들이 선명하게 보였다. 손가락처럼 솟은 산들은 병풍 같았다. 북쪽의 험세를 위시하며 그것들은 개경으로 내려가는 길을 숨기고 있었다.

아래에서 사람들 소리가 다시 들렸다. 죽화는 퍼뜩 정신을 차리고 널빤지를 끌며 아미타굴로 들어갔다. 담문의 시신은 동굴 가장 안쪽 구석에 있었다. 예전 매화가 누워 있던 자리 옆이다. 죽화는 담문을 덮은 가마니를 젖히지 않았다. 매화를 찾으러 처음 왔을 때 연기가 피어오르고 있던 접시는 재가 굳어 있었다.

성불하시길.

죽화는 잠시 두 손을 모으고 기도를 올렸다. 널빤지 위에 가마니를 덮은 채로 시신을 눕혔다. 천천히 움직였다. 담문은 키가 큰 사내였으나 몸은 무척 가벼웠다.

동굴 입구를 막고 있는 가마니를 젖히고 밖으로 나왔다. 계곡으로 난 아슬아슬한 길을 지났다. 시신을 눕힌 널빤지는 젖은 눈길을, 마른 넝쿨을, 울퉁불퉁한 자갈길 위를 요령 있게 헤치며 끌려왔다.

죽화는 소금 전각으로 갔다.

예전에 매화를 숨기려고 마음먹었던 곳이다.

'그곳에 묻어두면 발각되지 않을 거야. 한동안 말이야.'

봄이 되면 어쩌면 발견되겠지. 자신이 떠나고 전쟁이 끝나고 그땐 꼭 발견되길 바랐다.

널빤지를 끌고 소금 전각까지 왔다. 나무로 된 판문은 부서놓은 상태 그대로 있었다. 시신을 눕힌 널빤지를 바닥에 놓아둔 채, 걸어가서 전각의 문을 활짝 열었다. 안에는 소금이 모래처럼 쌓여 있었다.

담문의 몸이 들어가기에 좁은 듯했다.

죽화는 돌아가서 널빤지의 가마니 끝을 젖혔다. 시신의 하체가 드러났다. 시신의 무릎을 굽혀보았다. 다행히 몸이 굳지 않아 두 무릎을 가슴께로 접을 수 있었다. 시신 머리를 최대한 숙이게 해서 이마가 무릎에 닿도록 말았다. 널빤지에 모로 누운 담문은 마치 태아가 웅크린 모습을 하고 있었다.

좋아.

걸고 있던 자아추를 더듬었지만 어디서 잃어버린 것인지 사라지고 없었다. 근처에 무딘 낫이 버려져 있었다. 주워 들고 소금 전각 안으로 들어갔다. 낫으로 소금을 긁어냈다. 소금이 들어차 있기에 머리가 천장에 닿았다.

작은 매화를 묻을 때보다 더 둥글고 넓게 파야 했다. 등에서 김이 풀풀 났고, 땀에 젖은 옷 때문에 오한이 더욱 서렸지만, 오히려 가뿐한 마음이 들었다.

어느덧 깊숙한 공간이 확보되자, 죽화는 소금 구덩이를 눈짐작으로 쟀다. 이제 나가서 외눈박이 담문을 끌고 와 여기에 모로 눕혀두면 끝이다.

아 참,

소금 더미 구석에 묻어두었던 주머니를 파냈다.

묵직한 패물 주머니를 안고 죽화는 소금 전각에서 나왔다. 전각의 입구가 좁았기에 죽화는 기듯이 두 팔로 땅을 짚고 상체를 먼저 빼내고 뒤이어 하체를 빼냈다.

일어서서 몸을 돌렸다. 소금 전각 입구에 ─

누군가가 서 있었다.

비뚜름한 자세였고 한 팔을 낮은 소금 전각의 기와에 걸듯 짚고 있다.

허리에 걸린 사슬이 천천히 대롱거린다.

"니가 애꾸를 죽였나?"

짧은 수염을 한 대정은 널빤지에 누운, 가마니가 덮인 시신을 바라보며 물었다. 그리고 시선을 죽화에게 돌리고 죽화가 어깨에 걸머멘 주머니를 바라보았다. 죽화는 대답하지 않았다.

달이 숨었다.

바람이 구름을 움직이게 하더니 다시 달이 드러났다.

주변이 순식간에 낮처럼 밝아졌다. 달빛이 소금 전각의 그림자를 짙게 그었고 대정의 넓은 등을 환하게 비추었다. 대정을 마주 보고 선 죽화는 그저 눈을 끔뻑이기만 했다. 짧은 수염을 한 대정은 소금 전각의 낮은 지붕에서 팔을 내리고, 똑바로 섰다.

"이리 가까이 와."

죽화는 이끌리듯 그 앞에 걸어갔다.

대정이 손을 내밀었다.

죽화는 들고 있던 패물 주머니를 내밀었다. 대정은 받지 않고 손을 계속 내밀고 있었다.

소금을 파던 낫을 건넸다.

그는 건네받은 낫으로 널빤지의 시신을 가리키며 물었다.

"저 시신을 어쩌려고 했어?"

"……소금 전각에 묻어두려고."

"왜?"

"화장하는 게 싫으니까."

"시신이 없어지는 게 싫어서?"

죽화는 고개를 떨구었다.

대정은 낫을 쥔 채 바닥에 놓인 널빤지를 바라보았다. 시신은 둥글게 말린 채 가마니를 덮고 있었다.

죽화도 고개를 돌려 널빤지를 보았다.

대정이 낫으로 가마니를 젖혔다.

시신 얼굴이 드러났다.

널빤지 위에 웅크린 채 모로 누워 있는 시신은 뒤통수의 반이 사라진 죽화였다.

"네 시신을 불태우는 게 싫었던 거구나. 그렇지?"

대정을 측은한 눈으로 죽화를 바라보았다.

"응."

3

쿵.

구덩이 안에 웅크리고 있는 열댓 명의 사람이 하늘이 열린 듯 올려다보고 있었다.

부관이 햇불을 비췄다.

짧은 수염을 한 거란대 대장이 뒷짐 진 채 구덩이를 삐쭉, 내려다 보았다. 야율치는 부관의 횃불을 빼앗아 들고 하나하나 살폈다. 웅크린 고려인들은 끔벅끔벅 바라보기만 했다. 어디에도 애꾸의 주머니가 보이지 않자, 그는 횃불을 부관에게 건네고 사라졌다.

달빛이 돌고 그림자가 서렸다가 검어지는 무위사 경내 마당에서 거란대는 화살을 겨눈 채 구덩이를 둘러싸고 서 있었다. 배가 부른 귀족 여자 옆에서 눈을 끔벅이던 사내는 죽은 딸을 버리고 귀족 여자를 자신의 등으로 덮었다.

쏴라.

역시 죽화도 매화를 감싸 덮으며 눈을 감았다.

화살이 비처럼 쏟아졌다.

화살들은 뒤엉키는 고려인들의 등과 목에 가시처럼 박혔다. 박히는 소리가 우박 떨어지는 소리와 비슷했다.

"밑으로, 밑으로 들어가!"

죽화가 매화에게 소리쳤다.

사내도, 배부른 귀족 여인도 머리를 최대한 구덩이 아래로 숙였다.

멋모르고 고개를 삐쭉 내밀거나 숨이 막혀 몸을 세운 고려인들은 전부 화살을 맞고 있었다. 아무리 몸을 아래로 숙인다 해도, 한계가 있는 법. 배부른 아낙을 아래로 밀어 넣던 사내가 벌떡 일어났다.

등에 서너 개의 화살을 꽂은 채 그는 뿌루퉁한 얼굴로 구덩이를 나오려다가 거란 병사의 도끼에 찍혔다.

죽화는 매화를 꾹꾹 눌러댔다.

자신도 시신들 밑으로 파고들었다. 목과 등에 화살 두어 개가 쑤셔

댄 것을 느꼈지만 계속 아래로 파고들었다.

그만.

위에서 거란대의 부관이 외쳤고 화살이 멈췄다. 구덩이 아래, 사람들 아래에서 죽화는 죽은 체하며 숨을 몰아쉬었다.

머릿속에는 오직 매화 손을 놓쳐버린 것만 맴돌았다.

캬오,

거란 병사들이 구덩이로 뛰어들었다.

그들은 도끼를 들고 푹푹 빠지는 무릎을 빼면서 구덩이 안을 돌아다녔다. 스발우와, 그들은 알 수 없는 소리를 내지르며 도끼를 휘둘러 끊어지지 않은 생명들을 꺼뜨렸다.

죽화는 웅크린 채 매화를 찾았다.

그러나 죽은 사람들에 끼여 몸을 펼 수 없었다. 구덩이 위에서 딱딱, 시신을 때리는 소리와 물이 철벅거리는 소리가 들려왔다. 구덩이에는 발목까지 피가 차올랐다. 죽화는 야만인들이 시신들을 훼손하는 짓거리가 끝나길 기다렸다. 수면에 뜬 기름처럼 엉킨 시신들이 자신을 잘 감춰주길 바라면서. 손을 놓친 매화도 이렇게 잘 숨어 있어야 하는데.

시간이 흐를수록 구덩이 안은 피가 차기 시작했다. 지반이 단단한 암벽일지도 몰랐다. 시신 아래에서 웅크린 죽화는 점점 허리가 저렸다. 위는 조용했다. 살육이 끝난 듯했다. 구덩이는 그야말로 피를 담은 거대한 독이 되었고 시신들은 담가놓은 젓갈 같았다. 죽화는 숨을 참고 참다가 결국—

푸핫.

죽은 노인의 이마를 젖히고 머리를 내밀자 하늘에서 돌던 까마귀가 한 번 울었다. 죽화는 맑은 공기를 정신없이 들이마셨다. 차가운 냉기를 먹으며 죽화는 눈을 감고 한동안 안도했다. 눈을 떴을 때.

거란인 하나가 멀뚱히 내려다보고 있었다.

신호에 의해 거란인들은 전부 구덩이 밖으로 나갔지만, 그만은 찰박찰박 핏물이 흥건한, 시신들이 잠긴 구덩이에 허벅지를 깊숙하게 박아 넣고 남아 있었다. 옥비녀를 빼내기 위해 죽은 처녀의 머리를 도끼로 끊어내던 중이었다.

곤발한 그의 인중에 양 갈래로 난 수염의 길이가 달랐기에 죽화는 웃음이 났다. 저런 수염은 경우가 없고 포악하기 그지없는데. 할미가 그렇게 말했는데.

죽화는 눈을 한 번 껌뻑였고, 그도 고개를 한 번 까닥거렸다.

죽화가 매화를 찾으려고 고개를 저쪽으로 돌렸을 때, 그가 들고 있던 도끼로 죽화의 뒤통수를 갈겨 숨통을 끊었다.

4

대정은 죽화가 들고 있던 주머니를 열어 안을 들여다보았다. 쓰리나리 가루가 가득 들어 있었다. 그는 죽화를 힐끔 보며 말했다.

"네가 이걸 사용할 수 있을 거라고 생각하나?"

"내 동생이 죽이는 병에 걸렸으니까."

"그래서 네 동생에게 주려고?"

죽화는 눈을 씀벅였다.

"이렇게 훔치지 않아도 되었다. 네 동생은 매일 적정량의 쓰리나리를 흡입하고 있었다."

"……우리가 구주 성을 나가면. 그땐 필요하다고. 그게."

"어디로 가려고?"

"남쪽으로. 전쟁이 없는 곳으로."

"개경으로?"

죽화는 대답하지 않았다.

"너희가 원래부터 살던 이 북계에 전쟁이 없으면 되겠지. 그러면 남쪽으로 피난하지 않아도 되는 거다."

"흥……전쟁이 언제 끝날 줄 알고."

대정은 피곤한 표정을 지으며 녹황색 자아추를 내밀었다.

"자, 걸어라. 목에."

받았다.

이것은 이 사내의 물건이다.

손안에 딱 들어오는 크기. 늘 이렇게 받을 때마다 오래되고 안정된 촉감이 느껴졌다. 사내는 때가 되면 늘 이것을 챙겨주곤 했다.

"가라. 그걸 걸고."

"또?"

"또 불러내시니 가야 하겠지."

그는 미안해하는 눈으로 말했다.

죽화는 그것을 쥐고만 있었다.

"그걸 목에 걸고 있어야 그분이 너를 알아본다. 너 또한 그분을 볼 수 있는 것이고."

녹황색 자아추는 신물神物이었다.

북신 당주가 내미는 신물에는 여러 개가 있는데 그 모든 것은 녹황색을 띠었다. 인간이 볼 수 있는 현상의 색감이 모두 섞여 비치는 녹황색은 이계를 대표하는 색이다. 이걸 지녀야만 불러낸 자가 불려 나온 영혼을, 영혼이 자신을 불러낸 자의 얼굴을 볼 수 있었다.

"또 알려줘야 해? 그 사람한테?"

"그분이 하라는 대로 해. 그분은 지금 할 수 있는 모든 걸 하고 계시는 거다."

"귀찮게 하지 않겠다고 했어. 더는 묻지 않겠다고. 그만 불러내겠다고 약속했단 말이야."

"……그래. 알아."

"나를 놓아주겠다고 했다고."

"안다. 하나, 지금 일이 급박해진 거야. 알겠어?"

"너흰 나를 잔인하게 이용하는 거야."

"아무렴. 우리는 지금 대비할 수 있는 것을 전부, 그리고 예측할 수 있는 것 전부를 해야만 하니까."

"내 동생은 사람을 많이 죽였어."

"그건 네 잘못이 아니야."

"내 잘못이야."

"우리 잘못이다. 우리가 양 조절에 실패해서 깨어난 거다."

"연기를 맡게 해서 종일 잠만 재우니 얼마나 돌아다니고 싶겠어? 더 나빠진 거야. 죽이는 병이 더 악화한 거라고."

"네가 그 몸에 들어갔을 땐 건강하게 잘 돌아다녔잖니."

"나중에 죽이지 않을 거지?"

"물론이지. 약속했잖아."

"그런데 매화는 매일 저 독한 연기를 맡아도 되는 거야?"

"정량이면 약이 된다. 언젠가 정상이 될 수 있다."

"난 있지, 당신이 사람을 구제비젓 담그듯 도려내라고 명령하는 잔인한 거란대의 대장인지 아니면 향을 보내 북신을 불러내는 신관인지 헷갈릴 때가 있어. 처음에는 전혀 구분하지 못했고."

"……그랬을 거다. 북신은 늘 자신을 잊지. 그리고 상대도 잃어버리고. 하지만 너를 죽였던 거란대 별군 대장은 아미타사에서 담문이 죽을 때 죽었다. 매화가 죽였지. 어쩌면 네가 죽였을 수도 있고."

"당신, 약속했어."

"그래. 약속해. 네 동생을 책임지마. 가게 되면 명심해라. 너에게 접근하는 자가 있을 거다. 너는 그 자아추를 걸고 선명한 형태를 만들어라. 그쪽이 너를 볼 수 있도록. 그리고 그 밀접자密接者가 하라는 대로—"

"……알았어. 알겠다고."

구주 북신의 화장

소손녕(소배압의 오기)이 신은현(황해북도 신계)까지 진군
했는데 개경과는 불과 100리 거리였다. 왕은 성 밖의 민가를
전부 성안으로 들여 청야를 펴고 적을 기다렸다. 소손녕이
보낸 야율호덕이 통덕문까지 와서 군대를 돌리겠다고 아뢰
었다. 그러고는 몰래 정찰 기병 300여 기를 금교역(황해북도
금천군)까지 잠입시켰으나 아군이 간파하고 군사 100을 야
간에 보내 몰살했다.

『고려사』, "1019년 1월 3일".

1

죽화는 돌다리를 건너 북신 사당으로 갔다.

잘 닦인 평지에 3단 석축이 있었고 맞배지붕*으로 된 건물 한 동이 거대하게 서 있었다. 검은 지붕의 커다란 전각은 마치 어둠에 서린 듯 보였다.

북신 사당의 문은 활짝 열려 있었다.

피워놓은 수많은 기름불 때문에 내부는 마치 노란 새들이 가득 들어찬 것처럼 보인다.

북신 사당 앞, 너른 마당에 누군가가 황덕불을 피워놓고 있었다.

자그마한 노인이었다.

그는 두벌대로 된 기단돌 위에 가죽을 깔고 혼자 앉아 있었다. 노인은 담비 털로 만든 모관을 쓰고 시커먼 곰 가죽을 덮어쓰고 세운 지팡이를 턱에 괴고 불을 보고 있었다.

노인은 탈을 내리고 있지 않았다.

탈은 겨우 비틀어 맨 상투 위, 정수리에 삐뚜름하게 올려져 있었다.

죽화는 고려군 대원수의 맨 얼굴을 원망하듯 보았다. 문둥이처럼 튀어나온 광대, 개구리처럼 뭉툭한 눈, 몇 올 없는 수염, 그리고 돌출된 얇은 입술 사이로 삐져나온 앞니 두 개. 탈로 가려지지 않은 노인의 하관은 좁고 주름이 많았다. 꿈에서 본 그 얼굴이었다.

---

* 건물의 모서리에 추녀가 없이 용마루까지 측면 벽이 삼각형으로 된 지붕

그는 말없이 불만 보고 있었는데, 그것은 옆에 선 죽화를 볼 수 없기 때문이다. 이글거리며 피어오르는 불만 보는 젖은 눈에는 피곤함이 고여 있었다.

불에서 장작 연기가 뭉게뭉게 피어올랐다.

그가 이윽고 올려 쓴 가면을 내려 얼굴을 가렸다.

죽화는 그가 쓴 탈도 찬찬히 살폈다. 원숭이탈의 코에는 길쭉한 코가 끼워져 있었다. 코끝에는 작은 쇠 받침이 달렸다. 입에는 잘라놓은 대나무 대롱이 밧줄처럼 이어져 바닥에 감기듯 놓여 있었다. 그탈은 원래 코와 입에 장비를 장착하게끔 만든 것이었다.

그는 옆에 놓아둔 주머니에서 접은 종이를 꺼냈다. 종이를 펴자 정량으로 계산된 쓰리나리 덩어리가 드러났다.

대원수는 집게로 장작 하나를 집어 코끝에 연결된 쇠 받침에 올려놓고 쓰리나리를 장작 위에 올렸다. 미세한 연기가 피어오르자 대원수는 쇠 받침 뚜껑을 덮었다. 스멀스멀, 뚜껑의 틈새로 연기가 새 나온다.

풀풀, 탈의 입에 연결된 긴 대나무 대롱 끝에는 그가 내뿜은 연기가 나오고 있었다. 이런 야외라면 쓰리나리를 흡입하기 위해 탈을 쓸 필요가 없었지만, 그는 탈을 고집했다.

풀이 타는 시큼한 냄새가 퍼지다가 곧 차가운 공기에 스며들었다.

앉은 노인의 상체가 조금씩 앞으로 꺾였다.

죽화는 녹황색 자아추를 목에 걸었다. 그리고 원망하듯 원숭이탈을 얼마쯤 내려다보다가 몸을 돌려 석축 위로 올라갔다. 죽화는 문이 열린 북신 사당 안으로 들어갔다. 황금색 포의를 두른 북신상이 기름

잔의 불빛을 받아 주황빛으로 어른거렸다. 왼손에 쥔 칼은 기름잔의 등불을 받아 뚜렷했고, 항마촉지인을 한 북신의 오른쪽 손바닥에는 영패가 놓여 있었다. 영패에는 이두식으로 쓴 한자가 새겨져 있었다.

설죽화.

불단 아래 매화가 반듯하게 누워 있다.

몸에 칭칭 감은 미늘 사슬도 없었고 낑낑거리며 눈도 부라리지 않았다. 얼굴은 상처투성이었지만 눈감은 모습은 평온해 보였다. 성내 마당에서 꽁꽁 묶여 있던 모습이 아니어서 다행이었다.

북신을 관리하는 아이가 죽화 이름이 쓰인 영패를 매화의 배 위에 올려놓았다.

죽화는 천천히 매화 머리 곁으로 걸어갔다. 그 자리가 자신의 자리였다. 서서 눈을 감았다. 늘 해오던 것이었지만 이 지점에서는 긴장되고 떨려서 녹황색 자아추를 손에 꼭 쥐게 된다.

아이가 주를 외웠다.

매화가 조금씩 흔들렸고 얼마 뒤 매화는 경기하듯 요동쳤다.

매화가 눈을 떴다.

일어나 앉은 매화는 입을 틀어막고 헛구역질을 몇 번 해댔다. 매화 몸에 빙의된 북신 죽화는 괴롭게 박동하는 매화 등에 단단히 붙어 있었다.

바다 바위에 해초가 붙어 있듯이.

2

매화는 열린 문으로 마당을 바라보았다. 마당에는 대원수가 피운 불이 연기를 내며 검푸른 하늘로 솟아오르고 있었다.

마당으로 나와 불 앞에 섰다.

탁탁. 불소리만 고요했다.

쓰리나리를 흡음하고 있는 고려군 대원수의 등이 마치 비틀어진 고목 같았다. 매화가 그의 어깨를 툭툭 두 번 치자 대원수는 허리를 폈다.

"괜찮니?" 그가 남경말로 물었다.

매화가 고개를 끄덕였다.

"와서 불을 쬐고 앉으렴."

탈을 쓴 대원수는 서 있는 매화를 보지 않고 다른 방향을 응시하고 있었다. 매화에 빙의된 북신의 백魄을 그는 보는 중이었다.

"내 동생을 어쩔 거야? 죽일 거야?"

빙의된 북신이 말했다.

"죽어야 할 만큼 사람을 많이 죽였지."

"그래서 어쩔 거냐고. 죽일 거야?"

"……."

"우릴 버릴 거냐고?"

"아가야, 걱정하지 마라. 너와 네 동생은 안전할 테니까."

"내가 떠나면 이 아인 또 사람을 다치게 할 텐데?"

"그래, 북신이 떠나면 매화의 몸은 살인귀가 되겠지. 죽이는 병은 몸에서 떠나지 않으니. 늘 그랬듯 우리가 잘 재우면 된다."

"매화는 쓰리나리를 맡으면 깊게 잠이 들잖아. 그렇게만 두면 사람을 죽이지 않아. 하지만 나는 그게 또 걱정된다고. 그렇게 잠만 자면 정상적으로 살 수도 없어."

"정량만 잘 조절하면 언젠가는 잠들지 않아도 되고, 잘만 치료하면 죽이는 병에서 해방될 때가 올 거다."

"당신들, 너무 잔인해."

"안다." 강감찬이 슬프게 말했다.

"말해줘. 매화를 어쩔 거야."

"북신 당주가 치료할 수 있다고 말했으니 믿어보자꾸나. 그 몸은 필시 나아질 수 있다. 그 몸을 죽이지도 않을 것이고 사람을 죽이게 내버려두지도 않을 것이다. 내가 장담해."

"늙은 너는 매번 그러더라. 장담한다고. 듣기 싫은 남경말로."

"자, 이제 시작하자꾸나. 이번엔 다른 것을 묻겠다."

"말했지만 나는 정확하게 볼 줄 몰라."

"잘 해왔다. 지금까지는."

"물어봐. 어서."

"초하루 기축일이랬지?"

"그래. 그날 고려와 거란은 맞부딪쳐."

"좋아. 내달 초하루에 야만인들은 평지길이 아닌 협곡길을 타고 이 구주 쪽으로 퇴각한다는 거고."

"맞아. 그렇게 될 거야."

"우리는 그들이 이쪽으로 올 거라는 걸 알고 미리 준비하고 있었다."

"뭘 묻고 싶은 건데?"

"그날 구주성에서 고려와 거란이 한바탕 전투가 일어날진대—"

이미 봐준 내용을, 같은 말을 반복하려는 노인에게 화가 난 북신은 그의 말을 빼앗았다.

"또 말해줘? 또 말해줘야 하냐고!"

"……."

"당신들은 구주성을 틀어막고 농성을 벌이다가 전부 죽어. 저들은 지옥에서 온 사자들처럼 눈에서 빛이 나. 벌판에 풀어놓은 승냥이처럼 굴어. 저들은 지네처럼 말을 줄줄이 이어서 빙빙 돌리며 회오리처럼 온 벌판에 먼지를 일으켜. 저들은 구주 성벽으로 불을 던지고, 남문과 동문을 부수고 들어가. 말했잖아. 그다음 어떻게 되는지. 고려군은 살육당해. 구주성을 지키던 토민도 전부 학살당해. 도순검사도, 김포도 죽어. 당신도 마찬가지고. 김종현과 그의 부하들은 멀찍이 지켜보다가 남쪽 협곡을 타고 어디론가 사라져. 강민첨은 제 병사를 데리고 북쪽으로 숨어. 저들은 고려군 시신들을 한곳에 모아서 태워. 저들은 구주성에서 이틀을 머물고 팔영령 쪽 협곡을 타고 제 나라로 돌아가!"

"이번에 묻고 싶은 건 그게 아니야."

"그럼 뭔데?"

"흠. 저번에도 물어본 질문인데."

3

네 동생은 대원수가 찾지 않을 땐 아미타사에 누워 있어야만 했다.

정량의 쓰리나리를 맡게 해서 깨어나지 않도록 관리했지. 그러지 않으면 위험하니까. 매화는 산 자였지만 죽은 듯 누워 있었고 너는 죽은 자였지만 산 자처럼 돌아다녔지. 너는 내가 준 자아추를 지니고 있어야 아귀도에서 현세로 나올 수 있는 거야. 북신이라면 누구나 당주가 지정한 신물을 지녀야 하지.

너한테 신물은 녹황색 자아추였다.

너는 그것을 지니지 않더군. 칠칠맞게 흘리고 다녔어. 몇 번이나 내가 찾아주었는지 모른다. 늘 현세로 나올 때마다 입구에서 내가 기다리고 있었던 걸 기억하지? 북신 당주는 그렇게 혼령을 맞아서 지켜야 할 것들을 주의시킨단다. 그런 다음 혼령에게 신물을 장착시키고, 북신을 만들지. 그리고 북신제가 끝날 때까진 조마조마하게 북신을 지켜보는 거야. 불려 나온 혼령은 사실 완벽한 존재가 아니니까. 혼령은 아미타사로 가서 천도될 때까진 불안하기 짝이 없지.

당주는 북신에게 산 자가 기다리는 곳을 알려줘. 너는 고려군 대원수 강감찬 장군이 자주 불러낸 북신이었다. 그가 너를 중히 쓰겠다며 나에게 말하더군. 나는 그의 수하로 변장해 너와 그를 주시했지.

거란의 중신重臣이 첩자가 되어 고려군 방어성 안에 들어왔으니 성 안의 구성원들은 전부 그를 속이는 작업을 해야 했다. 그중 네가 가장 중요한 역할이었다. 고생했다. 고생했어.

자유롭지 못했다고?

그래, 네가 매화 몸에 들어가면 성안을 돌아다닐 수 있었지만, 그 몸에서 빠져나오면 누구와도 대화할 수 없었지. 혼령의 상태였으니 까. 매화의 몸일 때 죽화 너는 외성 아낙들의 움집에서 살았지만, 매화의 몸에서 나오게 되면 소금 전각에 들어가 웅크리고 있어야 했다. 매화는 아미타사에서 향을 맡으며 누워 있어야 했고.

빙의가 풀린 너와 대화할 수 있는 자는 나를 제외하고는 죽은 이의 넋을 천도해주는 아미타사 주지뿐이었다. 평소에 그와 너는 잘 맞는 것 같더군. 아미타사 주지 담문은 대원수의 청에 따라 죽이는 병에 걸린 매화를 맡아 관리했다.

대원수가 너를 부르는 북신제를 치르지 않을 때 네 동생은 구속되어 있어야 하기에 특별히 쓰리나리가 필요했다. 잘못 깨어나면 괴물을 풀어놓는 격이 되었으니 담문은 늘 긴장했었다. 그리고 홀로 떠도는 너를 극진히 대했지. 그는 훌륭한 수도자였어.

아니야. 내 동생을 만졌다고.

잘못 본 거겠지. 너의 집착이 그렇게 본 거다.

아무튼, 대원수가 북신을 불러내겠다고 알리면 나와 담문은 쓰리나리로 가사 상태에 빠져 있는 매화를 깨우고 죽화 네 영혼을 불러내어 매화에 빙의시키는 일을 해왔다. 북신의 의미는 혈육의 몸에 끈이 되어 붙어 불러낸 자에게 모습을 활현하는 것이니 너도 잘 알았으리라.

너는 대원수에게 중요한 전달자였다.

미래를 보고 과거를 보아내면서 대원수가 적과 대응하는 여러 변수들을 고려하게 돕는 것이 네 역할이었다. 대원수는 참으로 치밀한 자다. 그는 고작 귀신의 말을 듣고 대사를 결정하는 어설픈 자가 아니야. 자신이 할 수 있는 모든 것을 하고, 그것도 모자라 귀신까지 이용하는 철두철미한 완벽주의자이지.

대원수께서는 야만인의 수장을 속여 그의 부대가 구주 방향으로 오게 만드는 거대한 그림을 그리기로 했고 그 중심에 네가 있었다.

자, 집중하고 다리를 건너 북신 사당으로 가렴.

지금 그가 기다리고 있을 것이다.

4

"바람이다."

"바람? 묻고 싶은 게 바람?"

"그날, 바람이 어디에서 어디로 불지?"

북신은 가슴에 뭔가가 걸린 듯 숨을 컥컥, 들이켰다.

"고작 바람의 방향을 알고 싶은 거야?"

"그래, 바람의 방향."

"알아서 뭐 하게? 그건?"

"자, 어디에서 어디로 불지? 그날 바람이?"

"깃발은 못 보았어……. 다시 봐야 해."

"그래, 그런 것 같았다. 이번에 나는 깃발을 봐달라고 부탁하고 싶다. 봐주렴. 내달 초하루 기축일에 바람이 어디서 어디로 불어 가는지."

"좀 힘든데."

"집중하거라."

"내 동생을 죽이지 않는다고 약속하는 거지?"

"약속하지. 건강해질 때까지 돌봐주마."

탈을 쓰고 연기를 뿌리는 대원수는 이제 땅 냄새를 맡듯이 상체를 수그리고 있었다.

모닥불 앞에 우뚝 선 매화는 눈을 감았다.

북신은 집중했다.

5

눈을 감았다.

높은 곳에 서 있기에 바람 소리와 깃발이 펄럭이는 소리가 파라파 락, 귀를 때렸다.

숨을 들이마시자, 강렬한 냄새가 있었다.

늘 맡았던 텁텁한 피 냄새는 아니다. 좁은 공간에 옹기종기 모여 삶을 고민하는 그런 냄새도 아니다. 울긋불긋 솟은 기분 나쁜 산들 사이로 피어오르는 풀 냄새도, 비가 오면 개활지에서 튀어 오르는 먼 지 냄새도 아니었다.

죽화가 맡은 것은 흥분과 열기의 냄새였다. 그런 것에는 흔히 탁함 과 고통이 고여 있기 마련이었으나 이 냄새에는 그런 건 없었다. 강 렬하되 천연덕스러웠고, 광포하되 질서 있는 기운의 냄새.

이전에 보았던 구주벌에서는 이런 냄새가 나지 않았다. 살기가 충

만했지만 탁하고 눅눅한 냄새였다. 하지만 지금은 아니다. 거대하고 손대지 않은 천연의 것이었고 제멋대로이고 투박한 것은 아니었다.

이 냄새는,

누군가가 정밀하게 직조한 비단 능라*처럼 반듯한 냄새였다.

그 기운들은 거대했고 유려했다. 그렇다. 이 냄새에는 드높은 우주의 기운이 녹아 있었다.

부처가 말하고 북신이 말한, 세상의 신과 성인聖人이 기교를 부려 빈틈으로 보아온 광대무변의 우주 질서가 이 벌판에 고여 있었다. 무질서의 탈을 쓴 청정한 냄새는 온 사방으로 퍼져 나갔다. 죽화는 볼을 때리는 강렬한 바람을 느끼며 방향을 가늠했다.

이번 질문은 바람의 방향이다.

무슨 이유인지는 모르겠지만 고려군 대원수는 불러낸 북신에게 미래의 그날, 바람이 어느 방향으로 흐르는지를 묻고 있었다.

불러낸 자의 말을 들어야 하는 북신은 평소 보아왔던 벌판의 황량한 모습도, 구주성 내부의 모습도, 울긋불긋한 산들도 전부 의식에서 지웠다. 바람을 보려면 새로운 눈을 지녀야 했다. 죽화는 집중했다. 점점 선명한 것들이 의식에 들어왔다. 성루를 따라 박아놓은 수백 개의 고려군 깃발들이 먹 같은 구름이 넓게 퍼진 하늘 아래에서 요란하게 펄럭이고 있었다.

이해하기 어려웠다.

바람이라니.

* 능(綾)은 얼음결 같은 무늬가 들어 있는 직물. 나(羅)는 날실과 씨실의 간격을 넓게 짜서 새그물처럼 짠 직물. 둘은 왕실에서 쓰는 고급 직물이다.

그건 물을 필요도 없는 것 아닌가.

북방인이라면 동짓달을 넘기면 북계의 바람은 늘 한결같다는 것을 알고 있다. 대지를 쓸며 모든 것을 죽이며 내려오는 바람, 북풍이다.

이 지역의 겨울은 한 치 오류도 없이 북쪽에서 아래로 공기를 내보내왔다.

뻔할 걸 왜 물어? 흥.

이번에도 당연히 그러할 것이라고 생각하며 죽화는 구주성 성루를 노려보았다. 가장 높은 곳에 홀로 선 죽화는 턱을 들고 귀 위에서 요란하게 펄럭이는 가장 가까운 깃발을.

펄럭이는 소리가 귀를 때렸다.

한漢이라는 글자와 삼족오가 그려진 깃발은, 죽화의 몸을 전부 덮어도 남을 만큼 커다란 면을 소란스레 펼치며 남쪽을 향해 파닥이고 있었다.

당연하지. 겨울 북계는 언제나 북풍이 불어. 저거 봐. 어김없이 불고 있잖아.

북문 문루에 세워놓은 깃발들도 일제히 남쪽으로 면을 펼치고 움직였다. 성벽에 일정한 거리를 두고 박아놓은 깃발 없는 깃대들도 같은 방향으로 맹렬하게 흘렀다.

저 멀리서 대원수의 목소리가 들렸다.

— 어떠하니? 바람의 방향이?

"북쪽에서 남쪽으로."

— 북풍이란 말이니?

"그래, 북풍이야. 북쪽에서 남쪽으로 불어오니까 겨울 북풍이지."

— 더 자세히 보렴.

"아이 참, 자세히 봐도 마찬가지야. 겨울에 북계는 늘 북풍이 불어. 위에서 아래로."

— 더 보렴.

"왜 자꾸 같은 말을 하게 만들어?"

— 계산상 그날은 반대가 되어야 하거든. 연으로 실험했을 때 그날은 남풍이어야 해. 김포의 장계에도 몇 해간 이맘때는 그렇게 나왔어.

"잠깐만."

죽화는 먹처럼 구름이 잔뜩 내려앉은 하늘 아래 일제히 요란하게 펄럭이던 깃발을 유심히 지켜보았다. 갑자기 뚝뚝. 볼에 비가 떨어졌다.

맹렬하게 한 방향을 가리키던 깃발들이 점점 죽은 듯 떨어졌다.

어? 이상하다.

바람이 잠잠해졌다.

비를 먹은 깃발들은 한동안 깃대를 감듯 맴돌다가 서서히 떨어지는 듯하더니 순식간에 면을 펼쳤다.

남풍이다.

갑자기 바람이 남쪽에서 북쪽으로 불기 시작했다.

어?

겨울에는 북쪽에서 아래로 바람이 흘러야 하는데 갑자기 엉뚱하게도 남쪽에서 북쪽으로 바람이 흐른다. 드문 일이다.

— 이상해. 바람의 방향이 바뀌었어.

— 바람이 바뀌었다고. 남쪽에서 북쪽으로 불어!

— 남풍이라고!

다급하게 말했지만 저 멀리 원숭이탈은 아무 대답이 없었다.

6

구주성 높은 곳에 선 죽화는 떨어지는 비의 각도가 점점 사선으로 빗기는 것을 느꼈다. 바람은 갑자기 방향을 바꾼 게 분명했다. 그 순간, 죽화는 귀를 막았다.

엄청난 함성이 들렸다.

고요한 시간 속에서 오직 바람을 바라보고 있었는데 이 소리는? 집중력이 흐트러진 것인지 어느 순간 아래에서 전투하는 인간들의 소리가 요란하게 들렸다.

죽화는 의뢰한 대원수의 물음에 정확하게 답하기 위해 오직 바람만 느끼려고 노력했다.

하나, 발아래, 땅에서 울리는 함성이 계속 바람을 가늠할 수 없을 만큼 요란했다. 함성과 더불어 파파파파, 정신없이 떨리는 깃 소리가 귀를 아프게 했다. 그 소리가 너무나 커서 죽화는 집중하기를 포기했다. 그러자 깃발들과 바람과 하늘이 점점 흐려졌고 상대적으로 땅의 전경이 뚜렷해졌다.

벌판을 바라보았다.

맙소사.

북신은 이전에 본 장면과 다르게 펼쳐진 장대한 광경에 그만 놀라 기겁하고 말았다.

고려 군사들은 전부 구주성의 남문과 동문 앞 벌판에 나와 있었다. 거란대는 동북쪽의 강 너머 너른 터에 모여 있었다.

죽화가 원숭이탈에게 전달했다.

"당신들, 성 밖으로 나와서 싸우고 있어! 당신들이 쏘는 화살은 바람을 타고 야만인들을 전부 녹이고 있어! 바람은 당신들 편이야! 당신들이 바람을 등지고 서 있기 때문에 화살이 멀리 날아가! 당신들은 성에 들어가 웅크리고 있지 않아! 당신들은 벌판을 당신들 것으로 만들었어!"

두 진영 모두 몸을 가누지 못할 지경으로 부는 바람을 극복하고 서로 엉켜 있었다. 널따란 구주 벌판에 고인, 차갑다 못해 청명한 살기를 담은 그 순백의 공기는 현장을 너무도 절실하게 보여주고 있었다. 성에 숨지 않고 용감하게 벌판으로 나온 10만의 고려군들과 그만한 수의 토병들이 거란대를 몰살하고 있는 장면을.

경이로웠다.

10만의 거란대는 몇 개의 거대한 원형으로 나뉘며 북쪽으로 달아나려 했다. 그러나 바람은 남쪽을 선점한 고려군이 쏘는 화살을 더욱 멀리 보냈고, 북동쪽으로 열 지어 움직이는 말의 줄기들을 전부 와해했다. 말이 화살보다 빠를 순 없는 법이었다. 화살은 비처럼 내렸고 거란대는 북적이며 죽어갔다. 거란대는 방향을 잃고 고인 채 거대한 원을 만들며 빙빙 돌기만 했다.

기시감에 남쪽을 바라보았다.

넓게 뻗은 구주 평야가 보였고 그 끝에는 산들이 병풍처럼 가로막고 있다. 죽화는 그 산들 사이로 한 무리의 기마대가 흐르듯 이어 나오는 것을 보았다.

고려의 대마신군이었다.

그들의 선두에는 왕이 준 깃발이 펄럭이고 있다. 그들은 귀화진에 숨은 것도, 동계 여진인의 지역으로 도피한 것도 아닌 개경에서 올라 오는 길이었다. 그들은 왕을 사수하고, 왕의 명령으로 되돌아가는 적을 따라 구주로 오고 있었다.

대원수가 계산한 날에 딱 맞게.

그들은 우왕좌왕하는 10만 거란대의 측면을 돌파했다. 그 전경은 마치 구주성 동문 앞에 진을 친 거대한 모루에 망치가 내려쳐지는 모습이었다. 구주 벌판은 하늘 끝까지 피어오르는 검은 연기가 가득 찼다.

반나절 후,

거란대는 고작 몇천이 되어 북으로 내달렸다. 그곳에는 강민첨의 중앙군이 매복하고 있었다.

7

"내가 본 미래는 뭐지?"

매화가 숨을 헐떡이며 물었다.

"……."

"왜 미래가 바뀌었지?"

"미래가 바뀌었단 말이지."

"예전에 보았을 땐, 고려가 성을 지키다가 몰살했는데 지금은 양상이 바뀌었어."

원숭이탈은 고개를 끄덕였다.

"예전에 본 장면은 내가 견벽고수하겠다고 마음먹었을 때의 미래이겠지."

"지금은? 지금은 달라?"

"미래는 늘 바뀌는 법이지 않느냐."

"결심이 달라졌다는 뜻인가?"

"바람의 방향이 우리에게 유리하면."

"어쩌려고?"

"이길 수 있다. 모든 준비가 되어 있어. 바람만 도와준다면."

"······남풍으로 바뀌었어."

"확실하지?"

죽화는 고개를 끄덕였다.

원숭이탈은 자리에서 일어났다.

"됐다. 그럼. 우리는 벌판에 나가 바람을 등지고 기다린다. 저들을 살려서 돌려보내지 않을 수 있겠다. 다행이다. 다행이야."

8

토하며 기절한 매화를 대정은 묶었다.

대정은 매화를 어깨에 걸터 메고 북신 사당에 눕혔다. 사당의 아이가 매화의 코에 연기를 흘려 넣었다. 매화는 소곤소곤 잠이 들었다. 대정은 고개를 돌려 석축에 앉아 있는 대원수를 보았다. 대원수는 탈을 머리에 올리고 그윽하게 불을 보고 있었다.

대정이 그쪽으로 걸어갔다.

"북신의 시신은 사흘 후 화장하겠습니다."

"봄이 되면 하지."

"동생이 또 언니 시신을 찾으려고 광분하기라도 하면 난처합니다."

대원수는 말이 없었다.

"그럼 화장해서 뼈를 모아 무위사 부도에 묻으시오."

"네, 각하."

"동생은 북신 사당에서 기르며 몸을 돌봐주시고."

"네, 각하."

"반드시 낫게 하시오. 죽이는 병을."

불 작대기

……2월에는 거란군이 구주를 통과하자 강감찬 등이 동쪽 들에서 맞아 싸우니, 양쪽 군사들이 서로 대치하며 승패를 결정짓지 못하였다. 김종현이 군사를 이끌고 구원하러 왔는데 갑자기 비바람이 남쪽에서 불어와서 깃발이 북쪽을 가리켰다. 우리 군사가 그 기세를 타서 분발하니 거란 군사들이 북쪽으로 도망치기 시작했다.

『고려사』 권94, 「열전」, "강감찬 편"

1

기포가 맑게 올라왔다.

각치는 팔뚝까지 듬뿍 담가 양가죽 주머니에 물을 넣었다. 뚜껑을 닫기 전에 입에 대고 마셨다. 그의 굵은 목의 울대가 껄떡거렸고 눈처럼 흰 수염이 젖으며 감빛이 감돌았다.

굵은 팔뚝으로 입을 닦고는 일어서려다 생각을 바꾸어 소매를 걷었다. 그는 세수했다. 샘물은 그리 차갑지 않았다. 되레 여름날의 물처럼 미지근했고 부드러웠다.

봄이 가까워지는 것일까. 아니면 그 산의 지기가 강해 열을 품고 있어서일지도 몰랐다. 확실히 북계에서 가장 뜨거운 지역이었다. 그는 사흘하고 반나절 용산을 넘어 서쪽으로 향하고 있었다. 풀명자가 한창 피어날 때 담근 술이 생각났다. 샘물은 술처럼 향기가 있었다. 이 샘물이 그 달고 부드러운 술이었다면 만불향도^{萬佛香徒}를 외치며 밤새 독경했으리라.

그는 독실한 불교 신자였다.

술을 떠올리니 폐하가 준 청법주가 생각났다. 그것은 심히 독한 술이었는데, 마시는 술이 아니었다.

끼룩,

저 멀리 자작나무 숲에서 소리가 났다.

커다란 수리부엉이 한 마리가 날아와 각치 어깨에 앉았다. 날짐승의 발톱이 어깨를 파고들자 각치는 눈을 찡그렸다.

'가까이 온 모양이군.'

이놈이 찾아왔다는 것은 10만의 천군이 다가오고 있다는 신호였다.

짜증이 밀려왔다.

'진즉 결심해야 했었는데. 땅이 서서히 더워지고 있으니.'

벌판에도 곧 꽃이 필 테고, 상경*의 사람들은 전부 풀을 찾기 위해, 또는 무역을 하기 위해 수레를 끌고 남쪽으로 내려갈 것이다.

피곤함을 느꼈다.

지난달인 정월 3일에 그는 도통으로 임명되어 거란주로부터 병력 10만을 받았다. 황제의 친정이 아닌, 중신重臣✦이 통병統兵○을 하면 병력은 15만 명 이하로 내려가지 않아야 했다. 거란의 황제는 국구 소부방의 후손이며 14년 전 북송을 정벌할 때 천군을 통솔하여 북송 위부의 관리들을 모조리 생포해 바쳤던, 북부 재상인 자신에게 진공하라고 명령했다.

하달된 임무는 고려 왕을 잡아 오는 것이었다.

그동안 여러 차례 달래고 윽박질러도 고려 왕 왕순은 북계의 여섯 성을 내줄 생각을 하지 않았다.

'그 빌어먹을 놈 때문에.'

각치는 자신의 동생 항덕■을 떠올리며 이를 갈았다.

압록 위, 압록 주변, 그리고 압록 아래에서 청천강 사이의 너른 땅

---

* 거란의 수도 중 하나
✦ 높은 관직자
○ 군사를 거느리다
■ 소배압의 동생 소손녕의 이름

은 주인 없는 땅이었다. 처음에 거란은 그 땅을 여진인의 땅이라고 막연하게 여겼다.

그 땅, 압록강 연안은 갈수록 민감했다.

우선 고려는 그곳을 고구려의 옛 땅으로 여기고 수복 지역으로 여기고 있었다.

벌판과 반도의 연결 고리였다. 고려가 그곳에 군사를 주둔하고 송을 돕고자 마음 먹는다면 거란을 압박할 수 있었다. 그 지역에 은거하는 발해의 반란 세력과 여진인들도 언제든 고려 편에 붙을 수 있었다. 특히 표리부동한 여진인 부락들은 해마다 고려에 말을 바치며 백성이 되기를 청하고 있었다.

대거란은 그 땅을 관리할 필요가 있었다. 송과 한창 대적하고 있는 거란으로서는 압록을 군사 기지로 삼고 고려를 견제해야만 했다. 특히 북계의 여섯 성 중 가장 위에 위치한 흥화진은 턱 아래 솟은 송곳 같은 지점이었다. 발해인들과 어느 민족에도 속하지 않고 제멋대로 사는 북방인들, 말을 키우는 여진인들, 그리고 표범 같은 고려가 그 송곳에 머물러 위협하는 중이었다.

이 모든 것은 38년 전* 일어난 바보같은 일 때문이었다. 항덕이 천군을 끌고 겁을 주러 압록을 건넜다가 그만 고려 놈들의 흉계에 말려 북계 땅을 덜컥 내주고 만 것이다. 그놈은 지금도 간교한 혀에 농락당했다며, 당시에는 아무리 들어도 그놈들의 말이 옳게 들렸다고 실토했다.

• 993년 윤10월, 소손녕이 쳐들어온 1차 침입을 말한다. 서희가 강화담판으로 강동 6주를 고려 땅으로 복속했다.

고려 놈들은 그 땅은 고구려의 땅이며, 고려는 고구려를 계승한 나라임을 강조했고 놈이 홀리듯 인정하고 말았다는 것. 녀석은 변명처럼 고려가 거란과 단절된 국교를 곧장 회복하기로 약속을 받아냈다고 황제께 고했다. 어림없지, 그 말을 믿어? 고려 놈들이 어디 약속을 지킬 놈들인가. 그들은 진실코 영악하고 실리적인 놈들이다. 표범 같은 고려 놈들은 고구려 옛 땅을 전부 수복한 후 거란과 국교를 회복해도 늦지 않는다고 생각했을 것이다. 한편으로는 송의 눈치도 보고 있었고.

각치의 눈에는 그 모든 것이 뻔하고 환했다.

아닌 게 아니라 그들은 곧장 그 땅에 방어성을 쌓기 시작했다. 고려는 장흥, 귀화 두 진에, 곽주, 구주의 두 개의 주에 각각 성을 쌓았다. 이어 통주*와 맹주에도 성을 쌓았다. 마지막으로 안의진성과 흥화진성을 쌓았다. 지금으로부터 8년 전✤ 황제°께서는 천군 40만을 이끌고 몸소 고려 땅에 들어와 초토화했다. 그때 각치도 통군이 되어 참가했다. 황제는 정벌의 명목을 고려 왕성의 정변을 수습한다고 천명했지만 속은 아니었다. 각치의 동생, 항덕이 눈뜨고 넘겨줘버린 강동 여섯 성을 직접 환수하시려 했다. 그분은 영리하고 명민하다. 북계 땅이 송곳인 줄 누구보다 잘 아시는 분이니까.

● 강동 6주의 한 성이다. 지금의 평북 동림군에 있다. 강감찬의 구주대첩이 있기 8년 전인 1010년 11월, 고려에서 일어난 강조의 정변을 직접 응징하겠다는 빌미로 압록을 건너 쳐들어온 거란 성종을 맞아 강조가 30만 명을 데리고 방어진을 친 성이며 해안길의 가장 중요한 고려 성이다. 통주성을 지나면 곽주성, 안주성이 있고 서경을 만난다.

✤ 1010년

○ 요나라 성종을 말한다.

당시 황제는 말 그대로 싹 쓸었다. 고려 서경을 짓밟고 개경을 불살랐다. 고려 왕 왕순은 벌벌 기며 남쪽으로 달아났다. 마음껏 살육하고 정신없는 약탈이 자행되었다. 다만 철군할 때 악랄하고 끈질긴 몇몇 고려 놈들이 땅거미처럼 살아나 뒤에서 용의주도하게 쳐대는 바람에 천군 본진이 꽤 당황했지만 친정은 성공이었다.

돌아간 황제는 본격적으로 홍화진, 통주, 용주, 철주, 곽주, 구주, 여섯 성을 내놓으라고 명령했다. 황제의 힘을 눈으로 본 고려는 당장 그러겠다고 숙였지만, 웬걸, 역시 버텼다. 한번 넘겨받은 땅은 절대로 내주지 않는 것이 저 삼한인들의 기질이다.

노래 부르고 춤추기를 좋아하는 헤벌쭉한 놈들로 알려졌지만 실은 지극히 간교한 놈들. 도사린 뱀 같은 놈들.

황제는 이제 외교로 돌려받기를 포기했다. 압록에 보주성을 쌓고 침공할 전초기지를 만들었다. 황제께선 해마다 크고 작은 부대를 보내 압록을 건너게 했다. 그 과정에서도 고려에 여섯 성을 반환하라고 줄기차게 요구했다.

고려는 당하고 막고 당했지만, 강동의 여섯 성은 여전히 그들의 휘하에 있었다. 전투는 매년 겨울 일어났고, 북계는 사람이 사는 곳이 아니게 되었다.

정월에 각치는 압록을 건넜다.

황제는 자신이 애완하는 수리부엉이를 주며 고려 땅에 들어가면 각치角鵄*라는 이름을 쓰라고 했다. 수리부엉이는 각치의 어깨에 앉

* 수리부엉이의 다른 말

아 황제에게 했던 것처럼 크게 울부짖었다.

각치의 계획은 이랬다.

낼 수 있는 가장 빠른 속력으로 개경까지 들어가는 것.

직공이다.

곧장 고려 왕 왕순을 만나 거란의 목적인 강동의 여섯 성을 돌려받는다. 고려 왕이 거부하면 나포해서 벌판으로 데리고 간다.

황제께선 왕순이 이번에도 여섯 성을 돌려주지 않을 시, 놈의 눈알을 빼서 내려준 청법주에 담그고 놈은 산 채로 잡아 오라고 명령했다. 몸을 대순문* 앞에 매달겠다고 말이다.

천군이 압록을 건넌다는 정보는 여진을 통해 저쪽에도 들어갔고, 고려왕은 당시 서북면을 지키고 있던 행영도통사 강감찬을 상원수로, 대장군 강민첨을 부원수로 삼고 영주에 진을 설치했다.

각치의 10만은 첫 번째로 만나는 홍화진성을 우회해서 이동하려 했다. 홍화진에서 싸울 시간이 없었기 때문이다.

이번은 직공이니까.

홍화진성은 지형상 위쪽에서 내려오는 수심 얕은 삼교천이 휘감아 지났다. 고로 각치의 천군은 홍화진성까지 다가가지 않고 바로 위 지점인 석교리에서 삼교천을 건널 예정이었다.

고려 최고 지휘관은 군을 좌군, 우군, 중군으로 나누었다. 먼저 그는 좌군을 삼교천 최상류로 이동시켜 물을 막고 대기하게 했다.

삼교천은 평소에는 물이 무릎까지 차지만 여름에 수량이 늘면 수

---

* 거란의 다섯 개 수도 중 가장 큰 수도인 상경(황성)의 정문

심이 2장丈●까지 높아진다. 이제야 안 사실이었지만 그때 고려 좌군의 임무는 가죽과 모래주머니로 물을 가두고 신호가 오면 여름 수심까지 물을 불리는 계획이었다.

원숭이탈은 석교리 인근에도 우군을 매복해두었다. 그리고 자신이 직접 중군에 들어가 흥화진성 앞을 흐르는 삼교천 건너에 진을 치고 기다렸다. 또 천군이 아래로 내려가는 지점인 피현에도 군을 매복해두었다.

천군 10만이 삼교천을 건너기 시작하자, 고려 좌군이 최상류에서 물을 틔웠다. 겨울의 한랭한 물은 순식간에 말의 배까지 찼고, 그것이 천군의 기동에 장애를 주었다. 이때 각치는 선공을 먹었다고 느꼈다. 천군이 불어난 물에 우왕좌왕 와해할 때 고려군 우군의 기병들이 거란의 후미를, 강감찬 자신과 중군의 기병이 거란의 선봉을 쳤다. 각치는 천운군과 우피실군의 여러 장수들을 잃었다. 예상치 못했고 그래서 명백하게 고려의 승리였다. 그렇다고 그 공격이 각치의 10만 천군에게 큰 타격을 준 건 아니었다. 사실 삼교천 석교리에서 고려군에게 정면으로 당한 부대는 짧은 수염 야율치의 우피실군 부대였다. 각치가 지금 별군으로 북계에 남겨둔. 이들은 따로 쓸 데가 있었다.

치밀하고 냉철한 거란 최고, 동평군왕 각치는 석교리에서 전투가 치러지는 동안 천군의 10만 본대를 남쪽으로 신속하게 이동시켰다.

기동로를 바꾼다. 내륙길을 타라. 비록 험하고 좁지만 아무 방해도 없을 것이다.

● 1장(丈)은 어른 키 높이

각치는 부도통 소굴렬과 도감 야율팔가에게 명령해 천군이 원래 잡 았던 기동로인 해안길이 아닌 좁은 내륙길을 타고 내려가도록 했다.

이것도 니가 맡아라.

각치는 황제가 준 수리부엉이를 흩날렸다. 무겁고 냄새나던 수리 부엉이는 허공에서 몇 번 펄럭거리다가 부도통 소굴렬의 어깨에 앉 았다.

그리고 타격을 입은 짧은 수염의 500기와 원탐난자군을 후퇴시켰 다가 몰래 북계에 남기고 자신 또한 북계에 남았다. 한 달 반 전의 일 이다.

수리부엉이를 넘겨받은 소굴렬과 10만 천군은 명령대로 내륙길을 타고 구주를 지나 쭉쭉 아래로 내려갔다. 이것은 고려군의 허를 찌르는 것이었다. 대규모 천군 본대가 개활지가 많고 넓은 서쪽 해안길을 포기 하고 동쪽의 좁은 내륙길을 타고 가버리자 당황한 건 고려군이었다.

25년 전, 고려인 서희는 북계 곳곳에 살던 여진을 몰아내고 여덟 개의 고려 성을 쌓았다. 압록을 건너 맨 먼저 만나는 고려 방어성인 흥화진성에서 개경으로 가는 길은 두 개로 갈라진다.

서쪽 해안을 따라 평지에 난 해안길은 넓고 대규모 기마병력이 이 동하기 용이하다. 다만 이 길은 통주성, 정주성, 곽주성, 안주 등의 고 려 방어성들이 즐비했고 청천강을 지나면 안융진성이 버티고 있어 하나하나 상대하며 나아가야 했다. 인간과의 싸움이 기다린다. 하나 흥화진성에서 동쪽 내륙으로 이어진 다른 한 길, 내륙길은 사정이 달 랐다. 이 길은 험하디험해 고려군의 매복이 용이하고, 길이 좁아 대 규모 기마대가 속도를 내기 힘들다. 자연과의 싸움이다. 이 길의 고려 방어성은 안의진성, 귀화진성, 구주성뿐이다.

각치는 천군에게 인간이 아닌 자연과 싸우라고 명령했다. 시간이 천군의 편이 되기 위해선 그래야만 했다. 구주성만 지나면 쉬 청천강을 건널 수 있고 서경을 만나게 되었다.

직공이다. 이번은. 알겠느냐.

너희는 바람보다 더 빨라야 한다.

가면서 여자를 겁탈하고 아이를 삶아 먹고 초가 타는 냄새를 즐기고 타초곡을 뿌려 땅을 훑게 하지 마라. 정신없이 달려 고려 왕을 잡고 바람처럼 돌아와야 한다. 적의 공격이 있더라도 계속 진공해라.

천군의 기동력은 정말이지 뛰어났다.

계곡과 절벽과 협곡을 건너고 산지의 장애물을 치우고 좁은 길은 넓히고 없는 곳은 길을 만들며 내려갔다. 천군은 삼한의 심장을 향해 날아가는 화살 같았다. 하나의 목적을 위해 질주하는 북방 늑대의 눈을 멈출 수 있는 것은 오직 기우는 달뿐이었다. 하늘은 아직 달을 팽팽하게 살찌우고 있었다.

각치는 온 고려의 산신들이 천군의 발굽 소리를 듣고 놀라 숨게 하라고 주문했다. 그들은 밤의 반을, 낮의 전부를 질주했다. 청청한 정월의 보름달은 늑대들을 더욱 흥분하게 만들었다.

천군은 순식간에 청천강을 건넜다.

청천강을 건너면 서경이 나오고 곧 개경으로 이어진다. 진공 속도가 너무 빨라서 물이 풍부하고 약탈하기 좋은 서경에서 얼마간 머무르며 말을 쉬게 할 여유를 부릴 수도 있었는데 거들떠보지 않았다. 고려군은 천군의 후미를 공격하기 위해 병력 일부를 내려보냈다. 저 오만무도한 부원수 강민첨은 고려 최고의 장수였다. 원탐난자로부터 각치가 듣는 보고로는, 영주에서 대기 중인 부원수 강민첨이 직접 천으로 코를 막고 철갑 위에 곰 털을 뒤집어쓰고 창을 꼬나 쥐고 달렸다고 한다.

그는 8년 전, 거란주가 40만을 이끌고 왔을 때 고립무원의 서경을 지휘해서 9일이나 버텨냈던 자였다. 고작 말직인 애수진장이었지만 통녹군사 조원이라는 자와 함께 통솔력을 발휘했다. 결국 그해 황제는 서경을 포기하고 우회했고, 그 덕에 고려 왕이 아랫지방으로 달아날 시간을 벌 수 있었다. 8년이 지난 지금까지도, 그는 진장眞將이라는 별명으로 불렸다.

강민첨과 그의 기병들은 자산* 남쪽 보습고지에서 내려가는 천군의 꼬리를 차례차례 잘라가기 시작했다. 강민첨의 통보를 받고 시랑 조원 역시 서경성 동쪽 50리 지점에서 거란대 옆구리를 쳤다.

달려라.

그런 것 따윈 신경 쓰지 말고 계속 질주하라.

내가 위에서 지켜보고 있다. 나아가라.

멈추면 내가 너희 목을 자른다.

10만 거란대는 타격을 받으면서도 계속 질주했다. 그들은 거대하고 굵고 사나운 구렁이처럼 삼한 반도를 헤치며 내려가고 있었다.

각치는 알고 있었다.

강민첨과 조원, 그리고 동쪽 여진 추장들의 추격도 천군의 이동을

---

* 자주(慈州)

완벽하게 막을 순 없다는 것을.

대동강 아래에서 천군은 후미 일부를 떼어내어 방어선을 구축해 내려오는 강민첨과 고려군을 막았다. 선두는 계속해서 개경을 향했다. 그리고 지난 신유일*에 천군 10만은 드디어 개경 북쪽 100리 지점인 신은현에 도착했다. 동경에서 출발한 지 한 달, 압록을 건넌 지 스무 날만이었다. 그 10만이 일발 탄성을 내지르면 그야말로 개경의 고려 왕 귀에 들어갈 거리였다. 각치는 만족했다.

천군은 잘해주었다. 각치의 의도대로 왕의 코앞까지 도착한 것. 이제 그들은 왕이 있는 개경을 위협해야 했다. 하지만 여러 날이 지난 지금, 천군은 고려 왕을 만나지 못했다.

고려 왕 왕순은 일찌감치 대비하고 있었다. 왕순은 빌어먹을 청야전을 벌이고 있었다. 천군이 먹을 것을 구하지 못하도록 개경 주변의 모든 건물을 불태우고, 백성과 가축들을 전부 개경성 안으로 불러들였다. 우물에 독을 풀고, 강을 비틀어 말렸다. 놈은 지독하게 버틸 생각이었다.

그건 아마도 고려 왕의 머리에서 나오지 않았을 터이다. 고려군 대원수의 계략일 테다. 그 늙은이는 암시를 걸 줄 아니까. 겁쟁이 왕에게 단단히 암시를 걸어놓고 북계로 올라간 것일 터. 그리고 그것은 주효했다.

그사이 각치는 고려군 대원수를 만나 함께 지내왔다. 그에게 순패를 받아 구주성 이곳저곳을 정탐했다. 그가 그렇게 시간을 보내는 동

• 1018년 1월 3일

안 성공 소식이 들려오길 바랐다. 시간은 천군의 말발굽 소리처럼 빠르게 움직였다. 안타깝게도 10만 천군은 한 달째 개경에 진입하지 못하고 있었다.

이제 돌아가야만 했다. 겨울이 곧 끝난다. 황제의 정병들은 고향으로 돌아가 자신의 말과 양에게 새 풀을 먹여야 한다. 짐승에게 풀 먹이는 것이 사명인 거란은 봄을 놓치지 못한다. 분하지만 이 작전은 실패했다.

하나 성과가 없는 건 아니었다. 적진 깊숙이 들어가 적의 목에 송곳을 꽂은 것은 의미가 크다. 송도, 고려도, 주변의 여러 야만인 부족들도 대거란 황제의 천군이 얼마나 강한지를 느꼈을 것이다.

이쯤에서 돌아가고, 황제께서 봄에 적당히 겁을 주면 왕순은 순순히 여섯 성을 돌려줄 것이다.

북계에 남아 전부를 보고받고 지휘한 각치는 이제 아래에 있는 부하들이 안전하게 돌아갈 수 있는 길을 고민해야 했다. 돌아갈 때는 들어갈 때보다 더 큰 위험이 도사리고 있었다. 들어올 때 허를 찔린 고려군이 조금의 손실 없이 건장하게 북계에 남아 있었으니.

그것은 아주 불리한 일이다.

다만 성광星光처럼 질주하는 천군의 행태가 그들에게 공포를 주었다는 것은 참으로 다행이었다.

10만 천군의 안전을 책임져야 하는 각치는 자신의 부하들이 온전하게 철수하길 바랐다. 보급 식량을 현지에서 조달하는 것이 원칙인 거란은 금번 고려 왕의 청야 전술에 말려 개경 앞에서 수십 일을 굶었을 것이다.

구주성의 정세를 보고 느낀 각치는 이윽고 천군이 타야 할 길을 선택했다. 그리고 만일의 경우에 대비해, 고려군 핵심인 대마신군의 발을 묶어놓을 준비도 끝냈다.

엮은 토끼 가죽에 눕혀놓은 갓난쟁이를 안았다.

김종현의 아이가 바동거렸다. 가죽으로 아이를 싼 다음 바지를 찢어 만든 천으로 양 끝을 둘둘 감아 둥글게 묶었다. 각치는 그것을 어깨에 엇갔다. 이것만 있으면 대마신군을 다룰 열쇠는 쥔 것이다.

호숫가에 쪼그리고 앉아 양가죽 물주머니의 뚜껑을 닫았다.

물을 마시니 배가 고파왔다.

숲을 헤치고 뭔가를 찾을 순 있었으나 피곤했다. 문득 못마땅한 이 날짐승부터 없애야겠다고 생각했다.

일어섰다.

주변을 둘러보았다. 짐작한 곳에 땅을 파자 동면한 뱀이 웅크리고 있었다. 각치는 말라비틀어진 뱀을 움켜쥐었다. 팔뚝을 앞으로 쭉 내밀었다. 수리부엉이가 어깨에서 팔뚝으로 폴짝 앉았다. 발톱이 파고들며 피가 새어 나왔다.

고통을 참았다.

뱀을 줬다.

수리부엉이는 쩍쩍 도리질해가며 뱀을 삼켰다.

놓치지 않고 손으로 그 날짐승의 목을 움켜쥐었다.

깃털이 사방으로 퍼졌다. 퍼덕거리는 수리부엉이는 괴기스러운 소리를 냈다. 축 처진 그것을 샘물가에 던져놓고 어깨에 묻은 깃털을 털고 있을 때 소리가 났다.

"그걸로 국을 끓일 모양이군."

각치가 놀라 돌아보았다.

저쪽에 담비 털로 만든 모관을 쓰고 시커먼 곰 가죽 접사리를 덮어 쓴 노인이 서 있었다.

고려군 대원수 강감찬이었다.

자기 키만큼이나 작은 지팡이를 세워 짚고 이쪽을 바라보는 작고 구슬 같은 두 개의 눈에서 조이듯 뿜는 빛이 새하얬다.

형형하고 동그란 금빛의 눈.

각치가 불쾌한 듯 이마와 콧등을 찡그렸다. 각치는 그가 어떻게 이곳에 있는지 의아했다.

"소독해야 할 텐데. 각치 발톱에는 독이 있어. 자넨 양수척이니 누구보다 잘 알지 않는가."

대원수가 피가 뚝뚝 떨어지는 각치 팔뚝을 보며 말했다.

"어떻게 예까지 따라오시었소?"

"따라오긴. 일찌감치 기다리고 있었지."

각치는 주변을 살폈다. 이 노인을 지키는 정예부대들이 있을지도 몰랐다.

"아아, 걱정하지 말게. 나 혼자 왔으니까."

"여길 오려면 절벽을 타야 했을 텐데, 당신 혼자선 무리오."

대원수는 그 대답은 하기 싫다는 듯 고개를 주억거리며 주변을 돌아보았다.

"고요한 숲이군. 나흘 밤 정도 보내긴 딱이었겠어. 나흘 정도 맞지? 지금쯤 청천강을 건넜을 테고, 강돌천 쪽으로 내려오면 닷새 후 오후쯤 서쪽 태화 구릉에서 구주 벌판으로 들어오겠군."

각치는 저 노인이 자신에게 암시를 걸지도 모른다는 생각에 피워 놓은 불을 보았다. 키가 작고 등이 굽은 대원수는 빙긋이 웃었다.

"덩치가 산만 한 대거란 중신께서 뭘 그리 두려워하시나?"

"내 정체를 알고 있었소?"

대원수를 고개를 끄덕였다.

"당신이 우리 성안으로 들어온 이유도 알고 있지."

각치가 히죽 웃었다. "그랬구만."

"그랬지."

"그래, 그러면 내가 선택한 결정도 아시겠군. 어떻다고 생각하시오?"

"좋아. 아주 좋아."

대원수는 지팡이를 움직이며 허리를 흔들거렸다.

"내륙길을 타고 구주 쪽으로 올 거라고 예상했단 말이오?"

"아니, 아니. 예상한 게 아니라. 오게 했지. 아니 만들었지."

각치가 눈을 조렸다.

"뭐라?"

"당신의 부대를 구주 쪽으로 오도록 우리가 열심히 노력했다고, 이 사람아."

각치는 그게 무슨 뜻인지 알 수 없었다.

원숭이탈이 말했다.

"우리가 당신을 초대하기 위해서 얼마나 심혈을 기울였는지 아시는가? 당신 때문에 혼령조차 속여야만 했지. 아주 힘들었다고."

2

"그랬군. 내가 당신에게 놀아난 것이었군."

원숭이탈은 고개를 끄덕였다.

"호지불부터였지. 우리 대마신군의 행보는 그쪽도 관심을 가지던 터가 아니었나?"

"그 여섯은 왜 죽였소?"

"놈들은 풀쟁이야. 고려군에 풀을 의지하도록 나쁜 기운을 뿌리던 놈들이었지. 죽여 마땅한 것들이었어. 더는 없어. 그 참에 좋은 일을 엮을 수 있었지."

"그 참에?"

"뭐 당신을 데리고 들어올 땐 거기까지 갈 생각은 하지 못했고, 오던 날 아침부터 즉시 일이 꾸며졌지. 북신 당주가 놈들을 죽이고 왔다기에."

쉬지 않고 강감찬과 저쪽에 피워놓은 모닥불을 번갈아 보며 대화하던 각치는 결국 이런 식으로는 번거롭다는 것을 깨달았다. 그는 걸어가 피워놓은 모닥불에서 작대기 하나를 집어 들었다. 조금의 틈이라도 허용되면 저 노인은 암시를 뿌릴 것이 분명하다. 그 암시가 들어오면 자신은 물론이고 10만 천군의 목숨이 날아간다. 만일에 저 노인이 자신에게 "10만 천군을 전부 바다로 빠뜨려라"라고 암시를 건다면 천군은 정말로 그렇게 될 것이었다.

각치는 불 작대기를 눈높이까지 세워 들었다.

"뭐 하는 짓인가?"

"불과 당신을 동시에 보고 있어야 안전할 것 같아서."

그렇게 말하면서 각치는 불과 불 너머로 강감찬을 노려보았다. 시야의 초점이 수시로 변했다. 불에서 강감찬으로, 강감찬에서 불로. 각치는 집중했다.

강감찬은 거칠고 주름진 볼을 오므리며 히죽 웃었다.

"당신, 늘 현명했지. 어미 배 속의 일까지도 아는 자이니까."

"나에게 암시를 걸 생각은 마시오."

"그런다고 걸릴 당신도 아니지."

"돌아가는 길을 터주시겠소?"

"그럼, 돌아가서 황제께 말씀해볼 수 있겠소?"

"무엇을?"

거란의 최고는 힐끔 불을 보며 반문했다.

"압록에서 경계를 끊기로. 강동의 여섯 주은 우리 고려 땅이니 그만 포기하시라고. 돌아가시면 부디 사정해주시오."

"그건 황제의 마음이오."

고려군 최고는 고개를 끄덕였다. "하긴."

거란의 최고가 말했다.

"나도 제안 하나 하지. 우릴 그냥 올려보내시오. 우리도 구주성을 건드리지 않겠소. 토민들도 상하게 하지 않겠소. 말 먹일 물도 원하지 않겠소. 바람처럼 지나가겠소. 그러면 아무도 다치지 않습니다."

"오호."

"우리, 말 먹이는 자들은 거짓말하지 않소."

강감찬이 각치의 말이 옳다는 듯 자조하며 주억거렸다.

"하긴, 거짓말은 보리를 심는 우리 고려 놈들이 잘했지. 황제께 강동 6주를 돌려드린다고 맹세하고선, 이리저리 말을 돌리며 크나큰 죄를 지었지."

"맞소. 당신네, 고려인들은 거짓말쟁이오."

거란의 최고는 부적처럼 불을 눈앞에 두고서 온 신경을 집중하며 그를 노려보고 있었다. 반면에 고려의 최고는 건들거리며 느긋했다.

"그럴 만한 사정을 속속들이 알잖소. 이 땅은 우리 조상님 땅이외다."

"알지. 하나 우리도 포기할 수 없는 땅이오."

"그것도 알지."

두 노인은, 서로 키가 다른 탓에 시선의 각도가 달랐지만 의식은 같았다. 주변에 흐르는 흐릿한 적의와 결정의 무게를 이해하는 묘한 동질감이 오고 갔다.

소배압이 말했다.

"대원수 각하, 매화가 본 예지를 잊었소이까? 당신들은 구주 벌판에서 처참하게 당하오."

"그랬지. 죽화는 그렇게 말했지."

"죽화? 매화겠지."

"당신에겐 매화였지."

"나에겐 매화라니? 나는 줄곧 매화와 다녔소. 그런데 죽화라니? 안의진에서 매화가 혼자 끌고 온 그 머리가 터진 언니 시신 말이오?"

대원수가 빙긋이 웃었다.

"당신은 죽화와 다녔던 겁니다. 죽화의 혼이 매화의 몸에서 신력을

560

부린 거요."

각치는 혀로 입술을 적셨다.

"죽화는 미래를 보는 북신이오. 매화는 죽이는 병에 걸린 잘못된 아이지. 죽화를 부르기 위해선 동기감흥인 매화의 몸이 필요했소. 뭐 당신이 그것까지 알 필욘 없겠지만."

"그 신력을 부리는 아이를 내 옆에 붙인 것도 전부 뜻이 있어서겠군."

"당신에게 잘못된 정보를 주어야 했지."

"잘못된 정보라."

"내가 어떻게 싸울지를 당신한테 주입시키려면 그 아이를 이용해야만 했으니까."

"우리가 구주로 와도 고려는 진다고 하지 않았소. 그 아이가 잘못본 건 아닐 텐데."

"죽화가 본 미래는 나의 의식에 의거한 미래지."

"음."

"당신이 말하지 않았나. 미래는 바꿀 수 있다고. 당신에게 우리가 당하는 미래를 보여주기 위해선 진실되게 다른 결심을 한 후 그 결과를 보게 해야 했지."

"고려군 전술이 바뀐다는 거요?"

"그렇겠지. 당신이 본 미래와는 달라질 거요. 내가 결심을 다르게 했으니. 도통 각하, 그럼 벌판에서 만납시다."

"벌판?"

강감찬이 고개를 끄덕였다. "그렇소. 벌판."

"벌판에서 싸울 참이오?"

"한창 장애물을 깔고 있소."

"고려는 성안으로 들어가는 게 좋을 텐데."

"그렇게 하지 않기로 했지."

소배압은 어이없다는 표정을 지었다.

"벌판에서 우릴 이길 수 있다 보시나?"

"어떻게든 되지 않겠소."

"그쪽은 핵심 기마대가 없소. 대마신군이 귀화진성에 머무르고 있지 않다는 것도 알고 있습니다. 당신에게는 사용할 무기가 없어요. 그렇다면 미래는 바뀌지 않습니다."

"도통께서는 귀화진 상황을 어떻게 알았소이까?"

"우리 같은 말 먹는 자들은 바람의 말을 들을 수 있소."

"그렇군요." 강감찬은 인정하듯 고개를 끄덕였다.

소배압이 물었다.

"당신네 대마신군은 지금 어디에 있습니까?"

"개경으로 내려보냈습니다."

"그렇다면 고려 왕을 만났단 말이오?"

"안타깝게도 소식이 끊겼습니다."

"사라진 건 사실이군."

"올 겁니다. 죽화가 본 미래와 달리."

"장한 믿음이군요. 벌판을 중하게 쓰시오. 싸움터로 쓰지 마시오. 대원수 각하."

"바람의 말은 우리도 듣소이다. 바람은 우리더러 버려진 땅을 일구고 보리를 심으라 하더이다. 도통사 전하."

"심으시오. 심으면 되지."

"심긴 해야 할 텐데, 내년에 당신들이 또 들어오면 기껏 심어놓은
게 엉망이 될 게 아닙니까."

결국 거란 최고가 고개를 끄덕였다.

"……돌려보내지 않겠다, 그 말이군. 무기도 갖추지 못했으면서."

고려의 대원수는 희미하게 웃었다.

거란의 도통도 입술을 빙긋이 올렸다.

"그쪽이 그러시다면."

"그럼 다시 봅시다."

강감찬이 몸을 돌렸다.

"각하." 거란의 도통이 뒤에서 외쳤다.

강감찬이 뒤돌았다.

"닷새 뒤가 아니고 내일이오! 내일 오후쯤 도착합니다. 부디 생각
을 잘하십시오."

고려군 대원수는 고개를 돌려 알려줘서 고맙다는 듯 손을 들어 보
였다. 각치는 저 노인의 표정을 보며 노인이 닷새가 아닌 내일임을
알고서도 일부러 다르게 말했다는 것을 직감했다. 하긴, 노인의 명민
함은 누구에게 뒤지지 않을 테지. 모를 리 없지.

"참."

지팡이를 움직이며 몇 걸음 더 나아가던 고려국 대원수는 갑자기
구부정한 등을 돌렸다.

각치는 얼른 불 작대기를 눈높이까지 올렸다.

대원수가 웃었다.

"보리 두 수레를 보내지요. 꽤 오랜 시간 달리기만 했을 텐데."

"모르시는군요. 전쟁터에서 천군은 시체만 먹는다는 걸."

강감찬은 무표정하게 보았다. 소배압이 웃으며 말했다.

"조심하세요. 내일 저녁에는 당신 머리를 삶고 있을지 모르니까."

강감찬은 고개를 끄덕였고 등을 돌렸다.

강감찬이 사라지는 것을 본 후에야 소배압은 몸을 돌렸다. 그는 서너 걸음, 발을 떼다 문득 멈췄다. 그리고 몸에 인 아기 포대기를 바닥에 놓았다.

아이만 덩그렇게 남겨둔 채 소배압은 숲으로 들어갔다.

소배압이 사라지자 숲의 굵은 회화나무 기둥 뒤에서 무장한 대정이 나타났다. 등에는 대원수의 칼을 메고 있었다.

대정은 소배압이 사라진 곳을 잠시 본 후 걸어가 아기를 안았다.

아기가 우렁차게 울었다.

천토天討 *

● 하늘에서 내리는 벌

거란주가 패전 소식을 듣고 대노하여 사자를 소손녕(소배압의 오기)에게 보냈다. "네가 적을 얕잡아보고 적진 깊이 들어가서 이 지경에 이르렀으니 무슨 면목으로 나를 볼 것이냐? 짐이 마땅히 너의 얼굴 가죽을 벗기고 죽여버릴 것이다"라고 하였다.

『고려사절요』권3, "현종 10년 2월".

1

2월 초하루. 기축일.

10만의 거란대가 구주를 지나니 고려군은 동쪽 들에서 그들을 맞이하였다.

고려군은 구주 벌판 남쪽에 진을 배치했고, 거란군은 구주 벌판의 북쪽에 자리를 잡았다. 양편의 군사가 서로 버티어 좀처럼 승패가 결정되지 않았다. 구주는 어김없이 북풍이 불었고, 바람은 저쪽에서 이쪽으로 몰아쳤다. 고려가 쏘는 화살은 날아가다가 뚝뚝 떨어졌고 거란이 쏘는 화살은 고려 군사의 진지 깊숙한 곳까지 강하게 날아왔다. 고려 군사들이 픽픽 쓰러졌다. 그 와중에 거란 기병들이 줄지어 진을 휘저었다. 많은 장수가 성안에서 견벽고수하지 않고 벌판전을 결정한 상부의 결정을 원망했다. 고려군 상층부는 계속 무언가를 기다리고 있었다. 내려온 지시는 무조건 버티라는 것이었다.

그때였다.

갑자기 깃발이 전부 북쪽을 가리켰다.

비바람의 방향이 바뀌었다. 바람은 고려군이 있는 남쪽에서 거란대가 있는 북쪽으로 불어댔다. 동시에 개경을 수호하러 내려갔던 서북도 병마판관 김종현이 기병을 이끌고 구원하러 왔다. 고려 군사가 형세를 타서 분발하여 치니 저절로 용기가 백배했다.

국면은 반대가 되어 남풍의 힘을 받은 화살이 거란대의 진에 비처럼 쏟아졌다. 김종현이 줄지어 휘저어댔다. 구주성과 고려군이 모루가 되고, 김종현의 돌격대가 망치가 되어 거란을 압박했다.

거란 군사가 패하여 북쪽으로 도망가니 석천을 건너 반령에 이르렀다. 매복하고 있던 강민첨의 부대가 때를 기다려 잔병들을 주살했다. 죽어 넘어진 시체가 들판을 덮고 사로잡은 군사와 말, 낙타, 갑옷, 투구, 병기는 이루 다 헤아릴 수도 없었으며 살아 돌아간 거란은 10만에서 겨우 수천 명뿐이었다.

거란대의 패함이 이때와 같이 심한 적은 없었다.

2

소배압은 태평 3년(1023년)에 빈왕^{殯王}이 된 뒤 죽었다.

에필로그

1018년에 (강감찬)은 서경유슈 내사시랑동내사–문하평장사에 제수되었는데, 왕이 손수 고신을 쓰며 말하기를, "경술년(1010, 거란 성종의 침입)의 오랑캐의 전란이 있어서 적들이 한강 변까지 침범해 왔다. 당시 강공의 계책을 쓰지 않았더라면 온 나라가 모두 야만인이 되었을 것이다"라고 하였다.

『고려사』 권94, 「열전」, "강감찬 편".

1

천막 안에 다섯 아이가 커다란 방패연을 들고 서 있었다. 구주성 안으로 들어와 사는 토민의 아이들이었다. 대원수는 교의에 앉아서 상투를 매만지고 있었다. 아이들은 작은 종이를 내밀고 있었다. 일전에 노인이 기한이 지난 교서를 이용해서 네모나게 잘라 나눠준 종이였다.

"할아버지. 서북쪽, 한 경요."

"할아버지, 저는 정서쪽요."

"잠시만, 잠시만."

목덜미에 간신히 붙은 엄지만 한 상투에 가짜 머리를 이어 붙여 당줄을 동여매는 노인의 작고 쪼글쪼글한 손은 번잡스러웠다. 이윽고 노인은 옥으로 만든 동곳*을 꽂고 제 정수리를 손바닥으로 슬슬 쓸었다. 작은 바가지를 엎어놓은 것 같은 대원수의 대머리가 탁자에 놓아둔 불빛 흐르는 기름 잔보다 더 반들거렸다. 그는 마지막으로 복건을 썼다.

"자, 보자."

그는 엄지에 침을 발라 아이들이 제출한 작은 조각들을 하나하나 넘기며 살폈다.

아이들이 괴발개발 숯으로 쓴 표식이 적혀 있다.

---

* 상투가 풀어지지 않게 꽂는 장식

구주 아이라면 누구나 아는, 구주 도령을 역임하고 있는 방어사 김포가 오래전부터 알려준 표식이었다.

종이를 전부 확인한 대원수는 만족한 듯 아이들을 보며 코를 찡그렸다. 아이들에게 고생했다는 칭찬의 표현을 주는 것은 그가 꼭 거치는 과정이었다. 대원수는 야전용 가께수리*에 손을 뻗어 맨 위 서랍을 열었다.

거기에는 길쭉한 대나무 패가 가득 들어 있었다. 기일이 지난 죽간◆을 풀어 재사용한 패들이 대부분이었지만 주역점을 볼 때 쓰던 산통의 것도 있었다. 대원수는 버릇처럼 몇 개 없는 치아로 혀를 긁으며 세붓을 들었다. 남해 해송을 갈아서 민어 부레 아교를 섞어 만든 먹에서 좋은 향이 났다.

노인은 아이들이 제출한 종이에 적힌 내용을 대나무 패에 적었다. 죽간 맨 아래에 오늘 날짜를 기입한 다음 그것을 바닥에 놓아둔 커다란 나무 상자에 대수롭지 않게 던졌다. 상자 안에는 그런 대나무 패 수십 개가 쌓여 있었다.

매일매일 북계 지역의 바람의 방향을 날짜별로 기록한 패였고 전부 2년 치였다.

아이들은 아침의 아무 때, 정오, 해 지기 직전에 방패연을 날려 북계의 바람을 확인하고 그것을 종이 쪼가리에 숯으로 써서 제출했다. 노인은 그 표식을 재사용하는 대나무 패에 써서 모아두고 있었다.

"잘했다. 니들은 예전 니들 형들보다 더 꼼꼼하게 알아 왔구나. 날

* 서랍장
◆ 대나무를 얇게 깎아서 끈으로 묶어 종이 대신 만든 장계

572

씨도 추운데 두 시진마다 확인하고 적었다니 장하다."

노인이 부드러운 남경말로 아이들을 칭찬했다.

"방어사 어른이 원래 그렇게 해야 한댔는데."

"맞다, 맞아. 잘했다."

"오늘은 안 주세요?"

"무슨 소리, 줘야지. 상을."

대원수는 탁자에 놓아둔 함을 열었다. 거기에는 꿀에 재어놓은 쪼
글쪼글한 대추가 들어 있었다. 아이들의 얼굴이 환해졌다. 대원수는
아이들에게 그것을 보여주다가 냉큼 뚜껑을 닫았다. 방패연을 든 아
이들은 난데없는 행동에 놀라 노인을 바라보았다.

"줄까 말까."

아이들이 갈구하는 표정을 지었다.

아이들을 놀리는 게 그는 좋았다.

그러다가 대원수는 아이들 너머를 보았다.

저쪽, 도깨비가 그려진 방패를 세워둔 곳에 가장 키가 작은 한 녀
석이 뭔가를 보고 있었다. 녀석은 형들처럼 노인 앞에 와 있지 않고
저쪽에 혼자 있었다. 제 키만 한 방패연을 쥐고선. 방패연의 모서리
는 크게 찢어져 있었다. 꼬마는 노인이 세워둔 커다란 칼을 보고 있
었다.

"정남아, 뭘 보고 있느냐. 이리 오련."

"할아버지. 이 칼, 할아버지 거예요?"

꼬마가 손으로 광사두우라고 쓰인 대장군의 칼을 가리키며 돌아
보았다. 노인은 대답 대신 꼬마를 가만히 보기만 했다. 노인이 손짓

했다. "어서 이리 와. 거긴 구석이라 춥다고."

노인 앞에 모여 있던 아이 중 꼬마의 형인 듯한 아이가 그쪽으로 가서 꼬마 손을 잡고 왔다.

"오라시잖아. 할아버지가."

제 몸만 한 방패연을 들고 있는 정남이는 형에게 손이 잡혀 노인 앞으로 왔다. 노인은 꼬마가 들고 있는 방패연을 빼앗아 저쪽으로 두고, 으차, 꼬마를 안아 무릎에 앉혔다.

노인은 서 있는 네 명의 아이를 바라보았다.

"오늘은 특별한 걸 주겠다."

노인은 탁자 아래에서 석간주 항아리를 꺼냈다. 끈을 풀고 막아둔 빳빳한 종이를 열자 안에서 향긋한 냄새가 났다. 항아리 안에는 주황색으로 번질거리는 감 모양의 동그란 떡이 들어 있었다. 찹쌀가루에 막걸리를 넣고 반죽해 기름으로 지져낸 개성에서만 먹는 꿀떡이었다.

"개성주악이다. 먹어본 적 없겠지?"

우와!

"줄! 줄!"

노인은 다가오는 아이 입에다 그것을 하나씩 넣어주고 품에 안고 등을 토닥거렸다.

"내일도 잘 부탁한다."

아이 역시 규칙이란 듯 노인의 등을 작은 손으로 토닥거렸다. 다음 아이가 다가왔고 노인은 똑같이 했다. 아이도 노인의 등을 토닥거렸다. 노인의 품에 안긴 꼬마는 동네 형들이 다가와 노인에게 떡을 받아먹고 포옹할 때마다 불편함을 느꼈다.

"할아버지, 일어날래요."

노인은 귀여운 그 녀석을 절대로 놓아주지 않았다.

"으흠. 안 돼. 넌 내 품 안에 있어야 해!"

형들이 전부 꿀떡을 받아먹고 떨어지자 노인은 비로소 무릎에 앉힌 정남이 입에 꿀떡을 넣어주었다.

아앙.

꼬마가 입을 벌렸지만 조그만 입에 그것은 단번에 들어가지 않았다. 꼬마는 반만 베어 물었다. 노인은 계속 떡을 쥐고선 꼬마가 꼭꼭 씹어 삼키기를 기다렸다. 노인은 꼬마를 흐뭇하게 바라보았다.

"할아버지. 그런데 이거, 언제까지 해야 해요?"

꼬마의 형이 우물거리며 물었다.

"연 날리는 거?"

"네."

"곧 끝난다. 봄이 오면 그만둘 거야. 나도 지겨워."

노인은 꼬마의 입에 떡을 먹이며 그렇게 말했다. "자, 자. 물도 마셔야지. 목 막힌다. 어허, 그렇게 삼키지 말라니까. 요놈."

막사 밖에 그림자 하나가 어른거렸다.

군막 주변에 둔 거대한 솥에서 피어오르는 불길 때문에 밖에서도 그랬지만, 안에서도 밖의 형체를 감지할 수 있었다. 그것은 외부인으로부터 고려군 수장의 안위를 지키는 방어 방식이기도 했다. 노인은 그림자가 누구인지 알고 있었다. 노인은 오물거리는 꼬마 아이를 무릎에 올린 채 저쪽을 바라보기만 했다.

그림자는 안을 들여다보는 듯 서 있었다.

구주성 외성은 한산했다.

시신은 절에서 화장했을 터였고, 동생은 정량의 쓰리나리를 맡고 노인이 마련해준 아늑한 곳에서 누워 있을 시간이었다.

외성에 모여 있던 병영은 전부 동쪽 벌판으로 이동했다. 벌판에는 북계의 전 방어성에서 이동해 온 군이 진을 치고 장애물을 설치하고 있었다.

내일이 그날이었다.

노인은 그 그림자가 꼭 잘 보아주길 바랐다.

이 아이들이 더는 추운 날 냉바람을 맞으며 벌판에 나가 연을 날리지 않도록.

노인이 시선을 고정하는 동안 아이들은 방패연을 버려두고 노인 몰래 항아리에 든 떡을 제멋대로 꺼내 먹기 바빴다.

<끝>

작가의 말

나의 강감찬은 관악 구릉에 서 있는 청동상처럼 달리는 말 위에서 장도를 빼 들고 기상을 부리는 자가 아니다. 복두를 쓰고 쌍꺼풀진 눈을 부라리며 악신^{惡臣}을 추고^{推考}하는 배우의 조각 같은 미끈함도 없다.

> 강감찬은 금주(衿州) 사람으로서, 성품이 청렴하여 살림을 돌보지 않았고, 어려서부터 학문을 좋아하여 기묘한 계략이 많았다. 체격과 용모가 작고 초라하였으며 의복은 때가 끼고 해져 보통 사람[中 人]과 다를 바 없었으나 (⋯).
>
> 『고려사절요』 권3, "현종 22년 8월 / 강감찬이 사망하다"

아마도 그는, 북쪽의 어느 민둥산 누대^{樓臺}에서 침침한 눈을 비비며 멀리 숯 잔불에 발을 녹이고 있는 제 토병들이 적인지 사슴인지 분간하지 못했을지도 모른다. 영하에 젊은 장교들 입에서 풀풀 피어나는 허연 김을 보고 '그놈들, 먹을 것 없는 군영에서 용케 더운 국을 잘도 끓여 먹었구만' 하며 만족했을 수도 있고(1월, 평안북도의 겨울은 최저 영하 40도에 육박한다), 수전증 탓에 붓 쥐는 것조차 버거워하며 임금에게 보낼 장계 한 부도 올바르게 쓰지 못했을지도. 그것뿐일까, 철분이 부족한 탓에 굽은 허리를 받칠 수하의 부축이 없다면 멀리 나가지 못하고, 바지를 내리면 관절염이 퍼진 무릎이 테니스공처럼 퉁퉁 부어 있었을지도 모른다. 쇠고리나 철편을 덕지덕지 붙인 경번 갑옷은 너무 무거워 제 임금을 만날 때나 간신히 착용했을 것이고, 새끼손톱만 한 치아 몇 개가 드문드문 박힌 턱을 우물거리면서 입안으로 들어오는 눈 싸라기나 흙먼지를 끓는 가래와 함께 수시로 뱉었을지도 모를 일이다. 삼정검보다 걸음을 도와줄 지팡이가 유효했을 것이고, 하룻밤 동안 수 번이나 깨어나 간신히 소변을 본 후 한숨을 쉬고 막사로 들어갔을지도 모른다. 그런 노인이 나라를 짊어지는 이야기를 그리고 싶었다.

그 노인을 지략의 대가라고 배웠다. 하나 기록의 배면背面에 대체 무슨 거대한 지략이 있었는지 나는 찾지 못했다. 삼교천 물길을 쇠가죽을 꿰어 막고 터뜨리는 것? 임금에게 달아나라고 충고한 것? 개경에 성을 쌓자고 한 것? 구주에서의 승리도 그렇다. 극적으로 김종현이 나타났고 바람이 유리하게 바뀐 것이 그의 지략과 어떤 연관성이 있는지 역시 찾지 못했다. 하지만 당대 기록은 한사코 그 노인을 하늘이 낳은 지략가라고 말한다. 분명할 것이다. 아마도 노인은 고려인들이 상상도 못 할 작전과 기예를 선보였고 승률을 높인 게 틀림없다. 그래서 이참에 나는 우리가 한 번도 경험해보지 못했던 '빅 픽처'를 떠올렸다.

원숭이탈을 쓴 노인은 거짓부렁이다. 소설은 기록을 바탕으로 쓰이지 않았다. 대원수가 구주에 언제부터 머물렀는지도 알 수 없다. 모름지기 신은현까지 내려간 거란 10만을 구주벌로 끌어오기까지 지휘부가 있던 영주(안북부)에서 정신없이 병력을 내려보냈을 것이다. 실제로 대첩 직전인 신사일에 연주와 위주를 급습해서 거란을 위협했다. 김종현이 구주벌에 나타나기까지 어디서 무엇을 했는지에 관한 기록도 없다. 북계라는 척박한 국경 지역에 유행한다던 신^神도 거짓이다. 이야기를 논문처럼 여기지 말아주시길 부탁드린다. 이것은 명백한 거짓부렁이다. 다만, 나는 동굴에 들어가 홀로 웃는다. 이 서사가 사실이라고 믿는다. 끊기고 정렬되지 못한 기록의 공간이 넓고 거짓이 아니라는 증거도 없기에. 그래야 내 상상이 빛을 발할 것이기에.

지면을 빌려 관악문화재단 대표이사 차민태 님께 존경의 마음을 드린다. 관악문화재단 예술진흥팀 김관동 님, 맹준재 님, 홍정환 님, 그리고 민세희 님께도 두 손 모아 감사를 전한다. 그들의 지원은 이 작품이 아닌, 이다음에 있을 다른 이의 예술 작품에서 북신北辰(북극성)처럼 빛날 것이다. 동시에 어떤 길도 함께 걸어주는 요다 출판사 편집팀께도 인사를 드린다. 형체 없는 이야기를 믿어주신 덕택에 작품이 나왔다.

1,000년 전, 반도인은 이족異族의 도움 없이, 오직 그들 힘으로 그들 것을 지켰다. 그 복으로 근 100년을 당당하고 무탈하게 지냈다. 그들 후손은 달랐다. 1,000년 동안, 지금까지도, 어딘가에 빌붙어 자신을 상징하며 살고 있다. 감히 상상한다. 다시 우리 힘으로 우리 것을 지킬 수 있기를. 원숭이탈의 혼령이 우리 등 위에 내려앉기를.

2024년 1월 통의동에서

차무진

여우의 계절

ⓒ 차무진

2024년 1월 17일 1판 1쇄 인쇄
2024년 1월 30일 1판 1쇄 발행

지은이   차무진
펴낸이   한기호
책임편집   도은숙   **교정교열**   문용우
편 집   정안나, 유태선, 김현구, 김혜경
디자인   북디자인 경놈
표지그림   이지혜
마케팅   윤수연
경영지원   국순근
펴낸곳   요다
        출판등록 2017년 9월 5일 제2017-000238호
        주소 04029 서울시 마포구 동교로 12안길 14 삼성빌딩 A동 2층
        전화 02-336-5675 팩스 02-337-5347
        이메일 kpm@kpm21.co.kr

ISBN 979-11-90749-69-5 03810